中國少數民族文學家族研究之余氏家族系列

母進炎　主編

《㦡雅堂詩集》校注

余達父　著

周　敬　校注

科学出版社

北　京

圖書在版編目（CIP）數據

《悆雅堂詩集》校注 / 余達父著；周敬校注. —北京：科學出版社，2018.5
（中國少數民族文學家族研究之余氏家族系列/母進炎主編）
ISBN 978–7–03–053407–1

Ⅰ. ①悆…　Ⅱ. ①余…　②周…　Ⅲ. ①詩集–中國–民國　Ⅳ. ①I222.75

中國版本圖書館 CIP 數據核字(2017)第 135556 號

責任編輯：王洪秀 / 責任校對：鄒慧卿
責任印制：張欣秀 / 封面设计：銘軒堂

科 学 出 版 社 出版
北京东黄城根北街 16 号
邮政编码：100717
http://www.sciencep.com

北京凌奇印刷有限责任公司 印刷
科学出版社發行　各地新華書店經銷
*
2018 年 5 月第 一 版　開本：720×1000 B5
2018 年 5 月第一次印刷　印張：25 3/4
字數：468 000
POD定价：　118.00元
（如有印装质量问题，我社负责调换）

本書爲國家社科基金項目“中國少數民族杰出文學家族研究”（12XZW034）
最終成果
本書由貴州工程應用技術學院資助出版
本書由貴州省中國語言文學省級重點支持學科資助出版

序　言

　　余氏家族是黔西北的文學世家，其所屬民族——彝族，自古文學發達，口頭文學傳統和彝文書寫文化在彝族文學和文化史上交相生輝，有歌謠、神話、抒情詩、英雄史詩、經籍文學等流傳於世；而這套余氏家族詩文集校注向我們展示的是少數民族文學創作的另一個面嚮——少數民族漢語文學創作。少數民族漢語文學創作在少數民族文學研究領域中一直未引起足夠重視，而少數民族漢文學研究又是組構少數民族文學創作全景以及瞭解少數民族與漢民族文學關係、文化聯繫的重要一環。貴州工程應用技術學院母進炎教授和他的研究團隊在這一領域默默耕耘，成果斐然。這套叢書的整理和校注即是他們爲研究課題"中國少數民族杰出文學家族研究"所做的先期文獻準備。

　　余氏家族漢文詩歌的崛起，是歷史的必然。余氏家族所在的黔西北大屯并非一塊文學飛地，家族性的漢語文學創作現象也不是超越時空的個案，其背後有著宏闊的歷史文化語境。唐宋時期，中國漢族詩詞發展到了高峰，對少數民族詩歌創作産生了廣泛而深刻的影響。隨著府縣州學向邊緣擴展，各少數民族出現了漢語的詩文創作。但在唐宋時期，少數民族的詩歌創作并未跟隨漢語文詩歌達到頂峰，少數民族古代詩歌的高峰出現在明清時期，其中一個重要標志是在詩歌領域出現了詩人群體和家族詩群。詩人群體中最著名的是維吾爾族以詩人祖乎爾（？—1850）爲首的包括尼紮裏、艾裏畢、孜亞伊等詩人的祖乎爾文學小組。家族詩群在各族中涌現，如壯族的張家詩群，包括張鴻翩（康熙五年即 1666 年舉人）、張鴻猻、張友朱、張滋、張鵬展一門幾代詩人；土家族祖孫詩群，包括田九齡、田宗文、田玄、田甘霖、田舜年幾代詩人；莫與儔、莫友芝、莫庭芝的布依族詩歌家族；余家駒、余珍、余昭、余若瑔等的彝族詩歌世家……

　　中華文化是由四大板塊結構組成的，這就是中原旱地農業文化圈、北方狩獵森林草原遊牧文化圈、西南高原農牧文化圈、江南稻作文化圈。其中，中原旱地農業文化圈是中華文化的主體，其他三個文化圈呈"匚"形圍繞在主體文化圈周圍。中原與邊陬在各自的版圖上有不同的文學發展脉絡，但在中原漢族的强勢文化影響下，少數民族文學時常與漢族文學交匯和碰撞。明清兩代，漢文化對西南少數民族的影響達到高峰，在土司制度、"改土歸流"與府州縣學、科舉應試等一系列政治和文化舉措之下，西南少數民族開始與漢民族文化深度交融，特別是土司家族，他們必須遵循中央的文教政策，學習以儒家思想爲核心的漢族文化，在這個過程中，部分貴族知識分子開始用漢語創作，一批品質不俗的漢語文學作品涌現。但由於邊緣文化圈的詩歌各有其民族文化背景，這就使得不同邊緣文化圈的詩歌呈現出各自的特色。就西南高原農牧文化圈而言，這裏西南高原農牧文化圈又分成青藏高原文化區、四川盆地文化區和雲貴高原文化區，處於我國地勢第一、二級階梯，地形複雜，喜馬拉雅山、昆侖山、祁連山、橫斷山脉繞在邊緣；中間唐古拉山、岡底斯山、巴顏喀拉山把高原分割成許多盆地和峽谷；平行南流的怒江、瀾滄江、雅礱江、金沙江、安寧河等河流將雲貴高原切割成支離破碎的峽谷和臺地，峽谷深凹，一山有四季，十里不同天。經濟生活分爲三種類型，即高原牧業型，以遊牧及相對定居的牧業爲主，輔以高原農業和馴養業，糧食以青稞爲代表。西南高原農牧文化圈的各文化區內，有若干相對獨立的民族文化子系統，如藏族文化、彝族文化、納西族文化、佤族文化等，個性色彩相當濃郁，風俗五彩繽紛，節日琳琅滿目。藏族的天葬，彝族的家支，納西族的阿注，佤族的過去的人頭樁，景頗人的目腦，傣家的竹樓等，莫不獨具特色，神秘誘人。這種地形特點深深地影響了西南各民族的文學，民族漢文詩詞也不例外。

余氏家族漢文詩詞就是顯例。作爲土司後裔的畢節余氏家族，在大屯修建土司莊園，藏書過萬卷，并設立家塾、延聘塾師，積極接納、學習漢族文化。清朝中葉，家族的第一代詩人余家駒考取貢生後，放棄進仕之途，開始耕讀生涯，潜心研習漢文典籍，以漢語作詩，風格集百家之長，又自成一體。後由余珍、余昭、余達父和家族女史安履貞、余祥元，以及最後一代詩人余宏模繼承發揚，余氏家族以詩書傳家的家學傳統賡續百余年。其中，余達父的漢語詩歌創作在家族中成就最高，在西南地區産生了重要影響。其詩取法杜甫、李商隱諸家，又受清代宋詩派影響，既有才情的勃發，又富學識的積澱，加之他生於19世紀後期，身跨清、民兩代，親歷社會變革之際的風雲變幻，際遇跌宕，命途坎坷，他的詩歌中別有一種歷史縱深感。余達父之前還有余珍、余昭兩代詩人。余珍與父親余家駒志趣相合，二人都寄情山水，詩歌創作的題材和風格也比較相似，喜於山水田園詩中獨抒性靈。余昭，是余氏家族繼余家駒的第二代學者型詩人，其詩歌創作題材豐富多樣，筆力剛健，氣韻雄厚，部分詩作民族特色濃郁。值得一提的是，余氏家族6代7位詩人中有兩位是女性。安履貞爲烏撒鹽倉土司後裔，父親身居高位并且是當地有名的詩人，安履貞從小受到良好的教育，頗具文學才情，婚後與余昭琴瑟和鳴，詩酒唱和。安履貞詩作不多，但文辭清新，情感細膩動人，又不乏民族女杰的豪情，是余氏家族的第一位女詩人。余祥元的詩作藝術性雖不及曾祖母安履貞，但語言真摯、樸實，用詩歌記錄下了個人的命運沉浮以及中國近一百年的歷史變遷。總之，余氏詩群的漢語文詩歌受中原文化的強大影響，自不待言。但他們是彝族世家，繁衍於雲貴高原，故而其漢文詩詞不能不受地域文化氛圍和民族文化氛圍的涵化。中國漢文詩歌的一大特點，是對神州大地壯美山河的讚頌。余氏家族詩群描繪雲貴高原的的奇山秀水，別具一格。余家駒在《水腦河》一詩中將其描繪得驚心動魄：“奇峰插下黄泉中，飛流沖出青天外。忽然青天入地底，群山無根立不起。欲倒未倒動搖搖，賴有白雲爲撐倚。回見天捲作穹窿，疑是天翻來壓己。”這是只有西南纔有的奇觀！《彝族文學史》評余昭的詩：“凡名山大川、雄關險隘、危崖幽洞……無不寄情寓性，發乎於詩。讀他的詩歌，猶如神遊烏蒙山區，給人予攀高峰、涉深淵、探雲海、御山風之感”這可以説是對余氏家族山水詩創作特色的恰如其分的評價。

余氏六代詩人，熟諳漢語詩文典範、體式格律和文學傳統，浸潤於漢族文化，這既是歷史車輪推動的結果，也是余氏家族自覺的文化選擇和文化轉型。余氏詩人的歌詩人生，爲少數民族文化與漢族文化和諧融匯的研究和實踐，提供了一種可供借鑒的路徑與可能。與此同時，他們又深知自己作爲彝族詩人的文化身份，在接受漢族文化的同時也堅守著地域和民族的根基。余氏詩人在漢語詩文中狀貌黔山秀水、地方風物，抒放山民性情，憑吊先賢，慨歎族群命運，始終不脱彝族的精神文化底色。他們在詩歌中情不自禁地贊頌彝族的黔地歷史文化，余家駒自豪地誇贊：“還來磯石上，坐看魚忘筌。山頂多烟户，炊雲種天田。夜半燈火起，光雜萬里懸。我自居身谷，如魚故在淵。不出亦不隱，非佛亦非仙。”高原自娱，其樂融融，熱愛家鄉之情溢於言表。

余氏家族的詩稿部分毁於兵燹，流傳下來的大部分詩文經後人搜集整理已經正式出版。不過，因爲各種原因，幾部詩文集的各版本都不盡如人意，錯訛較多。且由於不同文化板塊風情的差異，以及時代的變遷，加上用典較頻，詩中的一些詞語的内涵，非注釋難以釋讀，影響流傳。母進炎教授此次帶領研究團隊，對余氏家族 6 代詩人的8 部詩文集進行版本勘誤和詳注，力圖在最大程度上提升其文獻參考價值，以期嘉惠學林。余氏家族的詩文集首次完整出版，這對於發掘、搶救、保存和推廣少數民族文學文化遺產有著示範意義，也使世人得以一窺余氏家族文學創作的全貌，相信余氏詩人的高歌長吟必將獲得超越地方認知的廣泛瞭解與欣賞。

期待母教授未來以余氏家族爲起點，開拓領域，爲發掘研究少數民族文學文獻做出更大的貢獻！

是爲序。

梁庭望

2017 年 10 月 19 日於中央民族大學

序

友生周敬君，好學深思士也。誠愨堅毅，志存高遠；博覽群籍，性獨好古。沉潛於地方歷史文獻整理研究，積有年矣。曩曾問余以文字聲韻訓詁校勘之學，執禮甚恭，乃取前修時賢語錄以勉之。

先取宋代名儒張載“橫渠四句”以張其志。其言有四：一曰“爲天地立心”，欲其宅心仁厚也；二曰“爲生民立命”，欲其返本歸源也；三曰“爲往聖繼絕學”，必其行有方也；四曰“爲萬世開太平”，相與宏其願也。

次述業師殷孟倫先生“入門三戒”以勸其心。其言有三，語輕義重。一曰“要耐得住寂寞”。殆小學諸徑，嚮稱“冷門”，欲其熱鬧光鮮者往往斂足；沉潛冷静者或者可往。二曰“要坐得穩蒲團”。此取譬釋家“禪定”，謂小學之道艱苦漫長。必誠其意，定其心，耐其苦，受其勞，乃可得頓悟之喜，苦盡之樂。三曰“要捨得下名利”。以當今學界，逐流媚俗，屈身取利之風甚熾。求真務實者日稀，蹈虛弄玄者常見。蠅營狗苟，無非名利。此誠良君子，嗤之不爲也。故欲做真學問者，便須忘小利以求真知，弃虛名而全内美。爲人先於爲學，人格重於功利。

次論及學術著述，乃申近代大師黃侃先生語錄。黃先生曰：“著書，必前人之所未曾有，而後人之所不可無。”例諸當代措辭，即爲“原創”，即爲“經典”。此抱負極高，雖未必能至，願學焉。取法乎上，得乎其中，雖然，亦足以立。反觀當今學界諸多亂象，實令人太息。或逞臆妄説，嚮壁虛造，頻生“概念”，生造“術語”，自詡“前衛”，實爲畫鬼。或弃心腦而用剪刀，變創造而爲拼貼，百納衆家，成我“新著”。自號著作等身，實與盜賊無異。此類惡行，皆正派學人所鄙。須謹記黃先生所言，自愛自重。

於是周敬君尤加奮發磨勵，日益精進。每莳年，其見識學養，便當刮目以視。又聞其日間王事靡鹽，難以分身，爲學之事，多賴夜晚，挑燈獨坐，比睡常以夜半。但消得衣帶漸寬，阮郎憔悴，然纍積漸深，著述沛然出矣！凡八易春秋，乃成《愻雅堂詩集校注》，又數年，《〈愻雅堂詩集〉校注》亦完稿矣。耕耘自有收穫，苦行終成正果。

　　《校注》書成，余幸得先睹之快。乃逐字披覽。每見其嚴謹縝密，一絲不苟；新意疊出，賞心解頤。

　　于是余有嘆焉。鄉先賢余達父固天資過人，學養深厚，遊蹤及於四海，際遇頗多鴻儒。但因起自荒僻，功名未顯，身後乃寂寥如斯！其詩《愻雅堂集》，亦幾至湮沒。或有人指周敬君《校注》所據版本有限，正不知達父詩集之傳，已若滄海遺珠，雖僅二粒，已稱全部。珍貴無比，何用讚評？今幸有周敬君窮盡八年心血，剋險犯難，傳薪盜火，使其再得光耀於後世，抑達父泉下有知，亦或將心懷感佩，淚下沾襟！

　　祝賀鄉先賢余達父懸絕百餘年後得遇知音！

七十二叟周復剛^①

2017 年春日於三亞

---

① 周復剛，貴州師範學院終身教授，歷任中國訓詁學研究會副會長、中國語言學會理事、貴州省語言學會會長、貴州歷史文獻研究會理事。

前　　言

一、余達父生平

1870 年，余達父生於四川叙永水潦，後過繼給余象儀爲嗣，承管大屯，落籍畢節龍場驛大屯（今貴州省畢節市七星關區大屯彝族鄉）。1890 年，與兄長余若煌同補畢節縣學生員，後六次到貴陽參加鄉試，均落第。1904 年，余若煌被永寧道趙爾豐陷害，蒙冤入獄，被判處終身監禁，抄没家產。余達父被迫於 1906 年春率一子二侄東渡日本避禍，由此開啓了東渡日本求學之旅。1910 年夏天，余達父畢業歸國，經清朝學部考核，得中法政科舉人。1911 年 11 月 4 日，大漢貴州軍政府成立，不久，余達父被選爲省立法院議員。1912 年 2 月 2 日，貴州憲政黨、耆老會引滇軍唐繼堯入黔，顛覆了貴州革命政權。余達父被迫離省避禍，流落申滬。1922 年秋，因鄉間兵匪頻發，余達父携家入居貴陽，得周素園力薦，"時以法制委員任大理分院推事，尋刑庭長"。1927 年以後，余達父辭官歸隱，輾轉於雲南、貴州兩地，一邊養病，一邊著述。1934 年，貴州省主席王家烈聘余達父爲省政府名譽顧問，余達父舉家遷到貴陽，數月，病逝於貴陽南通街寓所，後歸葬於畢節龍場。

二、余達父詩歌思想内容

（一）憂時憫亂詩

余達父生活在 19 世紀 70 年代至 20 世紀 30 年代中期，正是中國歷經患難、飽受欺凌的時代。此時的國際、國内形式都非常複雜。國外列强入侵，攻城掠地，政府無力抵抗。國内官匪橫行、烽烟四起，政府無力平息，致使百姓生活於水深火熱之中，縱觀余達父詩歌，大部分真實反映了當時吏治腐敗、民不聊生的現狀。

1900年前後，余達父寫下了一首七言歌行《禄州行》，詩歌開頭寫了畢節富庶繁華、民風淳樸的景象。"鎖鑰滇蜀控險巇，桑麻原野稱殷沃。廛市駢闐賈客肩，溪山僻遠幽人躅。代有文章擅鉅公，士能風節無惡俗。"接着寫當年自然災害來臨之際盗賊橫行的慘狀："今年災沴困閭閻，嗷鴻滿野哀啄粟。小丑萑苻恣弄兵，元惡城社陰戎伏。橫刀躍馬劫通衢，砍吏探丸斷鄉曲。"此時，已經是民不聊生、哀鴻遍野了，政府理當救濟災民，撫恤百姓。但是，朝廷卻派來了一名橫征暴斂、欺壓黎民的命官，"誰知何物一官來，依稀自號彭城族。起家伍卒登令長，恣睢暴戾仍貪黷""婢膝奴顏舊事多，吮癰搖尾新恩沐。一朝權篆窮搜刮，何恤編氓家路哭"。面對盜賊橫行、民不聊生的狀況，政府反而裝聾作啞，貪圖享樂，置百姓於不顧。"吁嗟呼！盜賊衮衮醋糟曲，嬰邪裔裔披文縠，農夫盡瘁無半菽。死人橫道秋陽暴，血腥腐骬誰能觸。縣公聾閉不入目，椎埋已進珠十斛。橫野老，施鞭撲，乃公事業此收束。回銜按隊鱗六六，輦得黃金壓長轂。夜來自演明童曲，妖姬嬌女歡喧逐。此老胡旋亦捧腹，綠韝絳祒親情篤。"此時，作者憎恨之情難以訴說，"寄豻妻豕嬉天育，鼠狐鷹犬騰騸踢。穢惡須盡南山竹，寥寥短章焉足述。"在此詩中，面對盜賊橫行、民生凋敝的悲慘狀況，當權者不僅不履行職責，爲黎民百姓謀福祉，反而變本加厲，雪上加霜，搜刮民財，徇私舞弊，欺男霸女，魚肉人民。對此，作者在詩歌中加以無情的揭露，表達了強烈的悲憤之情。

1929年，余達父作《乙巳人日春感》六首組詩，寫貴州軍閥周西成當政時期倒行逆施、盤剝百姓的行徑，余達父爲貴州人民遭受的無盡劫難痛心疾首。哀嘆貴州七百萬人民的悲慘命運。"七百萬人皆水火，旻蒼憒憒到何年。"歷數周西成主政貴州三年來向百姓征收苛捐雜稅，強征民力的罪狀，作者憤怒地警告暴政可能激起像陳勝、吳廣起義那樣的民變。"勤派煙金承祖制，偏謀薪火入孫枝。一時九款皆追賦，鞭石拔山不用貲。閭左長城無此苦，輟耕人起恐難支。"將周西成與他的同鄉大盜楊隆喜作對比："豈爲山川無麗藻，偏容獥貐任逡巡。昔年大盜楊隆喜，今日將軍周繼斌（周西成字）"，指出周西成主政貴州犯下的罪行簡直是罄竹難書，"三年苛政猛於虎，罄竹難書百一辭"。

余達父關心國家治亂，關心民生疾苦，貶斥當權者在其位不謀其政，對統治者驕奢腐敗、禍國殃民給予強烈譴責和批判，對生活在底層的黎民百姓給予深深的同情。這是作者詩歌自始至終都閃耀着的思想主題。《悐雅堂詩集》中反映此類主題的詩歌比比皆是。

（二）紀行詩

余達父廣覽名山大川，足跡踏遍大半個中國，後又被迫留學日本，可謂"讀萬卷書、行萬里路"。自謂"平生自寫詩成記，衰病經年稿未藏"（《新秋九日得曼杜書和之》）。作者每到一處，都留有詩作。《愫雅堂詩集》中，紀行詩所占比重較大，真實記載了詩人的遊蹤。作者的三弟余若琳早年即招贅與雲南曲靖海氏。1894年，作者從畢節啓程出發入滇探望三弟，途經高山堡（位於今七星關區長春鎮）、七星關、平山、野馬川、涌珠寺、威寧草海、盡頭鋪（今威寧縣境）、可渡河、炎方驛，最後到達雲南曲靖，所過之處，都留下了詩作，爲我們指明了一條由黔入滇的路徑，刻畫了這一路上雄奇秀麗的山川景物，展現了這一代的風土人情。

1906年春，余達父率一子二侄東渡日本。他們取道長江，從瀘州經合江、重慶、奉節、三峽、宜昌、武漢，從上海出海到達日本。此次被迫率一子二侄留學，源於1904年長兄余若煌被四川永寧道趙爾豐誣陷入獄。此次留下的紀行詩，更多抒發了作者身世飄零、人生無奈、思念故土的感嘆。

1911年，作者寫了一首《南征》，次杜甫《北征》韻，增加30韻。這首叙事長詩共260句，回憶1910年從北京趕回老家奔喪的歷程，是余達父紀行詩的代表，堪稱余達父作品中的大手筆。作者把個人的歷史、家史、國史融爲一體，真正地成了"詩史"。此詩抒情質樸深摯，凄惻動人。

"履道不避險，任天不卜吉。衰病丁艱難，涕泣望廬室。遥指雲南雲，遂別日下日。"作者離京返蜀爲丁母憂，在"悲風動草木，驚沙振笈篳"慘澹凄涼的氣氛中，"車發正陽門""倐忽過豐臺""析津駐火車""頃時出大沽""換御新銘舶"，從北京到天津，從乘火車到坐輪船，從陸路到海路。"瘡痍被原野"的豐臺，讓詩人想起了十年前八國聯軍的"屠切"；"番樓白如雲""租界日駢闐，幕府久寂滅"的天津，讓詩人感受到了列強之強與中國之弱；"炮臺三崩裂"的大沽口，讓詩人感慨自己"大言參軍國，白望少事實。落落到鰥生，老大固成拙"。

"行行出海灣""侵晨入芝罘"，從成山經黑水洋（今黃海）到上海到南京到武昌到夷陵，詩人將自己的行程記錄得非常詳細。在芝罘，作者感慨昔盛今衰"秦漢事東封，此間最風物。今日辟商埠，係亡僅一髮"，因而"回輪下成山，心緒猶鬱結"；在武漢，作者感慨湖北洋務雖興實績卻并不讓人滿意，在"瓜分豆剖禍，蜩螗況紛聒"的嚴峻形勢下，張之洞的"中學爲體，西學爲用"已經是跟不上時代發展的"舊説"——"江漢古湯湯，經營今疏闊。雖頗負時名，甘飲原爲渴""嗟嗟南皮（張之洞）公，安能持舊説"。

接下來，作者"移裝買蜀船"，過黃陵，次洩灘，溯三峽，泊夔門，上涪陵，驚心動魄，歷盡艱辛，到達重慶。然後"上浮圖關"，轉永寧路，宿雪山關，作者終於在"季冬月二日，脫駕家園輟。倚廬一呼天，哀傷動忉怛"，不遠萬里，跋山涉水，不辭辛勞，爲母送終。這首詩的後半部分，作者先追述往事："回憶五年前，飛光何飄忽。爾時攖家難，手足遭羈紲。東海正揚波，國事亦兀危。家國多艱虞，豈任終愚劣。意欲與世絕，廢食遂咽噎。手携兒子輩，遠遊萬里越。泛海求大藥，或有生民術。風雪辭膝下，涕淚殊涌溢。揮淚出裏門，酸楚猶蹙額。"再現五年前離別的背景、經過，真切感人。"七日至江户，委頓隨提挈。就學法家言，中西欲貫徹。一住逾五稔，滄桑幾更迭。逐隊入都門，考功就評騭。回翔中書堂，鵷鷺同蟣虱。"從日本學成歸來，到北京接受考核。作者自視鵷鷺卻被當作蟣虱對待，内心憤懣抑鬱。就在這個時候，他接到了母親的訃聞："偶作海澨遊，歸來赴（訃）書悉。豈知一絕裾，終天成永訣。百悔已無及，萬死何足恤。賦此南征篇，哀恨猶可述。"樹欲静而風不止，子欲養而親不待，作者的哀痛讓人感同身受。

（三）言志詩

余達父詩歌還抒發懷才不遇之感。余達父20歲補畢節縣學生員，一共參加了6次科舉考試，皆名落孫山。直至1910年留學歸國，纔成爲法政科舉人。早年的科舉落第讓余達父苦不堪言，周素園《貴州大理分院余君墓表》載："達父少好學，於書無所不讀，務記覽，工詞章，謂青紫可拾芥取，而試輒不售。"余達父亦自謂"棘闈六戰北，螢案一經守。羊鶴屢鰥鼯，牛馬枉下走"（《送楊叔和大令之官豫中》）。《癸巳下第出省垣》《旅夜》《讀阮嗣宗〈詠懷詩〉》《擬鮑明遠〈東門行〉》《道中聞秋闈揭曉名録》《歲暮》《代答宫人》《擬〈美女篇〉》《擬〈燕歌行〉》《擬〈西北有高樓〉》《古磚歌》《漢宫》《宫怨》《九月七日出筑垣》《昭君曲》等作品，或托物言志，或以史言志，都寫出了作者屢敗屢戰的雄心壯志。

（四）友情詩

余達父在詩歌中顯示出自己重情重義的一面。余達父一生坎坷，從小離家求學；中年遭逢家難，被迫留學避禍；晚年軍閥混戰，四處流落。國内國外，都有作者的詩友文朋，作者用詩歌真實記録了自己重情重義的一面。

1888年，余達父拜入葛子惠門下，與葛正父成爲同學。後來，兩人建立了深厚的友誼。其文集《葛崇綱墓表》云："余以文章交遊天下士，而性近孤僻。有始密而後疏者，有始疏而漸密者，有偶然相值而不厭者。有居群處經在年時，渙然一散邈乎相忘者尤多。束髮受書，談藝論道，數十年窮達不渝者，惟崇綱一人而已。""同學數十人，惟崇綱與余尤善。"1906年秋葛正父去世時，余達父正留學日本，"哭之以四律，并匯銀百元賻之"。1911年閏六月余達父親往畢節瓦廠塘祭奠葛正父。《愡雅堂詩集》中，作者數次提到葛正父。

1906年春，余達父被迫泛海東渡，并在日本印成《愡雅堂詩集》，"裝卷猶用倭京殼"（1912年劉貞安題跋）的精裝本。他"博識能文，好吟詠，與日本詩人森槐南結詩社，輒主其盟，故頗負時望"（平剛《余健光傳》）。1909年前後，余達父在東京與森"思古吟社""隨鷗吟社"雅集酬唱。"倭中文士泰斗"伊藤博文秘書森槐南、時任"隨鷗吟社"社長的永阪石埭、"經理郵船會社"的永井禾原、"自號夢舟居士，能漢詩文有著集，喜與文士讌遊，且雄於貲"的塚原夢舟、"量才詩將"近藤恬齋、日本名士靜岡郵松研堂，還有土居通豫、結城蓄堂等，都成了余達父的異國詩友。"交誼徹金石，千載永不磨。結此文字緣，融合漢與倭。"在《永井禾原將遊清韓，招同人留別來清閣，即席賦詩餞之》的結尾，余達父用這樣的詩句，表達了對日本友人的深摯情誼。

余達父與黃侃、蘇曼殊、郁曼陀、平剛、袁嘉穀、萬慎子等友情深篤。余達父現存詩歌中，與黃侃唱和的有十首，與郁曼陀唱和的有八首，與平剛唱和的有六首。余達父在瀘州與萬慎子一見如故，除爲其《山憨山房文集》題詩外，後來還有詩作《送萬慎子之官豫章》《和萬慎子見懷韻卻寄》。余達父與雲南歷史上唯一的狀元袁嘉穀詩交不俗，旅居北京期間，曾作十八韻七古《袁樹五以烏蒙近出土孟孝琚碑拓片見惠，賦詩記之》；1929年冬，余達父到昆明，作《袁樹五題余愡雅堂詩集依原韻和之》七絕二首，又作《題袁樹五臥雪堂集三十韻》，對這位詩人、書法家、教育家兼學問大家推崇備至。"革命和尚""愛國詩僧"蘇曼殊，曾將自己的名作《本事詩》第九首寄給余達父，索求唱和之作。

三、余達父詩歌藝術特色

（一）內斂收藏、極盡曲折的文人之詩

余達父在文字、訓詁、音韻等傳統小學方面的造詣很深，他的詩歌沒有專門的篇章闡述經學、史學的要義。然而經學章句、文史典故的運用在《愸雅堂詩集》中如天女散花,隨處可見,順手拈來,隨意驅遣。他在 1923 年所寫《題牟惠老自娛軒詩草》中說:"理我舊事業,訓詁詞章粕。上窺許(慎)鄭(玄)學,下衍劉玄焯。"所以,運用文史典故入詩是他詩歌的另一特色。

《愸雅堂詩集》開篇收了《漫成四首》:

> 長風吹浪海揚波,橫海千軍老鸛鵝。百粵雲山征赤雅,三宣天府艷紅河。
> 豈無少掾思投筆,應有降王待枕戈。惆悵中朝賢太尉,籌邊樓下幾經過。
> 燕山瘴海郁嵯峨,徼外生還老伏波。破虜孫堅初草檄,和戎魏絳夜鳴珂。
> 蒲梢未許來天馬,交趾終難戢戰鼉。太府年年籌餉運,將軍後帳醉顏酡。
> 玉女投壺休未休,桑田滄海幾度秋。陸沉應罪王夷甫,欸斷還輸馬少遊。
> 老將算年思用趙,書生挾策想安劉。隨珠大有沉淪恨,鐵網珊瑚仔細收。
> 韶光春夢去堂堂,不如臨風酒一觴。燕市狗屠多感慨,梁園犬子擅文章。
> 憐才愛掘豐城劍,乘興重游赤石岡,招手蓬萊舊相識,長風萬里接帆檣。

余宏模先生判此詩爲余達父十五歲的作品,應該比較符合事實。這四首七律運用了長風破浪、投筆從戎、枕戈待旦、破虜草檄、和戎鳴珂、玉女投壺、滄海桑田、老將思趙、挾策安劉、隨珠沉淪、燕市狗屠、梁園文章、豐城劍、赤石岡等典故近二十個,涉及班超等近二十個歷史人物。且對仗工整,法度謹嚴,氣魄宏大,展示了雄厚的文史功底。

1911 年 11 月 4 日,大漢貴州軍政府成立。1912 年 2 月 2 日,滇軍唐繼堯入黔,顛覆了大漢貴州軍政府政權,掠奪了貴州辛亥革命果實。余達父悲憤至極,寫下了組詩《春興十五首》,真實記錄貴州政權旁落、社會秩序混亂不堪的現象。這組詩典故運用貼切,作者深厚的文化素養展現得淋漓盡致。十五首詩運用了猿鶴蟲沙、鑄成大錯、築臺避債、銅山西崩、洛鐘東應、祥金躍冶、鹽鐵均輸、借刀殺人、稱帝自娛、楊僕移關、秦廷痛苦、天人三策、虎頭燕頷、毀校防川、伏闕請命、畫虎類犬、蔡邕救琴、昆明劫灰等三十餘個典故,出現了孔僅等四十餘位歷史人物的名字,用典之頻繁足見其學問的淵博,簡直是信手拈來,看不出雕鑿的痕跡。這組詩同樣對仗工穩,務求典故與本事神理相通，分寸悉合，顯示了學人的謹嚴與精審的本色。這組詩歌，如果不加注釋，對於不諳熟貴州辛亥革命史實者，是不知道其中所蘊含的深層意義的。

（二）融情於景、情景交融的詩人之詩

1893 年，余達父去省城貴陽參加科舉考試，落第後滿懷惆悵，出省城時寫下《癸巳下第出省垣二首》（其一）："瑟瑟金風吹不兢，長風驚雁卻風回。高峰落木雲收去，回野秋聲客送來。白璧有靈征卜璞，黃金無價築燕臺。山花不解炎涼意，猶向行人帶笑開。"此詩首聯渲染悲涼蕭瑟的環境，頸聯化用杜甫詩句"無邊落木蕭蕭下"，進一步渲染科舉落第後的抑鬱和傷感。頷聯用卞和泣玉和築臺求士典故，抒發作者懷才不遇之感。尾聯從借山花反襯心境的蒼涼，可謂"以我觀物，物皆著我之色彩"。此詩寓情於景，將一個落第秀才的困頓哀怨表達得淋漓盡致。

余達父的三弟早年招贅於雲南曲靖海氏，1894 年，作者從畢節啟程入滇探望三弟，途經了威寧城郊涌珠寺，寫下了一首《涌珠寺觀井》：

　　折玉一方印，拋珠萬顆圓。魚寒吹細沫，龍蟄漱飛泉。特地探幽境，無心問老禪。歸來山色暝，城郭入青烟。

涌珠井又名"葡萄井"，所在涌珠寺修建於清朝乾隆年間，在威寧城東，今已無存。此詩首聯點題，以比喻手法寫水井如一方印信，寫水珠從井底往上涌，猶如千萬顆珠子向上拋灑；頷聯虛實結合，寫眼前奇景細膩生動；頸聯以"無心問老禪"側面烘托，突出了幽境，讓人陶醉；尾聯寫歸來已晚，再次突出幽境魅力，意境優美而有餘韻。

此外，余達父還有一部分李商隱《無題》寫法的詩歌。李商隱的這類詩構思新奇，風格濃麗，寫得纏綿悱惻。《愻雅堂詩集》中，以"無題"命名的詩歌一共二十二首，其餘如《竹城曲》《紀夢》等都含有李商隱《燕臺詩》《河陽詩》的風格，《碧鷄夢》直接效仿《河陽詩》。這類詩歌寫得哀怨華美，想象奇特，意境瑰麗，寄託深遠，好像在寫男女情愛，又好像在寫理想抱負，讓人產生朦朧迷離之感。

萬慎子謂余達父"其詩沉鬱勁健，取法少陵，而聲調之高朗，景光之絢爛，筆力之兀傲，有出入義山、東坡、山谷者"。羅振玉謂余達父作品"原本風雅，詞旨溫厚，非學養兼到不能道隻字也"。劉貞安謂余達父"尤耽詩句攬時弊，務探六藝弃糟粕。唐音不減陳正字，誼義端裁許南閣"。柳詒徵謂余達父"畢節余子，磊落英多。紛綸五經，皋牢百氏。服膺浹長，上溯結繩……聲韻之作，篇什尤富……綜厥詩景，跨越鄉賢"。

誠然，余達父詩歌的總體風格有類杜甫的沉鬱頓挫，可謂黔西北文學史上的杜甫。但是，清代後期，宋詩派風靡全國，自乾嘉以來，經翁方綱大力提倡，程恩澤、何紹基等推波助瀾，成爲詩歌的主要流派。他們以杜甫、韓愈、黃庭堅爲宗主，力求語必驚人，字忌習見，字必有來處，句必寓典故。鄭珍、莫友芝等都服膺於此，成爲宋詩派的主將，對貴州詩壇有相當的影響。余達父自然而然受到了時代風氣的薰陶。余達父的詩歌，既是詩人之詩，又是學人之詩，不學一家卻自成一家。

四、《愛雅堂詩集》的版本

《愛雅堂詩集》現存最早的版本，是余達父侄孫、貴州省民族研究所原所長余宏模 1983 年於貴州省畢節市金沙縣契默鄉訪得。此本是一鉛印殘本，其中目錄、正文有少量殘缺，其餘部分基本完好，共十四卷，按年編排，收詩歌 610 首。此本依次收余達父自作的《愛雅堂記》，萬慎子、羅振玉、柳詒徵序，劉貞安《愛雅堂詩集題後》，賀國昌《題愛雅堂詩集》及袁嘉穀《題愛雅堂詩集》。此本爲余達父生前親自校訂的版本（以下稱"原本"），具有很重要的文獻參考價值。

現在的通行本，乃余宏模據原本整理節選而成，由貴州省博物館原館長陳恒安題寫書名，1989 年 12 月由貴州人民出版社出版。余宏模撰寫了前言和後記，其中收有余達父在壬子年寫的《愛雅堂記》，萬慎子、羅振玉、柳詒徵序，劉貞安《愛雅堂詩集題後》，袁嘉穀《題愛雅堂詩集》，後附周素園《貴州大理分院推事余君墓表》。此本仍按原本順序節選，也是 14 卷，按年編排。但是，此本編選較爲倉促，故錯漏較多。當然，此本乃第一次向世人展示余達父詩歌面貌的拓荒之作，其價值功不可沒。

2001 年，余宏模整理的《余達父詩文集》由遠方出版社出版。此本仍以原本爲底本，但對通行本作了補充，收録了通行本中未收進的詩歌（以下簡稱"文集本"）。後面還附有《嶜石精舍聯語録存》《嶜石精舍文集》和《蠖龕拾塵録》。

　　此次校勘，我們以余宏模 1983 年於貴州省畢節市金沙縣契默鄉訪得的鉛印殘本《愻雅堂詩集》爲底本，以 1989 年 12 月貴州人民出版社出版的《愻雅堂詩集》和 2001 年遠方出版社出版的《余達父詩文集》進行比照校對，糾正了"原本""通行本"和"文集本"中不少錯誤。但是由於筆者學力有限，閲歷淺薄，錯誤難以避免，望讀者諒解。

凡　例

一、爲保持詩集原貌，詩歌部分仍按原本順序編排。余達父自撰的《愴雅堂記》，萬慎子、羅振玉、柳詒徵序，劉貞安《〈愴雅堂詩集〉題後》，賀國昌《題〈愴雅堂詩集〉》及袁嘉穀《題〈愴雅堂詩集〉》均編排於附録部分。

二、本校注删除了"通行本"中的《貴州大理分院推事余君墓表》，增加了羅振玉《〈愴雅堂詩集〉序》。

三、本校注分爲校勘記和注釋兩部分。校勘記以（　）標示序號，注釋以"【　】"標示序號。

四、如發現錯誤，需要更正，均録原版本字詞，用"原作'＊'，今改作'＊'"的格式撰寫校勘記。

五、凡涉及不可考的人物，均存疑待考。

六、爲節約篇幅，凡出現一整句需注者，本書均以"'＊＊'句"的方式處理。

七、對於生僻字的注音，均用漢語拼音，不用其他方式注音。

八、部分淺顯易懂的詩歌，爲保持原貌，只録原文，不作注釋。

目　　録

序言（梁庭望）
序（周復剛）
前言
凡例

卷一

漫成四首 ……………………………………………………………… 1

香霧 …………………………………………………………………… 3

怡園午睡 ……………………………………………………………… 4

詠黔中事迹古人分得唐蒙 …………………………………………… 4

九日登翔龍閣 ………………………………………………………… 5

秋柳 …………………………………………………………………… 5

梨樹坪 ………………………………………………………………… 6

甘蔭堂和壁間韻 ……………………………………………………… 7

登甲秀樓次鄂文端韻二首 …………………………………………… 7

登黔靈山 ……………………………………………………………… 8

翠微閣納涼 …………………………………………………………… 8

竹城曲 ………………………………………………………………… 8

贏絲山謁陽明祠 ……………………………………………………… 11

癸巳下第出省垣二首 ………………………………………………… 12

旅夜二首 ……………………………………………………………… 12

讀阮嗣宗《詠懷詩》 ………………………………………………… 13

擬鮑明遠《東門行》 ………………………………………………… 14

題《桃花扇傳奇》四首 ……………………………………………… 14

射魚曲 ………………………………………………………………… 16

未得二首 ·· 17

畢節竹枝詞二首 ·· 18

梁王臺懷古并叙 ·· 18

沙子哨題壁 ··· 19

道中聞秋闈揭曉名録二首 ·· 20

秋霖行 ·· 21

小河岸阻水饗暮迷途投宿 ·· 21

十月中見未歸燕子二首 ··· 22

卷二

入滇探昆甫弟啓行別家二首 ·· 24

出畢節 ·· 25

高山堡 ·· 26

七星關 ·· 26

武侯祠 ·· 27

養馬川 ·· 27

七家灣 ·· 28

岈巴山 ·· 28

天橋 ·· 29

迥水塘 ·· 29

涌珠寺觀井 ··· 30

威寧海 ·· 30

盡頭鋪 ·· 31

可渡河二首 ··· 31

來賓鋪望遠 ··· 32

炎方驛 ·· 33

紀夢 ·· 33

宿西流水海氏故園 ··· 34

歲莫 ·· 35

上竹原嶺 ·· 36

留別昆圃弟三十五韻 ·································· 36

除夕二首 ·· 38

遊武侯祠觀爨寶子碑、卅七部會盟碑 ········ 39

無題五首 ·· 40

重宿儻塘驛 ·· 41

可渡河山腰古寺 ·· 41

平山鋪三首 ·· 42

夢葛正父 ·· 43

無題二首 ·· 44

山居即景 ·· 45

卷三

宮怨三首 ·· 47

代答宮人 ·· 47

乘凉荷榭 ·· 48

題《帶經堂詩集》後 ·································· 48

喜雨行 ·· 52

檢焚舊書字紙 ·· 54

新秋月夜回湘流泛舟 ·································· 54

秋雨晚歸 ·· 55

擬《美女篇》 ·· 55

擬《燕歌行》 ·· 57

子夜歌 ·· 58

擬《西北有高樓》 ······································ 58

秋柳·次王新成韻四首 ································ 59

古磚歌并叙 ·· 60

中秋日 ·· 63

九日登高漫興六首 ···································· 63

九月十五夜雨雪 ·· 65

落葉四首限咸、佳、江、肴四韻 ···················· 66

碧鷄夢效玉溪生《河陽》詩體 ························ 67

卷四

無題八首 ··· 69

十二月十五日晨起，堅冰凍合，饕風逼人不敢出。案上敗管豪僵，枯池水腹，撥火
　擁爐，又覺冰炭之薄激。少焉，熨酒微溫，凝寒漸解，呵凍成此，聊寫幽懷 ······ 71

玉蘭花并引 ·· 72

惱春截句八首 ··· 73

詠懷十首 ··· 75

罌石精舍 ··· 81

踏青晚歸中途遇大雨 ·································· 81

題楊叔和孝廉詩集 ····································· 82

詠蟬 ·· 84

意園八詠 ··· 84

檽樹場 ·· 86

題葛崇綱此部四時景屏 ······························ 86

偕家孟伯㷀叔季昆圃季培秋郊遠眺 ·············· 87

卷五

送昆甫弟由蜀之滇三首 ······························ 88

夜起翫月四首 ··· 88

十七夜大雪長言十四韻 ······························ 89

十二月二日夕風雨雷電 ······························ 90

漢宮三首 ··· 91

無題四首 ··· 92

園中多山，亭下梅花盛開，和東坡松風閣下梅花盛開之韻 ···· 93

題楊惺吾《歷代輿地沿革險要圖》 ················ 94

除日祭詩 ··· 95

閱蔣苕生重搜逸卷詩有感 ·························· 96

火車行 ··· 96

九月七日出筑垣四首 ································· 97

明君曲 ··· 99

書飴山老人《因園集》後 ························· 100

上元夜初更後見月懷葛正父十八韻 ········ 101

得雨 ··· 102

懷龍筱郎茂材 ··· 104

擬《行路難》四首 ································· 106

五日偶步出郊，睹年時侍先君遊覽處，感慟作此 ····· 107

答客問 ··· 108

有題 ··· 108

無題 ··· 109

大雨傷稼 ··· 109

自五月中迄六月杪，久旱不雨，黔地磽瘠傷於旱者又過半矣 ····· 111

三冠山晚眺 ··· 112

卷六

秋感八首 ··· 113

都門有警懷葛正父比部 ·························· 115

悼亡九首 ··· 116

和劉嘉予感事韻四首 ····························· 119

禄州行 ·· 121

送楊叔和大令之官鄂中 ·························· 124

哭葛子惠先生 ······································ 126

季培有喜聞昆圃至之作，昆圃和之并鈔寄余，余亦和此却寄 ····· 128

次葛正父見寄之作却寄 ·························· 129

再寄正父長言三十三韻 ·························· 130

張龍媒司馬以其先德薌甫太守《萬里歸舟圖》索題,用東坡《百步洪》韻賦此…132

茶亭寺望江 …………………………………………………………………… 133

由涇南郵政局寄懷葛正父并抄近作寄之 ………………………………… 133

贈萬慎子并速其爲余叙詩集,用杜老贈韋左丞韻 ……………………… 134

感事次杜工部《諸將》五首韻 …………………………………………… 135

卷七

和慎齋先生秋感韻八首用杜《秋興》韻避元韻 ………………………… 138

送黃仲宣如桂林 …………………………………………………………… 141

曉發瀘州 …………………………………………………………………… 142

夜泊合江城下 ……………………………………………………………… 142

晚發渝城 …………………………………………………………………… 143

泊夔府 ……………………………………………………………………… 143

夜泊巴東峽枬木原二首 …………………………………………………… 144

夜泊黃陵廟 ………………………………………………………………… 144

泊宜昌 ……………………………………………………………………… 145

斷髮 ……………………………………………………………………… 145

和友人感事韻 ……………………………………………………………… 146

哭葛正父比部并序 ………………………………………………………… 147

和張正陽海上望月韻 ……………………………………………………… 149

和伯彬先生見寄韻却寄 …………………………………………………… 150

對月 ………………………………………………………………………… 151

秋夜倚樓 …………………………………………………………………… 151

丁未至日次上海 …………………………………………………………… 152

歲寒吟 ……………………………………………………………………… 152

和家伯彬先生見懷韻 ……………………………………………………… 154

暮春十九日遊春日山看櫻花,歸途經上野,憩不忍池橋,回望林塈,雜花生樹,

真在絕妙畫圖中行也 ……………………………………………………… 154

惜春辭二首 ………………………………………………………………… 155

衡山哀・爲劉道一作也 …………………………………………………… 156

和曼殊上人有寄韻 157

和平少黃見贈韻 158

酬張繹琴見贈 159

己酉二月二日散步江户川壖，偶憶玉溪生《二月二日江上行》詩，即次其韻 159

湘娥怨·吊劉道一婦也 160

代孫少元和李仲仙制府韻 162

卷八

送盛倚南歸國 165

吊伊藤春畝五首 167

己酉仲冬重遊箱根仍宿環翠樓四十二韻 169

秋草四首 172

荆軻 173

題鮑小庵梅花畫册 175

賀羅厚父姬人生子 176

漆鑄城以宣紙索書賦此寄之時庚戌人日也 177

近藤恬齋招宴即席賦贈，次恬齋天心閣原韻 177

和白河柳枝詞韻借贈侍者 178

永井禾原侍郎招宴來青閣賦詩分韻得九青 178

和禾原招引原韻 179

酒罷和永阪石埭韻贈之 180

江户川夜櫻 180

隨鷗吟社招宴向島八百松樓，席間和社長永阪石埭原韻 181

永井禾原將遊清韓，招同人留別 於來青閣，即席賦詩餞之 182

鮑筱庵自揚州寫某花橫幅見贈，書此却寄 183

春柳 184

分詠馬嵬坡 184

卷九

無題 186

鸚鵡洲吊禰正平 ··· 187

寒翠山莊清集即景分得肴韻并引 ··· 188

酒罷口占贈夢舟居士，即次夢舟贈郁曼陀韻 ··································· 189

席間土居通豫君以素藤繪侍者小像贈余，題此志之，同時題者數人 ··· 190

張繹琴招飲田端，同和漆鑄成韻 ··· 191

竹醉日塚原夢舟招飲寒翠莊消夏， 和厲樊榭《夏至前一日》韻二首 ···· 191

席上分得真韻 ··· 192

再和結城蓄堂寒翠莊三韻 ··· 192

靜岡邨松研堂，倭名士也，不介而寄宣紙索余書近作，并自書舊作三章見贈，

　倚裝和其偶感一首酬之 ··· 193

研堂和前韻一首見贈疊此却寄 ·· 194

夏日偕曼陀訪夢舟，登寒翠莊小閣乘涼，用陸放翁《伏中官舍極涼戲作》韻 ··· 194

將歸書示桐兒 ··· 195

西曆七月廿九日新橋登火車，親故送者十餘人，別緒黯然，大磯道中成此詩 ··· 196

三十日偕村松研堂遊濱松普濟寺，訪全師上人，即留午餐，席間賦此贈之 ·· 196

黃雲深同學以留東醫藥科某君二絶囑和，賦此酬之 ·························· 196

豐臣塚 ··· 197

清水寺 ··· 197

和吳慕姚中秋韻 ··· 198

十月十八日夜泊夷陵 ··· 198

十月廿八夜泊瞿塘峽口 ··· 199

十一月初七夜泊虎須灘 ··· 200

贈王頌山即次原韻二首 ··· 200

十一月十七日渝城曉發 ··· 201

十二月一日晨度雪山關 ··· 201

南征 ··· 201

題曾師南女士《百蝶圖》即次師南原韻四首 ··································· 207

卷十

閏六月望日吊葛正父墓，携友邱祉彝、葛繼升洎正父子天回，用蘇子瞻《清虛堂雪詩》韻……209
春興十五首……210
贈樂涼澄……220
病中喜燀侄書至……221
劉問竹書余《絛雅堂詩集後》長言四十韻，次韻和之兼以贈别 時新秋三日，問竹嚴裝歸奉節，行有日矣……222
裝成亡友葛正父所繪《秋林孤館圖》，撫今感昔，和其題畫元韻二章，時壬子七月也……226
殤女二首……227
西湖孤山公園……227
煉丹臺望浙江潮并序……228
申浦遇傅彩雲有感……228
吴門秋詠……229
邵次公招飲席間和張心蕪韻……232
席間以“同是天涯淪落人”分韻得“是”字……233
孤雁次朱經田韻……234
題自在香室傭書圖……235
元夜出遊城南次東坡《定惠院寓居月夜偶出》韻……237
剡溪女子晏宛若廣陵題壁詩十首，悽愴飄零，哀感頑艷，依韻和之……238
送周豐沅南歸……240
和平嘯篁揚州見寄韻……242
孫少元將南歸，以趙介白所畫某華屬題，即叠介白韻以贈别四首……242
和嘯篁見寄韻却寄……243
題楊孝慈所藏電燈下倭娘小像……244
江南柳……244
和黄季剛見寄海上雜感却寄……248

卷十一

甲寅三月晦日哭桐兒 ·· 251

四月十五日遊陶然亭和香塚詩韻 ·· 252

和王湘綺《法源寺留春宴集》詩韻 ·· 252

季剛示《醉吟》二詩，懺綺傷懷離憂也。余喪明之痛久而未泯，依韻和之，
　　亦各言其苦辛云爾。時客滬上 ··· 253

閏端陽夕，季剛過談，繙李太白集中有《閏端陽節客滬上，聽汪翠娘琵琶詩》，
　　季剛和之，余亦次韻 ·· 254

書薛烈婦趙事復紀以詩 ·· 254

季剛以詩賀余納姬依韻酬之 ··· 255

七月七日和嘯篁見懷韻郤寄并問季剛 ··· 255

和袁樹五清史館感懷韻 ·· 256

和嘯篁青陽道中見寄韻二首 ··· 257

送萬慎子之官豫章二首 ·· 258

袁樹五以烏蒙近出土孟孝琚碑拓片見惠，賦詩紀之 ································· 258

和嘯篁見答韻 ·· 260

和嘯篁紙鳶韻 ·· 261

送周澍元南歸二十九韻 ·· 262

題胡節婦王事 ·· 264

和黃雲僧見寄韻 ··· 265

和萬慎子見懷韻却寄 ··· 265

二月晦日大雪叠前韻 ··· 266

清明日和賀葊老《春柳》韻四首 ·· 268

賀葊老題余《惔雅堂詩集》依韻和之 ··· 270

壽吳母陸太夫人 ··· 271

秋陰季剛過我以近作《紀遊詩》屬和依韻成此 ······································· 272

中秋後五日，偕少黃、鑄城出西直門遊農事試驗場，萬勉之設飲園中，歸塗
　　放歌 ··· 272

題張石其妾劉夢詩事 ··· 274

孫少元有子熊，數歲時於倭見之，去年殤於滇。今年少元來京，言下淒然。余亦
　　往年同此傷悼，作詩以廣其意 ··· 274

丙辰仲冬於友人齋中聞素馨，問之，云秋前所置，今殘矣。余不謂然，搴
　　帷視之，叢蘭百盆僵列窗下，尋視久之，忽見綠芽一枝苗於密葉間，幽
　　香遠聞，即由此出。乃嘆宇宙間如此沉埋遲暮者，密不知凡幾也。屬其
　　剔出，供之几案，并壽以詩 ··· 275

題嘯篁《感遇集》次季康韻 ·· 277

挽魏午莊制府 ·· 277

丁巳二月晦日雪 ·· 278

挽陳英士 ··· 280

丁巳四月二日哭伯彮先生 ··· 281

四月廿三日晨出大沽 ·· 283

四月廿八日橫濱風雨中檢桐兒寓槻 ·· 283

卷十二

橫濱萬珍樓度端午 ··· 285

五月十日晨起由鹽釜泛小舟入松島 ·· 286

宿松島白鷗樓之濤聲帆影閣 ·· 286

白鷗樓晨起雨中遠眺二首 ··· 287

雨後挂帆遊鷹森，歸途并外海尋西南諸島之勝 ····································· 287

五月十二日仙台道中望山形縣之雪山，皚皚出沒雲霄間 ·························· 288

十三日國府津道中望富士山，殘雪甚微，若隱若見，以視山形之雪山遜矣 ··· 289

十四日西京道中閱晚報言中國復闢事 ·· 289

十六日辰時神户登海艖，余經此六度十二年矣 ······································ 291

秣陵舟中 ··· 291

八月廿一日夜泊龍家鋪枕上口占 ··· 292

九日雨中過龍里 ·· 293

郁曼杜大理以《衎齋望西山》懷余詩見寄，依韻和之 ···························· 293

曼杜得余九月晦日書，自京師却寄一律，依韻和之 ······························· 294

和曼杜鬼趣子夜 ·· 295

己未三月末日，余久病，忽得去冬病中曼杜書《遊西山登石景山天空院》韻，
　　藉此排遣，并報曼杜 ·· 296

新秋九日得曼杜書和之 ·· 296

哭煇姪 ·· 297

五十初度 ·· 299

王蔬農以照相囑題 ··· 299

二月二十九日遊貴陽公園 ··· 300

柳小汀和余韻見贈，叠韻酬之 ···································· 300

小汀嬲余叠韻，時小汀在公園之水榭修《續通志》也，寄此答之 ··· 302

三月三十日得昭通報，姪女祥珠病歿，余於貴陽寓中哭之 ······ 303

悼亡 ··· 304

壬戌人日口占 ·· 305

赤水縣郵題壁 ·· 305

端午日瀘縣觀龍舟競渡 ·· 306

晨登忠山 ·· 306

漫興 ··· 308

五月二十六夜大雨 ··· 311

懷西洞精英硯用朱竹垞《夢硯歌》韻 ····························· 312

卷十三

壬戌十月既望夜大雨雪，雪積近尺，用馬道穆雪後韻 ·········· 313

吳雪荇囑題畫即用其韻題之 ·· 313

張仲民以其先德龍門少尉小篆一卷囑題 ··························· 314

癸亥元日喜晴 ·· 315

嚼菜根 ·· 316

李海曙將束歸，作留別詩十章，余和《梅園》一章，以其時余與海曙列會也 ··· 317

得漆鑄成京師書却寄，時三月二十三日也 ························· 317

題張繹琴小像 ·· 317

送張仲民東遊滬瀆 ………………………………………………………………………… 318

題牟惠老《自娱軒詩草》 ………………………………………………………………… 319

題陳孟韓繪《紅樓夢大觀園圖》二首 …………………………………………………… 320

題酈知方《貴山六碑堪聯語》 …………………………………………………………… 320

廟食二首 …………………………………………………………………………………… 321

題炎武弟哭和兒詩 ………………………………………………………………………… 322

悼亡姬孫氏 ………………………………………………………………………………… 323

和安舜欽《乙丑九日遊仙人洞》韻 ……………………………………………………… 323

孫書農以詠菊四題囑和四首 ……………………………………………………………… 324

題楊孝女殉親記 …………………………………………………………………………… 325

丙寅人日徐露園伻來，得簡展視，則馬道穆以拜東坡生日詩書擬，即次道穆

　　韻答之 ………………………………………………………………………………… 326

昨日道穆叠壽蘇髯韻酬余，余亦叠韻酬之 ……………………………………………… 328

丙寅三月十日鄭子尹光生生日和聱園韻 ………………………………………………… 330

題龍幼安所藏日本荒川德子絹繪《櫻花美人圖》 ……………………………………… 331

寇子春丁卯重賦《鹿鳴紀言》二十四韻 ………………………………………………… 332

戊辰人日時園獨酌 ………………………………………………………………………… 333

嬰石精舍小坐 ……………………………………………………………………………… 334

戊辰十月築大灣山莊 ……………………………………………………………………… 334

卷十四

十一月廿三日過陽平隴氏藹吉堂 ………………………………………………………… 336

己巳人日春感六章 ………………………………………………………………………… 336

新正十一夜見月 …………………………………………………………………………… 338

十二夜月 …………………………………………………………………………………… 339

十三夜月 …………………………………………………………………………………… 339

十四夜月 …………………………………………………………………………………… 339

十五夜月 …………………………………………………………………………………… 339

十六夜月 …………………………………………………………………………………… 339

壽斯鏡湖先生年九十 ……………………………………………… 340

二月五日見上塚者 ……………………………………………… 340

二月二十一日檽樹塊掃隴少庵墓 ……………………………… 341

清明二首 ………………………………………………………… 341

三月十五日至昭通 ……………………………………………… 342

炎山望金沙江 …………………………………………………… 342

松蘿行并序 ……………………………………………………… 343

賊退口號 ………………………………………………………… 345

己巳七夕 ………………………………………………………… 346

民欲 ……………………………………………………………… 346

己巳重九日 ……………………………………………………… 347

烏蒙客邸聞安舜欽九月十日歿於昆明 ………………………… 347

袁樹五題余《慦雅堂詩集》，依原韻和之二首 ……………… 348

題袁樹五《臥雪堂集》三十韻 ………………………………… 348

寄懷三弟壽農 …………………………………………………… 351

庚午人日禄介卿招遊黑龍潭，同行者李子邕、王鐵珊、徐從先。次壁間拏經
　老人二律韻，余作拗律 ……………………………………… 352

圖書館題宋芷灣先生行書卷 …………………………………… 354

萌三月三日泛舟滇池 …………………………………………… 355

四月七日宿花貢驛 ……………………………………………… 356

豁然篇并序 ……………………………………………………… 356

哭壽農三弟 ……………………………………………………… 358

往大灣山莊書途中所見 ………………………………………… 359

後豁然篇 ………………………………………………………… 359

題大定雙烈園石壁 ……………………………………………… 360

葛希顏鈔寄昔年長春懷余之詩，次韻和之 …………………… 361

參考文獻 ……………………………………………………………… 363

附錄

　慦雅堂記 ……………………………………………………… 365

《愫雅堂詩集》叙 …………………………………………………… 366

《愫雅堂詩集》序 …………………………………………………… 367

《愫雅堂詩集》叙 …………………………………………………… 368

讀達父《愫雅堂詩集》，追懷鄭經巢、王湘綺兩先生，達父頃柬予許异日道蜀

　　見訪永谷，故爲此詩題其集後，既以爲别，且堅後約 …………… 369

達父先生出示《愫雅堂集》，爲題一詩以志仰止，時丙辰三月三日 ……… 370

題《愫雅堂詩集》 …………………………………………………… 371

‖ 漫成四首 ‖

　　長風吹浪海揚波，橫海千軍老鸛鵝【一】。百粵【二】雲山征赤雅【三】，三宣【四】天府艷紅河。豈無少掾思投筆，應有降王待枕戈。惆悵中朝賢太尉，籌邊樓下幾經過。

　　燕山瘴海鬱嵯峨，徼外生還老伏波【五】。破虜孫堅【六】初草檄，和戎魏絳【七】夜鳴珂【八】。蒲梢【九】未許來天馬，交趾【一〇】終難戢戰鼉。太府年年籌餉運，將軍後帳醉顏酡【一一】。

◎ **注釋**

【一】鸛鵝：列陣的軍隊。《左傳·昭公二十一年》："丙戌，與華氏戰於赭丘。鄭翩願爲鸛，其御願爲鵝。"杜預注："鸛、鵝皆陣名。"

【二】百粵：江浙閩粵之地，皆爲越族所居。

【三】赤雅：本爲書名，明末清初鄺露著。主要記載南方山川風物傳。在此代指南方山川河流。

【四】三宣：明代在西南少數民族地區設立的三個宣撫使司的總稱，指南甸宣撫司、干崖宣撫司、隴川宣撫司。

【五】伏波：將軍名號。東漢馬援受封爲伏波將軍。南朝宋鮑照《代苦熱行》："戈船榮既薄，伏波賞亦微。"

【六】破虜孫堅：指東漢破虜將軍孫堅（155—191），字文臺，吳郡富春（今浙江杭州富陽）人，三國時吳國奠基人，因官至破虜將軍，又稱"孫破虜"。

【七】和戎魏絳：魏絳（生卒年不詳），姬姓，魏氏，名絳，謚號莊，史稱魏莊子，春秋時晉國卿。晉悼公四年（前569年），魏絳向悼公提出和戎主張。

【八】鳴珂：指身居高位。明李東陽《重經西涯》詩之一："豈謂鳴珂還故里，敢將華髮戀微官。"

【九】蒲梢：亦作"蒲捎""蒲稍"，古代駿馬名。

【一〇】交趾：原爲古地區名，轄境相當今廣東、廣西大部和越南的北部、中部，宋稱爲交趾。

【一一】顏酡（tuó）：醉後臉泛紅暈。《楚辭·招魂》："美人既醉，朱顏酡些。"

玉女投壺【一】休未休，桑田滄海幾更秋。陸沉應罪王夷甫【二】，款段（一）還輸馬少遊【三】。老將算年思用趙【四】，書生挾策想安劉【五】。隨珠【六】大有沉淪恨，鐵網珊瑚【七】仔細收。

韶光春夢去堂堂，不如臨風酒一觴。燕市狗屠【八】多感慨，梁園犬子【九】擅文章。憐才愛掘豐城劍【一〇】，乘興重游赤石岡。招手蓬萊舊相識，長風萬里接帆檣。

◎ 校勘記

（一）款段：原本作"款斷"，誤，當作"款段"。

◎ 注釋

【一】玉女投壺：傳説東王公與玉女投壺玩耍，投不中時，上天爲之笑而成電。後"投壺玉女"指得勢的奸佞。李白《梁甫吟》詩："帝旁投壺多玉女，三時大笑開電光。"

【二】"陸沉"句：用西晉大臣王衍清談誤國之典，寫國家喪失主權。陸沉：比喻國土淪陷於敵手。王夷甫：王衍，字夷甫，琅琊臨沂人，任人惟親，清談誤國身亡。南朝宋劉義慶《世説新語·輕詆》："桓公（桓温）入洛，過淮泗，踐北境，與諸僚屬登平乘樓，眺矚中原，慨然曰：'遂使神州陸沉，百年丘虛，王夷甫諸人不得不任其責！'"

【三】"款段"句：用東漢名將馬援從弟馬少遊典。《後漢書·馬援傳》載，馬少遊曰："士生一世，但取衣食裁足，乘下澤車，御款段馬，爲郡掾史，守墳墓，鄉里稱善人，斯可矣。致求盈餘，但自苦爾。"款段：指馬行遲緩貌，借指馬。

【四】"老將"句：用戰國末期趙國名將廉頗典故。《史記·廉頗藺相如列傳》："廉頗一爲楚將，無功，曰：'我思用趙人。'"

【五】"書生"句：化用諸葛亮事劉備典故。安劉：渭安定漢代劉氏江山。挾策，比喻勤奮讀書。《莊子·外篇·駢拇第八》："臧與谷二人相與牧羊而俱亡其羊。問臧奚事，則挾策讀書，問谷奚事，則博塞以遊。"

【六】隨珠：泛指珍寶。喻德才兼備的棟梁之才。晋干寶《搜神記》卷二十："隋縣溠水側，有斷蛇丘，隋侯出行，見大蛇被傷中斷，疑其靈異，使人以藥封之，蛇乃能走，因號其處'斷蛇丘'。歲餘，蛇銜明珠以報之。珠盈徑寸，純白，而夜有光明，如月之照，可以燭室，故謂之'隋侯珠'。"

【七】鐵網珊瑚：原義爲搜羅奇珍，在此比喻搜羅人才。唐李商隱《碧城》詩："玉輪顧兔初生魄，鐵網珊瑚未有枝。"

【八】燕市狗屠：指身份、地位卑賤的人。《史記·刺客列傳》："荆軻既至燕，愛燕之狗屠及善擊筑者高漸離。"

【九】梁園犬子：指西漢時辭賦家司馬相如。《史記·司馬相如列傳》："少時好讀書，學擊劍，故其親名之曰犬子。"

【一〇】豐城劍：古代名劍，一爲"龍泉"，一爲"太阿"。《晋書·張華傳》："煥（雷煥）到縣，掘獄屋基，入地四丈餘，得一石函，光氣非常，中有雙劍，并刻題，一曰龍泉，一曰太阿。其夕斗牛間氣不復見焉。"

‖ 香　霧 ‖

香霧空濛畫角催，簾櫳慘悴啼玫瑰。芳心未逐流雲散，好夢初從別境回。濯柳丰神春後減，況檀心事暗中灰。此間見説東風惡【一】，只恐吹殘豆蔻胎【二】。

◎ 注釋

【一】東風惡：出自陸遊《釵頭鳳》："東風惡，歡情薄。一懷愁緒，幾年離索。錯、錯、錯！"陸游娶唐琬，由於母親反對，被迫分開。

【二】豆蔻胎：指豆蔻。南方人取其尚未大開的稱爲含胎花，以其形如懷孕之身。詩文中常用以比喻少女。唐杜牧《贈別》詩："娉娉嫋嫋十三餘，豆蔻梢頭二月初。"

▍ 怡園午睡 ▍

午睡醒來樹影長，竹槐幽映榻生涼。池低露洗静荷媚，窗破風回枯桂香。地僻應無熟客到，林深間有寒雲藏。我身未合烟霞老，蓴鱸【一】他年愛此鄉。

◎ 注釋

【一】蓴（chún）鱸：比喻思念故鄉。《世説新語·識鑒》："張季鷹闢齊王東曹掾，在洛見秋風起，因思吳中菰菜羹、鱸魚膾，曰：'人生貴得適意爾，何能羈宦數千里以要名爵！'遂命駕便歸。俄而齊王敗，時人皆謂爲見機。"蓴，同"蒓"。

▍ 詠黔中事迹古人分得唐蒙 ▍

北却匈奴【一】尚未遑，偏教竪子【二】闢南荒。牂牁【三】筰斷開黔地，獍犵【四】山崩見戰場。蒟醬誰嘗邊患苦，蠻花今發道傍香。蝸爭【五】有限終何極，博得青山號夜郎。

◎ 注釋

【一】北却匈奴：漢武帝北擊匈奴，前後數十年，導致"海内虚耗，户口減半"。

【二】竪子：對人的鄙稱。猶今言"小子"，此指唐蒙。《戰國策·燕策三》："荆軻怒，叱太子，曰：'今日往而不反者，竪子也！'"

【三】牂牁：船隻停泊時用以繫纜繩的木樁。晉常璩《華陽國志·南中志》：“周之季世，楚威王遣將軍莊蹻，泝沅水出且蘭以伐夜郎，植牂柯繫舡……因名且蘭爲牂牁國。”

【四】獋狋（zhuànggē）：古代西南邊陲少數民族。在此指代西南地區。

【五】蝸爭：即“蝸角之爭”。比喻爲了極小的事物而引起大的爭鬥。《莊子·則陽》：“有國於蝸之左角者，曰觸氏，有國於蝸之右角者，曰蠻氏，時相與爭地而戰，伏屍數萬，逐北，旬有五日而後反。”

‖ 九日登翔龍閣 ‖

閣倚回峰下，峰回背水源。高秋情思淡，古徑菊松存。野鼠驚飛樹，山僧倒欹門。盪胸雲霧氣，過眼雨烟痕。已事東山屐【一】，重開北海樽【二】。悲秋無杜意【三】，身世未同論。

◎ 注釋

【一】東山屐：晉人謝安在金陵城東築別墅，常著屐來此遊憩。《晉書·謝安傳》：“玄等既破堅，有驛書至。安方對客圍棋，看書既竟，便攝放床上，了無喜色，棋如故。客問之，徐答云：‘小兒輩遂已破賊。’既罷，還內。過戶限，心喜甚，不覺屐齒之折。”

【二】北海樽：漢末孔融爲北海相，時稱孔北海。《後漢書·孔融傳》：“（孔融）常嘆曰：‘坐上客恒滿，尊中酒不空，吾無憂矣。’”

【三】悲秋無杜意：化用杜甫詩句。杜甫《登高》：“萬里悲秋常作客，百年多病獨登臺。”

‖ 秋　柳 ‖

重到金城又幾年，株株蕭瑟絆離筵。不須十萬隨堤【一】種，只此飄零已可憐。

臨風猶自解纏綿，莫怨寒條欲化烟。張緒[二]當年丰度減，烏啼休近白門[三]邊。

今日垂條似舊長，不淹別淚也侵霜。有人樓上開窗看，説道傷春未算傷。

年少新豐感舊遊，幾經歲月更逢秋。灞橋[四]一樹垂垂影，折寄同心快轉頭。

◎ 注釋

【一】隨堤：隋堤柳。隋煬帝開鑿通濟渠，沿渠築堤種柳，後成爲隋堤。後人多以諷刺隋煬帝的荒淫亡國的感慨。白居易詩《隋堤柳》："後王何以鑒前王，請看隋堤亡國樹。"

【二】張緒：字思曼，吳郡吳縣（今蘇州）人。《南史·張緒傳》："劉悛之爲益州，獻蜀柳數株，枝條甚長，狀若絲縷。時舊宮芳林苑始成，武帝以植於太昌靈和殿前，常賞玩諮嗟，曰：'此楊柳風流可愛，似張緒當年時。'"

【三】白門：南京的舊稱。李白詩《楊叛兒》："何許最關人？烏啼白門柳。"

【四】灞橋：灞陵柳。《三輔黃圖·橋》記載："灞橋在長安東，跨水做橋，漢人送客至詞橋，折柳贈別。"

‖ 梨樹坪 ‖

暮氣振寒林，羈人動客心。三年經破驛，再鼓激能琴。入市人聲寂，當途犬語侵。只餘明月好，爲我出高嶔[一]。

◎ 注釋

【一】高嶔（qīn）：高山。

‖ 甘蔭堂和壁間韻 ‖

新秋雨過已輕寒，歷盡崎嶇尚畏寒。孤負【一】沿途好山水，風塵曾有幾人看。

◎ 注釋

【一】孤負：白白錯過。

‖ 登甲秀樓次鄂文端【一】韻二首 ‖

柳絲拂水碧毵毵【二】，經略當年此駐驂。鐵柱【三】攲斜遺廟毀，山僧猶說大征南。

亭亭帽影逞鞭絲【四】，正是秋風動桂時。樓上斜陽樓外水，瓣香【五】獨拜武鄉祠。

◎ 注釋

【一】鄂文端：即鄂爾泰，雍正三年（1725）遷廣西巡撫，次年調任雲貴總督，兼轄廣西，實行改土歸流，在西南各族地區設置州縣，改土司爲流官，加强中央對地方的統治。

【二】毵（sān）毵：細長的樣子。

【三】鐵柱：鄂爾泰鎮壓古州（今榕江）苗民起義後，曾收聚兵器鑄成鐵柱，標榜功績。

【四】帽影逞鞭絲：活用"鞭絲帽影"，即馬鞭和帽子，借指出遊。宋陸遊《齊天樂·左綿道中》："塞月征塵，鞭絲帽影，常把流年虛占。"

【五】瓣香：猶言一瓣香。比喻崇敬的心意。

登黔靈山

英雄去過河山改，名士來時宇宙荒。鶴語【一】尚思邊驛吏【二】，蟬聲應吊夜郎王。秋巒雨後增新綠，古樹雲歸帶早涼。更向青冥一翹首，皂雕振翮快飛揚。

◎ 注釋

【一】鶴語：謂鶴壽長而多知往事，此作回憶往事。南朝宋劉敬叔《异苑》卷三："晋太康二年冬，大寒，南洲人見二白鶴語於橋下曰：'今茲寒，不減堯崩年也。'于是飛去。"

【二】邊驛吏：此處指王陽明。

翠微閣納涼

一徑入幽篁，蒼苔比砌長。蛛絲迷古避，鴻爪【一】認前芳。我本無中熱，誰同憩晚涼。桐陰臨水處，魚子比人忙。

◎ 注釋

【一】鴻爪：比喻往事留下的痕跡。宋蘇軾《和子由澠池懷舊》："人生到處知何似，應似飛鴻踏雪泥。雪上偶然留爪印，鴻飛那復計東西。"

竹城曲

百丈遊絲繞玉鞭，玫瑰紅映紫蘿筵。嬌堕柔綠燕釵膩，鮫人淚濕青玉烟【一】。鸚鵡簾前喚驚起，雙眸一寸澄秋水。兔魄常盈月桂中，蝶灰合散烟花裏。西風狒獵【二】開秋荷，茱萸帳底聞清歌。湘蘭窈窕無人惜，蓮房泣露【三】空蹉跎。三尺金徽【四】調楚弄【五】，響遏南雲繞雲夢【六】。鴛鴦枕上綠狸眠，翡翠樓邊玄鶴控。玉樹歌殘紅桂【七】春，冷落翠被凄芳塵【八】。咫尺銀河不得渡，繁花怨絮迷天垠【九】。玉灣不釣愁菱芰【一〇】，守宮血濺胭脂漬【一一】。一朵櫻桃鄭國花，千竿斑竹湘江淚【一二】。海內重來兜率宮【一三】，蜻蜓翼斷碧紗籠。綠繡笙囊憐尚在，金銷舞袖却成空【一四】。清溪白石望空壁，芳草天涯何處覓【一五】。永嘆消沉越客舟，奈何惆悵桓伊笛【一六】。渴雁南飛自苦辛【一七】，鯉魚莫妒猩猩唇【一八】。當時悵望明河【一九】遠，海客乘槎【二〇】亦問津。仙蹤幻迷三里霧，雄龍雌鳳常相慕【二一】。研丹擘石感天公【二二】，鐵絲網出珊瑚樹【二三】。

◎ 注釋

【一】"鮫人"句：用李商隱《錦瑟》"滄海月明珠有淚，藍田日暖玉生烟"句意，寫可望而不可即之感。鮫人淚：傳說鮫人在哭泣時眼淚會變成珍珠，稱之爲鮫人珠。晋張華《博物志》："南海外有鮫人，水居如魚，不廢績織，其眼泣則能出珠。"青玉烟：玉生青烟。

【二】狒獵：重接層叠。《文選·張衡〈西京賦〉》："蒂倒茄於藻井，披紅葩之狒獵。"

【三】蓮房泣露：用李賀《李憑箜篌引》中"芙蓉泣露香蘭笑"句意。詩人用"蓮房泣露"反襯自己的悲哀。

【四】金徽：琴上繫琴弦之繩，在此指琴。

【五】楚弄：指楚調指代彈奏的乐曲。

【六】"響遏"句：活用成語"響遏行雲"。形容歌聲嘹亮有力，悦耳動聽。李商隱《燕臺詩·秋》："簾鉤鸚鵡夜驚霜，唤起南雲繞雲夢。"

【七】紅桂：莽草的別名。李商隱《燕臺詩·秋》："金魚鎖斷紅桂春，古時塵滿鴛鴦茵。"宋沈括《夢溪補筆談·藥議》："（莽草）唐人謂之'紅桂'，以其花紅故也。"

【八】"冷落"句：李商隱《燕臺詩·秋》："金魚鎖斷紅桂春，古時塵滿鴛鴦茵。"指翠被上落滿了灰塵。

【九】"繁花"句：李商隱《燕臺詩·春》："雄龍雌鳳杳何許，絮亂絲繁天亦迷。”此句寫思念之情如繁花亂絮，紛擾迷離。

【一〇】“玉灣”句：李商隱《河陽詩》：“玉灣不釣三千年，蓮房暗被蛟龍惜。”玉灣，水灣。菱芰，菱角。

【一一】“守宮”句：李商隱《河陽詩》：“巴陵夜市紅守宮，後房點臂斑斑紅。”守宮，即守宮砂，中國古代驗證女子貞操的藥物。

【一二】“千竿”句：用帝舜二位妃子娥皇、女英殉情典，喻用情之深。

【一三】兜率（dōushuài）宮：梵語天宮之意。

【一四】“綠繡”二句：李商隱《河陽詩》：“綠繡笙囊不見人，一口紅霞夜深嚼。”此句寫物是人非。

【一五】“清溪”二句：李商隱《燕臺詩·冬》：“青溪白石不相望，堂中遠甚蒼梧野。”清溪：指青溪小姑。南朝民歌《青溪小姑曲》：“開門白水，側近橋梁。小姑所居，獨處無郎。”白石：指白石郎。《樂府詩集》卷四十七《神弦歌·白石郎曲》：“白石郎，臨江居。前導江伯後從魚。”此句言彼此相隔甚遠，無處尋覓。

【一六】“永嘆”二句：越客舟：春秋時期越國大夫范蠡功成名就之後激流勇退，與西施泛一葉扁舟於五湖之中。桓伊笛：用晉桓伊吹笛諷諫晉武帝懷疑謝安事。這兩句寫無法尋找心上人的惆悵。

【一七】“渴雁”句：李商隱《河陽詩》：“堤南渴雁自飛久，蘆花一夜吹西風。”此句寫爲了尋找心上人而歷盡千辛萬苦。

【一八】“鯉魚”句：猩猩唇，猩猩的嘴唇，古代美食，菜譜失傳。《呂氏春秋·本味篇》：“肉之美者，猩猩之唇，獾獾之炙。”唐李賀《大堤曲》：“郎食鯉魚尾，妾食猩猩唇。”此句寫戀情遭到嫉妒。

【一九】明河：銀河。

【二〇】乘槎：乘坐竹、木筏。用晉張華《博物志》典故。

【二一】“雄龍”句：詩中指男女主人公相互愛慕。李商隱《河陽詩》：“雄龍雌鳳杳何許，絮亂絲繁天亦迷。”

【二二】“研丹”句：研丹擘石，喻愛情堅定不移。《呂氏春秋》：“石可破也，而不可奪堅；丹可磨也，不可奪赤。”李商隱《河陽詩》：“研丹擘石天不知，願得天牢鎖冤魄。”

【二三】"鐵絲"句：在此比喻仔細搜尋愛人蹤跡。李商隱《河陽詩》："愁將鐵網冒珊瑚，海闊天翻迷處所。"李商隱《碧城》："玉輪顧兔初生魄，鐵網珊瑚未有枝。"

贏絲山【一】謁陽明祠

娲皇煉石補天宇，鴻濛石盡經鬼斧。削得一鬟墮地來，旖旎風華世莫睹。下有遺廟祀文成【二】，叢薄陰森林剎古。回廊曲臺雜花迷，野景仿佛梭山圍。牽延匝地藤驚蛇，突兀當階石伏虎。松鼠飛飛避行人，野鶴瞪瞪刷毛羽。當年遷謫一驛丞【三】，羅甸夜郎稱召父【四】。遠拜道真【五】作後塵，不與諸葛爭銅鼓。勝朝改玉【六】鼎湖湮【七】，先生猶餘一抔【一】土。青史人誇事業隆，窮邊我愛箴銘苦。森然動魄步前階，摩挲靈壁撫楹柱。樽酒頻傾綠香醅，供鮮未割紅叫脯。興酣偃蹇【八】發狂言，頌公常作湖山主。廟食揭陽韓昌黎，建祠浣花杜工部。三人忠義足千秋，功名誰與公爲伍。安得筆力如牛弩，濡染淋漓作風雨。也學蘇子韓廟碑【九】，日月千秋不墜寙【一〇】。

◎ 校勘記

（一）抔：原本作"杯"，不通，當作"抔"。

◎ 注釋

【一】贏絲山：在貴州貴陽市東門外，又名扶峰山。

【二】文成：即王陽明，萬曆十二年（1584）獲准從祀孔廟。

【三】遷謫一驛丞：指王陽明被貶爲貴州龍場（修文縣治）驛丞。

【四】召父：此處把王陽明比作召父。西漢召信臣爲官時有善政，故南陽人爲之語曰"召父"。

【五】道真：指尹珍（79—162），字道真，東漢牂牁郡毋斂（今正安縣）人。貴州文化教育之拓荒人，西南漢文化教育的開拓者。

【六】改玉：指改變制度或改朝換代。

【七】鼎湖湮：比喻帝王去世，在此指代改朝換代。《史記・封禪書》："黄帝采首山銅，鑄鼎於荆山下。鼎既成，有龍垂鬍涘下迎黃帝。黃帝上騎，群臣後宮從上者七十餘人，龍乃上去。"

【八】偃蹇：驕傲，傲慢。《左傳·哀公六年》："彼皆偃蹇，將弁子之命。"杜預注："偃蹇，驕敖。"

【九】蘇子韓廟碑：即《潮州韓文公廟碑》，是蘇軾於元祐七年（1092）三月接受潮州知州王滌的請求，替潮州重新修建的韓愈廟所撰寫的碑文。

【一〇】墜寙（yǔ）：衰敗，墜落。

癸巳下第出省垣二首

瑟瑟金風吹不兢，長空驚雁却風回。高峰落木雲收去，回野秋聲客送來。白璧有靈征卞璞【一】，黃金無價築燕臺【二】。山花不解炎凉意，猶向行人帶笑開。

征車又去舊旗亭，惆悵情懷借酒停。問世幾人長落落，憐才到我惜惺惺。蘆花幾夜頭俱白，柳葉何時眼更青。不向東風怨開晚，芙蓉秋露自芳馨。

◎ 注釋

【一】"白璧"句：用"卞和泣玉"典，寫自己懷才不遇。

【二】"黃金"句：相傳燕昭王築臺以招納天下賢士，也稱賢士臺、招賢臺。見南朝梁任昉《述異記》卷下。後作爲君主或長官禮賢之典。

旅夜二首

月落星都出，雲來山更深。角聲隨地回，酒力借愁侵。萬里鯤鵬意，三更蟋蟀吟【一】。長安多韻士，誰嘆子昂琴【二】。

露氣侵衣濕，爐烟入夢清。攤書招睡魔，舞劍敵惡聲。風葉聽無際，雷琴【三】響不平。轉看塵壁上，燈影大橫庚【四】。

◎ 注釋

【一】蟋蟀吟：喻窮苦之聲。杜甫《促織》："促織甚細微，哀音何動人。"

【二】"長安"二句：化用陳子昂摔琴成名事，反襯自己科舉落第，名落孫山。

【三】雷琴：唐代琴工雷威所製作的琴。據唐李肇《唐國史補》："蜀中雷氏斲琴，常自品第，第一者以玉徽，次者以瑟瑟徽，又次者以金徽，又次者螺蚌之徽。"

【四】大橫庚：帝王登基之兆。《史記·孝文本紀》："卜之，兆得大橫。占曰：大橫庚庚，余爲天王，夏啓以光。"司馬貞《索隱》："荀悦云：'大橫，龜兆橫理也。'"余達父用此典表達自己科考落第後仍然不甘示弱，相信自己命運會有所改變。

‖ 讀阮嗣宗【一】《詠懷詩》 ‖

飛騰苦不展，困頓良難哉。升沉兩無意，無用作詩才。幽玄而沉鬱，慷慨含清哀。悠悠千載上，招之苦不來。何不鼓銅琶，共飲璧珧杯。飲罷重携手，中原登吹臺【二】。

◎ 注釋

【一】阮嗣宗：阮籍（210—263），三國魏詩人，字嗣宗。與嵇康、劉伶等七人爲友，世稱竹林七賢。以《詠懷》八十二首最爲著名。

【二】吹臺：古跡名。在今河南開封市東南禹王臺公園内。相傳爲春秋時師曠吹樂之臺。漢梁孝王增築曰明臺。因梁孝王常案歌吹於此，故亦稱吹臺。又稱繁臺。三國魏阮籍《詠懷》詩之六十："駕言發魏都，南向望吹臺。簫管有遺音，梁王安在哉！"

13

擬鮑明遠【一】《東門行》

塞馬感秋聲，居人怨離情。離情弗能無，揮手淚縱橫。湛湛【二】長江水，傷春幾千里。千里雖云遙，擬借相思抵。贈君雙明珠【三】，一粒紅豆子。紅豆長相思，明珠闢塵滓。娟娟復娟娟，此心常如此。願在羽爲鶼，比翼常相倚。願在鱗爲鰈，比目烟波裏【四】。願在物爲膠，麐角與鳳觜【五】。君抱陽春才，何地不徘徊。吳越多麗質，艷艷如玫瑰。客子本多情，應嘆無良媒。所慮歡娛短，又恐歲月催。豈意故園花，含情不忍開。

◎ 注釋

【一】鮑明遠：鮑照，字明遠，南朝著名詩人。

【二】湛湛：水深的樣子。《楚辭·招魂》：“湛湛江水兮上有楓，目極千里兮傷春心。”王逸注：“湛湛，水貌。”

【三】“贈君”句：唐張籍《節婦吟》：“君知妾有夫，贈妾雙明珠。”

【四】“願在”四句：鶼，指比翼鳥，是我國傳說中的鳥類，生於南方（一說在西方），每隻鳥只有一眼一翅，因此要聯合另一隻鳥纔得飛行。鰈，是比目魚的古稱，《爾雅》言其爲一種“不比不行”的魚，兩條魚一定要互相緊貼纔遊動，用以形容男女的相依相偎之態，引申爲感情的親密。

【五】“麐角”句：謂喻關繫密切。“麐”同“麟”。傳說西海中鳳麟洲，仙家煮麟角鳳喙爲膠，可以續斷弦折劍。麐託名漢東方朔《海內十洲記》：“煮鳳喙及麟角，合煎作膏，名之爲續弦膠，或名連金泥。”

題《桃花扇傳奇》四首

王氣金陵黯不開，銅琶撥斷咽聲哀。人間烟月歸情種，江左風流少霸才。紫韻紅腔隨雨散，青絲白馬【一】渡江來。女兒扇底桃花影，爭似衣冠嶺上梅【二】。

腥風雜遝粉脂香，選舞征歌日夜忙【三】。十丈黄旗迎浪子【四】，九重丹詔喚真娘【五】。招來狎客登公輔【六】，博得名倡厭帝王。道是南朝都困頓，孝陵松柏有高皇。

自古清流禍必攖，夷門才子【七】舊知名。媚香樓底縋征艷，黄鵠磯頭已召兵。南渡黨碑新日月，東林私議挾公卿。緑珠死去侯嬴老【八】，壯悔堂【九】前白草生。

故苑悲風捲怒沙，白門衰柳不藏鴉。紅牙半載歌瓊樹，碧血千年濺土花。鶯燕無情傷往事，漁樵賚恨苦天涯。桑田近又成滄海，百丈紅樓擁絳霞。

◎ 注釋

【一】青絲白馬：指作亂的人。《梁書·侯景傳》載，南朝梁普通年間，"有童謡曰：'青絲白馬壽陽來。'"其後侯景作亂，乘白馬以青絲爲韁，兵皆青衣。

【二】衣冠嶺上梅：史可法殉國以後，揚州人民在城外梅花嶺築衣冠塚，以志紀念。

【三】"腥風"二句：寫南明小朝廷面對國破家亡的現實，不思進取，反而征歌逐舞，尋歡作樂。

【四】"十丈"句：寫崇禎在北京自縊後，奸臣馬士英等在南京迎立福王。

【五】"九重"句：寫阮大鋮打着聖諭幌子，將李香君徵入宮中充當歌姬。

【六】"招來"句：此句寫馬士英、阮大鋮等登上高位。公輔：古代三公、四輔，宰相一類的大臣。

【七】夷門才子：此處借指侯方域。

【八】"緑珠"句：緑珠：西晉石崇寵妾。《晉書·石崇傳》："崇有妓曰緑珠，美而艷，善吹笛。"後被逼墜樓而死。侯嬴（？—前257），戰國時魏國人。家貧，年老時始爲大梁（今河南開封）監門小吏。信陵君慕名往訪，親自執轡御車，迎爲上客。前257年，秦急攻趙，圍邯鄲（今河北邯鄲），趙請救於魏。魏王命將軍晉鄙領兵十萬救趙，中途停兵不進。侯嬴獻計竊得兵符，奪權代將，救趙却秦。因自感對魏君不忠，自刎而死。

【九】壯悔堂：清初詩文大家侯方域故居。因其壯年時期在此著書立説而得名。

‖ 射魚曲 ‖

　　烏號之弓【一】蕭慎矢【二】。東溟西溟射赤鯉。弦開浪破洞逆鱗【三】，海水倒翻壁立起。蓬萊仙人夜半驚，鮮血赭流鮫室紫。狂瀾簸蕩天柱移，虎蛟鈎蛇【四】讋慄【五】死。生平不慣割鉛刀【六】，無聊小試屠龍伎【七】。人生有志豈相襲，休道釣鰲任公子【八】。

◎ 注釋

【一】烏號之弓：指良弓。《淮南子·原道訓》："射者扞烏號之弓，彎棊衛之箭。"高誘注："烏號，桑柘，其材堅勁，烏崎其上，及其將飛，枝必橈下，勁能復巢，烏隨之，烏不敢飛，號呼其上。伐其枝以爲弓，因曰烏號之弓也。"

【二】蕭慎矢：此指利箭。蕭慎：中國古代東北民族，又稱息慎、稷慎。周武王時，蕭慎貢"楛矢石砮"，臣服于周。《史記·孔子世家》："……有隼集於陳廷而死，楛矢貫之，石砮，矢長尺有咫。陳湣公使使問仲尼。仲尼曰：'隼來遠矣，此蕭慎之矢也。昔武王克商，通道九夷百蠻，使各以其方賄來貢，使無忘職業。於是蕭慎貢楛矢石砮，長尺有咫。'"

【三】逆鱗：傳説中龍的頸部有一塊磷片是倒生的，如果誰碰到，就會被龍殺死。《韓非子·説難》："夫龍之爲蟲也，可擾押而騎也。然其喉下有逆鱗徑尺，人有嬰之，則必殺人。人主亦有逆鱗，説之者能無嬰人主之逆鱗，則幾矣。"

【四】虎蛟鈎蛇：指猛獸。虎蛟，傳説其狀魚身而蛇尾，有翼，其音如鴛鴦。鈎蛇，郭璞《山海經》注曰："今永昌郡有鈎蛇，長數丈，尾歧，在水中鈎取斷岸人及牛馬噉之。"鈎，同"鉤"。

【五】讋（zhé）慄：恐懼，害怕。讋，懼怕。慄，害怕。

【六】割鉛刀：鉛刀雖不鋒利，偶爾用得得當，也能割斷東西。比喻才能平常的人有時也能有點用處。多作請求任用的謙詞。

【七】屠龍伎：指宰殺龍的技能，泛指高超的技藝。《莊子·列禦寇》："朱泙漫學屠龍於支離益，殫千金之家，三年技成，而無所用其巧。"

【八】釣鰲任公子：《莊子·外物》："任公子爲大鉤巨緇，五十犗以爲餌，蹲乎會稽，投竿東海，旦旦而釣，期年不得魚。已而大魚食之，牽巨鉤，餡没而下，騖揚麗奮鬐，白波若山，海水震盪，聲侔鬼神，憚赫千里。任公子得若魚，離而臘之，自製河以東，蒼梧已北，莫不厭若魚者。"

‖ 未得二首 ‖

未得靈犀避世塵，十年厭看《武陵春》【一】。尊前平視驚鴻影，不比陳思賦洛神【二】。

十四溧陽碧玉笄，白門【三】柳弱夜烏棲。當年映面知何處，一片殷紅花滿溪【四】。

◎ 注釋

【一】武陵春：詞牌名。在此借李清照《武陵春·風住塵香花已盡》義，抒發内心愁怨。李清照《武陵春·風住塵香花已盡》："風住塵香花已盡，日晚倦梳頭。物是人非事事休，欲語淚先流。聞説雙溪春尚好，也擬泛輕舟。只恐雙溪舴艋舟，載不動許多愁。"

【二】陳思賦洛神：陳思王曹植曾作《洛神賦》。

【三】白門：原爲南京的舊稱。劉宋都城建康的宣陽門又名"白門"，南朝民間情歌常常提到"白門"，後代指男女歡會之地。

【四】"當年"二句：化用崔護《題都城南莊》："去年今日此門中，人面桃花相映紅。人面不知何處去，桃花依舊笑春風。"

‖ 畢節竹枝詞二首 ‖

龍蟠岡【一】頭春草生，龍蟠岡下水流清。校場東西好楊柳，人來人去踏歌行。

羅鬼菜【二】深春欲算，與郎相別長橋路。蓮子花開不見還，令儂愁煞天涯樹。

◎ 注釋

【一】龍蟠岡：據余達父《嬰石精舍聯語録存》之《畢節惠泉寺樓聯》，龍蟠岡在今畢節七星關城區東安坡一帶。

【二】羅鬼菜：畢節方言稱爲鑼鼓菜，又叫野芹菜、山芹菜，既是一種野菜，又是一味中藥，藥名前胡。明楊慎《升庵集》卷十八《辛丑新正》："貴竹逢新歲，寂寥空館時……春盤羅鬼菜，凍體欲流澌。"

‖ 梁王臺懷古并叙 ‖

畢節漢西南夷地，古梁州域也。自漢迄宋，西南之牂牁、夜郎、犍爲、黔中，皆無梁王之封，亦未有竊據稱梁王者。元封梁王于滇在昆明，時畢節爲永寧路宣撫司，地距昆明千餘里。當時入滇孔道在貴陽順元路宣撫司境。由畢之道未通，中隔土司境尚多，安得有梁王之臺？與梁王交通者，史僅見大理段功。《畢節志》以臺屬之元梁王，殊無確據。惟明天啓間奢安之變，奢崇明建號大梁，時畢節雖置衛而在其幅隕之中。或遊宴所集，土人遂有此稱。又《叙永廳志》，梁王墓在赤水城西三十里，穴内有燈，人窺探之，風雨立作。則梁王墓、梁王臺皆在畢永間，當據地理史志之符合者比屬之。《畢節志》蹐駁【一】無足據也。

鴻溝割斷長城毀，驚天石破風雲靡。援遼兵變渝城開，十萬鐵騎横江死。長驅貙虎撼龜城【二】，嚴城千里壁危旌。渾沌血流殷地紫，蚩尤終冀大横庚。一敗歸來山河小，且博尊名玩臺沼。孤注真成避債臺，西南殺氣欃槍【三】繞。一朝震電埽南荒，英雄竪子同蒼皇。蒟醬食殘筇竹盡，土花剥落野芸香。我來只餘一抔土，崔嵬偃拔【四】將軍樹【五】。黄沙怒捲朔風來，猶疑控弦【六】鹵簿撾銅鼓。

◎ 注釋

【一】踳（chuǎn）駁：錯亂，駁雜。踳，古同“舛”。《玉篇》：踳駁，色雜不同。章炳麟《訄書・序種姓上》：“然氏王父字者竟亡，以其事志，則久更踳駁喪實。”

【二】龜城：指成都。傳説成都城是按照一頭巨龜爬行的足迹而建，故得“龜城”雅號。

【三】欃（chán）槍：彗星，古人認爲彗星主凶。喻指叛亂、動亂。《爾雅・釋天》：“彗星爲欃槍。”《漢書・天文志》：“孝文後二年正月壬寅，天欃夕出西南。占曰：‘爲兵喪亂。’”

【四】偃拔：有伏有立。明徐渭《元夕之辰偕友人各賦一篇令予爲序》：“高則亂石偃拔，駭獸穿林，下則回泉紆縈，驚虺入草。”

【五】將軍樹：冬青樹。

【六】控弦：借指士兵。唐楊凝《送客往夏州》：“夜投孤店愁吹笛，朝望行塵避控弦。”

沙子哨【一】題壁

四年三度經過地，此是秋風【二】第一程。識面有山應笑客，賞心無句怕題名。虚堂瓦破室生白，古劍塵薶鐵躍精（一）。祖逖有鞭先著取，鷄聲原不是惡聲【三】。

◎ 校勘記

　　（一）"古劍"句：原本在"古"字前有一"石"字，當爲衍字。薶，同"埋"。

◎ 注釋

　　【一】沙子哨：地名。今貴州省畢節市七星關區海子街鎮沙哨。

　　【二】秋風：此指秋闈，是對科舉制度中鄉試的借代性叫法。

　　【三】"祖逖"二句：比喻奮勉爭先。《晋書·劉琨傳》："（劉琨）與范陽祖逖爲友，聞逖被用，與親故書曰：'吾枕戈待旦，志梟逆虜，常恐祖生先吾著鞭。'"

‖ 道中聞秋闈【一】揭曉名録二首 ‖

　　林薄金風起暮鴉，愁心觸緒極天涯。文章誤我羅昭諫【二】，歲月羞人鄧仲華【三】。三徑【四】荒涼黄葉夢，十年孤負緑窗紗。昭陵一哭【五】同千載，未羡明河訪漢槎。

　　文章事業兩垂名，咫尺榮枯未足評。王掾黑頭【六】重南渡，馮生白髮【七】困東京。眼前便有千秋想，枕上難降五夜情。酒渴燈殘人散後，如兵心緒更縱横。

◎ 注釋

　　【一】秋闈：科舉時代鄉試的代稱。

　　【二】羅昭諫：羅隱（833—909），字昭諫，新城（今浙江富陽市新登鎮）人，唐代詩人。應進士試十多次不第，自稱"十二三年就試期"，史稱"十上不第"。因此余達父言"文章誤我"。

　　【三】鄧仲華：鄧禹（2—58），字仲華，南陽新野人，東漢初年軍事家，雲臺二十八將第一位，輔佐光武帝劉秀得天下，二十四歲即封鄧侯，官拜大司徒。

　　【四】三徑：亦作"三逕"，晋趙岐《三輔决録·逃名》："蔣詡歸鄉里，荆棘塞門，舍中有三徑，不出，惟求仲、羊仲從之遊。"晋陶潛《歸去來辭》："三徑就荒，松菊猶存。"

【五】昭陵一哭：哭訴冤恨。唐制，臣民有冤者，可到昭陵（太宗墓）哭訴。唐李洞逸句：“公道此時如不得，昭陵慟哭一生休。”

【六】王掾黑頭：用晋王珣事，指年少有爲。王珣（349—400），字元琳，小字法護，東晋王導之孫。《晋書·王珣傳》：“珣字元琳。弱冠與陳郡謝玄爲桓温掾，俱爲温所敬重，嘗謂之曰：‘謝掾年四十，必擁旄杖節。王掾當作黑頭公。皆未易才也。’”

【七】馮生白髮：典出《史記·馮唐列傳》。西漢馮唐飽讀詩書，歷漢文帝、景帝、武帝三朝未得重用。直到武帝時被推舉爲賢良，但是已九十歲，白髮斑斑，不能再任職。

‖ 秋霖行 ‖

秋霖泥淖行路難，十步五步無稍乾。百草爛死決明殘【一】，籬菊減黃楓奪丹。何獨受露惜紅蘭【二】，馬毛凍伏凝韉鞍。征人擁褢怯衣單，胡雁拍翅急鳴酸。呀鶻奮翼濕難搏，平地橫流生急湍。立淎之溝涌逆瀾，我生自嘆誤儒冠。早已削蘖置冰盤，何由擾擾説達觀。

◎ 注釋

【一】“百草”句：化用杜甫《秋雨嘆》：“雨中百草秋爛死，階下決明顏色鮮。”決明，夏初生苗，七月開黃花，可作藥材，功能明目，故叫決明。

【二】受露惜紅蘭：化用江淹《別賦》：“見紅蘭之受露，望青楸之離霜。”

‖ 小河岸阻水嚮暮迷途投宿 ‖

山銜日欲落，石鬥水爭喧。雨餘草露重，烟泊石濤翻。舟子招不來，野色説黃昏。山徑歧而險，全無道路存。蒼皇問投宿，地僻絕烟村。逶迤犖确【一】

躡，攀援葛蘿捫。鱗甲龍蛇動，谽谺【二】熊羆蹲。步履益艱難，羲馭【三】若飛奔。雲厚絶無光，沙白時有痕。蒼巖裂嘯虎，黑嶺唬驚猨。山鳴谷四應，怵心復動魂。人已入幽險，犬忽吠籬藩。扶携越崩榛【四】，竭蹶【五】急叩門。門破掛危樞，室暗擁微燉【六】。款言【七】告主人，匄我具一飧。自嘆書生誤，安知野老尊。撥火暫促膝，憩定啜糜饘【八】。繩床置破薦，僵卧幾曾温。主人意憐客，來進挾纊言【九】。吾爲謝主人，此苦何弗諼【一〇】。鄙懷雖鬱鬱，浩氣常軒軒。莫嫌溝壑轉【一一】，猶將雲夢【一二】吞。

◎ **注釋**

【一】犖确：怪石嶙峋的樣子。韓愈《山石》："山石犖確行徑微，黄昏到寺蝙蝠飛。"

【二】谽谺（hānxiā）：山谷空曠。

【三】羲馭：太陽的代稱。羲和爲日馭，故名。

【四】崩榛：崩折的榛莽。南朝鮑照《蕪城賦》："崩榛塞路，峥嶸古馗。"

【五】竭蹶：竭盡全力地奔跑。

【六】微燉（dùn）：一點點温暖。

【七】款言：懇切的言詞。孟浩然《西山尋辛諤》："款言忘景夕，清興屬凉初。"

【八】啜糜饘（jiàn）：喝粥。

【九】挾纊（xiékuàng）言：讓人感到温暖的話語。挾纊，披著綿衣，比喻受人撫慰而感到温暖。

【一〇】諼（xuān）：忘記。

【一一】溝壑轉：即成語"轉死溝壑"，指弃尸於山溝水渠。

【一二】雲夢：又稱雲夢大澤，中國湖北省江漢平原上的古湖泊群的總稱。唐孟浩然《望洞庭湖贈張丞相》："氣蒸雲夢澤，波撼岳陽城。"

十月中見未歸燕子二首

已是丹楓十月霜，猶看燕子入雕梁。當時柳絮紅襟暖，此日梅花縞袂[一]凉。只爲悲秋常作客，也應戀別怕思鄉。主人情重來相問，莫羨人家白玉堂[二]。

寒氣侵簾不上鉤，生生語罷轉凝眸。美人拾翠傷年暮，客子登樓感舊愁。冷落烏衣猶旖旎，尋常白屋更勾留。報君莫厭風霜苦，九十春光接歲遒[三]。

◎ 注釋

【一】縞袂：白衣，此處喻梅花顏色白晢。宋蘇軾《次韻楊公濟奉議梅花詩》之一："月黑林間逢縞袂，霸陵醉尉誤誰何。"

【二】白玉堂：指富貴人家的住所。李商隱《代應》詩："本來銀漢是紅牆，隔得盧家白玉堂。"

【三】遒：終了。《楚辭·九辯》："歲忽忽而遒盡兮，恐余壽之弗將。"

‖ 入滇探昆甫【一】弟啓行別家二首 ‖

　　鶺原【二】一別信沉沉，話到阿連【三】思不禁。千里爨城【四】勞駐足，七年鰼部【五】隔鄉心。梅花折寄【六】書留影，棣萼【七】相思雁度音。此際釋奴【八】應悵望，遙攀荆榦【九】欲沾襟。

　　飛龍藥店【一○】望刀環【一一】，香霧清輝憶臂鬟【一二】。客裏醉供千日酒【一三】，夢中路識七星關【一四】。道旁折柳催華髮，仙寶餐沙駐玉顏。且喜萱堂【一五】春景麗，卿卿爲著舞衣斑【一六】。

◎ 注釋

　　【一】昆甫：指余達父三弟余若琳，字昆甫，號壽農。贅婿於雲南平彝縣竹園西流水海氏，余達父從老家到雲南探望三弟。

　　【二】鶺（líng）原：代指兄弟。《詩·小雅·常棣》："脊令在原，兄弟急難。"鄭玄箋："水鳥，而今在原，失其常處，則飛則鳴，求其類，天性也。猶兄弟之於急難。"脊令，也寫作"鶺鴒"。

　　【三】阿連：兄弟的代稱。《宋書·謝靈運傳》："惠連（謝靈運從弟）幼有奇才，不爲父方明所知……（靈運）謂方明曰：'阿連才悟如此，而尊作常兒遇之。'"

　　【四】爨城：指今雲南曲靖一帶。

　　【五】鰼部：在此指赤水河流域的古藺、叙永一帶，余達父家世居於此。

　　【六】梅花折寄：兄弟寄贈和慰藉。《荆州記》："陸凱與范曄交善，自江南寄梅花一枝，詣長安與曄，并贈詩曰：'折梅逢驛使，寄與隴頭人。江南無所有，聊贈一枝春。'"

　　【七】棣萼：比喻兄弟。杜甫《至後》："梅花一開不自覺，棣萼一别永相望。"仇兆鰲注："棣萼，以比兄弟也。"

　　【八】釋奴：此指余達父的三弟。《北史·盧昌衡傳》載，盧昌衡"博涉經史，工草行書。從弟思道，小字釋奴，宗中稱英妙，昌衡與之俱被推重。故幽州語曰：'盧家千里，釋奴、龍子（盧昌衡小字）。'"

【九】荊榦：紫荊的樹榦，比喻兄弟骨肉相連。見南朝梁吳均《續吳諧記》。

【一〇】飛龍藥店：飛龍，指中藥龍骨，比喻人瘦骨嶙峋。南朝樂府《讀曲歌》："自從別郎後，臥宿頭不舉，飛龍落藥店，骨出只爲汝。"唐李商隱《垂柳》詩："舊作琴臺鳳，今爲藥店龍。"

【一一】刀環：環、還同音，"刀環"爲"還歸"的隱語。《漢書·李陵傳》："立政等見陵，未得私語，即目視陵，而數數自循其刀環，握其足，陰諭之，言可歸還也。"

【一二】"香霧"句：出自杜甫《月夜》："香霧雲鬟濕，清輝玉臂寒。"

【一三】千日酒：好酒。張華《博物志》卷十載，狄希能造千日酒，飲後醉千日。劉玄石好飲酒，求飲一杯，醉眠千日。唐韓偓《江岸閒步》詩："青布旗誇千日酒，白頭浪吼半江風。"

【一四】七星關：位於貴州省畢節市七星關區楊家灣鎮與赫章縣平山鄉交界處。

【一五】萱堂：代稱母親。中國古時候，母親居屋門前往往種有萱草，人們雅稱母親所居爲萱堂。唐孟郊《遊子詩》："萱草生堂階，遊子行天涯。慈母倚堂門，不見萱草花。"

【一六】舞衣斑：形容極爲孝順。晉蕭廣濟《孝子傳》載，春秋時楚國的隱士老萊子對雙親非常孝順，他七十歲時，父母都還健在。爲了使父母歡快，他常常穿上色彩艷麗的服裝，扮成嬰兒使父母高興。

‖ 出畢節 ‖

河山依舊在，歲月幾回更。半載重爲別，他鄉那復情。好詩宜客路，愁緒逐行旌【一】。無賴城邊柳，蕭蕭送遠程。

◎ 注釋

【一】行旌：舊指官員出行時的旗幟。

高山堡

　　叢雜亂山中，蒼茫鳥道通。冰皴大嶺白，日落遠天紅。倦客憐征馬，哀笳續斷鴻【一】。遊仙昨夜夢，一枕太匆匆。

◎ 注釋

　　【一】"哀笳"句：哀笳，悲涼的胡笳聲。北周庾信《奉報趙王出師在道賜詩》："哀笳關塞曲，嘶馬別離聲。"斷鴻，失群的孤雁。唐李嶠詩《送光祿劉主簿之洛》："背櫪嘶班馬，分洲叫斷鴻。"

七星關

　　西下雄關據上頭，虹橋一線鎖奔流。金鷄望闕思楊慎【一】，銅鼓征蠻憶武侯。鬼國【二】竟開新電驛，延江【三】仍屬古梁州。英雄名士皆塵土，落日寒魚撥浪遊。

◎ 注釋

　　【一】"金鷄"句：金鷄，此指朝廷大赦。古代大赦時，立一長杆，杆頭設一黃金冠首的金鷄，口銜絳幡，然後擊鼓，宣布赦令。唐李白《流夜郎贈辛判官》："我愁遠謫夜郎去，何日金鷄放赦回。"楊慎，字用修，號升庵，四川新都人。嘉靖三年（1524），衆臣因"議大禮"，違背明世宗意願受廷杖，楊慎謫戍雲南永昌衛，居雲南三十餘年，死於戍地。其妻黃娥有詩《寄外》："相聞空有刀環約，何日金鷄下夜郎？"

　　【二】鬼國：也叫"鬼方"，此處指西南一代。

　　【三】延江：即七星河，又稱七星水，秦稱蒙水，漢名延江，爲烏江之北源。

武侯祠

破廟基傾户半開，虛堂遺像没塵埃。山僧避客偷餔飯，松鼠窺人亂撥灰。南服【一】建威【二】説故老，中原遺恨哭詩才。招魂濟火【三】今何處，空樹殘碑没紫苔。

◎ 注釋

【一】南服：古代王畿以外地區分爲五服，故稱南方爲“南服”。《文選·謝瞻〈王撫軍庾西陽集別時爲豫章太守庾被徵還東〉詩》：“祗召旋北京，守官反南服。”李善注：“南服，南方五服也。”

【二】建威：建威將軍，武官名，始見於西漢。

【三】濟火：彝名“妥阿哲”。蜀漢建興三年（225），諸葛亮南征時，水西彝族酋長濟火曾於黔西北和滇東北部分地區親迎蜀軍，因積糧通道，協助平孟獲有功，受封爲“羅甸王”。

養馬川【一】

幾點山松青歷歷，一灣野水綠沄沄。流穿欲斷不斷路，樹掛將飛未飛雲。川上已無千里足，道旁空署萬人墳【二】。風塵伏櫪猶慚我，安得才空冀北群【三】。

◎ 注釋

【一】養馬川：即今畢節市赫章縣野馬川鎮一帶。清顧祖禹《讀史方輿紀要》：“養馬川，在府東百四十里，蠻人牧馬於此。一名野馬川。”

【二】萬人墳：位於赫章縣野馬川鎮。據《威寧志》載：“神宗萬曆二十八年，土官效良、安咀爭奪土官印，互相仇殺，流毒地方，熹宗天啓元年，烏撒土府安效良叛附安邦彦，效良率夷圍烏撒衛城，衛官率軍民拒守。九月，援絕，城陷。指揮官良相等闔家舉火自焚，軍民殘殺殆盡。城樓、官署、學宮、祠廟、附郭、軍屯盡爲焚毀。復東出，攻陷軍屯，野馬川被禍尤慘。其時，野馬川之百户戍兵盡驅入幹河橋之前山洞内，用火燒死之。清初，有某官陳姓者，檢骨殖葬萬人墳一塚，題一聯云：'名得關頭三尺土，乾坤窩裏一家人。'語悲戚，亦雄健。"

【三】空冀北群：比喻人才得到充分的選拔和任用。唐韓愈《送温處士赴河陽軍序》："伯樂一過冀北之野，而馬群遂空……大夫烏公一鎮河陽，而東都處士之廬無人焉。"

‖ 七家灣【一】 ‖

地僻室皆陋，霜高氣更遒。村姑鴉滑笏【二】，蠻語鳥鉤輈【三】。銜橛【四】驅駃馬，吹鞭【五】放夥牛【六】。漸看風景异，何處可淹留。

◎ 注釋

【一】七家灣：位於貴州省畢節市赫章縣城西南部白果鎮。

【二】滑笏（hù）：水波動蕩的樣子，在此喻村姑髮髻摇晃不定的樣子。清紀昀《閱微草堂筆記·灤陽消夏録五》："憶晚唐有'魚鱗可憐紫，鴨毛自然碧'句。無一字言春水，而晴波滑笏之狀，如在目前。"

【三】鉤輈（zhōu）：鷓鴣鳴叫聲，此喻蠻語語音。唐韓愈《杏花》："鷓鴣鉤輈猿叫歇，杳杳深谷攢青楓。"

【四】銜橛（jué）：馬嚼子，馬籠頭。《韓非子·奸劫弑臣》："無捶策之威、銜橛之備，雖造父不能以服馬。"此名詞活用爲動詞，謂牽著馬籠頭。

【五】吹鞭：用竹子製成，既可以當笛子又可趕牛馬。宋程大昌《演繁露》："以竹爲鞭，中空可吹，故曰'吹鞭'也。"

【六】夥牛：群牛。

‖ 岈巴山【一】 ‖

鳥道盤空大野開，茫茫沙草薄風回。山埋地底千峰出，雲過天邊萬里來。橙樹鴉翻【二】銅榦折，松關馬度鐵鈴哀。江山如此真雄麗，孤負鹽倉【三】少霸才。

◎ 注釋

【一】岈（yá）巴山：位於今雲南個舊市。

【二】鴉翻：鴉鳥上下翻飛。

【三】鹽倉：位於今貴州省畢節市威寧縣。

‖ 天　橋【一】 ‖

崎路微茫入地底，頑山峭拔出天垠。人家蝸舍臨崖回，客邸鴻泥上壁新。一篋詩篇慚夢錦，千年仙寶毀燒銀【二】。道旁尚有淘沙客，欲向操蛇【三】叩石困。

◎ 注釋

【一】天橋：天生橋，在今貴州省威寧縣龍街鎮境內。

【二】燒銀：指煉丹。宋蘇軾《趙康靖公神道碑》：“中官鄧保吉引剩員禁中燒銀，公力言其不可。”

【三】操蛇：《列子》中的操蛇之神，主宰王屋、太行山，此處泛指山神。

‖ 洄水塘 ‖

五年前爲威寧極王銀場，今礦源竭矣。

人皆因利往，我獨爲何忙。足繭愁歧路，肩輿送夕陽。藏空官舍毀，山靜客途荒。傖父【一】猶癡戀，酸心説礦王。

◎ 注釋

【一】傖父：南北朝時，南人譏北人粗鄙，蔑稱之爲“傖父”。《晉書・文苑傳・

左思》："初，陸機入洛，欲爲此賦，聞思作之，撫掌而笑，與弟雲書曰：'此間有傖父，欲作《三都賦》，須其成，當以覆酒甕耳。'"

涌珠寺【一】觀井

折玉一方印，抛珠萬顆圓【二】。魚寒吹細沫，龍蟄漱飛泉【三】。特地【四】探幽境，無心問老禪。歸來山色暝，城郭入青烟。

◎ 注釋

【一】涌珠寺：位於貴州畢節威寧城郊。

【二】"折玉"二句：寫涌珠寺井的外形特徵和井水如圓形的珠子不斷涌出。

【三】"龍蟄"句：蟄，蟄伏。晋陸機《招隱詩》："山溜何泠泠，飛泉漱鳴玉。"

【四】特地：奇特的地方。

威寧海【一】

瑟瑟寒飆戰野蒲，水光揩鏡色旉腴（一）【二】。征途人負佳山水，陸地天開好畫圖。觀海可無同測蠡【三】（道旁有觀海樓，卑狹不稱），登樓那不動思鱸【四】。烟波若有高人釣，何必扁舟嚮五湖【五】。

◎ 校勘記

（一）腴：原本作"腴"，當作"腴"，形近而誤。

◎ 注釋

【一】威寧海 ：草海，位於威寧縣城郊。

【二】旉腴：賞心悦目。杜甫《遣懷》："憶與高李輩，論交入酒壚。兩公壯藻思，得我色敷腴。"清仇兆鰲注："敷腴，喜悦之色。"旉，同"敷"。

【三】測蠡（lí）：指用瓢來測量海。比喻觀察和瞭解很片面。蠡，貝殼做的瓢。漢東方朔《答客難》："以管窺天，以蠡測海。"

【四】"登樓"句：漢末王粲避亂荊州，因思念家鄉，作《登樓賦》。陸遊《秋望》："一樽莫恨盤飧薄，終勝登樓憶故鄉。"思鱸：比喻思念故鄉。

【五】五湖：指隱遁之所。《國語·越語下》載，春秋末期越國大夫范蠡輔佐越王勾踐，滅亡吳國，功成身退，乘輕舟以隱居於五湖。

‖ 盡頭鋪【一】 ‖

不知出峽裏，一帶好烟村。屋影低臨水，松陰夕上門。虛堂無俗慮，題壁有新痕。旅館能如此，勞人【二】哪得諼！

◎ 注釋

【一】盡頭鋪：位於今威寧縣轄區內。

【二】勞人：憂傷之人。《詩·小雅·巷伯》："驕人好好，勞人草草。蒼天蒼天！視彼驕人，矜此勞人。"馬瑞辰通釋："高誘《淮南子》注：'勞，憂也。''勞人'即憂人也。"

‖ 可渡河【一】二首 ‖

攬轡黔山望碧雞【二】，冥冥千丈入天低。雲來大野雕驚睇，風過寒林馬亂嘶。電線初傳通險塞，雷弦無控息征鼙【三】。登臨屢動澄清志【四】，待看兵銷太白西【五】。

削鐵青蓮萬仞岡，躋攀九折走羊腸。奔流激岸沙驚語，大嶺過雲石怒（一）創。鑿險可能朝緬象【六】，彎弧直欲射天狼【七】。濫觴一線崩洪水，南去盤江路正長。

◎ 校勘記

（一）怒：原本作"恕"，不辭，當作"怒"，形近而誤。

◎ 注釋

【一】可渡河：北盤江源，發源於宣威市龍潭鄉，主河道爲雲南宣威與貴州威寧、水城的界河。

【二】碧雞：碧雞山。在今雲南省昆明市西南。此代指雲南。元李京《初到滇池》："珍重碧雞山上月，相隨萬里更多情。"

【三】征鼙：出征的鼓聲。亦比喻戰事。前蜀毛文錫《甘州遍》詞之二："邊聲四起，愁聞戍角與征鼙。"

【四】澄清志：肅清混亂局面的志嚮。《後漢書·黨錮傳·范滂》："滂登車攬轡，慨然有澄清天下之志。"

【五】太白西：太白，金星。古人認爲金星出現在西部預示敵人的敗亡。《史記·天官書》："其出西失行，外國敗；其出東失行，中國敗。"

【六】朝緬象：使緬甸的大象來朝拜，這裏比喻使外國俯首稱臣。

【七】"彎弧"句：這裏指爲國效力。蘇軾《江城子·密州出獵》："會挽雕弓如滿月，西北望，射天狼。"

‖ 來賓鋪【一】望遠 ‖

歷盡崎嶇路，平原縱兩眸。長空盤一雁，瘠土叱雙牛。日落天疑近，風來地欲浮。漸看山色暝，遠道動鄉愁。

◎ 注釋

【一】來賓鋪：今雲南省宣威市來賓鎮一帶。

炎方驛【一】

宛宛牛連跡【二】，蕭蕭古木叢。山圍殘靄碧，樹返夕陽紅。小市偏留客，低簷只畏風。問人分歧路，明日又朝東（次日將分路入平彝）。

◎ 注釋

【一】炎方驛：今雲南省曲靖市沾益縣炎方鄉一帶。

【二】連跡：足跡相連。清沈名蓀《長安富人行》："長安富人多似昔，九陌三衢馬連跡。"

紀　夢

忽忽一夢入蒼冥，風雷雜遝驚百靈。珊瑚十丈接雲軿【一】，青鸞回馭巫陽陘【二】。十二玉樓嵌寶釘，繞樓飛閣上珠庭。瓊宮貝闕【三】無人扃，環開八扇玻璃屏。蒼龍白虎引娉婷，櫻唇梨靨長眉青。握髮拭面背窗櫺，半江秋水回疏星。鷺釵玉佩敲瓏玲，霏雲噀雨鳳凰翎【四】。惺惺見面惜惺惺，鮫綃【五】濕淚光熒熒。璇宮夜織傷伶仃，青蓮出火芳餘馨。片言珍重寄丁寧，安得怵魄傾耳聽。朱樓脂粉羃膻腥，元霜玉杵【六】莫鐫銘。阿儂贈君雙玉瓶，藍田只種尹與邢【七】。因緣相值絮花萍【八】，靈飛素女三千齡。須臾分袂【九】蹕奔霆【一〇】，如烟紫玉【一一】失真形。天鷄喚唱夢魂醒，枯床虛帳風泠泠【一二】，長河清淺隔蒼溟。

◎ 注釋

【一】雲軿（píng）："軿"，神仙所乘之車，以雲做成，故名雲軿。

【二】巫陽陘（xíng）：陘，山脉中斷的地方。巫陽：巫山的南面，指巫峽。唐白居易《送蕭處士遊黔南》："江從巴峽初成字，猿過巫陽始斷腸。"

【三】瓊宮貝闕：用珍珠寶貝做的宮殿，形容房屋華麗。

33

【四】"霏雲"句：霏雲，濃雲。噀（xùn）雨，猶言行雨，布雨。杜甫《奉酬薛十二丈判官見贈》："空中右白虎，赤節引娉婷。自云帝季女，噀雨鳳凰翎。"仇兆鰲注："噀雨，指暮爲行雨。鳳凰翎，用弄玉乘鳳事。"

【五】鮫綃：傳說中鮫人所織的綃，入水不濕。《述异記》卷上："南海出鮫綃紗，泉室（指鮫人）潛織，一名龍紗。其價百餘金。以爲服，入水不濡。"

【六】元霜玉杵：元霜，也作"玄霜"，神話中的一種仙藥。清聖祖康熙名"玄燁"，爲避"玄"字諱，遂改"玄"爲"元"。《初學記》卷二引《漢武帝内傳》："仙家上藥有玄霜、絳雪。"唐裴鉶《傳奇·裴航》載，傳說裴航過藍橋驛，以玉杵臼爲聘禮，娶雲英爲妻。後以此典指愛情。

【七】尹與邢：漢武帝同時寵幸邢夫人和尹夫人，不令兩人相見。尹請求見邢，帝許之，見後"乃低頭俯而泣，自痛其不如也。"（見《史記·外戚世家》）。後以"邢尹"謂互相嫉妒，避而不見。清袁枚《遣懷雜詩》："邢尹一相見，涕泣服其美。"

【八】"因緣"句：謂緣分如同楊花入水，飄渺無定。絮花萍，《埤雅》卷十一："世說楊花入水化爲浮萍。"

【九】分袂：離別，分手。晋干寶《秦女賣枕記》："（秦女）取金枕一枚，與度（孫道度）爲信，乃分袂泣別。"

【一〇】躡奔霆：躡，追蹤，跟隨；奔霆，疾馳的閃電。蘇軾《芙蓉城》詩："徑度萬里如奔霆，玉樓浮空聳亭亭。"

【一一】如烟紫玉：指少女逝世。晋干寶《搜神記》。

【一二】泠（líng）泠：清凉、凄清的樣子。《文選·宋玉〈風賦〉》："清清泠泠，愈病析酲。"李善注："清清泠泠，清凉之貌也。"

宿西流水海氏故園【一】

大嶺長松望不真，丁丁斤斧折爲薪。當年胙土【二】分邊地，此日飄蓬感部民。一樣盧存悲向秀【三】，兩番秋興悼安仁（昆圃弟就婚海氏已斷兩弦）【四】。西流不是西州路【五】，也有酸心聽笛人（謂海光曙姻丈作古人矣）。

◎ 注釋

【一】西流水海氏故園：在今雲南曲靖市富源縣墨紅鎮一帶。余達父三弟余若琳入贅在此。

【二】阼（zuò）土：分封土地。

【三】"一樣"句：向秀，字子期，河内懷（今河南武陟西南）人。魏晋竹林七賢之一。稽康和向秀二人，交誼很厚。後稽康因不服晋王司馬昭獨攬朝政，被殺害，向秀被迫出任官職。一次，他經過稽康的舊居，聽到鄰人凄惻的笛聲，不禁悲從中來，寫下了《思舊賦》，成了悼念亡友的代表作。

【四】"兩番"句：斷兩弦，古以琴瑟調和喻夫婦和諧，故謂喪妻爲斷弦。安仁：西晉文學家潘岳，字安仁。其妻早逝，潘岳作《悼亡詩》懷念楊氏，開悼亡詩之先河。秋興：指潘岳另一作品《秋興賦》，其序有"春秋三十有二，始見二毛"。以上二句，用向秀、潘岳之事，含蓄寫出了余達父對三弟早年不幸命運的深切同情。

【五】"西流"句：《晋書·謝安傳》："羊曇者，太山人，知名士也，爲安所愛重。安薨後，輟樂彌年，行不由西州路。嘗因石頭大醉，扶路唱樂，不覺至州門。左右白曰：'此西州門。'曇悲感不已，以馬策扣扉，誦曹子建曰：'生存華屋處，零落歸山丘。'慟哭而去。"按：羊曇，謝安的外甥。西州路：表示悼亡故人之情。

‖ 歲 莫 ‖

細雨寒尤酷，積陰天欲莫。開門看山色，一抹棲宿【一】霧。不見鶴歸林，但見鴉翻樹。腐儒枉讀書，十載寒窗故。際會感風雲，文章薄月露。再躓且再勵，矻矻【二】猶争務。文字入膏肓，經籍皆沉痼。亦知次計拙，已錯何容鑄。長此老烟霞，未免生才誤。慷慨《天人策》【三】，淪落《子虛賦》【四】。

◎ 注釋

【一】棲宿：寄居，止息。《漢書·朱博傳》："又其府中列柏樹，常有野烏數千棲宿其上，晨去暮來。"

【二】矻（kū）矻：辛勤勞作的樣子。

【三】《天人策》：指漢儒董仲舒對答武帝之策問，在此指英明的策略。宋劉克莊《滿江紅·送王實之》："落落元龍湖海氣，琅琅董相天人策。"

【四】《子虛賦》：西漢辭賦家司馬相如早期客遊梁孝王時所作。此指假設的、并不存在的事情。

‖ 上竹原嶺【一】 ‖

風塵蕭瑟感鄉關，那更愁催鬢髮斑。一事無成輸小草，千秋知己問名山。因多離恨拋紅豆，偶動歸思放白鵬。銷盡輪蹄【二】空碌碌，負他明鏡望刀環。

◎ **注釋**

【一】竹原嶺：在雲南曲靖。

【二】輪蹄：車輪與馬蹄，代指車馬。韓愈《南內朝賀歸呈同官》詩："綠槐十二街，渙散馳輪蹄。"

‖ 留別昆圃弟三十五韻 ‖

忽忽芳華莫，漫漫冬夜長。遊子念行役，起坐趣【一】束裝。曙星半明滅，殘月射虛堂。生憎雞聲惡，死恨馬蹄（一）忙。別離在斯須，忍痛絕肝腸。昔者連枝樹，忽若參與商【二】。七載別家園，孤身寄异鄉。雖只千里遥，雲樹【三】不相望。憶汝初來時，家庭稱具慶【四】。桐枝賡燕翼【五】，荆樹齊雁行【六】。詠絮摘清藻【七】，圍棋奪紫囊。滇南就甥館，祖孫相扶將。渡江衛叔寶【八】，情懷多感愴。只云半載別，哪復久相羊【九】。誰知數載中，變更時難量。道山華表鶴【一〇】，重帷慟凄凉。謝客述祖德【一一】，抱簡淚浪浪。棣萼聯五株，其四忽摧殤。客中哭小院，林下折孤芳。高堂淚簌簌，念汝益慘傷。我來辭膝下，阿母淚盈眶。寸草望春暉，愁心割劍鋩。遠道亂鄉愁，歸夢拂桄榔。男兒重立志，弧矢射蓬桑【一二】。功名萬里外，安在非顯揚。努力崇令德，良時莫嬉荒。接物貴和平，樹節宜剛方。躁釋【一三】過自寡，品重神愈康。艷歌傷綺靡，麗質病膏肓。江山吾才藻，文字吾賚糧。行樂大地間，何至紛蜩螳。我歸赤水湄，汝寄碧雞坊。馳雲忽相逾，望月感同光。何如雙黃鵠【一四】，比翼參翺翔。臨歧贈箴言，藉此遺茫茫。

◎ 校勘記

（一）蹄：原本此處衍一“蹄”字，不通，今删。

◎ 注釋

【一】趣：通“取”。

【二】“忽若”句：忽若，好像；參與商，參、商二星一在東，一在西，永遠不能相見。杜甫《贈衛八處士》：“人生不相見，動如參與商。”比喻兄弟倆相隔甚遠。

【三】雲樹：此喻兄弟闊别遠隔。明高啓《讀周記室〈荆南集〉》詩：“生别猶疑不再逢，楚天雲樹隔重重。”

【四】具慶：共同慶祝。《詩·小雅·楚茨》：“爾殽既將，莫怨具慶。”鄭玄箋：“同姓之臣，無有怨者，而皆慶君，是其歡也。”

【五】“桐枝”句：桐枝，桐樹新生的小枝，亦作子嗣的美稱。賡，繼續、連續。燕翼，《詩·大雅·文王有聲》：“武王豈不仕，詒厥孫謀，以燕翼子。”原指周武王謀及其孫而安撫其子，後泛指爲後嗣作好打算。

【六】雁行：原指排列飛行的雁的行列，此借指兄弟。《詩·鄭風·大叔於田》：“兩驂雁行。”

【七】摛清藻：施展文才。摛，鋪陳。清藻，清麗的文辭。

【八】“渡江”句：衛叔寶，衛玠，西晉名士，字叔寶，魏晉之際繼何晏、王弼之後的著名的清談名士和玄理學家，永嘉四年（310），中原戰亂，辭别家人，渡江南下，後病死豫章（今江西南昌）。作者用此典表明對三弟遠遊雲南寄以深深的憂慮。

【九】相羊：連綿詞，徘徊，盤桓。《楚辭·離騷》："聊逍遥以相羊。"洪興祖補注："相羊，猶徘徊也。"

【一〇】"道山"句：道山，舊時稱人死爲歸道山。華表鶴：指久別之人，託名晋陶潛《搜神後記》卷一："丁令威，本遼東人，學道於靈虚山，後化鶴歸遼，集城門華表柱。時有少年，舉弓欲射之，鶴乃飛，徘徊空中而言曰：'有鳥有鳥丁令威，去家千年今始歸。城郭如故人民非，何不學仙塚纍纍。'遂高上衝天。"在《宿西流水海氏故園》中，作者原注："昆圃弟就婚海氏已斷兩弦。""海光曙姻丈作古人矣。"此句是對三弟家人去世表示安慰。

【一一】"謝客"句：謝客，指謝靈運，東晋名將謝玄之孫，小名"客"，人稱謝客。曾作《述祖德詩》二首。

【一二】"弧矢"句：古代男子出生，以桑木作弓，蓬梗爲矢，射天地四方，象徵男兒應有志於四方，勉勵人應有大志。《禮記·射義》："故男子生，桑弧蓬矢六，以射天地四方，天地四方者，男子之所有事也。"弧矢，即桑弧蓬矢。

【一三】躁釋：没有煩惱，心平氣和。

【一四】黄鵠：鳥名，比喻高才賢士。《商君書·畫策》："黄鵠之飛，一舉千里。"

‖ 除夕二首 ‖

客裏風光箭後弦，無端又入祭詩天【一】。一宵況味悶愁恨，三處相思黔蜀滇。塵緒可隨除歲盡，豪情争出早春先。爲他雙鬢持籌【二】計，已落人間廿四年。

一抹梨花萬户村，蔽堤新柳逐烟翻。風來淺水難吹浪，雲過高峰易著痕。綠草遠侵歸棹影【三】，紅桃還映乞漿門【四】。三生杜牧他年到，葉已成陰子又繁【五】。

◎ 注釋

【一】祭詩天：指除夕。據唐馮贄《雲仙雜記》卷四載，賈島常於每年除夕，取自己當年詩作，祭以酒脯而自勉。

【二】持籌：手持算籌。此處指人生計劃。韓愈《和侯協律詠筍》："詎可持籌算，誰能以理言。"

【三】棹影：亦作"櫂影"，槳影。亦借指船影。唐陸贄《月臨鏡湖賦》："櫂影乍浮，如上天邊之漢；桂華不定，多因蘋末之風。"

【四】"紅桃"句：用唐崔護典。唐孟啓《本事詩·情感》："唐崔護清明郊遊，至村居求飲……因題詩曰：'去年今日此門中，人面桃花相映紅。人面不知何處去，桃花依舊笑春風。'"

【五】"三生"二句：唐杜牧落拓揚州，好作青樓之遊，以風流名。《唐詩紀事》載，杜牧遊湖州，見一少女十餘歲，與其母相約十年後來娶。十四年後杜牧爲湖州刺史，其女已嫁并有二子。杜牧後有詩《嘆花》："自恨尋芳到已遲，往年曾見未開時。如今風擺花狼藉，綠葉成蔭子滿枝。"

遊武侯祠觀爨寶子碑【一】、卅七部會盟碑【二】

城隈【三】竹樹鎖蒼烟，壞址荒原落照邊。北伐無歸遺恨表，南人不反薦嘉籩【四】。會盟爨長莊豪【五】裔（卅七部會盟碑草書署年明政，南詔段素順年號），紀歷太亨靈寶年（有爨府君碑隸書署太亨四年）。無賴更尋幽僻地，暫携鉛槧【六】讀殘篇。

◎ 注釋

【一】爨寶子碑：全稱"晋故振威將軍建寧太守爨府君墓碑"，碑質爲沙石。乾隆四十三年（1778）出土於雲南省曲靖縣揚旗田村，1852年移置曲靖城內，現存於曲靖一中爨軒內爨碑亭，全國首批重點保護文物。

【二】卅七部會盟碑：全稱"段氏與三十七部會盟碑"，又名"石城會盟碑"。現存於雲南省曲靖市第一中學內。

【三】城隈：城角；城內偏僻處。

【四】"南人"句：南人不反，指諸葛亮七擒七縱孟獲後，孟獲説："公，天威也，南人不復反矣。"表示口服心服。薦嘉籩：薦，進貢，進獻。嘉籩，指盛放於籩內的祭品。

【五】莊豪：戰國時楚國戰將，後滅夜郎國，稱王於滇。《後漢書·西南夷傳·夜郎》："初，楚頃襄王時，遣將莊豪從沅水伐夜郎，軍至且蘭，椓船於岸而步戰。既滅夜郎，因留王滇池，以且蘭椓船牂柯處，乃改其名爲牂柯。"

【六】鉛槧：古人書寫文字的工具。鉛，鉛粉筆；槧，木板片。《西京雜記》卷三："揚子云好事，常懷鉛提槧，從諸計吏，訪殊方絶域四方之語。"

‖ 無題五首 ‖

碧城樓閣鎖東風，回首巫山路不通。十里簾櫳遮豆蔻，幾生心事怨梧桐【一】。惺惺被角香凝翠，脉脉鐙唇酒暈紅。生恨鄰雞愛驚曉，喚回殘夢一聲中。

鴛鴦生小總相親，莫遣孤芳誤惱人。未及破瓜憐碧玉【二】，偶看飛絮惜紅茵。帖臨丙舍【三】書成瘦，夢斷丁簾記不真。入骨相思無處寄，自封箋素托文鱗。

可有神方駐玉顏，護持瑤蕊慎闌珊。瓊階埽竹【四】留長爪，珠閣簪花想薄鬟。牆角海棠思婦草，峰頭石柱望夫山。金玲好繫群芳苑，莫遣封姨【五】度此關。

水晶簾障玉娉婷，爲看梳頭誤道經。教寫烏絲鸚鵡筆【六】，同拈翠羽鳳凰翎。唾壺貯淚常凝碧，眉黛堆愁不忍青。親向尊前調玉碗，眼波橫處最丁寧。

鳳紙【七】閑抄《子夜歌》【八】，半縈愁緒半情魔。一千里外栽紅豆，十二峰【九】前阻絳河。蠟炬已灰難著火【一〇】，江流有石易生波。蓬山從此益多路，何日因風送玉珂【一一】。

◎ 注釋

【一】梧桐：此指梧桐雨。用唐玄宗李隆基與楊貴妃故事。

【二】破瓜憐碧玉：舊詩文稱女子十六歲時爲"破瓜之年"。袁枚《隨園詩話》："《古樂府》：'碧玉破瓜時。'或解以爲月事初來，如破瓜則見紅潮者，非也。蓋將瓜縱橫破之，成二'八'字，作十六歲解也。"碧玉，指小家閨女。

【三】丙舍：正房旁邊的耳房。

【四】埽（sào）竹：彗星。《説文解字》："彗，埽竹也。"

【五】封姨：亦作"封夷"。古時神話傳説中的風神。宋范成大《嘲風》："紛紅駭緑驟飄零，癡獃封姨没性靈。"

【六】鸚鵡筆：用東漢禰衡即席賦鸚鵡事。後指文筆高超。《後漢書·文苑傳下·禰衡》："射（黄射）時大會賓客，人有獻鸚鵡者，射舉卮於衡曰：'願先生賦之，以娱嘉賓。'衡攬筆而作，文無加點，辭采甚麗。"

【七】鳳紙：古代名紙，上繪有金鳳，故名"鳳紙"。

【八】《子夜歌》：樂府曲名，收於《樂府詩集》中，以五言爲形式，以愛情爲題材。

【九】十二峰：指巫山十二峰。在此暗示戀人約會。

【一〇】"蠟炬"句：唐李商隱《無題》："春蠶到死絲方盡，蠟炬成灰淚始乾。"此句反其意而用之，説明愛情已經不復存在。

【一一】玉珂：馬絡頭上的裝飾物，多用於指代馬。明何景明《對雪懷劉朝信》詩："何處玉珂迷紫陌，幾家銀燭照華筵。"

‖ 重宿儻塘驛【一】 ‖

淺水平沙細柳新，迎眸山色更宜人。去年霜葉紅於火，今日春花白似銀。幾度月圓鄉夢斷，一編詩就客塗親。明朝可渡河邊路，欲入黔中又問津。

◎ 注釋

【一】儻塘驛：在雲南宣威縣北，通貴州威寧要道。

‖ 可渡河山腰古寺 ‖

步上羊腰坂，來看《鹿女經》【一】。日光沉黯曖，寒韻落清泠（寺有寒泉）。碑蝕殘苔碧（有摩崖碑，署萬曆四年，多剝落），山爭遠樹青。前途知漸坦，小立愛風亭。

◎ 注釋

【一】《鹿女經》：指佛教經典。

‖ 平山鋪【一】三首 ‖

叱馭【二】登高嶺，欹笠看遠天。雜花紅似火，淺草碧於烟。雲壓孤峰瘦，山銜落日圓。迢迢滇海路，半入夕陽邊。

◎ 注釋

【一】平山鋪：今貴州省畢節市赫章縣平山鄉。
【二】叱馭：叱、馭皆驅策也。此爲策馬。

途中見題壁者，咸艷稱第一橋頭當盧【一】紅袖。余重經此地，未睹芳容，豈成陰綠葉【二】，已作陌上羅敷【三】，抑薄命紅顏，化爲烟中紫玉。低回悵望，不禁惘然。

綺語撩人意也銷，問誰金屋貯阿嬌？一雙精衛填滄海，卅六鴛鴦拜翠翹【四】。仙洞易迷三里霧【五】，河槎難泛九重霄。桃花芳草空惆悵，孤負黔南第一橋。

◎ 注釋

【一】當盧：當盧，用卓文君與司馬相如私奔、當壚沽酒事。盧，通“壚”。
【二】成陰綠葉：指女子出嫁生了子女。杜牧《悵詩》：“狂風落盡深紅色，綠葉成陰子滿枝。”
【三】陌上羅敷：此指女子已經有了意中人。用漢樂府民歌《陌上桑》羅敷事。

【四】翠翹：古代婦人首飾的一種，像翠鳥尾上的長羽。唐韋應物《長安道》詩："麗人綺閣情飄颻，頭上鴛釵雙翠翹。"

【五】三里霧：濃霧。唐李商隱《聖女祠》："無質易迷三里霧，不寒長著五銖衣。"

　　宿高山鋪，見先大父癸酉暮春題壁詩【一】，墨痕黯澹，摩挲手澤，不知涕泗之何從也。敬誌數言，謹依元韻。

　　崎嶇歷盡萬山顛，重見遺徽幸有緣。拂拭墨痕塵黯黯，摩挲手澤【二】意拳拳。千秋華表魂歸去，廿載浮雲事變遷。欲效謝生述祖德，自拈斑管【三】滌新泉。

◎ 注釋

　　【一】先大父癸酉暮春題壁詩：余達父的祖父余昭癸酉（1873）曾作《高山堡》一首，後收入《大山詩草》："行程偶過亂峰巔，春色無人也自妍。躑躅笑開疑抹血，蕨苔怒挺欲揮拳。山如奇鬼蹲還立，雲似飛仙住又遷。到此塵煩都滌盡，沁心侵骨有甘泉。"

　　【二】手澤：先人或前輩的遺墨、遺物等。《禮記·玉藻》："父沒而不能讀父之書，手澤存焉爾。"孔穎達疏："謂其書有父平生所持手之潤澤存在焉，故不忍讀也。"

　　【三】斑管：毛筆。以斑竹爲杆，故名。

‖ 夢葛正父【一】 ‖

　　暮春天氣和，夜雨動微波。引枕當窗臥，一夢入松蘿【二】。見我同懷子，鳴琴相經過。科頭【三】陰翳下，跣（一）坐拂青莎。翻書驚走蠹，送酒立封駝【四】。澄懷無今古，時復發浩歌。只惜歡娛少，不計榮辱多。嗟我廿餘載，履步多坎坷。名心縛繭縛【五】，世事磨墨磨【六】。君今萬里外，哀樂復如何？京華盛冠蓋，遊子憶巖阿【七】。屋梁照顏色【八】，形影猶無訛。起步望天垠，斗柄隔長河。

◎ 校勘記

（一）趺：原本作“跌”，不通，當作“趺”，形近而誤。

◎ 注釋

【一】葛正父：又名亮維，字崇綱。畢節人，余達父老師葛子惠之子。余達父平生第一知己，終身摯友。

【二】松蘿：活用成語“松蘿共倚”。比喻兩人之間關繫融洽。

【三】科頭：不戴帽子。謂不拘禮節。《資治通鑒·漢獻帝建安元年》：“布將河內郝萌夜攻布，布科頭袒衣，走詣都督高順營。”胡三省注：“科頭，不冠露髻也。今江東人猶謂露髻爲科頭。”

【四】封駝：駝峰。唐李商隱《鏡檻》詩：“傳書兩行雁，取酒一封駝。”

【五】縛繭縛：像繭縛一樣沒有自由。

【六】磨墨磨：像磨墨一樣受盡折磨。

【七】岩阿：山的曲折處。

【八】屋梁照顏色：唐杜甫《夢李白》：“落月滿屋梁，尤疑照顏色。”寫對摯友的深切懷念。

無題二首

每從夢裏喚真真，路轉蓬山又隔塵。剩有銀鈎【一】傳好語，恨無玉杵【二】問仙津。麝臍到死方成藥【三】，鳩舌【四】平生慣誤人。指點雲軿【五】何處所，燕釵辜負翠眉顰。

向來金屋貯嬋娟，寶帳塵生欲化烟。襟上啼痕酬錦字【六】，夢中佳句擘瓊箋。琵琶一曲真無那，蝴蝶雙飛絕可憐。幾度鐙花開夜合【七】，賺他浪卜【八】擲青錢【九】。

◎ 注釋

【一】銀鈎：指寫小字。

【二】玉杵：在此指傳遞愛情信號的媒介。唐裴鉶《傳奇·裴航》載，傳説裴航過藍橋驛，以玉杵臼爲聘禮，娶雲英爲妻。

【三】"麝臍"句：此句與李商隱《無題》"春蠶到死絲方盡"意思相同。比喻爲了愛情死而無怨。

【四】鴆舌：鴆，一種毒鳥。在此比喻話語毒辣。

【五】雲軿（píng）：軿，神仙所乘之車。以雲做成，故名。

【六】錦字：指前秦蘇蕙寄給丈夫的織錦回文詩。後多用以指妻子給丈夫的表達思念之情的書信。典出《晋書·列女傳·竇滔妻蘇氏》。

【七】"幾度"句：中國民間説法，燈花開預示有喜事即將來臨。夜合，夜合花。

【八】浪卜：漫無目的的占卜。明楊珽《龍膏記·藏春》："臨岐分手渾難定，浪卜刀頭無準。"

【九】擲青錢：青錢有反正兩面，可以用來占卜。這是一種簡單的占卜方式。

‖ 山居即景 ‖

時在時園【一】

長夏【二】渾無事，山居更覺幽。黄梅驚鳥落，緑篠【三】動魚遊。時有凉風至，遙聞細澗流。乍看烟裏竹，新筍出林修。

起步方塘上，晴暉接小嵐。山青蘸遠樹，天碧落寒潭。風過蟬聲急，雲來蟻戰酣。一行金錢柳，臨水緑毿毿。

雨後苔痕漲，風前竹影疏。槐高沉緑蔭，荷破見紅蕖。有蝶花增艷，無魚浪自噓。藤梢清露滴，凉氣潤琴書。

抱膝長吟罷，濃蔭落滿庭。搜奇箋《爾雅》，逸興讀《葩經》【四】。酒國愁能大，書城卧不醒。文章千古事，留并好山青。

◎ 注釋

【一】時園：位於畢節市七星關區大屯彝族鄉，在今大屯土司莊園内。

【二】長夏：指陰曆六月，夏季最後一個月份。

【三】綠篠（xiǎo）：綠色小竹。《文選·謝靈運〈過始寧墅〉》："白雲抱幽石，綠篠媚清漣。"劉良注："篠，竹箭也。"

【四】《葩經》：唐韓愈《進學解》："《詩》正而葩。"後因稱《詩經》爲"葩經"。

卷三（1895年）

‖ 宮怨三首 ‖

　　月浸晶簾不動塵，夜深紅淚滴羅巾。三千隊裏娉婷早，猶作羊車望幸人【一】。

　　搔首銀河問碧鸞，無端長嘆倚闌干。自憐不遇毛延壽，縱博君王一顧難。

　　傳說更衣侍上軒【二】，昔年金屋變長門【三】。官家自是多薄幸，豈必傾城始受恩。

◎ 注釋

　　【一】羊車望幸人：希望得到重視或者寵愛。《晉書·后妃傳上·胡貴嬪》：晉武帝司馬炎爲臨幸方便，自己乘坐羊車在后宮內逡巡，停在哪個宮女門前便前往臨幸；而宮女爲求皇帝臨幸，便在住處前灑鹽巴、插竹葉以引誘羊車前往。後常以羊車降臨表示得寵，不見羊車表示宮怨。

　　【二】更衣侍上軒：用衛子夫得漢武帝寵幸事。《史記·外戚世家》：“是日，武帝起更衣，子夫侍尚衣，軒中得幸。”

　　【三】金屋變長門：指漢武帝皇后陳阿嬌早年得寵，後來被貶到長門的事。

‖ 代答宮人 ‖

　　莫向東風怨白頭，好將消息探銀鉤。阿環【一】縱道遲承寵，要是昭陽第一流【二】。

◎ 注釋

　　【一】阿環：此指唐玄宗寵妃楊玉環。

【二】昭陽第一流：昭陽，即昭陽殿，漢代宮殿名，漢成帝皇后趙飛燕姊妹爲昭儀，居住於此。第一流，第一等人。杜甫《哀江頭》："昭陽殿裏第一人，同輦隨君侍君側。"

‖ 乘凉荷榭 ‖

室中蘋澤微聞得，門外野風吹正開。越女凌波【一】皆艷質，謝生出水便清才【二】。縱無妙法傳經去，應有仙人臥海來。近柝碧筒裝玉露【三】，淡紅香白【四】落成堆。

◎ 注釋

【一】越女凌波：越女，這裏泛指美女。凌波，比喻美人步履輕盈，如乘碧波而行。《文選·曹植〈洛神賦〉》："凌波微步，羅襪生塵。"

【二】"謝生"句：《南史·顏延之傳》："延之嘗問鮑照，已與謝靈運優劣。照曰：'謝公詩如初發芙蓉，自然可愛；君詩如鋪錦列繡，亦雕繢滿眼。'"

【三】"近柝"句：近柝，接近深夜。碧筒裝玉露：唐段成式《酉陽雜俎·酒食》："歷城北有使君林……取大蓮葉置硯格上，盛酒三升，以簪刺葉，令與柄通，屈莖上輪菌如象鼻，傳噏之，名爲碧筒杯。"碧筒，荷葉碧綠的幹，中空外直，故稱筒。玉露，在此指美酒。

【四】淡紅香白：此寫荷花凋謝。唐韋莊《丙辰年鄜洲逢寒食城外醉吟》："腸斷入城芳草路，淡紅香白一群群。"

‖ 題《帶經堂詩集》【一】後 ‖

前有錢虞山【二】，投詩一見開塵顏，騏麟腰裏【三】誰躋攀。後有趙秋谷【四】，一編聲調【五】招怨毒，擠排又箸《談龍錄》【六】。同時堯峰與商丘【七】，一遯一仕【八】皆同流，扶持羽翼稱良儔【九】。古來畸士【一〇】負奇才，龍門不遇空塵埃。禿管縱使驚風雷，美人誰報雙瓊瑰。鹽車駿馬【一一】愛郭隗【一二】，死骨猶當生龍媒【一三】。才到憐時已可哀，那堪更阻黃金臺【一四】！

公有荆州【一五】相轂推【一六】，我讀公詩撞玉栖。聲氣應求不可得，嶙峋傲骨爭詆抑。皮相【一七】縱有稍相識，又恐謠諑生惶惑。吹枯絕少噓氣龍【一八】，中傷大有含沙蜮【一九】。奇姿未許威鳳儀，凌霄尚疵冥鴻翼【二〇】。公資李郭【二一】爲輔翊，我讀公詩一太息。怨毒於人恨已深，必開旁道相陵侵。眼前睚眥痛徹骨，筆底訾謷宣寒心。老驥一蹶不可禁，後生旗鼓森立林【二二】。烈炎終古能焚玉，衆口何難爭鑠金【二三】。

要之公道自天壤，後人不盡結舌瘖【二四】。有時駁詰亦中竅【二五】，尺枉那可掩直尋【二六】。隨園頗有譏評語【二七】，揄揚率意殊難箴。其他不過蚍蜉類，欲撼大樹矜砭針【二八】。豈知高厚不自量，嘤嘤籬下蟲呻吟【二九】。此皆不足爲公欽，公與後勁乖盍簪【三〇】，我讀公詩和瑤琴【三一】。

◎ 注釋

【一】《帶經堂詩集》：作者王士禛（1634—1711），原名士禛，字子真、貽上，號阮亭，又號漁洋山人，人稱王漁洋。康熙時繼錢謙益而主盟詩壇，論詩創神韻説。代表作《秋柳》，余達父有和詩。

【二】錢虞山：錢謙益（1582—1664），明末清初散文家、詩人，與吳偉業、龔鼎孳并稱爲"江左三大家"。

【三】騏麟騕褭（yǎoniǎo）：此喻錢謙益杰出的文學成就。騏麟，亦作麒麟，中國古代傳説中的一種靈异的動物。騕褭，古代駿馬名。

【四】趙秋谷：趙執信（1662—1744），清代詩人、詩論家、書法家。

【五】一編聲調：指趙執信作品《聲調譜》。此書主要稽考五、七言詩各種詩體平仄規律，旨在辨析古體、齊梁體、律體在平仄聲調上的區別及律體的變格，在古代詩歌聲調的研究上具有重要地位。缺點是對聲調規則看得太死，未免强作解事，流於煩瑣。

【六】《談龍録》：趙執信著古詩文評論著作，爲批評王士禛而作。趙則主張"詩以言志"，必使後世因其詩以知其人，而兼可以論其世，反對王士禛的"神韻説"。

【七】堯峰與商丘：堯峰，指汪琬（1624—1691），清初散文家，字苕文，號鈍庵，晚年隱居太湖堯峰山，學者稱堯峰先生。商丘，指宋犖（1634—1714），清初詩人，河南商丘人，與王世禎是好友，但詩論主張有異。宋犖與王世禎、施潤章等人同稱“康熙年間十大才子”。

【八】一遯（dùn）一仕：遯，通“遁”，指隱居。仕，做官。這裏指隱居的汪琬與出仕的宋犖。

【九】良儔：好友，良友。

【一〇】畸士：獨行拔俗之人。王士禎《池北偶談・談獻一・畸士》：“鼎革之際，不乏畸士。”

【一一】鹽車駿馬：讓駿馬駕鹽車，比喻使用人才不當。《戰國策・楚策六》：“夫驥之齒至矣，服鹽車而上大行，蹄申膝折，尾湛胕潰，漉汁灑地，白汗交流，中阪遷延，負轅不能上。”

【一二】郭隗（wěi）：戰國時燕國（今河北省定興縣河內村）人，燕昭王客卿，以讓燕昭王“築臺而師之”爲燕國召來許多人才，終使燕國富強。

【一三】“死骨”句：用郭隗“千金買骨”事，喻人才應該得到禮遇和重用。龍媒：駿馬。《漢書・禮樂志》：“天馬徠龍之媒。”顏師古注引應劭曰：“言天馬者乃神龍之類，今天馬已來，此龍必至之效也。”

【一四】黃金臺：戰國時燕昭王爲招攬人才，於易水東南築臺，置千金于上，以招賢士。

【一五】荊州：指公安三袁，公安派代表作家袁宗道、袁宏道、袁中道。三兄弟皆爲湖北人。

【一六】轂（gǔ）推：化用成語“捧轂推輪”。此喻三袁和趙執信相互扶持。《七國春秋平話》卷上：“燕王并大臣捧轂推輪，邀樂毅上黃金臺，受天子百官之禮，與樂毅掛印爲帥。”

【一七】皮相：表面現象。

【一八】嘘氣龍：嘘氣，吹氣。韓愈《雜說一》：“龍嘘氣成雲，雲固勿靈於龍也。”比喻人與人之間應該相互信任和扶持。

【一九】含沙蜮：古代傳說中一種害人的怪物，因其能在水中含沙射影，使人致病，故又稱爲含沙。比喻暗中作祟的小人。

【二〇】"凌霄"句：疵，通"訾"，挑剔，非議，詆毀；冥鴻翼，鴻翼高飛，比喻高士。

【二一】李郭：李膺和郭太的并稱。比喻知己相處，不分貴賤，親密無間。

【二二】"後生"句：後生，後輩。旗鼓森立林，搖旗擂鼓者多得像樹林一樣密集地豎立。此形容呼應王士禎的人衆多。

【二三】"烈炎"二句：形容興論力量大，連金屬都能熔化。比喻衆口一詞可以混淆是非。《國語·周語下》："衆心成城，衆口鑠金。"此句言雖然烈烈熊焰終究能將玉石焚毀，但是衆人之口是不可能混淆是非的，表明余達父對王士禎詩論的認可。

【二四】舌瘖（yīn）：舌頭病，不能説話。瘖，《説文解字》："瘖，不能言也。"

【二五】"有時"句：駁詰，反駁詰問。中窾，切中要害。窾，空竅。《莊子·養生主》："依乎天理，批大郤，導大窾。"

【二六】"尺枉"句：枉，彎曲；直，伸直；尋，古量名，八尺。彎曲的一尺哪裏可以掩蓋伸直的一尋。此處言王士禎詩論雖然受到一些小小的詰難，但是掩蓋不住其光輝的一面。

【二七】"隨園"句：隨園，袁枚別号。袁枚，清代詩人、散文家，主張寫詩要直抒胸臆，"性靈"和"學識"相結合。他譏諷神韻派是"貧賤驕人"，格調派是"木偶演戲"，肌理派是"開骨董店"，宗宋派是"乞兒搬家"。

【二八】"其他"二句：蚍蜉，一種大螞蟻。韓愈《調張籍》："李杜文章在，光焰萬丈長。不知群兒愚，哪用故謗傷。蚍蜉撼大樹，可笑不自量。"矜，誇大。砭針，用砭石製成的石針。此句謂詰難王士禎者想撼動王在詩壇上的地位，不過是蜉蝣而已。

【二九】"嚶嚶"句：此句喻那些詰難王士禎的人如同籬下嚶嚶呻吟的小蟲，自不量力。

【三〇】盍簪：指朋友。《易·豫》："勿疑，朋盍簪。"王弼注："盍，合也；簪，疾也。"陸德明釋文："簪，虞作哉。哉，叢合也。"孔穎達疏："群朋合聚而疾來也。"

【三一】和瑶琴：彈奏瑶琴相和，謂知音難覓。此句謂余達父願意做王士禎跨越時空的异代知音。

‖ 喜雨行 ‖

赫熹【一】吹蠱【二】隆蟲蟲【三】，赤日如火燒炎風。沃焦地坼【四】百穀萎，旱魃肆虐摧豐隆【五】。梵剎城社築靈壇，撞鐘代鼓驚天宮。慈雲法雨乞不得，大官徒步【六】殊疲癃【七】。烟霧空濛日杲杲【八】，方知帝謂誠難通。村社椎牛迎田祖，割鮮飲血叩銅鼓【九】。持呪越巫珊珊舞【一〇】，大田多稼祈甘雨。羲和揮鞭【一一】力正努，舌橋【一二】唇弊亦何補。計到愈窮民愈苦，欲起龍伯【一三】爲責數。萬夫鋤藥千夫拊，魚毒鉤吻【一四】積如堵。舟人漁子入深浦，瀝汁倒傾蛟龍府。波上千人捘大櫓，連網撻槳列參伍【一五】。須臾撥刺【一六】鮮涎吐【一七】，遊魚百萬頭畢聚。隨波逐浪走數罟，鱗鱗戢戢【一八】泥拍肚。倔強沙面立揖拄【一九】，傷鱗破鬣泣紅腐【二〇】。起陸龍蛇【二一】蟻可侮，吹沫濡濕交相煦【二二】。

吁嗟乎！祲祥豐荒自天主，澤國何罪遭苦窳【二三】。昨宵黑雨垂天低，芭蕉敲夢醒離迷。重泉樹杪【二四】意中見，竹鷄杜鵑相應啼。侵晨涼氣入疏簾，開門便欣綠澄畦。始知造物有主張，人力那可與天齊。志士未遇感遭逢，不殊大旱望雲霓。風雷未啓蟄龍【二五】壞，蟠屈偃塞【二六】皆沙泥。一朝遭際作霖雨，蒼生涵濡應無睽【二七】。海有靈查天有梯，安得蒼蒼詳端倪。

◎ 注釋

【一】赫熹：指烈日。清趙翼《苦熱》："赫熹餘威竟夜不肯散，繁星皆紅月不白。"

【二】吹蠱：即飛蠱，毒蟲名。

【三】蟲蟲：灼熱的樣子。《詩·大雅·雲漢》："旱既大甚，蘊隆蟲蟲。"毛傳："蘊蘊而暑，隆隆而雷，蟲蟲而熱。"

【四】沃焦地坼（chè）：沃焦，《華嚴經》卷五十九所言海底下之大吸水石。此石廣大如山，故又稱沃焦山，其下爲阿鼻地獄之火氣所炙，故此石經常焦熱。坼，裂開。

【五】豐隆：古代神話中的雷神，用作雷的代稱。《淮南子·天文訓》："季春三月，豐隆乃出，以將其雨。"高誘注："豐隆，雷也。"

【六】徒步：古時平民外出無車，謂之徒步，此爲平民的代稱。《漢書·公孫弘傳》：“起（吳起）徒步，數年至宰相，封侯。”

【七】殊疲癃（lóng）：殊，很，甚；疲癃，指苦難或苦難之人。宋曾鞏《洪州諸寺觀祈晴文》：“蓋茲疲癃之民，已出旱菑之後，室家凋敝，閭里愁嗟。”

【八】杲杲：明亮的樣子。《詩·衛風·伯兮》：“其雨其雨，杲杲日出。”

【九】“村社”二句：意爲村民們敲着鼓殺牛祭奠神農，祈求下雨。椎牛，古時一種殺牛祈願的方式。田祖，傳説中始耕田者，指神農氏。《詩·小雅·甫田》：“琴瑟擊鼓，以禦田祖。”朱熹集傳：“謂始耕田者，即神農也。”割鮮，屠殺牲畜。

【一○】“持呪（zhòu）”句：謂巫婆念着咒語輕輕地舞動。持呪，亦作“持咒”，念誦咒語。越地舊俗好巫術，“越巫”遂爲巫者的代稱。珊珊，步態輕盈、舒緩的樣子。

【一一】羲和揮鞭：羲和，中國古代神話中太陽的車夫。每天由東向西，驅車載着太陽前進，所以稱揮鞭。

【一二】舌橋：舌，舌頭。橋，翹起。舌頭翹起來，形容驚訝得咋舌不已。《史記·扁鵲列傳》：“中庶子聞扁鵲言，目眩然而不瞚，舌橋然而不下。”

【一三】龍伯：傳説中的國名，有成語“龍伯釣鼇”，比喻非凡的事業。《列子·湯問》：“而龍伯之國有大人，舉足不盈數步，而暨五山之所，一釣而連六鼇，合負而趣歸其國，灼其骨以數焉。於是岱輿、員嶠二山，流於北極，沉於大海。”

【一四】魚毒鈎吻：魚毒，魚肉毒素。鈎吻，又名斷腸草，根淺黃色，味甜。全身有毒，尤其根、葉毒性最大。

【一五】參伍：交互錯雜，參差不齊。

【一六】撥剌：剌，疑爲“剌”之誤，撥剌，魚尾撥水聲，喻魚疾遊。唐李邕《國清寺碑序》：“暢撥剌以掉尾，恣噞喁而鼓腮。”

【一七】鮏（xīng）涎吐：鮏，同“鯹”，魚腥味。涎吐，唾液。

【一八】鱗鱗戢戢：鱗鱗，形容魚多。戢戢，魚張口貌。唐杜甫《又觀打魚》：“小魚脱漏不可記，半死半生猶戢戢。”

【一九】捂（zhī）拄：亦作“捂柱”。支撐，支持。清吳偉業《松山哀》：“盧龍蜿蜒東走欲入海，屹然捂拄當雄關。”

【二○】“傷鱗”句：鬣，魚頷旁小鰭。傷鱗破鬣，指受了傷的魚類。紅腐，腐爛後變成了紅色。

【二一】起陸龍蛇：離開了陸地的龍蛇，比喻缺水的魚類。

【二二】"吹沫"句：濡，沾濕；沫，唾沫。相煦，互相大口出氣來取得一點濕氣。泉水乾了，魚吐沫互相潤濕。《莊子·大宗師》："泉涸，魚相與處於陸，相煦以濕，相濡以沫。"

【二三】苦窳：此指苦難。

【二四】重泉樹杪（miǎo）：樹梢上仿佛掛了一道道流泉飛瀑，形容雨下得很大。杪，樹梢。唐王維《送梓州李使君》："山中一夜雨，樹杪百重泉。"

【二五】蟄龍：蟄伏的龍，比喻隱匿的志士。

【二六】蟠屈偃蹇：蟠屈，回環曲折，此指抑鬱不得志。宋蘇舜欽《答韓持國書》："心志蟠屈不開，固亦極矣！"偃蹇，困頓，窘迫。

【二七】無暌（kuí）：不分離，不背離。暌，分離，背離。

‖ 檢焚舊書字紙 ‖

故紙堆中臥幾年，一經鍛煉變雲烟。墨花火候浮青暈，蕉葉灰殘上綠天。筆底可能皆化境，爐餘誰是接薪傳？蕉桐爨下【一】聞清響，未必知音不見憐。

◎ 注釋

【一】蕉桐爨下：焚燒桐木做飯，比喻良材遭到毀弃。典出《後漢書·蔡邕列傳》。

‖ 新秋月夜回湘流泛舟 ‖

一

我有烟波興，天供水月秋。江山無限好，不待秉燭遊。

二

水鄉物候异，入夜更蟬嘶。萬翼【一】隨風發，千山送月低。

三

石蕩漪流折，風搖荻葦疏。隔汀聞杜若，臭味可相如。

四

幽岸流螢出，居然爝火【二】明。月光未臨處，此物最晶瑩。

五

舍舟登圻岸，逶迤入山村。一徑松風細，吹人冷到門。

◎ 注釋

【一】萬翼：衆多昆蟲。翼，當指昆蟲的翅膀。《周禮》："以翼鳴者。"

【二】爝火：小火。《莊子·逍遙遊》："日月出矣，而爝火不息；其於光也，不亦難乎！"成玄英疏："爝火，猶炬火也，亦小火也。"

‖　秋雨晚歸　‖

昏鴉陣陣薄林飛，楊柳烟迷望欲稀。十里沙堤鞭馬滑，一天風雨趁人歸。秋聲隔院驚桐葉，夜氣侵簾冷葛衣。自把銀釭【一】照花砌，芭蕉蕭瑟海棠肥。

◎ 注釋

【一】銀釭：銀白色的燈盞、燭臺。宋初晏幾道《鷓鴣天》詞："今宵剩把銀釭照，猶恐相逢是夢中。"

‖　擬《美女篇》【一】　‖

江皋産芳杜，澧浦生幽蘭。空谷有佳人，遺世獨盤桓【二】。風月美清夜，搴幕遲珊珊。華鬘【三】映朱脣，肌理爭綠丹。振袖颺輕袿，微風吹羅紈。舉步下庭除，乍去復若還。釵佩玉玲瓏，細碎觸闌干。趺坐理金徽，三嘆一再彈。轉盼惜腰肢，又恐凋朱顏。徒倚望明月，五內激辛酸。借問誰氏女，云居姑射山【四】。盈盈年十五，天漢招碧鸞。守禮嚴自持，藐焉獨寡歡。妖姬迷下蔡【五】，廝養困邯鄲【六】。其在庸庸質，苦樂齊尚難。況是出群姿，罕儔【七】自古嘆。盛年感遲暮，玉階白露溥【八】。雖自惜惺惺，弃義非所安。不看白毛鳳，猶自愛羽翰【九】。

◎ **注釋**

【一】《美女篇》：曹植自創樂府新題，以首句名篇，在《樂府詩集》中屬於《雜曲歌辭·齊瑟行》。《解題》曰：“美女者，以喻君子。言君子有美行，願得明君而事之。若不遇時，雖見徵求，終不屈也。”

【二】盤桓：徘徊。

【三】華鬘：用花連串而成的裝飾物。

【四】姑射山：古代傳説爲姑射女神所居之地。典出莊子《逍遥遊》。

【五】迷下蔡：形容女子艷麗迷人。戰國楚宋玉《登徒子好色賦》：“東家之子，增之一分則太長，減之一分則太短……嫣然一笑，惑陽城，迷下蔡。”

【六】“廝養”句：廝養，指砍柴作飯的人。邯鄲，指邯鄲才人。李白《邯鄲縱人嫁爲廝養卒婦》：“妾本叢臺女，揚蛾入丹闕。自倚顏如花，寧知有凋謝。一辭玉階下，去若朝雲没。每憶邯鄲城，深宮夢秋月。君王不可見，惆悵至明發。”余達父寫凡夫俗子困住邯鄲才女，意在委婉地寫小人當道。

【七】罕儔：少有可以相比的。《南齊書·王思遠傳》：“陛下矜遇之厚，古今罕儔。”

【八】“玉階”句：謂玉階上雖然普降白露，但是女主人公還在癡癡等待。溥，通“敷”，布也。李白《玉階怨》：“玉階生白露，夜久侵羅襪。却下水晶簾，玲瓏望秋月。”

【九】羽翰：翅膀。南朝宋鮑照《詠雙燕》之一：“雙燕戲雲崖，羽翰始差池。”

擬《燕歌行》【一】

　　金飆一夜墮雙梧，千行楊柳驚蕭疏。玉龍鐵馬【二】聲喧俱，啾啾歸燕携群雛。美人睡起喚玉奴，開妝畫眉青長姝。猩唇貝齒蓮花膚，短襟窄袖紅羅襦。雲鬢瑟瑟嵌秦珠，筵前叠展紅氍毹【三】。冰甌玉碗挏酪酥，又復投簊颺輕軀。平頭婢子相將扶，紅牙一撥擲樗蒲【四】。踏歌聯臂謳吳歈【五】，若個歡樂王不如。那復陌上悲羅敷，不道金秋暑物殊。哀蟬落葉紛相於【六】，聞香怕見博山爐【七】。低頭面壁聞長吁，青春容易過隙駒。良人萬里征東胡，賤妾思君淚眼枯。腸回一日千盤紆，安得奮飛化雙鳧。鶼鶼比翼鳴相呼，勝似地角隔天隅。遠道勞勞【八】聽鷓鴣，爾我相別胡爲乎。勸君歸來且歡娛，浮名莫誤香衾孤。不信深閨斷腸無，開箱檢取蛺蝶圖，淚痕點點猶模糊！

◎ 注釋

【一】《燕歌行》：樂府舊題，屬《相和歌》中的《平調曲》，據説爲曹丕首創。

【二】玉龍鐵馬：掛在宮殿、廟宇等屋簷下的銅片或鐵片，風吹過時能互相撞擊發出聲音。元王實甫《西廂記》第二本第四折：“莫不是鐵馬兒簷前驟風。”

【三】氍毹（qúshū）：一種織有花紋圖案的毛毯。

【四】樗蒲（chūpú）：同“樗蒲”，古代一種遊戲，如後代擲色子。唐岑參《送費子歸武昌》：“知君開館常愛客，樗蒲百金每一擲。”

【五】吳歈（yú）：吳歌，此泛指歌。《楚辭·招魂》：“吳歈蔡謳，奏大呂些。”王逸注：“吳蔡，國名也。歈、謳，皆歌也。”

【六】相於：相親相厚。漢王符《潛夫論·釋難》：“夫堯舜之相於，人也，非戈與伐也，其道同仁，不相害也。”

【七】博山爐：古香爐名。因爐蓋上的造型似傳聞中的海中名山博山而得名，此喻男女雙方感情非常融洽。用樂府詩《楊叛兒》事。

【八】勞勞：遙遠。勞，通“遼”。《詩·小雅·漸漸之石》：“維其勞矣”，漢鄭玄箋：“山川者，荆舒之國所處也，其道里長遠，邦域又勞勞廣闊，言不可卒服。”孔穎達疏：“當從遼遠之遼，而作勞字者，以古之字少，多相假借。”

‖ 子夜歌【一】 ‖

楊花著浮萍【二】，無意來相遇。好種連理枝，莫變天涯樹。璇宮夜深織，瑤臺月下逢。一見便相親，多情若個儂。了鬉綰綠雲，倩影襯紅玉。密意恐人猜，背郎佯剪燭。親手調冰水，含羞持向郎。多少相思味，願郎親自嘗。良時不可駐，只有一日歡。見人強笑語，寸寸摧心肝。儂恨雞聲斷，歡恨馬蹄忙。早知有今日，悔不作參商。一自別歡來，深閨罷妝飾。明月復無情，穿帷照顏色。剪取紫絲絛，綰作同心結。歡莫等閒看，染是啼鵑血。憶歡別儂時，忍淚幾回眸。搴簾送行處，塵滿珊瑚鈎【三】。奇歡紅豆子，聊以慰相思。但解相思味，莫忘相別時。儂有紫香囊，待歡懸斗帳。祝歡早歸來，儂作山頭望。

◎ **注釋**

【一】子夜歌：古樂府吳聲歌曲名。曲調相傳爲晉代叫子夜的女子所作。

【二】楊花著浮萍：傳古人曾以爲絮"入池沼，隔宿化爲浮萍花"。宋蘇軾《再次韻曾仲錫荔支》："楊花著水萬浮萍。"自注云："柳至易成，飛絮落水中，經宿即爲浮萍。"

【三】珊瑚鈎：用珊瑚所作的帳鈎。清陳維崧《菩薩蠻·秘戲》："寶篆鎮垂垂，珊瑚鈎響時。"

‖ 擬《西北有高樓》【一】 ‖

西北有高樓，傑閣鬱崔嵬。屭窗耀白日，青疏面面開。當窗有美人，顏色如玫瑰。極目望平原，中心慘以摧。轉而理瑤琴，激楚增酸哀。彈竟不成曲，掩淚光徘徊。非無清商音，不遘【二】知音來。幽怨無人識，寸寸隨心灰。秋風入戶惡，苦雨滴蒼苔。

◎ 注釋

【一】《西北有高樓》：《古詩十九首》之一，最早見於南朝梁蕭統編《文選》。

【二】不遘（gòu）：不遇。

‖ 秋柳·次王新成[一]韻四首 ‖

秋光繚亂欲銷魂，紅柿丹楓白板門。一種殿前憐舊影，幾人樓上拭啼痕。蕭條往事綠衣[二]夢，惆悵新詩黃葉村。江岸只今逢柳永，曉風殘月怕重論。

寒蛩抱葉怨侵霜，一抹柔條鎖練塘[三]。賸有綠腰酬白紵[四]，可無紅淚濕青箱[五]。武昌客散愁巴女，蕭寺[六]螢飛冷梵王[七]。壓酒聞香何處所，芊芊草沒鬥雞坊[八]。

鵝黃猶記惹春衣，回首依依是也非。羌笛無情吹夢斷，故園應恨寄書稀。白門子夜棲烏靜[九]，紫塞丁年[一〇]盼雁飛。愁絕毿毿榆影外，封侯志願早心違。

相偎相倚轉相憐，腸斷長亭樹樹烟。旖旎纖腰愁病酒，飄零風絮莫裝綿。玉溪春興應三變，元子秋風又一年。百五韶光如擲瞬，與君暫別夕陽邊。

◎ 注釋

【一】王新成：即王士禎。《秋柳四首》是王士禎的成名作，順治十四年（1657）秋，王士禎在濟南一次名士聚會時，一氣呵成寫成四首七律，大江南北遍為傳誦，和者甚眾。

【二】綠衣：《詩經》中一首有名的悼亡詩。

【三】練塘：白練似的池塘。謝朓《晚登三山還望京邑》："余霞散成綺，澄江靜如練。"

【四】"賸有"句：賸，同"剩"。綠腰，中國古代一種舞蹈。白紵，古代有白紵舞，因舞者穿白紵（紵麻細布）織成的長袖舞衣而得名。

【五】紅淚濕青箱：眼淚把青箱都打濕了。紅淚，東晋王嘉《拾遺記》中説，魏文帝（曹丕）所愛的美人薛靈芸離別父母登車上路之時，用玉唾壺承淚，壺呈紅色。及至京師，壺中淚凝如血。青箱，書箱。

【六】蕭寺：寺院之別稱。梁武帝蕭衍篤信佛教，多造立寺院，而冠以己姓，稱爲蕭寺。《釋氏要覽》卷上（大五四·二六三下）："今多稱僧居爲蕭寺者，必因梁武造寺以姓爲題也。"

【七】梵王：泛指此界諸天之王。南朝梁劉勰《剡縣石城寺彌勒石像碑》："梵王四鶴，徘徊而不去；帝釋千馬，躑躅而忘歸。"

【八】鬥鷄坊：唐代，因玄宗皇帝沉迷于鬥鷄，使鬥鷄成了一個行業，并有固定地點鬥鷄坊，馴鷄、養鷄者地位優越，當時社會上流傳有"生兒不用識文字，鬥鷄走馬勝讀書"的民謡。

【九】"白門"句：白門，南京的舊稱。南朝民間情歌常常提到"白門"，指男女歡會之地。樂府詩《楊叛兒》："暫出白門前，楊柳可藏烏。"

【一〇】紫塞丁年：紫塞，即長城。秦始皇築長城，西起臨洮，東至朝鮮，長萬里，土色皆紫，故稱"紫塞"。丁年，成年，壯年。

‖ 古磚歌并叙 ‖

鷹坐山側有治居者，破土得古塚，鍬畬之，見瓴甓【一】封固，疑藏錘跡之，壙穴遼遼。朱棺一具，半朽落。餘金屈戍【二】、玉跳脱【三】數事外，奇零各物不知何器何名，余亦弗睹也。以其時考之，當在蘭州羈縻之前，牂牁夜郎之後。千年幽壙，猝出人間。余丐得殘磚二方，略損一角，廣尺衺尺，厚三寸弱，面作偃波【四】紋，兩綫，土花，斑駁陸離，藏之以俟好古者之考識。

◎ **注釋**

【一】瓴甓（língpì）：磚塊。《文選·司馬相如〈長門賦〉》："致錯石之瓴甓兮，象瑇瑁之文章。"李周翰注："瓴甓，甎也。言纍甎石似瑇瑁之文。"

【二】金屈戍：指門窗、屏風、櫥櫃等的環紐、搭扣，一般由銅製成，故稱金屈戌。李商隱《驕兒詩》："凝走弄香奩，拔脱金屈戌。"

【三】玉跳脱：玉鐲。魏繁欽《定情詩》："何以致契闊，繞腕雙跳脱。"

【四】偃波：偃波書。書體名，即版書，狀如連文，故稱。頒發詔命所用。

　　茂陵玉碗人間出【一】，寶衣火化飛燐青。阿房燒餘驪山掘，水銀冰徹鮑魚腥【二】。摸金校尉發邱將【三】，慣盗抔土侵長陵。嗚呼帝王尚如此，幾人松柏常精靈。荒裔千秋何代王，發徒隨道鷹山徑。蜃灰蠣粉【四】嵌白石，四旁上下嶈闕令。翁仲石馬【五】渺何許，天禄闢邪【六】横蒼藤。陵谷更遷閲幾世，鏊鋤一旦紛相乘。青草不辯明君塚【七】，白日誰問滕公銘【八】。金鼉玓瓅【九】卧空篋，黑風颯遝吹碧燈。便房【一〇】朽折温明【一一】毁，黄腸題湊【一二】敲零星。儈父那知惜古物，檢金懷玉箱檻扃。抛殘此磚作平城，投置破碎漠不矜。嗟余嗜古好搜訪，聞此惋惜殊難勝。從人丐取療饞眼，竊窺僻奥探不經。大吉井磚長生瓦【一三】，頗聞其器觀其形。此磚别無款識字，欲稽杞宋殊難徵【一四】。日日供置塵案旁，滌瑕盪垢捫柹棱。十載磨磚不成鏡，今日得此欣良朋。褾襪錦賱愛什襲【一五】，青藜【一六】夜照光熒熒。此物出土事非偶，青蛉爨碑【一七】得未曾。岐陽石鼓【一八】不遷徙，應與腐草同飄零。作歌不爲古物惜，借物吊古開胸膺。此篇聊當《壟上記》【一九】，以俟博雅核名稱。

◎ 注釋

【一】"茂陵"句：《漢武故事》載："有一人於市貨玉杯……乃茂陵中物也。"《南史·沈炯傳》："茂陵玉碗，遂出人間。"茂陵，西漢武帝劉徹的陵墓。

【二】"水銀"句：《史記·秦始皇本紀》記載，秦始皇去世時，"會暑，上輼車臭，乃詔從官令車載一石鮑魚，以亂其臭"。

【三】"摸金"句：摸金校尉和發邱將都是指盗墓者。史書記載，摸金校尉起源于三國時期，當時曹操爲了彌補軍餉的不足，設立發丘中郎將，摸金校尉等軍銜，專司盗墓取財。

【四】蜃灰蠣粉：一種粘性建築材料。《天工開物》言其"固舟縫""砌牆石""墍牆壁""襄墓及貯水池"等用途。

【五】翁仲石馬：石人石馬。翁仲，秦始皇時的一名大力士，名阮翁仲。守臨洮，威震匈奴。死後，秦始皇爲其鑄銅像，置於咸陽宮司馬門外。匈奴人來咸陽，遠見該銅像，還以爲是真的阮翁仲，不敢靠近。

【六】天禄闢邪："天禄"和"闢邪"均爲古代傳説中的神獸。《後漢書·靈帝紀》："復修玉堂殿，鑄銅人四，黄鐘四，及天禄、蝦蟆。"李賢注："天禄，獸也……今鄧州南陽縣北有宗資碑，旁有兩石獸，鐫其膊一曰天禄，一曰闢邪。據此，即天禄、闢邪并獸名也。漢有天禄閣，亦因獸以立名。"

【七】明君塚：王昭君墓，也稱青塚。據説每年"凉秋九月，塞外草衰"的時候，惟有昭君墓上草色青青，因此稱爲"青塚"。

【八】"白日"句：滕公，本名夏侯嬰，西漢王朝的開國功臣之一。《西京雜記》："滕公駕至東都門，馬鳴拘不肯前，以足刨地，久之，滕公使士卒掘馬所刨地，入三尺，所得石槨，滕公以燭照之，有銘焉，乃以水洗，寫其文，文字皆古异，左右莫能知，以問叔孫通，通曰：'科斗書也'。以今文寫之曰："佳城鬱鬱，三千年見白日，吁嗟，滕公居此室"。'滕公曰：嗟乎天也！吾死，其即安此乎？'死，遂葬焉。"

【九】金蠶玓瓅：金蠶，金屬製造的蠶，古代帝王的一種殉葬品。玓瓅（dìlì），珠光閃耀。司馬相如《上林賦》："明月珠子，玓瓅江靡。"

【一〇】便房：古代帝王、諸侯王等墓葬中供祭奠的人休息的房間。

【一一】温明：古代葬器。形狀如倒置的方桶，由四面（左、右側板、背板及頂板）組合而成。

【一二】黄腸題湊：流行於秦漢時期的一種特殊葬制，其使用者主要是帝王及其妻妾，還有皇帝特許的寵臣，是用黄心柏木、按向心方式致疊而成的厚木牆。"黄腸"是黄心的柏木；"題湊"是木頭擺放的形式和結構，也就是木頭的端頭向内排列。

【一三】"大吉"句：指古代遺留下來的磚瓦，上面銘有吉利的字。

【一四】杞宋殊難徵：即杞宋無徵，指資料不足，不能證明。《論語·八佾》："夏禮吾能言之，杞不足徵也；殷禮吾能言之，宋不足徵也。"

【一五】"檦褫（biǎochǐ）"句：檦褫，在畫背的上端裱有一段用來包裹畫身的色絹或色紙，俗稱"包首"。錦賵（dàn），書册或字畫卷軸卷頭上貼的綾。賵什襲，重重包裹，謂鄭重珍藏。

【一六】青藜：夜讀照明的燈燭。典出《三輔黄圖·閣》。

【一七】青蛉爨碑："青"，一作"蜻"。青蛉，西漢置古縣名，今雲南大姚縣。

隋開皇時用兵“爨蠻”，取道蜻蛉川，即今大姚河流域一帶。爨碑，《爨寶子碑》與《爨龍顏碑》。

【一八】岐陽石鼓：十個刻有文字的石墩，刻於先秦時期，627年發現於陝西寶鷄的荒野，現存於北京故宮博物院石鼓館（珍寶館）。岐陽，在今陝西省寶鷄市。

【一九】《壟上記》：唐蘇頲《壟上記・古塚銘》：“旁有石銘云，欲陷不陷被藤縛，欲落不落被沙閣。”

中秋日

纔是中秋節，菊花已半開。去年憶今日，射策[一]逐群才。不上考功第[二]，翻營避債臺。荒園寒橘柚，笑我賦歸來。

◎ 注釋

【一】射策：一種以經術爲内容的考試方法，在此代指科舉考試。

【二】考功第：考功，掌管考試的官吏。第，考中稱及第，考不上叫落第。

九日登高漫興六首

葉蘀霜高萬木撑，濕雲低壓薄風平。山蘿斷霧驚看大，雨到深秋不戀晴。送酒有人消渴病，題詩笑我帶商聲。年年佳節思鄉苦，此日登臨感客行。

極目遥看動遠愁，青山紅樹不成秋。别來幾日思靈運，輸却經年望子由。選插茱萸堪對酒，憶開常棣獨登樓。吹蓬斷髮驚雙鬢，豈爲功名念少遊。

笑把花枝數舊游，黄初人物最風流。三年客宦憐蘇季[一]，一直功名説馬周[二]。人到丹山皆吐鳳[三]，歌成白石任呼牛[四]。杜陵《秋興》[五]同學感，潦倒尊前發慢謳。

沙苑^{【六】}鶴飛事本荒，幸彎長矢殪封狼。風來元菟城頭勁，波向新羅海外揚。擬逐水仙劉裕老^{【七】}，未平遼海晉宣^{【八】}亡。南朝馬射渾閒事，漫說金秋助蕭霜。

十道傳車^{【九】}出上都，似聞閭里困征輸。新章納粟^{【一〇】}恩仍溥，故事捐金^{【一一】}禮不殊。山海久枯《鹽鐵論》，殿廷初式《織耕圖》。滿城風雨催詩興，斷句何曾阻索租。

秋菊落英映玉醅，對他騶卒也銜杯。感懷久厲屠龍技，吊古應登戲馬臺^{【一二】}。此會明年看作健^{【一三】}，昔人千載視今來。壯心勝似蘇明允^{【一四】}，擊節非關倚醉開。

◎ **注釋**

【一】蘇季：蘇秦（前337—前284），字季子，戰國時期的洛陽人，與張儀齊名的縱橫家。

【二】馬周：字賓王，博州茌平（今山東省茌平縣茌平鎮馬莊）人。他胸藏濟世之才，却一直不得志，後得到唐太宗李世民的賞識，爲唐朝初年的政治穩定和經濟發展做出了貢獻。

【三】"人到"句：丹山，《山海經·南山經》："又東五百里，曰丹穴之山，其上多金玉。丹水出焉，而南流注於渤海。有鳥焉，其狀如鷄，五采而文，名曰鳳皇。"吐鳳，稱頌文才或文字之美。

【四】"歌成"句：歌成白石，《史記·魯仲連鄒陽列傳》："寧戚飯牛車下，而桓公任之以國。"裴駰集解引漢應劭曰："齊桓公夜出迎客，而寧戚疾擊其牛角而商歌曰：'南山阡，白石爛，生不遭堯與舜禪。短布單衣適至骭，從昏飯牛薄夜半，長夜漫漫何時旦？'公召與語，說之，以爲大夫。"呼牛，指毀譽由人，悉聽自然。《莊子·天道》："昔者子呼我牛也，而謂之牛；呼我馬也，而謂之馬。"

【五】杜陵《秋興》：杜甫滯留夔州時作《秋興》八首。

【六】沙苑：陝西大荔南洛水與渭水間一大片草地，植被豐富，動物種類繁多，爲歷朝牧馬場所，唐在此置牧馬監。

【七】"擬逐"句：水仙，指孫恩，字靈秀，爲東晉五斗米道道士和起義軍首領。

江東的五斗米道信仰水仙，認爲只要信奉天師道即可成仙，投水者成水仙。劉裕，宋武帝劉裕，南北朝時期劉宋王朝的開國皇帝，孫恩曾被劉裕大敗。

【八】晋宣：司馬懿，司馬炎稱帝后，追尊司馬懿爲宣皇。

【九】十道傳車：十道，行政區劃，唐貞觀元年（627）所置關內、河南、河東、河北、山南、隴右、淮南、江南、劍南、嶺南道的合稱。傳車，古代驛站的專用車輛。

【一〇】納粟：明清兩代富家子弟捐納財貨進國子監爲監生可直接參加省城、京都的考試稱納粟。

【一一】故事捐金：故事，即先例、舊日的典章制度。捐金，將金子丟弃，形容不貪圖錢財，不奢求富貴。

【一二】戲馬臺：徐州現存最早的古跡之一，公元前206年，項羽滅秦後，定都彭城，於城南的南山上築臺，以觀戲馬，故名戲馬臺。

【一三】作健：成爲强者。謂奮發稱雄。

【一四】蘇明允：蘇洵，字明允，號老泉。

‖ 九月十五夜雨雪 ‖

久雨苦不晴，一朝雪霰集。霆霖【一】已如此，況乃堅冰緝【二】。窗破穴來風，重衾瑟縮襲。雜遝秋葉聲，墮地聞寒澀。去年十月中，雷雨驚淊淈【三】。今年九月初，冰雪寒玉粒。時政善催科，豈是恒寒急。翻憂三韓邊，鐵衣凍不濕。似聞北溟鯤，掉尾海能立。當此嚴寒威，應作枯魚泣【四】。夏蟲善趨炎，嚮暖無不入。冰裂觳觫肌，委作秋蠅蟄。惟見南山松，亭亭方屹立。

◎ 注釋

【一】霆霖：久雨。

【二】堅冰緝：堅冰，陰氣始凝結而爲霜，漸積聚乃成堅冰。《易·坤》："履霜堅冰，陰始凝也。"緝，同"輯"，集，積聚。

【三】湁湒（chì jí）：（水）涌起的樣子。

【四】枯魚泣：喻身陷絶境。漢樂府《枯魚過河泣》："枯魚過河泣，何時悔復及。"

落葉四首限咸、佳、江、肴四韻

滿林黄葉雜松杉，幾日霜威一半芟。惰處【一】棲鴉翻影瘦，積來鄰犬踏聲嚴。山中却埽【二】炊新酒，江上何年送别帆。樹底吟成飛著袖，還疑春院落花衫。

愁聽《哀蟬》【三】埽玉階，感愴秋士減風懷。緑窗破紙敲餘碎，幽砌殘花任意薶。波下洞庭寒兔魄【四】，人歸香徑墮鸞釵。半床蕭瑟渾難拂，庾信名園【五】事已乖。

曾惜飛花撲玉缸【六】，只諳春興已無雙。豈知幽緒兼愁思，纔聽敲門又撻窗。刻楮三年【七】緣底事，題詩五字未成腔。騷人摇落因秋感【八】，極目蕭條怨楚江。

何來啼鴂妒芳郊，錦樹瓊枝一例抛。有約春風原不遠，無邊秋興是誰教。蕭疏舊認梧桐影，漂泊今憐豆蔻梢。漫道空山苔徑没，隔林清磬一聲敲。

◎ 注釋

【一】惰處：樹葉落下前的地方。惰，通"墮"。

【二】却埽：亦作"却掃"，不再掃徑迎客，謂閉門謝客。南朝梁江淹《恨賦》："閉關却掃，塞門不仕。"

【三】《哀蟬》：曲名。相傳漢武帝因思李夫人而作。晋王嘉《拾遺記・前漢上》："漢武帝思懷往者李夫人，不可復得……因賦《落葉哀蟬》之曲。"

【四】"波下"句：屈原《九歌・湘夫人》："嫋嫋兮秋風，洞庭波兮木葉下。"兔魄，月亮的别稱。

【五】庾信名園：庾信有《小園賦》，抒發了羈旅异國，想做隱士而不得的痛苦，突出表現了作者濃厚的鄉關愁思，以及仕宦北國的憂憤與惶恐。其中有句云："落葉半床,狂花滿屋。"

【六】玉缸:酒甕的美稱。唐岑參《韋員外家花樹歌》:"朝回花底恒會客,花撲玉缸春酒香。"

【七】刻楮三年:比喻技藝工巧或治學刻苦。《韓非子·喻老》:"宋人有爲其君以象爲楮葉者,三年而成。豐殺莖柯,毫芒繁澤,亂之楮葉之中而不可別也。"

【八】"騷人"句:騷人,此處指屈原。搖落,凋殘、零落。《楚辭·九辯》:"悲哉秋之爲氣也!蕭瑟兮草木搖落而變衰。"

‖ 碧鷄夢效玉溪生《河陽》詩體【一】 ‖

寶蒜垂鉤蘭爐燭,夢醒芙蓉人似玉。捉迷不定掩孤棲,玫瑰尚泛桃鬟綠。羅巾別淚泣松惺,涼蟾墮落花溟溟。蓬山路斷巫陽回,西鶼東鰈【二】沉滄溟。欲織相思愁寄予,真珠房冷聞酸語。北斗回環尚有聲,可惜天臺散花女。桐樹孤生不賴秋,繁絲亂絮縛牢愁。守宮不駐紅顏老,秋江一蔦惜雙眸。漆園蝶影【三】重相見,鵝肪【四】獺髓【五】迎香面。依舊桃花著意春,芳心難得蜜房戀【六】。璧珧倒掛珊瑚枝,含嬌采鳳聲雌雌。香肌微透蘭薰破,手撥湘弦呵凍脂。玉鉤擘取嬌難耐,拈花嚼蕊猶憨態。柔綠低鞸【七】掠嫣紅,蹙蹙瘦損春山黛。鮫綃浪重波回風,屈戌錯落敲玲瓏。珠光流影渺難睹,淞溪占斷落英紅。五銖越羅不勝力,玉樓倚障蜻蜓翼。珍重青天碧海心,神方贈汝好顏色。碧鷄坊底鸚哥花,曾向赤城餌絳霞。汝南一別輕消遣,孤負城西碧玉瓜。雲窗霧閣渾疑雨,當時錯恨傷南浦【八】。坤扇能招八面風,蝸皇有石天應補。銀河渡口白鸞分,別風【九】吹破留仙裙。停辛佇苦【一〇】餐栀蓼,叮嚀青鳥傳殷勤。

◎ 注釋

【一】玉溪生《河陽》詩體:李商隱《河陽詩》,是其詩歌中較難解讀的作品之一。

【二】西鶼東鰈:鶼,比翼鳥;鰈,比目魚。此喻戀人。南朝宋劉勰《文心雕龍·

封禪》："然則西鶼東鰈，南茅北黍，空談非征，勳德而已。"

【三】漆園蝶影：做夢。用莊周夢蝶典。漆園，指莊子。

【四】鵝肪：鵝脂。形容白潤。

【五】獺髓：古代珍貴的藥物。相傳與玉屑、琥珀和合，可療疤痕。此處意指玉面無痕，猶如用過獺髓。

【六】蜜房戀：蜜房，蜜蜂巢。此處指代蜜蜂。李商隱《燕臺詩·春》："蜜房羽客類芳心，冶葉倡條遍相識。"

【七】柔綠低軃（duǒ）：柔髮低垂。低軃，低垂。

【八】南浦：代指水邊送別之地。江淹《別賦》："春草碧色，春水渌波，送君南浦，傷如之何！"

【九】別風："列風"之訛。晉陸雲《紆思》："耻蒙垢於同塵，思振揮於別風。"

【一〇】停辛佇苦：謂辛勞長期纏身。唐李商隱《河內詩二首》之一："梔子交加香蓼繁，停辛佇苦留待君。"

‖ 無題八首 ‖

驚風亂颭護花鈴，五十湘弦撥不停。碧樹葉凋春又老，黃昏人遠酒初醒。海填精衛纔清淺，山入蓬萊便窈冥。最恨釵頭雙白燕，從來未解惜惺惺。

誰將蛇影誤驚弓，撻起孤鴛向碧空。療病定無瘠蓲草，依人原是可憐蟲。斑留鳳竹應成墨，啼盡鵑花不算紅。十二屏山何處所，青箋珍重囑東風。

夢回金屋不成春，愁殺阿嬌掌上身。約指裝銀思手爪【一】，鈿頭映玉想風神。棋枰未肯留餘子，齏臼何曾慣受辛。借取鮫房千點淚，清溪獨處滌羅巾。

乍看飛絮著萍浮，應恨落花逐水流。無力暫輸金屈膝，有情常顧玉搔頭。鳥名共命【二】都緣愛，桐號孤生不賴秋。珊枕塵封紈扇冷，幾將消息探銀鉤。

相思費盡只銷魂，剩取青衫驗淚痕。豆蔻梢頭春有路，枇杷花下夢無門【三】。大千宇宙藏愁界，第一風流惹病根。滄海月低霜露重，寒華皴玉有誰溫。

懺情虛説沈休文【四】，枉把紅牙壓翠裙。鏡殿睡絨【五】裁廣袖，璇宮冰繭織回紋【六】。未鞭隂石難成雨【七】，縱到巫山不化雲。悒悵紅深綠暗【八】後，桃花孤負杜司勳。

幽香乍斂合歡衾，那便摧燒玳瑁簪。孔雀東南飛比翼，高樓西北鎖芳心。青天一去傷靈藥，綠綺【九】三年愛賞音。躅憤文犀無患果【一〇】，可能敵得闢寒金【一一】。

猩脣魚尾【一二】鎮相憐，儻住碧城不願仙。服散【一三】幾愁藥店冷，點沙猶説守宮研。十三行字【一四】烏絲【一五】寫，百八靈珠蟻綫穿【一六】。屈指玉輪初有魄，刀頭還望鏡光圓。

◎ 注釋

【一】"約指"句:約指,戒指。漢繁欽《定情詩》:"何以致殷勤,約指一雙銀。"手爪:手藝,技藝。漢樂府詩《上山采蘼蕪》:"顏色類相似,手爪不相如。"

【二】鳥名共命:即佛教所説的共命鳥,兩頭一體,一榮俱榮,一死皆死。佛經故事中説此鳥的二頭彼此嫉妒爭鬥,以至食毒而死。杜甫《嶽麓山道林二寺行》詩:"蓮花交響共命鳥,金牓雙回三足烏。"

【三】"枇杷"句:用唐代女詩人薛濤事。薛濤居碧雞坊種枇杷,唐王建《寄蜀中薛濤校書》:"萬里橋邊女校書,枇杷花裏閉門居。"無門,無由。

【四】沈休文:沈約,字休文,南朝史學家、文學家。其悼亡詩對後世有較大影響。

【五】鏡殿唾絨:鏡殿,壁上嵌鏡的宮殿。唾絨,古代婦女刺繡,每當停針換線、咬斷繡線時,口中常沾留線絨,隨口吐出,俗謂唾絨。

【六】"璇宮"句:璇宮,玉飾的宮殿。冰繭,《异物志》上載員嶠山有物曰"冰蠶",長七寸,色黑而有鱗角,以霜雪覆此物,即能作繭。繭長可一尺,織成文錦,入水不濕,投火不燃。回紋,用前秦婦女蘇若蘭巧織《織錦回文璇璣圖》挽回丈夫竇韜的事。

【七】"未鞭"句:北魏酈道元《水經注·夷水》載,相傳難留城(今湖北宜昌)山上有一石洞,洞中有兩塊大石,俗名陰陽石。陰石常濕,陽石常燥。每遇水旱不調,百姓便進洞祈福。天旱則鞭打陰石得雨,雨多則鞭打陽石天晴。後作爲乞求晴雨和洽的典故。

【八】紅深綠暗:此指花繁葉茂,比喻戀人出嫁生了孩子。

【九】綠綺:指司馬相如以綠綺琴挑文君的典故。

【一〇】"蠲(juān)憤"句:蠲憤,消除憂傷、憤懣。文犀,有紋理的犀角。無患果,傳説有關邪作用。

【一一】闘寒金:相傳三國魏明帝時,滇國進貢嗽金鳥,鳥吐金屑如粟。宮人爭以鳥吐之金飾釵珮,謂之"闘寒金"。

【一二】猩唇魚尾:古代兩種美食。此指代男女雙方。唐李賀《大堤曲》:"郎食鯉魚尾,妾食猩猩唇。"

【一三】服散：服食五石散，魏晋名士喜歡服用此藥。

【一四】十三行字：《洛神賦十三行》，簡稱《洛神賦貼》《十三行》，東晋王獻之小楷書法代表作，内容爲曹植的《洛神賦》。

【一五】烏絲：即烏絲欄，版本學用語，謂書籍卷册中，絹紙類有織成或畫成的黑色的界欄，烏形容其色黑，絲形容其界格之細。

【一六】"百八"句：相傳古代有得九曲寶珠的人，穿之不得，孔子教以塗脂於線，使蟻通之。陸遊《遊淳化寺》："蟻穿珠九曲，蜂釀蜜千房。"

十二月十五日晨起，堅冰凍合，饕風逼人不敢出。案上敗管豪僵，枯池水腹，撥火擁爐，又覺冰炭之薄激。少焉，熨酒微温，凝寒漸解，呵凍成此，聊寫幽懷

年來冰案日生塵，不合更覗冰蘖【一】餉。老屋一夜朔風急，開門冰柱銀鑄樣。枯枝寒華玉玲瓏，天地無聲光明相。玉堂大官千貂裘，雪窗對古幾神【二】王。丹黃點竄手皴坼【三】，不韙【四】那求洴澼絖【五】。腐儒低頭何足惜，只愁凍侵中山釀【六】。醁醽【七】一滴歡顏開，高歌餘響答甕盎【八】。今朝蝸廬臥袁安【九】，翻笑年年客跡浪。雪花楊柳經春冬，筑國寒漿食蒟醬。呵凍曾書白鷺箋，驚寒鶴語達書帳。去年此日遊蒼山，桃榔凍凝鸚哥瘴【一〇】。颭面刀風浮地來，短髮吹變星星亮。

聞道雪山萬仞封，晶瑩玉琢無青嶂。又聞冰海億萬年，竄藏冰鼠千石量。火床氣球度不得，樓船橫海【一一】怯回仗。咄哉大言真有無，肌膚溧寒心神壯。生平好奇讀楚騷，招魂意營增冰狀。不道今人眼尤空，蒙莊復起亦驚創。只惜塵務難便撥，壯遊未能心懷暢。蹇驢衝寒過溪橋，風塵潦倒頗難况。破裘蘇季還家山，春水桃花連雲漲。蹉跎幾日箭光迫，於今歲暮惜惆悵。山中梅花一夜開，堅貞未容松柏讓。君看鐵骨寒蘘葩，傲兀終居百花上。春蠶十指書長歌，寒風颯颯薄遼曠。安得龍眠【一二】圖作圖，詩力當與劉叉【一三】抗。

◎ 注釋

【一】冰蘖（niè）：飲冰食蘖，指生活清苦。蘖，芽枝。

【二】幾神：精微神妙。

【三】"丹黄"句：丹黄，舊時點校書籍用朱筆書寫，遇誤字，塗以雌黄，故稱點校文字的丹砂和雌黄爲丹黄。點竄，修整字句，潤飾。皴坼（cūnchè），開裂。

【四】不龜：皮膚不會被凍裂。龜（jūn），通"皲"。手足皮膚凍裂。

【五】洴澼絖（píngpìkuàng）：在水上漂洗棉絮。《莊子·逍遥遊》："宋人有善爲不龜手之藥者，世世以洴澼絖爲事。"

【六】中山釀：美酒名，也名"千日醉"。《搜神記》卷十九："狄希，中山人也，能造千日酒。飲之，千日醉。"

【七】醁醽（lùlíng）：美酒名。南朝宋劉道薈《晋起居注》："（穆帝）升平二年，正月朔，朝會，是日賜衆客醁醽酒。"

【八】甕盎：陶制容器。比喻才能平凡的人。南朝陳徐陵《與王吴郡僧智書》："哀駘不弃，甕盎無遺。"

【九】袁安：《後漢書·袁安傳》唐李賢注引《汝南先賢傳》載："漢時袁安未達時，洛陽大雪，人多出乞食，安獨僵卧不起，洛陽令按行至安門，見而賢之，舉爲孝廉，除陰平長、任城令。"

【一〇】鸚哥瘴：病名，也叫鸚鵡瘴。唐段公路《北户録·鸚鵡瘴》："廣之南新、勤春十州呼爲南道，多鸚鵡。凡養之，俗忌以手頻觸其背。犯者即多病顫而卒。土人謂爲鸚鵡瘴。愚親驗之。"

【一一】樓船横海：古時將軍名號。

【一二】龍眠：指北宋著名畫家李公麟，號龍眠居士。其山水、花鳥，無所不精，時推爲宋畫中第一人。李公麟因風痹致仕，歸居龍眠山莊，自作《山莊圖》。

【一三】劉叉：唐代詩人，以"任氣"著稱，喜評論時人。韓愈善接天下士，劉叉聞名前往，賦《冰柱》《雪車》二詩。

‖ 玉蘭花并引 ‖

時園中玉蘭一，本大五圍强。初春凝寒未解，已舒葩於冰雪中。因憶客歲滇遊道中，見辛夷盛花，意園中此花當已可賞。比至則落英如雪，細草莓苔間，皆軟玉作平城。則於前一日爲狂飆振落矣！用嘆一物遇合亦若有定，非偶然也。

瓊姿不合無人識，山中玉樹侵寒開。靈飛素女搗玉杵，仙人姑射胚靈胎。浮邱【一】玉碗挹消露，翩躚鶴氅雲中來。玉環飛燕鬥標格【二】，豐妍瘦削無塵埃。幻作十丈玲瓏玉，賤却珊瑚紅玫瑰。如此豐格如此質，一生只好生瑤臺。偏是出塵姿，辱在窮山裏。天上歷歷種白榆【三】，美人娟娟隔春水。主人抱甕日灌園，也得瓊圃栽瑤蕊。夢中象管生琪花【四】，醒來書成銀光紙。東風今日著意吹，綠衣綻岸【五】冰香肌。雪花如掌少顏色，櫻桃穠李空繁枝。生憎狂飆侵玉顏，去年曾悔歸來遲。玉質橫陳不可埽，莓苔穢草繽離披。當時只靳【六】一日歡，經年却費千相思。只今再得親芳姿，也見遇合無窮期。回頭笑問澆花兒，此花何如去年時。

◎ 注釋

【一】浮邱：浮邱山，是聞名湘中、湘北的佛教聖地，南北朝時潘子良在此煉丹修道，後成仙。

【二】"玉環"句：寫玉蘭花爭奇鬥艷。玉環，楊玉環；飛燕，趙飛燕。有"環肥燕瘦"之説。

【三】"天上"句：歷歷，排列成行。《樂府詩集·相和歌辭十二·隴西行》："天上何所有，歷歷種白榆。"

【四】"夢中"句：象管，象牙製成的筆管。琪花，仙境中玉樹開的潔白的花。此用"夢筆生花"典。

【五】綠衣綻岸：《綠衣》是《詩經》中一首有名的悼亡詩，作者在此以沉重的心情悼念被狂風吹落的玉蘭花，以花自况，意義雙關。綻岸，在岸邊綻放。

【六】只靳：只可惜。

‖ 惱【一】春截句八首 ‖

東皇【一】不解惜芳菲，乍送春來又送歸。惆悵短長亭畔草，芊芊猶似去年非。

　　一抹緑茵浸錦陂，臨流細柳欲風吹。青青也是靈和種，風度當年似阿誰。

　　裙釵芙蓉著意裁，踏青人去點蒼苔。山花嚮晚飛如雪，認作香塵撲面來。

　　飛絮依人隨徑拂，落花惹草被風牽。看他一樣飄零苦，不必傷春亦可憐。

　　細草油油碾鈿車【二】，些些簾子障青紗。風光歷盡歸何處，不見碧城玉樹花。

　　繞梁燕子哺新雛，誤帶香泥浣畫圖。爲報紅英休啄取，教他飛上合歡襦。

　　連天芳卉各萋萋，采到蘼蕪葉又齊【三】。腸斷故人思手爪，囑他莫誤認柔荑【四】。

　　著意尋春豈怨遲，況饒風景落花時。夭桃【五】一樹紅無賴，不解崔郎七字詩【六】。

◎ 校勘記

　　（一）惱：原本作“腦”，誤，今改。

◎ 注釋

　　【一】東皇：司春之神。辛弃疾《滿江紅·暮春》詞：“可恨東君，把春去，春來無跡。”

　　【二】鈿車：用金寶嵌飾的車子。唐白居易《潯陽春·春來》：“金谷蹋花香騎入，曲江碾草鈿車行。”

　　【三】“采到”句：蘼蕪（mí wú），一種香草，葉子風乾可以做香料。古人相信蘼蕪可使婦人多子。漢樂府詩《上山采蘼蕪》：“上山采蘼蕪，下山逢故夫。長跪問故夫，新人復何如？”

　　【四】柔荑：茅草的嫩芽，比喻女子的手纖細柔嫩。《詩·衛風·碩人》：“手如柔荑，膚如凝脂，領如蝤蠐，齒如瓠犀。”

　　【五】夭桃：艷麗的桃花，喻少女容顏美麗。《詩·周南·桃夭》：“桃之夭夭，灼灼其華。”

【六】崔郎七字詩：指唐代詩人崔護七絕《題都城南莊》。

‖ 詠懷十首 ‖

讀書亦不惡，夙昔志良圖。勝衣【一】初就傅【二】，抗古論賢愚。尼山嘆道非【三】，没爲萬世模。鄒繹讓傳食【四】，戰國大丈夫。當其生存日，衆喙【五】交詆誣。遥遥千載下，大道塞寰區。乃知鄉曲響【六】，咄嗟【七】已凋枯。

老莊侈虚無，商韓尚深刻。洸洋【八】信無當，堅深亦難得。曰道在玄冥，仁義爲之賊。用術恣橫奇，姬孔應難測。豈知奇創論，皆爲好名植。漆園與柱下，毫矣托微職。弃魏而囚秦，發憤攄胸臆。餘波迄典午【九】，清淡誤入國。流毒至今日，刑名【一〇】務遺則。

落落董膠西【一一】，孤負天人策。咄咄賈長沙【一二】，天子虚前席。學爲漢儒宗，醇正兼精核【一三】。文爲西京冠，班馬資先闢。雖以廢葉終，聲塵【一四】應難革。惜哉揚（一）子雲【一五】，劇美瑕白璧（二）【一六】。回憶草太玄【一七】，何如官執戟。

汝南許叔重【一八】，北海鄭康成【一九】。平生好著書，意氣傾公卿。仲遠列弟子【二〇】，太守慚評名【二一】。季長素驕恣【二二】，推敬獨先生。世無賈景伯【二三】，古學藉誰明。擾擾袁本初【二四】，徒自誇簪纓【二五】。

吾慕郭林宗【二六】，濁世標清潔。吾希李元禮【二七】，叔世【二八】維風節。振拔單寒進【二九】，激揚醜正【三〇】別。後進望風裁【三一】，追逐嘆塵絕。一朝黨錮禍【三二】，千載名賢烈。歔欷滂母【三三】淚，淋漓皆成血。激昂皇甫規【三四】，耻非同罪列。始知氣節深，皆爲聲氣結。

叔度牛醫兒，汪汪千頃陂【三五】。公路【三六】名賢後，枯骨坐傾危。翁子常負薪，糟糠忍弃離【三七】。衛青尚平陽，奴子甥帝媚【三八】。聖狂非類出，窮達任時移。侈口談世澤，已無幹蠱【三九】思。平昔矜華胄，時去皂隸爲。

金張藉舊業，七葉珥漢貂【四〇】。賈董【四一】命世才，位不列中朝。衛霍【四二】由嬖幸，大將軍嫖姚。李廣與馬援【四三】，功名殊寂寥。憑藉易爲力，崛起終難超。落落澗中竹，幾日干雲霄。

　　仳仳比有屋，薪薪方有穀【四四】。販脂賣漿【四五】業，擊鐘鼎食【四六】肉。灑削胃脯【四七】家，連騎擁雕轂。銅臭百萬錢，便食三公祿【四八】。比鄰有原思，日午猶枵腹【四九】。歌聲出金石，不博儋石蓄【五〇】。似聞佐命英【五一】，困餒無虆粥【五二】。

　　五代陶彭澤，高曠近無藕。身是羲皇人【五三】，性愛山林叟。東籬種野菊，前門植高柳【五四】。生平畏折腰【五五】，落拓輕組綬【五六】。及爲《責子詩》【五七】，余望殊殷厚。得無功名心，遯世終難朽。蓬頭王霸兒，快意資賢婦【五八】。

　　杜陵有布衣，老大將安依。中年獻三賦，赫赫宣京畿【五九】。考功已下第，拾遺亦卑微。當年稷契【六〇】期，顛倒與願違。文章百世後，光焰燭天輝。唐代設詞科，斯人道豈非。何如蘇子瞻，英聲震九圍。一日遍天下，實至名亦歸。

◎ **校勘記**

　　（一）揚：原本作“楊”，誤。今改之。

　　（二）璧：原本作“壁”，誤。今改之。

◎ **注釋**

　　【一】勝衣：兒童稍長，能穿成人的衣服。南朝梁鍾嶸《〈詩品〉序》：“纔能勝衣，甫就小學，必甘心而馳騖焉。”

　　【二】就傳：從師。《禮記·由則》：“十年，出就外傅，居宿於外，學書記。”

　　【三】“尼山”句：尼山，指孔子。嘆道非，《禮記·禮運》：（孔子）“今大道既隱，天下爲家。各親其親，各子其子，貨力爲己。”

　　【四】鄒繹譏傳食：即傳食諸侯，輾轉受諸侯供養。《孟子·滕文公下》：“後車數十乘，從者數百人，以傳食于諸侯，不以泰乎？”

　　【五】衆喙（huì）：群鳥的嘴，此指衆人之口。借指各種議論。宋劉克莊《寄徐直翁侍郎》詩之二：“憶昨紛紛衆喙鳴，怪君嗻齘久無聲。”

　　【六】鄉曲譽：同鄉的贊譽。鄉曲：鄉里。漢司馬遷《報任少卿書》：“僕少負不羈之行，長無鄉曲之譽。”

　　【七】咄嗟：霎時。晉左思《詠史》詩之八：“俛仰生榮華，咄嗟復雕枯。”

【八】洸洋：比喻言辭或文章恣肆放縱。《史記·老子韓非列傳》："其言洸洋自恣以適己，故自王公大人不能器之。"

【九】典午："司馬"的隱語，在此指晋朝。《三國志·蜀志·譙周傳》："周語次，因書版示立曰：'典午忽兮，月酉没兮。'典午者，謂司馬也。"

【一〇】刑名：戰國時以申不害爲代表的學派。主張循名責實，慎賞明罰。後人稱爲"刑名之學"。

【一一】"落落"句：落落，形容孤獨，不遇合。董膠西，董仲舒，西漢時期著名的唯心主義哲學家和今文經學大師，曾任膠西王相，所以又稱董膠西。

【一二】賈長沙：賈誼。因被貶爲長沙王太傅，故史稱"賈長沙"。

【一三】精核（hé）：猶深通。南朝宋劉義慶《世說新語·文學》："殷仲堪精核玄論，人謂莫不研究。"

【一四】聲塵：指名聲。南朝梁劉孝標《自序》："余聲塵寂寞，世不吾知，魂魄一去，有同秋草。"

【一五】揚子雲：揚雄，西漢蜀郡成都（今四川成都郫縣）人。西漢後期著名學者，哲學家、文學家、語言學家。

【一六】"劇美"句：王莽篡漢自立，國號新。揚雄仿司馬相如《封禪文》，上封事給王莽，指斥秦朝，美化新朝，故名《劇秦美新》。

【一七】太玄：揚雄的哲學著作《太玄經》。

【一八】"汝南"句：許叔重，許慎，字叔重，東漢著名經學家、文字學家、語言學家，有"五經無雙許叔重"之譽。

【一九】"北海"句：指鄭玄，字康成，北海高密（今山東省高密市）人東漢經學大師、大司農。後從馬融學古文經，兼采今文經説，遍注群經，世稱"鄭學"，爲漢代經學的集大成者。

【二〇】"仲遠"句：仲遠，應劭，字仲遠，一説字仲瑗，東漢學者，汝南郡南頓縣（今項城）人，一生著作豐富。《後漢書·鄭玄傳》："汝南應劭亦歸於紹，因自贊曰：'故泰山太守應中遠，北面稱弟子何如？'玄笑曰：'仲尼之門考以四科，回、賜之徒不稱官閥。'劭有慚色。"

【二一】"太守"句：太守，指孔融，曾任北海相，時稱孔北海。建安元年（196）初春，鄭玄返回老家高密，孔融待之甚厚，告訴手下稱鄭爲"鄭君"，不得直呼其名，并在鄭玄的故鄉特立“鄭公鄉”。

【二二】“季長”句：馬融，字季長，東漢著名經學家，尤長於古文經學，鄭玄是其門徒。《後漢書・鄭玄傳》：“融素驕貴，玄在門下，三年不得見，乃使高業弟子傳授於玄。”

【二三】賈景伯：賈逵，字景伯，東漢經學家、天文學家。

【二四】袁本初：袁紹，字本初，汝南汝陽人。自曾祖父起四代有五人位居三公，自己也居三公之上，其家族因此有“四世三公”之稱。

【二五】簪纓：古代達官貴人的冠飾。後遂借指高官顯宦。

【二六】郭林宗：郭泰（128—169），字林宗，東漢著名學者、思想家及教育家，人稱“有道先生”。

【二七】李元禮：李膺，字元禮，東漢著名學者、政治家，黨錮之禍的受害者之一。與郭泰等交遊，反對宦官專擅，致力於糾劾奸佞，是太學生心目中的“天下楷模”。

【二八】叔世：猶末世，衰亂的時代。

【二九】“振拔”句：勉勵家世寒微者上進。振拔：振奮自拔。單寒：舊指出身寒微，家世貧窮。

【三〇】醜正：謂嫉害正直的人。《左傳・昭公二十八年》：“叔敖曰：《鄭書》有之：‘惡直醜正，實蕃有徒。’”楊伯峻注：“惡、醜同義，直、正同義，惡直即醜正，同義複語。言嫉害正直者。”

【三一】風裁：剛正不阿的品格。

【三二】黨錮禍：東漢桓帝、靈帝時，士大夫、貴族等對宦官亂政的現象不滿，與宦官發生黨爭的事件，前後共發生過兩次。

【三三】滂母：東漢黨錮之禍受害者范滂之母。《後漢書・黨錮傳・范滂》載，范滂陷黨錮之禍自詣獄就死，母勉之曰：“汝今得與李（膺）杜（密）齊名，死亦何恨！既有令名，復求壽考，可兼得乎？”

【三四】皇甫規：《後漢書・皇甫規列傳》載，黨錮之禍，天下許多名賢皆遭牽連，皇甫雖爲名將，但素譽不高。皇甫規自以爲西州豪杰，以未被牽連爲恥。

【三五】“叔度”二句：叔度牛醫兒，指黃憲，字叔度。世貧賤，父爲牛醫，而以學行見重於時。汪汪千頃陂：《後漢書・黃憲傳》載，郭太守（郭泰）謂其（黃憲）

汪汪若千頃波，澄之不清，淆之不濁，不可量也。

【三六】公路：袁術，字公路。

【三七】"翁子"二句：翁子，西漢武帝時人朱買臣，字翁子，吳人。糟糠，結髮妻子。《漢書·朱買臣傳》載，朱買臣家貧，賣薪自給，行歌誦書，妻初亦負載相從，久以爲羞，求去。買臣道："我年五十當富貴，今已四十餘矣，女（汝）苦日久，待我富貴報女（汝）功。"

【三八】"衛青"二句：衛青，漢武帝時擊敗匈奴的著名將領，娶漢武帝姊平陽公主爲妻。奴子甥帝嬀，衛青長子衛伉因平陽公主的緣故得以繼承長平侯爵位。奴子甥，衛青少時曾爲奴，他的子女爲奴子甥。帝嬀（guī）：舜的故鄉，此指西漢都城。

【三九】幹蠱：幹父之蠱，繼承并能勝任父親曾從事的事業。幹，承擔，從事；蠱，事業。《周易·蠱》："幹父之蠱，有子，考無咎，厲終吉。"

【四○】"金張"二句：引用左思《詠史》詩中的原句。

【四一】賈董：漢代賈誼和董仲舒的并稱。

【四二】衛霍：西漢名將衛青和霍去病皆以武功著稱，并稱"衛霍"。

【四三】"李廣"句：李廣，西漢時抗擊匈奴名將。馬援，東漢開國功臣之一，扶風茂陵人，因功纍官伏波將軍，封新息侯，後因遷怒光武帝劉秀之婿梁松，遭到誣陷迫害，收回原先賜給的新息侯印綬。

【四四】"佌佌"（cǐcǐ）二句：《詩·小雅·正月》："佌佌彼有屋，蔌蔌方有穀。"毛傳："佌佌，小也。"高亨注："佌佌，卑微渺小。"

【四五】販脂賣漿：舊爲微賤的職業。《史記·貨殖列傳》："行賈，賤行也；販脂，辱處也；賣漿，小業也；灑削，薄技也。"

【四六】擊鐘鼎食：敲鐘列鼎而食。形容貴族或富人生活奢華。漢張衡《西京賦》："擊鐘鼎食，連騎相過。"

【四七】灑削胃脯：此指雕蟲小技，微不足道的職業。灑削，灑水磨刀。《史記·貨殖列傳》："灑削，薄技也，而郅氏鼎食。"司馬貞索隱："灑削，謂摩刀以水灑之。"胃脯：食物名，將羊肚煮熟，和以五味，曬乾而成。《史記·貨殖列傳》："胃脯，簡微耳，濁氏連騎。"

【四八】"銅臭"二句:《後漢書·崔烈傳》載,漢代權臣崔烈,名重一時,但他仍不滿足於現狀,以五百萬錢買得司徒一職,從而得享"三公"之尊。有一日,他問獨生子崔鈞:"吾居三公,於議者何如?"崔鈞如實回答:"論者嫌其銅臭。"

【四九】"比鄰"二句:原思,原憲(前515—?),字子思,孔子弟子,孔門七十二賢之一。枵(xiāo)腹:飢餓。

【五〇】"歌聲"二句:儋石,借指少量米粟。典出漢韓嬰《韓詩外傳》卷一。原憲出身貧寒,孔子給他九百斛俸禄,他推辭不要。子貢高車駟馬拜訪,原憲衣著破爛,出來迎接。子貢問:"夫子豈病乎?"原憲云:"吾聞之,無財者謂之貧,學道而不能行者謂之病。若憲,貧也,非病也。"子貢聽後非常羞愧地走了,原憲乃徐步曳杖歌《商頌》,聲滿天地,若出金石。

【五一】佐命英:輔助帝王創業的賢臣。

【五二】無蔞粥:指在困乏中得到及時的濟助。《後漢書·馮异傳》:"光武自薊東南馳,晨夜草舍,至饒陽無蔞亭。時天寒烈,衆皆飢疲,异上豆粥,明旦,光武謂諸將曰:'昨得公孫豆粥,飢寒俱解。'"

【五三】羲皇人:即羲皇上人(伏羲以前的人)。陶淵明自稱。見其《與子儼等疏》:"見樹木交蔭,時鳥變聲……自謂是羲皇上人。"

【五四】"東籬"二句:東籬種野菊。見陶淵明詩《飲酒》。

【五五】"生平"句:《晋書·陶潛傳》:"潛嘆曰:'吾不能爲五斗米折腰,拳拳事鄉里小人邪!'"

【五六】組綬:組綬,古人佩玉用以繫玉的絲帶,借指官爵。

【五七】責子詩:此處陶淵明《責子》詩。

【五八】"蓬頭"二句:王霸兒,東漢隱士王霸之子。《後漢書·列女傳》載,王霸的朋友之子來訪,王霸的兒子見他穿着雍容華貴而有愧色,王霸也不高興。後來在妻子的婉言勸説下,王霸不再猶豫彷徨,終身過着隱居的生活。

【五九】"中年"二句:《舊唐書·杜甫傳》:"甫天寶初應進士不第。天寶末,獻《三大禮賦》。玄宗奇之,召試文章,授京兆府兵曹參軍。"

【六〇】稷契：唐虞時代的賢臣。

‖ 罍石精舍 ‖

日光烘不透，庭戶蔭層陰。次看遊魚出，時聞好鳥音。池揩綠水瀞，山入白雲深。幽韻殊難得，拈花落滿襟。

‖ 踏青晚歸中途遇大雨 ‖

三月春深春雨足，溪山百草迎人綠。曉來提壺【一】喚踏青，新晴曬破花陰褥。誰家裙釵剪芙蓉，碧流春水揩六幅【二】。溪光山色不可唾，青珊掩映藍田玉。玉中愛檢青琅玕【三】，花邊笑倚紅躑躅【四】。特地多情柳絮詞，惱春無賴楊枝曲。只道惜春著意遊，豈知薄暮將人促。回薄狂飆卷霧來，野烏銜紙【五】飛啄肉。原花旖旎無顏色，披離振落紅簌簌。豐隆躍雨挈黃蛇【六】，買春贈我珠千斛。倒洩銀河萬丈波，醍醐灌頂【七】資淘漉。逼風禁氣不通語，肩輿僕夫同蜎縮。平地橫流競問津，依山到處爭飛瀑。凌波可信婉若龍，當風應許清如鵠。始知人世變態多，頃時景象更遷速。歸來秉燭看花徑，今晨清景猶映盈目。落紅匝地痕如漲，折腰拾取多盈菊。由來好雨知時節，此殺風景何其毒。願將霖澍【八】灌町畦，莫僅摧殘到花竹。

◎ 注釋

【一】提壺：鳥名。亦作“提壺蘆”“提胡蘆”，即鵜鶘。

【二】六幅：裙子。古代有“八幅羅裙”“六幅羅裙”的說法。唐李群玉《同鄭相并歌姬小飲戲贈》：“裙拖六幅湘江水，鬢聳巫山一段雲。”

【三】青琅玕：一種青色似珠玉的美石。

【四】紅躑躅：杜鵑花。

【五】野烏銜紙：謂寒食節來臨。宋蘇軾《寒食帖》："哪知是寒食，但見烏銜紙。"

【六】黄蛇：傳説故事中銅劍所變的蛇，此指電光。唐戴孚《廣异記·許旌陽斬蛟劍》："武勝之於江灘見雷公逐一黄蛇，或以石投之，鏗然有聲，雷公飛去，得一銅劍，有文云：'許旌陽斬蛟第二劍。'"

【七】醍醐灌頂：用純酥油澆到頭上。此指大雨澆在身上。

【八】霖澍（shù）：淫雨。《舊唐書·五行志》："大曆四年，秋大雨，是歲自四月霖澍，至九月。"

題楊叔和孝廉詩集

乾嘉以下論文章，天下作者何人強。分派别流傍門户，妄矜俎豆【一】攀馨香。頗聞鋟板禍棗梨【二】，幾見健筆摩穹蒼。我生潦例不足數，少年馳逐争名場。毫情啎下考功第，三年毦毦【三】殊郎當。紫色蛙聲【四】競薄激【五】，百聒喙耳【六】分蜩螗。一瞥塵氛不入眼，桐山今見孤鳳凰。朝陽先蒙清聲發，天章【七】雲漢參翱翔。春明再鍛凌漢翮，九苞【八】奮翼應難量。歸鞭偃蹇縱遊覽，乾坤酒色開鴻荒。身世一生幾蝴蝶，烟花六代雙鴛鴦。申江愁人折楊柳，竹國少婦思桃榔【九】。樓頭陌上【一○】春無限，丹沙紅豆荒高唐。才地誰似何水部【一一】，彦升【一二】詞翰工鏗鏘。三人同氣益相得，海天唱徹《零丁洋》【一三】。感舊懷人一回首，月沉孤館光屋梁。東山一卧【一四】示戢景【一五】，秋風蒪菜淹吾鄉。九日峰頭作重九，刊詩一巷續琳琅。如此勝概良不惡，暫時天馬脱重繮。拄笏西山看爽氣【一六】，捉鼻何必蒼生望【一七】。江山羅胸富文藻，成詩八集箋縹緗【一八】。昨日持詩特過我，玫瑰錯落光生芒。短檠【一九】讀罷心突兀，箏琶俗耳聆笙簧。甘蕉十丈撻窗急，琅玕助我敲宮商。響曳春鼉寫長句，贈君此語當安詳。

◎ 注釋

【一】俎（zǔ）豆：祭祀、宴客用的器具，此處引申爲崇奉之意。

【二】鋟（qǐn）板禍棗梨：鋟板，刻書。禍棗梨，謂刻印無用的書，殃及作版材的棗木、梨木。

【三】眊矂（màosào）：煩惱，愁悶。前蜀韋莊《買酒不得》："停尊待爾怪來遲，手挈空瓶眊矂歸。"

【四】紫色蛙聲：謂以假亂真。《漢書·王莽傳》："紫色蛙聲，餘分閏位。"北齊顏之推《顏氏家訓·勉學》："《漢書·王莽傳》云：'紫色蛙聲，餘分閏位。'謂以偽亂真耳。"

【五】薄激：接觸，撞擊。

【六】百聒喙耳：形容聲音吵鬧刺耳。

【七】天章：天文，指分布在天空的日月星辰等。此處比喻好文章。

【八】九苞：鳳的九種特徵。後爲鳳的代稱。

【九】桄榔：俗稱砂糖椰子、糖樹。《後漢書·西南夷傳·夜郎》："句町縣有桄榔木，可以爲麪，百姓資之。"

【一〇】樓頭陌上：王昌齡《閨怨》："忽見陌頭楊柳色，悔教夫婿覓封侯。"

【一一】何水部：指南朝梁詩人何遜，字仲言。據說他八歲能作詩，二十歲左右被舉爲秀才，曾兼任尚書水部郎，後世因稱之爲何水部。

【一二】彥升：任昉（460—508），字彥升，小字阿堆，南朝梁文學家。

【一三】《零丁洋》：指文天祥的《過零丁洋》。

【一四】東山一臥：指隱居不仕，生活悠閑。《晋書·謝安傳》："卿累違朝旨，高臥東山，諸人每相與言：'安石不肯出，將如蒼生何！蒼生今亦將如卿何！'"

【一五】戢景：亦作"戢影"。匿跡，隱居。

【一六】"拄笏"句：拄，支撐；笏，古代大臣上朝時拿着的手版。比喻朝廷官員有雅致和隱士情懷。《世說新語·簡傲》："王子猷作桓車騎參軍，桓謂王曰：'卿在府久，比當相料理。'初不答，直高視，以手版拄頰云：'西山朝來，致有爽氣。'"

【一七】"捉鼻"句：捉鼻，掩鼻，不屑一顧的樣子。《世說新語·排調》："謝安在東山居布衣時，兄弟已有富貴者，翕集家門，傾動人物。劉夫人戲謂安曰：'大丈夫不當如此乎？'安乃捉鼻曰：'但恐不免耳。'"

【一八】縹緗：縹，淡青色；緗，淺黃色。古時常用淡青、淺黃色的絲帛作書囊書衣，因以指代書卷。

【一九】短檠（qíng）：矮燈架。檠，燈架，借指燈。

‖ 詠　蟬 ‖

蟬兮蟬兮爾何物，藏枝翳葉趨炎鬱，一生肆口無所詘。暫時遷地倚高樓，更矜繁響絕倫儔，從來詠賦皆名流。人云此物最枵腹，有緌不食【一】胸何蓄，掠取清風當饘粥。或云殘蛻尚藥人，醫家得此操術仁，以此藉重苦吟身。豈知渺渺蟪蛄耳，春秋未識焉足齒，涼飆一過枯寂矣。

◎ 注釋

【一】有緌不食：緌，古代冠帶結在下巴下面的下垂部分。蟬的頭部有兩根觸鬚，形狀爲達官貴人繫在頸下的帽帶。晉陸雲《寒蟬賦并序》稱贊蟬有五種美德："夫頭上有緌，則其文也；含氣飲露，則其清也；黍稷不食，則其廉也；處不巢居，則其儉也；應候守常，則其信也。"

‖ 意園八詠 ‖

棠梨葉圓蘼蕪齊，暮春三月花草迷。芭蕉一夜西窗雨，侵晨半展窗光低。偶然散步花徑裏，新筍掀泥一寸起。名園四載客重來，庭花魚鳥蹬然喜。

花徑曲曲女牆橫，穿流倚石踏莎行。古樹風高綠蔭落，空庭月白青苔生。主人坐點群芳譜，千竿修竹藝蘭圃。山鷄竹鷄相和鳴，看花不厭琪林午。

近日園中更築園，金碧錯落開東軒。四面玻璃三面水，空明蕩漾冰壺魂。竹林淨碧紅榴漲，綠雲扣砌青霞障。狎獵東風拂水來，遊魚百頭吹翻浪。

西園荒落歷年久，爲訪荒原意殊厚。濁酒清樽獨載遊，興酣偃蹇歌銅斗【一】。深林月黑螢火明，蠣牆【二】紛剝薜蘿生。落葉狂花無處所，幾生愁殺庾蘭成【三】。

荷花生日【四】開壽筵，主人壽荷招群仙。漫笑大顛裂風景【五】，曾跨東溟十丈蓮。碧筒杯大新醪【六】熟，持酒酹花向花祝。謝詩出水清芙蓉【七】，我詩豈可終碌碌。

佳日觴詠集琳瑯，我亦逐隊發清商。山陰重三太華九【八】，古人何獨擅前芳。我輩未可自菲薄，如此風光良不惡。淋漓翰墨化雲烟，簷前雨撻蓮花落。

風蕩綠天一抹碧，雨過平地千點白。披襟對酒异籤書，蝸寄居然羅含宅【九】。花枝鬢影空婆娑，人間歲月閑蹉跎。絲竹未向東山老，風塵何當竟坎坷。

小山坐對色勇膩，方流折襖【一〇】光縈【一】紆。短籬破碎青琅玕，繞牆錯落紅珊瑚。風光歷覽渾難竟，頹然一醉頻中聖【一一】。鴻雪因緣再幾秋，碧紗【一二】遠障詩人姓。

◎ 校勘記

（一）縈：原本此處多一"縈"，當爲衍字，不通，今删之。

◎ 注釋

【一】銅斗：即《銅斗歌》，唐孟郊送僧歸詩名曰《銅斗歌》，其略云："銅斗飲斗酒，手拍銅斗歌。儂是拍浪兒，飲則拜浪婆。閑倚青竹竿，白日奈我何！"

【二】蠣牆：蠣牆，泛指粉牆。

【三】庾蘭成：庾信（513—581），字子山，小字蘭成，北周時期人。南陽新野（今屬河南）人。王安石《蟬》："白下長干何可見，風塵愁殺庾蘭成。"

【四】荷花生日：舊俗以農曆六月二十四爲荷花生日。

【五】"漫笑"句：大顛，唐代著名高僧。裂風景，猶言煞風景。清王士禎《上巳修禊水繪園》詩之三："不怪老顛裂風景，名園上日相逢迎。"

【六】新醪：新釀的酒。

【七】"謝詩"句：鍾嶸《詩品》："謝詩如芙蓉出水，顏詩如錯彩鏤金。"

【八】"山陰"句：用王羲之等人在永和九年（353）三月三日蘭亭聚集事和王維九月九日作詩懷念家人事。重三，三月三日。太華九，用王維詩歌《九月九日憶山東兄弟》事，因此詩中山東指華山以東。

【九】羅含宅：喻宅内主人道德高尚。羅含，字君章，號富和，東晋桂陽郡耒陽（今湖南耒陽市）人。《晋書·羅含傳》："（羅含）年老致仕，加中散大夫，門施行馬。初，含在官舍，有一白雀棲集堂宇，及致仕還家，階庭忽蘭菊叢生，以爲德行之感焉。"

【一〇】方流折襭（yì）：方流，作直角轉折的水流。折襭，卷袖子。

【一一】中聖：酒醉的隱語。唐李白《贈孟浩然》詩："醉月頻中聖，迷花不事君。"

【一二】碧紗：語出五代王定保《唐摭言·起自寒苦》王播事，比喻所題受人賞識、重視。

‖ 樕樹塲 ‖

野荒尋路迷，山出礙天低。日色沉平楚【一】，風聲挾障泥【二】。十年經此地，重到問前溪。最是新秋好，凉蟬萬翼嘶。

◎ 注釋

【一】平楚：謂從高處遠望，叢林樹梢齊平。明楊慎《升庵詩話·平林》："楚，叢木也；登高望遠，見木杪如平地，故云平楚。"

【二】障泥：垂於馬腹兩側，用於遮擋塵土的東西。

‖ 題葛崇綱【一】此部四時景屏 ‖

荻葦抽芽柳作綿，桃花門巷紫如烟。年來託興風懷減，辜負城南尺五天【二】。

飛瀑遥空匹練垂，溪山濃淡隱幽姿。奇峰漫作閑雲看，霖雨蒼生會有時。

老杜曾傷《錦樹行》【三】，長年搖落感生平。季鷹纔是出山日，漫戀蓴鱸説盛名。

江湖歲晚客心孤，木落千峰入畫圖。記去黔南好風景，梅花時節憶林逋【四】。

◎ 注釋

【一】葛崇綱：葛正父，又名亮維，字崇綱，貴州畢節人。余達父老師葛子惠之子，余達父“生平第一知己”。

【二】城南尺五天：《三秦記》：“城南韋杜，去天尺五。”指唐代長安城南韋氏和杜氏都是世代相傳的貴族，兩家都離皇帝很近。余達父家世襲土司，家族中多詩人，此爲謙辭。

【三】《錦樹行》：即杜甫詩《錦樹行》：“今日苦短昨日休，歲雲暮矣增離憂。霜凋碧樹待錦樹，萬壑東逝無停留。”

【四】林逋：字君復，死後宋仁宗賜謚和靖先生，後世稱爲林和靖。

‖ 偕家孟伯彬叔季昆圃季培秋郊遠眺 ‖

阿連群季喜相過，我擬吟懷屬老坡。風景秋來最蕭瑟，江山好處莫蹉跎。新詩暫遣愁能盡，黃葉無聲酒送多。欲插菊花欹帽影，落英蓬鬢恐婆娑。

▌ 送昆甫弟由蜀之滇三首 ▌

　　纔放梅花三兩枝，暫分萼柎【一】幾多時。蕭條綠鬢【二】愁先白，潦倒離情淚已滋。此去關河勞遠涉，更饒風雨訂新詩。遙遙界首江頭路，爲進阿連洒一卮。

　　朋儕猶自悵離分，況在鶺原那忍聞。世事驅人牛馬走，風塵誤爾鶴雞群。奇書致富【三】傳無本，傲骨招窮送有文。孤負輪蹄銷鐵盡，鳥飛何處向青雲。

　　男兒自欲致公卿，拙計依人無賴情。才地不堪蘇軾比，功名當與馬周爭。三年大鳥衝天翼，一點神龍破壁晴【四】。但使微聲留竹帛，買山招汝作躬耕。

◎ **注釋**

　　【一】萼柎：花萼和花托，此喻弟兄。

　　【二】綠鬢：烏黑而有光澤的鬢髮。形容年輕美貌。唐崔顥《虞姬篇》："虞姬少小魏王家，綠鬢紅脣桃李花。"

　　【三】奇書致富：傳說范蠡携西施隱居後，成爲巨富，世稱"陶朱公"，著有《致富奇書》，今無傳。

　　【四】"一點"句：喻人飛黄騰達或打破現狀，有所作爲。

▌ 夜起翫月四首 ▌

　　萬籟聽俱寂，九霄空復清。烟沉霜際白，山卧月中明。望古心回薄，先時事戰爭。太阿柔繞指，那更不平鳴。

　　如此良宵月，人間何處多？三年文戰北，四海鬢愁幡。坐照空山影，行澄古井波【一】。不因霜氣冷，安得好星娥。

歐陽《翫月詩》【二】，恣肆而離奇。我只清寒調，時無憫憤思。四更吟老杜，千里夢希夷【三】。儻可斯人作，師乎是我師。

高樹孤光徹，疏簾潔見纖。窗明留影厚，簷回勒風尖。罷睡貪幽景，澄懷動遠瞻。某花臨砌發，皴玉暗香漸。

◎ 注釋

【一】"行澄"句：枯竭的老井已不會再起波瀾，比喻心境沉寂，不會因外界的影響而動感情。古井，枯竭的老井。

【二】"歐陽"句：唐歐陽詹《翫月詩》。

【三】希夷：指陳摶（871—989），字圖南，號扶搖子，北宋著名道士。北宋雍熙三年（984），宋太宗趙光義召見陳摶，賜"希夷先生"稱號。

‖ 十七夜大雪長言十四韻 ‖

丙申子月戊申夕，大雪凝寒不可當。林木無聲吹幹蟄，池流静影旋波僵。爐烟渺嫋難成熱，鐙焰傍徨欲浸涼。窗外鶴言聽轉澀，案頭螢火寂枯芒。貂裘嚮暖何年博，蜉翼爭鮮幾日張。梁苑【一】宴賓非近事，漢官捅酒【二】得親嘗。驚時儘有越中犬【三】，清況愁尌黨氏羊【四】。天昊清明猶變黑，地輿塊磊特生光。待春自足爲霖雨，先霰何妨慎履霜。但使方圓泯缺陷，也知寸尺是禎祥。曾經白戰【五】身原勁，只惜青絲鬢改蒼。卑調尚堪歌玉樹，還丹仍乞泛瓊漿。門中擁被同袁子【六】，殿下集衣稱謝莊【七】。不耐尖叉矜險韻，梅花萬萼凍風香。

◎ 注釋

【一】梁苑：梁園，又稱兔園，西漢初年漢文帝封其子劉武於大梁，在吹臺修築亭苑，名曰梁園。

【二】挏（dòng）酒：馬酪。因取馬奶製成，故稱"挏馬"；因馬酪味如酒，故稱"酒"。《漢書·禮樂志》："給大官挏馬酒。"顏師古注："馬酪味如酒，而飲之亦可醉，故呼馬酒也。"

【三】"驚時"句：兩廣很少下雪，狗看見下雪就驚叫。典出唐柳宗元《答韋中立論師道書》。

【四】黨氏羊：羊羔酒。宋無名氏《湘湖近事》："陶谷學士，嘗買得黨太尉家故妓……妓曰：'彼粗人也，安有此景，但能銷金暖帳下，淺斟低唱，飲羊羔美酒耳。'谷愧其言。"

【五】白戰：寫"白戰體"詩，指作"禁體詩"時禁用某些較常用的字。如作詠雪詩，禁用"玉、月、梨、梅、絮、鶴、鵝、銀、舞、白"諸字。

【六】袁子：指東漢袁安。

【七】"殿下"句：謝莊，字希逸，南朝宋文學家，陳郡陽夏人（今河南太康縣），曾作花雪詩。

‖ 十二月二日夕風雨雷電 ‖

窮陰【一】凝静候，離坎復相傾。霜霧迷旬月，雷霆破太清。不聞冰啓蟄，翻作雨時行。獻瑞當呈雪，爲霖可散霓。何緣施夏令，無故爽常盟。燮理資元老，乖違誤衆生。屯難催蠕動，否閉戰龍争。劉策條災异【二】，班書志咎禎【三】。有言非讖緯，本意惕艱貞。儻使經無失，即斯道亦亨。周王雲漢倬【四】，商後穀柔榮。律吹陽回琯【五】，音和物象笙【六】。先春勤膏澤，爲世警聾盲。蟄屈伸當早，蟲培蟄已驚【七】。經綸開草昧【八】，甲岸動句萌【九】。戒懼殃祥始，終須致治平。

◎ 注釋

【一】窮陰：古代以春夏爲陽，秋冬爲陰，冬季又是一年中最後一個季節，故稱。

【二】"劉策"句：當指西漢董仲舒的《天人三策》，他認爲"國家將有失道之敗，而天乃先出灾害以譴告之，不知自省，又出怪异以警懼之，尚不知變，而傷敗乃至”。

【三】“班書”句：班書，指漢班固所著的《漢書》。咎禎，灾禍吉祥。

【四】“周王”句：《詩·大雅·雲漢》：“倬彼雲漢，昭回於天。”寫周宣王憂旱。周王，指周宣王。雲漢，銀河。倬，大。

【五】陽回琯：陽回，成語“魯陽回日”的省語，指力挽危局。

【六】物象笙：象徵治世之音。物象，物候現象。

【七】“蟲培”句：謂昆蟲經過冬眠靜養，聞驚雷而動。

【八】“經綸”句：經綸：施展抱負，有所作爲。草昧：形容時世混沌，此暗示清末之亂。杜甫《重經昭陵》：“草昧英雄起，謳歌歷數歸。”

【九】“甲岸”句：甲岸，東岸。《説文解字》：“甲，東方之孟陽氣萌動。”句（gōu）萌：草木初生的嫩芽。

‖ 漢宮三首 ‖

椒殿【一】何年貯阿嬌，長門去後便蕭寥。千金犬子文初買，一病倉庚【二】炻未消。天際珠璣終有恨，軒中雨露更無聊。不論巫蠱【三】皆成劫，句弋宮花亦早凋【四】。

家風協律出佳人，逸世傾城未有倫【五】。病後形容慚面聖，夜來影響竊通神【六】。仙方豈有魂還術，麗質原皆夢裏身。落葉哀蟬愁處所，重重寶帳欲生塵。

遠條館近昭陽殿【七】，姊妹【八】承恩最上頭。廣袖乍翻新浴出【九】，縐裙初繫得仙留【一〇】。曲來赤鳳聯歌細【一一】，席映綠貍步障【一二】稠。敗雨殘雲猶誤國，莫嫌天子不風流。

◎ 注釋

【一】椒殿：后妃居住的宮殿。

【二】倉庚：黃鶯的別名。古代傳説倉庚作羹可以療妒。明張煌言《妒婦津》詩：

"古云粥倉庚，可以療此瘤。"

【三】巫蠱：漢武帝時，館陶公主的女兒陳氏（陳阿嬌）被立爲皇后，她自恃武帝即位其母有功，於是擅寵驕貴，以巫蠱祭祝詛，事發，爲其施行巫蠱之術的女巫楚服被梟首於市，誅連而被殺者多達三百餘人。陳皇后被廢，遷居長門宮。

【四】"句弋"句：寫鉤弋夫人的早逝。鉤弋夫人，趙姓。因掌中握有一玉鉤，因此被稱爲"拳夫人"，又稱鉤弋夫人，後被封爲婕妤。句（goū），今作鉤。

【五】"家風"二句：用漢武帝寵幸李夫人事。《漢書·外戚傳》："（李）夫人兄延年性知音，善歌舞，武帝愛之。每爲新聲變曲，聞者莫不感動……平陽主因言延年有女弟。上乃召見之，實妙麗善舞，由是得幸。"

【六】"病後"二句：用漢李夫人事。通神，通於神靈，形容本領極大、才能非凡。

【七】"遠條"句：遠條館，漢成帝寵姬趙飛燕的行宮。昭陽殿，漢代宮殿名，趙飛燕姊妹曾居住此殿。

【八】姊妹：此指趙飛燕、趙合德姐妹。

【九】"廣袖"句：用漢成帝無意間偷看趙合德沐浴事。

【一〇】"皺裙"句：據漢伶玄《趙飛燕外傳》載："成帝於太液池作千人舟，號合宮之舟，后（趙飛燕）歌舞《歸風》《送遠》之曲，侍郎馮無方吹笙以倚后歌。中流，歌酣，風大起。后揚袖曰：'仙乎，仙乎，去故而就新，寧忘懷乎？'帝令無方持后裙。風止，裙爲之皺。"

【一一】"曲來"句：用趙氏姐妹淫亂後宮，與侍郎燕赤鳳通奸事。

【一二】步障：用以遮蔽風塵或視線的屏障。

‖ 無題四首 ‖

金屋香殘羅袂空，玉階簾幕想丁東。新栽紅豆抛荒陌，舊制丹沙和守宮。三里霧迷先識雨，九天月暈早占風【一】。枯魚渴鳳【二】經年別，一夜香篝【三】數漏銅。

青鳥西飛過鄧林，雙魚秋水信沉沉。清溪膩綠環三面，湘浦顏紅醉兩心。小坐風回零絮陌，深更月夢落花陰。早知暫逐終成恨，孤負鮫人淚滿襟。

駐景神方換骨丹【四】，殷勤珍重碧琅玕。輪逶顧兔虛生魄，室貯靈犀却避寒。爐火未灰雙氣密，燭燒見跋一燈殘。豈緣坤扇能遮影，暫覆東溟七尺珊。

秋江一寸破橫波，斑竹惺惺鎖翠娥。彩鳳舒翎侵玉露，碧鸞逋尾【五】接銀河。未知夢醒非耶是，無限尊前奈若何。警枕遊仙原頃刻，璇宮從此憶停梭。

◎ 注釋

【一】占風：觀察風嚮。

【二】枯魚渴鳳：在此比喻情侶。李商隱《李夫人歌》之三："清澄有餘幽素香，鰥魚渴鳳真珠房。"

【三】香篝：熏籠。唐陸龜蒙《奉和襲美茶具十詠·茶塢》："遙盤雲髻慢，亂簇香篝小。"

【四】"駐景"句：使紅顏永駐的脫胎換骨的神奇方技。駐景：駐顏，紅顏常駐。神方：神奇的方技。換骨丹：脫胎換骨的丹藥。李商隱《碧城》詩之三："檢與神方教駐景，收將鳳紙寫相思。"

【五】逋尾：擺動尾巴。《後漢書·五行志一》："桓帝之初，京都童謠曰：'城上烏，尾畢逋，公爲吏，子爲徒。'"

‖ 園中多山，亭下梅花盛開，和東坡松風閣下梅花盛開之韻 ‖

荒園古屋隈山村，湘娥青女【一】嬌芳魂。讀書兀坐矗亭寂，幸伴麗質相朝昏。廣平年來無善思，況復䵴䵴東川園。巡簷强自箸綺語【二】，錯落冰玉生香温。曾是倚風却明月，幾見綴雪融寒暾。廣寒桂子落天衢，曲江杏花臨金門【三】。遇合攀折特偶爾，道存目擊終無言【四】。休嫌鐵骨太偃蹇，也墜綠蕚【五】傾金尊。

◎ 注釋

【一】湘娥青女：傳説中掌管霜雪的女神，此處指代梅花。

【二】箸綺語：箸，通"著"。綺語，美妙的詞語。蘇軾《登州海市》詩："新詩綺語亦安用？相與變滅隨東風。"

【三】"曲江"句：曲江，唐代科舉及第者聚會的地方。杏花，唐代新科進士賜宴之地，泛指新科進士遊宴處。金門，指金馬門，漢代宮門名，學士待詔之處。

【四】"道存"句：用孔子見到溫伯雪子事，喻一個人具有深厚的道德修養，只需一接觸便能感受得到。《莊子·田子方》："子路曰：'吾子欲見溫伯雪子久矣，見之而不言，何邪？'仲尼曰：'若夫人者，目擊而道存矣，亦不可以容聲矣。'"

【五】綠萼：綠萼梅的省稱。

‖ 題楊惺吾【一】《歷代輿地沿革險要圖》 ‖

上自禹貢【二】迄明代，六十八段列星分。正統割據逮四裔，毫末界畫如贏紋。廢置沿革見朱墨，疆域險要簡史文。實事求是無景響，未許竊獵矜塗聞。陋儒讀史無特識，歷代地志徒紛紜。縱使心摹得大概，何易枚數窮流源。古人左圖右對史【三】，後世失據無遺存。別流畫本寫像景，無關經世何庸論。輿地之書自昔箸，徵貢《爾雅》爲古尊。學人注疏互得失，點讀聚訟難平反。孟堅地理創漢志【四】，郡縣國邑賅繁紛。體例精嚴語禹核，自漢以後誰窺藩。熙朝【五】右文【六】重實學，一統立志窮搜根。郡國利病百廿卷【七】，亭林顧氏【八】尤空群。後來專家亦無數，釋地水道海國繁。惟愁卷帙太浩博，未宜篋衍【九】隨閱翻。何如此圖成一册，河山百代歸籠樊。羅列眼前似聚米，渺矣雲夢八九吞。嗟乎！自昔地利無常險，坐談紙上猶空言。安得大手一一區畫而整飭，鞏固疆圉奠乾坤。

◎ 注釋

【一】楊惺吾：楊守敬，字惺吾，號鄰蘇，晚年自號鄰蘇老人。清末民初杰出的歷史地理學家、金石文字學家、目錄版本學家、書法藝術家、泉幣學家、藏書家。用畢生的精力和學識，運用金石考古等多種方法研究《水經》，歷四十五年，集中國幾百年水經研究之大成，撰寫代表巨著《水經注疏》，編繪《歷代輿地沿革圖》《歷代輿地沿革險要圖》和《水經注圖》等。

【二】禹貢：《尚書》中的一篇。此處代指上古時期。

【三】左圖右對史：《新唐書·楊綰傳》："獨處一室，左圖右史。"

【四】"孟堅"句：指東漢班固首創《漢書·地理志》。

【五】熙朝：興盛的朝代。

【六】右文：亦稱右文説。訓詁學上一種主張從聲符推求字義的學説。宋人王聖美首倡。此指在清代高度繁榮的樸學。

【七】"郡國"句：指顧炎武所著《天下郡國利病書》，共一百二十卷。

【八】亭林顧氏：指顧炎武，本名繼坤，改名絳，字忠清；南明失敗後，改炎武，字寧人，號亭林，江蘇昆山人。著名思想家、史學家、語言學家，與黃宗羲、王夫之并稱爲明末清初三大儒。

【九】篋衍：方形竹箱，盛物之器。清錢謙益《瞿五丈星卿挽詞》："三世簪纓存舊德，百年篋衍見遺經。"

‖ 除日祭詩 ‖

邇來潦倒無佳句，縱不驚人亦自休【一】。上接風流師屈宋，遠增壁壘望曹劉【二】。文章傳道談何易，事業如今語亦羞。大有江山能助我，乘槎何止泛瀛洲。

◎ 注釋

【一】"邇來"二句：用杜甫《江上值水如海勢聊短述》中的"爲人性僻耽佳句，語不驚人死不休"句意。

【二】曹劉：曹植和劉楨。兩人均是建安文學的代表詩人。

‖ 閱蔣苕生【一】重搜逸卷詩有感 ‖

　　藏園才地重詞林，尤索潛蛟【二】費苦心。此日烟雲皆吐鳳，當年木石亦冤禽。三秋北戰【三】無雄壘，孤注成梟擲牝金【四】。却怪模稜蘇味道【五】，不聞遼海哭聲沉。

◎ **注釋**

　　【一】蔣苕生：蔣士銓（1725—1784），清代戲曲家，文學家，字苕生、心餘，號藏園，又號清容居士，晚號定甫，鉛山（今屬江西）人。

　　【二】潛蛟：在此比喻蔣的逸詩。

　　【三】三秋北戰：蔣士銓先後三次進京赴考，都未能中，直到乾隆二十二年（1757），他三十三歲纔得中進士。

　　【四】“孤注”句：此句寫蔣孤注一擲考中進士後却未得升遷，失去意義。成梟，使棋子成爲梟棋而取勝。擲牝金，即黃金擲牝，黃金擲入空谷，形容毫無意義。韓愈《贈崔立之評事》：“可憐無益費精神，有似黃金擲虛牝。”

　　【五】模稜蘇味道：模稜，即“模棱”。蘇味道（648—705），唐代政治家、文學家。《舊唐書·蘇味道傳》：“處事不欲決斷明白，若有錯誤，必貽咎譴，但模棱以持兩端可矣。”

‖ 火車行 ‖

　　天餉五行戰陰陽，未以創見驚洪荒。尼山見道同一軌，未以捷塗矜康莊。今昔隆殺【一】不相及，只坐窳惰隳精強。性道空談無輀軏【二】，便試薄笨【三】崔嵬岡。一敗耎駕【四】不可復，竊疑運數當無臧。豈知精神出困奮，榛狉【五】遐夷兵能昌。鐵路焚輪九萬里，呼吸瞬息同庭堂。淺陋矜喜迂士咈，蠮蛄嘲菌【六】終無長。果使輔輪不自壞，中國交軌仍非妨。倘以朽索馭六馬，輦轂猝起皆殊方。吁嗟乎！神武天子當乾陽，奇肱指南會冠裳【七】。火船氣球曾何异，棧山航海【八】來歸王。

◎ 注釋

【一】隆殺：猶尊卑、厚薄、高下之別。《禮記·鄉飲酒義》："至於衆賓，升受，坐祭，立飲，不酢而降，隆殺之義別矣。"鄭玄注："尊者禮隆，卑者禮殺，尊卑別也。"

【二】輗軏（níyuè）。輗與軏的并稱。喻事物的關鍵。《論語·爲政》："大車無輗，小車無軏，其何以行之哉？"

【三】薄笨：即薄笨車，一種製作粗簡而行駛不快的車子。

【四】耎（fěng）駕：翻車。喻難以駕馭，易致失敗。

【五】榛狉（pī）：形容未開化。柳宗元《封建論》："彼其初與萬物皆生，草木榛榛，鹿豕狉狉。"

【六】蟪蛄朝菌：此喻見識淺陋之人。《莊子·逍遥遊》："朝菌不知晦朔，蟪蛄不知春秋。"

【七】"奇肱"句：謂四方諸夷前來臣服。奇肱，又稱魚人國、夜郎國，漢朝已并入中華民族。

【八】棧山航海：指跋山涉水，逾越險阻。南朝宋顏延之《三月三日曲水詩序》："棧山航海，逾沙軼漠之貢，府無虛月。"

‖ 九月七日出筑垣四首 ‖

筑國寒深九月秋，無端歸興强登樓。馬前風雨愁催急，衣上淄塵客倦遊。鳳叫荆山悲玉獻【一】，蛇奔隨岸惜珠留【二】。文章遼海知何處，悔讀南華【三】已暗投。

烟雨沉沉古道封，遥看秋水浸芙蓉。避人笑我羊公鶴【四】，好假驚真葉令龍【五】。髆裏自能空翼北【六】，葫蘆何必訊江東。成名竪子皆天幸，暫問英雄阮嗣宗。

紛紛物議竟誰攻，頗信劉蕡【七】未是風。年少陳書疵賈誼，老成啓事負山公【八】。瑤琴未碎傳知己，珊網原疏誤送窮【九】。故例顏標須有幸，敢將瘦語怨冬烘【一〇】。

暫去元亭靜寂居，好將胸臆暢圖書。六經讀徹無文藝，一事研精識卷舒。固選孫弘【一一】殊意未，強來王式【一二】悔心初。但令具有平成量【一三】，何惜功名老蠹魚。

◎ 注釋

【一】"鳳叫"句：用《韓非子·和氏》 中"卞和泣玉"典。余達父在此暗喻自己沒有得到重視。

【二】"蛇奔"句：此句用"隋侯珠"典，寫自己未遇明主。三國魏曹植《與楊祖德書》："人人自謂握靈蛇之珠，家家自謂抱荊山之玉。"

【三】南華：即《南華經》，本名《莊子》。

【四】羊公鶴：此句用"羊公鶴"典，作者自責科舉落後的無奈，平時準備充分，考試時卻施展不出平生所學。羊公，指晉朝征南大將軍羊祜。《世說新語·排調》："庾失小望，遂名之爲羊公鶴。昔羊叔子有鶴善舞，嘗向客稱之。客試使驅來，齀齀而不肯舞，故稱比之。"

【五】葉令龍：葉公，春秋時楚國貴族，名子高，封於葉（古邑名，今河南葉縣）。比喻口頭上說愛好某事物，實際上并不真愛好。

【六】"騕褭（yǎoniǎo）"句：騕褭，古駿馬名。空翼北，比喻有才能的人遇到知己而得到提拔。唐韓愈《送溫處士赴河陽軍序》："伯樂一過冀北之野，而馬群遂空。"

【七】劉蕡：字去華，唐代寶曆二年（826）進士，善作文，耿介嫉惡，主張除掉宦官，後終因宦官誣害，貶爲柳州司户參軍，客死异鄉。李商隱與劉蕡是"平生風義兼師友"。

【八】"老成"句：晉山濤爲吏部尚書，凡選用人才，親作評論，然後公奏，時稱"山公啓事"。《晉書·山濤傳》："濤所奏甄拔人物，各爲題目，時稱山公啓事。"

【九】"珊網"句：比喻收羅珍品或人才的措施。珊網，撈取珊瑚的鐵網。《新唐書·西域傳下》："海中有珊瑚洲，海人乘大舶，墮鐵網水底……鐵發其根，繫網舶上，絞而出之，失時不取即腐。"

【一〇】"故例"二句：冬烘，糊塗、迂腐。五代漢王定保《唐摭言卷八·誤放》載，唐鄭薰主持考試，誤以爲顏標是魯公（顏真卿）的後代，把他取爲狀元。當時有人作詩嘲笑："主司頭腦太冬烘，錯認顏標作魯公。"

【一一】孫弘：指公孫弘，字季，一字次卿，西漢淄川國（郡治在壽光南紀臺鄉）薛人。起身於鄉鄙之間，居然爲相，直至今日，人們依然對他推崇備至。

【一二】王式：西漢儒士。東平新桃人（今山東東平），字翁思，曾教授昌邑王劉賀，昭帝死後，昌邑王嗣位，旋以淫亂被廢。王式下獄當死，後自訴以《詩》三百零五篇爲諫，以此免死，後爲博士。

【一三】平成量：本義爲自謙説法，後引申爲要靠自己努力，不要靠運氣和別人的施捨。曾國藩《次韻何廉昉太守感懷述事十六首》："書生自有平成量，地脉何曾獨效靈！"

‖ 明君【一】曲 ‖

漢女嫁單于，開自高皇帝。魯元【二】幾遣烏孫歸，何論待詔良家麗。虜韓況是稱藩朝，遠嫁非同景公涕【三】。改元竟寧【四】息邊垂，百年尚得妻卿【五】計。季倫【六】不解事，枉冤明君詞。厄言多附會，又云殺畫師。自是紅顏當命薄，飄零猶得充閼氏。阿嬌閉長門，思後灾巫蠱。漢家美人止如此，何似青青一抔土。掖庭【七】當日老朱顏，琵琶早斷宮商譜。明君明君且莫哀，漢皇成汝名千古。

◎ 注釋

【一】明君：王昭君。漢元帝時期宮女，嫁爲匈奴呼韓邪單于閼氏。

【二】魯元：魯元公主劉樂（？—前187），漢高祖劉邦和皇后吕雉的長女，嫁趙王張敖爲妻，生女張嫣，後來成爲漢惠帝劉盈的皇后。

【三】景公涕：據《孟子·離婁上》記載，齊景公"涕出而女於吳"。

【四】竟寧：西漢時期漢元帝劉奭的第四個年號，也是最後一個年號。

【五】婁卿：婁護，西漢息鄉侯，字君卿，齊（今屬山東臨淄）人，與谷永（字子雲）同爲成帝（前32—前7）的舅父王氏五侯的上客，當時長安有"谷子雲之筆劄，婁君卿之脣舌"的讚譽。

【六】季倫：石崇，西晋文學團體"金谷二十四友"巨子、著名富豪。《文選》載其詩《明君詞》。

【七】掖庭：宮中旁舍，宮女居住的地方。漢武帝太初元年（104）改稱"掖廷"。

‖ 書飴山老人【一】《因園集》後 ‖

少年一蹶不復振，鴻毛擲官鷹脫韝。中年足跡東南天，歸來老矣嗟短鬓。窮將格力排新城【二】，豈爲齟齬生瑕釁【三】。膚庸淺滑資砭針，剝掠頹靡藉彈鎮。有時峻刻太自喜，未免流俗神駭眩。雖無汪汪千頃陂，激湍却少滓泥澱。憎者深嗛【四】刺骨痛，憐者方惜歲星見。鉅公龍門百戰争，偏師崛强屹立敵【五】。陸離偃塞十三集【六】，錯伐靈鼉【七】支小棘【八】。嗟呼先生負盛名，只因岐創功愈進。我今有作不自知，膏肓那得奧扁診【九】。我不願著《談龍録》【一〇】，我不曾聞《長生殿》。鬓毛漸近三十春，潦倒風塵守枯硯。先生金門玉堂【一一】日，鯫生未膺狗監薦【一二】。不羨當年致身【一三】早，頗愛雄文九州震。

◎ 注釋

【一】飴山老人：即趙執信。

【二】新城：王士禎。

【三】瑕釁：可乘之隙，嫌隙，隔閡。引申爲事端。

【四】深嗛（xián）：深恨。

【五】"偏師"句：喻趙執信的崛起猶异軍突起。

【六】"陸離"句：陸離，光彩絢麗。《淮南子·本經訓》："五采争勝，流漫陸離。"高誘注："陸離，美好貌。"偃塞，氣勢盛大。十三集，《因園集》共十三卷，故云。

【七】靈鼉（tuó）：因鼓用鱷魚皮蒙制，借指鼓。《史記·李斯列傳》："建翠鳳之旗，樹靈鼉之鼓。"

【八】鞕（yǐn）：小鼓。

【九】扁診：指戰國時期著名醫學家扁鵲。

【一〇】《談龍録》：趙執信撰，一卷，爲批評王士禛而作。王主張寫見龍首，可不見龍尾的朦朧詩，而趙則主張"詩以言志"，反對王士禛的"神韻説"。

【一一】金門玉堂：金門，漢代宮門名；玉堂，漢代殿名。舊時比喻才學優异而富貴顯達。

【一二】"鰍生"句：鰍生，猶小生，多作自謙詞。狗監薦，用司馬相如典，司馬相如因狗監薦引而名顯。

【一三】致身：原謂獻身，指出仕。《論語·學而》："事父母能竭其力，事君能致其身，與朋友交言而有信。"趙執信十八歲中進士，後任右春坊右贊善兼翰林院檢討，故余達父説他"致身早"。

‖ 上元夜初更後見月懷葛正父十八韻 ‖

積霧沉陰重，群山夜氣淪。歲時佳節候，風雨妒仍頻。絶想窺金闕，無心望玉輪。忽開青一髮【一】，盡卷薄於鱗。天宇廻澄曠，雲根斷鬱湮【二】。星芒不受月，風峭未知春。萬里京華地，笙歌十丈塵【三】。金吾門桁弛【四】，角抵【五】象龍馴。中有支離客，應懷潦倒人。素心曾密約，鎩羽不堪倫。少壯愁衰鬢（余髮早白），文章耻效顰。幾回成護落【六】，二妙【七】只逡巡。宴不臨光與，詩何瑞雪陳。空山虛對影，誰夕證前身。鳥雀驚林表【八】，鯤鵬運海垠。丈夫終詰詘，世事枉艱辛。頫仰增惆悵，年華易舊新。美人長此共，寒魄照松筠。

◎ 注釋

【一】忽開青一髮：天上忽然綻現一髮青空。一髮，形容雲縫很窄。

【二】鬱湮：滯塞不通，鬱抑不暢。《左傳·昭公二十九年》："物乃坻伏，鬱湮不育。"杜預注："鬱，滯也；湮，塞也。"

【三】十丈塵：佛教用語，指人間繁華之地。

【四】"金吾"句：武官及其隨從驕橫地馳行於門前。金吾，古官名，負責皇帝大臣警衛、儀仗及徼循京師、掌管治安的武職官員。桁（héng），梁上或門框、窗框等上面的橫木。

【五】角抵：我國古代體育活動項目之一，起源於戰國，其稱始於秦漢，類似現代的摔跤。

【六】護落：淪落失意的樣子。李賀《將發》："東床卷席罷，護落將行去。"

【七】二妙：稱同時以才藝著名的二人，指自己與葛正父。逡巡，行不進貌。

【八】林表：林梢，林外。《文選·謝朓〈休沐重還丹陽道中〉》詩："雲端楚山見，林表吳岫微。"李善注："表，猶外也。"

‖ 得　雨 ‖

西南苦磽瘠【一】，不間十日雨。常合膚寸雲【二】，融膏咫尺土。比來逾一月，炎旱窮威怒。輪囷【三】炙日烈，童兀【四】萎草豎。我自蜀邊來，身歷眼所睹。荒涼臕臕【五】原，槁落無藝樹【六】。驚沙【七】熱可灼，枯柳翹不傴。黃荊雜白棘，焦熟如出釜【八】。僕夫行嘆息，穰歲尚艱苦。再值今年凶，何以圖生聚！況聞中朝書，籌邊征倍取。轉愁編氓【九】脂，難濡吏胥簿。未識耿中丞【一〇】，何似洛陽賈【一一】。我聞心骨悲，強言相藉撫。天意本茫茫，反極有斡主【一二】。時令與人事，未必終旁午。前宵歸倚廬【一三】，血淚凝瞻岵【一四】。已餘苦由【一五】濕，尚冀霖澤溥。深夜忽滂沱，注綆【一六】同天普。踆烏【一七】伏祝融【一八】，豐隆慶田祖【一九】。一雨連三日，生意綠含吐。過半雖無及，僅存尚小補。但頌既霑足，莫更漲秋浦。

◎ 注釋

【一】磽（qiāo）瘠：土地貧瘠。

【二】膚寸雲：下雨前逐漸聚集的雲氣。唐王昌齡《悲哉行》："長雲數千里，倏忽還膚寸。"

【三】輪囷：碩大貌。《禮記·檀弓下》："美哉輪焉。"漢鄭玄注："輪，輪囷，言高大。"

【四】童兀：光禿禿。童，禿。

【五】膴（wǔ）膴：肥沃。《詩·大雅·緜》："周原膴膴，堇荼如飴。"毛傳："膴膴，美也。"

【六】藝樹：種植。此言天旱導致莊稼全部枯死。

【七】驚沙：指狂風吹動的沙粒。南朝宋鮑照《蕪城賦》："孤蓬自振，驚砂坐飛。"

【八】出鬴（fǔ）：出鍋。鬴，同"釜"。

【九】編氓：編入戶籍的平民。

【一〇】耿中丞：耿壽昌，生卒年不詳。西漢天文學家。漢宣帝時任大司農中丞，在西北設置常平倉，用來穩定糧價兼作爲國家儲備糧庫。又令邊郡皆築倉，以穀賤時增其價而糴，以利穀農，貴時減其價而糶，以贍貧民，名曰常平倉。

【一一】洛陽賈：指賈誼。西漢初年著名的政論家、文學家。文帝二年（前178），賈誼提出了《論積貯疏》，主張實行重農抑商的政策，發展農業生產，加強糧食貯備，預防饑荒，以達到安百姓治天下的目的。

【一二】斡主：主管者。《漢書·食貨志》："浮食其民欲擅斡山海之貨物，以致富羨，役利細民。"

【一三】倚廬：古人爲父母守喪時居住的簡陋棚屋。

【一四】瞻岵（hù）：久居在外的人想念父母。《詩·魏風·陟岵》："陟彼枯岵兮，瞻望父兮……陟彼屺兮，瞻望母兮。"岵，有草木的山。

【一五】苫凷（shānkuài）：古禮，居父母之喪，孝子以草薦爲席，土塊爲枕。苫，草席；凷，"塊"的古體字，土塊。

【一六】注緪：謂雨水如注。緪，繩索。《文選·王粲〈詠史〉》："臨穴呼蒼天，涕下如緪縻。"

【一七】踆（qūn）烏：太陽的別稱。《淮南子·精神訓》："日中有踆烏而月中有蟾蜍。"高誘注："踆，猶蹲也。謂三足烏。"

【一八】祝融：中國上古神話人物，號赤帝，後人尊爲火神。

【一九】田祖：傳說中始耕田者，指神農氏。《詩·小雅·甫田》："琴瑟擊鼓，以禦田祖。"朱熹集傳："謂始耕田者，即神農也。"

‖ 懷龍筱邨茂材【一】 ‖

芙蓉艷落碧潭冷，百尺寒桐墥秋影。去年此日得龍生，人海沉沉見孤穎。鑒識鷄鶴王濬衝【二】，能別中散【三】知非幸。降心知己憐虞翻【四】，北戰如蒙愧宋璟【五】。昕夕過從接論説，風雨遠僻殊未梗。夜闌燈燼燭屢更，饑鼠鬥蛾出撲燈。薄藝頗推一日長，嗜痂【六】未便隨俗肯。吾人讀書貴卓識，古今博愛皆失等。喜君矯矯負雋才，艱苦窮年力定永。諸公餘子【七】徒紛紛，麟角牛毛詎麗并。虎脊鬼化天馬來【八】，黔驢鄭駟失驕騁。風塵困蹶寧足愁，天閑【九】玉階正閒靜。具有汪汪千傾陂，澄淆那可清濁省。招余城南汗漫遊【一○】，龍鸞【一一】顏謝【一二】才清整。虹橋風景《百步洪》【一三】，放歌叠韻學蘇逞。老魚跳波【一四】潑刺聞，雛鳳弄味清商警。入座洒兵【一五】對大敵，觥籌錯落軍法猛。倚醉歸去滑踏街，閑語驚人半酩酊。明朝歸客須首塗，遠來祖道【一六】忘地迥〔一〕。遲我頃刻失一面，一別經年尚凄哽。隆冬寄我盈尺書，玫瑰玉版豁目睮【一七】。温言藉慰比藥石，不用冰梅妒風杏。桂華漠漠香匝海，枯荷繁蓼曳菱荇。幾秋景物大如斯，本無心賞特啜茗。未必天翁儘長醉，并公【一八】一笑會當醒。昨夢盤江雙鯉魚，屢興不寐如枕潁【一九】（《禮·少儀》：潁，杖、琴瑟。鄭注：潁，警枕矣。《説文》：櫎，木枕也。段注：即《少儀》之潁也。潁，訓火光；枕，取憬然覺悟之義。陳澔《集説》改作穎，誤矣。宋槧《禮記》不誤）。

◎ 校勘記
（一）迥：原本作"迴"，失韻，當作"迥"，乃形近而誤。
◎ 注釋
【一】茂材：秀才，東漢時因避光武帝劉秀之諱改爲茂才，或作茂材。
【二】王濬衝：王戎，字濬衝，琅琊臨沂（今山東臨沂北）人。西晋名士，"竹林七賢”之一，擅長品評與識鑒。

【三】中散：嵇康，字叔夜，譙郡銍（今安徽省濉溪縣臨渙集）。拜中散大夫，世稱嵇中散。

【四】虞翻：字仲翔，會稽餘姚（今浙江餘姚）人。三國時吳國學者、官員，精《易》學。

【五】宋璟：字廣平（663—737），河北邢臺人。少年博學多才，擅長文學。官歷上黨尉、鳳閣舍人、御史臺中丞、吏部侍郎、吏部尚書、刑部尚書等職。

【六】嗜痂：怪僻的嗜好。《宋書·劉邕傳》：“邕所至嗜食瘡痂，以爲味似鰒魚。嘗詣孟靈休，靈休先患灸瘡，瘡痂落牀上，因取食之。靈休大驚。答曰：‘性之所嗜。’”

【七】餘子：指平庸無能的人。《後漢書·文苑傳下·禰衡》：“惟善魯國孔融及弘農楊脩。常稱曰：‘大兒孔文舉，小兒楊德祖。餘子碌碌，莫足數也。’”

【八】“虎脊”句：鬼化天馬來，謂駿馬毛色如虎，後用作駿馬的代稱。《漢書·禮樂志》：“天馬來，出泉水，虎脊兩，化若鬼。”顏師古注引應劭曰：“馬毛色如虎脊（者）有兩也。”

【九】天閑：皇帝養馬的地方。陸遊《感秋》：“古來真龍駒，未必置天閑。”

【一〇】汗漫遊：世外之遊。形容漫遊之遠。唐杜甫《奉送王信州崟北歸》：“復見陶唐理，甘爲汗漫遊。”清仇兆鰲注引《淮南子》：“若士謂盧敖曰：‘吾與汗漫遊於九垓之外。’”

【一一】龍鸞：龍與鳳。亦喻賢士。曹植《九愁賦》：“感龍鸞而匿跡，如吾身之不留。”

【一二】顏謝：指南朝宋詩人顏延之、謝靈運。

【一三】《百步洪》：宋代文學家蘇軾的詩，共二首。百步洪，又叫徐州洪，在今徐州市東南二里，有激流險灘，凡百餘步，故名百步洪。

【一四】老魚跳波：魚隨著樂聲跳躍。比喻音律精妙絕倫。唐李賀《李憑箜篌引》：“夢入神仙教神嫗，老魚跳波瘦蛟舞。”

【一五】酒兵：酒。《南史·陳暄傳》：“故江諮議有言：‘酒猶兵也，兵可千日而不用，不可一日而不備，酒可千日而不飲，不可一飲而不醉。’”

【一六】祖道：古代爲出行者祭祀路神和設宴送行的禮儀，引申爲餞行送別。

【一七】目眚（shěng）：眼病之一，猶今之白內障。

【一八】井公：傳説中的古代隱士。《穆天子傳》卷五：“是日也，天子北入於
邴，與井公博，三日而决。”郭璞注：“疑井公賢人而隱邴，故穆王就之遊戲也。”

【一九】枕頭（jiǒng）：警枕，古代用圓木做成、使睡後易覺醒的枕頭。

‖ 擬《行路難》四首 ‖

東有三壺溟渤之峻深，西有流沙懸度【一】之險嶔，南有赫熺吹蠱之炎
毒，北有增冰積雪之凝陰。側身四望無立足，猶前豫後空躊躇。却憶中原
好平陸，安行旅步非局促。幾時榛莽出林麓，牽衣刺履頗難劚。嗟乎，置
身天地生縛束，痿痺坐困當日曬，行人長吁歌當哭。

黃雀黃雀何蹁躚，不巢桂樹巢雲邊。雲邊近傍瑶池仙，瑶池阿母今華
顛。若愛黃雀羽毛鮮，雕籠玉饌調翩翻。不道黃雀嗜好偏，專心塵世爭腥
膻，腥膻飽盡愁鷹鸇【二】。鷹鸇乍擊力未全，硅然驚起阿母眠。密張罘網欲
羅天，鷹鸇瘖盡恨方捐。

枉矢【三】西流終不終，小星【四】亂落如血紅。斗牛無靈箕翕舌【五】，太白
欲孛營室【六】中。南極老人【七】矜壽昌，逆伏隱見殊倡狂。婺女【八】不織亦不
静，却修公事傾筐箱。踆烏一躍天下白，紫宮【九】厚曜人皆望。

荆山抱片玉，一獻刖一足。滄海遺明珠，愈沉光愈伏。同爲希世珍，出
處均難淑。燕石得宋人，襲錦韞諸櫝【一〇】。郢客唱巴曲，一和千人屬【一一】。
同懷鄙陋姿，遭遇擅時獨。君不見賈長沙，才高年少被遷逐。又不見馮敬
通【一二】，雄文貞義老顛覆（一）。太宗世祖特聖明，潦倒二生真何物。

◎ 校勘記

（一）顛覆：原本作“覆顛”，“顛”字失韻，當爲“顛覆”。

◎ 注釋

【一】懸度：古山名，今阿富汗興都庫什山古代音譯名。《漢書·西域傳上》：
“其西側有懸度……懸度者，石山也，溪谷不通，以繩索相引而度云。”

【二】鷹鸇（zhān）：鷹與鸇，比喻忠勇的人。《左傳·文公十八年》：“見無

禮於其君者，誅之，如鷹鸇之逐鳥雀也。"

【三】枉矢：星名。《史記·天官書》："枉矢，類大流星，蛇行而倉黑，望之如有毛羽然。"

【四】小星：衆多無名的星，比喻小人物的悲慘命運，感嘆命運的多磨。《詩經·召南·小星》："嘒彼小星，三五在東。"

【五】翕舌：吐舌頭。《詩經·小雅·大東》："維南有箕，載翕其舌。"

【六】營室：星名，即室宿，二十八宿之一。《周禮·考工記·輈人》："龜蛇四斿，以象營室也。"鄭玄注："營室，玄武宿，與東壁連體而四星。"

【七】南極老人：老人星。星占家認爲，老人星的出現是天下太平的徵兆。

【八】婺女：星宿名，即女宿，二十八宿之一。

【九】紫宮：指紫薇垣，在古代中國，人們認爲紫薇垣位於天的最高處，被認爲是天帝所居的宮殿，又稱爲紫宮。

【一〇】"燕石"二句：《太平禦覽》卷五十一引《闕子》："宋之愚人得燕石於梧臺之東，歸而藏之，以爲大寶。周客聞而觀焉。主人冕玄服以發寶。華匱十重，緹巾十襲。"韞，收藏。

【一一】"郢客"二句：戰國楚宋玉《對楚王問》："客有歌於郢中者，其始曰《下里》《巴人》，國中屬而和者數千人，其爲《陽阿》《薤露》，國中屬而和者數百人；其爲《陽春》《白雪》，國中屬而和者不過數十人。"

【一二】馮敬通：馮衍，生卒年不詳。東漢初期的辭賦家，字敬通，京兆杜陵（今陝西西安東南）人。博覽群書，新莽末入更始政權，後投劉秀。因遭人讒毀，懷才不遇，被廢於家，閉門自保。

‖ 五日偶步出郊，睹年時【一】侍先君遊覽處，感慟作此 ‖

五月五日郊外行，山溪不減年時明。人間瞻岵料無地，木静悲風空有聲。早識趨庭【二】只短景，未應入世縻長纓【三】。青蒲粘濺臯魚淚【四】，葉重垂垂安忍擎。

◎ 注釋

【一】年時：當年，往年。

【二】趨庭：接受父親的教訓。《論語·季氏》："（孔子）嘗獨立，鯉趨而過庭。"

【三】長纓：用東漢終軍請纓典，比喻遠大理想。

【四】"青蒲"句：青蒲，指天子內庭。《漢書·史丹傳》："丹以親密臣得侍視疾，候上間獨寢時，丹直入臥內，頓首伏青蒲上。"皋魚，人名。《韓詩外傳》卷九載："孔子行，見皋魚哭於道旁，輟車與之言……"後用作人子不及養親之典。

‖ 答客問 ‖

文章事業最難評，眼底升沉詎有程。老病入關投筆吏【一】，英年建節弃繻生。陳書未肯趨流略【二】，出世終須著姓名。棋局會看看莫近，中心方格不能平。

◎ 注釋

【一】投筆吏：東漢班超。《後漢書·班超傳》："（超）嘗輟業投筆嘆曰：'大丈夫無他志略，猶當效傅介子、張騫立功西域，以取封侯。安能久事筆研間乎？'"後立功西域，封定遠侯。

【二】流略：九流、七略之書。泛指前代書籍。

‖ 有　題 ‖

世變浮雲未可期，冥然却信半生癡。蛾眉見嫉【一】緣成例，蛇足虛安悔已遲。有術療饑惟餅畫【二】，無才鑒空【三】遣山移【四】。六州聚鐵堪熔鑄，一錯終當負阿誰【五】。

◎ 注釋

【一】蛾眉見嫉：被忌妒。屈原《楚辭·離騷》："眾女嫉余之蛾眉兮，謠諑謂余以善淫。"

【二】"有術"句：謂畫餅充饑。比喻用空想來安慰自己。晋陳壽《三國志·魏書·盧毓傳》："選舉莫取有名，名如畫地作餅，不可啖也。"

【三】鑿空：司馬遷《史記》，把張騫之交通西域譽稱爲"鑿空"。《史記·大宛列傳》："然張騫鑿空，其後使往者皆稱博望侯。"

【四】遣山移：典出《列子·湯問·愚公移山》："帝感其誠，命誇娥氏二子負二山，一厝朔東，一厝雍南。"

【五】"六州"二句：比喻因爲小事而犯了大錯。《資治通鑒·唐紀·昭宗天佑三年》："合六州四十三縣鐵，不能爲此錯也。"

‖　無　　題　‖

某子合酸蓼佇辛，徒勞書札遣文鱗。弓彎著處杯留影【一】，桂魄圓時樹倚人。早辦一心呼負負【二】，肯嫌百日喚真真。三山不見風波險，幾恨神仙誤此身。

◎ 注釋

【一】"弓彎"句：即杯弓蛇影。比喻把虛幻誤作真實。

【二】負負：慚愧；對不起。

‖　大雨傷稼　‖

己亥五月丁巳日，淫雨注綆川原溢。先夕月露蒸物潤，侵晨日暈界天晊【一】。午後重陰雜邅合，壞雲壓地黯如漆。豐隆鬱怒矜奔轟，乖龍【二】狂悖恣軋汃【三】。海水激立天漢傾，嶽石觸破龍湫泆【四】。翻珠瀉地射沫迅，走丸逆阪【五】崩響軼【六】。偃蹇【七】上出木石摧，顛沛下走泥沙疾。雷硠【八】一動金隄開，號動千家精魄失。禾黍眼見繁蓊蔚【九】，龍蛇起陸【一〇】翻蕩滀【一一】。已是陵轢【一二】盡物類，未必好生到梁秋。聚首幸生不爲魚，何心知雨常冠鷫【一三】。三日水消高下露，磽磧嵬磊【一四】無完質。嶺阪剝坼骨棱皴，原隰凹凸脉洄洄。嗟哉往昔沃腴爭，忽而變化戈壁出。今年耨穫故無事，明年耕播將何術。剩有傷殘纖芥留，秀實尚曠終難必。我聞盛世有雨不破塊【一五】，咎徵【一六】恒雨須惕怵。又聞明時不乏河決大水之紀册，渗木渗水占未密。祅祥不必關一政，辛勤終致盈百室。願辦萬頭烏角犍【一七】，負犁石沙任鞭挟。疏鑿刊浚還元氣，免使鴻雁哀啾唧。如此農夫亦不惡，羹芋飯豆【一八】勝良粥。下民怨咨賴藉慰，潦倒作詩非狂逸。惟有群陰終不開，雲外豈尚月離畢【一九】。

◎ **注釋**

【一】天晊（zhì）：天明。

【二】乖龍：傳說中的孽龍。唐白居易《偶然》之一："乖龍藏在牛領中，雷擊龍來牛枉死。"

【三】軋汄（mì）：細緻縝密。也作"軋芴"。《文選·司馬相如〈上林賦〉》："於是乎周覽泛觀，繽紛軋芴，芒芒恍忽。"李善注引孟康曰："軋芴，緻密也。"

【四】龍湫泆：龍湫，上有懸瀑下有深潭謂之龍湫。泆，通"溢"，水滿出。

【五】走丸逆阪：逆着斜坡滾丸。比喻事情難以辦到。《後漢書·皇甫嵩傳》："若欲輔難佐之朝，雕朽敗之木，是猶逆阪走丸，迎風縱棹，豈雲易哉！"

【六】軼：通"溢"。水滿出。《漢書·地理志上》："入於河，軼爲滎。"

【七】偃蹇：高聳的樣子。《楚辭·離騷》："望瑤臺之偃蹇兮，見有娀之佚女。"王逸注："偃蹇，高貌。"

【八】雷硠：山崩聲。形容聲音巨大。韓愈《調張籍》："垠崖劃崩豁，乾坤擺雷硠。"

【九】蓊蔚：茂盛。歐陽修《山中之樂》："蔭長松之蓊蔚兮，藉纖草之豐茸。"

【一〇】龍蛇起陸：古人認爲龍王之職是興雲布雨，此處指雨下得很大。辛弃疾《沁園春·弄溪賦》："看縱橫斗轉，龍蛇起陸；崩騰決去，雪練傾河。"

【一一】蕩潏（jué）：涌騰起伏。唐陳子昂《感遇》詩之二十二："雲海方蕩潏，孤鱗安得寧？"

【一二】陵轢（lì）：欺壓，欺蔑。《史記·孔子世家》："楚靈王兵强，陵轢中國。"

【一三】冠鷸：以鷸羽爲飾的冠，古時亦爲知天文者之冠。《左傳·僖公二十四年》："鄭子華之弟子臧出奔宋，好聚鷸冠。"杜預注："鷸，鳥名。聚鷸羽以爲冠，非法之服。"

【一四】磽磧（qiāoqì）嵬磊：磽磧，堅硬的沙石山；嵬磊，高大貌。

【一五】雨不破塊：沒有暴雨傷害農田。比喻社會安定，風調雨順。漢王充《論衡·是應》："風不鳴條，雨不破塊，五日一風，十日一雨。"

【一六】咎徵：過失的報應，灾禍應驗。

【一七】烏角犍：即"烏犍"，閹過的公牛，常泛指耕牛。陸遊《獨立思故山》："青箬買來衝雨釣，烏犍租得及時畊。"

【一八】羹芋飯豆：以芋頭爲羹，以豆爲飯。喻食物粗劣。《漢書·翟方進傳》："王莽時常枯旱，郡中追怨方進，童謠曰：'壞陂誰？翟子威。飯我豆食羹芋魁。'"

【一九】月離畢：月亮附於畢星，是天將降雨的徵兆。《詩·小雅·漸漸之石》："月離於畢，俾滂沱矣。"

‖ 自五月中迄六月杪，久旱不雨，黔地磽瘠傷於旱者又過半矣 ‖

前作大雨嘆，眼見江海翻。今年苦旱辭，身歷郊原焚。水旱兩月間，怨咨亦紛紜。四十日之旱，書灾古未聞。而我薄惡區，禾黍已僵根。況經傷水後，秀實無幾存。并此焦灼之，何以謀饔饗。有如寠人子【一】，窮薄增辛勤。又如經生書，殘缺愈重尊。故以鄙吝思，上丐滂沛恩。或值天公醉，此情豈易論。轉欲坐龍慵【二】，龍怒懲前番。惟有少女風【三】，能吹萬里雲。已見微撼樹，安知不傾盆。仗汝作霖雨，一濡烈炎氛。天公與龍子，貪功當無言。

◎ **注釋**

【一】窶（jù）人子：窮人家的子弟。《漢書·霍光傳》："諸儒生多窶人子，遠客饑寒，喜妄説狂言，不避忌諱。"

【二】龍慵：龍王慵懶。蘇軾《和李邦直沂山祈雨有應》："半年不雨坐龍慵，共怨天公不怨龍。"

【三】少女風：西風。按八勢方位，兑爲西方，爲少女。

‖ 三冠山晚眺 ‖

三面有山皆斗立，一峰拔地特孤撑。斷雲入岫山村白，大月穿林野燒赬【一】。天際關河沉暮景，風前草木挾英聲。未能無意憐幽草，忍使焦原【二】恨晚晴。

◎ **注釋**

【一】野燒赬（chēng）：野燒，野火；赬，紅色。

【二】焦原：乾旱的土地。唐陸龜蒙《以毛公泉大諫清河公》："霏霏散爲雨，用以移焦原。"

‖ 秋感八首 ‖

卅載儒生誤一冠，出山非易入山難。乾坤荆棘三千界，世路干戈十八灘。已見内訌傷氣脉，早知邊釁肇頑殘。析津萬里烽烟徹，應照銅仙【一】淚未乾。

東溟北渤海揚波，授柄何曾惜太阿。無限人才待金馬【二】，有誰灰燼泣銅駝【三】。因循粉飾沿成例，潦倒更張運轉頗。聞道達官憐眷屬，青簾白舫亂中過。

慶榜仍開萬壽恩，尚云今日餼羊【四】存。遞傳星使臨三楚，報罷天書下九閽【五】。昭諫時窮艱李廌【六】，致光【七】謀拙類虞翻。此行若向昭陵哭，落第奇文未是冤。

羽書草草報勤王，戰勝何人運廟堂。忠義孤兒非將略，蹴張鹵簿豈戎行。儲胥【八】飛輓【九】空羅掘，劍戟成軍屢散亡。安得二三豪俊出，早彎弧矢殪封狼。

碩鼠嗷鴻處不殊，太倉逋糶未全蘇。籌荒信是無奇策，救世何曾有遠模【一〇】。縱殺弘羊能致雨【一一】，已無鄭俠願呈圖【一二】。幾人却向西園笑，剥蝕泉刀正好輸。

百賈鱗鱗次轂肩，操奇【一三】争欲救饑年。傳聞電罷公車詔【一四】，仿佛雲收海市仙。自笑黔婁薄資斧，狂嗟猗頓【一五】破金錢。紅塵廛闠【一六】風蕭瑟，談虎何須向北燕。

大官老事舊徒聞，何幸當前見此君。束手尚能隳士氣，期心遄在戢妖氛。還山有願歸應早，處世無才治更紛。空望淮南羨招隱【一七】，庸福猶自不常欣。

又逐征塵到會垣，十年辛苦不窺園。馬因眷戀猶依棧【一八】，鶴已氄氄敢上軒。落拓文淵【一九】成晚器，治安賈誼【二〇】切危言。幡然欲賦歸來引【二一】，啓事曾經賞巨源。

◎ 注釋

【一】銅仙：漢武帝時銅鑄以手掌捧盤承露的仙人。唐李賀《金銅仙人辭漢歌序》：“魏明帝青龍元年八月，詔宮官牽車西取漢孝武捧露盤仙人，欲立置前殿。宮官既拆盤，仙人臨載，乃潸然淚下。”

【二】金馬：漢代宮門名，學士待詔之處。曾有許多人待詔金馬門，後來也指翰林院。《史記·滑稽列傳》：“金馬門者，宦（者）署門也。門傍有銅馬，故謂之曰‘金馬門’。”

【三】泣銅駝：指對國家人民遭劫難感到悲傷。《晋書·索靖傳》：“靖有先識遠量，知天下將亂，指洛陽宮門銅駝，嘆曰：‘會見汝在荆棘中耳！’”銅駝，銅鑄的駱駝，漢代置於宮門外。

【四】餼（xì）羊：比喻禮儀。明沈德符《萬曆野獲編·禮部一·舊制一廢難復》：“至嘉靖末年，張永明左都御史，始正之，以至於今。惟此一事存餼羊云。”

【五】九閽：喻朝廷。宋曾鞏《答葛蘊》：“春風吹我衣，暮召入九閽。”

【六】李廌：北宋文學家，字方叔，少以文爲蘇軾所知，譽之爲有“萬人敵”之才，由此成爲“蘇門六君子”之一。

【七】致光：唐代詩人韓偓（842—923），字致光，陝西萬年（今樊川）人，自幼聰明好學，李商隱稱贊其詩“雛鳳清於老鳳聲”。

【八】儲胥：漢宮名，泛指帝王宮殿。用以代稱朝廷。宋蘇舜欽《西軒垂釣偶作》詩：“曾以文章上石渠，忽因才口出儲胥。”

【九】飛輓：即“飛芻輓粟”的省語，指迅速運送糧草。東漢班固《漢書·主父偃傳》：“又使天下飛芻輓粟。”輓，同“挽”。

【一〇】遠模：謂以古人爲榜樣。《三國志·吳志·陸瑁傳》：“宜遠模仲尼之汎愛，中則郭泰之弘濟，近有益於大道也。”

【一一】“縱殺”句：弘羊，西漢著名的理財家桑弘羊。《史記·平準書》載：“是歲小旱，上令官求雨，卜式言曰：‘縣官當食租衣稅而已，今弘羊令吏坐市列肆，販物求利。亨（烹）弘羊，天乃雨。’”

【一二】“已無”句：已經沒有像鄭俠那樣的人願意獻上流民圖了。《宋史·鄭俠傳》載，鄭俠任監安上門職務時，以所見居民流離困苦之狀，令畫工繪成《流民圖》，寫成《論新法進流民圖疏》，上奏，宋神宗看後，罷去方田、保甲、青苗諸法。

【一三】操奇：指商賈居奇牟利。東漢班固《漢書·食貨志上》："商賈大者積貯倍息，小者坐列販賣，操其奇贏。"顏師古注："奇贏，謂有餘財而蓄聚奇异之物也。"

【一四】公車詔：指 1895 年中日甲午戰爭失敗後，康有爲聯合各省在京會試舉人聯名上奏的"公車上書"。

【一五】猗頓：戰國初年著名的富商。

【一六】廛閈（chánbì）：市肆商店。宋范成大《吳船録》卷下："沿江數萬家，廛閈其盛，列肆如櫛。"

【一七】"空望"句：《漢書·藝文志》著録"淮南王群臣賦四十四篇"，《招隱士》當是其中僅存的一篇。此篇始見於東漢王逸的《楚辭章句》，題爲淮南小山作，然而蕭統《文選》則題劉安作。不少研究者認爲該文表達了渴望隱者早日歸還的急切心情。

【一八】"馬因"句：棧，供馬站立的木排。此句用《管子·小問篇》管仲回答齊桓公"傅馬棧最難"之典。勸告選擇正直、賢明的人才。

【一九】文淵：即東漢開國名將馬援，字文淵。《後漢書·馬援列傳》："汝（馬援）大才，當晚成。"

【二○】治安賈誼：漢文帝二年（前 178），賈誼向漢文帝呈著名的《論積貯疏》，即《治安策》，主張實行重農抑商的政策，發展農業生產。

【二一】歸來引：指東晋陶淵明《歸去來兮辭》。

‖ 都門有警懷葛正父比部【一】 ‖

兵盜潢池弄【二】，憂貽首善區。電中仍警遞，日下竟張弧。虎口餘生幾，鵷班【三】有恙無。微官居輩次，大雅看輪扶。却憶酉年秋，燕歌送客遊。三人竟夕詆，八口【四】離鄉愁。出岫雲殊懶，歸帆影欲收。掛冠神武意，早已向余謀。慶科猶報罷，時事想艱危。江浦師承隔（葛子惠師在清江浦），都門信息遲。疾風標草勁，利器辨毛吹【五】。願子經綸手，同將宇宙持。良時懷遠道，己自悵離情。況值干戈際，還憂玉石焚。河梁【六】常念子，海上可成軍。風鶴【七】紛無準，愁心逐薊雲。

◎ 注釋

【一】余達父在《礨石精舍文集》之《與葛正父比部書》中言："今秋（1900）七月，在筑垣聞都門有警，懷人遠道，已觸離思。況值金戈鐵馬，烟塵蹴踏，生死存亡，瞬息變遷。感念生平第一知己，惶惶然急欲一聞其平安消息，而輾轉焦灼……"比部，明清時用爲刑部司官的通稱。

【二】"兵盜"句：即弄兵潢池，指國家發生戰争。潢池，積水塘。《漢書·龔遂傳》："其民困於飢寒而吏不恤，故使陛下赤子盜弄陛下之兵於潢池中耳。"

【三】鵷班：鵷鳥飛行有序，此喻清政府的文武大臣。

【四】八口：指一家人。《孟子·梁惠王上》："百畝之田，勿奪其時，八口之家可以無飢矣。"

【五】"利器"句：將毛、發置於刀或劍刃上，用力一吹即可被削斷。形容刀劍極爲鋒利。

【六】河梁：舊題漢李陵《與蘇武》詩三："携手上河梁，遊子暮何之？"後借指送別之地。

【七】風鶴：指戰爭的消息。清顧炎武《與湯聖弘書》："近者風鶴稍寧，而關中二三君子重理前説，將建考亭書院。"

‖ 悼亡九首【一】 ‖

十四年【二】中一逝波，優曇電露竟如何。艱辛共歷歸偏早，世事相嬰【三】別裏多。死嚮姑嫜增眷戀，生遺兒女忍摩挲。嗟余總被浮名誤，遠使紅蘭萎絳河。

霧夕葆蕖得意初【四】，劉盧親眷【五】喜相於【六】。重幃博愛偏憐汝，一事關心好讀書。久病遠經千里別，新雛遲在九年餘【七】。而今回首簾垂地，斗帳香奩月影虛。

左女嵇（一）男稚齒齊【八】，泉臺何處不凄凄。血烏戀母侵晨噪，病鳩驚秋午夜啼。繈抱縱離癡未了，牆娶【九】初動咽還嘶。鳲鳩尚有平均養【一〇】，忍負彌留數語低。

三春未半已離家，浪博功名上漢查。不料都門飛羽檄，竟從筑國罷公車。暫排兩檝迎桃葉，忽接雙魚報落花。九日歸來慳一面，雲山咫尺隔天涯。

密葉重陰罨緑苔，幽房秘閣鎖烟煤。夢回燭跋【一】何曾見，風動簾旌暗欲猜。錦瑟華年空影幻，寶釵竟日起塵埃。衣裳針線無多事，淚眼模糊那忍開。

三尺新阡表墓門，更經風雨送黃昏。傷神奉倩【二】期同穴，齊物蒙莊竟鼓盆【一三】。桂魄虧圓愁顧兔，芙蓉零落葬孤鴛。明年春草棠梨下，慟挈雙雛檢淚痕。

哀蟬落葉訴聲聲，偏是愁中感易生。世界大千難著恨，男兒三十未成名。從前總負歸耕願，此後誰知出世程。厚夜有靈應告我，鰥鰥【一四】頻起看參橫【一五】。

欲説達觀兩字難，悵懷觸目便心酸。已無人處疑留影，尚待魂歸動屢嘆。遠夢隔時迷道里，癡心倚遍舊欄杆。當年伴讀添香地，燭炬成灰蠟淚殘。

秋士【一六】能工悼婦詞，他生今世總情癡。百年枉擬梁鴻案【一七】，三詠還添騎省詩【一八】。感逝牢愁【一九】成誄筆，招魂想像欲帳披（二）。悲歌當哭渾無緒，羅袂生塵冷玉墀。

◎ 校勘記

（一）嵇：原本作“稽”，誤。當爲“嵇”，今改。

（二）帳披：原本作“披帳”，失韻，當爲“帳披”，蓋顛倒鉛字致誤。

◎ 注釋

【一】悼亡九首：《墨石精舍文集》之《亡妻安孺人墓誌銘》載，光緒二十六年（1900），作者結髮妻子安氏於七月二十日病逝。

【二】十四年：《墨石精舍文集》之《亡妻安孺人墓誌銘》載，安氏嫁入余家十四年。

【三】相嬰：相互纏繞。

【四】"霧夕"句：李商隱《漫成三首》之三："霧夕詠芙蕖，何郎得意初"。"何郎"指南朝梁詩人何遜，有《看伏郎新婚詩》寫別人新婚燕爾境況。芙蕖，蓮花。余詩回憶當初結婚時，夫人如同出水芙蓉，寫出了結婚給作者帶來的快樂。

【五】劉盧親眷：劉盧，指晉代劉琨、盧諶。《文選·答盧諶詩一首并書》："郁穆舊姻，燕婉新婚。"李善注引《晉書》曰："琨妻，即諶之從母也。"畢節余氏與威寧安氏本爲世親，故余達父有此一説。

【六】相於：相親近。

【七】"新雛"句：《窭石精舍文集》之《亡妻安孺人墓誌銘》載，安氏嫁給余達父九年始生女余孟環。

【八】"左女"句：借指作者與安氏所生的一雙兒女。《窭石精舍文集》之《亡妻安孺人墓誌銘》載，安氏去世時，長女五歲，幼子三歲。唐李商隱《王十二兄與畏之員外相訪見招小飲時予以悼亡日近不去因寄》詩："嵇氏幼男猶可憫，左家嬌女豈能忘。"左女，晉左思《嬌女詩》有"吾家有嬌女，皎皎頗白晳"句，後指美麗可愛的少女。嵇男，嵇康年幼的兒子嵇紹。《晉書·嵇紹傳》："嵇紹字延祖，魏中散大夫康之子也。十歲而孤，事母孝謹。"

【九】牆翣（shà）：棺飾，其形似扇。《後漢書·趙諮傳》："復重以牆翣之飾，表以旌銘之儀。"

【一〇】"鳲鳩"句：鳲鳩，布穀鳥。《左傳·昭公十七年》："鳲鳩氏，司空也。"杜預注："鳲鳩平均，故爲司空，平水土。"古人認爲鳲鳩有均平如一之美德也。

【一一】燭跋：指豎立火炬或蠟燭的底坐。謂燭將燃盡。宋陸遊《十月一日浮橋成以故事宴客凌雲》詩："衆賓共醉忘燭跋，一徑却下緣雲根。"

【一二】傷神奉倩：指妻子去世。三國魏荀粲，字奉倩，因妻病逝，痛悼不能已，每哭傷神，歲餘而死，年僅二十九歲。

【一三】"齊物"句：表達喪妻的悲哀。《莊子·至樂》："莊子妻死，惠子弔之，莊子則方箕踞鼓盆而歌。"

【一四】鰥鰥：形容憂愁失眠的樣子。唐李商隱《宿晉昌亭聞驚禽》詩："羈緒鰥鰥夜景侵，高窗不掩見驚禽。"

【一五】參橫：參星橫斜，指夜深。三國魏曹植《善哉行》："月没參橫，北斗闌干。"

【一六】秋士：指遲暮不遇之士。《淮南子·繆稱訓》："春女思，秋士悲，而知物化矣。"

【一七】梁鴻案：喻夫妻恩愛。《後漢書·逸民傳·梁鴻》載，東漢梁鴻與妻孟光隱居霸陵山中，居人廡下，為人舂米，歸家，孟光為之備食，舉案齊眉。

【一八】"三詠"句：西晉文學家潘岳有《悼亡詩》三首是悼念亡妻的，從此以後，"悼亡詩"成為悼念亡妻的專門詩篇，再不用於悼念其他死者。騎省，指潘岳。晉潘岳《秋興賦序》："寓直於散騎之省。"

【一九】牢愁：即《畔牢愁》的縮寫。漢揚雄所作辭賦篇名，已佚。後借指離愁之作。《漢書·揚雄傳上》："又旁《惜誦》以下至《懷沙》一卷，名曰《畔牢愁》。"顏師古注引李奇曰："畔，離也。牢，聊也。與君相離，愁而無聊也。"

‖ 和劉嘉予【一】感事韻四首 ‖

中朝困弊豈嘉兵，便論阿衡【二】詎莽新【三】。倉猝黃巾迷薊闕【四】，支撐白骨泣陳人。盜糧齎去【五】來羶種【六】，歲幣輸成困細民。聞道翠華【七】西幸疾，非關婁敬【八】有謀陳。

倭奴肇釁首遼東，島國微區積健雄。太液遂無蓬萊起，阿房又見驪山空【九】。使貪【一〇】尚擬留晁錯【一一】，作頌真難信馬融【一二】。嘆息朝衣輕就市【一三】，焚灰諫草【一四】鬱悲風。

解約連縱議未休，風聞薊北尚難收。海昏誤國容宣代，莊子和戎頌悼侯【一五】。幾見洪河回鉅野，更愁破浪入邗溝【一六】。金隄潰螘非朝夕，不塞涓涓到橫流。

金仙辭漢淚傾盤【一七】，國蹙時艱計正寬。鹽策均輸徵益部，簡書駔遞【一八】走同官。豈甘東晉持王謝，尚憶西陲用范韓【一九】。遷地為良在人傑，漢朝三輔【二〇】本西安。

◎ 注釋

【一】劉嘉予：時爲貴陽太守。

【二】阿衡：本爲商代官名，後引申爲任國家輔弼之任，宰相之職。《漢書·王莽傳》："咸曰，伊尹爲阿衡，周公爲大宰，采伊尹周公稱號，加公爲宰衡，位上公。"

【三】莽新："王莽新朝"的省語。公元九年，王莽自立爲帝，國號"新"，史稱"新朝"。

【四】薊闕：薊，北京古稱薊城。闕，城門兩邊的望樓。薊闕，即指京城。

【五】盜糧齎去：送糧食給盜賊。比喻做危害自己的蠢事。《荀子·大略》："非其人而教之，齎盜糧，借賊兵也。"

【六】羶種：指食牛羊肉、充滿羊臊氣的民族。這裏指當時入侵中國的帝國主義列强。清鄒容《革命軍》第二章："其土則穢壤，其人則羶種，其心則獸心，其俗則毳俗。"

【七】翠華：御車或帝王的代稱。唐陳鴻《長恨歌傳》："潼關不守，翠華南幸。"

【八】婁敬：漢高祖劉邦的重要謀士之一，所提定都、和親、遷豪三項計策，對穩定漢初的政治形勢起了重要的作用。

【九】"太液"二句：言北京城尚不得安寧，國家又日漸空虛。太液，古池名，元、明、清太液池即今北京故宮西華門外的北海、中海、南海三海。阿房，阿房宮，與"太液"互文，代指京城；以唐朝皇帝李隆基行宮所在之處驪山代指清政府。

【一○】使貪：謂利用人的不同特點，以發揮他的長處。《新唐書·侯君集傳》："軍法曰：'使智，使勇，使貪，使愚。故智者樂立其功，勇者好行其志，貪者邀趨其利，愚者不計其死。'是以前聖使人，必收所長而弃所短。"

【一一】晁錯：西漢文帝時的智囊人物，公元前154年，吳、楚等七國以"討晁錯以清君側"爲名，發動叛亂，晁錯因此被殺。

【一二】"作頌"句：東漢儒家學者，著名經學家馬融作《西第頌》獻媚權貴，後因稱獻媚權貴的文章爲"西第頌"。

【一三】朝衣輕就市：原指晁錯穿上朝服，被斬於東市之事。喻正直之大臣被殺。《史記·袁盎晁錯列傳》："上令晁錯衣朝衣斬東市。"

【一四】焚灰諫草：把諫書的草稿焚燒成灰，喻爲官謹慎。《晋書·羊祜傳》：（羊）祜歷職二朝……其嘉謀讜議，皆焚其草，故世莫聞。"

【一五】"莊子"句：莊子，指魏絳，謐號爲莊，故史稱魏莊子，春秋時晋國卿。魏絳在晋國歷史上的重要貢獻，是提出并實施和戎政策。晋悼公四年（前569），魏絳嚮悼公提出一項重大主張，即和戎。悼侯，指晋悼公。

【一六】邗溝：京杭運河其中的一段。公元前485年，吴王夫差從邗城（今江蘇揚州）東南到末口（今江蘇淮安）開鑿邗溝，使長江、淮河兩大水系得以貫通。

【一七】"金仙"句：據唐李賀《金銅仙人辭漢歌》，魏明帝曹睿於景初元年（237）八月下詔，命令宦官去長安取漢武帝祈求長壽的捧露盤銅仙人塑像，想把它立在自己的殿前。宦官拆下承露盤，銅仙人臨行前竟潸然淚下。

【一八】馹（rì）遞：舊時供傳遞公文的人中途休息、換馬的地方，即驛站。

【一九】范韓：北宋名臣范仲淹、韓琦。

【二〇】漢朝三輔：西漢時本指京畿地區的三位最高官員，後指這三位官員（京兆尹、左馮翊、右扶風）管轄的地區（轄境相當今陝西中部）。

‖ 禄州行 ‖

（畢節古禄州也，爲寧鄉劉某作）。

禄州城東連南蜀，禄州城北滇東屬。鎖鑰滇蜀控險巇，桑麻原野稱殷沃。廛市駢闐賈客肩，溪山僻遠幽人躅。代有文章擅鉅公，士能風節無惡俗。共道名邦出夜郎，可無嘉話稱黔録。近年灾沴困閭閻【一】，嗷鴻滿野哀啄粟。小醜萑苻【二】恣弄兵，元惡城社陰戎伏【三】。橫刀躍馬劫通衢，砍吏探丸【四】斷鄉曲。兢望龔黄【五】能養休，不然張趙【六】善芟劇。誰知何物一官來，依稀自號彭城族。起家伍卒登令長，恣睢暴戾仍貪黷。曾掛彈章已褫紳，復營薦剡【七】邀初服【八】。婢媵奴顔舊事多，吮癰【九】摇尾新恩沐。一朝權篆窮搜刮，何恤編氓家路哭。遺醜尤能濟世惡，贅壻更工擾市獄。六博【一〇】開場樺燭【一一】紅，伍伯【一二】奪妻鴉鬢綠。老狂信愛馮殷都【一三】，孅兒慣就徐娘宿。一家父子通聲伎，幾輩監奴【一四】翻案牘。年少翩翩袁與林，秦宮【一五】花底明雙玉。割剥【一六】山城赤盡脂，點染襜花紅映肉。閭里奸猾樹黨魁，

共推公子爲魁督。鄰封【一七】械移巨憝【一八】來，千金便向圄中贖。幸有觀風
溫簡輿【一九】，轓鼻【二〇】不動僉駢戮【二一】。吁嗟呼！盜賊衮衮酣糟麴，嫛邪裔
裔【二二】披文縠【二三】，農夫盡瘁無半菽【二四】。死人橫道秋陽暴，血腥腐骴【二五】
誰能觸。縣公聾闇不入目，椎埋已進珠十斛。橫野老，施鞭撲，乃公事業此
收束。回衙按隊鱗六六【二六】，輦得黃金壓長轂。夜來自演《明童曲》【二七】，
妖姬嬌女歡喧逐。此老胡旋亦捧腹，綠韝絳袙【二八】親情篤。寧知赫蠆蒸炎
酷，萬死吞聲薶地軸。君不見雙旌五馬頭銜矗，指日大慶黃堂【二九】福。寄
貕妻豖【三〇】嬉天育，鼠狐鷹犬騰羈跼【三一】。穢惡須盡南山竹，寥寥短章焉
足述。

◎ 注釋

【一】閭閻：借指平民。《史記·李斯列傳》：“李斯以閭閻歷諸侯，入事秦。”

【二】萑苻（huánfú）：盜賊，草寇。

【三】戎伏：指隱伏伺機以圖作亂的武人。

【四】探丸：指專門刺殺官吏的遊俠。《漢書·尹賞傳》：“長安中奸猾浸多，
閭里少年群輩殺吏，受賕報仇，相與探丸爲彈，得赤丸者斫武吏，得黑丸者斫文吏，
白者主治喪。”

【五】龔黃：漢循吏龔遂與黃霸的并稱。

【六】張趙：漢張敞、趙廣漢的并稱。二人爲地方官，均有治績。

【七】薦剡（jiànyǎn）：即剡薦，指推薦人的文書，引申作推薦。

【八】初服：謂開始或首先履行、從事某項事務。

【九】吮癰（yōng）：用舌頭舔痔瘡，形容卑屈媚上的齷齪行爲。《莊子·列禦寇》：
“秦王有病召醫，破癰潰痤者得車一乘，舐痔者得車五乘，所治癒下，得車愈多。”

【一〇】六博：又作陸博，是中國古代一種擲採行棋的博戲類遊戲，因使用六根
博箸所以稱爲六博，以吃子爲勝。

【一一】樺燭：用樺木皮卷成的燭。唐沈佺期《和常州崔使君寒食夜》：“無勞
秉樺燭，晴月在南端。”

【一二】伍伯：役卒，多爲輿衛前導或執杖行刑。唐韓愈《寄盧全》詩：“立召
賊曹呼伍伯，盡取鼠輩屍諸市。”

【一三】馮殷都：西漢昭帝時大將軍霍光寵愛的家奴，霍光死後，他與其妻私通，生活糜爛，作風驕橫。

【一四】監奴：權貴豪門監管家務的奴僕頭子。《漢書·霍光傳》：“光愛幸監奴馮子都，常與計事。”顏師古注：“監奴，謂奴之監知家務者也。”

【一五】秦宮：東漢人，大將軍梁冀的掌家奴，爲梁冀所寵信，又得梁冀妻子孫壽的私愛，威權大震，生活奢靡。

【一六】割剥：侵奪，殘害。《文選·陳琳〈爲袁紹檄豫州文〉》：“操遂承資拔扈，肆行凶忒，割剥元元，殘賢害善。”

【一七】鄰封：泛指鄰縣，鄰地。唐司空圖《太尉琅邪王公河中生祠碑》：“大寇既逃，鄰封共慶。”

【一八】巨憝（duì）：憝，元凶，大惡人。宋蘇舜欽《送安素處士高文悅》：“皇天稔巨憝，羌虜稽顯戮。”

【一九】溫簡輿：溫造，宇簡輿，并州祁縣（今山西祁縣東南）人，生於唐永泰元年（765），卒于唐大和九年（835），唐德宗、穆宗、文宗時期官吏。他關心民生，興修水利，施惠於民，政聲頗著。

【二〇】靴（xuē）鼻：靴幫足尖處的凸出部分。舊時以“嗅靴鼻”“吮靴鼻”形容巴結、奉承。

【二一】駢戮：一并被殺。清趙翼《金川門懷古》：“從亡芒屬千山險，駢戮歐刀十族空。”

【二二】裔裔：連綿不斷，衆多。

【二三】文縠（hú）：彩色縐紗。此指華麗的服裝。《文選·曹植〈七啓〉》：“然後姣人乃被文縠之華袿，振輕綺之飄飄。”

【二四】半菽：半菜半糧，指粗劣的飯食。《漢書·項籍傳》：“今歲飢民貧，卒食半菽。”

【二五】腐骴（cī）：腐爛的尸骨。骴，肉未爛盡的尸骨。

【二六】鱗六六：此指像魚那樣接連着走。六六，鯉魚的別稱。

【二七】《明童曲》：即《明下童曲》。近人逯欽立《先秦漢魏晉南北朝詩》收有此曲二首。此處泛指所演奏的曲目。

【二八】綠韝（gōu）絳袘（rì）：綠色的皮袖套，紫紅色的內衣。

【二九】黃堂：古代太守衙中的正堂，後借指太守。

【三〇】寄豭（jiā）婁豕：寄豭，公豬。婁豕，發情期的母豬。《左傳·定公十年》：“即定爾婁豬，盍歸吾艾豭。”此處比喻當時統治者荒淫無恥的糜爛生活。

【三一】羈跼：拘束；束縛。宋韓維《送孔先生還山》詩：“應念塵中人，胡爲自羈跼。”

‖ 送楊叔和【一】大令之官鄂中 ‖

月律迫仲冬，歲紀在辛丑。折柳附尺書，報我平生友。憶昔執徐年【二】，松社【三】同窗牖。尊甫吾之師，循循稱善誘。千頃萬斛【四】源，淺深如量受。賞我偃蹇姿，衆中爲獨厚。感激山斗前，磨厲籍湜【五】後。恐辱名賢知，竭蹶妄雕朽。豈知命與違，頗似倒繃婦【六】。棘闈六戰北，螢案一經守。羊鶴屢甎甄，牛馬枉下走。薄負文章名，自慚恐敝帚。喜君羽翮騫【七】，鹿鳴飲鄉酒【八】。再黜春宮闈，戰罪非其有。萬里獨歸來，我來欣聚首。再聯松社吟，刊詩紀重九。往返征詠歌，琳琅答瓊玖。去年吾邑饑，流民偏戴負。君襄輸輓【九】功，會垣勤勩【一〇】久。賤子赴賓興【一一】，萍絮遭值偶。杯酒忽相失，拘離【一二】爭騰口【一三】。幾疑維摩心，妒及散花手【一四】。余不復置辯，君當自其否。荏苒迄今茲，余適嬰災咎。只以疏懶癖，反罹狂且蹂。田甲【一五】肆假狐，須賈【一六】使周狗【一七】。縱梟囚鳳鸞，躪禾暘稂莠。流離趙邠卿，幾死唐玹掊【一八】。我聞路人謠，種禍爲君嗾。余笑不之膺，君豈群凶醜。結習【一九】僅微嫌，安忍叢瑕垢。市虎【二〇】與宮龍【二一】，臆造出淺鯫。及得孟氏書，僞傳益盡剖。嗟我同應求，詎變生腋肘【二二】。箕舌奮簸揚【二三】，無靈坐牛斗【二四】。但使斷金堅，灼金固難狃。君今捧毛檄【二五】，鄂中腰黃綬【二六】。霖蒼望謝公【二七】，愛赤希聲叟【二八】。無營大官厨，食器黃金扣。無飾故事文，供人覆醬瓿【二九】。卓哉著循聲，近慰山中某。

◎ 注釋

【一】楊叔和：松山書院山長楊絨章之子。

【二】執徐年：戰國秦漢間通用歲星紀年法，歲在辰爲執徐。《爾雅·釋天》："（太歲）在辰曰執徐。"此當指壬辰年，即1892年。

【三】松社：即松山書院，光緒十八年（1892）舉人楊緻章任山長，舊址在今貴州畢節七星关区松山路。

【四】千頃萬斛：千頃，極言其廣闊。萬斛，極言容量之多。

【五】籍湜：唐代文學家張籍和皇甫湜的并稱，兩人都是韓愈的學生。

【六】倒繃（bēng）婦：把初生嬰兒裹倒了的接生婆，比喻不應該出現的失誤。

【七】羽翮騫：羽翼豐滿而可以飛翔。

【八】"鹿鳴"句：《詩經·小雅·鹿鳴》是君主大宴群臣賓客的詩篇。此指步入統治階層，當官。

【九】輸輓：運送物資。

【一〇】勤劬（yì）：辛苦勞纍。

【一一】賓興：科舉時代，地方官設宴招待應舉之士。亦指鄉試。

【一二】拘離：離間。

【一三】騰口：張口放言。唐白居易《代書詩一百韻寄微之》："騰口因成痏，吹毛遂得疵。"

【一四】"幾疑"二句：典出《維摩經·觀衆生品》。維摩詰宣講經典，如來便派天女前去檢驗學習情況。天女將滿籃鮮花散去，弟子舍利弗滿身沾花。天女曰："結習未盡，固花著身；結習盡者，花不著身。"余達父用此典，説明自己以前與楊叔和鬧矛盾是因爲嫉妒。

【一五】田甲：戰國時齊國貴族。齊湣王七年（前294），在齊相孟嘗君指使下劫持湣王。不久事敗，孟嘗君爲湣王所疑，被迫逃到封邑薛（今山東滕州南）。

【一六】須賈：魏國中大夫，因與一代名相范雎的恩怨而聞名。

【一七】周狗：指走狗。

【一八】"流離"二句：趙邠卿，趙岐，東漢學者。因得罪當時宦官而四處避難，又因多次反對京兆尹唐玹的倒行逆施，遭到迫害，家族被唐玹誅殺，遂隱姓埋名四處逃亡，最後隱居在北海，以賣餅爲生。後被北海人孫嵩隱藏起來，唐氏家族被殺以後，趙歧纔得以重見天日，被朝廷重用。掊，抨擊。

【一九】結習：此處當指煩惱或誤會。《維摩經·觀衆生品》："結習未盡，固花著身；結習盡者，花不著身。"清龔自珍《觀心》詩："結習真難盡，觀心屏見聞。"

【二〇】市虎：即"三人市虎"的省語。

【二一】宮龍：道教五行神之一，人面龍身。此喻事情的真相。

【二二】變生腋肘：腋肘，胳肢窩。比喻事變就發生在身邊。

【二三】"箕舌"句：比喻徒有虛名，沒有實際用途。《詩·小雅·大東》："維南有箕，不可以簸揚；維北有斗，不可以挹酒漿。"

【二四】"無靈"句：比喻有名無實。與前句對應。

【二五】捧毛檄：比喻孝子不貪利祿，只爲孝順母親而出仕做官。典出《後漢書·劉平等傳序》。

【二六】黃綬：古代官員繫官印的黃色絲帶，借指官吏或官位。

【二七】謝公：指晉謝安。謝安在當時的聲名很大，被推崇爲江左"風流第一"，世人皆稱"安石（謝安字安石）不肯出，將如蒼生何？"

【二八】聱叟：唐代元結的別號。他曾參與抗擊史思明叛軍，立有戰功，後任道州刺史等地方軍政職務。爲官清廉開明，愛護百姓。

【二九】覆醬瓿（bù）：瓿，醬瓿，盛醬的罐子。比喻著作毫無價值，或無人理解，不被重視。《漢書·揚雄傳下》："鉅鹿侯芭常從雄居，受其《太玄》《法言》焉，劉歆亦嘗觀之，謂雄曰：'空自苦！今學者有禄利，然尚不能明《易》，又如《玄》何？吾恐後人用覆醬瓿也。'雄笑而不應。"

‖ 哭葛子惠【一】先生 ‖

癸卯四月廿二日見夢作

昔我及師門，綺紈歲【二】戊己。於今十五年，離合紛不紀。丙申八月秋，客歸暫見喜。數日侍經席，問難負牆起。詎知一別來，千古成生死。後聞春明捷【三】，余適丁艱【四】毀。萬里致魚書，憂勤唁孤子。師有悼亡戚，心緒未云美。一官走南昌，遠隔章貢【五】水。懷才治劇【六】能，課最【七】高名峙。長官重循良，士民愛清泚。奉檄蒞鉛山，三月稱治理。龔遂化帶牛【八】，魯恭澤雛雉【九】。方期武城刀【一〇】，小試平生技。他日攄經綸，立傳付國史。忽歌哲人萎，匆匆駭我耳。明德不食報，天胡爲醉此。衮衮衣冠蠹，華年登膴仕【一一】。宦成勢位崇，擁貲雄閭里。壽考復康强，耄死征銘誄。我師之艱虞，理何不一揆。才子吾執交，需次【一二】曹司比【一三】。匍匐出都門，歸櫬潯陽指。似聞華表鶴【一四】，嘹唳哀清徵【一五】。侵晨入我夢，華館餐瑤蕊。親若平生歡，飲淡亡杖履。雄鷄一聲白，曉山無數紫。紀言未著筆，鉛淚下不止。鯫生【一六】門下生，哭寢書尺紙。誰著韋丹碑【一七】，企望鵝湖【一八】歸。

◎ 注釋

【一】葛子惠：即葛明遠，字子惠，貴州畢節人，光緒二十四年（1898）戊戌科進士，後官江西南昌知縣。余達父的老師。

【二】綺紈歲：指少年時代。

【三】春明捷：指葛子惠科舉考試進士及第。

【四】丁艱：即丁憂。指遭逢父母喪事。據《通雍余氏宗譜》載，余達父的生父余一儀（字邃初）在光緒戊戌年（1898）五月去世。

【五】章貢：章水和貢水的并稱。亦泛指贛江及其流域。宋蘇軾《鬱孤臺》詩："日麗崆峒曉，風酣章貢秋。"

【六】治劇：處理繁重難辦的事務。《漢書·酷吏傳·尹賞》："左馮翊薛宣奏賞能治劇，徙爲頻陽令。"

【七】課最：朝廷對官吏定期考核，檢查政績，政績最好的稱"課最"。

【八】"龔遂"句：用西漢循吏龔遂治理渤海郡的事，表明葛子惠政績頗豐。《漢書·龔遂傳》："遂見齊俗奢侈……民有帶持刀劍者，使賣劍買牛，賣刀買犢，曰：'何爲帶牛佩犢！'春夏不得不趨田畝，秋冬課收斂，益蓄困實菱芡。勞來循行，郡中皆有畜積，吏民皆富實。獄訟止息。"

【九】"魯恭"句：《後漢書·魯恭傳》載，東漢魯恭爲官期間注重用道德來感化人民，不採用刑罰的方式。余達父在此説明葛子惠爲官注重用道德感化人，不濫施刑罰。

【一〇】武城刀：殺鷄用牛刀，比喻大材小用。《論語·陽貨》："子之武城，聞弦歌之聲。夫子莞爾而笑，曰：'割鷄焉用牛刀？'"

【一一】膴（wǔ）仕：高官厚禄。

【一二】需次：舊時指官吏授職後，按照資歷依次補缺。

【一三】曹司比：官名。明清時用爲刑部司官的通稱。

【一四】華表鶴：指久別之人。晋陶潛《搜神後記》卷一："丁令威，本遼東人，學道於靈虛山，後化鶴歸遼，集城門華表柱。時有少年，舉弓欲射之，鶴乃飛，徘徊空中而言曰：'有鳥有鳥丁令威，去家千年今始歸。城郭如故人民非，何不學仙塚纍纍。'"

【一五】清徵：清越的徵音。徵，五音之一。

【一六】鯫生：猶小生。多作自謙詞。唐劉禹錫《謝中書張相公啓》："豈唯鯫生，獨受其賜？"

【一七】韋丹碑：以唐代韋丹命名表彰爲官清廉、政績卓著的官吏的碑。《新唐書·循吏傳·韋丹》載，韋丹，字文明，唐京兆萬年人，爲江西觀察使時，政績卓著，元和時稱治民第一。宣宗時，乃詔觀察使上丹功狀，命刻功於碑。

【一八】鵝湖：即中國歷史上著名的"鵝湖之會"。宋淳熙二年（1175）六月，吕祖謙爲了調和朱熹"理學"和陸九淵"心學"之間的理論分歧，出面邀請陸九齡、陸九淵兄弟前來與朱熹見面。

季培有喜聞昆圃至之作，昆圃和之并鈔寄余，余亦和此却寄

白髮侵人感鬢邊，入山深處自耕烟【一】。勞心兢製千篇錦，大手誰當萬斛泉【二】。枯研久荒成下里，廣寒猶自夢鈞天。阿連引起春池興，中酒【三】裁詩辨聖賢。

◎ 注釋

【一】耕烟：猶耕雲。借指隱居山鄉的生活。南唐張觀《過衡山贈廖處士》："到頭終爲蒼生起，休戀耕烟楚水濆。"

【二】萬斛泉：本指泉源豐富，後比喻文思敏捷。蘇軾《文說》："吾文如萬斛泉源，不擇地而出。"

【三】中酒：飲酒半酣時。《漢書・樊噲傳》："項羽既饗軍士，中酒，亞父謀欲殺沛公。"顏師古注："飲酒之中也。不醉不醒，故謂之中。"

‖ 次葛正父見寄之作却寄 ‖

戢影鷦鷯戀一枝【一】，故人今日寄新詩。風流幹濟【二】期安石【三】，圖畫平生愛伯時【四】。黃海灰飛鼇塵劫，青天月暈感風知。龍蛇起陸終何竟，銅狄【五】當年見黍離。

黯然一別夢魂中，舉世無知臭味同。下榻過憐徐孺子【六】，移家喜近葛仙翁【七】。干戈莽蕩真談虎，猿鶴銷沉欲化蟲【八】。風義如君是師友，草書匆促未云工。

原作：

君有生花筆一枝，頻年曾寄斷腸詩。桑滄局變傷今世，蕉雨情深憶舊時。雅骨何妨斯世傲，微言未許俗人知。神交自古推元白，畢竟傷心是別離。

羨君清興水雲中，屈宋風流迥不同。我愧此生真過客，自憐無分號詩翁。技惟慣走譏牛馬，愁不能鳴妒鳥蟲。願嚮武溪稱弟子，短章爲贄愧難工。

◎ 注釋

【一】鷦鷯（jiāoliáo）戀一枝：鷦鷯，小鳥名，以麻髮爲窩，繫於樹枝。鷦鷯做窩，只占用一根樹枝。比喻欲望有限，極易滿足。《莊子・逍遙遊》："鷦鷯巢於深林，不過一枝；偃鼠飲河，不過滿腹。"

【二】幹濟（gànjì）：幹練的辦事能力。唐崔致遠《徐莓充榷酒務須知》："前件官發跡戎行，研心吏道，忠勤所至，幹濟可觀。"

【三】安石：指東晉名士謝安。

【四】伯時：指北宋著名畫家李公麟，字伯時。

【五】銅狄：銅鑄的人像。北魏酈道元《水經注・河水四》："秦始皇二十六年……鑄金人十二以象之，各重二十四萬斤，坐之宮門之前，謂之金狄。"

【六】徐孺子：徐稺（97—168），字孺子，我國東漢時期著名的高士賢人、經學家。相傳豫章太守陳蕃極爲敬重徐稺之人品而特爲其專設一榻，去則懸之。王勃《滕王閣序》："人傑地靈，徐孺下陳蕃之榻。"

【七】"移家"句：葛仙翁，葛洪，東晋道教學者、著名煉丹家、醫藥學家。字稚川，自號抱樸子，世稱小仙翁。葛洪曾經携家移居羅浮山修道，撰成《抱樸子·内篇》一書，既確定了我國的神仙理論體系，又豐富了道教的思想内容。

【八】"猿鶴"句：比喻戰死的將士，也指死於戰亂的人。《太平御覽》卷九六一引《抱樸子》："周穆王南征，一軍盡化，君子爲猿爲鶴，小人爲蟲爲沙。"

‖ 再寄正父長言三十三韻 ‖

結習漸盡不作詩，强欲搦管無佳興。胸中波瀾百丈翻，時復涵泓喜澄瀞。世界風潮千戰争，文章流略百無定。身世升沉兩不知，事業成毀均難兢。暫作雲烟過眼看，白髮逼人驚銅鏡。抑鬱似欲不平鳴，强制還成沾泥性【一】。有作無作不自營，古人今人遠相證。荆山玉碎卞和泣，黄金擲牝【二】精神病。何來詩人葛正父，强起盲生問蹊徑。降尊自稱詩弟子，百篇投我隨譏評。愛君題畫十三什，秋月冰壺【三】見澄瑩。餘篇尚作出礦金，鎔冶須資良工勁。目今試筆便有此，後日恢張更何竟。頗欲賤子肆筆削，未免斷續鶴鳧脛【四】。平生知音能幾人，敢吝所學無言静。短章截句争豐神，長篇大著喜嚴正。情言綺靡腸百折，英詞排順力盤硬。漢魏風騷涵濡深，晚唐北宋格律靚。山斗宗師望杜陵，遺山【五】玉溪好梯隥。横流未必盡蘇黄，俯仰隨人〔一〕徒優孟。旁門邪塗多僞體，陳奇鬥巧翻新詠。箏琶筑缶【六】悦俗耳，朱弦疏越【七】動天聽。願君守此不二法，貫澈洪纖【八】出幽夐。況君清才未易得，抗顏【九】論古當輝映。十年射策金馬門，殿前作賦聲名盛。一官落拓困曹司，寒氈【一〇】瑟縮瓶罍罄【一一】。近丁艱難讀三禮，應通賈馬【一二】研許鄭【一三】。更能餘事講詩律，賢者不測吾斯信。山中故人漸老矣，半世蛩吟空餒飣【一四】。窮愁雖至不工文，歷落嵚奇【一五】仍蹭蹬【一六】。鵬鯤變化無幾時，溷茵墮落【一七】皆由命。襌虱【一八】於今大有人，丘貉自古誰賢聖。與君心期亦不奢，龍門同傳千秋姓。

◎ **校勘記**

（一）俯仰隨人：原本作“俯隨仰人”，不辭，或作“俯仰隨人”，意較甚。

◎ **注釋**

【一】沾泥性：比喻人心情孤寂，不因外界影響而動心。宋參寥《答杭妓》：“禪心已作沾泥絮，不逐春風上下狂。”

【二】黃金擲牝：將黃金丟弃在空谷。指把貴重的東西遺弃在無用之地，比喻懷才不遇。牝，空谷。擲，丟弃。韓愈《贈崔立之評事》：“可憐無益費精神，有似黃金擲虛牝。”

【三】秋月冰壺：冰壺，盛水的玉壺，比喻潔白明淨。多指人的品格。宋蘇軾《贈潘谷》詩：“布衫漆黑手如龜，未害冰壺貯秋月。”

【四】斷續鶴鳧脛：即斷鶴續鳧。截斷鶴的長腿去接野鴨的短腿，比喻行事違反自然規律。《莊子·駢拇》：“長者不爲有餘，短者不爲不足，是故鳧脛雖短，續之則憂；鶴脛雖長，斷之則悲。”

【五】遺山：金代詩人元好問。

【六】箏琶筑缶：形容文章通俗易懂。本義爲演奏古箏、琵琶、筑、缶等普通樂器。

【七】朱弦疏越：形容文章高雅而有弦外之音。朱弦，即練朱弦，用練絲（熟絲）製作的琴弦，代指美妙的音樂。《禮記·樂記》：“清廟之瑟，朱弦而疏越，一倡而三嘆，有遺音者也。”

【八】洪纖：大小，巨細。宋曾鞏《賀熙寧十年南郊禮畢大赦表》：“顯晦咸暨，洪纖不遺。”

【九】抗顏：態度嚴正。唐柳宗元《答韋中立論師道書》：“因抗顏而爲師。”

【一〇】寒氈（zhān）：形容生活清苦。

【一一】瓶罍罄：比喻才華消磨殆盡。瓶罍，泛指小口大腹的陶瓷容器。

【一二】賈馬：指漢朝的經學大師賈逵和馬融。

【一三】許鄭：指漢朝的經學大師許慎、鄭玄。

【一四】餖飣（dòudìng）：多而雜的食品，此喻堆砌文辭。明胡應麟《詩藪續編·

131

國朝上》："第詩文則餖飣多而鎔鍊乏，著述則剽襲勝而考究疏。"

【一五】歷落嵚奇：比喻品格卓異出群。南朝宋劉義慶《世説新語·容止》："周伯仁道桓茂倫，嵚崎歷落，可笑人。"

【一六】蹭蹬：險阻難行。比喻困頓，失意。杜甫《上水遣懷》："蹭蹬多拙爲，安得不皓首。"

【一七】溷（hùn）茵墮落：茵，茵席；溷，厠所。（花朵）隨風而落，有的飄在茵席上，有的落在糞坑裏。比喻境遇好壞不同。《梁書·儒林傳·范縝傳》："人之生譬如一樹花，同發一枝，俱於茵席之上，自有關籬牆，落於糞溷之側。"

【一八】褌（kūn）蝨：比喻淺薄、虛僞、迂腐的"正人君子"。三國魏阮籍《大人先生傳》："君子之處域内，何異夫蝨之處褌中乎！"褌，古代稱褲子。

張龍媒【一】司馬以其先德薌甫【二】太守《萬里歸舟圖》索題，用東坡《百步洪》韻賦此

布帆風熟【三】江無波，歸舟天際飛如梭。循吏政成急流退，口碑餘頌今不磨。蓴鱸秋風憶張翰，買田陽羨嗟東坡【四】。出山還山露晞草，載舟覆舟水翻荷。況復宦海風濤險，驚湍駛浪生盤渦。斷港絕航夫有底【五】，乘查幾見歸明河。梅江太守古高賢，遺愛雅化留黔羅。賢侯繼起述清興，滄桑一卷摩銅駝。徵收琳琅富百體【六】，剛健沉鬱兼委蛇。揄揚頌嘆各有意，爭闢蹊徑脱臼窠。困頓布衣若賤子，未能苦詠媲陰何【七】。乘風破浪徒意想，霜寒凍墨冰欲呵。

◎ 注釋

【一】張龍媒：即張元驤，本名龍媒，其祖父爲張之洞之兄張之萬。

【二】薌甫：張龍媒的祖父張之萬。道光二十七年（1847）狀元及第，授翰林院修撰。同治間署河南巡撫，移督漕運，歷江蘇巡撫、閩浙總督，光緒中官至東閣大學士。

【三】風熟：蘇軾《金山夢中作》："夜半潮來風又熟，卧吹簫管到揚州。"紀昀《蘇文忠公詩集》注曰："風之初作，轉移不定；過一日不轉，則方嚮定，謂之風熟。"

【四】"買田"句：買田陽羡，指辭官歸隱。宋蘇軾《菩薩蠻》詞："買田陽羡吾將老，從來只爲溪山好。"

【五】"斷港"句：斷港絕航，斷絕航道。厎（dǐ），終、止。

【六】百體：人體的各個部分。白居易《隱几》："百體如槁木，兀然無所知。"

【七】陰何：指陰鏗、何遜，南北朝梁陳時代兩位有名的詩人。他們都善於寫新體詩，在字句、用韻方面下過苦功，詩風也較相近。

‖ 茶亭寺望江 ‖

歲莫仍爲客，愁心鬱壯哉。大江浮地出，孤塔壓山來。沙鳥沉沉没，風帆葉葉開。黔中回首望，野色没塵埃。

‖ 由涇南【一】郵政局寄懷葛正父并抄近作寄之 ‖

殘燈無焰墨花碧，午夜題詩寄薊門。骨肉他鄉同患難，文章郵遞待評論。覉愁李杜懷天末【二】，遠訟甘陳【三】望帝閽【四】。鶯友【五】京華如憶我，春風垂翅度黄昏【六】。

◎ 注釋

【一】涇南：今隸屬上海市。

【二】"覉愁"句：用杜甫懷李白典。天末，天的盡頭。杜甫《天末懷李白》："凉風起天末，君子意如何？"

【三】甘陳：西漢甘延壽和陳湯的并稱。兩人合謀擊斬匈奴郅支單于，因功封延壽爲義成侯，賜湯爵關內侯。晉陸機詩《飲馬長城窟行》："將遵甘陳跡，收功單于斿。"

【四】帝闇：皇宮的門，指代京城。

【五】鶯友：好友。《詩‧小雅‧伐木》："嚶其鳴矣，求其友聲。"

【六】"春風"句：李商隱詩《喜聞太原同院崔侍御臺拜兼寄在臺三二同年之》："若嚮南臺見鶯友，爲傳垂翅度春風。"垂翅，垂翼，比喻受挫折。

‖ 贈萬慎子并速其爲余叙詩集，用杜老贈韋左丞韻 ‖

鬱鬱久居此，悠悠負此身。白髮新日日，青史自陳陳。出奴入即主，名者實之賓。古學多奧窈，新理在精神。因循非守粹，破壞想群親。若夫豪傑士，孤往不求鄰。冥心有獨詣，歧途無問津。方今極板蕩，再造奠熙淳【一】。一朝風雲會，薄海肌髓淪【二】。嗟余三十五，落拓蜀江春。手足罹患難【三】，面目摧風塵。齧蘗未云苦，集蓼【四】知言辛。大鳥竟不飛，屈蠖尚求伸【五】。來識韓荆州【六】，生徒襲鱗鱗。狂言不自祕【七】，渺論溯元真【八】。是得未曾有，知音無故新。喜君學業富，療我枵腹貧。琳琅《山憨集》【九】，馬蹄逐鳥踆【一〇】。倦遊思息影，西行不到秦【一一】。岳岳大忠山，壯闊涇江濱【一二】。磊落生此材，攎頌淵雲【一三】臣。何惜如椽筆，寫我性難馴。

◎ **注釋**

【一】熙淳：當爲"淳熙"，爲押韻而調整。南宋孝宗趙昚（shèn）年號。

【二】肌髓淪：深入骨髓，浸透肌膚。在此指全國各地都深陷動亂之中。

【三】"手足"句：清光緒甲辰、乙巳年間（1904—1905），趙爾豐任永寧道尹，出兵鎮壓古藺苗溝等地少數民族，劄調余達父的兄長余若煌共事。余若煌以趙性殘暴，不願共事，便以母病推辭。對此，趙爾豐十分惱怒，1905年尋隙陷之永寧縣（今叙永縣）獄中，判處永遠監禁，并抄没家產。

【四】集蓼：遭遇苦難。語出《詩‧周頌‧小毖》："未堪家多難，予又集於蓼。"毛傳："我又集於蓼，言辛苦也。"

【五】"屈蠖"句：即屈蠖求伸。尺蠖用彎曲來求得伸展，比喻以退爲進的策略。《易‧繫辭下》："尺蠖之屈，以求信（伸）也。"

【六】"來識"句：韓荆州，指韓朝宗，又稱韓荆州，京兆長安人，唐朝政治人物。任官時喜歡提拔後進，受到其他人的尊敬。

【七】自祕：自我反省。

【八】元真：元氣。

【九】《山憨集》：萬慎子有著作《山憨山房文集》。

【一〇】"馬蹄"句：烏踆，即踆烏，古代傳說中太陽裏的三足烏，後借指太陽。此句謂馬不停蹄，追逐太陽，比喻珍惜易逝的時光。

【一一】"西行"句：孔子周遊列國，已經到了秦國邊界的屬國白羽（今河南省西峽縣城東老廟崗一帶），就是沒有去秦國。韓愈《石鼓歌》："孔子西行不到秦，掎摭星宿遺羲娥。"余達父以此典慨嘆自己沒有恒心，半途而廢。

【一二】"岳岳"二句：用巍巍忠山和壯闊涇江作比，寫萬慎子的文學成就和高尚人格。岳岳，高聳挺立的樣子。忠山，位於瀘州，古稱堡子山、寶山、瀘峰山，明崇禎年間因紀念諸葛亮而改名忠山。涇江，今安徽涇江。據趙永康《瀘縣萬慎子先生年譜簡編》，1896年萬慎子入山東巡撫李秉衡幕，1900年八國聯軍進犯，李秉衡率部勤王，萬慎子曾經勸安徽巡撫王之春發兵接應李，王之春沒有答應，而李秉衡兵潰，自殺殉國。

【一三】淵雲：漢王褒和揚雄的并稱。王褒字子淵，揚雄字子雲。

‖ 感事次杜工部《諸將》五首韻 ‖

金銀宮闕隱三山，阿母歸來晝閉關。噓氣魚龍成戰壘，餂丹鷄犬【一】上雲間。空聞姹女工錢數【二】，幾見蝀虹化血殷【三】。霧閣春深鸞鶴【四】祕，碧桃千日駐紅顔。

籌邊未築受降城，漢使松維秉節旄。裹革文淵【五】竟如願，喪元先軫【六】詎知兵。儲胥【七】草草風雲護，瀘水滔滔潦霧清。方喜讀書庸趙括【八】，捷音何日報長平【九】。

三韓靺鞨矗狼烽，山海雄關隔幾重。彈雨硝烟凝北露，射魚牽犬誤東封【一〇】。南來戰艦爭和局，西返頹輪索歲供。不築強臺沉弱水，漫將華胄祝黄農【一】。

　　新政搜求罄本標，芙蓉呵冷禁烟銷。番禺一爐無功罪，印度千艘未寂寥。八省捐膏成碩鼠，六州錯鐵換金貂。桑劉【一二】自具真經濟，不厭荆公誤宋朝。

　　風潮莽莽蕩胸來，齊物彭殤未足哀。傳説文饒【一三】起司户，更將樂毅築金臺。過江名士多悲酒，航海高僧竟渡桮。我向南天一搔首，輸囷肝膽亦凡材。

◎ 注釋

【一】餂（tiǎn）丹鷄犬：傳説漢朝淮南王劉安修煉成仙後，剩下的藥留在院子裏，鷄和狗吃了，也都升天。比喻一人得道，鷄犬升天。餂，用甜言蜜語誘取、探取。

【二】姹女工錢數：姹女，少女、美女。《後漢書・五行志一》：“河間姹女工數錢，以錢爲室金爲堂。”此句寫當時統治者貪婪無厭、奢華無度的生活作風。

【三】萇弘化血殷：即萇弘化碧。此句寫忠臣蒙冤被殺、慘遭屠戮。

【四】鸞鶴：鸞與鶴。相傳爲仙人所乘，後借指神仙。此處當指身居高位而不理政事者。

【五】裹革文淵：用東漢名將馬援馬革裹尸典。文淵，指東漢名將馬援。南朝宋范曄《後漢書・馬援傳》：“男兒當死於邊野，以馬革裹尸還葬耳，何能卧床上在兒女手中邪？”

【六】喪元先軫：先軫，即原軫（？—前627），春秋時晋國卿大夫，我國古代著名的軍事將領，以謀略見稱。因其封地在原（今河南濟源西北），亦稱原軫。先軫在城濮之戰中擊敗楚軍。在崤之戰中擊敗秦軍，生擒三名主帥。第二年，在與狄人的戰爭中戰死。喪元，掉頭顱，泛指獻出生命。魏文帝曹丕《龐德謚文》：“昔先軫喪元，隕身徇節，前代美之。”

【七】儲胥：栅欄、藩籬。《文選・揚雄〈長楊賦〉》：“搤熊羆，拖豪豬，木擁槍纍，以爲儲胥。”李善注：“蘇林曰：‘木擁栅其外，又以竹槍纍爲外儲胥也。’韋昭注：‘儲胥，蕃落之類也。’”

【八】趙括：戰國時期趙國人，長平之戰後期代替廉頗擔任趙軍主帥，由於指揮錯誤而使得趙軍全軍覆没，自己也戰死。

【九】長平：長平之戰。秦將白起與趙將趙括戰于長平，趙國大敗，損失四十五萬軍隊。《史記·秦本紀》："秦使武安君白起擊，大破趙于長平，四十餘萬盡殺之。"

【一○】"射魚"句：譏諷昏聵的清朝最高統治者荒唐可笑，以致耽誤國家大事。射魚，指秦始皇三十七年（前210），徐福東渡爲尋長生不老之藥時被海中之魚神所阻，始皇夢中以箭射魚事。牽犬，《史記·李斯列傳》："（斯）出獄，與其中子俱執，顧謂其中子曰：'吾欲與若復牽黃犬俱出上蔡東門逐狡兔，豈可得乎？'"。東封，指秦始皇二十八年（前219）泰山封禪事。

【一一】黃農：黃帝、神農的合稱。

【一二】桑劉：西漢理財家桑弘羊和唐代理財家劉晏。

【一三】文饒：李德裕，字文饒，與其父李吉甫均爲晚唐名相。

和慎齋【一】先生秋感韻八首用杜《秋興》韻避元韻

丙午春作

强權政略四維侵，反動生民愛國忱。詞客强希和美耳【二】，書生莫誤葉名琛【三】。方將薪膽籌吳沼【四】，應有期牙【五】識舜琴。宙合風塵人老大，案螢【六】回照道心深。

民權今日已根芽，觸處風潮不用嗟。北美苛條聯抵制，東倭散學兢騰拏【七】。太平畢竟胥同軌，後勁何曾恤覆車。政府萬能偏反舌【八】，空教海外有人嘩。

遼陽鶴返【九】市人稀，留守名卿出紫闈【一〇】。前議損膏成秕政【一一】，今聞蹙國【一二】忍非譏。攻謀安有外交略，武道誰將戰死祈。改色輿圖干底事，量移【一三】還祝掌綸扉【一四】。

松維軍事久傷痍，屢報戡平只自欺。歐弁【一五】風聞爭指染，粤軍電調已筋疲。金銀艷説樓臺現，甲仗空勞荆棘披。露布【一六】馳書幾千里，道途傳者至今疑（謂趙爾豐駐藏大臣糜餉無功）。

酷吏殘人甚草菅，親援桴鼓甲躬擐【一七】。鋪張草澤邀降賞，盡有萑苻不盡删。觸邪【一八】無靈先服豸【一九】，從軍未效欲歸鷳【二〇】。郊都【二一】死後公廉少，婢膝奴顔敢妄攀。

鴒原急難【二二】嘆誰俾，伯氏【二三】飛冤慘見收。曾子殺人【二四】真具獄【二五】，韓公溺火更難籌。桑田變海因銜石，陸地沉湖强用舟。非罪在縲從古慨，免冠對簿亦何尤。

兒童兢作弃繻終【二六】，蘭茞森森繞桂叢。膽氣方知黄犢健，岐嶷【二七】始見角犀豐。求師過海參新理，活國回帆想大同。賭墅【二八】流風授經業，當年蓬矢【二九】早張弓。

平生道業兩差池，北海作經賣餅師【三〇】。絶漠風沙仍老子，壞人家具【三一】總纖兒。文章日月投梭景，理想山河贖斧資。萬里之行自兹始，倚裝留別强摛詞。

◎ 注釋

【一】愼齋：作者老師楊紱章，光緒十八年（1892）任畢節松山書院山長。

【二】和美耳：即古希臘詩人荷馬（舊譯作和美耳）。

【三】葉名琛：字昆臣（1807—1859），湖北漢陽人，官至兩廣總督擢授體仁閣大學士。《清史稿》載："名琛既被虜，英人挾至印度孟加拉，居之鎮海樓上。猶時作書畫，自署曰'海上蘇武'，賦詩見志，日誦《呂祖經》不輟。"

【四】吳沼：即沼吳，猶言滅吳。《左傳・哀公元年》："越十年生聚，而十年教訓，二十年之外，吳其爲沼乎！"杜預注："謂吳宮室廢壞，當爲汙池。"

【五】期牙：鍾子期、俞伯牙。

【六】案螢：即案螢乾死。書案上借以照明的螢火蟲都乾死了，形容正直的讀書人做官被貶或死後居處荒凉的景況。

【七】騰挐：騰空的樣子。

【八】反舌：張口結舌，無話可説。

【九】遼陽鶴返：典出傳説中的遼東人丁令威修道升仙，化鶴歸飛事。後用來表示懷着思戀家鄉的心情久別重歸，慨嘆故鄉依舊，而人世變遷很大。

【一〇】紫闥：指皇宮。南朝宋顏延之《宋文皇帝元皇后哀策文》："釋位公宮，登曜紫闥。"

【一一】秕政：不良的政治措施。

【一二】蹙國：喪失國土。《詩・大雅・召旻》："昔先王受命，有如召公。日闢國百里，今也日蹙國百里。"

【一三】量移：多指官吏因罪遠謫，遇赦酌情調遷近處任職。白居易《自題》："一旦失恩先左降，三年隨例未量移。"

【一四】綸扉：猶內閣。明清時稱宰輔所在之處爲"綸扉"。

【一五】歐弁：此指歐洲列强。弁，舊時稱低級武官。

【一六】露布：古代在帛製的旗子上書寫的軍事捷報。唐封演《封氏聞見記・露布》："露布，捷書之別名也。諸軍破賊，則以帛書建諸竿上，兵部謂之露布。"

【一七】甲躬擐：即躬擐甲胄。指親自坐鎮指揮。

【一八】觸邪：辨觸奸邪。中國上古傳說中的一種神獸，也稱獬豸（xièzhì），俗稱獨角獸，能辨邪觸不正者。《晋書·束皙傳》："朝養觸邪之獸，庭有指佞之草。"

【一九】服豸：馴服獬豸。

【二〇】歸鷳（xián）：賦閑在家。"鷳"與"閑"同音雙關。

【二一】郅都：生卒年不詳，西漢時期河東郡楊縣（今山西省洪洞縣東南）人。爲官忠於職守，公正清廉，不畏强暴，積極抵禦外侮，使匈奴聞風喪膽。

【二二】鴒原急難：此指余達父的兄長余若煌被誣陷入獄之事。詳見余達父《亡兄伯彤先生行狀》。

【二三】伯氏：長兄。《詩·小雅·何人斯》："伯氏吹埙，仲氏吹篪。"高亨注："伯氏，大哥。"

【二四】曾子殺人：曾子，姓曾，名參，字子輿，春秋末年魯國南武城（今山東嘉祥縣）人。《戰國策·秦策二》載，有個和曾子同名的人殺了人，此事傳到曾子母親的耳朵裏。曾子母親不相信兒子會殺人，後來連續有幾個人向曾母報告，曾母因害怕而越牆逃走。

【二五】具獄：據以定罪的全部案卷。《漢書·于定國傳》："于公爭之，弗能得，乃抱其具獄，哭於府上，因辭疾去。"顏師古注："具獄者，獄案已成，其文備具也。"

【二六】弃繻（rú）終：弃繻，喻少立大志。終，指終軍。《漢書·終軍傳》："軍曰：'大丈夫西遊，終不復傳還。'弃繻而去。"

【二七】岐嶷：形容幼年聰慧。《詩經·大雅·生民》："誕實匍匐，克岐克嶷。"朱熹集傳：'岐嶷，峻茂之狀。'"

【二八】賭墅：臨危不懼的大將風度。《晋書·謝安傳》："安遂命駕出山墅，親朋畢集，與玄圍棋賭別墅。"

【二九】蓬矢：蓬梗製成的箭。用作勉勵人應有大志之辭。

【三〇】"北海"句：用東漢經學家趙岐事。趙岐因得罪權貴，四處逃亡，後來在複壁中作《孟子章句》，所注精審翔實，多有闡發。

【三一】家具：借指所憑借的手段，此處當指趙爾豐爲誣陷余若煌而不擇手段。

‖ 送黃仲宣如桂林 ‖

桂林山水天下殊，紅岩碧澗仙方壺。蜀都才子馬相如，十年未直承明廬【一】。桂林方伯張大夫，寓書千里殷相需。文章經濟兩賢書，金蘭聲氣拔茅茹【二】。我來蘭州三月初，著鞭勸駕爲君愉。我輩藉手經綸擄，整頓乾坤方有餘。少年不作鄧司徒【三】，星星漸鬢霜華鬚。況今西粵傷殘區，青犢白馬紛毒荼。蒼生厚望霖雨蘇，輶軒踰嶺相將扶。吏疵民瘼【四】未全除，循良撫字艱勤劬。小知大受【五】且無拘，不負所學非濫竽。鷹擊毛摯【六】暴恣睢，殺人如草稱伯屠【七】。畫諾坐嘯【八】真迂疏，蠅營狗苟蟗群趨。此輩滿眼復當塗，清流易受濁流汙。素衣化輿【九】慎所濡，風塵入世還清虛。廬山真面無時無，我進箴言比箴虞【一〇】。我當東渡君南圖，眼前各當天一隅。他年歸來林下居，名山考道兩不渝。方知贈言良非誣，君乎行矣勿蹰躕。

◎ 注釋

【一】承明廬：入朝或在朝爲官。三國魏文帝以建始殿朝群臣，門曰承明，其朝臣止息之所亦稱承明廬。《文選·應璩〈百一詩〉》：「問我何功德？三入承明廬。」

【二】拔茅茹：茅，白茅；茹，植物根部互相牽連的樣子。比喻互相推薦，互相提拔。《周易·泰》：「拔茅茹以其匯。」

【三】鄧司徒：東漢開國名將鄧禹，字仲華，南陽新野（今河南省新野）人，雲臺二十八將之首。司徒爲其官名。

【四】吏疵（cī）民瘼（mò）：官吏腐敗，民衆疾苦。

【五】小知大受：小知，讓他人辦不重要的事；大受，委以重任。《論語·衛靈公》：「君子不可小知而可大受也，小人不可大受而可小知也。」

【六】鷹擊毛摯：鷙鳥撲擊其他動物時，羽毛張開。比喻凶狠殘暴。《史記·酷吏列傳》：「然其治尚寬，輔法而行，而縱以鷹擊毛摯爲治。」裴駰集解引徐廣曰：「鷙鳥將擊，必張羽毛也。」

【七】伯屠：即屠伯，稱濫殺無辜，視人命如草芥者。

141

【八】畫諾坐嘯：在文書上寫寫同意照辦，坐着哼哼唱唱。指爲官清閑或不理政事。《後漢書·黨錮傳序》："二郡又爲謡曰：'汝南太守范孟博，南陽宗資主畫諾。南陽太守岑公孝，弘農成瑨但坐嘯。'"諾，允諾。嘯，歌而無辭。

【九】素衣化輿：有清白操守的人變爲僕役。素衣，比喻有清白的操守的人。金元好問《自鄧州幕府暫歸秋林》詩："歸來應被青山笑，可惜緇塵染素衣。"輿，賤官，僕役。

【一○】箴虞：古代獵人爲戒田獵而作的箴諫之辭。此爲規戒勸諫的話。

‖ 曉發瀘州 ‖

城闉【一】隱約映朝暉，猶見江樓燕子飛。回憶去年風雨裏，陽春一曲送春歸。

◎ 注釋

【一】城闉（yīn）：泛指城郭。

‖ 夜泊合江【一】城下 ‖

我家鰼水原【二】，至此七百里。別來六十日，見鰼入江水。江水濁似泥，含納無臧否。鰼水清於礬，湍激净不滓。有如孤僻士，高絜愛清泚。急狹不容物，蛙若皆詆訾【三】。今夕出大江，洪闊無涯涘【四】。匯此萬里流，利濟生民恃。上接昆侖高，下入海門迤。合之大瀛寰，蒸氣爲蒙汜【五】。霖雨浹蒼生，不過竭原委。涓流念鄉關，鞭影【六】亦策己。

◎ 注釋

【一】合江：位於四川盆地南緣，川渝黔結合部，長江、赤水河交匯處，是長江出川的第一港。

【二】鰼水原：鰼水的發源地，余达父家世居于此。

【三】詆訾（zǐ）：詆謗非議。

【四】涯涘：水邊，岸邊。引申爲盡頭。

【五】蒙汜：古稱日落之處。《文選·張衡〈西京賦〉》："日月於是乎出入，象扶桑與蒙汜。"薛綜注引《楚辭》："出自陽谷，入於蒙汜。"

【六】鞭影：鞭策自己的事物。宋楊億《〈景德傳燈録〉序》："機緣交激，若拄於箭鋒；智藏發光，旁資於鞭影。"

晚發渝城

東門張飲酒初醒，急管繁弦響不停。擊楫中流【一】大江白，夕陽西下故山青。英雄成敗無形勝，身世飄零感絮萍。徑別渝州嚮三峽，遥看雲海接滄溟。

◎ 注釋

【一】擊楫中流：擊，敲打；楫，槳；中流，江河中央、水中。比喻立志奮發圖强。《晉書·祖逖傳》："中流擊楫而誓曰：'祖逖不能清中原而復濟者，有如大江。'"

泊夔府【一】

二十年前研杜集，幾回清夢到夔州。今宵倦客篷窗底，落日孤城恍舊遊。

◎ 注釋

【一】夔府：唐置夔州，州治在奉節，爲府署所在，故稱杜甫在大曆二年（767）

到此地。

夜泊巴東峽枬木原二首

鄉心已隔三千里，楚水巴山夢未歸。更聽猿聲下巫峽，詩情先與故
山【一】違。

三十里峽巴東境，二千年事楚王宮【二】。朅來【三】宋玉無詞賦，《神女》
《高唐》夢亦空。

◎ 注釋

【一】故山：喻家鄉。漢應瑒《別詩》之一："朝雲浮四海，日暮歸故山。"

【二】楚王宮：在今四川省巫山縣西陽臺古城内。相傳爲襄王所遊之地。唐皇甫
冉《巫山峽》："巫峽見巴東，迢迢出半空。雲藏神女館，雨到楚王宮。"

【三】朅來：猶言自從那時以來。唐柳宗元《韋道安》詩："朅來事儒術，十載
所能逞。"

夜泊黃陵廟【一】

按：韓愈《黃陵廟碑》【二】云：湘旁有廟曰黃陵。又唐人《鷓鴣詩》【三】：
"雨昏青草湖邊過，花落黃陵廟裏啼。"則黃陵廟在湖湘之間，此非其地，
或後人以同屬楚地，相去不遠，緣騷人之意，立廟於此邪？

白帝城頭競箛鼓，黃陵廟下唱竹枝。湘君帝子無消息，山雨江風和
楚辭。

◎ 注釋

【一】黃陵廟：位於西陵峽中段長江南岸黃牛岩下的湖北省宜昌市夷陵區三斗坪
鎮，古稱黃牛廟、黃牛祠，又稱黃牛靈應廟。

【二】《黃陵廟碑》：北宋歐陽修《集古錄》云："黃陵廟碑韓愈撰，沈傳師書。"

【三】《鷓鴣詩》：晚唐詩人鄭谷被譽爲"鄭鷓鴣"，有《鷓鴣詩》（見《全唐詩》卷六百七十五）。

‖ 泊宜昌 ‖

江流出巴峽，地回接夷陵【一】。睥睨【二】遊人織，輪船海客乘。灘聲千里靜，鄉夢五更澄。地上悲蟻蝨【三】，樊間笑鸒鵬。

◎ **注釋**

【一】夷陵：在今湖北宜昌東南，位於長江西陵峽畔，地扼渝鄂咽喉，上控巴夔，下引荊襄，因"水至此而夷，山至此而陵"，故名爲"夷陵"，素有"三峽門户"之稱。

【二】睥睨：斜視。

【三】蟻蝨：比喻卑賤或微小。宋文天祥《御試策一道》："此何等蟻蝨事，而陛下以身親之。"

‖ 斷　髮 ‖

髫齡讀書髮覆額，綠髮毿毿映丹籍。十年以後壯髮深，名場濡首【一】鮮膏澤。醉中掃墨塗成書，怒餘衝冠不岸幘【二】。細心如髮乙抽絲，吹毛索瘢紅勒帛【三】。兔毫禿寫《京都賦》，鴻毛輕擲《天人策》【四】。爾後一年復一年，星星漸鬢成斑白。擢髮歷數卅六秋，髮不負我我何責。但恨塵根太種種，伐毛應期無留跡。今年攜稚來扶桑，渡海名士多於鯽。形形競作園頂相，贅旒【五】截取心適獲。句吳斷髮姬伯風【六】，身毒【七】剃度桑門【八】釋。因緣緒縷一掃淨，崢嶸頭角方隆赫【九】。回首神州黯陸沉，千鈞一髮情尤迫。拔毛能利【一○】胡不爲，披髮入山【一一】殊可惜。況復損上頗益下，氂氂【一二】已補髯如戟。

◎ 注釋

【一】濡首：埋頭；專心致志。

【二】岸幘（zé）：推起頭巾，露出前額。白居易《喜與楊六侍郎同宿》："岸幘静當明月夜，匡床閑卧落花朝。"

【三】紅勒帛：謂以朱筆塗抹文字。宋沈括《夢溪筆談·人事一》："士人劉幾纍爲國學第一人……乃以大朱筆横抹之，自首至尾，謂之紅勒帛，判'大紕繆'字榜之，既而果幾也。"

【四】《天人策》：指西漢董仲舒的《天人三策》。

【五】贅旒：贅，連綴；旒，旌旗上的飄帶。比喻實權旁落、爲大臣挾持的君主。後亦指有職無權的官吏。清潘耒《烈士行贈趙義庵》："苦言實士不稱意，一官束體如贅旒。"

【六】"句吳"句：句吳，即吳國。姬伯，即泰伯，吳國第一代君主，姬姓，商末岐山（今陝西）周部落首領古公亶父（周太王）長子。《史記·泰伯世家》："泰伯、仲雍二人乃奔荆蠻，文身斷髮。"

【七】身毒：印度國名的音譯。

【八】桑門："沙門"的异譯。

【九】隆赫：貴顯。宋陸游《送范西叔序》："夫吾曹之望於西叔所以繼榮公者，豈獨爵位隆赫，文辭行中朝而已哉。"

【一〇】拔毛能利：即拔一毛而利天下。

【一一】披髮入山：指離開俗世而隱居。

【一二】鬑（lián）鬑：鬚髮長貌。清紀昀《閲微草堂筆記·灤陽續録五》："一僧坐北牖上，其面横闊，鬚鬑鬑如久未剃。"

‖ 和友人感事韻 ‖

東海扶桑新託跡，北堂萱草【一】舊忘憂。未能起舞還三嘆，剩有《思玄》【二】感《四愁》【三】。陵谷大遷呈玉碗【四】，文章小道續《金樓》【五】。陸沉不少王夷甫，莫信神州是帝州。

◎ **注釋**

【一】北堂萱草：借指母親。北堂，代稱母親。萱草，忘憂草。《詩經·衛風·伯兮》："焉得諼草，言樹之背。"朱熹注："諼草，令人忘憂；背，北堂也。"

【二】《思玄》：指東漢張衡所作的《思玄賦》。

【三】《四愁》：指張衡《四愁詩》。

【四】"陵谷"句：謂世事變遷快，變化大。玉碗，泛指皇陵陪葬品。《南史·沈炯傳》："茂陵玉碗，遂出人間。"

【五】金樓：即梁元帝蕭繹的《金樓子》，是南北朝時期的一部重要子書。

‖ 哭葛正父比部并序 ‖

正父與余總角訂交，爲平生第一知己。天姿清妙，淡於榮利，通籍【一】十餘年，浮沉曹司，官不進而境益屯。頃接其稚子訃書，則已於新秋十二日捐館舍【二】矣。孤雛煢煢，寡鵠嗷嗷，故園已無家可歸，長安非久居之地。余羈泊海外，來日大難，神馳意遠，力與心違。雖從井贈百金之賻，而還鄉無入口之資，尚望有大力者熱心集腋【三】，振而恤之，則羈魂稚子，禦感幽明。鄙人悲歌當泣，同深銘篆【四】。

蕭瑟秋風海月昏，尺書萬里遠招魂。三年一別成千古，四海同心到九原【五】。鳳去荆山桐竹死，鶴歸遼島菊松存。只餘一掬天涯淚，灑作哀吟哭寢門。

釋褐金門【六】最少年，綠衣玉帽正翩翩。漢廷丹詔《天人策》，秋館紅梨《寶劍篇》【七】。自此浮沉不可紀，更經闊別常難圓。早知近聽山陽笛【八】，繞道都門計未愆。

壯年衰白鬢如絲，海外飄零强自支。未得買山【九】早招隱，况聞歸骨尚無資。瀋衡潦倒【一○】知延祖【一一】，阿鶩凄涼愛衰師【一二】。愁絕張堪【一三】縈妻子，覆巢遺卵【一四】使人悲。

《楚些》【一五】連篇賦《大招》，吟成擱筆更無聊。京華冠蓋獨憔悴，魂

夢關山慰寂寥。拙宦無家今梗斷,知音有客惜桐焦【一六】。故人倘識泉臺路,
應逐靈查上海潮。

◎ 注釋

【一】通籍:謂朝中已有了名籍。後指做官。唐杜甫《夜雨》詩:"通籍恨多病,
爲郎忝薄遊。"

【二】捐館舍:死亡的婉辭。

【三】集腋:集腋成裘。比喻積少成多。《慎子·知忠》:"故廊廟之材,蓋非
一木之枝也;粹白之裘,蓋非一狐之皮也。"

【四】銘篆:比喻感念甚深,永記不忘。

【五】九原:指墓地。杜甫《哭長孫侍禦》:"惟餘舊臺柏,蕭瑟九原中。"

【六】釋褐金門:釋褐,指進士及第授官。金門,即金馬門。

【七】《寶劍篇》:唐代詩人李嶠所作七言歌行。

【八】山陽笛:晋嚮秀經山陽舊居,聽到鄰人吹笛,不禁追念亡友稽康、吕安,
因作《思舊賦》。後爲思念舊友之意。

【九】買山:喻賢士的歸隱。南朝宋劉義慶《世說新語·排調》載:"支道林因
人就深公買印山,深公答曰:'未聞巢由買山而隱。'"

【一〇】濬衝潦倒:濬衝,指王戎,字濬衝,西晋名士,"竹林七賢"之一。潦
倒,舉止散漫,不自約束。

【一一】延祖:稽康之子稽紹,字延祖,譙國銍(今安徽宿州)人。稽康被殺害
之後,王戎對稽紹一直都特別照顧,盡到了朋友應盡的道義與責任。

【一二】"阿鶩"句:阿鶩,荀攸之妾。袞師,對嬌兒的美稱。唐李商隱幼子名
袞師,《驕兒詩》云:"袞師我驕兒,美秀乃無匹。"荀攸和鐘繇私交甚好,荀攸死
後,其子荀緝年幼,鐘繇管理荀攸家務,嫁出荀攸遺孀阿鶩,使得善處。

【一三】張堪:漢代張堪爲官清廉,離職時乘破車,背布包袱。《後漢書·張堪
傳》:"蜀郡計掾樊顯進曰:'漁陽太守張堪……珍寶山積,捲握之物,足富十世。
而堪去職之時,乘折轅車,被布囊而已。'"

【一四】覆巢遺卵:即"覆巢之下無完卵"。

【一五】《楚些》:指招魂歌。《楚辭·招魂》是沿用楚國民間流行的招魂詞的

形式而寫成，句尾皆有"些"字，故稱。

【一六】桐焦：即指東漢蔡邕親手製作的焦尾琴。蔡邕曾於烈火中搶救出一段尚未燒完，聲音異常的梧桐木，製成一張七弦琴，因琴尾尚留有焦痕，遂取名爲"焦尾"。

‖ 和張正陽【一】海上望月韻 ‖

飲酒頻中聖，説經獨尊王【二】。橫流柱嶽嶽，海天風浪浪。野行見龍戰，流血紛玄黃【三】。求仙入東海，海黑吞天光。吐納回薄【四】氣，分抉雲漢章【五】。紅霞白波間，三壺何渺茫。采藥徐市去，射魚祖龍亡【六】。惟見秦時月，仿佛依扶桑。心澄萬寓静，血熱炎風凉。回首看神州，陸沉不忍忘。

原作：

五州都自聖，一海豈能王？笑踏鯨鯢窟，且歌清滄浪。遠霧抹波碧，近濤嘶日黃。忽然海東破，明月抽其光。光分即如練，水闊難成章。秋心【七】坐碎碎，仙路耿微茫。徐福獨成道，李斯難辯亡。吁嗟蜉蝣輩，焉識變滄桑。天近欲舟促，海孤覺客凉。暫斂遠遊思，江湖未忍忘。

◎ 注釋

【一】張正陽：晚清著名學者王闓運的弟子。據錢基博《近百年湖南學風》："縣人張正陽者，本鍛工也，耽吟詠而爲人傭，一夕，睹白桃花盛開，而月色綺映，忽得句曰：天上清高月，知無好色心。夭桃今獻媚，流盼情何深……"

【二】尊王：尊崇王闓運的學説。王闓運主治《春秋公羊傳》，宗今文經學。其著述之衆，用力之深，影響之大，在近代罕見。

【三】"野行"二句：此句化用《易經・坤卦》上六"龍戰于野，其血玄黃"，坤卦上六爻爲陰盛之極的物象，陰盛之極而逼陽與之交戰，有龍戰於野之象。預示較弱的一方不要以卵擊石，而應審時度勢。

【四】回薄：循環變化。《文選・賈誼〈鵩鳥賦〉》："萬物回薄兮，振盪相轉。"

【五】雲漢章：即雲漢天章，比喻高雅華美的文章。宋蘇軾《潮州韓文公廟碑》："手抉雲漢分天章，天孫爲織雲錦裳。"

【六】射魚祖龍亡：祖龍，指秦始皇。秦始皇爲了尋找長生不老藥，曾三次東巡。第三次東巡時，竟親自射殺阻擋尋藥之路的大魚。具有很强的諷刺意味的是，就在離開芝罘西返咸陽的途中，秦始皇病死於沙丘。

【七】秋心：即蕭瑟蒼涼之心情，用析字法可將"愁"拆解爲"秋心"，憂愁、煩惱之意。

‖ 和伯彬先生見寄韻却寄 ‖

東瀛倦眼看櫻花，倔强餘生亦有涯。劍外【一】書來慰惆悵，黔中夢遠憶芳華。管寧泛海無家別【二】，安國然灰有溺加【三】。幾日金鷄下天闕【四】，昭陽喜色【五】映宮鴉。

原作：

又值東風振落花，百端雜感極天涯。雲山有夢哀坡老，富貴無因想麗華【六】。海外書來兒輩健，鏡中人老鬢堪嗟。南冠【七】未是窮途客，自掃蠻箋洒墨鴉。

◎ **注釋**

【一】劍外：四川省北部有劍門關，此處代指四川。其時余達父的長兄余若煌被趙爾豐關押在蜀。

【二】"管寧"句：管寧，字幼安，北海郡朱虚（今山東省臨朐）人。東漢末年天下大亂時，曾泛海到遼東避亂。余達父暗寫自己東渡日本的原因在於國家發生動亂和家族受到打擊（長兄被囚）。

【三】"安國"句：用"死灰復燃"典，見《史記·韓長孺列傳》。溺，通"尿"。安國，指韓安國（？—前127），字長孺，西漢武帝時梁縣成安（今汝州小屯村北）人。此句既寫出了余達父兄長長期被囚的原因是小人從中作祟，還寫出了營救兄長的決心。

【四】金鷄下天闕：赦免的別稱。唐宋大赦用金鷄較爲普遍，所以金鷄已然成爲赦免的代名詞。唐李白《流夜郎贈辛判官》："我愁遠謫夜郎去，何日金鷄放赦回。"

【五】昭陽喜色：昭陽，指昭陽殿，漢成帝的皇后趙飛燕所居之地。此句用趙飛燕失寵後又得寵的典故。

【六】麗華：南朝陳後主貴妃張麗華，深得陳後主陳叔寶喜愛，亡國之音《玉樹後庭花》便是爲她而作。隋朝破陳後，楊廣令人在清溪旁將張麗華處斬，死時三十一歲。

【七】南冠：借指囚犯。唐駱賓王《在獄詠蟬》：“西陸蟬聲唱，南冠客思侵。”

‖ 對　月 ‖

四月十六夜，小病新愈，倚欄眺玩，感而成此。

經年不作還鄉夢，對月今宵思故鄉。棣萼萱花遠相憶，春蘭秋蕙惜餘芳。三壺縹緲海波闊，一木支撐天宇强。家國艱難尚如此，書生且莫放愁腸。

‖ 秋夜倚樓 ‖

九月十二

海國秋深霜露清，高高寒月動笳聲。江山信美非吾土【一】，風景全殊未解兵。老子南樓無淺興【二】，書生西顧豈忘情。扁舟身世微茫裏，回首中原百感根。

◎ 注釋

【一】“江山”句：化用王粲《登樓賦》：“雖信美而非吾土兮。”信美，確實美。

【二】“老子”句：老子，老年人自稱，猶老夫。此句用東晉庾亮典，謂寫風景雖美，但却無興致。《世說新語·容止》：“庾太尉在武昌……公徐云：‘諸君少住，老子於此處，興復不淺。’便據胡床，與諸人詠謔，竟坐甚得任樂。”

‖ 丁未至日次上海 ‖

一月經行二萬里，申江三至陰晴殊。狂風瞀霧【一】航瘴海，曉月澄江下吳趨【二】。夢入故園足不到，天寒落日賜回紆。明朝重上蓬萊舶，金粉塵埃過眼無。

◎ 注釋

【一】瞀（mào）霧：大霧，濃霧。

【二】吳趨：猶吳門，指吳地。門外曰趨。清顧炎武《王征君璜具舟城西同楚二沙門小坐柵洪橋下》："僕本吳趨士，雅志陵秋霜。"

‖ 歲寒吟 ‖

丁未冬季四日，時陽曆已改歲七日也。

歲暮客心孤，天慘凝寒厲。黃日下蒼茫，回風合陰翳。頃間雪霰集，飄泊滿庭砌。雖無盈尺封，已覺寒威戾。始信履霜屬，堅於堅冰礪【一】。前月此日中，南征粵海滯。炎風壓輪舶，袒跣船頭憩。回航上武昌，朔風吹短袂。一舸下秣陵，寒月沉江澨。去去復入海，莽渺三山際。大塊【二】噫氣來，鼓蕩生狂颮。北起白令峽，南達瀛渤裔【三】。我行適遭之，顛倒任排擠。一朝泊長崎，大雪漫空蔽。綽約姑射仙，雪膚映雲髻。次日經山陽，鐵道入雲細。皚皚富士山，掠我窗前逝。侵晨抵江戶，萬瓦明霜麗。客中復作客，歸來已卒歲。兒稚開門迎，暫別心神契。息肩【四】返視聽，浮生竟何柢。碌碌天壤間，家國可能濟。改歲存漢臘【五】，蹈海耻秦帝【六】。橫流望蒼生，蚩蚩【七】復泄泄【八】。神州已陸沉，何止帝不諦【九】。頗聞孤注說，破壞建設繼。惜哉聞空談，著手何時勵。歷史活國流，後起扶前斃。又聞疑似說，表裏恐相螫【一〇】。安得伏闕書【一一】，便售綸扉計【一二】。陳東【一三】滿天下，伊周【一四】遍塵世。果無利祿思，賤子亦同詣。作計辭豈微，生世天方懠【一五】。蓼蟲知言辛【一六】，自鳴還自閟。呵凍寫長篇，冰雪凍毫氄【一七】。布衾冷似鐵，不寐偏成瘵【一八】。嗟嗟歲寒深，幾日春融霽。

◎ 注釋

【一】"始信"二句：謂終於相信開始踏着霜時比冰凍得堅如石頭時要寒冷。《易·坤》卦："初六，履霜堅冰至。"

【二】大塊：大自然。《莊子·齊物論》："夫大塊噫氣，其名爲風。"成玄英疏："大塊者，造物之名，亦自然之稱也。"

【三】瀛渤裔：渤海邊。

【四】息肩：歇息。宋余靖《晚至松門僧舍懷寄李太祝》詩："日暮倦行役，解鞍初息肩。"

【五】漢臘：漢代祭祀名，以臘肉祭祀祖先與百神。明夏完淳《寒泛賦》："北首而懷漢臘，南冠而詠越吟。"

【六】"蹈海"句：用戰國時齊人魯仲連義不帝秦典。《戰國策·趙策三》："彼則肆然而爲帝，過而遂正於天下，則魯連有赴東海而死矣，吾不忍爲之民也！"

【七】蚩蚩：惑亂，紛擾。《文選·劉孝標〈廣絕交論〉》："於是素交盡，利交興，天下蚩蚩，鳥驚雷駭。"李善注："《廣雅》曰：'蚩，亂也。'"

【八】洩（yì）洩：弛緩，懈怠。《詩·大雅·板》："天之方蹶，無然洩洩。"《朱熹集傳》："洩洩，猶遝遝也；蓋弛緩之意。"

【九】帝不諦：皇帝不明白事理。《後漢書·李雲傳》："今官位錯亂，小人諂進，財貨公行，政化日損，尺一拜用不經鞫省，是帝欲不諦乎！"

【一〇】相盭（lì）：相反、相悖。

【一一】伏闕書：拜伏於宮闕下，直接嚮皇帝上書。宋陸遊《跋臨汝志》："（歐陽澈）建炎伏闕上書，論大臣誤國。"

【一二】綸扉計：治理國家的大計。

【一三】陳東：字少陽（1086—1127），鎮江丹陽人。《宋史·陳東傳》載，陳東鑒於時事危機，爲重振朝綱，聯合愛國太學生伏闕上書，論："今日之事，蔡京壞亂於前，梁師成陰謀於後。李彥結怨於西北，朱勔結怨于東南，王黼、童貫又結怨于遼、金，創開邊隙。宜誅六賊，傳首四方，以謝天下。"

【一四】伊周：商伊尹和西周周公旦，兩人都曾攝政，爲古代著名的賢臣。亦指執掌朝政的大臣。

【一五】天方懠（jì）：老天正在發愁。懠，愁。《詩經·大雅·板》："天之方懠，無爲誇毗。"

【一六】蓼（liǎo）蟲知言辛：蓼蟲，生長在水蓼上的一種昆蟲，水蓼是一種味道辛辣的植物。詩人以此比喻對悲慘生活已經習慣了，麻木了。

【一七】毫毳（cuì）：毫毛、細毛。

【一八】㿒（yì）：同"囈"，夢話。

‖ 和家伯烋先生見懷韻 ‖

東海茫茫精衛啼【一】，北山夜夜猨鶴棲【二】。麒麟踏雲九闕動，豺虎守道百靈低。已見湘纍【三】繫幽閟，更聞呂母【四】驚酸嘶。我生骨肉盡憂患，搔首問天天何迷。

◎ 注釋

【一】"東海"句：用"精衛填海"典，寫長兄雖然被誣身陷囹圄，自己仍然要盡微薄的力量營救。

【二】"北山"句：比喻戰死的將士或死於戰亂的人衆多。晋葛洪《抱樸子》："周穆王南征，一軍盡化，君子爲猿爲鶴，小人爲蟲爲沙。"

【三】湘纍：指戰國時期楚國偉大詩人屈原。纍，人無罪而死。

【四】呂母：西漢新莽時期農民起義領袖。因獨生兒子呂育被官府所殺，她悲痛欲絕，遂帶領農民起義，是我國歷史上第一個農民起義的女領袖。

‖ 暮春十九日遊春日山【一】看櫻花，歸途經上野，憩不忍池【二】橋，回望林壑，雜花生樹，真在絕妙畫圖中行也 ‖

大雪經春花信遲，落紅飛白【三】怨芳時。新晴十萬嬉春隊，盡惹春風上鬢絲。

傷別傷春減帶圍【四】，那堪刻意惜芳菲。遊人如蟻春如海，雪樣櫻花匝地飛。

說到春陽盡斷腸，中年絲竹【五】更蒼凉。蓬山仕女無愁思，只有桃花怨夕陽。

鏡裏湖山畫不如，雜花生樹綠茵初。買春竟費珠千斛，不敵倭娘一紙書。

錦襪羅衣照暮春，鞭絲帽影動香塵。麗人一樣長安水【六】，縹緲仙山望太真（當日見掖庭車騎遊小金井觀櫻）。

自鋤香泥葬落花，更憐芳草遍天涯。長年留得嬌春駐，願化金鈴護絳紗。

◎ **注釋**

【一】春日山：位於日本奈良縣北部，和春日大社一起被聯合國教育、科學及文化組織列入《世界遺產名録》。

【二】不忍池：位於東京都臺東區上野公園，是上野公園中的天然池。

【三】落紅飛白：指花朵凋謝。

【四】減帶圍：指身體消瘦。帶圍，腰帶繞身一周的長度。古時以帶圍的寬緊觀察身體的瘦損與壯健。《古詩十九首·行行重行行》："相去日已遠，衣帶日已緩。"

【五】中年絲竹：中年人以音樂陶情，排遣哀傷。

【六】"麗人"句：化用杜甫《麗人行》句："三月三日天氣新，長安水邊多麗人。"

‖ 惜春辭二首 ‖

百努【一】飛燕紛相逐，愛惜嫣紅伴柔綠。廿四番花【二】不耐春，千枝萬枝紅簌簌。珠簾玉案霏微香，花底吹笙招鳳皇【三】。天女含愁撒花去，玉階吹墮清秋霜。

陌上花開歸緩緩，遊絲晝靜紅塵軟。扶桑女兒惜花時，看花競把櫻花傘。東風吹草綠參差，落花因風擾鬒絲。鬒絲撩亂苦不綰，臨風鬥怯好腰肢。

◎ 注釋

【一】百勞：即伯勞鳥。

【二】廿四番花：即"二十四番花信"。南朝梁宗懍《荊楚歲時記》："始梅花，終楝花，凡二十四番花信風。"

【三】"花底"句：寫花下談情説愛的青年男女。用秦穆公之女弄玉吹簫引鳳典。

‖ 衡山哀·爲劉道一【一】作也 ‖

衡嶽冥冥火維【二】域，觸雲膚雨天爲黑。青春白日王母下，幽巖大壑秋龍匿【三】。重瞳南巡竟野死【四】，湘娥夜啼蒼梧北【五】。九關虎豹【六】橫噬齧，六鰲鳳鷽【七】何努力。豐隆造父【八】戰天衢，失勢一敗全軍墨。十番紅桐碧血殷【九】，柱維裂岸共工踣【一○】。日午飛霜【一一】鬼雜人，橫戴髑髏暗中泣。滄溟萬里精衛魂，吹塤和篪招不得【一二】。重辭遠道屬巫陽【一三】，彭咸【一四】同卜開冤抑。已作招魂兮，歸來哀南極！

◎ 注釋

【一】劉道一：祖籍湖南衡山，生於湘潭。1906年秋參與領導的萍瀏醴起義提前爆發，他在由衡陽返回長沙途中被捕，同年12月31日被清政府殺害於長沙瀏陽門外，年僅二十二歲，成爲同盟會中爲革命犧牲第一人。

【二】火維：南方屬火，因以"火維"指南方。特指五嶽中的南嶽衡山。韓愈《謁衡嶽廟遂宿嶽寺題門樓》："火維地荒足妖怪，天假神柄專其雄。"

【三】"幽巖"句：委婉説劉道一的死亡。

【四】"重瞳"句：暗寫劉道一被殺害於湖南長沙。重瞳，指舜，相傳舜的兩眼各有兩個瞳仁。《史記》："舜踐帝位三十九年，南巡狩，崩於蒼梧之野，葬於江南九疑。"

【五】"湘娥"句：指劉道一的夫人曹莊驚聞丈夫死訊後，自殺殉節未遂。相傳，舜帝南巡，不幸死在蒼梧之野。二妃娥皇、女英聞此噩耗，尋至湘江邊上，望着九嶷山痛哭流涕，淚灑竹上，成爲斑點，稱爲斑竹，又稱湘妃竹。後投江而死，化爲湘江女神。

【六】九關虎豹：比喻兇殘的敵人。這裏指清朝的統治者。

【七】六鼇屭贔（xìbì）：指兇殘的清政府統治者。六鼇，神話中負載五仙山的六隻大龜。屭贔，蠵龜，即一種大海龜。

【八】造父：古之善禦者，因獻八駿幸于周穆王，穆王使之禦。此代指清朝統治者。《史記・趙世家》："穆王使造父禦，西巡狩，見西王母，樂之忘歸。而徐偃王反，穆王日馳千里馬，攻徐偃王，大破之。"

【九】"十番"句：寫革命志士爲推翻滿清而流血犧牲。十番紅桐，比喻爲推翻清政府而流血犧牲的革命志士。李商隱《無愁果有愁曲北齊歌》："推烟唾月抛千里，十番紅桐一行死。"碧血殷，形容爲正義事業而流的血。用"萇弘碧血"典。

【一○】"柱維"句：用古代神話"共工怒觸不周之山"典故。此句寫劉道一爲了推翻封建統治而不惜犧牲自己。柱維裂岸，形容天翻地覆的變化；踣，倒斃。

【一一】日午飛霜：中午降霜，比喻有冤獄。此處寫劉道一死得冤枉。

【一二】"吹塤"句：塤箎（xūnchí），古時的兩種樂器，兩者皆爲招魂時吹奏的樂器。民間迷信中，冤魂的念力和怨氣都比一般的鬼要强，所以巫師無論如何也招不回。

【一三】"重辭"句：重辭，語氣很重的言辭；屬，通"囑"；巫陽，古代傳説中的女巫。《楚辭・招魂》："帝告巫陽曰：'有人在下，我欲輔之。魂魄離散，汝筮予之。'王逸注：'女曰巫。陽，其名也。'"

【一四】彭咸：其人尚無定論。從本詩上下文來看，我們更傾嚮于東漢王逸的説法。王逸《楚辭章句》説："彭咸，殷賢大夫，諫其君不聽，自投水而死。"

‖ 和曼殊上人【一】有寄韻 ‖

淹留异國伍員簫【二】，感起胥江萬里潮。欲訪生公參浩劫，野雲封斷隔溪橋（余固未識曼殊面也）。

原作：

春雨樓頭尺八簫，何時歸看浙江潮。芒鞋破鉢無人識，踏過櫻花第幾橋。

◎ 注釋

【一】曼殊上人：蘇曼殊（1884—1918），近代作家、詩人、翻譯家。有"愛國詩僧""革命和尚"之雅稱。

【二】伍員簫：《史記·范雎蔡澤列傳》："伍子胥橐載而出昭關，夜行晝伏，至於陵水，無以餬其口，櫛行蒲伏，稽首肉袒，鼓腹吹篪，乞食於吳市。"裴駰集解引徐廣曰："（篪）一作'簫'。"

‖ 和平少黄[一]見贈韻 ‖

過江名士多於鯽，浮海居夷大有人。萬里瀛濤戰蛟蜃，十年緇素走風塵。橫流未盡龍蛇起，大夢初圓蝴蝶新[二]。對酒當歌無意緒，圖南殊不誤儒巾。（時少黄將有新加坡之行）。

◎ 注釋

【一】平少黄：平剛（1878—1951），字少璜（亦作少黄），貴州貴陽青岩鎮人。1905 年赴日本學習法律，加入同盟會，與留學於日本的余達父相交，并成爲知己。

【二】"大夢"句：指開始實現人生某種大的願望，甚而改變了自我。大夢，古人用以喻人生。《莊子·齊物論》："方其夢也，不知其夢也。夢之中又占其夢焉，覺而後知其夢也。且有大覺而後知此其大夢也。"蝴蝶新，用莊周夢蝶典。

‖ 酬張繹琴【一】見贈 ‖

庾信文章近蕭瑟【二】，江郎詞賦日縱橫【三】。竭來投我驚人句，借盛才華似兩京【四】。

◎ 注釋

【一】張繹琴：事蹟無考。

【二】"庾信"句：杜甫《詠懷古跡》其一："庾信平生最蕭瑟，暮年詩賦動江關。"

【三】"江郎"句：江郎，江淹，字文通，南朝著名文學家。他的《恨賦》《別賦》是南朝辭賦的佳作。

【四】兩京：即《二京賦》，是東漢張衡的代表作，包括《西京賦》《東京賦》兩篇，是漢賦中的精品。

‖ 己酉二月二日散步江户川【一】壩，偶憶玉溪生《二月二日江上行》詩，即次其韻 ‖

昨日風塵不可行，返關撥火沸瓶笙【二】。今朝風靜塵還淨，笑我人頑物有情。猿鶴故山空草勒，蟲沙化陣尚連營。天涯春老不歸去，枉聽陽關腸斷聲。

◎ 注釋

【一】江户川：日本的一條河流，發源於茨城縣五霞町、千葉縣野田市的關宿分基點，嚮南流經茨城縣、千葉縣、埼玉縣、東京都，在千葉縣市川市附近分爲"江户川放水路"和原流路的舊江户川。

【二】瓶笙：古時以瓶煎茶，微沸時發音如吹笙，故稱。清龔自珍《己亥雜詩》：

"不是瓶笙花影夕，鳩摩枉譯此經來。"

‖ 湘娥怨·吊劉道一婦【一】也 ‖

　　萬古傷心人，都在湘江湄。湘纍死冤憤，湘女含辛悲。青磷照白楊，輾轉復相隨。天理真微茫，大道不希夷【二】。藉云網恢恢，即此已無知。客從湘中來，頗能生平數。曾見湘夫人，盈盈年十五。漢皋解佩璫，乘鸞嫁交甫【三】。夫婿人中龍，才名地上虎。少年抱奇節，凌厲世無伍。蹈海求安期【四】，驅車掛玄圃【五】。寄字識伕盧【六】，妙玄精典午。昂昂風塵中，頗似嵇延祖。一朝罹家難，奔走來將父【七】。孝魚破寒强【八】，慈烏返哺苦。天關啄虎豹【九】，橫道張猰貐【一○】。玉雪苗蘭芽【一一】，血腥濺碪斧【一二】。湘女彈寡鵠【一三】，啼紅淚如雨。頻死竟不遂，幽怨紛千縷。望夫山頭石【一四】，要離【一五】墓上土。去去復去去，含冤叫帝閽。石不填海平，膠不止河渾【一六】。蓬萊多神仙，不救精衛魂。哀蟬怨朝露，促織鳴夜昏。櫻花十萬株，盡染鵑血痕。逝茲去異國，蠹蘗安丘園【一七】。理絲懸獨繭，和曲下哀蝯【一八】。飛光過駒隙，薤露曦陽暾。洞庭來悲風，大招雲旗翻。不見雲中君【一九】，桃花零墓門。

◎ **注釋**

　　【一】劉道一婦：即劉道一的夫人曹莊。劉道一犧牲時，曹莊正在長沙周氏家塾讀書，聞信自殺，未成，兩年後仍自縊殉節。

　　【二】希夷：指虛寂玄妙。《老子》："視之不見名曰夷，聽之不聞名曰希。"

　　【三】"漢皋"二句：用《韓詩內傳》"鄭交甫於漢皋臺下遇二神女解佩相贈"典，言曹莊嫁與劉道一。

　　【四】安期：一名安期，人稱千歲翁、安丘先生。琅琊人，師從河上公，是秦漢期間燕齊方士活動的代表人物、黃老哲學與方仙道文化的傳人。

　　【五】玄圃：傳說中昆侖山頂的神仙居處，中有奇花异石。這裏指奇珍异寶。

【六】佉（qū）盧：即佉盧文。是起源於古代犍陀羅，後來流行於中亞廣大地區的一種文字，是絲綢之路上重要的通商語文和佛教語文。佉，古同“祛”。

【七】“一朝”二句：1904 年，黃興、劉揆一（劉道一的兄長）策劃甲辰長沙起義，不慎事洩，其父劉方嶢則受株連坐牢，劉道一旋即回國營救父親出獄後，再度赴日。

【八】“孝魚”句：用東漢王祥“臥冰求鯉”典故，寫劉道一孝順。

【九】“天關”句：天關，指宮廷。此句寫權臣把持朝政，專權跋扈。宋魏了翁《歌詩三十五韻送前知隆慶任侯逢赴召九月》：“嚮來虎豹蹲天關，啄嗷人命無敢幹。”

【一〇】“橫道”句：猰貐（yàyǔ），古代傳說中的一種吃人怪獸，像貙，虎爪，奔跑迅速。這裏比喻陰險兇惡的人。李白《梁甫吟》：“猰貐磨牙競人肉，騶虞不折生草莖。”

【一一】“玉雪”句：玉雪，愛子。茁蘭芽，形容少年像蘭的嫩芽一樣茁壯成長，比喻子弟挺秀，此指劉道一。

【一二】碪（zhēn）斧：亦作“砧斧”。砧板與斧鉞，古代殺人刑具。

【一三】寡鵠：本義指喪偶的天鵝，又為琴曲名，用以比喻喪夫的寡婦。此指劉的夫人曹莊。李商隱《聖女祠》：“寡鵠迷蒼壑，羈凰怨翠梧。”馮浩箋注：“《列女傳》：陶嬰夫死守義，作歌曰：‘悲夫黃鵠之早孤，七年不雙。’”

【一四】“望夫”句：望夫石的傳說各地多有，均屬民間傳說，謂婦人佇立望夫，日久化而爲石。用以指妻子渴盼丈夫歸家的深情。劉禹錫《望夫石》：“終日望夫夫不歸，化爲孤石苦相思。”

【一五】要離：春秋時吳國人。著名的刺客，用苦肉計刺殺了慶忌。

【一六】“膠不”句：謂以膠止河，不使流動，但無法辦到。

【一七】“逝茲”二句：慰藉亡靈的話。齧蘗，吃苦；丘園，隱逸。陳子昂《申宗人冤獄書》：“臣知其忠，然非是丘園之賢，道德之茂。”

【一八】“理絲”二句：謂生者之孤獨哀傷。獨繭，亦作“獨璽”，即獨繭絲。晉陸機《漏刻賦》：“口納胸吐，水無滯咽，形微獨璽之緒，逝若垂天之電。”蝯，古同"猿"。

【一九】雲中君：傳説中的神名。所指何神，諸説不一。王逸、顔師古注謂爲雲神，王闓運《楚辭釋》謂爲雲夢澤水神，姜亮夫《屈原賦校注》謂爲月神。

‖ 代孫少元【一】和李仲仙【二】制府韻 ‖

繾綣【三】真留再到緣（以當時和韻，此語成讖，故用作首句），天南半壁倚公肩。久聞江左思安石，不使臺州老鄭虔【四】。一疏忠誠被嚴譴，九重霄旰【五】起籌邊。澄清攬轡【六】南來日，寄語蒼生信未愆。

繾綣真留再到緣，任他輿論判前愆。兩朝開濟卿雲頌【七】，三迤【八】蒸黎【九】化日邊。南徼攻心防蟻穴，西胡破膽識鳶肩【一○】。韋平祚世勳名重【一一】，不待神刀贈呂虔【一二】。

原作：

一腔愚悃【一三】未通虔【一四】，戇激【一五】陳詞實負愆【一六】。已愧贊皇【一七】徒建節，漫雲充國【一八】不忘邊。更增丹陛無窮戀，尚有蒼生未了緣。人事天時如可待，荷戈白首敢辭肩。

◎ 注釋

【一】孫少元：名光庭，雲南曲靖人。

【二】李仲仙：即李經羲（1860—1925），李鴻章弟李鶴章的第三子，晚年在蘇州築宅，室名蛻廬。清末最後一任雲貴總督。

【三】繾綣：形容感情深厚。唐白居易《寄元九》："豈是貪衣食，感君心繾綣。"

【四】鄭虔：字若齊（一字弱齊、若齋），安史之亂平息後，被誣陷貶爲臺州司戶參軍，遂在臺州設帳授徒。肅宗、代宗多次下詔"大赦天下"，鄭虔欲歸長安，臺人懇留，後終老於臺州。

【五】霄旰（hàn）：霄衣旰食。霄，通"宵"；旰，天色晚。形容夜以繼日辛勤地工作。南朝陳徐陵《陳文帝哀册文》："勤民聽政，宵衣旰食。"

【六】澄清攬轡：澄清，平治天下；攬轡，拉住馬韁。謂在亂世有安定天下的報負。《後漢書·范滂傳》："滂登車攬轡，慨然有澄清天下之志。"

【七】卿雲頌：歌名，即《卿雲歌》，內容爲歌頌國家君臣團結，政治清明，國泰民安。

【八】三迤：雲南省的代稱。清朝雍正年間先後在雲南設置迤東道、迤西道和迤南道，即三迤。遂以三迤代稱雲南。

【九】蒸黎：百姓，黎民。杜甫《石龕》："奈何漁陽騎，颯颯驚蒸黎。"

【一〇】"南徼"二句：稱贊李仲仙爲鞏固清政權所做的貢獻。李仲仙 1901 年起任廣西巡撫、雲南巡撫、貴州巡撫，1909 年升任雲貴總督，1917 年 5 月起曾任國務總理兼財政總長三個月，日理萬機。鳶肩，"鳶肩鵠頸"的省語，如鳶之聳肩，如鵠之伸頸，形容伏案苦思的樣子。李涵秋《雜詠》之三："鳶肩鵠頸作詩苦，寒不能衣饑不煮。"

【一一】"韋平"句：言韋賢和平當家族的顯赫。韋賢，字長孺，西漢大臣。魯國鄒（今鄒城東南）人，號稱鄒魯大儒。平當，字子思，梁國下邑（今安徽碭山）人。哀帝即位，被徵召爲光禄大夫、諸吏、散騎，又爲光禄勳、御史大夫，直至丞相，賜爵關內侯。兒子平晏因爲明于經史，歷任大司徒，封爲防鄉侯。漢室興盛，只有韋、平父子均官至宰相。

【一二】呂虔：三國時魏將領。字子恪，封萬年亭侯，食邑六百户。《晋書·王祥傳》："初，呂虔有佩刀，工相之，以爲必登三公，可服此刀。虔謂祥曰：'苟非其人，刀或爲害。卿有公輔之量，故以相與。'"後因以虔刀比喻贈人的珍貴之物，謂使物得其主。

【一三】愚悃（kǔn）：謙指自己的誠意。宋范成大《大通界首驛》詩："愚悃無華敢自欺，寸誠珍重吏民知。"

【一四】通虔：表達誠意。

【一五】戇激：迂直激切。明陳子龍《請納直言疏》："夫彭年之疏，或不善立詞，傷於戇激，則有之。"

【一六】負愆：猶負罪。宋汪藻《謝永州再任宫祠表》："伏念臣推數奇窮，負愆深重，捫心無可言者，擢髮皆自取之。"

【一七】贊皇：指李德裕真定贊皇人（今河北省贊皇縣）。唐代文宗大和七年（833）和武宗開成五年（840），李德裕兩度爲相。主政期間，重視邊防，力主削弱藩鎮，鞏固中央集權，使晚唐内憂外患的局面得到暫時的安定。

【一八】充國：指西漢著名將領趙充國，字翁孫，原爲隴西上邽（今甘肅省天水市）人，後移居湟中（今青海西寧地區）。

‖ 送盛倚南【一】歸國 ‖

凝陰匝月無驚霆，梅雨注綆蛟龍腥。浮海志士五千輩，橐筆【二】僵作秋窗蠅。名法理數文膚淺，諸生苦比太學經【三】。嚴朱【四】發策【五】平津【六】昧，竇攸誤勘豹文艇【七】。蠻觸【八】得失安足較，深明大略殊能勝。長沙盛子玉溪李，坎坷爾雅鋒棱棱。神山幾載成大道，黃金塞河【九】當飛升。祖道【一〇】徵詩積什伯【一一】，濫芋賤子鐘撞莛【一二】。臨岐贈言只寠臼，仙謠一曲君爲聽。蓬萊山深花冥冥，金銀宮闕珊瑚屏。乘鸞翳鳳回雲軿，霞飛月偃【一三】光瓏玲。墨江大堤千娉婷，開妝照鏡光熒熒。蛾綠【一四】倒暈【一五】長眉青，秋江剪破雙眸星。步虛環佩【一六】風泠泠，冰弦玉琯【一七】紅鶴翎。握手一笑三千齡，回環北斗落滄溟。吁嗟乎！撫長劍分擁幼艾【一八】，故國何獨無仙靈。惺惺最易惜惺惺，我詩問君君當應。今夕醉倒酒如澠【一九】，朝來起坐還獨醒。

◎ 注釋

【一】盛倚南：生平無考。據陸草《中國近代文社簡論》，光緒三十四年（1908）前後，一些留日學生在東京成立思古吟社，其成員有郁華（郁達夫之兄）、唐企林、侯疑始、楊楚孫、劉揆一、黃子彥、盛倚南等，日本人森槐南也加入了這一頗爲激進的詩社。

【二】橐（tuó）筆：古代書史小吏手持囊橐，插筆於頭頸，侍立帝王大臣左右，以備隨時記事。指文士的筆墨耕耘。

【三】太學經：中國古代朝廷刻在石碑上的儒家經典，作爲經文的標準。

【四】嚴朱：嚴助和朱買臣，均爲武帝時大臣，曾積極諫言武帝干涉南方各部內亂。

【五】發策：建言獻策。

【六】平津：漢武帝封丞相公孫弘爲平津侯。亦泛指丞相等高級官僚。

【七】"寶攸"句：寶攸，生活於東漢初年。《文選·任彥升〈爲蕭揚州薦士表〉》："豈直鼮鼠有必對之辯？"李善注引摯虞《三輔決録》注："寶攸擧孝廉爲郎，世祖大會靈臺。得鼠如豹文，煥螢光澤。世祖异之，以問群臣，莫能知者。攸對曰：'鼮鼠也。'詔問：'何以知之。'攸對曰：'見《爾雅》。'詔案秘書，如攸言。賜帛百匹。"豹文鼮（tíng）：有豹斑紋的鼮鼠。也作"豹文鼠"。

【八】蠻觸：指爲小事而大肆争鬥者。典出《莊子·則陽》。

【九】黄金塞河：謂得道成仙。在此指盛倚南學成歸國。《史記·孝武本紀》："臣（欒大）之師曰：'黄金可成而河決可塞，不死之藥可得，仙人可致。'"

【一〇】祖道：臨行祭路神，引申爲餞行送别。

【一一】什伯：超過十倍、百倍，形容非常多。清李漁《閒情偶寄·器玩》："予初觀《燕幾圖》，服其人之聰明什伯於我。"

【一二】鐘撞莛（tíng）：即以莛撞鐘。莛，草莖。用草莖打鐘，毫無聲響。比喻繾識淺陋的人嚮高明的學者發問，得不到回答。《漢書·東方朔傳》："語曰：'以管窺天，以蠡測海，以莛撞鐘，豈能通其條貫，考其文理，發其音聲哉！'"

【一三】月偃：月亮落山。

【一四】蛾緑：古代婦女畫眉用的青黑顔料。唐顔師古《大業拾遺記》："絳仙（吴絳仙）善畫長蛾眉……由是殿脚女争效爲長蛾眉。司宫吏日給螺子黛五斛，號爲蛾緑。"

【一五】倒暈：唐宋婦女眉妆式樣之一。唐宇文士及《妆臺記》："婦人畫眉，有倒暈妆。"

【一六】步虚環佩：步虚，道家傳説中神仙的凌空步行。環佩，指女子所佩的玉飾。《禮記·經解》："行步則有環佩之聲，升車則有鸞和之音。"鄭玄注："環佩，佩環、佩玉也。"

【一七】冰弦玉琯：冰弦，琴弦的美稱，傳説中有用冰蠶絲作的琴弦。玉琯，泛指管樂器。

【一八】幼艾：猶言老少。《楚辭·九歌·少司命》："竦長劍兮擁幼艾。"王逸注："幼，少也；艾，長也。"

【一九】酒如澠：酒如澠水長流不止。《左傳·昭公十二年》："有酒如澠，有肉如陵。"

‖ 吊伊藤春畝【一】五首 ‖

朔雪陰風哈爾濱，亡寒志士憤椎秦【二】。一夫喋血忍萬死，三傑（春畝與板垣退助、大隈重信爲明治三傑）贖良誰百身【三】。老去功名成壯悔【四】，揭來家國總艱辛。故園無限綠珠影，金谷樓高淚滿巾【五】。

鼎鼎奇名安重根【六】（初報爲安雲之，後又爲安應七，皆音讀之誤也），拂衣蹈海竟屠鯤。君征對簿十五恨【七】（預審時數春畝十五罪），我賦大招三千言。袄教（重根奉基督教）果能興烈士，復仇終是屬王孫。荊軻尚繫岑彭【八】死，嶽嶽悲風撼墓門。

騫翮凌霄（春畝此行道中詩有騫翮凌霄志已非）老去非，長蛇封豕竟忘機【九】。雖云報國捐軀易，遮莫【一〇】貪功擲注違。一擊成名中要害，三年（春畝爲韓統監約略三年）苛政慘幽微。纍纍後死辰韓種【一一】，手挈孱王【一二】拜落暉。

輴輬載鮑【一三】絕三韓，題湊【一四】溫明【一五】説大觀（殮之絕大棺，行國葬儀式如王者，以近衛騎步兵萬余爲鹵簿）。朝出羽林排鹵簿，夜來歌褒【一六】淚闌干（薪橋赤板柳橋之名妓，皆爲春畝所眷，故聞訃有泣下者）。稱尊是處原無佛【一七】，地小論才本易殫。一事耐人長繾綣，彌留還問董庭蘭【一八】（春畝隨行秘書森槐南，工漢詩文，倭名士也。春畝被擊三丸貫胸，十余分鍾而歿。此間惟一語問槐南受傷耶？蓋槐南亦中一丸，醫旬月始愈也）。

陽九【一九】神州厄運丁，列強宰割竟難醒。不因蜀道戕來歆【二〇】，已見遼東逐管寧【二一】（春畝此行爲分割東三省，故特約俄羅斯大藏大臣來會，入火車中避人談五十分之久，出即遇害）。長白山高可埋骨（春畝平昔抱吞東三省之志，常日：吾當埋骨長白山之巔，歿後各新聞載之），大黃海濁尚聞腥。得臣縱死猶餘毒【二二】，一髮中原望眼青。

◎ 注釋

【一】伊藤春畝：即伊藤博文，日本近代政治家，長洲五傑，明治後三傑，任內發動了中日甲午戰爭，使日本登上了東亞頭號強國的地位。

【二】椎秦：椎擊秦始皇，後泛指擊殺仇敵。

【三】贖良誰百身：即百身莫贖。謂一身雖百死亦不能補償。《詩·秦風·黃鳥》："如可贖兮，人百其身。"

【四】壯悔：壯年悔恨。用明末侯方域典。侯方域三十五歲時，回憶起自己的坎坷遭遇，幾遭殺身，"悔者多矣"，於是急構一室，命爲"壯悔堂"。

【五】"故園"二句：綠珠，西晉石崇寵妾。永康元年（300），趙王司馬倫專權，倫之黨羽孫秀垂涎綠珠，嚮石崇索要綠珠，石崇拒絕。孫秀領兵圍金谷園，石崇正在大宴賓客，石對綠珠説："我因你而獲罪。"綠珠泣曰："妾當效死君前，不令賊人得逞！"綠珠墜樓自盡，後孫秀殺石崇全家。

【六】安重根：字應七，1879年出生於朝鮮海州。1909年10月26日，安重根在中國哈爾濱火車站刺殺了挑起中日甲午戰爭和吞并朝鮮半島計畫的主要策劃者、曾四度出任日本首相的伊藤博文。1910年3月26日，年僅三十一歲的安重根在中國大連的旅順監獄被日本關東都督府高等法院判處絞刑。

【七】十五恨：安重根受審時列出了伊藤"殺朝鮮明成皇后""廢黜朝鮮皇帝""解散朝鮮軍隊"等十五條罪狀。

【八】岑彭：字君然，光武雲臺二十八將之一。建武十一年（35），岑彭出奇兵大敗公孫述主力，蜀地爲之震駭。公孫述派刺客僞裝成逃亡奴隸，投降岑彭，夜裏刺殺岑彭。

【九】忘機：指甘於淡泊，與世無爭。唐王勃《江曲孤鳧賦》："爾乃忘機絕慮，懷聲弄影。"

【一〇】遮莫：何必。

【一一】辰韓種：韓國人。辰韓，公元前2世紀末至4世紀左右朝鮮半島南部民族部落之一，與馬韓及弁韓合稱三韓。

【一二】孱王：懦弱的君王。

【一三】轀輬（wēnliáng）載鮑：秦始皇病死於沙丘，起了政變之心的趙高秘不發喪，但又怕走漏風聲天下大亂，於是讓人用若干鮑魚掩蓋屍臭。《史記·秦始皇本紀》："會署，上轀車臭，乃詔從官，令車載一石鮑魚，以亂其臭。"轀輬，喪車。

【一四】題湊：古代天子的槨制，也賜用於大臣。槨室用大木纍積而成，木頭皆內嚮爲槨蓋，上尖下方，猶如屋簷四垂。《史記·滑稽列傳》："臣請以雕玉爲棺，文梓爲槨，梗楓豫章爲題湊。"裴駰集解引蘇林曰："以木纍棺外，木頭皆内嚮，故曰題湊。"

【一五】溫明：古代葬器。

【一六】歌褒：即褒歌，一種閩南民間小曲，多爲即興編唱，大多以男女愛慕思念，互相表達感情，以褒揚對方的情歌爲内容。

【一七】"稱尊"句：即無佛處稱尊，在没有能手的地方逞强。宋黄庭堅《跋東坡書寒食詩》："應笑我於無佛處稱尊也。"

【一八】董庭蘭：即董大，盛唐開元、天寶時期的著名琴師，隴西人。高適有《别董大》。

【一九】陽九：指灾荒年景和厄運。三國魏曹植《王仲宣誄》："會遭陽九，炎光中矇。世祖撥亂，爰建時雍。"

【二〇】來歙（shè）：東漢初期大臣。字君叔，南陽郡新野（今河南省新野縣）人。建武十一年（35）率軍攻打蜀地的公孫述，被公孫述派出的刺客刺殺。將死，來歙寫下對光武帝的表章，然後投筆，抽刺客刀自刃而亡。

【二一】管寧：字幼安，北海郡朱虚（今山東省臨朐）人。東漢末年天下大亂時，與邴原及王烈等一起到遼東避亂。講解《詩經》《書經》，談祭禮，整治威儀，陳明禮讓。

【二二】"得臣"句：得臣，春秋時楚令尹成得臣，芈姓。成王三十八年，得臣率楚軍滅夔（今秭歸境），又北征背楚親晋的宋國。次年冬，再圍宋，與救宋之晋、齊、秦聯軍戰於城濮（今山東鄄城臨濮集），楚軍潰敗，臣自殺於歸途中。《左傳·僖公二十八年》："晋侯聞之而後喜可知也，曰：'莫餘毒也已。'"此句意即伊藤雖然死了，但是中國的憂患却加劇了。

‖ 己酉仲冬重遊箱根【一】仍宿環翠樓四十二韻 ‖

　　隆冬寒氣壓，冰雪冱蒿萊。倚杖尋舊遊，再涉叢山偎。百草盡萎落，山木風亞摧。緑葉間丹實，錯綴蒼岩苔。怪鳥裂深林，老狐嘷空臺。荒凉一目極，凋條萬壑哀。行行窮絶頂，吊古仍低徊。舊讀《山陽史》【二】，征東亦壯哉。挈提百萬師，豐臣【三】真霸才。箱根頻江戶，指點如心裁。割取關八州【四】，付人作貳陪【五】。一朝華屋逝，霸業全傾頹。妖姬【六】挾孺子【七】，血碧青燐堆。不見金瓢標（豐臣秀吉以金瓢馬標有徽幟，即坐纛之標識），雄關空崔嵬。側望富士嶽，半腹雪皚皚。山巔入白雲，回薄無暫開。仿佛淺間山，噴火騰烟煤（近日長野之淺間山【八】出火地震數百里，烟煤飛揚數十里，余見其攝影圖）。下顧蘆之湖【九】，一泓如春醅。誰作湖山主，爲我傾千罍。蒹葭怨白露，對此空溯洄。轉自危峰下，磴道殊迂回。山路彎侵月，溪聲轟殷雷。逼仄復逼仄，石滑纏苔莓。道旁不知名，尚有寒花胎。觸物感歲暮，因念故山梅。風景頗不殊（余黔中故居，山川風景大似箱根），天未何恢恢。猿鴟怨山人，歸夢頻驚回。重入環翠樓，尚憶去年來。溽暑想清夏，就此逃炎煨。漪流穿碧玉，夾道陰綠槐。高閣信清秘，明瑟無纖埃。溫泉檻觜沸【一○】，被裖【一一】能療災。侍兒董雙成【一二】，淺靨紅玫瑰。時窺玉女窗，方朔猶凝猜【一三】。人面今何處，桃花空映腮。挾瑟邯鄲倡【一四】，朱顏争銜媒。駊騀【一五】曳長唄【一六】，狼籍翻金杯。靈飛無華女，麻飯【一七】非天台【一八】。青天悔靈藥，碧海飛劫灰。宙合多變易，盛替前相催。自非王子喬【一九】，安能長嬰孩【二○】。惟見神代杉（樓中有精室曰神代閣，蓋主人于深山中覓得千年前古杉一株，以構此閣梁柱楹桷，承塵椽側，皆此材也。文理堅緻，稱爲神代物，故名其閣），鬱此千年材。

◎ 注釋

【一】箱根：位於神奈川縣西南部，日本温泉之鄉、療養勝地。

【二】《山陽史》：日本人賴山陽所著《日本外史》。全書共二十二卷，講述自源平之亂以來至德川幕府末期的日本歷史。賴山陽，賴襄，字子成，號山陽、山陽外史，通稱久太郎，別號"三十六峰外史"，齋名"山紫水明處"，著名漢學家。

【三】豐臣：即豐臣秀吉（1537—1598）。1590～1598年日本的實際統治者，1592年和1597年分別發動對明帝國附屬國朝鮮王國的戰争，在明、朝聯軍打擊下慘敗，於1598年8月18日氣病而死。

【四】關八州：指日本關東的九個藩國——上野、下野、相模、伊豆、武藏、常陸、上總、下總、安房，由於上總、下總的俗稱均爲"總州"，故名"關八州"。因爲德川家康被豐臣秀吉從三河、遠江、駿河轉封到這裏，所以這八國也統稱爲關八州。實際上關東不只這八國。

【五】"付人"句：1584年，織田信雄聯合德川家康反對秀吉，秀吉派池田恒興等率部偷襲家康領地三河，但遭到家康伏擊，池田恒興戰死。在戰況失利的情況下，秀吉憑借驚人的外交手腕降服了織田信雄，家康被迫退兵，而後秀吉招降德川家康（把妹妹嫁給家康并把自己的母親送去作人質）。

【六】妖姬：指豐臣秀吉的側室澱君，本名爲淺井茶茶，父親是戰國大名淺井長政，母親是織田信長之妹織田市。爲秀吉生下豐臣鶴松和豐臣秀賴兩個兒子，秀吉死後她推出自己的兒子豐臣秀賴繼承豐臣秀吉的事業，使她成爲凌駕於秀吉正室阿寧之上的"天下第一女人"。目前對她的評價多是負面的。

【七】孺子：指豐臣秀賴。

【八】淺間山：日本最大的火山之一，位於東京以西的長野、群馬縣境內，屬上信越高原國家公園。

【九】蘆之湖：箱根旅遊的核心地區，位於箱根町西方，駒形嶽的南邊山麓，是箱根最迷人的景區。

【一〇】"温泉"句：《詩·大雅·瞻卬》："觱沸檻泉，維其深矣。"朱熹集傳："檻泉，泉上出者。"高亨注："檻，借爲濫，泛濫也。泉水泛濫四流爲濫泉。"觱（bì）沸：泉水涌出的樣子。《詩·小雅·采菽》："觱沸檻泉，言采其芹。"毛傳："觱沸，泉出貌。"檻泉，濫泉，噴涌四流之泉。檻，通"濫"。

【一一】祓禊（fúxì）：消除灾禍。古代春秋兩季，有至水濱舉行消除不祥的祭禮習俗。

【一二】董雙成：神話中西王母侍女名，此處借指美女。

【一三】"時窺"二句：方朔，即東方朔，西漢辭賦家，《博物志》卷八："惟帝與母對坐，其從者皆不得進。時方朔竊從殿南廂朱鳥牖中窺母，母乃大怪之。由此世人謂方朔神仙也。"

【一四】"挾瑟"句：邯鄲倡，後人對先秦兩漢時期趙國倡優的代稱。《史記》記載，邯鄲倡長歌善舞，遊媚富貴，足跡遍諸侯後宮。

【一五】駊騀（pǒé）：指起伏不平。唐韓偓《多情》詩："酒蕩情懷微駊騀，春牽情緒更融怡。"

【一六】長唄：民俗歌曲，又稱江戶長唄，日本江戶歌舞伎經常演奏，因其唱段通常比較冗長而得名。

【一七】麻飯：即胡麻飯，據傳常爲神仙待客所用，故又稱爲“神仙飯”。

【一八】天台：中國浙江省東部名山，位於台州市天台縣，道教南宗的發祥地。南朝劉義慶《幽明録》小説記載有劉晨、阮肇共入天台山遇仙女故事。

【一九】王子喬：傳説中的神仙名。《漢樂府·西門行》：“自非仙人王子喬，計會壽命難與期。”

【二〇】長嬰孩：謂童顏永駐，長生不老。

‖ 秋草四首 ‖

用漁洋山人秋柳韻

賦到《蕪城》【一】欲斷魂，離情蕭瑟上東門。寸心遠戀春暉景，衰鬢愁枯野燒痕。不怨秋風生故國，尚憐天意晚晴村。先鳴百鵙憎芳歇【二】，付與騷人仔細論。

萬幕移邊夜有霜，征人歸夢斷池塘。琵琶嚮月長留塚【三】，騣裹嘶風怨服箱【四】。枯盡葡萄裝漢使，新栽苜蓿護賢王【五】。粘天無際空蕭索，不見豐功勒玉坊。

輦路【六】曾經拂禦衣，凋殘香徑未全非。紅心滿地朱顏老，綠齒霑泥翠色稀。南内【七】有根成獨活，西園【八】無影任雙飛。黍離麥秀【九】皆零落，指到銅駝願已違。

榮枯歲歲總相憐，何處天涯極暮烟。秋入故園三徑露，蓬飄作絮八蠶綿【一〇】。誅茅息壤無多日，采藥神山駐大年。灰槁心形經萬劫，春風一綠遍天邊。

◎ 注釋

【一】《蕪城》：南朝宋文學家鮑照有《蕪城賦》，寓今昔興亡之感。

【二】“先鳴”句：屈原《離騷》：“恐鵜鴂之先鳴兮，使夫百草爲之不芳。”

鶗鴂，即杜鵑，鳴時百花皆謝。芳歇，芳華消散逝去。王維《山居秋暝》："隨意春芳歇，王孫自可留。"

【三】"琵琶"句：塚，指青塚，王昭君墓地。唐杜甫《詠懷古跡》之三："一去紫臺連朔漠，獨留青塚嚮黃昏。"仇兆鰲注："《歸州圖經》：邊地多白草，昭君塚獨青。"

【四】"騕褭"句：騕褭，古駿馬名。《文選·張衡》："斥西施而弗禦兮，縶騕褭以服箱。"李善注："《漢書音義》，應劭曰：'騕褭，古之駿馬也，赤喙玄身，日行五千里。'"服箱，負載車箱，猶駕車。

【五】"枯盡"二句：寫昭君遠嫁匈奴後，爲漢朝和匈奴之間的和平相處、文化交流作出了貢獻。葡萄，原產西域，《漢書》言張騫使西域還，始得此種。苜蓿，原產西域，漢武帝時，張騫使西域，始從大宛傳入。

【六】輦路：天子車駕所經的道路。

【七】南內：皇帝居住的地方。

【八】西園：泛指皇家園林。

【九】黍離麥秀：哀傷亡國之辭。《詩·王風·黍離》："彼黍離離，彼稷之苗。行邁靡靡，中心搖搖。"

【一〇】八蠶綿：此處泛指蠶綿。八蠶，一年八熟的蠶。《文選·左思〈吳都賦〉》："國稅再熟之稻，鄉貢八蠶之綿。"李善注引《交州記》曰："一歲八蠶繭出日南也。"

‖ 荆　軻 ‖

鹵莽酬恩不自知，刺秦非計速燕危。咸陽縱使戕西帝，衍水【一】終難振北師。眯眥竟忘逃蓋聶【二】，頭顱虛擲負於期【三】。誤人一死嗟何及，先事田光【四】後漸離【五】。

劍術雖疏計不疏，白虹貫日【六】兆非虛。祖龍【七】果得先推刃【八】，指鹿何堪竊乘輿。遂使燕雲常帶礪【九】，豈需博浪見椎車【一〇】。蕭蕭易水寒風烈，吊古英雄比望諸【一】。

◎ 注釋

【一】衍水：今稱太子河。《讀史方輿紀要》載：“太子河即故衍水，燕太子丹匿於衍水中，後人因名爲太子河。”流貫本溪、遼陽境內，經海城與渾河相匯入遼河，由營口牛莊附近入渤海。

【二】“睚眥”句：睚眥，本義爲怒目而視。蓋（gě）聶，戰國末年劍術家。當時衛國人荆軻也頗喜歡讀書和擊劍，聞蓋聶以劍術著稱，便來榆次拜訪。《史記·刺客列傳》：“荆軻嘗遊過榆次，與蓋聶論劍，蓋聶怒而目之。荆軻出，人或言復召荆卿。蓋聶曰：‘曩者吾與論劍有不稱者，吾目之；試往，是宜去，不敢留。’使往之主人，荆卿則已駕而去榆次矣。使者還報，蓋聶曰：‘固去也，吾曩者目攝之！’”

【三】於期（wūjī）：即樊於期，戰國末期人，原爲秦國將軍，後因犯罪逃往燕國，被太子丹收留。燕太子丹派荆軻謀刺秦王時，荆軻請求以其首級與庶地督亢（在河北涿縣一帶）地圖作爲進獻秦王的禮物，以利行刺。樊於期知道後，自刎而死。

【四】田光：戰國末期燕國人，晚年留居燕都附近（今河北徐水），與荆軻交往甚爲投機，燕王喜二十七年（前228），秦滅趙，兵屯燕界，太子丹震懼，邀田光謀刺秦王，田光自辭衰老，遂薦摯友荆軻，太子允，告誡道：“所言國之大事，願先生勿洩也!”田光急見荆軻，言舉薦之事，荆軻應之。田光嘆道：“吾聞長者之行不使人疑之，今太子告光勿洩，是太子疑光也。夫爲行，而使人疑之，非節俠也。願足下急見太子，言光已死，明不言也。”毅然拔劍自刎。

【五】漸離：指高漸離。

【六】白虹貫日：白色長虹穿日而過，一種罕見的日暈天象。古人認爲人間有非常之事發生，就會出現這種天象變化。《史記·魯仲連鄒陽列傳》：“昔者荆軻慕燕丹之義，白虹貫日，太子畏之。”裴駰集解引應劭曰：“精誠感天，白虹爲之貫日也。”

【七】祖龍：特指秦始皇，《史記·秦始皇本紀》：“使者從關東過華陰平舒道，有人持璧遮使者曰：‘爲吾遺滴池君。’因言曰：‘今年祖龍死’。裴駰集解引蘇林曰：‘祖，始也；龍，人君像。謂始皇也。’”

【八】推刃：泛稱用刀劍刺殺或復仇。《公羊傳·定公四年》：“父不受誅，子復仇，可也。父受誅，子復仇，推刃之道也。”何休注：“一往一來曰推刃。謂父罪當誅而子復仇，仇家之子亦必報復，則形成一往一來的循環報復。”

【九】帶礪：亦作“帶厲衣帶和砥石。謂受皇家恩寵，與國同休。《史記·高祖功臣侯者年表》：“封爵之誓曰：‘使黃河如帶，泰山若厲。國以永寧，爰及苗裔。’”裴駰集解引漢應劭曰：“封爵之誓，國家欲使功臣傳祚無窮。帶，衣帶也；厲，砥石也。河當何時如衣帶，山當何時如厲石，言如帶厲，國乃絕耳。”

【一〇】博浪見椎車：指張良在博浪沙刺殺秦始皇。

【一一】望諸：即望諸君樂毅，字永霸。戰國後期傑出的軍事家，拜燕上將軍，受封昌國君。燕惠王爲太子時與樂毅即有矛盾，繼位後疑忌樂毅，樂毅恐被加害而逃往趙國，趙封樂毅於觀津，號曰望諸君。

‖ 題鮑小庵【一】梅花畫册 ‖

昨夜朔風撼鈴索，梅花萬萼相錯落。萬里春從海上來，還招何遜遲東閣【二】。客來授我梅花册，珊瑚青玉圈飛白。白首皖江老畫師，三生小杜揚州客（小庵歙人，橋寓監城）。平生刻意寫梅花，自愛孤高等標格。腕底梅花十萬株，筆筆玲瓏鏤冰魄。絕技更擅回春手，活人活國業不朽。肯將餘事寫某華，韓康【三】合是林逋友。嗟余少賤壯失學，爲訪姑仙海上走。冰雪肌膚綽約姿，料【一】得高寒世難耦。海上天風吹落花，夢墮羅浮沁香酒。故園梅花經五春，錦字花枝聞嘆婦【四】。遠憶梅花正斷魂，披圖更想消寒九。碧霄夜降萼綠華，寒玉回環敲北斗。

◎ 校勘記

（一）料：原本作“科”，誤。今改。

◎ 注釋

【一】鮑小庵：即鮑瑩，安徽歙縣人，字筱庵，善畫梅，有《百梅圖》。

【二】何遜遲東閣：何遜，南朝齊、梁時文學家。詩作擅長抒寫離情別緒及描繪景物。唐杜甫《和裴迪登蜀州東亭送客逢早梅相憶見寄》：“東閣官梅動詩興，還如何遜在揚州。”清仇兆鰲注：“東閣，指東亭。”

【三】韓康：此處借指隱逸高士。漢趙岐《三輔決錄》卷一：“韓康，字伯休，京兆霸陵人也。常遊名山，采藥賣於長安市中，口不二價者三十餘年。時有女子買藥於康，怒康守價，乃曰：‘公是韓伯休邪，乃不二價乎？’康嘆曰：‘我欲避名，今區區女子皆知有我，何用藥爲？’遂逋入霸陵山中，博士公車連征不至。”

【四】“錦字”句：用前秦蘇蕙織錦勸夫事。

‖ 賀羅厚父姬人生子 ‖

徐市求仙入東海，童男童女貌如花。羨君採取三山藥，素女回迎七寶車【一】。錦瑟麼弦【二】弄桃葉【三】，瓊枝側蕊苴蘭芽。他時解著《潛夫論》【四】，何必王符有外家【五】。

◎ 注釋

【一】七寶車：用多種珍寶裝飾的車。泛指華貴的車子。明高瑞南《新水令·悼內》套曲：“月暗雙鸞鏡，香分七寶車。”

【二】麼弦：指琵琶的第四弦，亦借指琵琶。唐劉禹錫《奉和淮南李相公早秋即事寄成都武相公》：“聆音還竊抃，不覺撫麼弦。”

【三】桃葉：借指愛妾或所愛戀的女子。王獻之《桃葉歌》：“桃葉復桃葉，桃葉連桃根。相憐兩樂事，獨使我殷勤。”宋張敦頤《六朝事蹟·桃葉渡》：“桃葉者，王獻之愛妾名也，其妹曰桃根。”

【四】《潛夫論》：東漢王符著，共三十六篇，多數是討論治國安民之術的政論文章，少數也涉及哲學問題。

【五】王符有外家：王符，東漢政論家、文學家，安定臨涇（今甘肅鎮原）人，著有《潛夫論》。《後漢書·王符傳》載，王符“少好學，有志操，與馬融、竇章、張衡、崔瑗等友善。安定俗鄙庶孽，而符無外家，爲鄉人所賤”。

漆鑄城【一】以宣紙索書賦此寄之時庚戌人日也

四十年來操退筆【二】，如椽枯管已無花【三】。英雄老去憐該撒【四】，何獨羞人鄧仲華。

◎ 注釋

【一】漆鑄城：即漆運鈞（1878—1974），字鑄城，號松齋，貴州貴陽人，日本早稻田大學畢業。留日期間，參加中國同盟會并出席成立大會。精讀古籍，有《四書集字説文鈔》《十三經集字》《春秋左氏傳人表》和多種讀書劄記及清史研究筆記。

【二】退筆：用舊的筆，禿筆。退，通"頹"。

【三】"如椽"句：如椽，即大筆如椽；枯管已無花，喻才思枯竭。五代王仁裕《開元天寶遺事夢筆頭生花》："李白少時，夢所用之筆頭上生花，後天才贍逸，名聞天下。"

【四】該撒：即凱撒大帝。羅馬共和國末期傑出的軍事統帥、政治家。

近藤恬齋招宴即席賦贈，次恬齋天心閣原韻

從事酒兵【一】嚴戰壘，量才詩匠喚筵開。珠光電影春如海，可少元龍【二】座上來。

◎ 注釋

【一】酒兵：酒。《南史·陳暄傳》："故江諮議有言：'酒猶兵也，兵可千日而不用，不可一日而不備，酒可千日而不飲，不可一飲而不醉。'"

【二】元龍：用東漢陳登典，指怠慢客人。陳登，字元龍。《三國志·魏志·陳登傳》載，許汜與劉備共論天下人，汜曰："昔遭亂過下邳，見元龍。元龍無客主之意，久不相與語，自上大牀臥，使客臥下牀。"

和白河柳枝詞韻借贈侍者

尚留蝶粉怯蜂黃【一】，擊鉢催詩【二】屬漫郎【三】。重把檀槽【四】呼定子【五】，春宵莫負漏聲長。

◎ 注釋

【一】蝶粉蜂黃：指古代婦女粉面額黃，妝扮美容。唐李商隱《酬崔八早梅有贈兼示之作》："何處拂胸資蝶粉，幾時塗額藉蜂黃。"

【二】擊鉢催詩：指限時成詩，亦以喻詩才敏捷。南朝齊竟陵王蕭子良常於夜間邀集才人學士飲酒賦詩，刻燭限時，規定燭燃一寸，詩成四韻。蕭文琰認爲這并非難事，乃與丘令楷、江洪二人改爲擊銅鉢催詩，要求鉢聲一止，詩即吟成。

【三】漫郎：原指唐朝元結，後借指放浪形骸，不守世俗檢束的文人。

【四】檀槽：指琵琶等樂器。李賀《感春》："胡琴今日恨，急語嚮檀槽。"王琦匯解："檀槽，謂以紫檀木爲琵琶槽。"

【五】定子：即藤原定子，日本第六十六代天皇一條的皇后。此處代指侍者。

永井禾原【一】侍郎招宴來青閣賦詩分韻得九青

黃河遠上畫旗亭【二】，撞到華鐘恃寸莛。總有新詩雜著墨，先登秘閣玩來青。馬牛下走資重譯，龍虎文章重八溟【三】（座中永阪石埭【四】、森槐南【五】爲倭中文士泰斗）。歸客他時渡瀛海，同舟郭李【六】藉揚舲（禾原現經理郵船會社，故云）。

◎ 注釋

【一】永井禾原：原名永井久一郎（1852—1913），詩號禾原，是明治政府的開明官吏，曾歷任東京國立圖書館館長、文部大臣秘書官，日本郵船會社橫濱、上海支社總經理。精通儒學漢詩，是明治末期的著名漢詩人，曾以漢詩集《來青閣集》名世。1902 年（明治三十五年），永井久一郎在東京大久保餘丁町（今新宿餘丁町一帶）購築新居，命名"來青閣"，經常舉行詩筵雅集，邀請當時的詩界名流前往吟詩揮毫。

【二】"黃河"句：指詩友文朋聚會。用"旗亭畫壁"典。

【三】八溟：即八海，指天下。杜甫《客居》："安得覆八溟，爲君洗乾坤。"

【四】永阪石埭（1835—1924），日本著名漢詩人，時爲隨鷗吟社社長。

【五】森槐南（1863—1911），日本明治時期著名漢學家及漢詩詞作家，名大來，字公泰，號槐南小史，小名泰二郎。生於名古屋。其唐詩及中國古典詩格律研究，日本學界至今奉爲圭臬，於中國戲曲、小説研究，亦稱大家，被稱爲"日本詞壇飛將"，清代著名詩人黃遵憲稱其爲"東京才子"。

【六】同舟郭李：比喻知己相處，不分貴賤，親密無間。《後漢書·郭太傳》："郭太字林宗，太原界休人也。家世貧賤……乃遊於洛陽。始見河南尹李膺，膺大奇之，遂相友善，於是名震京師。後歸鄉里，衣冠諸儒送至河上，車數千輛。林宗惟與李膺同舟而濟，衆賓望之，以爲神仙焉。"

‖ 和禾原招引原韻 ‖

青秘樓臺近碧城，天因高會變陰晴（午前陰雨，至午後集會時放晴）。辛夷滯雨拖烟重，甲第【一】連雲返照明。白社【二】風流多宿舊（隨鷗吟社諸君，多一時耆宿），黃初人物盡才名。夜闌更剪西窗燭，取次金樽無限情。

◎ 注釋

【一】甲第：豪門貴族的宅第。

【二】白社：特指某些社團。此處特指隨鷗吟社。

‖ 酒罷和永阪石埭韻贈之 ‖

速枚不敵馬工遲【一】（石埭詩最後成，亦最工也），同赴山公【二】把酒期。觸緒春愁縛似繭，侵人白髮練成絲（余年近四十而髮已早白）。東溟夜靜聞鼉鼓，西掖【三】仙清近鳳池【四】（謂槐南秘書也）。《快雪時晴》【五】傳妙筆（石埭書法爲日本最有名者，畫亦佳），疑云昨夜有新詩（原韻有爲補新橋昨夜詩之句）。

◎ 注釋

【一】"速枚"句：原指枚皋文章寫得快，司馬相如文章寫得工整標緻。後用於稱贊各有長處。東漢班固《漢書·枚乘傳》："爲文疾，受詔輒成，故所賦者多；司馬相如善爲文而遲，故所作少而善於皋。"

【二】山公：指山濤，字巨源，"竹林七賢"之一。《晋書·山濤傳》："濤飲酒至八斗方醉，帝欲試之，乃以酒八斗飲濤，而密益其酒，濤極本量而止。"

【三】西掖：中書或中書省的別稱。漢應劭《漢官儀》卷上："左右曹受尚書事，前世文士，以中書在右，因謂中書爲右曹。又稱西掖。"

【四】鳳池：指宰相。從作者原注可知，此句寫森槐南，因爲此時森槐南曾是首相伊藤博文的秘書。

【五】《快雪時晴》：晋朝書法家王羲之的著名書法名帖。此句爲余達父贊揚永阪石埭高超的書法水準。

‖ 江戶川夜櫻 ‖

江戶川流三尺漪，小舟上下如一粟。夾岸櫻花數百株，枝枝低亞霏紅玉。溪光明淨花穠妍，青銅磨鏡珊瑚曲。武陵仿佛桃花源，越山窈窕雪溪【一】淥。白日嬌成駘蕩【二】春，晚風戀作參差綠。東京兒女惜芳華，看花夜闌更秉燭。衣香撩人鬢影高，回眸却被秋波浴。花繞人動兩闌咽【三】，凌波羅襪光躑躅。嬉春兒女總驕憨，豈知造化多亭毒【四】。昨看墨江十萬櫻，狂風卷散如紅旭。高樓思婦春更傷，窮邊羈客愁難觸。安得故園一枝春，西窗對話清如鵠【五】。

◎ 注釋

【一】雪（zhà）溪：又稱雪川、雪水，是浙江省湖州市境内的一條河流。

【二】駘（dài）蕩：舒緩起伏，蕩漾。南朝齊謝朓《直中書省》詩："朋情以鬱陶，春物方駘蕩。"

【三】闐咽：喧鬧的樣子。蘇軾《好事近·黃州送君猷》詞："明年春水漲桃花，柳岸隘舟楫。從此滿城歌吹，看黃州闐咽。"

【四】亭毒：養育，化育。《老子》："長之育之，亭之毒之，養之覆之。"高亨正詁："'亭'當讀爲'成'，'毒'當讀爲'熟'，皆音同通用。"《文選·劉孝標〈辯命論〉》："生之無亭毒之心，死之豈虔劉之志。"李周翰注："亭、毒，均養也。"

【五】清如鵠：清朗如黃鵠一樣，比喻隱逸之士。蘇軾《別子由三首兼別遲其二》："遙想茅軒照水開，兩翁相對清如鵠。"

‖ 隨鷗吟社招宴響島八百松樓，席間和社長永阪石埭原韻 ‖

浪跡蓬山不記年，衆仙同詠大羅天【一】。墨江壓岸櫻雲漲，無限春光到眼前。

櫻花時節自年年，艷艷城南尺五天。道是詩人能惜取，買春常在落花前。

老眼看花似少年，笙歌騰沸艷陽天。紫雲壓酒紅兒唱【二】，莫道風懷不及前。

解賦西崑是大年【三】，雕龍繡虎【四】夢鈞天【五】。樓頭春水明如黛，卷起新潮到酒前。

原作：

紅花碧草自年年，又屆枕橋修禊[六]天。詩夢搖溶潮上下，不離七十二鷗前。

◎ 注釋

【一】大羅天：道教三十六天最高一層，最廣闊的天地。

【二】"紫雲"句：紫雲、紅兒，均爲侍者名。壓酒，酒釀製將熟時，壓榨取酒。唐李白《金陵酒肆留別》："風吹柳花滿店香，吳姬壓酒勸客嘗。"

【三】大年：指北宋西昆體代表作家楊億，字大年。

【四】雕龍繡虎：比喻文章風格豪放雄健。明王世貞《桑民懌》："桑民懌才名噪一時，幾有雕龍繡虎之稱。"

【五】鈞天：即鈞天廣樂，形容優美雄壯的樂曲。漢張衡《西京賦》："昔者大帝說秦繆公而覲之，饗以鈞天廣樂。"

【六】修禊（xì）：古代於春秋兩季在水邊舉行的一種祭禮。因東晉永和九年三月三日，王羲之和謝安、孫綽等四十二位文人學士、社會名流，在浙江山陰的蘭亭作"修禊"之會，所以後來指文人雅士聚會。

永井禾原將遊清韓[一]，招同人留別於來青閣，即席賦詩餞之

林園新綠净，天氣暮春和。嚴裝遠行客，招我唱驪歌。斯遊亦壯哉，清韓兩經過。戒期出馬關，海闊天澄波。行經箕子國[二]，古碑尚能摩。驅車逾鐵嶺[三]，雄關隱陂陀[四]。析津近繁盛，京闕崇巍峨。軟紅[五]十丈塵，描青萬斛嬴。洛陽望帝州，風沙渡黃河。炎天走江夏，汗雨揮滂沱。霸業吊周郎，勝慨懷東坡。金陵際王會，山海琛駢羅。秦淮留畫舫，白下[六]送鳴珂。重到春申江[七]，酒痕襟上多。南樓招素女，雙頰生紅渦。十載憶舊遊，須鬢漸成皤。滄桑未容慨，盛替隨羲娥[八]。何當策鄧林[九]，一返

魯陽戈【一〇】。古人重閉關，咫尺皆坎坷。今日同文軌，萬里非逶迤。我歌送君行，歸夢想烟蘿。交誼徹金石，千載永不磨。結此文字緣，融和漢與倭。醉墨潑淋漓，退管飛龍梭【一一】。他年尋勝跡，留此堪摩挲。

◎ 注釋

【一】清韓：中國和韓國。

【二】箕子國：朝鮮。箕子是中國商朝末年紂王的叔父，名胥餘，因封國在箕，所以稱箕子。周武王滅商後，箕子率五千商朝遺民東遷至朝鮮半島。

【三】鐵嶺：位於遼寧省北部，松遼平原中段。

【四】陂陀：亦作“坡陀”，山勢起伏。宋蘇軾《次前韻答馬忠玉》：“坡陀巨麓起連峯，積纍當年慶自鐘。”

【五】軟紅：指俗世的繁華熱鬧。宋蘇軾《次韻蔣穎叔錢穆父從駕景靈宮》之一：“半白不羞垂領髮，軟紅猶戀屬車塵。”

【六】白下：舊時南京的別稱，因沿江舊有白石陂，晋陶侃於此築白石壘，後人又築白下城，故名。

【七】春申江：即申江，指上海的黃浦江，此處代指上海。

【八】羲娥：羲和與嫦娥的并稱，借指歲月。蘇軾《次韻楊褒早春》：“破恨徑須煩麴蘗，增年誰復怨羲娥。”

【九】策鄧林：策，手杖；鄧林，桃林。此指珍惜時間。典出《山海經·海外北經》。

【一〇】魯陽戈：此指把失去的時間奪回來。《淮南子·覽冥訓》：“魯陽公與韓構難，戰酣日暮，援戈而撝之，日爲之反三舍。”

【一一】龍梭：織布梭的美稱。《晋書·陶侃傳》：“侃少時漁於雷澤，網得一織梭，以掛於壁。有頃雷雨，自化爲龍而去。”

‖ 鮑筱庵自揚州寫某花橫幅見贈，書此却寄 ‖

名下【一】布衣齊二樹【二】，古來高隱似韓康。邗江〔一〕寄我玲瓏筆，遠使雞林【三】翰墨香。

◎ **校勘記**

（一）邗江：余達父原本作“刊江”，誤，當作“邗江”。邗江隸屬江蘇揚州，因鮑篠庵是從揚州寄來梅花橫幅，所以當爲邗江。

◎ **注釋**

【一】名下：有名聲的人。

【二】二樹：即清代畫家童鈺。字璞岩，一字樹，又字二如、二樹，別號二樹山人，終身布衣。蔣寶齡《墨林今話》云，二樹畫梅“名獨著，人得其一幅，拱壁視之”。相傳他寄寓洛陽時，嘗寫梅壁間，時方冬日，百蟲俱蟄，忽有凍蜂潛集其上。梅花傳神，竟達亂真地步。

【三】雞林：用白居易“詩入雞林”典。後指稱贊別人作品流傳廣泛，價值昂貴。唐元稹《白氏長慶集序》：“（白居易詩）廿年間……又雞林（即古新羅國）賈人求詩頗切，自云：‘本國宰相每以一金換一篇，其甚僞者，宰相輒能辨別之，自篇章以來，未有如是流傳之廣者。’”

‖ 春　柳 ‖

限豪韻

金色絲絲作繭繅，暖風幾日碧成條。柔條滿目牽長恨，飛絮歸心折大刀。旗滿華林春一色，棉吹南浦綠三篙。天涯倦眼眠還起，不羨神仙汁染袍。

‖ 分詠馬嵬坡【一】 ‖

潦倒君王喚奈何，六師草草任嗔訶。肯將神器傳靈武，忍使《霓裳》

怨大羅。妖纖壽陽來白馬【二】，風塵棧道走青贏（塵人有《明皇青贏西幸圖》【三】，
繪劍閣棧道中景也）。歸來《夜雨淋鈴曲》【四】，應憶《弘農得寶歌》【五】。

◎ 注釋

【一】馬嵬坡：即馬嵬驛。爲楊貴妃縊死之地。

【二】壽陽來白馬：借指安史之亂。

【三】《明皇青贏西幸圖》：當爲《明皇幸蜀圖》，現藏臺北“故宮博物院”。
唐李昭道畫。

【四】《夜雨淋鈴曲》：即《雨霖鈴》。馬嵬兵變後，楊貴妃縊死，相傳唐玄宗
入蜀時因在雨中聞鈴聲而思念楊貴妃，故作此曲。

【五】《弘農得寶歌》：唐樂曲名。《舊唐書·韋堅傳》載，開元二十九年
（741），長安東郊廣運潭落成，“廣集兩縣官使婦人唱之，言：‘得寶弘農野，
弘農得寶耶！潭裏船車鬧，揚州銅器多。三郎當殿坐，看唱《得寶歌》。’”

卷九（1909年冬～1911年春）

‖ 無 題 ‖

用玉溪生“昨夜星辰昨夜風”[一]韻

破寒羅袂倚春風，清淺銀河斗柄東【一】。錦瑟華年怨遲暮，玉階幽夢想
靈通。倉庚療妒【二】回腸恨，骰子相思入骨紅【三】。一夜綠章【四】上天闕，昭
陽曙色【五】近瀛蓬。

絲管沉沉午夜風，凝他別院玉丁東。五城仙闕雙龍偃，九曲靈珠一蟻
通【六】。寶鴨銷香檀暈【七】碧，金魚齧鈕桂春紅。守宮蛻盡丹沙色，縹緲巫
山入閬蓬【八】。

◎ 校勘記

（一）“昨夜星辰昨夜風”：原本作“昨夜星辰夜風”，少一字。

◎ 注釋

【一】斗柄東：斗柄，指北斗七星中玉衡、開陽、搖光三星。斗柄正指嚮東方，
標誌天文春季的開始。《冠子·環流篇》：“斗柄東指，天下皆春；斗柄南指，天下
皆夏；斗柄西指，天下皆秋；斗柄北指，天下皆冬。”

【二】倉庚療妒：古代傳説倉庚作羹可以療妒。《山海經·北山經》：“有鳥焉，
其狀如梟而白首，其名曰黃鳥，其鳴自詨，食之不妒。”

【三】“骰子”句：唐骰子多爲骨製，骰子裏嵌紅豆。比喻相思癡情。溫庭筠《新
添聲楊柳枝詞二首》：“玲瓏骰子安紅豆，入骨相思知不知？”

【四】綠章：即青詞。舊時道士祭天時所寫的奏章表文，用朱筆寫在青藤紙上，
故名。唐李賀《綠章封事》詩：“綠章封事諮元父，六街馬蹄浩無主。”王琦匯解：
“《演繁露》：‘今世上自人主，下至臣庶，用道家科儀奏事於天帝者，皆青藤紙朱
字，名爲青詞。’綠章即青詞，謂以綠紙爲表章也。”

【五】昭陽曙色：昭陽殿的曙光。此句用漢成帝時班婕妤事。班婕妤曾受成帝寵

愛，後來成帝又寵倖起趙飛燕姐妹，班婕妤看到自身處境孤危，自請去長信宮侍奉太后，從此淒寂地度過一生。此句作者反其意而用之，指希望的曙光將要降臨。

【六】"九曲"句：相傳古代有得九曲寶珠的人，穿之不得，孔子教以塗脂於線，使蟻通之。

【七】檀暈：形容淺赭色。與婦女眉旁的暈色相似，故稱。蘇軾《次韻楊公濟奉議梅花》之九："鮫綃剪碎玉簪輕，檀暈妝成雪月明。"

【八】閬蓬：指閬苑蓬壺。泛指神仙居住的地方。

‖ 鸚鵡洲吊禰正平【一】 ‖

思古吟社分題

亂世文章聊復爾，奇才賈禍【二】有如是。岑牟單絞《漁陽參》【三】，掊奸早判阿瞞死【四】。景升兒子空豚犬【五】，黃祖【六】粗豪更螻蟻。舉世欲殺天留之，千秋一賦【七】名江涘。後人論古泥成敗，頗以愛憎任臧否。未知處世貴稱意，削足適履無寧已。君不見賈生才調怨鵩鳥【八】，屈原詞賦傷蘭芷【九】。儒宗蕭相竟仰藥【一○】，名法晁生斬東市。斯人豈必皆忤俗，放流廢死誠非理。當時英雄今何物，江漢湯湯吊江水。

◎ 注釋

【一】禰正平：辭賦家禰衡，字正平，東漢末年名士，因出言不遜觸怒曹操，被遣送至荊州劉表處，後又因出言不遜，被送至江夏太守黃祖處，終為黃祖所殺，終年二十六歲。

【二】賈（gǔ）禍：自招禍患。

【三】"岑牟"句：穿戴敲鼓人的衣帽演奏《漁陽參》鼓曲。絞，比喻蒙受羞辱。岑牟，古時鼓角吏的帽子；單絞，蒼黃色的單衣。《漁陽參》，鼓曲名，亦稱"漁陽摻撾"。《後漢書·文苑傳下·禰衡》："諸吏過者，皆令脫其故衣，更著岑牟單絞之服。次至衡，衡方為《漁陽參撾》，容態有異，聲節悲壯，聽者莫不慷慨。"

【四】"掊奸"句：阿瞞，指曹操。此句寫禰衡擊鼓罵曹事。

【五】"景升"句：劉表（142—208），字景升，山陽郡高平（今山東微山）人。東漢末年名士，漢室宗親，荆州牧，漢末群雄之一。豚犬：豬和狗。《三國志·吴志·吴主傳》裴松之注引晉胡衝《吴曆》："公見舟船器仗軍伍整肅，喟然嘆曰：'生子當如孫仲謀，劉景升兒子若豚犬耳！'"

【六】黄祖：東漢末年荆州牧劉表部下的江夏太守，名士禰衡被其所殺。

【七】千秋一賦：此指禰衡所作《鸚鵡賦》。《鸚鵡賦》是一篇托物言志之作，作者以鸚鵡自況，抒寫生於亂世的憤悶心情，反映出作者對東漢末年政治黑暗的强烈不滿。

【八】賈生才調怨鵬鳥：賈生，西漢初年文學家、政論家賈誼，又稱賈太傅、賈長沙、賈生。少有纔名，因遭群臣忌恨，被貶爲長沙王的太傅。後被召回長安，爲梁懷王太傅，三十三歲憂傷而死。《鵬鳥賦（并序）》："誼爲長沙王傅三年，有鵬飛入誼舍。鵬似鴞，不祥鳥也。誼即以謫居長沙，長沙卑濕，誼自傷悼，以爲壽不得長，乃爲賦以自廣也。"

【九】"屈原"句：蘭芷，蘭草與白芷，皆香草。《楚辭·離騷》："蘭芷變而不芳兮，荃蕙化而爲茅。"王逸注："言蘭芷之草，變易其體而不復香。"

【一〇】"儒宗"句：用蕭望之受誣飲鴆自殺事。儒宗：泛指爲讀書人所宗仰的學者。蕭相：蕭望之（約前114年—前47年），字長倩。漢元帝即位後，領尚書事輔佐朝政，甚受尊重。後遭宦官弘恭、石顯等誣告下獄，憤而自殺。事見《漢書·蕭望之傳》。

‖ 寒翠山莊清集即景分得肴韻并引 ‖

寒翠山莊在小石川之茗荷谷，陂陀起伏，植松數百株，彌望蒼翠，坳地有池，繫小舟焉。隆冬殘雪間，尚有緑草如茵，則春夏時之幽絜可想也。主人塚原周造【一】，自號夢舟居士。能漢詩文，有著集，喜與文士讌遊，且雄於貲，故厨傳【二】精潔，山林間頗無蔬筍氣【三】。漢和文士集者十一人，席間即賦。

五載神山悵繫匏【四】，也隨儕侣步芳郊。闢園緑野天爲障，繞郭青松雪滿梢。壺市留仙懸日月，芥舟泛水近堂坳【五】。尖叉【六】險韻難成捷，急就匆匆不待敲。

◎ 注釋

【一】塚原周造（1847—1927）：號夢舟居士，曾任日本商船學校校長，并和永井禾原一道在慶應義塾大學任教，能創作漢詩文，有《龍蛇握奇集》。

【二】厨傳：古代供應過客食宿、車馬的處所，此指住所。

【三】蔬筍氣：指酸餡氣，喻寫詩作文時的迂腐氣息。蘇軾《贈詩僧道通》：“語帶烟霞從古少，氣含蔬筍到公無。”自注：“謂無酸餡氣也。”

【四】繫匏：比喻隱居未仕或弃置閒散。《論語·陽貨》：“吾豈匏瓜也哉，焉能繫而不食？”

【五】“芥舟”句：芥舟，小船。《莊子·逍遥遊》：“覆杯水於坳堂之上，則芥爲之舟，置杯焉則膠，水淺而舟大也。”

【六】尖叉：“尖”“叉”均爲舊詩中之險韻，後以“尖叉”爲險韻之代稱。

‖ 酒罷口占贈夢舟居士【一】，即次夢舟贈郁曼陀【二】韻 ‖

名園留勝概，仙闕近芳蹤。爲拜龐公【三】起，殊慚叔夜【四】慵。侍兒能引鳳【五】（席間出雙鬟侑酒【六】，其一甚妍媚），老子竟猶龍【七】。食我如瓜棗【八】，安期世外逢。

◎ 注釋

【一】夢舟居士：即塚原周造。

【二】郁曼陀：即郁華，浙江富陽人，原名慶雲，字曼陀，現代著名作家郁達夫之兄。1905 年考取浙江省首批官費留日學生，畢業于早稻田大學，1939 年被汪僞特務暗殺。

【三】龐公：即龐德公，東漢名士，襄陽人，荆州刺史劉表數次請他進府，皆不就。諸葛亮以師禮待龐德公，每次造訪，均拜於床下。後隱居於鹿門山，采藥以終。事見《後漢書・逸民列傳・龐公》引《襄陽記》。

【四】叔夜：嵇康，字叔夜。三國曹魏時著名思想家、音樂家、文學家。主張"越名教而任自然"的生活方式。

【五】"侍兒"句：此處借指美妙的音樂使人陶醉。

【六】侑（yòu）酒：勸酒，爲飲酒者助興。

【七】"老子"句：猶龍，如龍，指老子。《史記・老子韓非列傳》："孔子去，謂弟子曰：'……至於龍吾不能知，其乘風雲而上天。吾今日見老子，其猶龍邪！'"

【八】"食我"句：《史記・封禪書》："（李少君）言上曰：'君嘗遊海上，見安期生，安期生食巨棗，大如瓜。安期生，仙者，通蓬萊中，合則見人，不合則隱。'"

席間土居通豫【一】君以素藤繪侍者小像贈余，題此志之，同時題者數人

綺席初開見紫雲【二】，狂言欲發杜司勳【三】。徐熙【四】爲寫靈和【五】影，座上新詩題滿裙。

◎ 注釋

【一】土居通豫：即土居香國，字士順，號香國，又號香國花史。明治時期活躍於日本詩壇，著有漢詩集《徵臺集》《徵臺續集》和《仙壽山房詩文鈔》等。

【二】紫雲：唐時司徒李願的歌妓。

【三】"狂言"句：杜司勳，即杜牧。《唐才子傳》卷六："牧因遣諷李使召己，既至，曰：'聞有紫雲者，妙歌舞，孰是？'即贈詩曰：'華堂今日綺筵開，誰喚分司禦史來。忽發狂言驚四座，兩行紅袖一時回。'"

【四】徐熙：五代南唐傑出畫家。沈括說他是"江南布衣"。善畫花竹林木，蟬蝶草蟲。

【五】靈和：本宮殿名，此指柳樹。

‖　張繹琴招飲田端，同和漆鑄成韻　‖

桑麻重綠郊原暗，水木清華野寺明。遠市炊烟散成霧，繁枝嬌鳥喚新晴。糟丘【一】纔築便招飲，筆陣未酣先斫營【二】（余方到，繹琴即索詩）。如此湖山留小住，誰能艷殺弃縭生。

◎ 注釋

【一】糟丘：積糟成丘。極言釀酒之多。《韓詩外傳》卷四："桀爲酒池，可以運舟，糟丘足以望十里，而牛飲者三千人。"

【二】斫營：劫營，偷襲敵營。此指作者剛到，毫無準備，張繹琴就嚮他索詩事。唐白居易《奉送三兄》詩："少年曾管二千兵，晝聽笙歌夜斫營。"

‖　竹醉日【一】塚原夢舟招飲寒翠莊消夏，和厲樊榭【二】《夏至前一日》韻二首　‖

萬樹青松壓百城，何須五柳羡淵明。熱從東野寒中散，人在西湖鏡裏行。字句好窮宗匠筆，壺觴留醉主人情。尋詩徒倚曲闌外，時聽遊魚潑刺聲。

摩詰林園【三】接鳳城，文章才調沈初明【四】。傳觴【五】竹醉詩人節，鬥句楊生【六】《老將行》。車走六街難著語，潭深千尺不如情。新晴纔破愁霖【七】歇，無限松梢作雨聲。

◎ 注釋

【一】竹醉日：指農曆五月十三日，是傳統的民俗節。相傳這天竹醉，種竹易活，所以成了栽竹之日。宋範致明《嶽陽風土記》："五月十三日謂之龍生日，可種竹，《齊民要術》所謂竹醉日也。"

【二】厲樊榭：即厲鶚（1692—1752），字太鴻，錢塘（今浙江杭州）人，清代文學家，康熙五十九年舉人，屢試進士不第。著有《宋詩紀事》《樊榭山房集》等。

【三】摩詰林園：摩詰，指唐代著名詩人王維，字摩詰。晚年置輞川別業，與詩友文朋優遊其中，賦詩相酬爲樂。

【四】沈初明：即沈炯（503—561），字初明。南朝梁武康（今浙江德清縣）人。少有俊才，爲時所重。《漢魏六朝百三家集》輯有《沈炯集》。

【五】傳觴：宴飲中傳遞酒杯勸酒。唐盧綸《送張郎中還蜀歌》："回首岷峨半天黑，傳觴接膝何由得。"

【六】楊生：指瘍生於肘，手不靈便。作者在此自謙無法下筆作詩。楊，通"瘍"。《莊子·至樂》："支離叔與滑介叔觀于冥柏之丘，昆侖之虛，黃帝之所休，俄而柳生其左肘，其意蹶蹶然惡之。"沈德潛以爲"柳，瘍也，非楊柳之謂"。王維《老將行》："昔時飛箭無全目，今日垂楊生左肘。"

【七】愁霖：久雨。久雨使人愁，故稱。《初學記》卷三引《纂要》："雨久曰苦雨，亦曰愁霖。"

‖ 席上分得真韻 ‖

再到林園景色新，綠蔭匝地不生塵。臨風一樹靈和柳，却憶當時畫裏人。

‖ 再和結城蓄堂【一】寒翠莊三韻 ‖

菖蒲花滿杜鵑殘，曲沼回流映紫瀾。小立溪前消暑氣，轉憎蕉葛不勝寒。

我不獨醒人亦醉，松風韻作緱山【二】吹。時見老魚跳波間，飛白擊破澄空翠。

礫川原上望夕陽，無限遊人趁晚涼。解得濠梁有深意，惠施【三】得意【四】是蒙莊。

◎ 注釋

【一】結城蓄堂：日本漢學家，著名學者陳寅恪之兄陳衡恪與之有詩歌唱和，見《陳衡恪詩文集》之《贈結城蓄堂》《次韻結城蓄堂社頭松》。

【二】緱（gōu）山：指修道成仙之處。漢劉嚮《列仙傳・王子喬》："王子喬者……三十餘年後，求之於山上，見桓良曰：'告我家：七月七日待我於緱氏山巔。'至時，果乘白鶴駐山頭，望之不得到，舉手謝時人，數日而去。"

【三】惠施：即惠子，戰國中期宋國（今河南商丘）人，戰國時期著名的政治家、辯客和哲學家，和莊子既是朋友，又是論敵。《莊子》一書記載了他們許多辯論。

【四】得意：領會旨趣。《莊子・外物》："言者所以在意，得意而忘言。"

静岡【一】邨松研堂【二】，倭名士也，不介而寄宣紙索余書近作，并自書舊作三章見贈，倚裝和其偶感一首酬之

四十行年願莫酬，歸期又近大刀頭。澄空心有非臺鏡【三】，浩茫身如不繫舟。東野窮愁先息影，中原板蕩正橫流。知音一曲陽春雪，梅雨蕭蕭凍海樓。

◎ 注釋

【一】静岡：地名，位於日本東京和大阪之間，是日本的主要交通要道。

【二】村松研堂：余達父旅日期間所交往的一位日本詩人。

【三】臺鏡：本意爲梳妝臺和鏡子，後用爲禪宗説法的喻體。禪宗高僧提倡"心性本净，佛性本有"，强調"以無念爲宗"和"即心是佛"的"頓悟法門"。

‖ 研堂和前韻一首見贈叠此却寄 ‖

一曲陽關叠唱酬，老成何意問龍頭【一】。韶光去似離弦箭，世事難於上水舟。滄海七經環北斗【二】，長河千載注東流。眼前咒兀【三】風濤起，白日陰陰下蜃樓。

◎ 注釋

【一】"老成"句：謂參加科舉考試老年中榜。宋孔平仲《孔氏談苑·梁灝八十二作大魁》載，梁灝八十二歲中狀元，其登科謝恩詩云："天福三年來應舉，雍熙二載始成名。饒他白髮巾中滿，且喜青雲足下生。看榜已無朋輩在，歸家惟有子孫迎。也知年少登科好，爭奈龍頭屬老成。"

【二】"滄海"句：北斗星繞北極星旋轉，繞一圈就是一年。

【三】咒兀：猶"突兀"，突然，猝然。唐韓愈《送僧澄觀》："火燒水轉掃地空，突兀便高三百尺。""咒"也作"呪"。

‖ 夏日偕曼陀訪夢舟，登寒翠莊小閣乘涼，用陸放翁《伏中官舍極涼戲作》韻 ‖

濃陰沉竹樹，虛白洞書堂。溽暑消長夏，微風動遠涼。神歡飛欲奮，禪破靜聞香。不待秋聲起，蕭蕭葉半床【一】。

◎ 注釋

【一】葉半床：落葉半床。北周庾信《小園賦》："落葉半床，狂花滿屋。"

‖ 將歸書示桐兒【一】 ‖

　　六月賦西征【二】，汗水走炎煬。嚴裝遲遠行，離懷轉悽愴。挈汝東來時，弱齡九年長。早歲失母慈，體瘠神不王。居東倏五稘，發育頗增壯。童學爲養蒙【三】，正始端趨嚮。志趣宜恢宏，德性求深盎。處世持和平，勿卑亦勿亢。汝質固中人，性習隨下上。但使堅恒貞，天資亦清亮。勿染浮囂習，披昌【四】事佚宕【五】。勿近墮遊朋，荒嬉成廢放。少年千黃金，蹉跎便消喪。幾日英華資，轉瞬龍鍾樣。我學不早成，歲月擲虛曠。過海求新知，膚淺非高尚。賦性近孤僻，矜燥負時謗。四十猶如斯，精進復何望。德薄不足學，冀汝擴思量。家學逾百年，幽光久沉釀。弓治【六】嗣辛勤，閶闔恢訣蕩【七】。學業天人通，經綸雷雨創【八】。果富醇儒資，何必封侯相。黔山萬里青，黃海千重浪。歸客正揚舲，秋水連天漲。渺渺各一方，耿耿情難暢。錫汝座右銘，自策長毋忘。

◎ 注釋

　　【一】桐兒：作者之子余祥桐，1906 年隨作者東渡避難，後病逝於日本。

　　【二】"六月"句：作者即將回國，時間在夏季。西晉潘嶽《西征賦》："歲次玄枵，月旅蕤賓，丙丁統日，乙未禦辰。潘子憑軾西征，自京徂秦。"

　　【三】養蒙：修養正道。《易經·蒙卦》："蒙以養正，聖功也。"孔穎達疏："能以蒙昧隱默，自養正道，乃成至聖之功。"

　　【四】披昌：猖獗、猖狂。《北史·王盟獨孤信等傳論》："誼文武奇才，以剛正見忌，有隋受命，郁爲名臣，末路披猖，信有終之克鮮。"

　　【五】佚宕：沒有束縛。南朝梁簡文帝《玄虛公子賦》："追寂圃而逍遙，任文林而佚宕。"

　　【六】弓治：治學勤奮。

　　【七】"閶闔"句：閶闔，宮殿的正門。指踏入學術領域的大門。王維《和賈舍人早朝大明宮之作》："九天閶闔開宮殿，萬國衣冠拜冕旒。"訣蕩，空曠無際，指在學術領域自由翱翔。唐杜甫《樂遊園歌》："閶闔晴開訣蕩蕩，曲江翠幙排銀牓。"

【八】"經綸"句：喻世事必經艱難險阻而後成功。雷雨創，雷雨交加，環境惡劣。經綸，比喻籌劃治理國家大事。雷雨創，見《易經·屯卦》："雲雷屯，君子以經綸。"按：屯卦由下震上坎相叠，震爲雷，喻動；坎爲雨，喻險。

西曆七月廿九日新橋登火車，親故送者十餘人，別緒黯然，大磯道中成此詩

聲聲汽笛變離聲，歸客從茲萬里程。骨肉鄉關一惆悵，風塵山水兩將迎。晶瑩嶽雪凌虛漢，浩渺瀛濤入太清。五載淹留成擲瞬，他時應復憶東京。

三十日偕村松研堂遊濱松普濟寺，訪全師上人，即留午餐，席間賦此贈之

東海古名跡，停車一訪之。幽林赴白日，寒蔭落清池。劫火禪師建，開山帝子遺（其廟初祖爲鳥羽天皇【一】子）。承塵【二】有龍虎，風雨出靈祠（時將有驟風雨景象）。

◎ 注釋

【一】鳥羽天皇（1103—1156），日本第七十四代天皇。

【二】承塵：以前没有天花板，房梁橫木之上用遮布擋灰，名曰"承塵"。此處喻抵擋艱危。

黃雲深【一】同學以留東醫藥科某君二絕囑和，賦此酬之

昔聞徐市求仙去，今見安期過海來。活國生民真大藥，端門金榜爲

誰開。

　我亦居夷舊散人，眼看滄海幾揚塵。金成河塞飛升藥，不讀《淮南》也敢陳。

◎ 注釋

　【一】黄雲深：即黄宗麟（1872—1953），又名蘊深，號雲深。清光緒二十九年（1903）留學日本。宣統二年（1910）在日本法政學校畢業後回國，欽賜法政科舉人，後任國民黨外交官。擅長隸書，工繪畫，能詩詞，著有《閔行詩存》。

‖ 豐臣【一】塚 ‖

　在豐國寺後山巔，由華表馳道至山下幾二里，磴道五百七十五級至墓前。雄麗瑰瑋，不減廟陵。然自關原戰敗，霸業全灰，而松楸不翦，供奉如恒，歷三百年巋然尚存，則可知倭人尚少報復殘忍之惡德也。

　豐嶺回雲秀，松楸滴翠凝。豐碑歷百劫，磴道矗千層。才地英彭【二】匹，功名郭李【三】陵。興亡非有限，華表尚觚棱【四】。

◎ 注釋

　【一】豐臣：豐臣秀吉。
　【二】英彭：西漢名將英布和彭越的并稱。
　【三】郭李：唐郭子儀、李光弼的并稱。
　【四】觚棱：棱角。清紀昀《閱微草堂筆記・灤陽消夏録五》："時河冰方結，觚稜如鋒刃。"

‖ 清水寺【一】 ‖

　千二百年前古刹也，山水靈奇幽邃，爲余至倭得未曾有之境。

古刹千年在，名山萬里無。岩巒幽處回，蹊徑轉時紆。倦客思息影，高僧尚疊趺^{（一）}【二】。楓櫻迷大壑，寒玉散成珠（澗底懸瀑散成霏霧，楓櫻滿壑，彌望無際。當春花秋葉時，其綺麗尤可想見也）。

◎ **校勘記**

（一）趺：原本作"跌"，失韻，不辭，今改。

◎ **注釋**

【一】清水寺：日本平安時代之代表建築物，與金閣寺、二條城并列為日本京都三大名勝，也是著名的賞楓、賞櫻著名景區，1994年列入《世界遺産名録》。

【二】疊趺：佛教徒盤腿端坐的姿勢。

‖ 和吳慕姚【一】中秋韻 ‖

薊門風物漸成秋，濁酒難消萬斛愁。佳節相逢倍惆悵，清輝不獨憶鄜州【二】。

鱸魚蓴菜正思歸，世事嬰人與願違。鷄犬餂丹騰霧去，三年大鳥幾時飛。

◎ **注釋**

【一】吳慕姚：原名尚隆，苗族，貴州省錦屏縣鐘靈鄉人。光緒三十二年（1906），吳慕姚赴日考察學務，受孫中山影響，民國元年（1912）加入同盟會和南社，後被袁世凱所殺。

【二】"清輝"句：用杜甫《月夜》句意："今夜鄜州月，閨中只獨看。遥憐小兒女，未解憶長安。香霧雲鬢濕，清輝玉臂寒。何時倚虛幌，雙照淚痕幹？"

‖ 十月十八日夜泊夷陵 ‖

余奉諱歸里經此，因憶丙午夏隴樹藩妹婿歿此，對此河山，余增悲感。

山月殘更凈，江流著處渾。悲風無靜木，厚夜隔幽門。一灑皐魚淚，重招子諒【一】魂。鍾離有孀妹【二】，淒絕冷楓根【三】。

◎ 注釋

【一】子諒：盧諶，字子諒，範陽涿（今屬河北）人，東晉大臣，後來在襄國遇害。盧諶與劉琨交誼密切，劉琨為匹磾所殺，朝廷不敢吊祭，惟有盧諶仗義執言上表申理，文旨甚切。

【二】“鍾離”句：用杜甫懷念妹妹事。杜甫《同谷七歌》之四：“有妹有妹在鍾離，良人早歿諸孤癡。長淮浪高蛟龍怒，十年不見來何時。”鍾離，地名，今安徽鳳陽東北。

【三】冷楓根：鬼生活的地方。寇夢碧曾作《鬼趣圖》：“荒荒三界神鬼人，鬼後寧知有聾存。我已沉淪鴨鳴國，羨君高臥冷楓根。”

‖ 十月廿八夜泊瞿塘峽【一】口 ‖

萬里歸來雙雪鬢，百年身世一傷心。黔山陟岵【二】望雲斷，巫峽回濤卷地陰。時見哀猿下幽渚，遠聞征雁度寒碪【三】。當頭杜老登臨跡，蕭瑟鄉關隔暮岑【四】。

◎ 注釋

【一】瞿塘峽：又名夔峽。西起重慶市奉節縣白帝城，東至巫山縣大溪鎮，全長約八公里，在長江三峽中雖然最短，却最為雄偉險峻。

【二】陟岵（zhìqǐ）：思念母親之典。陟，登；岵，沒有草木的山。《詩·魏風·陟岵》：“陟彼岵兮，瞻望母兮。”鄭玄箋：“此又思母之戒，而登岵山而望也。”

【三】寒碪：指寒秋的擣衣聲。碪砧，擣衣石。詩詞中常用以描寫秋景的冷落蕭條。唐沈佺期《古意呈補闕喬知之》詩：“九月寒碪催木葉，十年征戍憶遼陽。”

【四】"當頭"二句：謂此處正是杜甫當年登臨詠懷的地方，它勾起了詩人濃重的鄉愁。杜甫於於永泰元年（765）秋留居夔州，作《秋興八首》，又於大歷二年（767）秋在夔州作《登高》。暮岑，夜幕籠罩下的山。

十一月初七夜泊虎須灘

豐都治《水經注》："江水又經虎鬚灘，灘水廣大，夏斷行旅。"杜甫《最能行》："瞿塘漫天虎鬚怒，歸州【一】長年行最能.'則其險久著矣。"

夜泊虎鬚灘，沙明月色寒。江聲來遠浦，檣影落清瀾。鄉夢醒無著，客鬱心未安。風波隨地惡，不礙靜垂竿。

◎ 注釋

【一】歸州：唐武德二年（619）置，轄秭歸、巴東二縣，治所在秭歸縣。

贈王頌山即次原韻二首

大才何必貴知希，抱甕江陰【一】看息機【二】。學得淮南畢萬術，丹爐鷄犬一時飛。

青天碧海夢依稀，曾訪明河織女機。一去蓬萊三萬里，赤霄【三】無復降靈飛。

◎ 注釋

【一】抱甕江陰：形容保持本心，安於拙陋的純樸生活。《莊子》："子貢入楚，過漢陰，見丈人抱甕灌畦。子貢曰：'有械於此，用力少而見功多，名爲"桔槔"。'丈人曰：'有機事者必有機心，吾非不知，特不欲爲也。'"

【二】息機：息滅機心。杜甫《將赴成都草堂途中有作先寄嚴鄭公》之五："側身天地更懷古，回首風塵甘息機。”

【三】赤霄：漢高祖劉邦斬蛇所用之劍。南朝梁陶弘景《古今刀劍録》："劉季在位十二年，以始皇三十四年，於南山得一鐵劍，長三尺，銘曰'赤霄'，大篆書。"

‖ 十一月十七日渝城曉發 ‖

王子政、王頌山兩君遠送於浮圖關下之宜園，帳飲餞別，臨岐黯然，倚裝叠前韻却寄。

海外歸來故舊稀，朝天【一】鵷鷺亦忘機【二】。朝來帳飲渝關道，絶勝滕王孤鶩飛。

◎ 注釋

【一】朝天：渝城有朝天門碼頭。

【二】忘機：出自《列子・黄帝》，指没有巧詐的心思，與世無争。用以指甘於淡泊，與世無争。

‖ 十二月一日晨度雪山關 ‖

舊説雪山關，層冰没大山。百聞未親見，萬里此經還。薄霰棲叢竹，微風散野菅。雄關只如是，何用動愁顔。

‖ 南　征 ‖

百韻次杜甫《北征》韻，增三十韻。辛亥夏五月二日。

履道不避險，任天不卜吉。衰病丁艱難，涕泣望廬室。遥指雲南雲，遂別日下日。悲風動草木，驚沙振笈篥【一】。車發正陽門【二】，親故送遠出。倏忽過豐臺，村落頗荒失。瘡痍被原野，鳩聚【三】無旗勿【四】。仿佛十年前，聯軍所屠切。厲階今愈梗【五】，當事仍恍惚。若無一戰霸，終見六王畢。析津駐火車，夾巷聞箏瑟。番樓白入雲，胭脂紅似血。租界日駢闐【六】，幕府久寂滅。燕雲合一墟，青荆無三窟。換禦新銘舶，白河走浮漷【七】。頃時出大沽，炮臺三崩裂。頹址認遺基，後車尋覆轍。不記海水飛，妄作沾沾悅。廓落莊生瓠【八】，朝暮狙公栗【九】。心肝叔寶鏡【一〇】，頭顱郅支漆【一一】。大言參軍國，白望【一二】少事實。落落到鯫生，老大固成拙。行行出海灣，三山影迷没。遥望諸弟侄，懷人渺天末。侵晨入芝罘【一三】，靈秀神仙穴。琛錯羅魚蝦【一四】，乂（一）牙須出骨【一五】。樓臺明滅間，厪市疑倉卒。秦漢事東封【一六】，此間最風物。今日闞商皐，繫亡僅一髮。回輪下成山【一七】，心緒猶鬱結。標鐙光明没，汽笛聲鳴咽。渺莽黑水洋【一八】，風雨濤翻雪。極目望江南，澄波動秋襪。申江一夕話，故人暫促膝。明日過金焦【一九】，欲登屨齒折。烟雨蘵鐘山，懷珠疑被褐【二〇】。來食武昌魚，漫江雲霧泄。一登黃鵠磯【二一】，西風吹浙慄。絕頂奧略樓【二二】，頻瞰城市列。屋瓦亞鱗襲【二三】，墉垣崇比櫛。隔江望洋衢，參差粉一抹。江漢古湯湯，經營今疏闊。雖頗負時名，甘飲原爲渴【二四】。高論非訶古，繼今宜棓喝【二五】。瓜剖豆分【二六】禍，蜩螗況紛聒。嗟嗟南皮公【二七】，安能持舊説【二八】。開航上夷陵，荆沙【二九】逢戍卒。移裝買蜀船，湫隘【三〇】不軒豁。帆過黃陵【三一】下，風勁如秋鶻。森巒千仞矗，奇峰百怪突。三日次洩灘【三二】，險惡實無匹。伐鼓牽上湍，纜斷橫流決。壞槳隨奔波，顛沛掣電疾。挾舵【三三】竟重來，江神仍氣奪。乘風溯三峽，千岩競秀拔。峽深風轉急，檣折禍幾發。破帆仆洪流，危舷觸斷碣。匆匆澬臺子，破壁蛟龍殺【三四】。夜經淫澦石【三五】，捫崖見寒月。來朝泊夔門【三六】，風惡行船絕。雨雪上涪陵【三七】，同舟河梁【三八】別。孤身寄渝州，旅況增離柝。道逢王子喬，論史傷妹妲【三九】。冀展扶輪手，極溺從英哲。弘願不可知，浩氣長凛烈。果使斯民康，何獨邦國活。陸上浮圖闇【四〇】，宜園廠幽闃。張飲不成醉，棚棱夢金闕。送者自崖返，輿轎愈欹缺。山行雖逼仄，九達【四一】尚通達。轉入永寧路，蹊徑無巉嵲【四二】。郡將楊伯起，知我行疲茶【四三】。欵洽一日留，契闊十年闖。雨宿雪山關【四四】，重衾冷似鐵。

季冬月二日，脫駕家園輟。倚廬一呼天，哀傷動忉怛【四五】。萬里徒歸來，
春暉失電瞥【四六】。窀穸【四七】歸丘山，墓廬編茅絕。回憶五年前，飛光何飄忽。
爾時嬰家難，手足罹羈絏【四八】。東海正揚波，國事亦兀鞕【四九】。家國多艱虞，
豈任終駑劣。意欲與世絕，廢食遂咽噎。手携兒子輩，遠遊萬里越。泛海
求大藥，或有生民術。風雪辭膝下，涕淚殊涌溢。揮淚出裹門，酸楚猶蹙
額。蘭州小勾留，荊枝尚蹉跌。三月黔書至，遂趁雙輪軼。蜀江最險巇，
抵鄂幸安謐。春夢過吳淞，闌珊花事歇。黃海風浪中，嘔洩更寒熱。七日
至江户，委頓隨提挈。就學法家言，中西欲貫徹。一住逾五稔，滄桑幾更
迭。逐隊入部門，考功就評騭【五O】。回翔中書堂，鶃鶄【五一】同饑虱。偶作
海澨遊，歸來赴書悉。豈知一絕裾，終天成永訣。百悔已無極，萬死何足
恤。賦此南征篇，哀恨猶可述。

◎ 校勘記

（一）乂：原本作"义"，不辭，形近而誤，今改。

◎ 注釋

【一】笅篳（jiǎobì）：用竹編成的門。

【二】正陽門：這裏指正陽門火車站，在北京正陽門外。

【三】鳩聚：聚集。《晉書·閻鼎傳》："遭母喪，乃於密縣間鳩聚西州流人數
千，欲還鄉里。"

【四】旗勿：旗幟。勿，《説文解字·卷九·勿部》："州里所建旗。"

【五】"厲階"句：謂灾禍叢生。厲階，指禍端；梗，禍害。《詩經·桑柔》：
"誰生厲階，至今爲梗。"

【六】駢闐：聚集一起。晉潘嶽《西征賦》："華夷士女，駢闐逼側。"

【七】浡潏（bójué）：水翻滾而出的樣子，引申指動亂。唐蕭昕《洛出書》詩：
"海内昔凋瘵，天綱斯浡潏。"

【八】"瓠落"句：瓠落，亦作"濩落"，空闊貌。莊生瓠，指大而無用的東西。
《莊子·逍遙遊》："魏王貽我大瓠之種，我樹之成，而實五石。以盛水漿，其堅不
能自舉也。剖之以爲瓢，則瓠落無所容。非不呺然大也，吾爲其無用而掊之。"

【九】"朝暮"句：即"朝三暮四"。比喻反復無常。見《莊子·齊物論》。

【一〇】"心肝"句：用隋文帝諷陳後主"全無心肝"典，謂當時統治者已無廉恥之心。《南史·陳後主本紀》："叔寶云'既無秩位，每預期集，願得一官號。'隋文帝曰：'叔寶全無心肝。'"心肝：羞耻之心。鏡：借鑒。

【一一】"頭顱"句：意即願意抛頭顱，爲國家消滅外寇，爲民族雪恨。郅支，指匈奴呼韓耶單于之兄，名呼屠吾斯。漢宣帝五鳳元年獨立爲郅支骨都單于，漢元帝初判漢，爲陳湯所殺，斬郅支首及各王以下千餘級。南朝·宋·鮑照《建除詩》："破滅西零國，生虜郅支王。"漆，即"以漆塗身"之意，用戰國晉豫讓爲智伯復仇事。《戰國策·趙策一》："豫讓又漆身爲厲，滅鬚去眉，自刑以變其容。"

【一二】白望：猶言虛名。《晋書·陳頵傳》："中華所以傾弊，四海所以土崩者，正以取才失所，先白望而後實事。"

【一三】芝罘：地名。現隸屬烟臺市，地處黄海之濱，山東半島北端。

【一四】"琛錯"句：珍寶排列得像魚蝦那樣多。

【一五】"乂牙"句：意即是俊才就要顯示出氣骨來。乂（yì）牙，俊才、賢才。

【一六】"秦漢"句：據《史記》記載，秦始皇統一中國後，曾三次東巡，三次登臨芝罘。漢武帝也曾駕臨芝罘行登基大典。

【一七】成山：地名。在今山東榮成市。

【一八】黑水洋：黄海的古稱之一。宋元以來我國航海者對於今黄海分別稱之爲黄水洋、青水洋、黑水洋。

【一九】金焦：金山與焦山的合稱。兩山都在今江蘇省鎮江市。元薩都剌《題喜壽裏客廳雪山壁圖》詩："大江東去流無聲，金焦二山如水晶。"

【二〇】"懷珠"句：懷珠，比喻懷藏才德。被褐：身穿粗布衣服。《老子》第七十章："知我者希，則我者貴，是以聖人被褐懷玉。"

【二一】黄鵠磯：在湖北武昌蛇山，下臨長江，著名的黄鶴樓就建在上面。黄鶴樓歷遭毁損，現在的黄鶴樓是新中國後在原址重建的。余達父所見也許只是原址黄鵠磯。

【二二】奧略樓：1907年張之洞的門生爲紀念張在湖北的政績而建，初名風度樓，在黄鵠山（今蛇山）頂。後張之洞根據《晋書·劉弘傳》中"恢宏奧略，鎮綏南海"的語意，親書匾額"奧略樓"三字，風度樓遂改名爲奧略樓。

【二三】"屋瓦"句：屋上的瓦像魚鱗那樣依次排列着。鱗襲，同"鱗次"，像魚鱗那樣依次排列。李商隱《殘雪》："簷冰滴鵝管，屋瓦鏤魚鱗。"

【二四】"甘飲"句：任何水都好喝，原來是因爲口渴。《孟子·盡心上》："饑者甘食，渴者甘飲，是未得飲食之正也，饑渴害之也。"

【二五】棓（bàng）喝：即棒喝，比喻使人醒悟的警告。棓，古同"棒"。

【二六】瓜剖豆分：像瓜被剖開，豆從莢裏裂出一樣。比喻國土被人分割。南朝宋鮑照《蕪城賦》："出入三代，五百餘載，竟瓜剖而豆分。"

【二七】南皮公：指張之洞，今河北南皮人，洋務派代表人物之一，宣導"中學爲體，西學爲用"之説。

【二八】舊説：即張之洞宣導的"中學爲體，西學爲用"。

【二九】荆沙：位於湖北省中南部，長江北岸。

【三〇】湫（jiǎo）隘：湫低窪狹小。《左傳·昭公三年》："初，景公欲更晏子之宅，曰：'子之宅近市，湫隘囂塵，不可以居，請更諸爽塏者。'"杜預注："湫，下；隘，小。"

【三一】黄陵：即黄陵廟。古稱黄牛廟、黄牛祠，位于湖北省宜昌市夷陵區。

【三二】洩灘：位於長江上游北岸，湖北省秭歸縣西北邊緣。

【三三】捩（liè）舵：撥轉船舵，指行船。杜甫《清明》："金燈下山紅日晚，牙檣捩舵青樓遠。"

【三四】"匆匆"二句：澹臺子，澹臺滅明，字子羽，春秋末年魯國人，孔子弟子。此句用澹臺子羽斬蛟破璧典，比喻氣概豪邁。晋張華《博物志》卷七："澹臺子羽渡河，齎千金之璧于河，河伯欲之，至陽侯波起，兩鮫挾船，子羽左摻璧，右操劍，擊鮫皆死。既渡，三投璧于河伯，河伯躍而歸之，子羽毁而去。"

【三五】淫澦石：又叫灩澦堆，位於白帝城下長江瞿塘峽口江心的一塊巨石，船行到這裏時容易發生事故，非常險要。

【三六】夔門：瞿塘峽之西門，三峽西端入口處，兩岸斷崖壁立，高數百丈，寬不及百米，形同門户，故名。奉節古稱夔州，又稱夔門，瞿塘峽因此也有"夔峽"之稱。

【三七】涪陵：地名，今重慶市涪陵區。

【三八】河梁：指涪陵白鶴梁。

【三九】"道逢"二句：此二句以古讽今。王子喬，東周人，本名姬晋，字子喬，周靈王的太子，人稱太子晋。因爲直諫觸怒了靈王，被廢爲庶人，由是鬱鬱不樂，未及三年而薨。兩千多年來，太子晋成了正義的象徵。妹妲，指妹喜和妲己。妹喜是夏朝最後一個國王夏桀的寵妃。《列女傳·夏桀妹喜傳》載，桀"日夜與妹喜及宮女飲酒，無有休時。置妹喜於膝上，聽用其言"。《史記·殷本紀》記載，殷紂王"好酒淫樂，嬖於婦人。愛妲己，妲己之言是從……以酒爲池，懸肉爲林，使男女裸，相逐其間，爲長夜之飲"。

【四〇】浮圖關：位於重慶老城西，地勢險竣，兩側環水，三面懸崖，自古有"四塞之險，甲於天下"之説。自兩側急劇傾斜，爲兵家必争的千古要塞。

【四一】九達：四通八達的大道。泛指大路。清趙翼《題稚存萬里荷戈集》詩："狂風卷石落半嶺，堅冰鑿梯通九達。"

【四二】巀嶭（jiéniè）：高峻的山。

【四三】疲苶（nié）：疲憊，唐杜甫《八哀詩·故司徒李公光弼》："疲苶竟何人，灑涕巴東峽。"

【四四】雪山關：位於四川瀘州叙永縣境内，四川盆地南沿最高峰，因山頂年積雪時間長久而得名，是古代爲由川進入黔滇的必由之路。

【四五】忉怛（dāodá）：憂傷，悲痛。《文選·王粲〈登樓賦〉》："心悽愴以感發兮，意忉怛而憯惻。"李周翰注："忉怛，猶悽愴也。"

【四六】電瞥：像閃電那樣迅速地消失。此指余達父的繼母安氏去世。張衡《舞賦》："瞥若電滅。"

【四七】窀穸（zhūnxī）：埋葬，引申爲逝世。

【四八】羈紲（xiè）：馬絡頭和馬韁繩。引申爲被拘禁、繫縛。此指余達父長兄余若煌被永寧道趙爾豐羈押入獄。明張煌言《三過三關》詩："天闊水沉浮，鴻鵠難羈紲。"

【四九】兀甈：同"甈甈（nièwù）"，動盪不安的樣子。清黃景仁《遇雨止雲谷寺》詩："不禱得神庇，我心滋甈甈。"

【五〇】評騭：評定。指余達父于1910年參加法政科舉人考試。

【五一】鵷鷺：比喻有才能品德的人。唐儲光羲《群鴉詠》："塚宰收琳琅，侍臣盡鵷鷺。"

題曾師南【一】女士《百蝶圖》即次師南原韻四首

輪蹄銷盡爲誰忙，聽唱琅琊大道王【二】。栩栩莊生纔入夢，蕭閑身世即仙鄉。

瘦損腰肢撚帶長，野人猶認内家妝。上林花滿紅英落，不見仙駒一瓣香。

當年遊子念春暉，戲彩【三】西園作雙飛【四】。一自故人仙蜕【五】後，成灰蛺蝶不堪衣。

女士才名艷舊時，寫生妙筆會神思。滇南自有黄崇嘏【六】，莫怨蘇家錦字詩【七】（聞其夫李郅堂納妾生子，頗有仳離【八】之嘆）。

◎ 注釋

【一】曾師南：生卒年不詳，即清末女畫家曾蘭芳，因喜愛惲壽平（號南田）的畫，自號師南。雲南鎮雄縣城南門内人，由義父岑毓英舉薦到清皇宫内成爲慈禧太后書畫代筆人。《百蝶圖》以及原詩均已亡佚。

【二】琅琊大道王：指昔日繁華的美好景象。古樂府《琅琊王歌》："琅琊復琅琊，琅琊大道王。陽春二三月，單衫繡襠襠。"

【三】戲彩：用爲孝養長輩之典。此指曾師南入宫作慈禧太后代筆畫師。《藝文類聚》卷二十引漢劉向《列女傳》："老萊子孝養二親，行年七十，嬰兒自娱，著五色采衣。嘗取漿上堂，跌僕，因卧地爲小兒啼。"

【四】雙飛：指曾師南和宫中好友王韶。王韶也是慈禧代筆畫師，後來找借口離開宫廷，傳説被慈禧所害。

【五】故人仙蜕：暗指好友王韶被慈禧所害。

【六】黄崇嘏：臨邛（今四川邛崍）人，自幼受到良好教育，工詩善文，琴棋書畫，無一不精。成年後常女扮男裝，四處遊歷。關於黄崇嘏身世，又有其曾代兄考中狀元一説，故其素有"女狀元"之美稱，爲黄梅戲《女駙馬》之原型。

【七】蘇家錦字詩：前秦竇濤妻子蘇惠（字若蘭）思念移情別戀的丈夫，作《織錦回文璇璣圖》，縱橫二十九個字的方圖，共八百四十一個字，可以任意地讀出三千七百五十二首詩，終於挽回丈夫的心。

【八】仳離：離別。夫妻離散，特指妻子被遺弃。《詩·王風·中谷有蓷》："有女仳離，嘅其嘆矣。"

閏六月望日吊葛正父墓，携友邱祉彝、葛繼升【一】泊正父子天回【二】，用蘇子瞻《清虛堂雪詩》韻

炎風六月吹塵沙，城市擾擾如蜂衙【三】。騎馬出門率曠野，故人宿草【四】隨風花。十年聚散竟今古，墓田冷落留山家。陂水久霖足哇黽【五】，山光入瞑嘈昏鴉。瓣香大招酹靈爽，金支【六】隱約開天葩【七】。難兄鳳子挈廚傳，邱公更煮蒼龍茶。蝶灰欲化栩栩活，馬蹄勤動蕭蕭檛。蓋棺定論頗悠謬（余去秋居京師，聞鄉人多有以孤僻、浪費，不能封殖【八】訾正父者。）隔靴著癢空搔抓。九京果使隨會作【九】，伊人豈受黔敖嗟【一〇】。我向松楸一長嘆，愁雲暫破翻燒霞。

◎ 注釋

【一】葛繼升：即葛亮曾。貴州畢節人，余達父老師葛子惠的侄子。葛繼升行狀見余達父《墨石精舍文集》之《葛繼升墓表》。

【二】天回：即葛天回，字希顏，葛正父之子，知名的土木工程學家，畢節歷史上第一個大學生、第一個大學教授，著名教育家和愛國民主人士。

【三】蜂衙：形容喧鬧吵雜，如在蜂房裏。宋陸遊《青羊宮小飲贈道士》詩："微雨晴時看鶴舞，小窗幽處聽蜂衙。"

【四】宿草：指墓地上隔年的草，用爲悼念亡友之辭。《禮·檀弓上》："朋友之墓，有宿草而不哭焉。"

【五】哇黽（měng）：蛙類。《墨子》："蛤蟆哇黽，日夜恒鳴。口乾舌燥，然而不聽。"

【六】金支：一種施於樂器之上的黃金飾品。《漢書·禮樂志》："金支秀華，庶旄翠旌。"

【七】天葩：非凡的花。唐韓愈《醉贈張秘書》詩："東野動驚俗，天葩吐奇芬。"

【八】封殖：聚斂財貨。《三國志·魏志·劉放傳》："往者董卓作逆，英雄并

起，阻兵擅命，人自封殖。”

【九】“九京”句：九原之下如果讓隨會復活起來。用春秋時期趙武和叔嚮追思隨會典。九京：九原，春秋時晋大夫的墓地。隨會：又叫范武子（隨武子），春秋時期晋國大夫，因封於隨，稱隨會；封於范，又稱範會。《國語·晋語八》：趙文子與叔嚮同遊於晋墓地九原，趙文子曰：“死者若可作也，吾誰與歸？”叔嚮曰：“子意屬誰？”文子曰：“惟范武子，納諫不忘其師，言身不失其友，事君不援而追，不阿而退。”作，站起身來。

【一〇】黔敖嗟：用《禮記·檀弓》中“不食嗟來之食”典。黔敖，春秋時齊國的一個富翁。嗟，嗟來之食，後指帶有侮辱性的施捨。見《禮記·檀弓》。

‖ 春興十五首 ‖

壬子（1912）正月寓築垣作，用上平韻。

海水群飛【一】宙合空，斯民真欲化沙蟲。六州鑄錯輪囷鐵【二】，十道銷兵牝牡銅【三】。方見雄師移鳳泗【四】，已聞仙仗隱崆峒【五】。楓棱（一）【六】不動興亡恨，饑溺蒼生感道窮。

鹽鐵均輪【七】筦大農【八】，孔桑言利豈庸庸【九】。築臺避債聯三國，破産搜金到九重【一〇】。海淀秋風悲漢苑，留園春影怨吳儂。西施不待鴟夷【一一】死，枉聽銅（二）山應洛鐘【一二】。

◎ 校勘記

　（一）棱：原本作“梭”，不辭，當作“棱”。

　（二）銅：原本作“利”，不辭，當作“銅”。

◎ 注釋

【一】海水群飛：比喻國家不安寧。北周庾信《周使持節大將軍廣化郡開公丘乃敦崇傳》：“自永安以來，魏室大壞，海水群飛，天星亂動。”

【二】“六州”句：此句借唐羅紹威借朱温軍隊滅自己牙軍典，寫1912年2月貴州憲政黨、耆老會引滇軍軍閥唐繼堯入黔，鑄成大錯，自作自受。《禮記·檀弓下》：
"美哉輪焉"漢鄭玄注："輪，輪困，言高大。"《資治通鑒·唐紀·昭宗天佑三年》：
"合六州四十三縣鐵，不能為此錯也。"

【三】"十道"句：用唐末藩鎮割據事，寫貴州辛亥革命後，公口林立、各自為
大的混亂現象。十道，指唐十道節度使，此暗指當時貴州公口林立現象。據周素園《貴
州血淚通告書》載："殊該黨（憲政預備會）郭重光以耆老會會長資格，在立法院登
臺演說，謂今日之貴州，非公口不足以立國，貴州之政府及社會非公口不足以輔助而
保全。此語既出，不兩日而省內外公口已達百餘處之多。郭復舉黔漢公龍頭溫瑞廷招
兵五百以保商路，舉某漢公龍頭李某人招兵數百，以保鹽路。如陳鐘嶽、陳廷棻、馬
汝駿等皆軍學商界之表表者，亦洋洋得意開斌漢公、懋華公、自充龍頭。"銷兵，裁
減兵員；牝牡銅，此指代兵器。古代煉銅時以水灌銅，其凸起者為牡銅，其凹陷者為
牝銅。晉葛洪 《抱樸子·登涉》："取牡銅以為雄劍，取牝銅以為雌劍。"

【四】鳳泗：安徽鳳陽縣和泗縣。

【五】崆峒：道教名山，在今甘肅省平涼市西。

【六】枊棱：宮闕上轉角處的瓦脊，此指代身居京城的統治者。

【七】均輸：中國西漢的一項財政措施，由桑弘羊制定。

【八】大農：古代官名，即大司農。

【九】"孔桑"句：此句用漢武帝時大司農孔僅、桑弘羊事，寫憲政預備會黨人
熊范輿、劉顯治等為嚮雲南借外債，認銷滇鹽事。據周素園《貴州血淚通告書》載：
"貴州因銷滇鹽事，前軍政府電滇政府會商辦法，殊熊範輿、劉顯治等，以旅滇黔人
私嚮滇鹽政處訂立合同，暗將全黔大利操諸三數私人之手……周沆竟以宦滇滿吏，自
充貴州同鄉代表，戴戡亦自稱貴州委任代表，與熊範輿、劉顯治等暗嚮滇政府訂立行
銷滇鹽之合同矣。蓋不多銷滇鹽，滇省必不肯代借外債，滇不代借外債，則若輩所欠
之私債，無從籌償。"孔桑，漢武帝時著名理財家孔僅、桑弘羊的并稱；庸庸，平庸。

【一〇】"築臺"二句：此二句用周赧王欠債很多，無法償還，被債主逼得躲在
一座臺上的典故，寫貴州憲政預備會黨人為償還外債，巧立名目，搜刮百姓，魚肉人
民的事。據周素園《貴州血淚通告書》載："黨人熊範輿、劉顯治等，慣以貴州名義，
在外招搖。雲南個舊錫廠嚮極發達，熊劉等羨之，乃為其黨人戴戡運動，獲充該廠協
理。熊劉等復嚮四國銀行借銀十餘萬兩，赴該廠之公司入股，即取公司之息，轉付銀

211

行之息，希冀廠務發達，坐享紅利。不意廠務虧折，所入股本既已無著，原借之銀又須償還，若輩乃建借債治黔之策，由滇黔四國銀行借銀二百萬兩，熊劉等之私債十餘萬兩，即由此二百萬內扣除。夫以少數私人借款而令全體人民負擔，已屬非是……"

【一一】鴟夷：鴟夷子皮的省稱，春秋時楚人範蠡之號。範蠡曾爲越大夫，助越滅吳，後至陶經商致富，又稱陶朱公。

【一二】"枉聽"句：見成語"銅山西崩，洛鐘東應"。比喻重大事件彼此影響。見《世說新語·文學》。

益梁天府【一】古名邦，千里岷峨接漢江。鐵道先輪銀鑄幣【二】，火輪初泛木闌艭【三】。祥金躍冶投虛牝【四】，止水凶【一】風激怒瀧【五】。黨獄方聞繫張儉【六】，荊湘大旆已招降【七】。

回憶西風九月吹，竹王城上幟離披【八】。綠營細柳迎黃祖【九】，玉帳高牙擁敬兒【一〇】。未老趙佗娛自帝【一一】，無家楊僕請偏師【一二】。劫來一局成嬉戲，走死流亡恨已遲。

◎ **校勘記**

（一）凶：原本作"岡"，蓋倒置鉛字之誤。當作"凶"，今改。

◎ **注釋**

【一】益梁天府：指四川。

【二】"鐵道"句：此句寫四川近代史上發生的"保路運動"。

【三】艭（shuāng）：小船。

【四】"祥金"句：此句寫清統治者極力鎮壓保路運動無疑是白費精神，已經無法制止大廈將傾的頹勢。祥金躍冶，比喻自以爲是，急於求用。典出《莊子·大宗師》："今之大冶鑄金，金踴躍曰：'我且必爲鎮鋣。'大冶必以爲不祥之金。"虛牝，空谷，比喻無用。唐韓愈《贈崔立之評事》："可憐無益費精神，有似黃金擲虛牝。"

【五】"止水"句：此句寫清統治者瘋狂鎮壓保路運動，只會激起人民更大的怒火。怒瀧（shuāng）：洶涌的水流，此喻憤怒的人民。元虞集《送韓伯高僉憲浙西》詩："湖陰暑退多魚鳥，應勝愁吟對怒瀧。"

【六】"黨獄"句：此句用東漢末年"黨錮之禍"事，寫四川總督趙爾豐用計誘捕保路鬥爭的領導人，製造屠殺成都保路民衆的大血案。黨獄，指東漢末年"黨錮之禍"，此指清統治者大肆抓捕保路會人士。張儉（115—198），字元節，山陽郡高平（今山東鄒城）人。黨錮之禍起，被迫流亡，官府緝拿甚急，張儉望門投止，許多人爲收留他而家破人亡。

【七】"荆湘"句：此句寫四川爆發武裝起義後，清廷派湖北新軍前去鎮壓，造成武昌空虛，直接導致了辛亥革命的總爆發，并取得勝利。

【八】"回憶"二句：此句寫1911年11月3日貴州辛亥革命起義成功，推翻清政府的統治，建立了"大漢貴州軍政府"。竹王城：指貴陽城。離披：紛亂下垂的樣子。

【九】"綠營"句：綠營細柳，此指軍隊。黃祖，東漢末年荆州牧劉表部下，任江夏太守。史載曹操借性子急躁的黃祖之手，除掉了辱罵他的名士禰衡。此句用曹操借刀黃祖殺禰衡的典故，寫貴州辛亥革命勝利後，社會秩序大亂，憲政會鄉紳致電蔡鍔，蔡鍔令唐繼堯入黔，憲政會遂借唐繼堯的勢力，大肆捕殺自治學社成員，顛覆了大漢貴州軍政府。

【一〇】"玉帳"句：此句用石敬瑭依附遼國的典故，寫貴州劉顯世等乞師於蔡鍔，幫助貴州鎮壓自治學社，事成後願意使貴州成爲雲南的附庸。據周素園《繼室肖君哀詞》"石稱兒而作倀"句注釋："顯世等謀顛覆軍府而力不足，遂陰招外兵，命戴戡乞師於蔡鍔，願舉貴州爲附庸；又命郭重光僞造民意，謂貴州匪勢猖獗，地方不靖，歡迎滇軍來黔平亂。鍔納其降，遂定密計，通電全國，以唐繼堯領軍北伐假道貴陽。"

【一一】"未老"句：此句用西漢趙佗稱帝典，寫滇軍唐繼堯部顛覆貴州大漢軍政府以後，自立爲貴州都督。趙佗，秦朝恒山郡真定縣人，秦朝著名將領，南越國創建者。娛自帝，稱帝自娛。趙佗《報文帝書》："老夫（趙佗）故敢妄竊帝號，聊以自娛。"

【一二】"無家"句：此句用西漢樓船將軍楊僕典，寫貴州憲政會強姦民意，乞求滇軍入黔事。無家楊僕，指楊僕移關事。漢武帝爲了把楊僕的老家囊括進函谷關裏面來，讓楊僕成爲"關內人"，於是下旨，將函谷關東移五百里。

鼎革河山對落暉，生民幸禍與心違。萑苻滿野興戎首，荊棘當門伏禍機。封豕强梁工薦食【一】，哀鴻嘹唳竟無歸。濁流未任清源咎，瘣梗誰生事事非。

痛哭秦廷借箸初，昆明池上遣包胥【二】。取兵便是桑維翰【三】，對策居然董仲舒【四】。已見羊頭封燕頷【五】，擬將鐵卷鑄丹書【六】。黔中從此真平定，寧使堯夫【七】遠見疏。

◎ 注釋

【一】"封豕"句：此句寫帝國主義列强蠶食中國，荼毒人民。封豕，大豬，比喻貪暴者。《史記·司馬相如列傳》："射封豕。"裴駰集解引郭璞注："封豕，大豬。"

【二】"痛哭"二句：此二句用申包胥痛哭於秦庭，求兵救楚國事，寫憲政會派戴戡效申包胥在昆明作秦廷哭，求蔡鍔派唐繼堯兵入黔事。借箸：指爲人謀劃。《史記·留侯世家》："臣請借前箸爲大王籌之。"

【三】桑維翰：此句用桑維翰幫助石敬瑭勾結契丹賣國事，寫戴戡等乞師蔡鍔派兵入黔，事成後願意使貴州成爲雲南的附庸。桑維翰，字國僑，石敬瑭勾結契丹篡國，他極力贊成，并辦理具體事宜，以賄賂、割讓幽雲十六州、稱"兒皇帝"爲條件獲得契丹幫助，爲石敬瑭滅後唐立下汗馬功勞。

【四】"對策"句：此句寫憲政派强姦民意，嚮蔡鍔痛陳亂象，求其代爲平定。董仲舒，西漢時期著名的唯心主義哲學家和今文經學大師。針對漢武帝的徵問，董仲舒連上三篇策論作答，史稱"天人三策"。

【五】羊頭封燕頷：見"虎頭燕頷"，寫小人得勢。燕頷，封侯之相，此指封侯。《後漢書·班超傳》："超問其狀。相者指曰：'生燕頷虎頸，飛而食肉，此萬里侯相也。'"

【六】鐵券鑄丹書：丹書，用朱砂寫字；鐵券，鐵製的憑證。古代帝王賜給功臣世代享受優遇或免罪的憑證，用丹書寫在鐵板上，故名。

【七】堯夫：邵雍（1011—1077），字堯夫，北宋哲學家，精於易術玄學。

介馬銀刀北首塗，督師玉貌擬周瑜【一】。成功藥竟不龜手【二】，假道謀非抒虎鬚【三】。河上潰兵屍枕藉【四】，帳前降虜血模糊。當時只有韓擒虎【五】，毀校防川【六】計更迁。

戰鼓淵淵【七】突水屬，收來敗甲【八】與山齊。彥升入幕先焚草【九】，劉裕當王竟析圭【一〇】。旁落大權生首鼠【一一】，縱橫下策止連鷄【一二】。可兒千載王敦墓，老去桓公眼亦低【一三】。

◎ 注釋

【一】"介馬"二句：諷刺滇軍唐繼堯部北伐是徒有虛名，空有其表。首塗，同"首途"，上路、啓程、出發。《文選·沉約〈齊故安陸昭王碑文〉》："威令首塗，仁風載路。"李善注："首塗，猶首路也。"督師，指唐繼堯。周瑜，借指唐繼堯，諷刺其徒有其表。

【二】"成功"句：此句用《莊子·內篇·逍遙遊》典，寫唐繼堯依靠微才薄技成功奪取貴州政權。不龜手，冬天用藥塗手，使不皴裂，謂之不龜手。比喻微才薄技。

【三】"假道"句：此句寫滇軍唐繼堯部以借道貴州北伐爲名，入貴陽顛覆貴州大漢軍政府行爲是愚昧、魯莽的。假道，借道。捋虎鬚，比喻魯莽、冒險的行爲。

【四】枕藉：枕頭與墊席。縱橫相枕而卧，形容多而雜亂。

【五】"當時"句：此句用陳後主陳叔寶被隋朝名將韓擒虎所擒事，寫貴州大漢軍政府成立以後，領導人居功自傲，不理政事，給居心叵測者有可乘之機。韓擒虎，隋朝名將，隋文帝時爲伐陳先鋒，率五百精兵佔領建康城，俘後主陳叔寶及貴妃張麗華。

【六】毀校防川：禁止發表言論。典出《左傳·襄公三十一年》之《子產不毀鄉校》。

【七】淵淵：鼓聲。亦泛用作象聲詞。《詩·小雅·采芑》："伐鼓淵淵，振旅闐闐。"南朝梁何遜《宿南洲浦》："沉沉夜看流，淵淵朝聽鼓。"

【八】敗甲：比喻滿空飛舞的雪花。宋張元《詠雪》："戰退玉龍三百萬，敗鱗殘甲滿空飛。"

【九】"彥升"句：彥升，即南朝梁文學家任昉，字彥升。焚草，燒掉奏稿，以示謹密。

【一〇】"劉裕"句：劉裕，字德興，小字寄奴，東晉末年軍事家、政治家，南朝宋的開國君主。析圭：封官授爵。

【一一】"旁落"句：此句寫憲政會劉顯世等在貴州辛亥革命中猶疑不決，先投靠自治學社，後又背叛革命，掠奪了革命果實，掌握了貴州政權。首鼠：亦作"首施"。在兩者之間猶豫不決，左右動搖不定。

【一二】"縱橫"句：此句寫憲政會、耆老會引滇軍唐繼堯部入黔鎮壓自治學社是受人掣肘，自作自受。連鷄：縛在一起的鷄。比喻互相掣肘，步調不一致。

【一三】"可兒"二句：用東晉桓溫經過王敦墓時贊其爲"可兒"典，諷刺憲政派劉顯世等欲篡奪貴州政權的野心暴露無遺。可兒，可愛的人、能人。南朝宋劉義慶《世說新語·賞譽》："桓溫行經王敦墓邊過，望之云：'可兒！可兒！'"王敦（266—324），字處仲，琅邪臨沂人。與王導一同協助司馬睿建立東晉政權，成爲當時權臣，但一直有奪權之心，最後亦因發動政變而遺臭萬年，史稱王敦之亂。桓公，桓溫（312—373），字元子，東晉傑出軍事家，公元361～373年獨攬朝政，欲行篡位之事。

伏闕陳東民命乖，揭竿懸首尚芒鞋【一】。本無事業連三楚【二】，曾哺流亡凈六街【三】。障賫【四】拙謀成畫虎【五】，阻兵讒口竟投豺。鐘期死後清弦絕，枉理焦桐嘆伯喈。

兩見昆池鑿劫灰，須防餘爐更成災。高家兵馬真無賴【六】，庾信江關亦可哀【七】。四野黃巾【八】屯蟻穴，幾時青蓋【九】出龍堆【一○】。南侵北伐渾難定，養寇留兵總禍胎。

◎ 注釋

【一】"伏闕"二句：用伏闕上書的陳東、揭竿起義的陳勝、吳廣和懸首城門的忠臣伍子胥典故，感嘆當時貴州政權被顛覆，無人爲民請命的艱難時局。伏闕，拜伏於宮闕下，多指直接向皇帝上書奏事。陳東（1086—1127），北宋末年太學生領袖，字少陽，鎮江丹陽人。他先伏闕上書請誅"六賊"（蔡京、童貫等），後又再次發動太學生伏闕上書，請求恢復主戰派李綱、種師道職務，後被處死。

【二】"本無"句：用西楚霸王項羽典，寫當時貴州急需一位像項羽一樣能征善戰的領導人，建立穩定的政權。三楚，戰國楚地疆域廣闊，秦漢時分爲西楚、東楚、南楚，合稱三楚。

【三】"曾哺"句：此句用鮑叔牙輔佐曾經流亡在外的齊桓公稱霸的典故，寫貴州需要一批有勇有謀的賢士，把混亂的社會現象治理得井井有條。六街，泛指京都的大街和鬧市，此指貴州。前蜀韋莊《秋霽晚景》："秋霽禁城晚，六街烟雨殘。"

【四】障賫（kuì）：即"障簣"。"以一簣障江河"的省語。即用一筐土去堵塞長江黃河的氾濫，比喻所用力量微薄，無濟於事。簣，盛土的筐。

【五】畫虎：畫虎不成反類犬的省語。

【六】"高家"句：用唐代宗時漢奸將領高暉引吐蕃軍隊入關中事，寫憲政會引滇軍入黔乃是引狼入室。高家兵馬，指唐代高暉的軍隊。唐代宗廣德元年（763）冬，吐蕃軍隊進犯唐朝，攻至涇州（今甘肅涇川縣），守將高暉不僅放弃抵抗、舉城而降，而且替吐蕃當嚮導，引領敵軍深入關中。

【七】"庾信"句：用庾信出使西魏并從此流寓北方事，哀嘆自己有家難回，恰似當年的庾信。杜甫《詠懷古跡其一》："庾信平生最蕭瑟，暮年詩賦動江關。"

【八】黃巾：借指作亂者，寇盜。杜甫《遣憂》："紛紛乘白馬，攘攘著黃巾。"仇兆鰲注："白馬，指侯景。黃巾，指張角……乘機作亂，故云紛紛攘攘。"

【九】青蓋：借指高官。蘇軾《召還至都門先寄子由》："已飛青蓋在河梁，定餉黃封兼賜名。"施元之注："……國朝故事，宰相執政，許張青蓋。"

【一〇】龍堆：白龍堆的略稱，古西域沙丘名。此指代邊遠的貴州。漢揚雄《法言·孝至》："龍堆以西，大漠以北，鳥夷獸夷，郡勞王師，漢家不爲也。"

不獨家貧國亦貧，羥軥隨地盡山民。東人久已嗟懸磬【一】，南國方來榷算緡【二】。欲竭涓流施數罟【三】，強將鈔紙換燒銀。排除劉宴【四】尊猗頓【五】，爲指仙家扣石囷【六】。

坿鳳攀龍事可欣，問誰才地果空群。材官本易專雄闌【七】，卿子何妨錫冠軍【八】。日見雙旌迎太守，晚思千畝比封君【九】。他時博醉輸身詬【一〇】，珍重難酬酒一斤。

◎ 注釋

【一】懸磬：形容空無所有，極其貧困。《國語·魯語上》："室如懸磬，野無青草，何恃而不恐。"

【二】算緡：此指徵收賦稅。漢代所行稅法之一，對商人、手工業者、高利貸者和車船所征的賦稅。

【三】"欲竭"句：寫經過統治者大肆收刮以後，百姓已經所剩無幾了。涓流，細小的水流，常比喻微小的事物。數罟，細密的魚網。

【四】劉宴：字士安，中唐時期傑出的理財家。

【五】猗頓：戰國時魏國人，富商。

【六】"爲指"句：用劉驎典，寫老百姓要想過上好日子，只有進入世外桃源。《晉書·劉驎之傳》："嘗采藥至衡山，深入忘反，見有一澗水，水南有二石囷，一囷閉，一囷開，水深廣不得過。"

【七】"材官"句：下等材官變成了雄霸一方的統帥。材官，下等武卒，多指步兵。雄闆（kǔn），雄霸一方的統帥。

【八】"卿子"句：此指達官貴人身居高位。卿子冠軍，尊稱，此指身居高位。《史記·項羽本紀》："王（楚懷王）召宋義與計事而大說之，因置以爲上將軍……諸別將皆屬宋義，號爲卿子冠軍。"裴駰集解引文穎曰："卿子，時人相褒尊之辭，猶言公子也。上將，故言冠軍。"錫，通"賜"。

【九】封君：泛指擁有爵位和封地的人。

【一〇】輸身：猶言失身。此指失去保護傘。

公非公是付公論，謗木高標諫鼓喧【一】。怨毒清流終報復，衣冠今日竟崩奔【二】。無枝烏鵲飛三匝【三】，當道豺狼啄九閽【四】。但使盧梭【五】猶在世，也應徒手拯元元。

片言折獄【六】古稱難，獨坐三槐【七】理亦安。作士皋陶【八】須盡法，無冤定國【九】本能官。詰姦下察猜鷹眼，諱毒先謠食馬肝【一〇】。廷尉只今同委吏，笑他頤指枉摧殘。

◎ 注釋

【一】"謗木"句：指廣開言路，聽取各方意見。《淮南子》卷九《主術訓》："堯置敢諫之鼓，舜立誹謗之木。"謗木，相傳舜在交通要道立木牌，讓百姓在上面寫諫言；諫鼓，相傳堯曾在庭中設鼓，讓百姓擊鼓進諫。

【二】"怨毒"二句：此二句寫憲政會等引滇軍入黔顛覆貴州大漢軍政府以後，大肆捕殺革命黨人，革命黨人紛紛外逃避難。

【三】"無枝"句：寫作者經歷政變之後無處棲身的慘景。三國魏曹操《短歌行》："月明星稀，烏鵲南飛。繞樹三匝，何枝可依？"

【四】九閣：比喻朝廷。宋曾鞏《答葛蘊》："春風吹我衣，暮召入九閣。"

【五】盧梭：法國偉大的啓蒙思想家、哲學家、教育家、文學家，十八世紀法國大革命的思想先驅，啓蒙運動最卓越的代表人物之一。主張自由平等，提出"天賦人權説"，反對專制、暴政。

【六】片言折獄：片言，極少的幾句話；折獄，判決訴訟案件。後指能用簡短的語言斷定是非。《論語·顏淵》："片言可以折獄者，其由也與？"朱熹集注："片言，半言；折，斷也。子路忠信明決，故言出而人信服之，不待其辭之畢也。"

【七】三槐：相傳周代宮廷外種有三棵槐樹，三公朝天子時，面嚮三槐而立。後因以三槐喻三公。此指高官。《周禮·秋官·朝士》："面三槐，三公位焉。"

【八】皋陶：傳説曾經被舜任命爲掌管刑法的"理官"，以正直聞名天下，被奉爲中國司法鼻祖。

【九】定國：于定國（前111—前40），西漢丞相，東海郯縣（今山東郯城西南）人。漢昭帝時爲禦史中丞，漢宣帝時爲光禄大夫平尚書事，數年後擢升廷尉，直至丞相，封西平侯。史載其決獄斷案，執法公正，量刑得當，時有"於定國爲廷尉，民自以爲不冤"的贊譽。

【一〇】馬肝：相傳馬肝有毒，食之能致人死。東漢班固《漢書·轅固傳》："上曰：'食肉毋食馬肝，未爲不知味也；言學者毋言湯武受命，不爲愚。'"

小阮【一】阿連【二】隔海山，淹留异國我先還。十洲【三】歸夢回腸迴〔一〕，萬里春風入鬢斑。嶺嶠【四】雙魚無尺素【五】，桐花雛鳳【六】想刀環。溟渤清淺閶闔【七】遠，一夜相思引故關。

◎ 校勘記

（一）迴：余達父原本作迴，失律，誤。當作"迴"。蓋形近致誤。

◎ 注釋

【一】小阮：阮咸。阮咸與叔父阮籍都是"竹林七賢"之一，世因稱阮咸爲小阮。此時余達父的兒子和兩個侄子都在日本。

【二】阿連：兄弟的代稱。宋王安石《寄四侄旃》詩之一："'春草已生'無好句，阿連空復夢中來。"

【三】十洲：古代傳説中仙人居住的十個島，此指日本。

【四】嶺嶠：五嶺的別稱。

【五】雙魚無尺素：指遠在日本的侄兒、兒子無任何消息。古樂府《飲馬長城窟行》："客從遠方來，遺我雙鯉魚。呼兒烹鯉魚，中有尺素書。"

【六】桐花雛鳳：此指余達父的侄子和兒子。

【七】閶闔：傳説中的天門。《楚辭·離騷》："吾令帝閽開關兮，倚閶闔而望予。"王逸注："閶闔，天門也。"

贈樂凉澄【一】

劫後重相見，皤然兩老翁。浮名知廿載，窮業補三通【二】。花月揚州夢，淮南桂樹叢【三】。行年過四十，往事不匆匆。

行行復去去，歧路欲何之。君向瀟湘浦，我歸鰼水湄。爭鋒方擲注，大局近彈棋【四】。終借扶輪手，雲天展翼垂。

◎ 注釋

【一】樂凉澄：即樂嘉荃（1871—1932），字良臣，貴州貴陽人。工詩詞，善書法，富收藏，精鑒別。

【二】三通：指唐朝杜佑《通典》、宋朝鄭樵《通志》、元朝馬端臨《文獻通考》。

【三】"淮南"句：此句用典頗爲隱晦，既寫自己想歸隱，又表達了對即將分別的朋友的懷念。相傳西漢淮南王劉安門客小山作《招隱士》篇來表現對屈原的懷念。

【四】彈棋：西漢末年始流行的一種古代棋戲。彈棋的玩法，按照晉人徐廣《彈棋經》的記載，是"二人對局，黑白各六枚，先列棋相當，下呼上擊之"。

‖ 病中喜煇侄【一】書至 ‖

六月廿四日

近臥竹王城，溽暑患脾瀉。中夜勞屑屑【二】，起臥燭跋地。幾疑猿鶴姿【三】，檻作鹽車馬【四】。會當刷羽毛，飛攀橫九野【五】。夢中腸鹿盧，醒來日麗瓦。郵卒走叩門，持書盈一把。中有阿咸書，喜動脣欲哆。書言去年秋，龍蛇起中夏【六】。投筆并海歸，滇雲暗紛惹。滿撥出番禺【七】，捷足聞健者。回翔領嶠間，偏師能禦寡。間關嘉應州【八】，大纛回風扯。北伐蒞中原，慷慨摧傾厦。兵事久崎嶇，足繭汗流赭。一朝復故物，澄清見天下。去作南昌遊，車騎正閑雅。幡然歸東溟，裝金笑陸賈【九】。殷勤寄尺魚，不減千里鮓。我今病憔悴，見書喜難舍。只愁蚩蚩氓，共和尚成假。吏治益恣睢，伍卒變癥瘕【一〇】。縱爲煦子【一一】行，補苴【一二】仍苟且。弱肉恣强食，聖狂同一冶。盱衡【一三】望天國，閶闔不洞閜【一四】。但聞搜求輩，剔肉骨亦剮。心緒日鬱勃，借爾一攄寫。努力勖後生，覆車戒循輠【一五】。他日澤生民，惡德宜汛灑。

◎ **注釋**

【一】煇侄：余達父的侄子余祥煇（1891—1919），字健光。余達父長兄余若煌之子，留學日本期間加入同盟會，追隨孫中山，參加辛亥革命，討袁護法。

【二】屑屑：勞苦匆忙的樣子。《漢書・王莽傳上》："晨夜屑屑，寒暑勤勤。"

【三】猿鶴姿：指典雅隱逸之姿。

【四】鹽車馬：拉鹽車的馬，比喻賢才屈沉於天下。《戰國策・楚策四》："夫驥之齒至矣，服鹽車而上太行。蹄申膝折，尾湛胕潰，漉汁灑地，白汗交流，中阪遷延，負轅不能上。伯樂遭之，下車攀而哭之，解紵衣以冪之。"

【五】"會當"二句：謂必當展翅翱翔於九天。刷羽毛，禽類以喙整刷羽毛，以便奮飛。比喻做好一切準備。南朝梁簡文帝《詠單鳧》詩："銜苔入淺水，刷羽嚮沙洲。"九野，猶九天，高空。《吕氏春秋・有始》："天有九野，地有九州。"

【六】龍蛇起中夏：指1911年10月10日武昌起義爆發。中夏，此指武昌。

【七】番禺：廣州的別稱。

【八】嘉應州：今廣東梅州市。

【九】"裝金"句：用"陸賈分金"典，寫余健光重回日本。《史記·酈生陸賈列傳》載："孝惠帝時，呂太后用事，欲王諸呂，畏大臣有口者，陸生自度不能爭之，乃病免家居……有五男，乃出所使越得橐中裝賣千金，分其子，子二百金，令爲生產。"

【一〇】癥瘕：氣血之凝淤之病。血積爲癥，氣積爲瘕。在此指隊伍病態。

【一一】煦孑：小仁小義。唐韓愈《原道》："煦煦爲仁，孑孑爲義。"

【一二】補苴：補綴，縫補。引申爲彌補缺陷。漢劉向《新序·刺奢》："今民衣敝不補，履決不苴。"

【一三】盱（xū）衡：觀察，縱觀。清錢謙益《〈張公路詩集〉序》："昔年營陳戰壘，盱衡時事，蹙蹙然有微風動搖之慮，目瞪口噤，填胸薄喉。"

【一四】洞閜（xiǎ）：像洞一樣打開。閜，《説文》："閜，大開也。從門，可聲。"清喬光烈《遊龍門記》："劈立若雙闕洞閜狀，是爲龍門。"

【一五】循輠（guǒ）：跟着轉動。輠，運轉，轉動。

劉問竹【一】書余《悔雅堂詩集後》長言四十韻，次韻和之兼以贈別 時新秋三日，問竹嚴裝歸奉節，行有日矣

秋暑杜門客落莫，赤日韜雲雷殷【二】作。睡起攤書不成讀，案頭古人思渺邈。忽來一尺青琅玕【三】，真珠細密金堅塙【四】。倚床擊壺慘澹吟，金石淵淵動寥廓。文章交道同聲氣，銅山崩西鐘應洛。去國纍臣怨離騷【五】，涉江采采芳洲若【六】。舥稜魂夢泣銅駝，海內風塵昏宙合。天荒地老存餘生，蝴蝶莊周大夢覺。鬼方留滯終可惜，江湖鴻雁懷天末。招隱淮南歌小山，桂華曄曄中秋落【七】。君家劉安【八】德業尊，君家劉向【九】功名薄。經術精深不救貧，神仙詼誕仍落魄。不如歸臥曜麓【一〇】下，校書高隱能兼學。況復世變正紛紜，駊騀紅花迅漂撇【一一】。勝廣發難氣易驕，溫操【一二】竊據辭難

托。誅求【一三】已見縣磬空，操切【一四】豈止濕（一）薪縛【一五】。尺書一下萬人暗，鼠狐鷹犬歡諾諾。鬼車載鬼【一六】日午飛，枯魚過河泣銜索【一七】。生民塗炭豈天心，堅冰寒漸履霜屬【一八】。寠㞘鑿齒【一九】走原野，何人駐見角端【二○】肉。慘令天國變修羅【二一】，盧梭夢見應驚却。我賦《大招》招國魂，欲促進化披蟬殼。天民逸世劉先生，可有箴言示方略。先生襄羊【二二】歸永谷，獨醒不醉糟丘粕【二三】。草玄問字勘六經【二四】，太乙夜照青藜閣【二五】。作賦江南庾信哀【二六】，登樓懷土仲宣弱【二七】。蜀中治理當較良，西征近聞司馬錯【二八】。黑山白波氛漸夷，桑麻城市今非昨。匹夫有責與興亡，吾謀果用當謇諤【二九】。但使饑溺登衽席【三○】，我輩何妨樂後樂。酬君此語非謾言，深信真理歸平博。邇來道逢名利客，大言經綸殊不怍【三一】。小知遠貢遼東豕【三二】，何堪大雅加一噱。橫刀長揖出國門，天下健者寧一卓。中原北望沉多事，去住惘惘愁羈泊。棟撓【三三】鼎折【三四】數傾覆，卅輻轑轂翻重較【三五】。卿相尚作可憐蟲，活國安來不死藥。信能指掌運世界，胸中當自函丘壑。萬里之別從茲始，進止取君爲斟酌。它時谷口訪鄭子【三六】，會須更訂三生約。

◎ **校勘記**

（一）濕：原本作"淫"，不辭，今改。

◎ **注釋**

【一】劉問竹：即劉貞安（1870—1934），字彥恭，一字問竹，重慶雲陽縣人，光緒二十九年（1903）進士，官貴州省永從縣、開州、印江縣知縣知州。辛亥革命後回歸故里隱居，靠賣文講學謀生。有《曜簏類稿》《說文解字箋》《六書評議》，總纂民國《雲陽縣誌》，自編《雲陽縣圖志》。

【二】雷殷：隱隱約約的雷聲。杜甫《江閣對雨懷裴端公》："層閣憑雷殷，長空水面文。"仇兆鰲注："言雷聲隱隱也。"

【三】青琅玕：一種青色似珠玉的美石。此指劉貞安所作的《愫雅堂詩集題後》。

【四】堅塙（què）：堅硬。塙，同"確"。清李楷《盫（tú）山集序》："予觀草木之華，香艷沁人，結而爲果，堅確可舉。"

【五】"去國"句：此句作者以楚國纍臣屈原自比，憂國憂民。1911年11月，貴州自治學社起義，成功推翻滿清政府，余達父被選爲省立法議員，後因憲政黨、耆老會請滇軍入黔鎮壓革命，顛覆貴州大漢軍政府，余達父被迫離職避難。羇臣：特指屈原。

【六】"涉江"句：此句兼用兩典：用屈原《涉江》典，揭露當時貴州統治者的腐朽和罪惡，表明自己保持高尚情操。用屈原《湘君》典，寫作者對劉問竹的真摯情感，感嘆知音難覓，同志益稀。采采：茂盛的樣子。《詩·秦風·蒹葭》："蒹葭采采，白露未已。"芳洲，芳草叢生的小洲；杜若，香草名。

【七】"招隱"二句：此二句借秋色描寫表達作者希望劉問竹不再隱居。招隱，此處爲徵召隱居者出仕之意。曄曄，美艷茂盛。

【八】劉安：（前179—前122），西漢思想家、文學家，曾組織編寫《鴻烈》，後稱爲《淮南鴻烈》或《淮南子》。

【九】劉向（約前77—前6）原名更生，字子政，沛縣（今屬江蘇）人。西漢經學家、目録學家、文學家。

【一〇】曜麓：指七曜山麓。劉問竹是重慶雲陽人，七曜山屬重慶雲陽縣。

【一一】漂蘀（tuò）：枯萎，凋零。

【一二】温操：朱温和曹操的并稱。

【一三】誅求：敲詐，強制徵收。《資治通鑑·唐德宗建中四年》："征師日滋，賦斂日重，内自京邑，外泊邊陲，行者有鋒刃之憂，居者有誅求之困。"

【一四】操切：脅迫，協制。《漢書·貢禹傳》："奸軌不勝，則取勇猛能操切百姓者，以苛暴威服下者，使居大位。"

【一五】濕薪縛：意即被捆着的潮濕柴草，比喻思想保守，不易接受新事物。梁啓超《〈飲冰室合集〉自叙》："而彼久束濕薪之大多數人，猶或曰：'吾秦人而子語我以越之肥瘠也。'"

【一六】鬼車載鬼：比喻混淆是非，無中生有。鬼車：鬼車鳥，別名九頭鳥。載鬼，即"載鬼一車"，指混淆是非。《易·睽》："上九，睽孤見豕負塗，載鬼一車，先張之弧，後説之弧。"

【一七】"枯魚"句：穿在繩上的乾魚。形容存在的日子已經不多。《韓詩外傳》卷一："枯魚銜索，幾何不蠹。二親之壽，忽如過隙。"

【一八】"堅冰"句：意謂踩着霜，就想到結冰的日子即將到來。比喻事態逐漸發展，將有嚴重後果。《易·坤》："初六，履霜堅冰至。"履，踩，踏；屬（juē），草鞋。

【一九】猰㺄鑿齒：中國神話傳說中的兩種食人怪獸，比喻貪婪和殘暴的統治者。鑿齒，傳說中居住在中國南部沼澤地帶的掠殺人類的怪獸。《淮南子·本經訓》："猰㺄、鑿齒、九嬰、大風、封豨、修蛇，皆爲民害。"

【二〇】角端：也稱甪（lù）端，中國神話傳說中的一種祥瑞獨角獸。形似鹿而鼻生一角，可日行一萬八千里，通曉四方語言。《宋書·符瑞志下》："角端日行萬八千里，又曉四夷之語，聖主在位，明達方外幽遠，則奉書而至。"

【二一】修羅：六道輪回之中的"阿修羅道"。屬於兇猛好鬥的鬼神，經常與帝釋天爭鬥不休。

【二二】襄羊：徜徉，安閒自得的樣子。《史記·司馬相如列傳》："招搖乎襄羊，降集乎北紘。"司馬貞索隱引郭璞曰："襄羊猶仿佯。"

【二三】糟丘粕：把美酒當成糟粕，比喻對現實認識非常清醒。糟丘，積糟成丘，極言釀酒之多。唐李白《襄陽歌》："此江若變作春酒，壘曲便築糟丘臺。"

【二四】"草玄"句：用西漢揚雄作《太玄經》典，寫劉問竹淡於名利，潛心著述。草玄：指漢揚雄所作《太玄經》是一部擬《周易》之作。

【二五】"太乙"句：夜照青藜閣：此句用西漢劉嚮得太乙老人授書事，寫劉閉門潛心苦讀。《三輔黃圖·閣》："劉向於成帝之末……夜有老人，著黃衣，植青藜杖，叩合而進……授《五行洪範》之文。"

【二六】"作賦"句：用庾信作《哀江南賦》事，寫劉問竹對故鄉的思念。《哀江南賦》是庾信的名作，內容主要是哀痛梁朝的滅亡。庾信晚年留在北朝，位高名顯，甚受優待，但常常思念故國，因作此賦以致意。

【二七】"登樓"句：用王粲作《登樓賦》事，寫劉問竹對故鄉的眷念，對劉懷才不遇表示深深同情。

【二八】司馬錯：秦惠王時期將領，公元前316年從石牛道上縱橫千里，滅掉蜀國，爲秦統一中國打下基礎。

【二九】謇諤：正直敢言。

【三〇】饑溺登袵席：指過上安居樂業的幸福生活。饑溺，比喻生活痛苦。《孟子·離婁下》："禹思天下有溺者，由己溺之也；稷思天下有飢者，由己飢之也，是以如是其急也。"袵席：借指太平安居的生活。

【三一】不怍：不知慚愧。《孟子·盡心上》："仰不愧於天，俯不怍於人。"

【三二】"小知"句：謂耍小聰明的人如同進貢於遼東的白頭豬。《莊子·逍遥遊》："小知不及大知，小年不及大年。"遼東豕，比喻見識淺薄之人。南朝宋範曄《後漢書·朱浮傳》："往時遼東有豕，生子白頭，异而獻之，行至河東，見群豕皆白，懷慚而還。"

【三三】棟撓：亦作"棟橈"。屋梁脆弱，比喻形勢危急。《易·大過》："棟橈，本末弱也。"高亨注："造屋者用本末弱之木材爲屋棟，乃大事上之錯誤，其屋將壞矣。"

【三四】鼎折：亦作"折鼎覆餗"，比喻力薄任重，必至事敗。《易·繫辭下》："《易》曰：'鼎折足，覆公餗，其形渥，凶。'言不勝其任也。"

【三五】"卅輻"句：意即中國社會動盪不安，國家急需重新統一。卅輻轂轂（còugǔ），指車輪的三十根輻條聚集在車轂上。《老子》第十一章："三十輻同一轂，當其無，有車之用。"

【三六】谷口訪鄭子：作者將劉問竹比作西漢末年的雲陽高隱鄭樸。谷口：古地名，在今重慶雲陽縣。西漢末年，高士鄭樸（字子真）曾隱居於此。

裝成亡友葛正父所繪《秋林孤館圖》，撫今感昔，和其題畫元韻二章，時壬子七月也

清淺長河天上源，竊丹鷄犬霧中喧。人間未必秋墳好，風雨關山一斷魂。

四十才名不厭低，十年燈火夢凄迷。故人宿草秋林外，净土落花隔水西（正父葬水西[一]瓦廠塘）。

原作：
亂山何處是桃源，孤館長吟静不喧。欲寄相思圖畫裏，一叢芳草一銷魂。
蒼林紅樹接天低，秋盡平蕪路轉迷。萬叠雲山千種恨，黄昏人立小橋西。

◎ 注釋

　　【一】水西：轄境以今貴州烏江上游的鴨池河爲界分爲水東、水西、治所在今大方縣城，遂有"水西"之名。

‖ 殤女二首 ‖

　　癸丑四月二日於蜀得家書作此誄之

　　彈指曇花竟此生，牙牙啐語未分明。只因不著彭殤【一】論，纍却中年向子平【二】。

　　如此滔滔舉世非，生民塗炭尚無歸。胸中兒女英雄淚，要嚮昆侖頂上揮。

◎ 注釋

　　【一】彭殤：長壽與夭折。彭，彭祖，古代傳説中的長壽之人。殤，夭折，未成年而死。《莊子·齊物論》："莫壽於殤子，而彭祖爲夭。"

　　【二】向子平：向長，字子平，隱居不仕，性尚中和。《後漢書·逸民列傳》。"（子平）讀《易》至《損》《益》卦，喟然嘆曰：'吾已知富不如貧，貴不如賤，但未知死何如生耳。'"

‖ 西湖孤山公園 ‖

　　前清乾隆時行宮也。民國更始，建爲公園，禦碑亭有壁間題句，同人囑余和之。

　　無復靈和鬥柳腰，玉鉤斜【一】畔日沉銷。滄桑一片宮人草，曾見劉郎貯阿嬌。

◎ 注釋

　　【一】玉鉤斜：古代著名遊宴地。在江蘇揚州市維揚西邊蜀岡西峰。據宋代詩人陳師道《後山詩話》記載："廣陵亦有戲馬臺，其下有路，號玉鉤斜。"楊廣曾三下揚州，帶來十六院嬪妃及無數宮女，其中千名殿脚女牽挽龍舟"漾彩"，許多殿脚女因勞瘵過度而亡，葬於此。作者在此借古諷今，用楊廣因荒淫無度而亡國的事，勾起對清乾隆大造行宮，奢華無度生活的反思。

‖ 煉丹臺望浙江潮并序 ‖

五月廿六日遊靈隱，陟韜光【一】，登煉丹臺【二】磴道，人竹森森如青玉，俯挹鏡湖，遠看錢塘江作赭色，奔流到海。壁間有白裟和尚題詩，極遒勁，依韻和之。

十日西湖上，尋幽意未窮。更把韜光綠，遥看浙海紅。湖山浮蜃市，日月下天空。欲鼓洪爐炭，重燒萬物銅【三】。

◎ **注釋**

【一】韜光：韜光寺。唐穆宗長慶年間，蜀地名僧韜光禪師所建，後人因以名之韜光寺，位於杭州北高峰的南坡巢拘塢內，爲儒、釋、道三聖寶地，自古以朝佛、觀日、觀海三絕而著稱。

【二】煉丹臺：位於韜光寺頂的岩壁內，相傳爲呂洞賓煉丹之地，此即煉丹臺。

【三】萬物銅：以萬事萬物爲銅。典出西漢賈誼《鵬鳥賦》："且夫天地爲爐兮，造化爲工；陰陽爲炭兮，萬物爲銅。"

‖ 申浦遇傅彩雲【一】有感 ‖

戰鼓初停喧羯鼓【二】，腥風蘋澤【三】動繽紛。紅妝撤管鵝兒酒【四】，白骨連山豹子軍。半醉一尊澆磊塊，長江萬里鬱烟紛。夜闌清淚談庚子【五】，凄絕當年傅彩雲。（彩雲今夏六月又入烟花，蓋息景已十一稔矣。席間話舊，凄楚欲絕。）

◎ 注釋

【一】傅彩雲：即賽金花（1872—1936），具有傳奇色彩的中國女子。1887年以"花船"妓女身份被前清狀元洪鈞納爲妾，作爲公使夫人出使歐洲四國。

【二】喧羯鼓：羯鼓喧天。這裏暗指八國聯軍侵華。羯鼓，亦作鞨鼓。

【三】薌澤：香氣。薌，通"香"。元虞集《畫馬》詩之二："春風十里聞薌澤，新賜金鞍不受騎。"

【四】鵝兒酒：即鵝黃酒。宋蘇東坡《送南屏謙師》："勿驚午盞兔毫斑，打出春甕鵝兒酒。"

【五】庚子：指庚子事變，也稱義和團運動。

‖ 吳門秋詠 ‖

十五首，用下平韻，癸丑秋八月廿九夜自蘇臺【一】還申浦作。

電影芸香夢破禪【二】，醒來寒雨復潺潺。風雲塵土申江上，辜負秋光又一年。

客心今日太無憀，似此秋魂何處招。却附焱輪【三】下吳苑，金閶門【四】外月如潮。

絳樹瓊枝一例嬌，青鸞紫鳳出香巢。阿儂亦是梁紅玉，却在春風豆蔻梢。（妙香樓雛妓姿首明艷，盈盈十五，瓜字未破也。）

妙香樓上紫檀槽，一曲清歌月正高。終老温柔何等福，伍胥門外接天濤。

入市居然有絳河，魚蝦菰菜兩駢羅。吳娃競唱江南好，仿佛《三郎得寶歌》【五】。

◎ 注釋

【一】蘇臺：本指姑蘇臺，此當指蘇州。宋吳處厚《青箱雜記》卷八："蘇有姑蘇臺，故蘇州謂之蘇臺。"

【二】破禪：修行禪定的功夫被打破了。黃庭堅《花氣熏人帖》："花氣薰人欲破禪，心情其實過中年。"

【三】焱輪：這裏指船隻。

【四】金閶門：在蘇州城內。

【五】《三郎得寶歌》：唐樂曲《弘農得寶歌》。

　　玄妙觀【一】前日欲斜，魚龍曼衍【二】正紛嘩。天魔姹女無僇極，不見靈妃有絳紗。

　　名園幾處散花場，鰈鰈鶼鶼趁夜涼（蘇城內遂園、鶴園、暢園、植園、半園、拙政園，多設閱報社，說書場，夜來士女履舃交錯【三】，墜珥遺簪【四】，亦無遮大會【五】也）。拋却江南紅豆子，當筵親遞夜來香。

　　拂曉風寒露氣清，留園荷蓋尚高擎（留園池中荷大如蓋，高七八尺，深秋不萎）。小山叢桂【六】香成海，如此湖山屬杏生【七】（園闢築於前清嘉慶間劉蓉峰氏，今屬常州盛杏生矣）。

　　清波柔櫓喚吳舲，笑倚雙鬟契玉瓶。不獨方舟看郭李【八】，神仙同躡鳳凰翎。

　　竹枝聲裏趁魚罾，素手欹舷擷紫菱。清絕難亡韓墓【九】下，秋山如黛水如綾。

◎ 注釋

【一】玄妙觀：位於蘇州市中心的觀前街。

【二】魚龍曼衍：原指各種雜戲同時演出，後形容事物雜亂。

【三】履舃（xì）交錯：履，單底鞋；舃，複底鞋。古人席地而坐，脫鞋入室，各種鞋雜亂地放在一起。形容人來人往，穿梭而行的狀況。西漢司馬遷《史記·滑稽列傳》："男女同席，履舃交錯，杯盤狼藉，堂上燭滅。"

【四】墜珥遺簪：也作"遺簪墜珥"。指遺落、丟弃簪子珥璫，形容歡飲而不拘形跡。宋柳永《木蘭花》詞："遺簪墜珥，珠翠縱橫。"

【五】無遮大會：佛教每五年一次的一種廣結善緣，不分貴賤、僧俗、智愚、善惡都一律平等對待的大齋會。又稱無礙大會、五年大會。清黄遵憲《感事》："紅氍貼地燈耀壁，今夕大會來無遮。"

【六】小山叢桂：西漢淮南小山《招隱士》篇中有"桂樹叢生兮山之幽"句，後用桂樹的芬芳來比喻高潔的品行。

【七】杏生：指盛宣懷，字杏蓀，又字幼勖、荇生、杏生，出生於常州，清末官員，被譽爲"中國實業之父"和"中國商父"。

【八】方舟看郭李：郭李，東漢郭太、李膺的并稱。用"李郭同舟"典，比喻知己相處，不分貴賤，親密無間。

【九】韓墓：韓世忠墓。位於蘇州市木瀆鎮靈岩山西南麓。

舟行遠上寒山寺，爲訪楓橋半夜秋。誰遣達官題姓字，豐干【一】拾得【二】不勝愁（寒山寺久荒圮，今建者創於蘇撫陳夔龍，成於程德全，古碣已無存者，惟程氏題刻甚多耳）。

虎阜【三】荒涼百感侵，哀鴻滿野病呻吟（虎丘滿目蒿萊，道旁饑民鱗襲，向過客索錢，皆非吳音。詢之，則爲江寧、鎮江及江北之避兵來此者）。黑山飛燕張牛角【四】，忍使蒼生盡陸沉。

劍池【五】靈風拂玉潭，生公臺上誦憂曇。英雄佛子成灰劫，大好江山更不堪。

策策【六】新寒上指尖，真娘墓【七】下影鶼鶼。惺惺好是惺惺惜，爲我嬌歌《昔昔鹽》【八】。

謝公放散常攜伎【九】，白傅（一）凄涼淚濕衫【一〇】。解識胸中無限意，大招方欲下彭咸【一一】。

◎ 校勘記

（一）傅：原本作"博"，不辭，當作"傅"。蓋因形近而誤。

◎ 注釋

【一】豐干：唐代高僧，又作封干，生卒年不詳。與寒山、拾得一起隱居於天台山國清寺，被譽爲"國清三隱"。

【二】拾得：生卒年不詳，唐朝著名詩僧。相傳拾得本是孤兒，被豐干在天台縣赤城山撿回。

【三】虎阜：即虎丘。位於蘇州城西北郊，距城區中心五千米。據《史記》載，吳王闔閭葬於此，傳説葬後三日有"白虎蹲其上"，故名。有"吳中第一名勝"美譽。

【四】"黑山"句：黑山飛燕、張牛角，均爲東漢末年黑山農民起義軍首領。飛燕即褚飛燕，又稱張燕，本名褚燕，東漢末年常山真定（今河北正定）人，黑山起義軍首領之一，身手矯捷，有"飛燕"的綽號。張牛角，生卒年不詳，博陵（今河北蠡縣）人，東漢末年黑山農民軍的領袖之一，與褚燕聚衆起事，被褚飛燕推舉爲首領，後來爲箭所傷，不治身亡。

【五】劍池：蘇州虎丘名勝之一。

【六】策策：象聲詞。元麻革《晚步張鞏田間》詩："悠悠獨鳥穿雲下，策策寒烏掠日飛。"

【七】真娘墓：在今江蘇蘇州市虎丘西。真娘，本名胡瑞珍，唐代蘇州名妓，後爲保貞潔懸梁自盡。

【八】《昔昔鹽》：隋薛道衡所作閨怨詩。昔昔，夜夜。鹽，艷曲的別名。

【九】"謝公"句：謝公，指東晋名相謝安；放散，消遣、散歇。《晋書·謝安傳》載："安雖放情丘壑，然每遊賞，必以妓女從。"

【一〇】"白傅"句：白傅，唐代詩人白居易，因晚年曾官太子少傅，故稱之。白居易《琵琶行》云："座中泣下誰最多？江州司馬青衫濕。"

【一一】彭咸：傳説爲殷商末期大臣。胸懷大志、剛正不阿、直諫商王不聽，以投江自盡表示抗議，被後世列爲人臣楷模。《離騷》："既莫足與爲美政兮，吾將從彭咸之所居！"

‖ 邵次公【一】招飲席間和張心蕪【二】韻 ‖

白練書裙盡少年，飛箋入座亦嬋娟。明河溺水三千界【三】，帝子湘靈五十弦【四】。因散天花仍結習【五】，願生華髮不成仙。談詩説偈渾無賴【六】，如此禪宗似濟顛【七】。

◎ 注釋

【一】邵次公：即邵瑞彭（1887—1937），字次公，浙江淳安縣富文鄉人。加入光復會、同盟會，宣統元年（1909）柳亞子等創南社於蘇州，他聞訊後加入，成爲南社重要成員。後任北京大學教授，工詞章，精曆算。

【二】張心燕：即張一鳴。南社成員，原名長，字心燕，一字心撫，號洗桐，浙江桐鄉梧桐鎮人，室名桐花館。少承家學，精詩文，擅書法。爲人詼諧，被視爲南社中的東方朔。

【三】溺水三千界：即"溺水三千"，亦作"弱水三千"，泛指險而遙遠的河流。

【四】"帝子"句：出自湘靈鼓瑟傳説。《楚辭·遠遊》："使湘靈鼓瑟兮，令海若舞馮夷 。"《楚辭·九歌·湘夫人》："帝子降兮北渚，目眇眇兮愁予。"王逸注："帝子，謂堯女也。"

【五】"因散"句：寫煩惱未盡。結習，佛教稱煩惱。《維摩經·觀衆生品》："時維摩詰室有一天女……即以天華散諸菩薩大弟子上。華至諸菩薩，即皆墮落，至大弟子便著不墮……結習未盡，華著身耳，結習盡者，華不著也。"

【六】無賴：活潑可愛，可喜。宋辛弃疾《清平樂·村居》："最喜小兒無賴，溪頭臥剥蓮蓬。"

【七】濟顛：即濟公和尚，宋釋道濟的綽號。天台人，俗姓李，剃度於杭州靈隱寺。爲便度世，佯狂雲遊，人稱濟顛。

‖ 席間以"同是天涯淪落人"分韻得"是"字 ‖

禪宗自合無文字，言詮妙悟非邪是。一撾羯鼓萬花開【一】，拈花微笑【二】此中意。

◎ 注釋

【一】"一撾（zhuā）"句：謂詩文意旨高遠，文采繽紛。《聊齋志异·仙人島》：

233

"羯鼓一撾，則萬花齊落。"

【二】拈花微笑：佛教用語，謂彼此心神領會。《五燈會元·七佛·釋迦牟尼佛》卷一："世尊於靈山會上，拈花示眾。是時眾皆默然，唯迦葉尊者破顏微笑。"

‖ 孤雁次朱经田韻 ‖

次朱經田【一】韻二首

懷人別館正蕭蕭，孤韻【二】橫空破碧寥。是處風雲儔侶散，過來烟水夢魂銷。稻粱寧與鶩爭食【三】，霜月似聞鴻唳霄。爲謝弋人休遠篡【四】，冥冥高翮九天遙。

恢恢雲路有窮通，高舉仍資六翮豐。羽翼已成橫絕勢，陬行猶付渺茫中。三更哀怨遲孤月，萬里扶搖待順風。舊侶今宵太寥落，不成一字【五】盡書空。

◎ 注釋

【一】朱經田：即朱家寶（1860—1923），字經田。雲南省玉溪市華甯縣甯州鎮人，官至安徽、吉林巡撫。工書法，取法黃庭堅，深得黃體精神，堪稱清末大家。

【二】孤韻：原指單調或單一的音律，此指孤雁。

【三】"稻粱"句：稻粱，本指禽鳥尋覓食物，後比喻人謀求基本生存的物質條件。杜甫《同諸公登慈恩寺塔》："君看隨陽雁，各有稻粱謀。"與鶩爭食，指小人互爭名利。戰國楚屈原《卜居》："寧與黃鵠比翼乎？將與雞鶩爭食乎？"

【四】弋人休遠篡：弋人，射鳥的人；篡，取得。射鳥的人無法取得。比喻賢者隱處，免落入暴亂者之手。漢揚雄《法言·問明》："鴻飛冥冥，弋人何篡焉？"

【五】不成一字：雁陣過時往往排成"一"字，孤雁無法成字。

題自在香室傭書【一】圖

代孫少元【二】作

李潮一字值百金【三】，不聞乞與單寒繢。智永【四】尺幅千黃金，不聞舍作給孤餉。古來名書百千家，何人甘以書傭况。終之縑素【五】未磨滅，聲塵忽已時人忘。陳子工書不靳書【六】，鬻書鉅金衡石量。此金不作買山貲【七】，故山尚有書畫舫。此金不輸西園錢【八】，司徒銅臭【九】誰能向。集作寒儒嫠婦資，飲冰齧蘗【一〇】操相抗。機聲軋軋寒夜長，傭書有金幽房煬。空倉雀苦嗷嗷饑【一一】，傭書有金粲盈盎【一二】。地下寒儒無餒而【一三】，人間嫠婦堪給養。筆花五色生光芒，雨粟雨金【一四】天來既。書傭少年工作書，漢廷策士高臚唱【一五】。殿前著賦五千言，摩空【一六】健筆如椽樣。持節校士【一七】彈疆臣，一疏動天驚立仗【一八】。後來昆池坐皋皮【一九】，傭書恤嫠日無曠。書亦有道真書傭，顛張醉素【二〇】誰頡頏。我今仍坐荷香室，下筆恨無風雲狀。亦欲傭書人不傭，擲筆一笑成虛妄。眼底君書五千軸，琳琅突兀烟雲漲。退筆束筍【二一】瘞華山，八百孤嫠淚如浪。弘願更欲盡恤天下之孤嫠，換筆再圖滇南五金藏【二二】。

◎ 注釋

【一】傭書：受人雇傭抄書爲業。

【二】孫少元：雲南曲靖人。

【三】"李潮"句：李潮，杜甫外甥，善隸書，小篆酷似李斯。杜甫《李潮八分小篆歌》："惜哉李蔡不復得，吾甥李潮下筆親……况潮小篆逼秦相，快劍長戟森相嚮。八分一字值百金，蛟龍盤拏肉屈强。"

【四】智永：陳、隋間僧人，名法極，王羲之七世孫，人稱"永禪師"。相傳曾手寫《真草千字文》八百餘本，分送浙東諸寺廟。當時求書者很多，住處門檻踏損，裹以鐵皮，號稱"鐵門限"。

【五】縑（jiān）素：指書册或書畫。清趙翼《範莪亭孝廉得二扇面》詩："縑素垂千秋，應可慰毅魄。"

【六】靳書：吝惜書法作品。

【七】買山貲：歸隱的資本。南朝宋劉義慶《世説新語·排調》載："支道林因人就深公買印山，深公答曰：'未聞巢由買山而隱。'"

【八】西園錢：即買官錢。東漢後期，靈帝與宦官公開賣官，由於所得金錢貯存於西園，史稱"西園賣官"。

【九】司徒銅臭：用東漢崔烈買官典，諷刺貪財庸俗的有錢人。詳見《後漢書·崔駰列傳》。

【一〇】飲冰齧蘗：形容生活清苦，爲人清白。語本唐白居易《三年爲刺史》詩之二："三年爲刺史，飲冰復食蘗。"

【一一】"空倉"句：雀苦嗷嗷饑，形容生活清苦貧困。相傳爲漢時蘇伯玉之妻所作《盤中詩》："空倉雀，常苦饑。"

【一二】粢（zī）盈盎：糧食充足。粢，泛指糧食；盈盎，充盈、豐富。

【一三】餒而：飢餓。《左傳·宣公四年》："且泣曰：'鬼猶求食，若敖氏之鬼不其餒而！'"楊伯峻注："餒，餓也。不其餒而，猶言不將饑餓乎，意謂子孫滅絕，無人祭祀之。"

【一四】雨粟雨金：天上降下粟和金。表示絕不可能的事。《淮南子·本經訓》："昔者蒼頡作書，而天雨粟、鬼夜哭。"

【一五】臚（lú）唱：舊時科舉考試，殿試之後，皇帝傳旨召見新考中的進士，依次唱名傳呼，爲"臚唱"，也叫"傳臚"。元方回《涌金城望》詩之三："臚唱曾叨殿上傳，末班遙望禦爐烟。"

【一六】摩空：接於天際。

【一七】持節校士：奉旨考評士子的大臣。

【一八】立仗：即儀仗，此代指統治者。

【一九】坐皋皮：即"坐擁皋比"。古代儒師講堂、文人書齋中常用虎皮坐席，後稱任教。皋皮，亦作"皋比"，虎皮，也指虎皮座席。明劉基《賣柑者言》："今夫佩虎符，坐皋比者，洸洸乎幹城之具也，果能授孫、吳之略耶？"

【二〇】顛張醉素：唐朝書法家張旭和懷素，兩人并稱"顛張醉素"或"顛張狂素"。

【二一】退筆束筍：用禿的筆聚集起來像成捆的竹筍。此處形容書法作品積纍之多。唐韓愈《贈崔立之評事》："深藏篋笥時一發，戢戢已多如束筍。"

【二二】滇南五金藏：雲南省素有"有色金屬王國"的美譽。此句以滇南五金儲藏量之大，比喻作者將爲撫恤寒儒孤嫠作更大的努力。因孫少元是雲南曲靖人，故有此説。

元夜出遊城南次東坡《定惠院[一]寓居月夜偶出》韻

甲寅

殘雪僵地凝飛沙，佳月融銀注清夜。起從儕侶踏城南，強對娉婷坐花下。清歌迭起行雲遏，金尊滿引如淮瀉。堂中芽芽牡丹開，竹外枝枝梅萼亞。長安春寒花自暖，風塵人老天不借。我生齊物會蒙莊，世無清才驚小謝[一]。坐覺逝景皆百憂，不見揮日返三舍[二]。遷地竟成淮北枳[三]，老境倒啖江南蔗[四]。金貂敝盡[五]文字豪，生涯貧賤親知怕。來朝雖醒次公狂[六]，此座已醉仲儒罵[七]。

◎ 校勘記

（一）定惠院：原本作"惠定院"，誤。因蘇軾只有《定惠院寓居月夜偶出》，今改。定惠院：北宋古刹名，今址在湖北省黃岡市黃州區青磚湖社區內，緊靠黃州古宋城東城遺址旁。1080 年，蘇軾因烏臺詩案被貶謫黃州後的最初居所就在這裏。

◎ 注釋

【一】小謝：謝朓，字玄暉，陳郡陽夏（今河南太康縣）人。南朝齊時著名的山水詩人，因與謝靈運同族，世稱"小謝"。

【二】揮日返三舍：揮戈使太陽返回三舍。此指時間倒流。西漢劉安《淮南子·覽冥訓》："魯陽公與韓構難，戰酣，日暮，援戈而揮之，日爲之反三舍。"

【三】淮北枳：淮南的橘樹，移植到淮河以北就變爲枳樹。比喻環境變了，事物的性質也隨之變了。《周禮·考工記·序官》："橘逾淮而北爲枳。"

【四】倒啖江南蔗：見成語"倒啖甘蔗"。甘蔗下端比上端甜，從上到下，越吃越甜。後比喻境況逐漸好轉或興趣逐漸濃厚。《晉書·顧愷之傳》："愷之每食甘蔗，恒自尾至本。人或怪之。云：'漸入佳境。'"

【五】金貂敝盡：皮袍破了，錢用完了。形容貧困失意的樣子。《戰國策·秦策一》："黑貂之裘弊，黃金百鎰盡。資用乏絶，去秦而歸。"

【六】次公狂：比喻狂放傲世，蔑視權貴。次公，漢代蓋寬饒，字次公，爲官廉正不阿。《漢書·蓋寬饒傳》："許伯親爲酌酒，寬饒曰：'無多酌我，我乃酒狂。'丞相魏侯笑曰：'次公醒而狂，何必酒也？'"

【七】"此座"句：用"灌夫罵座"典，指借酒發洩心中的不滿。仲孺，即西漢灌夫，字仲孺。《史記·魏其武安侯列傳》載："灌夫，西漢人，初以勇武聞名，爲人剛直不阿，任俠，好飲酒罵人。與丞相田蚡不和，後因在蚡處使酒罵座，戲侮田蚡，爲蚡所劾，以不敬罪族誅。"

剡溪【一】女子晏宛若廣陵題壁詩十首，悽愴飄零，哀感頑艷，依韻和之

一夜繁霜下玉除，橫塘枯葉泣紅蕖【二】。它時并蒂鴛鴦小，猶憶清和四月初。

羞郎團扇謝芳姿【三】，爲唱陽關折柳枝【四】。變徵【五】淒涼不成調，黃昏風雨獨經時。

鶒鶒只見燕雙飛，海上飄搖風雨微。縹緲蓬萊三萬里，靈查何日等閒歸。

遼陽征戍已堪傷，近復音書斷白狼【六】。不及小家劉碧玉，此生猶嫁汝南王【七】。

孤負爺娘掌上珠，風塵蕉萃影相扶。傷春一病弱於柳，生怯仙衣重五銖【八】。

◎ 注釋

【一】剡溪：在今浙江省嵊州市，爲曹娥江上游。

【二】紅蕖：紅荷花。唐李白《越中秋懷》："一爲滄波客，十見紅蕖秋。"

【三】"羞郎"句：羞郎團扇，樂府吳聲歌曲，也稱《團扇郎歌》。謝芳姿，晋

穆帝永和至孝武帝太元間人。中書令王珉嫂婢女，與王珉相愛，情好日篤，嫂笞撻甚苦，珉兄止之。芳姿善歌，嫂令歌一曲，當赦之。芳姿以珉素喜執團扇乃應聲歌《團扇》："白團扇，辛苦五流連，是郎眼所見。"珉問訊來問，芳姿即改云："白團扇，憔悴非昔容，羞與郎相見。"

【四】陽關斷柳枝：此指難分難舍，依依惜別。陽關，指《陽關三疊》，是根據王維的《送元二使安西》譜寫的一首著名送別歌曲。斷柳枝，古人離別時，有折柳枝相贈之風俗，離別贈柳表示難分難舍的心意。"柳"與"留"諧音，表示挽留之意。

【五】變徵：傳統音樂術語。古代七聲音階（宮、商、角、變徵、徵、羽、變宮）之一。以此音級爲主調的歌曲悽愴悲涼。

【六】"遼陽"二句：寫少婦思念在外征戍的丈夫。遼陽，指今遼寧遼陽市附近地區，爲東北邊防要地。白狼，白狼河，即今遼寧境內的大凌河。唐沈佺期《古意·盧家少婦》："九月寒砧催木葉，十年征戍憶遼陽。白狼河北音書斷，丹鳳城南秋夜長。"

【七】"不及"二句：碧玉，傳爲劉碧玉。《樂府詩集·清商曲辭三·碧玉歌》郭茂倩題解引《樂苑》云："《碧玉歌》者，晉汝南王所作也。碧玉，汝南王妾名。以寵愛之甚，所以歌之。"

【八】仙衣重五銖：亦稱"五銖服""五銖衣"。傳說古代神仙穿的一種衣服，輕而薄。唐李商隱《聖女祠》："無質易迷三里霧，不寒長著五銖衣。"

王嬙【一】蔡琰【二】後前身，齏臼生成慣受辛【三】。一曲琵琶一筘拍【四】，知音合有斷腸人。

梢頭豆蔻始含胎，竟日狂風百卉摧。半下珠簾護蘭蕙，不曾遮斷望夫臺。

已無心緒理殘妝，那復吹笙弄鳳凰。縱有仙山好樓閣，溫柔鄉遠白雲鄉【五】。

料峭春風破曉寒，某華帳冷月初殘，啼醒一覺傷心夢，紅淚闌干不忍看。

極目登臨意黯然，忍令中道兩相捐。年來已苦無家別，莫更吟成弃婦篇。

◎ 注釋

【一】王嬙：王昭君。

【二】蔡琰：蔡文姬。

【三】"齏（jī）臼"句：齏臼生來就習慣接受辛料，此喻承受艱辛。齏，指帶有辛辣味的調味品；臼，指搗舂器具。

【四】笳拍：指蔡琰作《胡笳十八拍》。

【五】白雲鄉：比喻仙鄉、神仙居所。《莊子·天地》："乘彼白雲，遊於帝鄉。"

‖ 送周豐沅【一】南歸 ‖

甲寅二月

東風吹寒條，稜稜【二】天欲曉。客子遲嚴裝，中夜已俶擾【三】。茲來未浹月【四】，將離聚何少。臨歧千萬言，未語復悄悄。知君三十年，綺紈盛名標。名場屢屯躓【五】，躓此宛驥褭【六】。生涯成濩落【七】，蛾眉傷窈窕【八】。少壯纔幾時，老境相牽嬲【九】。強赴考功第，隨珠彈爵【一〇】小。豈知天際鴻，仍作傷弓鳥。去去復南游，江湖何浩渺。風疾波瀾惡，螭龍正夭矯【一一】。涉江采蘭芷【一二】，巖棲【一三】託幽眇。無爲楚囚泣【一四】，何事越人眕【一五】。我今寄窮朔，辛如蟲食蓼【一六】。足繭黃塵礫，目眇【一七】青雲杪。大言澤生民，不救身餓殍。俛仰百歲間，忽如風中篠。別君當開顏，言出色已愀。且復立須臾，盡此清尊醥【一八】。

◎ 注釋

【一】周豐沅：周素園的兄長周豐原，1907年和周素園在貴陽辦《黔報》，負責發行印刷。見《貴州文史資料選輯第十五輯》周素園遺稿《身世述略》。

【二】稜稜：同"棱棱"，嚴寒的樣子。鮑照《蕪城賦》："稜稜霜氣，蔌蔌風威。"李善注："稜稜霜氣，嚴冬之貌。"

【三】俶擾：開始擾亂。此指開始收拾行裝。

【四】浹月：一個月。清王士禎《池北偶談·談獻二》："不浹月而掃清巨寇。"

【五】屯邅：困頓失意。唐沈千運《濮中言懷》："棲棲去人世，屯邅日窮迫。"

【六】"邅此"句：此句讚揚周豐沅才華橫溢，猶如寶馬，但是却困頓失意。邅，遭受挫折；宛，指代大宛（yuān）汗血寶馬。

【七】濩（hù）落：引申爲淪落失意。王昌齡《贈宇文中丞》："僕本濩落人，辱當州郡使。"

【八】"蛾眉"句：言蛾眉被窈窕所傷，此指周豐沅招人嫉妒，被小人所讒。《楚辭·離騷》："衆女嫉余之蛾眉兮，謠諑謂余以善淫"。窈窕，此爲美艷而不正派之意。

【九】相牽攣：即相攣，相糾纏。宋韓駒《送子飛弟歸荆南》："弟妹乘羊車，堂前走相攣。"

【一〇】隨珠彈爵：即"隨珠彈雀"。爵，通"雀"。用夜明珠去彈鳥雀，比喻做事不知道衡量輕重，得不償失。《莊子·讓王》："今且有人於此，以隨侯之珠，彈千仞之雀，世必笑之。是何也？以其所用者重，而所要者輕也。"

【一一】"螭龍"句：比喻小人得志，惡人當道。螭龍，龍屬。《廣雅》云："有角曰虯，無角曰螭。"夭矯，肆意放縱的樣子。

【一二】蘭芷：蘭草與白芷，都是香草。《楚辭·離騷》："蘭芷變而不芳兮，荃蕙化而爲茅。"王逸注："言蘭芷之草，變易其體而不復香。"

【一三】巖棲：在山洞裏居住，隱居的代稱。韋莊《贈薛秀纔》："欲結岩棲伴，何處好薜蘿？"

【一四】楚囚泣：原指被俘到晋國的楚國人鐘儀。事見《左傳·成公九年》，後泛指處於困境，無計可施的人。

【一五】越人訬：指以偏概全，以一般看特殊。訬，矯健敏捷。《淮南子·修務訓》："胡人有知利者，而人謂之駚。越人有重遲者，而人謂之訬，以多者名之。"

【一六】辛如蟲食蓼：辛苦得如同吃蓼的蟲子。蓼，一種有辣味的草。白居易《自詠》："何異食蓼蟲，不知苦是苦。"

【一七】目眵（chī）：兩眼昏花。韓愈 《短燈檠歌》："夜書細字綴語言，兩目眹昏頭雪白。"

【一八】清尊醥（piǎo）：醥，清酒，此處指飲酒。杜甫《聶耒陽書致酒肉》："禮過宰肥羊，愁當置清醥。"仇兆鰲注："酒清曰醥。"

‖ 和平嘯篁【一】揚州見寄韻 ‖

二月十五夜

嚴城鼓寂風蕭蕭，魚書夜濕廣陵潮【二】。東鄰西鄰下銅漏，一聲兩聲聞玉簫。短箋細字剡溪紙【三】，銷魂望古天津橋【四】。吾衰久矣無佳夢，君當婉孌【五】惜春宵。

◎ 注釋

【一】平嘯篁：平剛。

【二】廣陵潮：唐代中葉以前的數千年間，揚州、鎮江一帶的大潮比後來的錢塘江潮更加壯觀。南朝樂府民歌《長干曲》："妾家揚子住，便弄廣陵潮。"

【三】剡溪紙：浙江傳統名紙。曹娥江幹流流經浙江省紹興市嵊州一段稱剡溪，當地盛產古藤，即剡溪藤，這種古藤可用來造紙。

【四】天津橋：隋唐時期洛陽城南北交通的要衝。始建於隋，廢於元代，初爲浮橋，後爲石橋。

【五】婉孌（luán）：本義爲妾，此處借指美妻。余達父爲平剛《感遇集》作叙云："癸丑（1913）夏秋間，於申浦見之（平剛）。時方携其新婦，持議院事南來商榷。車馬雍容，一灑寒儉。而國是飄搖，帝制蘖芽。少黃亦忽忽不樂，惟藉綺懷戀情，困頓於衣香鬢影間耳。"

‖ 孫少元將南歸，以趙介白所畫某華屬題，即叠介白韻以贈別四首 ‖

霜鬢蕭蕭海鶴姿【一】，相逢無那復相思。宣南【二】春老某華落，惆悵都門送別時。

姑射仙人絕世姿，天寒翠袖苦相思。蒼山萬里香如雪，歸護陰濃子滿時。

老樹疏華尚有姿，一枝折取慰離思。歸裝枉點燕山雪，魂斷江南細雨時。

大澤深山冰雪姿，廣平東國最堪思。盉羹【三】尚是渾閒事，無限蒼生渴待時。

◎ 注釋

【一】海鶴姿：比喻身影矯健，精神旺盛。

【二】宣南：清代，北京宣武門以南地區被稱作"宣南"。

【三】盉（hé）羹：調羹，比喻治理政事。《爾雅·釋器》："盉，調味也。"

‖ 和嘯篁見寄韻却寄 ‖

三月八日

何必當時始惘然，《無愁曲》【一】亦奈何天。同雲【二】半夜吹成雪，寒食連朝禁斷烟。萬里親知還寂寞，一春花事總聯翩。丁香結子【三】垂垂老，獨抱芳心忍自憐。

海鷗野鶴不相猜，老去春懷寸寸灰。江左風流只王謝，梁園【四】賓客剩鄒枚【五】。豈知心死無長物【六】，未必天生有用才。我是京華憔悴客，羌無佳句寄方回【七】。

◎ 注釋

【一】《無愁曲》：古樂府雜曲歌名。《隋書·樂志中》："（北齊）後主……別采新聲，為《無愁曲》……樂往哀來，竟以亡國。"

【二】同雲：降雪前的雲。《詩·小雅·信南山》："上天同雲，雨雪雰雰。"朱熹集傳："同雲，雲一色也。將雪之候如此。"

【三】丁香結子：古人發現丁香結（丁香花苞）極似人的愁心，所以常用來比擬愁思。南唐李璟《攤破浣溪沙》："青鳥不傳雲外信，丁香空結雨中愁。"

【四】梁園：西漢初年，漢文帝封其子劉武於睢陽（今商丘）建立梁國，延攬文人墨客，形成了以鄒陽、嚴忌、枚乘、司馬相如、公孫詭、羊勝等爲代表的梁園文學集團。

【五】鄒枚：西漢著名文學家、梁園文學代表鄒陽和枚乘。

【六】長物：原指多餘的東西，後來也指像樣的東西。唐白居易《銷暑》："眼前無長物，窗下有清風。"

【七】方回：傳説爲堯時隱士，和舜是好朋友。

‖ 題楊孝慈【一】所藏電燈下倭娘小像 ‖

黄昏兀坐思愔愔【二】，抛卷支頤【三】懶不禁。刹那電光忽射下，照人無賴惱春心。

◎ 注釋

【一】楊孝慈：號延森，貴州畢節人，早年曾赴日本早稻田大學留學，偶遇年輕時的孫中山。在和孫中山的親密交往中，楊孝慈被孫中山的愛國熱情所打動，毅然決定跟隨其回國參加辛亥革命。後被任命爲國民政府中央銀行行長。

【二】愔（yīn）愔：默默無語的樣子。宋王禹偁《唱山歌》："夜闌尚未闋，其樂何愔愔。"

【三】支頤：以手托下巴。白居易《除夜》："薄晚支頤坐，中宵枕臂眠。"

‖ 江南柳 ‖

十五首，用上平韻，爲吳姬柳依依作也，并序。

青陵臺[一]畔，紫玉如烟；黃歇浦邊，紅心似火。分江南之佳麗，點北地之燕支[二]。出山不濁，仍是清泉；遷地爲良，弗成淮枳。河東君[三]兩來燕市，見人世之滄桑；久歷風塵，厭禪心之泥絮。珠喉[四]一串，偷法曲[五]於龜年[六]；棋局數枰，幾爛柯於王質[七]。清懷如許，風雅宜人。僕偶涉歡場，曾親丰采。朱顏綠鬢，憐飛鳥之依人；碧海青天，惜落花之無主。近見爲雪麗青校書[八]作《江南雪》者，琳琅滿目，爰仿其例作《江南柳》十五章，非欲畫壁爭勝，聊爲藉題發揮云爾。

◎ 注釋

【一】青陵臺：爲宋國康王偃所築，《邳州志》載："周赧王二十五年（前290）宋康王旅居下邳，築青陵臺。"

【二】燕支：指美女。清王闓運《哀江南賦》："紅粉之樓遂圮，燕支之色無多。"

【三】河東君：明清之際的著名歌妓、才女、詩人柳如是。本名楊愛，後改名柳隱，字如是，又稱河東君。因讀宋朝辛弃疾《賀新郎》中"我見青山多嫵媚，料青山見我應如是"，故自號如是。著名歷史學家、國學大師陳寅恪著有《柳如是別傳》。

【四】珠喉：圓轉如珠的歌喉。宋楊億《夜宴》："鶴蓋留飛舄，珠喉怨落梅。"

【五】法曲：古代一種樂曲，東晋南北朝稱作法樂。因其用於佛教法會而得名。白居易《江南遇天寶樂叟》："能彈琵琶和法曲，多在華清隨至尊。"

【六】龜年：指唐開元初年的著名音樂家李龜年。

【七】王質：晋朝一位樵夫。南朝梁任昉《述异記》："信安郡石室山，晋時王質伐木至，見童子數人棋而歌，質因聽之。童子以一物與質，如棗核，質含之而不覺饑。俄頃，童子謂曰：'何不去？'質起視，斧柯盡爛。既歸，無復時人。"

【八】校書：唐時蜀中能詩文的歌女薛濤，時稱女校書。後爲歌妓的雅稱。唐王建《寄蜀中薛濤校書》："萬里橋邊女校書，枇杷花裏閉門居。"

春盡漁陽散落紅，綺懷憔悴託芳叢。生憐一樹江南柳，無限依依駐晚風。

生小金閶[一]住阿儂，十年泛宅近吳淞。移根總是江南柳，張緒當年一笑逢。

桃葉桃根【二】怨渡江，佳人北去惜蘭艭。燕臺一例江南柳，終向烟波戀綠莁【三】。

名士争填幼婦詞【四】，都緣本事《比紅兒》【五】。旗亭亦有江南柳，願睹黄河遠上詩【六】。

竟日桑條挽客衣，清淡玉屑妙霏霏。酒闌忽唱江南柳，落絮黏泥不忍飛。

◎ 注釋

【一】金閶：蘇州有金門、閶門兩城門，故以"金閶"借代蘇州。

【二】桃葉桃根：借指愛妾或所愛戀的女子。

【三】綠莁（jiāng）：一種用於編織扇子、席子的多年生草本植物。

【四】幼婦詞：亦作"幼婦辭"。泛指極好的詩詞文章。事見南朝宋劉義慶《世説新語·捷悟》。清黄遵憲《己亥續懷人詩》："平生著述老經師，絕妙文章幼婦詞。"

【五】《比紅兒》：即唐代後期詩人羅虬《比紅兒詩》，共百首，全部爲七絕。作者自序説："比紅者，爲雕陰（故城在今陝西富縣北）官妓杜紅兒作也。美貌年少，機智慧悟，不與群輩妓女等。余知紅者，乃擇古之美色灼然于史傳三數十輩，優劣於章句間，遂題'比紅詩'。"

【六】黄河遠上詩：指唐王之涣《凉州詞》："黄河遠上白雲間，一片孤城萬仞山。羌笛何須怨楊柳，春風不度玉門關。"

逋髮髾鬢【一】月樣梳，豐肌綽約見紅蕖。春風管領江南柳，不減成都女校書【二】。

法曲能摹譚派【三】殊，先朝供奉見規模。淋鈴夜雨江南柳，南内【四】滄桑説野狐。

對局楸枰【五】手自携，行間黑白任離迷。欲推國手江南柳，劫角連輸不厭低。

寂寂生塵七寶釵，六年前事總堪懷。當時初種江南柳，猶見銅駝傍禦街【六】。

南去賓鴻又北來，依稀遼鶴認樓臺。興亡閱盡江南柳，冥起匆匆鑿劫灰。

◎ 注釋

【一】逢髮髼鬙（péngsēng）：頭髮散亂的樣子。逢發，亂髮；髼鬙，頭髮散亂。

【二】成都女校書：指唐代成都名妓薛濤，因爲有文才，時人呼爲女校書。

【三】譚派：中國最早創立的京劇流派，譚派唱腔以委婉古樸而著稱。

【四】南内：泛指皇宮裏。

【五】楸枰：圍棋棋盤，引申指圍棋，也指下棋。

【六】銅駝傍禦街：指山河殘破，人事衰頹。見《晋書·索靖傳》。

飛燕【一】當年掌上身【二】，曾從小像喚真真【三】。而今旖旎江南柳，冶葉倡條【四】更泥人。

窮巷蕭然世不聞，也勞紅袖屑香焚。河東君是江南柳，樓閣前生屬絳雲【五】。

細雨落花晝掩門，酒醒人散月黄昏。鳳州三絶【六】江南柳，揮手臨風一斷魂。

嫩色柔絲望欲殘，緑陰嫋嫋近團欒。阿誰移植江南柳，好護東風白玉闌。

羌笛春風度玉關，天涯同唱念家山。永豐屋角江南柳【七】，惜取香山【八】憶小蠻【九】。

◎ 注釋

【一】飛燕：西漢漢成帝的皇后趙飛燕。

【二】掌上身：指女子輕盈善舞的體態。唐羅隱《贈妓雲英》："鐘陵醉别十餘春，重見雲英掌上身。"

【三】真真：泛指美人。見唐杜荀鶴《松窗雜記》。清納蘭性德《虞美人》詞："爲伊判作夢中人，長嚮畫圖，清夜喚真真。"

【四】冶葉倡條：倡，通'娼'；冶，妖艷。形容楊柳枝葉婀娜多姿，後比喻任人玩賞攀折的花草枝葉，借指妓女。李商隱《燕臺·春》："蜜房羽客類芳心，冶葉倡條遍相識。"

【五】絳雲：即絳雲樓，明末清初著名文學家錢謙益所建。錢謙益娶柳如是以後，爲她在虞山蓋了絳雲樓。

【六】鳳州三絶：鳳州，今陝西寶雞市鳳縣，據清光緒十八年《鳳縣誌》記載，鳳州有手、酒、柳三絶名世（即女子手，名酒及楊柳），境内金絲柳最佳。清常紀《宿鳳縣戲爲一絶句》：“鳳州三絶惟余柳，奈此依依緑樹何。”

【七】“永豐”句：唐時洛陽永豐坊西南角園中，有垂柳一株，柔條極茂，白居易因賦《楊柳枝詞》云：“一樹春風千萬枝，嫩於金色軟於絲。永豐西角荒園裏，盡日無人屬阿誰。”後傳入樂府，遍流京師。唐宣宗聞之，下詔取其兩枝植于禁苑中。後因泛指園柳。

【八】香山：白居易，字樂天，晚年號香山居士。

【九】小蠻：唐代詩人白居易的歌妓。唐孟棨《本事詩·事感》：“白尚書姬人樊素善歌，妓人小蠻善舞。嘗爲詩曰：‘櫻桃樊素口，楊柳小蠻腰。’”

‖ 和黃季剛【一】見寄海上雜感却寄 ‖

薊門風物亦懷新，花柳參差鬥暮春。無限奔車争大道，有誰拾翠問佳人。闌干北斗横天漢，殷軫【二】南雷動地塵。垂翅京華長只爾【三】，遥思騭友一傷神。

海上仙人去不來，天門蕩蕩幾時開。樓城蜃市終雲散，閶闔鈞天早夢回。思婦那堪明月夜，愁人都上望鄉臺。申江縱有春如許，不敵胥潮【四】半夜哀。

不知鴻洞【五】風塵晻，暫作瑶臺雪月光。日下明童皆小史【六】，曲中謇姐亦名倡【七】。王孫有恨歸何處，天子無愁是此鄉。絲竹中年竟荒誕，眼波眉影欲生狂。

當時暫聚三生願，爾後相思一尺書。南下梁鴻賃春廡【八】，北來王粲返征車【九】。眼青哭路窮阿阮【一〇】，頭白吹簫嘆伍胥【一一】。飄泊天涯雙鳳翼，可能東海羨王餘【一二】。

◎ 注釋

【一】黃季剛：即黃侃（1886—1935），初名喬鼐，後更名喬馨，最後改爲侃，字季剛，又字季子，晚年自號量守居士。湖北蘄春人，1905年留學日本，在東京師事章太炎，受小學、經學，爲章氏門下大弟子。在經學、文學、哲學各個方面都有很深的造詣，尤其在傳統"小學"（音韻、文字、訓詁）方面更有卓越成就。曾回鄉組織反清起義，以革命家"黃十公子"知名於世。辛亥革命後轉入學界，在包括北京大學在内的多所名牌大學擔任教職，被譽爲"一代國學宗師"。

【二】殷軫：氣勢盛大。《淮南子·兵略訓》："畜積給足，士卒殷軫。"高誘注："殷，衆也；軫，乘輪多盛貌。"

【三】長只爾：長期只是這樣。唐李商隱《七月二十九日崇讓宅宴作》："豈到白頭長只爾，嵩陽松雪有心期。"

【四】胥潮：怒潮。又稱"伍胥潮""伍潮"。《吳越春秋·夫差内傳》："吳王乃取子胥屍，盛以鴟夷之器，投之于江中……子胥因隨流揚波，依潮來往，蕩激崩岸。"

【五】鴻洞：傳說中宇宙形成前虛空混沌，漫無涯際之狀。

【六】"日下"句：日下，指京都；明童，周小童，又名周小史，西晉美男子，當時皇宫中有名的孌童；小史，侍從。晉張翰《周小史》詩曰："翩翩周生，婉孌幼童。年十有五，如日在東。香膚柔澤，素質參紅。團輔圓頤，菡萏芙蓉。"

【七】"曲中"句：曲中，妓坊的通稱。《警世通言·杜十娘怒沉百寶箱》："那杜媺曲中第一名姬，要從良時，怕没有十斛明珠，千金聘禮。"薺姐，三國魏文帝時名妓。

【八】"南下"句：用東漢梁鴻典，寫自己寄居屋簷，無可奈何。梁鴻，字伯鸞，扶風平陵人，生卒年不詳。賃春廡，在屋簷下替人家舂米。《後漢書·梁鴻傳》："遂至吳，依大家皋伯通，居廡下，爲人賃春。"

【九】"北來"句：用王粲北返被封侯事，表達對朋友的美好祝願。王粲，字仲宣，東漢末年著名文學家，獻帝西遷時，粲南下荆州依附劉表。後曹操起兵攻打劉表，王粲返回北方，在曹操幕府被委以重任，授丞相掾，賜爵關内侯。徵車，古代徵召賢才使用的車子。

【一〇】"眼青"句：用西晉阮籍典。眼青即青眼，表示對人喜愛或尊重。《晉書·阮籍傳》："籍又能爲青白眼，見禮俗之士，以白眼對之……及嵇喜來吊，籍作白眼，喜不懌而退。喜弟康聞之，乃齎酒挾琴造焉，阮大悦，遂見青眼。"哭路：阮籍不滿司馬氏的黑暗統治，常借酒澆愁，或獨自駕車出遊，每至途窮，便慟哭而回。

【一一】"頭白"句：伍子胥父、兄被害後，他隻身逃往吳國，一路被楚兵追殺。過昭關的時候，由於擔心被抓，一夜之間頭髮變白。吹簫：伍子胥逃至吳國，在吳市上吹簫乞食。事見《史記·范睢蔡澤列傳》。

【一二】王餘：魚名。《文選·左思〈吳都賦〉》："雙則比目，片則王餘。"李善注："比目魚，東海所出。王餘魚，其身半也。俗云：'越王鱠魚未盡，因而以其半弃于水中爲魚，遂無其一面，故曰王餘也。'"

甲寅三月晦日哭桐兒【一】

中年易傷懷，況此嬰心痛。悠悠天地間，無物塞我慟。夭韶綺紈年，咄嗟沉痼中。海天萬里隔，生死無一夢。憶我歸國時，新橋一哭送。不謂驕兒啼，永訣孤雛唧。玄閣傷童烏【二】，丹山鎩雛鳳【三】。徒生憂患餘，何補傾坼空。骨肉復歸土（一），异域亦何恫。魂兮還故鄉，遠逐羲和輛【四】。吾衰亦久矣，豈能長自控。修短百歲間，齊此衆生衆。海風挈悲來，血淚吹成凍。

◎ **校勘記**

（一）土：原本作"土"，不辭，當作"土"，形近而誤。

◎ **注釋**

【一】桐兒：作者之子余祥桐，1897年7月6日生，1906年隨作者留學日本，1914年2月28日病逝於日本，年僅十七歲。

【二】童烏：此處喻余達父之子余祥桐。原指漢代揚雄之子，九歲時助父著《太玄》，早夭。後指早慧而夭折者。宋蘇軾《悼朝雲》詩："苗而不秀豈其天，不使童烏與我《玄》。"

【三】"丹山"句：喻病魔摧折作者聰穎早慧之子余祥桐。鎩（shā），摧殘、傷殘。唐柳宗元《簡吳武陵》詩："鎩羽集枯幹，低昂互鳴悲。"丹山，古謂產鳳之山名。《呂氏春秋·本味》："流沙之西，丹山之南，有鳳之丸，沃民所食。"

【四】"遠逐"句：遠遠地追逐駕着日車的羲和，比喻時間一去不復返。羲和，駕馭日車的神。《楚辭·離騷》："吾令羲和弭節兮，望崦嵫而勿迫。"王逸注："羲和，日御也。"輛（kòng），帶嚼子的馬籠頭，引申爲駕馭。

四月十五日遊陶然亭和香塚【一】詩韻

渺渺三山風浪生，茫茫大地葦蘋汀。子雲漸老童烏死，根觸【二】天涯墜淚銘。

◎ 注釋

【一】香塚：又名蝴蝶塚，相傳爲清代乾隆皇帝之維吾爾族妃子容妃墓。《滿清外史》載：“都城南下窪陶然亭東北，有一塚，或謂即香妃所葬處，故以香塚稱焉。”墓碑上刻“香塚”二字，後有行書七絶一首：“飄零風雨可憐生，香夢迷離綠滿汀。落盡夭桃與穠李，不堪重讀瘞花銘。”塚及石碑今已不存，北京圖書館藏有碑文拓片。

【二】根（chéng）觸：感觸。李商隱《戲題樞言草閣三十二韻》：“君時臥根觸，勸客白玉杯。”根，用東西觸動。

和王湘綺【一】《法源寺留春宴集》【二】詩韻

河山仍故國，宴享及良時。縹渺靈光殿【三】，凄凉幼婦詞。百年幾朝市，往事一欣悲。行樂因春盡，丁香色已衰。

綿蕝【四】方爭議，碑銘競表忠。繞看龍陸起，真覺馬群空【五】。水火蒼生裏，功名白望【六】中。匆匆黄緑意，猶幸逐東風。

原作：

京國多良會，春遊及盛時。寧知垂老日，重作五噫詞【七】。尊酒人心醉，繁花鳥語悲。且留殘照影，莫嘆鬢毛衰。

古寺稱資福，唐宗爲憫忠【八】，於今憂國少，真覺世緣空。天地悲歌裏，興亡大夢中。杜鵑知客恨，不肯怨東風。

◎ 注釋

【一】王湘綺（1833—1916），晚清經學家、文學家。字壬秋，又字壬父，號湘綺，世稱湘綺先生。辛亥革命後任清史館館長。擅長公羊學，其經學著作和詩文，後人合刊爲《湘綺樓全書》。

【二】《法源寺留春宴集》：1914年，王闓運接受袁世凱之邀，出任國史館館長，約請在京名流百餘人到法源寺開丁香詩會，後來這些詩歌集爲《法源寺留春宴集》，王寫了一篇序。

【三】靈光殿：漢景帝子魯恭王所建的宮殿，故址在今山東省曲阜市。後多比喻碩果僅存的人物。漢王延壽有《魯靈光殿賦》。

【四】綿蕝（jué）：亦作「縣蕝（zuì）」，制定整頓朝儀典章。《舊唐書 · 杜鴻漸傳》：「鴻漸素習帝王陳布之儀，君臣朝見之禮，遂采摭舊儀，綿蕝其事。」

【五】馬群空：比喻無人才可用。韓愈《送溫處士赴河陽軍序》：「伯樂一過冀北之野，而馬群遂空。」

【六】白望：虛名。《資治通鑒 · 晋元帝太興元年》：「選官用人，不料實德，惟在白望，不求才幹，謂惟事請托。」

【七】五噫詞：詩歌篇名。相傳爲東漢梁鴻所作。全詩五句，均有「噫」字。《後漢書 · 逸民傳 · 梁鴻》：「因東出關，過京師，作《五噫之歌》曰：『陟彼北芒兮，噫！顧覽帝京兮，噫！宮室崔嵬兮，噫！人之劬勞兮，噫！遼遼未央兮，噫！』」

【八】「唐宗」句：法源寺建於貞觀十九年（645），唐太宗李世民爲哀悼北征遼東的陣亡將士，詔令在此立寺紀念，但未能如願。武則天萬歲通天元年（696）纔建成，賜名「憫忠寺」。

季剛示《醉吟》二詩，懷綺傷懷離憂也。余喪明之痛【一】久而未泯，依韻和之，亦各言其苦辛云爾。時客滬上

彭殤同是有涯知，何苦勞勞到此時。小別遂成千載慟，半生悔授一經遲。海天浩渺魂無景，家國艱難鬢已絲。蜀道蓬山三萬里，櫻花紅浸杜鵑枝。

欲上青丘繳大風【二】，屠龍技術亦匆匆。枉留身世人間別，終古存亡地下同。死劫神山無大藥，生前歸夢喚雕龍。《招魂》《楚些》連篇賦，好逐巫陽【三】下太空。

◎ 注釋

【一】喪明之痛：古代子夏死了兒子，哭瞎眼睛。後指喪子之悲。喪明，眼睛失明。此處借指余達父喪子之痛。《禮記·檀弓上》："子夏喪其子而喪其明。"

【二】青丘繳大風：意即除暴安民。《淮南子·本經訓》："堯乃使羿誅鑿齒於疇華之野……繳大風於青邱之澤。"高誘注："羿於青邱之澤繳，遮使不爲害也，一曰以繳繫矢射殺之。青邱，東方之澤名也。"

【三】巫陽：古代傳説中的女巫。《楚辭·招魂》："帝告巫陽曰：'有人在下，我欲輔之。魂魄離散，汝筮予之。'"王逸注："女曰巫。陽，其名也。"

閏端陽夕，季剛過談，繙【一】李太白集中有《閏端陽節客滬上，聽汪翠娘琵琶詩》，季剛和之，余亦次韻

蛟蜃樓臺不夜城，高軒【二】過我任呼兄。喜添閏序成雙節，忍聽陽關第二聲。秦地似聞傳箭急，吳淞方見夜潮生。琵琶哀怨愁中盡，不是潯陽送客情。

◎ 注釋

【一】繙：同"翻"。

【二】高軒：高車，貴顯者所乘，借指貴顯者。

書薛烈婦趙事【一】復紀以詩

人生固有死，張此亦奚爲。猗彼蘭蕙質，堅使金石摧。新國多大盜，原野殷血脂。偷息草間者，不盡逃凶鈹【二】。而惟奇女子，赴死誼無疑。士夫亦何限，顏汗不可摩。持此巾幗姿，衰敝扶綱維。遼陽歸鶴痛，蜀道啼鵑悲。戎州萬里隔，芳草天涯滋。

◎ 注釋

【一】薛烈婦趙事：按余達父《墨石精舍文集》之《書薛烈婦趙事》一文中的記述，薛烈婦爲四川宜賓趙恒熙女，丈夫薛純錫。薛、趙兩家都是宜賓的詩書禮儀巨室，薛純錫在遼東做官，遇盜賊倉皇出走，妻、妹和孩子却身陷險境。薛烈婦恐遭盜賊強暴，先把兒子託付於人，等小姑熟睡後，"引刃自誅"，"其亢僵而不殞，旋蘇，舁還室自裂其創以死"。

【二】凶鈹：凶器。鈹，古代兵器，雙刃刀，一説爲大矛凶器。

‖ 季剛以詩賀余納姬【一】依韻酬之 ‖

難得浮生日日閑，金閶小住又催還。無雙經術黃江夏【二】，有托風懷李義山【三】。贈我琳琅青玉案【四】，歸期荏苒大刀環。江南薊北同漂梗，暫讀新詩一破顏。

◎ 注釋

【一】納姬：指余達父納蘇州人徐麗芳爲妾事，見周素園《且蘭考序》。

【二】"無雙"句：用東漢人讚美許慎的句子"五經無雙許叔重"，寫黃季剛經術當世無雙、學問淵博。黃江夏，即黃侃。

【三】"有托"句：讚美黃侃詩才猶如晚唐著名詩人李商隱。

【四】青玉案：本泛指古詩，此謂黃侃賀詩。唐杜甫《又示宗武》詩："試吟青玉案，莫羨紫羅囊。"仇兆鰲注："青玉案，謂古詩。"

‖ 七月七日和嘯篁見懷韻郤寄并問季剛 ‖

棨橕【一】新從戰地過，桃根【二】擁楫定風波。海飛大地【三】干卿底，帝醉鈞天【四】奈我何。青島舊游成夢幻，絳河今夕慰磋跎。黃瓊南滯【五】君西去，腸斷江南莫雨歌。

◎ 注釋

【一】椉橃：椉，古同“乘”；橃，“筏”的异體字。

【二】桃根：本指晉王獻之愛妾桃葉之妹，此指平剛（嘯篁）的新婚妻子。據余達父爲平剛《感遇集》所作叙云：“癸丑（1913）夏秋間，於申浦見之（平剛）時，方携其新婦，持議院事南來商榷。”

【三】海飛大地：比喻國家發生動亂。

【四】帝醉鈞天：比喻世事混亂。《文選·張衡〈西京賦〉》：“昔者大帝説秦繆公而觀之，饗以鈞天廣樂。帝有醉焉，乃爲金策錫用此土而翦諸鶉首。”李善注引虞喜《志林》曰：“嗟曰：‘天帝醉秦暴，金誤隕石墜。’”

【五】黃瓊南滯：用東漢大臣黃瓊被朝廷徵用公車停滯河南事。余達父以黃瓊自比，指自己留滯南方。黃瓊，東漢大臣，其父爲魏郡太守黃香。父親去世，服喪完畢，五府（古代五官署的合稱）徵召，連年不應。漢順帝永建中，黃瓊與會稽賀純、廣漢楊厚俱被征公車，行至綸氏（今河南登封市西南），稱疾不進。

‖ 和袁樹五清史館感懷韻 ‖

舊日蘭臺【一】倚馬才【二】，金泥玉檢見山排【三】。而今塵世滄桑後，重檢漆書【四】也愴懷。

經秋碩果不全凋，點點文星燦碧寥。但使名山留腐史【五】，升遷何必更題橋【六】。

◎ 注釋

【一】蘭臺：漢朝史官修史之處，後泛稱史官。時袁樹五任職清史館，故稱。

【二】倚馬才：倚在戰馬前就可以迅速完成文稿創作之才。比喻袁才思敏捷。南朝宋劉義慶《世説新語·文學》：“桓宣武北征，袁虎時從……喚袁倚馬前令作，手不掇筆，俄得七紙，殊可觀。”

【三】"金泥"句：此句寫袁樹五撰寫的重要書函特別多。金泥玉檢：以水銀和金爲泥作飾、用玉製成的檢。後指封禪所用的告天書函。《漢書·武帝紀》："夏四月癸卯，上還，登封泰山。"顏師古注引三國魏孟康曰："王者功成治定，告成功於天……刻石紀號，有金策石函金泥玉檢之封焉。"

【四】漆書：書法形體之一，清代金農所創。點畫破圓爲方，橫粗直細，似用漆帚刷成。

【五】腐史：指《史記》。司馬遷曾受腐刑，後人因稱其所著《史記》爲"腐史"。

【六】題橋：典故名，比喻對功名有所抱負。《華陽國志》卷三《蜀志》載，漢司馬相如初離蜀赴長安，曾於成都城北升仙橋題句於橋柱，自述致身通顯之志，曰："不乘赤車駟馬，不過汝下也！"

‖ 和嘯篁青陽【一】道中見寄韻二首 ‖

天空月沒夢初回，遠聽城頭鼓角哀。正是懷人無賴【二】處，青陽道上寄書來。

君道池州【三】勝山水，應如烽火照雲亭【四】（時日本軍已駐濟南）。他時若過黃山下，爲我松根斸伏苓【五】。

◎ 注釋

【一】青陽：即安徽省池州市青陽縣，位於長江中游南岸、皖南山區北部，佛教聖地九華山雄踞境內。

【二】無賴：無聊，情緒煩悶。宋蘇舜欽《奉酬公素學士見招之作》詩："意我羈愁正無賴，欲以此事相誇招。"

【三】池州：位於安徽省西南部，東接黃山。

【四】雲亭：即"雲雲山"和"亭亭山"的合稱，均爲泰山下之小山。

【五】松根斸（zhǔ）伏苓：從松根上砍伐伏苓，此喻隱居。斸，砍。

‖ 送萬慎子之官豫章【一】二首 ‖

十年不見萬年少【二】，風格文章今更遒。京國此來并華髮，滄桑何日靖横流。一麾江海君行馬【三】，半世功名我狎鷗【四】。去去潯陽江上路，琵琶淪落白江州【五】。

馬當風送滕王閣【六】，能使同舟望若仙。五斗折腰彭澤令，新詩合斷義熙年【七】。

◎ 注釋

【一】豫章：即今南昌。萬慎子曾經在南昌做官，寫有《南昌旅次懷人詩》。

【二】萬年少：即萬壽祺（1603—1652），字年少，又字介若、内景，世稱年少先生，江蘇徐州人，明末清初文學家、書畫家。此處以萬年少比萬慎子。

【三】“一麾”句：意即希望萬慎子在南昌任上大展宏圖。一麾，旌旗；江海，此指南昌。唐杜牧《將赴吳興登樂游原》：“欲把一麾江海去，樂游原上望昭陵。”

【四】狎鷗：指隱逸。南朝梁任昉《別蕭諮議》：“儻有關外驛，聊訪狎鷗渚。”

【五】“去去”二句：用白居易《琵琶行》典，以白居易被貶江州自比，寫自己失魂落魄之態。

【六】“馬當”句：意即祝福萬慎子一路平安。傳說唐朝咸淳年間，南昌滕王閣重建成，王勃欲往，睡夢中水神曰送君一帆，醒來至江邊，果見一船，上船後不久，即至滕王閣（離家七百里）。

【七】“五斗”二句：以陶淵明喻萬慎子。《晋書·隱逸列傳·陶潛》：“潛嘆曰：‘吾不能爲五斗米折腰，拳拳事鄉里小人邪！’義熙二年，解印去縣，乃賦《歸去來》。”

‖ 袁樹五以烏蒙近出土孟孝琚碑【一】拓片見惠，賦詩紀之 ‖

烏蒙漢代屬益州，西南當時盛文藻。馬揚嚴尹【二】千載無，同時儁异應不少。抱道窮經不自達，才出荒裔終枯槁。千年神秘見偶然，尤賴後賢善搜討。廣陵相公【三】使滇池，爨龍顏碑【四】重瑰寶。蜻蛉【五】後出寶子碑【六】，稽歲尚按龍顏早。當代碑評有盛名，端冕垂裳【七】同天造（康有爲評《爨龍顏碑》語）。最晚乃出孟璇碑【八】（清光緒廿七年九月於昭通城南十里白泥井出土），文章淵雅八分【九】好。兩漢師儒【一〇】重經術，《韓詩》《孝經》通訓考。服官地不出益州，犍爲【一一】武陽【一二】蜀嚴道【一三】。才子孝琚催盛年，喻以孔顏惜殤殀。鄉人袁謝【一四】采文獻，尋微拾墜極幽窅。舍此一片昆山玉【一五】，公之世界得彰表。我家故園近烏蒙，藏帖尚有淳化棗【一六】。風塵潦倒四十年，碑剝沒字垂垂老。今年愛子夭扶桑，讀此碑語同懊惱。不能作達齊彭殤，窮理真欲問蒼昊。蔡邕梁鵠【一七】見仿佛【一八】，詩就未敢匆匆草。

◎ 注釋

【一】孟孝琚碑：清光緒二十七年（1901）出土於雲南昭通白泥井，現嵌置於昭通第三中學“漢碑亭”内。被譽爲“滇南瑰寶”“稀世之珍”“古漢碑第一”。梁啓超曾評説，由孟孝琚碑可以探索“漢隸與今隸遞嬗痕跡”。2006 年 5 月 25 日被國務院列入第六批全國重點文物保護單位。

【二】馬揚嚴尹：指西漢文學家司馬相如、揚雄、嚴忌、尹珍。

【三】廣陵相公：指阮元。爨龍顏碑是阮元任雲貴總督時訪得。阮元，字伯元，謚號“文達”，清代嘉慶、道光間名臣。

【四】爨龍顏碑：全稱爲《宋故龍驤將軍護鎮蠻校尉寧州刺史邛都縣侯爨使君之碑》。始建於南朝劉宋孝武帝大明二年（458），除碑陰題名外，碑陽存文九百餘字，追溯了爨氏家族的歷史，記述了爨龍顏的事蹟。

【五】蜻蛉：“蜻蛉川”的省稱，位於雲南大姚縣。

【六】寶子碑：即爨寶子碑，全稱《晉故振威將軍建寧太守爨府君墓碑》，乾隆四十三年（1778）出土於雲南省曲靖縣揚旗田村，1852 年移置曲靖城内，現存於曲靖一中爨軒内爨碑亭，碑文記述爨部族首領爨寶子生平。

【七】“端冕”句：見清康有爲《廣藝舟雙楫·碑評》：“爨龍顏若軒轅古聖，端冕垂裳。”端冕：玄衣和大冠，古代帝王、貴族的禮服。

【八】孟璇碑：即孟孝琚碑。

【九】八分：又稱楷隸，指東漢中期出現的新體隸書。

【一〇】兩漢師儒：指學問博大精深的儒者、經師。漢王充《論衡·案書》："漢作書者多，司馬子長、揚子雲，河漢也，其餘涇渭也。"

【一一】犍（qián）爲：古郡名。《華陽國志·蜀志》："犍爲郡，孝武建元六年置，時治鄨（今貴州遵義），其後縣十二，户十萬。鄨，故犍爲地也。"

【一二】武陽：古縣名，現在的今四川彭山縣。

【一三】嚴道：古縣名，今四川滎經縣。

【一四】袁謝：袁嘉谷和謝履莊。

【一五】昆山玉：此喻《孟孝琚碑》。

【一六】淳化棗：即《淳化閣帖》，中國最早的一部彙集各家書法墨蹟的法帖。共 10 卷，收録了先秦至隋唐 1000 多年的書法墨蹟，包括帝王、臣子和著名書法家等 103 人的 420 篇作品，被後世譽爲中國法帖之冠和"叢帖始祖"。

【一七】梁鵠：字孟皇，安定烏氏人（今甘肅平凉），東漢書法家，八分書法成就卓越。

【一八】仿佛：梗概，大略。

‖ 和嘯篁見答韻 ‖

攘攘淄塵暫息機，三年大鳥不鳴飛。莫春花柳逐人老，劫局河山傍燕歸。早識亡羊非挾策【一】，固應斬馬爲香衣【二】。故人投跡黄山下，我欲南征願已違。

◎ **注釋**

【一】亡羊非挾策：意即亡羊并非僅僅爲讀書求取功名，而有更高的追求目標。亡羊，比喻弃其本職而沉溺於所好。挾策，手拿書本，比喻勤奮讀書。《莊子·駢拇》："臧與谷二人相與牧羊，而俱亡其羊。問臧奚事，則挾策讀書；問谷奚事，則博塞以遊。二人者，事業不同；其於亡羊，均也。"

【二】斬馬爲香衣：用豫讓斬衣復仇事，言立志爲國爲民除害。斬馬，即斬馬劍。

豫讓，戰國晉國人，晉卿智瑤（智伯）家臣。晉出公二十二年（前453），趙、韓、魏共滅智氏，豫讓用漆塗身，吞炭使啞，暗伏橋下，謀刺趙襄子未遂，爲趙襄子所捕。臨死時，求得趙襄子衣服，拔劍擊斬其衣，以示爲主復仇，然後伏劍自殺。香衣，當爲"襄衣"（趙襄子所穿衣服）的諧音。唐盧照鄰《詠史》之四："願得斬馬劍，先斷佞臣頭。"

‖ 和嘯篁紙鳶韻 ‖

　　得意春風一瞬過，飛揚跋扈【一】近如何。乘時放手彌天大，無地棲身故紙多。魯國公輸勞仿佛【二】，臺城蕭帝老婆娑【三】。縱饒有限金綸在，雲路恢恢盡網羅。（他喻）

　　同是春來競物華，年年依樣繫天涯。不隨葉令飛朝舄【四】，終逐張騫上漢查【五】。風信東西勞轉軸，浮生茵溷【六】异空花。此身自有出塵想，奈何遊絲百丈斜。（自喻）

◎ **注釋**

　　【一】飛揚跋扈：此指不受約束、自由自在的意思。

　　【二】"魯國"句：稱贊公輸班聽從勸告，不幫助別人打仗的舉動值得效法。公輸，即公輸般，又稱公輸子、班輸、魯般，魯國人，爲楚國造雲梯攻打宋國，被墨子勸阻後放弃。仿佛，效法。

　　【三】"臺城"句：謂梁武帝蕭衍因"侯景之亂"被囚禁而晚景衰微。臺城，故址在今南京玄武湖南岸、鷄鳴寺之後。蕭帝，梁武帝蕭衍，南梁政權的建立者，在位晚年因"侯景之亂"，都城陷落，被侯景囚禁死於臺城，享年捌拾陸歲。婆娑，衰微貌。

　　【四】葉令飛朝舄（xì）：比喻做官。葉令，東漢人王喬。《後漢書·方術傳上》："王喬者，河東人也。顯宗世，爲葉令……言其臨至，輒有雙鳧從東南飛來。於是候鳧至，舉羅張之，但得一隻舄焉。"朝舄，朝拜時穿的鞋。

　　【五】張騫上漢查：喻入朝做官。南朝梁宗懍《荆楚歲時記》載，漢張騫奉命出使西域探河源，乘槎經月，到一城市，見有一女在室内織布，又見一男子牽牛飲河，後帶回織女送給他的支機石。

【六】茵溷（hùn）：指人生遭際不同。《南史·範縝傳》："子良問曰：'君不信因果，何得富貴貧賤？'縝答曰：'人生如樹花同發，隨風而墮，自有拂簾幌墜於茵席之上，自有關籬牆落於糞溷之中。墜茵席者，殿下是也；落糞溷者，下官是也。'"

‖ 送周澍元【一】南歸二十九韻 ‖

暮春寒氣消，川原新綠【二】漲。倦客將南歸，對此頗悒怏。憶君北來時，朔風正鼓蕩。塵埃變晦明，冰雪愁醞釀。偶出郊原行，突兀見空曠。春日不融和，凉雰【三】轉悽愴。歸作苦寒吟，重裘思挾纊【四】。幾疑宇宙間，否閉【五】長彫喪。豈知旬月來，寒威怯暄煬。物類復昭蘇，蘗芽【六】盡舒暢。庭草綠侵階，簷藤紅壓帳。棗林花動霞（崇效寺【七】即明棗花寺，有五色牡丹數十株），江亭葦生浪。終日策杖遊，芒鞋穿幾緉【八】。始信有乘除【九】，熙和固非妄。俯仰觀物理，人生亦同況。朝歌屠牛翁，久矣太公望【一〇】。公子不歸來，乞食野人餉【一一】。漂母哀王孫，流落登壇將【一二】。棲遑《寶劍篇》【一三】，遲頓通明相【一四】。當其未遇時，潦倒殊無狀。忽際風雲會，扶搖層霄上。才略濟當時，事業後人仰。寧知困頓日，餘生不自養。賢愚互聖狂，真偽誰能諒。成敗更偶然，富貴來尤儻【一五】。逝者既如斯，聚散今何悵。惟有別離情，臨歧轉難忘。珍重贈狂言，謬【一六】擬《驪駒》【一七】唱。他時重携手，一笑真無恙。

◎ 注釋

【一】周澍元：即周素園（1879—1958），原名周增藝，又名培藝，別字樹元、澍元，貴州畢節人，前清貢生，年輕時立志改良政治，尋找救國之策，與張百麟等發起建立貴州自治學社，從事反清活動，參與領導貴州辛亥革命。後來參加長征，北上抗日，新中國成立後任貴州省人民政府副主席。

【二】新綠：指開春後新漲的綠水。宋周邦彥《滿庭芳》詞："人静烏鳶自樂，小橋外，新綠濺濺。"

【三】凉雱（pāng）：雨雪下得大。《詩·邶風·北風》："北風其凉，雨雪其雱。"

【四】"重（chóng）裘"句：言天氣極冷。重裘：厚毛皮衣。明夏完淳《春雪懷不識》詩："重裘不知温，無乃衣裳單？"挾纊，披着棉衣。晉潘嶽《馬汧督誄》："沾恩撫循，寒士挾纊。"

【五】否（pǐ）閉：閉塞不通。唐李群玉《將之京國贈薛員外》詩："亨通與否閉，物理相沉浮。"

【六】蘗芽：草木的新芽。

【七】崇效寺：位於北京市宣武區白紙坊附近。

【八】緉（liǎng）：古代計算鞋的單位，相當於今天的"雙"。

【九】乘除：比喻自然界中的盛衰變化，此消彼長。宋陸遊《遣興》詩："寄語鶯花休入夢，世間萬事有乘除。"

【一〇】"朝歌"二句：用姜尚朝歌屠牛典，比喻有才能者未被發現重用。《尉繚子》："太公望年七十，屠牛朝歌，賣食盟津。"

【一一】"公子"二句：用晉文公重耳流亡衛國，乞食於野人典，喻任何事業的成功，都要經受千辛萬苦。《左傳·僖公二十三年》："過衛，衛文公不禮焉。出於五鹿，乞食於野人，野人與之塊，公子怒，欲鞭之。"

【一二】"漂母"二句：韓信年輕時曾經乞食於漂母，後被劉邦任用爲築壇百威大將，成就了一番大事業。《史記·淮陰侯列傳》："信釣於城下，諸母漂，有一母見信饑，飯信，竟漂數十日。"

【一三】"棲遑"句：寫奔波不定的周素園，就像郭震《寶劍篇》所描述的那把寶劍一樣，雖然被暫時埋没，但總有一天會大放异彩。表達作者對周懷才不遇、壯志難酬的哀嘆。棲遑，形容奔波忙碌，身心不安。《寶劍篇》，唐郭震作，一名《古劍篇》，中有"何言中路遭弃捐，零落飄淪古嶽邊。雖復沉埋無所用，猶能夜夜氣衝天"句。

【一四】"遲頓"句：用西漢翟方進小時愚鈍受盡凌辱，後來成爲宰相事，鼓勵周素園不要灰心氣餒。《漢書·翟方進傳》："方進年十二三，失父孤學，給事太守府爲小史，號遲頓不及事，數爲掾史所詈辱。"通明相，指西漢宰相翟方進。《漢書·

翟方進傳》：“方進知能有餘，兼通文法吏事，以儒雅緣飭法律，號爲通明相，天子甚器重之。”

【一五】尤儻：尤其偶然。儻，偶然，意外。

【一六】憀（liáo）：姑且。

【一七】《驪駒》：逸《詩》篇名，古代告別時所賦的歌詞。唐韓翃《贈兗州孟都督》：“願學平原十日飲，此時不忍歌《驪駒》。”

‖ 題胡節婦王事 ‖

節孝本婦事，庸行亦何奇。而惟庸行者，足爲世所儀。況此庸行中，艱苦復差池。憂患嬰其弱，生死誄其疑。一往不復顧，履險如坦夷。嗟彼胡節婦，世豈易見之。夫殞粵盜日，萑苻方紛披。千里生荆杞，容桂尤險巇。婉婉璇閨【一】質，冒死輿其屍。出入群盜中，盜不乘其危。至誠格天地【二】，何論椎埋兒【三】。終竟成其志，歸骨故山陲。即此一片心，能張彤管【四】詞。餘事亦可録，俯仰孝與慈。黔山鬱清奥，淑慎固其宜。愧我無椽筆，空題《曹娥碑》【五】。

◎ **注釋**

【一】璇閨：閨房的美稱。南朝宋鮑照《擬行路難》之三：“璇閨玉墀上椒閣，文窗繡户垂羅幕。”

【二】格天地：感天動地。

【三】椎埋兒：指偷盜搶殺的惡徒。《史記·酷吏列傳》：“王温舒者，陽陵人也。少時椎埋爲奸。”裴駰集解引徐廣曰：“椎殺人而埋之。”

【四】彤管：也作“管彤”。古代宮中女史用以記嬪妃夫人的功過，因有史筆之義。作者在此誇贊胡節婦能留名青史。《後漢書·列女傳贊》：“端操有蹤，幽閒有容，區明風烈，昭我管彤。”李賢注：“管彤，赤管筆。”

【五】《曹娥碑》：東漢年間人們爲頌揚曹娥投江尋父美德而立的石碑。

‖ 和黄雲僧見寄韻 ‖

賈生對鵩日西斜【一】，阮籍窮途醉酒家【二】。各有當時無限意，不勞金鈚訴銅琶。

老去風懷强著詩，詹詹【三】言小已成厄【四】。神州暫袖扶輪手，大雅空群【五】好護持。

◎ 注釋

【一】“賈生”句：此指仕途失意。《史記·屈原賈生列傳》：“賈生爲長沙王太傅三年，有鵩飛入賈生舍，止於坐隅。楚人命鵩曰‘服’。賈生既以適居長沙，長沙卑濕，自以爲壽不得長，傷悼之，乃爲賦以自廣。”

【二】“阮籍”句：《晋書·阮籍列傳》：“時率意獨駕，不由徑路，車跡所窮，輒慟哭而反。”醉酒家，《晋書·阮籍列傳》：“鄰家少婦有美色，當壚沽酒。籍嘗詣飲，醉，便卧其側。籍既不自嫌，其夫察之，亦不疑也。”

【三】詹詹：言詞煩瑣、喋喋不休。《莊子·齊物論》：“大言炎炎，小言詹詹。”成玄英疏：“詹詹，詞費也。”

【四】言小已成厄：即成爲支離破碎的言論，是對自己著作的謙稱。

【五】大雅空群：謂品德高尚，才學優异的人已經不多了。大雅：對品德高尚，才學優异者的稱贊。《漢書·景十三王傳贊》：“夫惟大雅，卓爾不群，河間獻王近之矣。”

‖ 和萬慎子見懷韻【一】却寄 ‖

睡起鄰家午飯香，長安落拓馬賓王【二】。新詩龍虎《懷人集》【三】，往事蜎蟧《急就章》【四】。老子豈忘投筆去【五】，佳兒【六】空作觸屏僵【七】。蜀江地暖春波活，我欲偏舟問草堂【八】。

◎ 注釋

【一】萬慎子見懷韻：萬慎子晚年詩集《南昌旅次懷人詩》之三十四有《畢節余達甫若瑔》："漫言靄翠與奢香，銅鼓聲中祀竹王。投贈一篇比瓊玖，淵源三世擅詞章。椎牛享客能倉促，談虎驚人時走僵。舒位遊黔詩句好（鐵云遊黔詩絕佳），豈容孤守影山堂（莫子偲有《影山堂詞》）。"按：括號內文字爲作者原注。

【二】"長安"句：用唐初大臣馬周早年落魄長安事寫自己現狀。《舊唐書·馬周傳》載，馬周落拓，西遊長安，投宿新豐旅店，店主人慢待他，馬感無聊，命酒獨酌。後受唐太宗賞識，提拔爲監察禦史。

【三】《懷人集》：指萬慎子《南昌旅次懷人詩》。

【四】《急就章》：又名《急就篇》，漢元帝時黃門令史遊所作。後指爲了應付而匆忙完成的作品。此爲作者自謙。

【五】"老子"句：寫萬慎子投筆從戎事。據趙永康《瀘縣萬慎子先生年譜簡編》，1894 年，三十八歲的萬慎子投筆從軍海疆，作《從軍海疆感事留別十二首》。

【六】佳兒：此指保衛國家的仁人志士。南朝宋劉義慶《世說新語·排調》："張蒼梧是張憑之祖，嘗謂憑父曰……'汝有佳兒'。"

【七】觸屏僵：指保家衛國的忠臣已經死去。觸屏，謂屏風，比喻衛國的重臣。僵，死去。

【八】"我欲"句：謂欲乘扁舟前往請教大詩人杜甫。草堂，指位於成都西門外浣花溪畔的杜甫草堂，此處代指杜甫。

‖ 二月晦日大雪叠前韻 ‖

丙辰

枯坐禪心觸妙香，拈花微笑悟空王[一]。劫灰倒瀁揚昆海，星火橫飛出建章[二]。未必成蹊緣李下[三]，何堪息景代桃僵[四]。朝來朔雪漫天壓（是日大雪甚於隆冬），不見袁安臥雪堂[五]。

攤書伏睡掩芸香，閶闔鈞天夢帝王。起陸龍蛇紛萬象[六]，入關法律約三章[七]。公車[八]索米[九]饑餘死，挾纊[一〇]溫言凍欲僵。百五詔[一一]光太遲暮【一】，可憐春去總堂堂。

◎ **校勘記**

（一）韶：原本作“韻”，蓋形近而誤，今改。

◎ **注釋**

【一】空王：對佛的尊稱。南唐李煜《悼詩》；“空王應念我，窮子正迷家。”

【二】“劫灰”二句：均指發生動盪。建章：建章宮，漢代長安宮殿名。

【三】“未必”句：謂李樹下面走出小路，未必是因爲有芬芳的花朵、甜美的果實。見成語“桃李不言，下自成蹊”。

【四】“何堪”句：言歸隱閒居豈能代替別人受過。代桃僵，即“李代桃僵”，李樹代替桃樹而死。此喻代人受過。郭茂倩《樂府詩集·雞鳴》：“桃生露井上，李樹生桃傍。蟲來齧桃根，李樹代桃僵。”

【五】“不見”句：謂没有見到像袁安那樣品德高尚、堅守節操的人。《後漢書·袁安傳》李賢注引晋周斐《汝南先賢傳》：“時大雪積地丈餘，洛陽令身出案行，見人家皆除雪出，有乞食者。至袁安門，無有行路。謂安已死，令人除雪入户，見安僵卧。問何以不出。安曰：‘大雪人皆餓，不宜干人。’”

【六】“起陸”句：指國家動盪，混亂不堪的現象。此指因爲袁世凱堅持稱帝，各省紛紛宣佈獨立，反對帝制。

【七】“入關”句：用劉邦“約法三章”典，寫袁世凱在 1915 年 5 月被迫接受日本旨在滅亡中國的“二十一條”。《史記·高祖本紀》：“與父老約，法三章耳：殺人者死，傷人及盜抵罪。”

【八】公車：漢代以公家車馬接送應徵召的人，後因以“公車”借指應試的舉子。

【九】索米：謀生。《漢書·東方朔傳》：“朱儒飽欲死，臣朔饑欲死。臣言可用，幸异其禮；不可用，罷之，無令但索長安米。”

【一〇】挾纊（kuàng）：披着綿衣。亦以喻受人撫慰而感到溫暖。《左傳·宣公十二年》：“王巡三軍，拊而勉之，三軍之士皆如挾纊。”杜預注：“纊，綿也。

【一一】“百五”句：諷刺袁世凱稱帝不滿百天。袁世凱於 1915 年 12 月 12 日宣佈稱帝，到 1916 年 3 月 22 日被迫取消帝制，剛好一百餘天。百五：意義雙關，一指袁世凱從宣佈稱帝到取消帝制的大約時間；一指寒食節恰在冬至後的一百零五天。

‖ 清明日和賀蕘老【一】《春柳》韻四首 ‖

近日東風取次加，緑陰嫋嫋漲青霞。亞夫營【二】裏初盤馬，蘇小門前欲點鴉【三】。漂泊依人還作絮，清明同客各思家。當年張緒風情減，重到靈相【四】鬢已華。

滄桑銅狄悵摩挲【五】，想像千門【六】駐綺羅。歸燕銜花聯臂曲，流鶯織線踏春歌。飄零帝子真遭個【七】，僵起皇孫近若何。寒食禦溝無限恨，只緣花絮得風多。

◎ **注釋**

【一】賀蕘老：賀國昌（1856—1919），字相吉，字奉生，江西萍鄉人。爲官清正廉潔，愛民如子，百姓尊稱爲"賀青天"。清光緒二十年（1894）舉人，光緒三十年（1904）留學日本警官學校，其間接受了民主革命思想，加入同盟會。1907年任直隸（今河北省境內）知州，後任貴州省巡警道道台、貴州學政。1916年，袁世凱復闢稱帝，積極參加討袁鬥爭，并被江西省議會選爲省長。

【二】亞夫營：又稱細柳營。西漢著名將領周亞夫的軍隊駐紮在細柳（今咸陽市西南），故稱爲細柳營。

【三】"蘇小"句：用蘇小小事寫文人風流情調。蘇小小，南齊時錢塘一帶著名歌女，才貌絕美，其家門前種植很多楊柳。杜牧《自宣城赴官上京》："謝公城畔溪驚夢，蘇小門前柳拂頭。"點鴉，點數烏鴉。元末明初劉基詞《眼兒媚》："烟草萋萋小樓西。雲壓雁聲低。兩行疏柳，一絲殘照，數點鴉棲。"

【四】靈相：佛教語。莊嚴的相貌。南朝梁沈約《釋迦文佛像銘》："仰尋靈相，法言攸吐。"

【五】"滄桑"句：用東漢建安年間名士薊子訓與老翁摩挲銅狄典，感慨世事滄桑、變化迅速。《後漢書·方術列傳下·薊子訓》："後人復于長安東霸城見之，與一老翁共摩挲銅人，相謂曰：'適見鑄此，已近五百歲矣。'顧視見人而去，猶駕昔所乘軥車也。"銅狄，銅鑄之人，即"銅人"，亦稱"金人"。

【六】千門：衆多宮門。借指衆多宮殿。杜甫《哀江頭》："江頭宮殿鎖千門，細柳新蒲爲誰綠。"

【七】遭個：怎麼樣。此當是採口語入詩，略似今之所謂"咋個"。用以與下句"如何"對仗。

濃陰著地半藤蘿，帶雨拖烟拂素波【一】。曉霧還迷開眼少，狂風已動拆腰多。生垂左肘無全箭【二】，嫩蹙雙眉怕擲梭。蕭寺隋堤總淒絕，無愁天子【三】漫清歌。

漫天撲地任欹斜，冶葉倡條【四】盡作花。老去桓溫猶此樹【五】，春來王粲已無家【六】。章臺走馬【七】香成海，芝蓋飛旗影動霞【八】。辛苦歸田彭澤令，五株落落陰桑麻【九】。

◎ 注釋

【一】素波：白色的波浪。唐温庭筠《蔣侯神歌》："楚神鐵馬金鳴珂，夜動蛟潭生素波。"

【二】"生垂"句：用王維《老將行》"昔時飛箭無全目，今日垂楊生左肘"句意，感嘆自己年老體衰，今不如昔。生垂左肘，即左肘如同生了瘍瘤，很不俐落了。垂，垂柳，古人常以"柳"諧"瘤"。

【三】無愁天子：北齊後主高緯無心朝政，附庸風雅，作《無愁曲》，民間怨聲頓起，稱之爲"無愁天子"。《北齊書·幼主紀》："（後主）……盛爲無愁之曲，帝自彈胡琵琶而唱之，侍和之者以百數。人間謂之無愁天子。"

【四】冶葉倡條：形容楊柳的枝葉婀娜多姿。

【五】"老去"句：用東晋桓溫典，感嘆歲月無情，時光易逝，自然規律讓人無奈、感傷。《世説新語·言語》："桓公（桓溫）北征，經金城，見前爲琅邪時種柳，皆已十圍，慨然曰：'木猶如此，人何以堪！'攀枝執條，泫然流淚。"

【六】"春來"句：用東漢末年王粲年輕時依附劉表，鬱鬱不得志事，寫自己遠離故鄉，寄居京華的無奈，表明對前途渺茫的隱憂。王粲《登樓賦》有"雖信美而非吾土兮，曾何足以少留"句。

【七】章臺走馬：即走馬章臺，指涉足娼妓間，追歡買笑。典出《漢書》卷七十六《趙尹韓張兩王列傳·張敞》。章臺街爲漢代長安街名，多妓館。

【八】"芝蓋"句：用北周庾信《三月三日華林園馬射賦》中"落花與芝蓋同飛，楊柳共春旗一色"句意。

【九】"辛苦"二句：見陶淵明《五柳先生傳》："先生不知何許人也，亦不詳其姓字，宅邊有五柳樹，因以爲號焉。"

賀葦老題余《愮雅堂詩集》依韻和之

但得相逢莫怨遲，鷄鳴風雨晦愁思【一】。棠甘下邑長留愛【二】，板蕩中原近可知。遂使陸沉罪夷甫，敢渝墓誓愧羲之【三】？長安似弈多危局【四】，餘子紛紛看幾時。

◎ 注釋

【一】"鷄鳴"句：贊美賀葦生在黑暗污濁的環境中仍不改自己的氣節。典出《詩經·鄭風·風雨》："風雨如晦，鷄鳴不已。既見君子，云胡不喜。"

【二】"棠甘"句：用周成王時召公"甘棠遺愛"典，贊揚賀葦生爲官清正廉明，深受百姓愛戴。棠甘，即甘棠（棠梨）；下邑，小地方、小縣；愛，恩惠、恩澤。《史記·燕召公世家》："召公之治西方，甚得兆民和。召公巡行鄉邑，有棠樹，決獄政事其下，自侯伯至庶人各得其所，無失職者。召公卒，而民人思召公之政，懷棠樹不敢伐，哥（歌）詠之，作《甘棠》之詩。"

【三】"敢渝"句：用東晉王羲之"誓墓辭官"典，寫賀葦生辭官歸隱。敢渝，敢違背。《晉書·王羲之傳》載，王羲之任會稽內史時，王述爲揚州刺史。會稽爲揚州之屬郡，王羲之耻居其下，遂稱病去職，并且在父母墓前發誓不再做官。

【四】"長安"句：指京都政局如同一盤棋子昏暗混亂，危機四伏。唐杜甫《秋興四》："聞道長安似弈棋，百年世事不勝悲。"

‖ 壽吳母陸太夫人 ‖

代漆鑄成作

壽言事非古，明代昉有之。今世更增華，而復張以詩。求之百篇中，美備同一施。衡論文章者，故云體非宜。惟是古有作，未與人情歧。賢子娛壽母，製錦【一】徵吉詞。律以頌禱【二】意志未爲非。況我吳太母，懿行衆所推。一經授令子，育成歧嶷姿。負笈遊扶桑，朋輩他山資【三】。同學法家言，食貨【四】尤鑽窺。考功遂獲雋【五】，騏驥發軔【六】基。年來幹冶鑄，泉布【七】能維持。扶鬱經濟才，成由母訓慈。安可無頌言，佐此萬年卮【八】。《南山》《閟宮》【九】作，古意猶可追。

◎ 注釋

【一】製錦：比喻賢者出任縣令。《左傳·襄公三十一年》："子有美錦，不使人學製焉。大官、大邑，身之所庇也，而使學者制焉，其爲美錦不亦多乎?"

【二】頌禱：贊美祝福。《禮記·檀弓下》："善頌善禱。"孔穎達疏："頌者，美盛德之形容；禱者，求福以自輔也。"

【三】他山資：此喻學習外國的先進東西爲我所用。《詩·小雅·鶴鳴》："他山之石，可以爲錯。"鄭玄箋："他山喻异國。"

【四】食貨：國家財政經濟的古稱。《漢書·食貨志》："食謂農殖嘉穀可食之物，貨謂布帛可衣，及金刀龜貝，所以分財布利通有無者也。"

【五】獲雋：泛指科舉考試得中。

【六】發軔：比喻事物的開端。

【七】泉布：貨幣的別名。

【八】萬年卮：儲藏時間長的好酒。

【九】《南山》《閟宮》：指《詩經》中的《小雅·節南山》和《魯頌·閟宮》。《節南山》中有"節彼南山，維石岩岩。赫赫師尹，民具爾瞻"句，《閟宮》中有"閟宮有侐，實實枚枚。赫赫姜嫄，其德不回"句，作者以此高度贊揚陸太夫人的德行風範。

秋陰季剛過我以近作《紀遊詩》屬和依韻成此

秋陰未零霜，庭花散芬馥。芰荷【一】擎葉傾，橘柚垂枝曲。微風入簾旌，動盪回波綠。遐思獨愔愔【二】，厭俗方逐逐。有客欣然來，通眉【三】映深目。談笑心情開，琴尊【四】合座促。嚮晚生微涼，炎熇却三伏。示我紀遊詩，天花粲眼福【五】。追和急就章，自笑成貂續。

◎ 注釋

【一】芰荷：此指荷花。唐羅隱《宿荊州江陵驛》詩："風動芰荷香四散，月明樓閣影相侵。"

【二】愔（yīn）愔：幽深寂靜的樣子。漢蔡琰《胡笳十八拍》："雁飛高兮邈難尋，空腸斷兮思愔愔。"

【三】通眉：又叫連心眉，即兩邊眉毛幾乎長到了一起。

【四】琴尊：亦作"琴樽"，琴與酒樽，此指彈琴喝酒。南朝齊謝朓《和宋記室省中》："無嘆阻琴樽，相從伊水側。"

【五】"天花"句：贊美黃季剛詩歌精妙絕倫。五代王仁裕《開元天寶遺事·粲花之論》："每與人談論，皆成句讀，如春葩麗藻，粲於齒牙之下，時人號曰：'李白粲花之論'。"天花，佛教用語，此喻黃季剛的詩歌。粲，美，此處為使動用法。

中秋後五日，偕少黃、鑄城出西直門遊農事試驗場，萬勉之【一】設飲園中，歸塗放歌

秋暑方退涼未加，七日一沐【二】休官衙。友人招我出西郭，無邊秋色連蒹葭。日光漸薄雲意幻，狂風突兀吹塵沙。停車步入農事場，霜林紫翠來要遮【三】。菰菱芰荇半荮落，桔荷莖蓋猶欹斜。牽牛爛漫不盈瞬，蘋婆【四】梨棗垂杈枒。昔日萬艷隨風盡，經秋碩果爭羅爬。略約畦徑行紆折，腰足

雖健力未奢。暢觀樓東矗廣厦，開窗簷柳披鬖髿【五】。主人坐客備水陸【六】，青瓷甌瀉綠芽茶。斜風微雨忽西來，搏空萬翼鳴昏鴉。園林暝色赴歸途，京華塵土淄天涯。半醉風吹酒易醒，拂衣自上薄笨車【七】。入市争同驢馬走，過耳但聞蕭蕭撾【八】。輝煌燈火照九衢，嚻聲不辨如黽鼃【九】。卧想半日桑麻地，何年歸種青門瓜【一〇】。

◎ 注釋

【一】萬勉之：原名萬勛忠（1881—1947），又名萬忠，號萬園主人，植物學家、園藝學家、教育家，貴州省貴陽市人，老同盟會員。貴州第一批赴留日學生，1910年以優異成績畢業於日本東北帝國大學。晚年回貴陽接辦敬之植物園，任國立貴州農工學院園藝繫（今貴州大學農學院）主任兼園藝試驗場場長等。著有《花卉園藝學》《花卉園藝》《黔中草木一斑》等。

【二】七日一沐：當時官員的休假制度，上七天班休息一天。

【三】要遮：攔截，攔阻。

【四】蘋婆：梧桐科常綠喬木，又稱"鳳眼果"。

【五】鬖髿（sānsuō）：草木枝葉下垂的樣子。

【六】水陸：指水中和陸地所產的食物，特指山珍海味。唐白居易《輕肥》："樽罍溢九醖，水陸羅八珍。"

【七】薄笨（fàn）車：即薄笨車。一種製作粗簡而行駛不快的車子。《宋書·隱逸傳·劉凝之》："夫妻共乘薄笨車，出市買易，周用之外，輒以施人。"

【八】蕭蕭撾（zhuā）：指鞭馬聲。宋蘇軾《至下馬磧憩於懷賢閣》詩："吏士寂如水，蕭蕭聞馬檛。"

【九】黽鼃（miǎnwā）：蛙類動物，比喻讒諛小人。《楚辭·七諫》："鷄鶩滿堂壇兮，黽鼃游乎華池。"王逸注："黽鼃，諭讒諛弄口得志也。"

【一〇】歸種青門瓜：這裏指隱居。漢初，故秦東陵侯召平種瓜於長安城東青門，世稱"東陵瓜"，又名"青門瓜"，見《三輔黄圖》卷一。唐陳子昂《卧疾家園》："寧知白社客，不厭青門瓜。"

題張石其【一】妾劉夢【二】詩事

千秋彤管彰奇女，憂患艱虞始見之。往事辛壬更水火【三】，只增殘殺濟顛危。西南自是成封豕，巾幗何人獨委蛇【四】。如此從容申大義，固將一死愧鬚眉。

◎ 注釋

【一】張石其：張百麟（1878—1919），字石麒，號景福，清末民初的革命家、政治家、記者，貴州辛亥革命領導人之一。貴州辛亥革命勝利後，出任貴州軍政府樞密院院長，負責全省政務，1912 年"二·二"事變中，遭到迫害，避退上海，後追隨孫中山參加護法運動。1919 年 10 月病逝於上海。

【二】劉夢：張百麟之妾。1912 年"二·二"事變，劉顯世搶殺黃澤霖，派兵包圍張百麟住宅。張百麟因入廁僥倖得免，劉夢却爲夫而死。

【三】"往事"句：指1912 年2 月2 日，憲政派劉顯世等發動政變，推翻大漢貴州軍政府，掠奪辛亥革命果實，大肆屠殺自治學社會員。辛壬，指 1911 年和 1912 年（1911 年爲辛亥年，1912 年爲壬子年），更水火，指政權的更替。

【四】委蛇：此處形容劉夢以身殉夫時雍容自得的樣子。《詩·召南·羔羊》："退食自公，委蛇委蛇。"鄭玄箋："委蛇，委曲自得之貌。"

孫少元有子熊，數歲時於倭見之，去年殤於滇。今年少元來京，言下淒然。余亦往年同此傷悼，作詩以廣其意

丁年【一】江户見令子，蘭芽初苗清芳標。癸年【二】燕市見令子，華峰秋隼【三】方陵霄。爾後南北各淹滯，飛霜似報紅蘭凋【四】。尚冀傳聞有疑似，豈真曇景離塵囂。今年京國見君面，秋風涕淚傷桐焦【五】。乃知璠璵竟碎折【六】，死生修短人難操。況我同是傷心客【七】，感此百慮生蕭條。愛子异

域尚委骨【八】，海天萬里魂哀嚘。故山欲歸歸不得，三年抱刺名生毛【九】。嘉君幼子兩玉立，傳經世業欣能祧【一〇】。子雲莫哀童烏死，九霄雛鳳清聲遥。

◎ 注釋

【一】丁年：即 1907 年，是年天干爲丁。

【二】癸年：1913 年。

【三】華峰秋隼：此喻孫少元的兒子猶如華峰上的鷹隼一樣凌空翱翔，展翅高飛。

【四】紅蘭凋：紅蘭凋謝，此指孫少元的兒子不幸早夭。

【五】桐焦：桐枝枯焦。此喻孫少元之子不幸早逝。

【六】璠璵竟碎折：美玉竟然被摔碎，此喻孫少元之子早逝。璠璵，美玉名，後泛指珠寶，引申比喻美德賢才。碎折，破碎斷裂。

【七】“况我”句：作者之子余祥桐 1914 年 2 月 28 日病逝於日本，年十七歲。故云“同是傷心客”。

【八】“愛子”句：余祥桐去世後，遺體暫時埋葬在日本，直到 1917 年 4 月，余達父縷親自去日本取回重新歸葬。

【九】“三年”句：用東漢禰衡抱刺求薦典，比喻難以求人引薦。《後漢書·文苑傳上·禰衡》載，東漢禰衡性情傲慢，爲了尋找名人替他引薦，用木片做了一塊名片外出求人，但一直物色不到一個適合的引薦人，久而久之，名片上面的字都磨掉了。

【一〇】能祧：能夠繼承。

丙辰仲冬於友人齋中聞素馨，問之，云秋前所置，今殘矣。余不謂然，搴帷視之，叢蘭百盆僵列窗下，尋視久之，忽見綠芽一枝茁於密葉間，幽香遠聞，即由此出。乃嘆宇宙間如此沉埋遲暮者，密不知凡幾也。屬其剔出，供之几案，并壽以詩

幽花如幽人，例不入塵埃【一】。有力羅致之，萬里去故壤。雖云失本性，

聊得知者賞。長安花事繁，奇卉竟羅網。遂使海南香【二】，闤咽【三】燕市駔【四】。兼金【五】得一枝，香雲動書幌。秋風零繁霜，奄忽委榛莽。韶華難久留，此語古不爽。昨日入高齋，幽香浸軒幌【六】。頗疑沅湘【七】風，扶搖吹北上。君言花信闌【八】，殘株堆盆盎。牽帷視所儲，駢羅誠恢廣。委積【九】荒穢間，瞥見綠芽長。入冬竟不凋，馥郁方和昶。如此歲寒珍，窮朔【一〇】豈夢想。固當貢玉堂，馨香萬流【一一】仰。君置臥榻側，苔烟同供養。得無湘纍魂，受寵益稱枉。枉聞日南【一二】天，淫暖蒸塵沆【一三】。深山大澤間，隆冬花十丈。此花生其鄉，清芬世無兩。遷地客幽燕，勝概已非曩。況復經頓挫，此物來何儻。宣尼操猗蘭【一四】，千載同悒怏。騷人擗蕙櫋【一五】，不見天門蕩。

◎ 注釋

【一】塵块（yǎng）：猶塵埃，引申指塵世。清唐孫華《東林寺》詩："我生落塵块，如舟久不泊。"

【二】海南香：即海南沉香。

【三】闤咽：堵塞，擁擠。唐盧照鄰《行路難》詩："春景春風花似雪，香車玉轝恒闤咽。"

【四】駔（zǎng）：駿馬，好馬。

【五】兼金：價值倍於常金的好金子。此指花費雙倍價錢。《孟子·公孫丑下》："前日于齊，王餽兼金一百而不受。"趙岐注："兼金，好金也，其價兼倍於常者。"

【六】軒幌：門簾或窗帷。《文選·左思〈吳都賦〉》："張組幃，構流蘇，開軒幌，鏡水區。"呂嚮注："軒，門也；幌，帳也。"

【七】沅湘：沅水和湘水的并稱。屈原遭放逐後，曾長期流浪沅湘間。

【八】闌：殘，盡，晚。

【九】委積：充滿，充塞。

【一〇】窮朔：泛指北方。

【一一】萬流：萬民。《文選·顏延之〈皇太子釋奠會作〉詩》："庶士傾風，萬流仰鏡。"李周翰注："言眾士萬人皆傾慕其風，仰之以爲鑒鏡。"

【一二】日南：日南郡，中國古代郡名，其範圍相當今之越南中部地區，即從廣平省到平定省之間的沿海狹長地帶。

【一三】“涇暖”句：河水溫暖，露氣蒸騰。涇，本爲涇水，此處泛指河水。塵沉，含有雜塵的露水。

【一四】“宣尼”句：西漢平帝元始元年（公元元年）追諡孔子爲褒成宣尼公，後因稱孔子爲宣尼。操猗蘭，即《猗蘭操》，孔子作。

【一五】“騷人”句：騷人，指屈原。擗蕙櫋（mián），剖蕙蘭而製成的幔帳。擗，剖開；蕙，蕙蘭，一種香草。櫋，帳頂。《楚辭・九歌・湘夫人》：“罔薜荔兮爲帷，擗蕙櫋兮既張。”

題嘯篁《感遇集》【一】次季康韻

患難經多蜀道平，中年豪氣入幽并【二】。王尼獨有傷心語，滄海橫流萬古情【三】。

◎ 注釋

【一】《感遇集》：平剛詩集，余達父作序，見《礜石精舍文集》之《平少黃〈感遇集〉叙》。

【二】幽并：幽州和并州的并稱。其俗尚氣任俠，因借指豪俠之氣。《隋書・地理志》：“自古言勇俠者，皆推幽并，然涿郡太原，自前代以來，皆多文雅之士。”

【三】“王尼”二句：用西晉王尼典，寫當時社會動盪不安，觸動了詩人的沉痛情懷。《晉書・王尼傳》載，西晉末年，匈奴等少數民族起兵反晉，天下戰亂紛紛，洛陽失陷，王尼帶上兒子背井離鄉到江南躲避禍亂，一路顛沛流離，喟然長嘆：“滄海橫流，處處不安也。”傷心語，指王尼説的“滄海橫流，處處不安也”。

挽魏午莊制府【一】

代孫少元作

勝代中興將，靈光劫後沉。功名吳越起【二】，惠澤隴秦深【三】。大樹【四】

千秋想，甘棠一寸心。臨崖策馬去【五】，圖畫幾披尋。

開府薦殊科【六】，鱷生亦網羅。閑雲歸岫【七】懶，特達【八】受知多。藩地回翔【九】老，興亡運數頗。莫年罷安石【一〇】，應不恨蹉跎。

◎ 注釋

【一】魏午莊制府：即魏光燾（1837—1916），字光邴，號光燾，諡威肅，湖南邵陽市隆回縣司門前鎮人，與李鴻章、張之洞、劉坤一等同爲晚清重臣。是我國新疆地區建省後的第一任布政使，歷任陝甘、雲貴總督，纍官至兩江總督、南洋大臣。制府，宋代的安撫使、制置使，明清兩代的總督，均尊稱爲"制府"。

【二】"功名"句：寫魏光燾曾任兩江總督，繼劉坤一、張之洞之後，實施籌建三江師範學堂，開啓近代南京大學。

【三】"惠澤"句：魏光燾曾任陝甘總督，頗有政聲。

【四】大樹：原指東漢大樹將軍馮異。常指不居功自傲的將領。這裏是對魏的贊美。《後漢書·馮異傳》："諸將軍并坐論功，異常獨屏樹下，軍中號曰'大樹將軍'"。

【五】"臨崖"句：宣統三年（1911），清政府詔授魏光燾爲湖廣總督，未赴任。

【六】"開府"句：寫魏光燾在署理兩江總督期間，開辦三江師範學堂。殊科，不同類，不一樣。

【七】閑雲歸岫：飄飄悠悠的雲朵回歸山裏。岫，有洞穴的山，泛指山峰。明楊守禮《山中夜坐》："閑雲歸岫遠，新月上山遲。"

【八】特達：特殊知遇。唐劉商《送廬州賈使君拜命》："特達恩難報，升沉路易分。"

【九】回翔：指任職或施展才幹。宋王讜《唐語林·政事上》："西川是宰相回翔地。"

【一〇】"莫年"句：寫魏光燾晚年被罷官。安石，指東晉名臣謝安，字安石，淝水之戰後，被皇帝猜忌，因此低調避禍。

‖ 丁巳【一】二月晦日雪 ‖

丙辰二月晦日大雪，余有"劫灰倒鬞揚昆海，星火橫飛出建章"之作，於今感昔而成此。

去年二月晦日雪，九關虎豹[二]凍欲死。西南剎氣衝欃槍，倒戈輿屍屠封豕[三]。今年二月晦日雪，春風忽昧猶如此。連日塵霾不見天，群陰[四]鼓盪昏蒙汜[五]。海水群飛萬里同，東龍西虎扶搖起。破鱗殘毛漫天飛，錯被狂童歡玉蕊[六]（時梁啓超有賀瑞雪詩）。西山老鴉饑啄人[七]，千歲骷髏生牙齒[八]。粉飾鋪張能幾時，安見白帝作天子。詩成已覺陽氣復，階前蕩蕩成逝水。我今白戰無寸鐵，衝寒呵凍書銀紙。要使萬象回春熙，和風甘雨穤桃李。

◎ 注釋

【一】丁巳：1917 年。

【二】九關虎豹：比喻兇殘的人。《楚辭・招魂》："虎豹九關，啄害下人些。"

【三】"倒戈"句：比喻粉碎袁世凱稱帝的陰謀。輿屍，以車運屍。封豕，大豬，比喻貪暴者，此指袁世凱。

【四】群陰：各種陰象。比喻衆多奸小。梁啓超《祭海珠三烈士》："當粤局煎急，軍師首鼠，君當機一斷而懾群陰。"

【五】蒙汜：神話中的日落之處。此指太陽。《楚辭・天問》："出自湯谷，次於蒙汜；自明及晦，所行幾里？"王逸注："次，舍也；汜，水涯也。言日出東方湯谷之中，暮入西極蒙水之涯也。"

【六】玉蕊：我國唐代中葉極負盛名的傳統名花。此指雪花。

【七】"西山"句：化用李賀《神弦曲》中"百年老鴉成木魅"，寫當權者肆意濫殺無辜。

【八】"千歲"句：指賈南風草菅人命，如成精的骷髏一般，影射當時統治者殘暴無能。《晉書・五行志中》："南風起，吹白沙，遙望魯國何嵯峨，千歲髑髏生齒牙。""南風起"，隱喻晉惠帝皇后賈南風得勢弄權。"吹白沙"，指賈南風陷害皇太子沙門。

‖ 挽陳英士【一】 ‖

代安舜卿作

天道剝必復【二】，人事變則通。帝制五千年，一盪方成功。神奸心不死，
睥睨漢皇宮【三】。搖毒【四】螫下民，掉尾【五】生腥風。君獨抗其稜，百折氣益
雄。同志若牛毛，山斗推孫公【六】。再結久要【七】盟，多士來熊熊。探丸斫武
吏，二士殲元戎【八】。殺氣陵河溯，欲清瑕薉【九】叢。忽爲盜所中，彭亡【一〇】
逐匆匆。神奸亦震斃，氛霧消蒼穹。君雖齎志没【一一】，遺恨今已空。嗟余荒
裔士，孤陋復顓蒙【一二】。束髮受書史，頗識道汙隆【一三】。痛心世陵夷，亡命
逐飄蓬。十年求同氣，遂挽扶桑弓【一四】。武漢揭棘矜【一五】，吳越走艨艟。落
拓一匹夫，屢見國内訌。與君更尋盟，厲志要其終。君獨成仁去，道孤心
力窮。失馬懷北叟【一六】，亡秦知南翁【一七】。爲君歌大招，靈旗下空蒙。

◎ **注釋**

【一】陳英士：陳其美（1878—1916），字英士，浙江湖州人。近代民主革命志
士，青幫代表人物。1916年5月18日，受袁世凱指使的張宗昌派程國瑞假借簽約援助
討袁經費，於日本人上田純三郎寓所中將陳其美槍殺。孫中山高度贊揚陳英士是“革
命首功之臣”。

【二】剝必復：即剝極必復。剝、復都是卦名，剝卦陰盛陽衰，復卦陰極而陽復。
比喻物極必反，否極泰來。

【三】“神奸”二句：寫袁世凱背信弃義，倒行逆施，陰謀稱帝事。睥睨：窺伺。

【四】搖毒：騷擾爲害。唐韓愈《潮州刺史謝上表》：“孽臣奸隸，蠱居棊處，
搖毒自防，外順内悖。”

【五】掉尾：搖尾。有尾大不掉的意思。辛亥革命勝利以後，袁世凱竊取了革命
勝利的果實，遂成尾大不掉之勢。

【六】孫公：孫中山。

【七】久要：舊約。《論語·憲問》：“久要不忘平生之言。”何晏集解引孔安
國曰：“久要，舊約也。”

【八】"二士"句：似指1915年11月10日陳英士派王曉峰、王明山投彈炸死袁世凱的得力幹將鄭汝成，即轟動一時的鄭汝成被刺案。元戎，主將、統帥。

【九】瑕薉：玉的斑痕，雜質。比喻事物的缺點；人的過失或惡行。

【一〇】彭亡：用東漢中興名將岑彭被公孫述派人刺殺典故，寫陳被袁世凱派人刺殺。岑彭，字君然，南陽棘陽（今河南南陽南）人，東漢中興名將，率軍進攻公孫述，被公孫述派人刺死。

【一一】齎（jī）志没：志願没有實現就死了。齎，懷抱着；没，死。南朝梁江淹《恨賦》："齎志没地，長懷無已。"

【一二】顓蒙：愚昧。《漢書·揚雄傳下》："天降生民，倥侗顓蒙，恣於情性，聰明不開，訓諸理。"顏師古注引鄭氏曰："童蒙無所知也。"

【一三】汙隆：亦作"汙隆"，升與降。常指世道的盛衰或政治的興替。

【一四】扶桑弓：射日之弓，傳説日出於扶桑之下，這裏指改天換地的氣魄。扶桑：此處代指太陽。

【一五】揭棘矜：指揭竿起義。賈誼《過秦論》："鋤耰棘矜，非銛於鉤戟長鎩也。"

【一六】"失馬"句：用"塞翁失馬"典，指陳雖然被害死，革命受到損失，也許反而因此能得到好處，讓人看清袁世凱的真面目。

【一七】"亡秦"句：意即南公知道，使秦國滅亡的是楚。此句暗示袁世凱被革命派擊敗。南翁，南公，戰國時楚國隱士。《史記·項羽本紀》："故楚南公曰'楚雖三户，亡秦必楚也'。"

丁巳四月二日哭伯燉先生【一】

寄生憂患餘，衰老皆成叟。復不能相聚，欻忽仍出走。暌離【二】經五春，南北各分手。惟恃走尺書，一月一拜受。近忽淹旬月，不見函瓊玖。私心方惕惕，報書梗何久。夢中接赴書，哭倒驚童婦。醒來強自寬，夢凶吉或後。今日聞電來，骨戰神驚踨。開函譯未終，痛切心如剖。早知遂永訣，老死長相守。棲遑人事乖，漂泊孔懷【三】負。平生同氣人，兄尤顧我厚。少壯不勝達，中更嬰災咎。猛虎生兩翼，雄虺搖九首【四】。叫閽【五】術既窮，蹈海事亦偶。終乃脫犴獄【六】，菽水【七】同將母。頗幸餘生樂，閑閑終十畝。豈知海水飛，艱運丁陽九【八】。我落風塵中，萍蓬【九】隨蘚藘【一○】。燕市長悲歌，餘生甘速朽。今更罹此毒，我生復何有？九原不可作，安用喬松壽。

◎ 注釋

【一】伯彤（róng）先生：余達父長兄余若煌（1868—1917），字伯彤。

【二】睽（kuí）離：分離，離散。韓愈、孟郊《納涼聯句》：“與子昔睽離，嗟余苦屯剝。”

【三】孔懷：原意指非常思念，後用爲兄弟的代稱。《詩·小雅·常棣》：“死喪之威，兄弟孔懷。”鄭玄箋：“維兄弟之親，甚相思念。”

【四】“猛虎”二句：指奸惡之人得勢。雄虺，古代傳說中的大毒蛇，喻指大奸佞。《楚辭·招魂》：“雄虺九首，往來倏忽，吞人以益其心些。”王逸注：“言復有雄虺，一身九頭，往來奄忽，常喜吞人魂魄，以益其賊害之心也。”

【五】叫閽：舊時吏民因冤屈等原因嚮朝廷申訴。杜甫《奉留贈集賢院崔於二學士》：“昭代將垂老，途窮乃叫閽。”

【六】犴（àn）獄：指冤獄。

【七】菽水：即“菽水承歡”，亦簡稱“菽水”，豆和水，指最平凡的食品。比喻雖貧寒而盡心孝養父母。《禮記·檀弓下》：“孔子曰：‘啜菽飲水盡其歡，斯之謂孝。’”孔穎達疏：“謂使親盡其歡樂此之謂孝。”

【八】丁陽九：丁，遇上；陽九，本爲古代術數家的學說，後指災荒年景和厄運。三國魏曹植《王仲宣誄》：“會遭陽九，炎光中蒙。世祖撥亂，爰建時雍。”

【九】萍蓬：本爲睡蓮科植物，比喻輾轉遷徙，沒有固定居所。元李存《山中留夜宿明日以風雨對床眠爲韻賦詩》：“人生難定期，往往如萍蓬。”

【一○】蘚藘：菱的別名。《説文·艸部》：“薢，芰也。楚謂之芰；秦謂之蘚藘。”

‖ 四月廿三日晨出大沽【一】 ‖

此行往橫濱取桐兒寓櫬【二】

平楚天低野氣清，露苗烟柳拂人行。萬方多難偏舟穩，一事無成百感生。孤負北山怨猿鵠【三】，坐看橫海跋鱣鯨【四】。招魂又入蓬山路，未到蓬山淚已橫。

童烏早死揚雲老，羈泊窮愁未得歸。烏鳥幾年無反哺【五】，鵲鶂今日痛分飛。如斯家難難生何，益忍待沉事更非。徑欲枻桴浮海去，桑田滄海又心違。

◎ 注釋

【一】大沽：即大沽口。解放前爲天津縣大沽鎮，海河入海口，有京津門户、海陸咽喉之稱。

【二】寓櫬（chèn）：未能及時下葬而寄放在別處的棺材。櫬，棺材。

【三】"孤負"句：被北山的猿鵠抱怨。諷刺那些僞裝隱居以求利禄的文人，寫自己没有及時隱居山野而感到悔恨。南北朝孔稚珪《北山移文》："蕙帳空兮夜鶴怨，山人去兮曉猨驚。"

【四】橫海跋鱣鯨：橫行海上的鱣鯨受到踩踏，比喻受人欺辱，無可奈何。西漢賈誼《吊屈原賦》："橫江湖之鱣鯨兮，固將制於螻蟻。"

【五】"烏鳥"句：寫兒子已經去世幾年了，不能再像烏鳥那樣奉養父母了。此句用"烏鳥反哺"典。

‖ 四月廿八日橫濱風雨中檢桐兒寓櫬 ‖

海天風雨中，萬感俱來集。六日五千里，舟車兩罷極。而我憂患人，形瘁心愈急。即訪守墓人，導我入兆域【一】。車行根岸町【二】，斗絕山岚岌【三】。碧樹綠蹊間，似見兒遠立。羈魂待我來，仿佛投懷入。攬之無所得，痛淚緣襟濕。再入虛墓【四】間，野花開塚側。經雨半零落，搖風【五】慘顏色。似見我矯兒，風雨山中泣。其傍叢小屋，縱橫相褻襲【六】。導者闢一扉，赫然橫棺黑。撫棺一慟哭，恨悔填胸臆。當年携兒來，弱齡未盈十。壯心求新學，萬里遠負笈。今日收兒骨，生死不相及。老病餘萬死，還丹無一粒。委此一把骨，東望恒凄惻。歸骨即招魂，魂兮毋於邑。地下有母妹，故山長相憶。依我同歸來，聚處一何得。巫峽風走雲，黄海水飛岂。道迥波瀾闊，魂歸應無忒【七】。人生固有涯，百歲亦瞬息。旦莫終相就，誰言相阻抑。回此作達觀，餘悲如可塞。

◎ 注釋

【一】兆域：墓地。《周禮・春官・塚人》："掌公墓之地，辨其兆域而爲之圖。"孫詒讓正義："辨其兆域者，謂墓地之四畔有營域堳埒也。"

【二】根岸町：日本地名，位於橫濱市境内。

【三】岚岌（lì jí）：山峰高峻的樣子。

【四】虛（xū）墓：虛，同"虛"。未下葬的墳墓。

【五】搖風：扶搖風，暴風。南朝梁江淹《恨賦》："搖風忽起，白日兩匿。"

【六】褻襲：雜亂堆放在一起。

【七】無忒：沒有差錯。

卷十二（1919年仲夏～1922年秋初）

‖ 橫濱萬珍樓【一】度端午 ‖

　　艾葉菖蒲户户垂，榴花【二】角黍【三】競芳時。頓教海外如鄉國，不爲天涯醉酒厄。去惜黃金鑄腰裏，歸傷白露變流離【四】。燕雲鰡部同佳節，三處相思只自知。

　　中年萎落鬢毛衰，萬感傷心強自支。誰言湘纍招賈誼，應留晁錯殺爰絲【五】。三山蛟蜃排雲急，五彩經綸續命遲【六】。漫道鈞天天帝醉，總因人事有差池。

◎ 注釋

　　【一】萬珍樓：位於日本橫濱市中華街。

　　【二】榴花：美酒的雅稱。《南史·夷貊傳上·扶南國》：“（頓遜國）有酒樹似安石榴，采其花汁停甕中，數日成酒。”

　　【三】角黍：古代對粽子的稱呼。

　　【四】流離：梟的別名。《詩·邶風·旄丘》：“瑣兮尾兮，流離之子。”三國吳陸璣《毛詩草木鳥獸蟲魚疏》：“流離，梟也。自關而西謂梟爲流離。”

　　【五】“應留”句：即應該留下晁錯而殺爰盎。晁錯，河南潁川人，號稱“智囊”。公元前154年，吳、楚等七國以“討晁錯以清君側”爲名，發動叛亂，晁錯因此被錯殺。爰絲，即袁盎，字絲，被時人稱爲“無雙國士”。漢景帝“七國之亂”時，曾奏請斬晁錯以平衆怒。

　　【六】“五彩”句：舊俗於端午節以彩絲繫臂，謂可以避灾延壽，故名續命縷亦作“續命絲”。《風俗通》：“五月五日，以五彩絲繫臂者，闢兵及鬼，令人不病温，亦因屈原。”

五月十日晨起由鹽釜泛小舟入松島

并海泛輕舸，蒼翠明雙瞳。小島百數十，點綴極天工。或岐似雙髻，或圓如覆鐘。臥或如鼉尾，踞或似老翁。半環留玉玦，通透穿月宫。泛泛浮鷗鶩，點點黏萍蓬。殊形呈百怪，染色青一同。島根曆化石，島顱石戴松。有松皆傴塞，有石皆龍嵸。石頑跋屭贔【一】，松勁垂蛟龍。舟行小海内，如著畫圖中。十洲孕三島，舊説多鑿空。餘此一片景，仿佛留仙蹤。極目數里外，海天磨青銅【二】。萬里太平洋，浩浩吹長風。回腸復盪氣，使我生煩忡。何如松石間，相賞心神融。石交歲寒友，安瀾【三】期無窮。

◎ **注釋**

【一】屭贔（xì bì）：龜的別名。此當爲像龜的石頭。金劉從益《搞金石砦作建除體》："破碑字仍在，屭贔臥深荆。"

【二】磨青銅：像打磨過的青銅鏡。

【三】安瀾：水波平静，比喻太平。《文選·王褒〈四子講德論〉》："天下安瀾，比屋可封。"李善注："瀾，水波也，安瀾，以喻太平。"

宿松島白鷗樓之濤聲帆影閣

樓爲前宰相伊藤博文所名，閣則正二位【一】土方久元【二】題也。

濤聲帆影猶當日，未見白鷗只見樓。江左風流謝安石，不知王儉【三】幾生修。

◎ **注釋**

【一】正二位：日本品秩與神階的一種。位於從一位之下，從二位之上，律令制度裏和此相當的官位爲左大臣、右大臣。

【二】土方久元：明治時期宮内大臣，伯爵。

【三】王儉：字仲寶，南朝齊文學家、目録學家，東晉名相王導五世孫。

‖ 白鷗樓晨起雨中遠眺二首 ‖

　　昨日峰巒呈窈窕，今朝烟雨晻迷離。風鬟霧鬢【一】如相問，神女生涯正此時。

　　漁舟葉葉泛中流，只愛烟波不解愁。最是羈人腸斷處，海天樓閣澹如秋。

◎ 注釋

　　【一】風鬟霧鬢：形容女子頭髮的美。此借指美女。蘇軾《題毛女貞》："霧鬢風鬟木葉衣，山川良是昔人非。"

‖ 雨後挂帆遊鷹森【一】，歸途并外海尋西南諸島之勝 ‖

　　微雨散如絲，凉風拂面吹。聞道鷹森勝，挐舟一訪之。東行數十里，横山涌其涯。出海三百尺，竦拔頗有姿。拂衣躡其顛，蕞爾測海蠡。東望奧羽山【二】，麟襲若奔馳。南望太平洋，洪波没天池。西北一回顧，衆山若孫兒。屈伏鷹森下，獻媚不自持。遠者如聚米【三】，圓秀無支離。近者多聯綿，宛轉復逶迤。遂覺指顧【四】間，此山尊無儀。用小亦有道，位置固相宜。下山泛西南，窮搜未睹奇。一島坐髑髏，面目猶未迷。一島峙讒鼎【五】，綠白分兩歧。一島鑿七竅，風水相鳴嘶。一島斷絶壁，天門巨靈劈【六】。昂首偃細鋭，吞吐爲長蛇。負甲猛蹲踞，碌歷【七】千歲龜。海深風浪惡，鼓盪欲離披。我亦嘆觀止，張帆鄉北陂【八】。夕陽下西崦【九】，碧海紅參差。遊人逐隊歸，蕭鼓鳴追隨。維舟高樓下，明月已相遲。

◎ **注釋**

【一】鷹森：鷹森山，位於日本青森市。

【二】奧羽山：日本最長山脉。從青森縣向南延伸至福島縣，縱貫本州北部中央，呈南北走向脊梁山脉，爲太平洋與日本海水繫的分水嶺。

【三】聚米：米堆。形容矮小。晋王嘉《拾遺記·高辛》："登月館以望四海三山，皆如聚米縈帶者矣。"

【四】指顧：一指一瞥之間。形容時間的短暫、迅速。漢班固《東都賦》："指顧倏忽，獲車已實。"

【五】讒鼎：鼎名，又稱崇鼎、岑鼎，天子的寶器。《韓非子·説林下》："齊伐魯，索讒鼎。魯以其贋往。"

【六】巨靈劈：像巨靈神劃開的一樣。劈，割、劃開。巨靈神是天將之一，擔任守衛天宮天門的重任，力大無窮，可舉動高山，劈開大石。

【七】碌歷：忙碌。

【八】㞞（pī）：鳥張開羽毛的樣子，比喻船張開帆航行就像鳥展開羽毛飛翔的樣子。

【九】西崦：指崦嵫山。傳説中的日落處。南朝梁王僧孺《懺悔禮佛文》："東榑纔吐，西崦已仄。"

五月十二日仙臺【一】道中望山形縣【二】之雪山，皚皚出没雲霄間

昔年曾餐富士雪，今日獨賞山形山。等是晶瑩高萬尺，名稱顯晦豈相關。

◎ **注釋**

【一】仙臺：位於日本本州，處於七北川和廣瀬川之間。

【二】山形縣：位於日本東北地區西南部，西臨日本海，是日本海路的交通樞紐。

十三日國府津【一】道中望富士山【二】，殘雪甚微，若隱若見，以視山形之雪山遜矣

倭人艷説茲山雪，未道山形雪更深。千古成名多浪得，不應廣武獨沉吟【三】。

◎ 注釋

【一】國府津：位於日本神奈川縣小田原市。

【二】富士山：日本第一高峰，位於本州中南部，山峰高聳入雲，山巔白雪皚皚，是日本民族的象徵。

【三】廣武獨沉吟：意即懷才不遇。《三國志·魏志·阮籍傳》裴松之注引《魏氏春秋》，阮籍“嘗登廣武，觀楚、漢戰處，乃嘆曰：‘時無英才，使豎子成名乎！’”廣武，在今河南滎陽縣境，秦末，楚漢兩軍隔廣武而陣，項羽、劉邦曾在廣武談判。

十四日西京道中閲晚報言中國復闢【一】事

海上遊仙夢正長，不知人世已滄桑。矢飛誕燕張公子【二】，寶出馴龍夏少康【三】。蒼猝奪門真有手，昏庸授柄太無腸【四】。紇幹凍雀【五】樓梁苑，忍聽鈴聲替庋岡【六】。

尾長翼短恨差池，往事愁聞阿得脂【七】。直誤漢王爲長者【八】，不緣征虜有佳兒。時流方羡貂蟬【九】貴，襄樣【一〇】真成虎豹姿。辛苦馬融《西第頌》，朝來應嘆雪盈髭【一一】。

◎ 注釋

【一】復闢：指張勳復闢事。

【二】"矢飛"句：用趙飛燕典，寫張勳復闢，倒行逆施是自取滅亡。《漢書·外戚傳下·孝成趙皇后》載，漢成帝死之前，流行一首童謠："燕燕尾涎涎，張公子，時相見。木門倉琅根，燕飛來，啄皇孫。皇孫死，燕啄矢。"燕，借指趙飛燕；"尾涎涎"，形容羽毛尾巴光潤；"張公子，時相見"，指皇帝常與富平侯張放微服出宮，在河陽公主家遇上趙飛燕；"木門倉琅根"指宮門；"燕飛來"說趙飛燕進宮。

【三】"竇出"句：用"少康中興"典，諷刺溥儀不可能復興清朝。少康是中國夏朝的第六代天子，其父相被寒促派人殺死。少康之母當時懷孕在身，後從洞中逃出，生下少康。少康後來得到有仍氏、有虞氏的幫助，以弱勝強，最終戰勝寒促父子，中興夏朝。

【四】無腸：沒有心計。

【五】紇幹凍雀：用唐昭宗受朱溫脅迫，由長安遷都洛陽事，寫窮途末路的溥儀被張勳脅迫稱帝事。《資治通鑒·唐昭宗天佑元年》："（唐昭宗）館於興德宮，謂侍臣曰：鄙語云：'紇幹山頭凍殺雀，何不飛去生樂處。'朕今漂泊，不知竟落何所！"

【六】"忍聽"句：寫溥儀聽見復闢信號，就出來當皇帝。鈴聲，佛塔上相輪的鈴聲；替戾岡，"出"的隱語。《晋書·藝術傳·佛圖澄》："勒以訪澄，澄曰：'相輪鈴音云：秀支替戾岡，僕谷劬禿當。'此羯語也。秀支，軍也。替戾岡，出也。僕谷，劉曜胡位也。敏禿當，捉也。此言軍出捉得曜也。勒果生擒曜。"

【七】"尾長"二句：典出《資治通鑒》卷一百零四。晋孝武帝太元五年（380），秦王苻堅分使關中氐人十五萬户散居方鎮，"堅送丕至灞上，諸氐別其父兄，皆慟哭，哀感路人。趙整因侍宴，援琴而歌曰：'阿得脂，阿得脂，博勞舅父是仇綏，尾長翼短不能飛。遠徙種人留鮮卑，一旦緩急當語誰！'"

【八】漢王爲長者：諷刺溥儀不可能像劉邦那樣知人善任。《漢書·張陳王周傳》："項羽取陵母置軍中，陵使至，則東鄉坐陵母，欲以招陵。陵母既私送使者，泣曰：'願爲老妾語陵，善事漢王。漢王長者，毋以老妾故持二心。妾以死送使者。'"漢班彪《王命論》："漢王長者，必得天下。"

【九】貂蟬：古代王公顯貴帽上的裝飾物，始自漢代武官。此處諷刺那些沒有朝服的王公貴族、遺老遺少在張勳復闢後急忙去去搶購朝服。

【一○】襄樣：襄州式樣。唐時人對暴虐不法節度使的謔稱。

【一一】雪盈髭：鬍鬚花白。

‖ 十六日辰時神戶登海檻，余經此六度十二年矣 ‖

海氣陰晴瞬變遷，蓬瀛清淺不如前。回頭十二年來事，家國滄桑更惘然。

‖ 秣陵舟中 ‖

七月廿日

倦客方悲秋，洪波日夜流。悠悠三五年，不作江南遊。燕市衣塵淄，故山猿鵠愁。寥落顧彥先【一】，歸來將白頭。況經患難餘，生死傷離憂。河山景不殊，根觸淚雙眸。周顗任性情，王導生戈矛【二】。極目望新亭【三】，真僞同一丘。衰柳斜陽外，莫蟬仍喧啾。禾黍傷潦枯【四】，蘆菰爭地稠。江湖鴻雁多，半爲稻粱謀【五】。帆檣去如織，何處著扁舟。獨立滄江上，身世嗟浮漚【六】。

◎ 注釋

【一】顧彥先：顧榮，字彥先，吳郡吳縣（今江蘇蘇州）人。吳亡，與陸機、陸雲同入洛，號爲“三俊”，先後入仕東吳和西晉，協助建立東晉，“八王之亂”時，爲逃避灾禍而終日酣飲。

【二】“周顗”二句：周顗，字伯仁，今河南省汝南縣人。元帝時爲僕射，與王導交情很深。《晋書・周顗傳》載，永昌元年，王導堂兄江州刺史王敦起兵反，“導率群從詣闕請罪”。周顗在元帝前爲導辯護，帝納其言而導不知。及敦入朝問導如何處置顗，導不答，敦遂殺顗。後導知顗曾救己，“執表流涕，悲不自勝，告其諸子曰：‘吾雖不殺伯仁，伯仁由我而死。幽冥之中，負此良友！’”

【三】新亭：六朝時南京名勝，在今南京市西南，又名中興亭，爲三國時吳國所建。《世說新語・言語》：“過江諸人，每至美日，輒相邀新亭，藉卉飲宴。周侯（周顗）中坐而嘆曰：‘風景不殊，正自有山河之异。’皆相視流淚。惟王丞相愀然變色曰：‘當共戮力王室，克復神州，何至作楚囚相對？’”

【四】“禾黍”句：悲憫昔日繁華勝景如今已淪落爲荒凉凄清之地。典出《詩·王風·黍離序》。

【五】“江湖”二句：諷刺只爲滿足一己私利的人。稻粱謀，比喻謀求衣食和基本生活。唐杜甫《同諸公登慈恩寺塔》：“君看隨陽雁，各有稻粱謀。”

【六】浮漚：水面上的泡沫。因其易生易滅，比喻變化無常的世事和短暫的生命。宋范成大《石湖中秋二十韻感今懷舊而作》：“水天雙對鏡，身世一浮漚。”

‖ 八月廿一日夜泊龍家鋪枕上口占 ‖

麻陽縣【一】境

沉沉風雨侵殘夜，更挾灘聲入枕邊。湘竹彌天皆點淚，叢蘭偃地任擗楒【二】。五溪【三】烽火連邕桂【四】，（是夕傳聞辰永【五】獨立）六詔【六】雲山繞蜀滇。歸夢今宵著何處，乾坤戎馬一秋船。

◎ **注釋**

【一】麻陽縣：現轄於屬湖南省懷化市，位於湘黔邊界，懷化市西北部。

【二】“叢蘭”句：謂叢蘭倒地後被任意剖開作隔扇。比喻品德高尚的人任人宰割、踐踏。叢蘭，喻品德高尚的人；偃地，倒地。擗，剖開；楒（mián），隔扇，即今之屏風，古代叫屋聯。《楚辭·九歌·湘夫人》：“罔薜荔兮爲帷，擗蕙楒兮既張。”

【三】五溪：當指湖南省懷化市。其境內重要的支流有酉水、辰水、潕水、舞水和渠水，古稱“五溪”，因此懷化自古便稱“五溪之地”。

【四】邕桂：南寧和桂林的合稱。在此代指廣西。

【五】辰永：辰州和永州。辰，辰州，今湖南省懷化市沅陵縣；永，永州，位於湖南省西南部。

【六】六詔：原指唐初分佈在雲南洱海地區的六個少數民族部落，在此代指雲南。

九日雨中過龍里【一】

炎熇塵土蒞天津，并海循江又涉旬【二】。秋氣暗隨征客老，山光日校故人親。音書萬里稽荒嶠（煇侄【三】滯粵中久不接音問），風雨重陽近比鄰。淒切鶺鴒原上望，鄉關無那淚霑巾。

◎ 注釋

【一】龍里：位於黔中腹地、苗嶺山脉中段，黔南布依族苗族自治州西北。

【二】涉旬：經過十天。宋宋敏求《春明退朝録》卷下：“縱兵出獵，涉旬不返。”

【三】煇侄：作者侄子余祥煇。

郁曼杜大理以《衙齋望西山》懷余詩見寄，依韻和之

逶迤八千里，況瘁【一】遵原隰【二】。江海氣回盪，溪山光斂挹【三】。最難湘黔路，間關僅得入。遇盗攻未驚，舉烽焚不戢【四】。辛苦匝月霖，慘澹群陰集。息景入鄉園，陵谷變村邑。暫税【五】復起行，征途轉馳急（余九月廿六日至家，廿九日葬亡兒歸櫬，十月朔即往蜀會葬伯兄）。寄言青雲子【六】，何日閑蓑笠。

原作：

衙齋望西山懷余達父若琭

高樓静無事，冥坐對寒隰。槐柳影已疏，晴翠淡堪挹。秋色逼衣稜，卷幔西山入。得此良自慰，轉愁兵未戢。西南烽燧惡，佇見羽書集。遥憐子行役，不辨何鄉邑。黔川萬里路，嚮晚歸程急。歷歷亂山青，斜陽帶殘笠。

◎ 注釋

【一】况瘁：指勞纍，憔悴。况，通"怳"。《詩·小雅·出車》："憂心悄悄，僕夫况瘁。"陳奐傳疏："《楚辭·九嘆》云'顧僕夫之憔悴'，又云'僕夫慌悴'，并與《詩》'况瘁'同。"

【二】原隰：廣平與低濕之地。泛指原野。宋王安石《得子固書因寄》詩："重登城頭望，喜氣滿原隰。"

【三】斂挹：同"瀲灩"，形容水波相連，波光粼粼的樣子。宋蘇軾《飲湖上初晴後雨二首》："水光瀲灩晴方好，山色空蒙雨亦奇。"

【四】"舉烽"句：舉烽，舉起烽火，言有兵事；戢，停止。此句言兵事沒有停息。《左傳·隱公四年》："夫兵，猶火也，弗戢，將自焚也。"

【五】稅：釋放，解脱，休息。《左傳·成公九年》；"鄭人所獻楚囚也，使稅之。"

【六】青雲子：即"青雲士"，喻指位高名顯的人。唐韓愈《赴江陵途中寄翰林三學士》："朝爲青雲士，暮作白頭囚。"

曼杜得余九月晦日書，自京師却寄一律，依韻和之

間關萬里還家日，展讀君書腸九回。猿鶴蟲沙隨劫去，風塵牛馬[一]倦歸來。人間憔悴原非計，天下英雄幾是才。歷盡滄桑徒健在，空教安國笑燃灰[二]。

原作：

此身已逐塵沙老，一夕携家去不回。百萬軍前投刺過，八千里外寄書來。爲言避世都無計，却恐求田亦費才。何日溪橋重握手，披蓑閑話劫餘灰。

◎ 注釋

【一】風塵牛馬：作者自指，牛馬被置於風塵裏，比喻人正處於不得志的時候。

也形容人奔走於道途，非常勞纍。

【二】燃灰：用西漢韓安國“死灰復燃”典，寫自己雖顛沛流離仍一事無成。見《史記·韓長孺列傳》。

‖ 和曼杜鬼趣子夜 ‖

西風策策透羅裳，香爐塵封不理裝。十二闌干都倚遍，只餘孤影送斜陽。

心戀空房午夜歸，碧燈無焰逗蛾飛。開箱檢點紅羅看，蛺蝶成灰散舞衣。

陌上清明景物新，鳳頭鞋子【一】蹴香塵。臨風徒壓夭桃下，只見落花不見人。

草根切切【二】聽蟲鳴，羅襪侵霜夜氣清。如此殷勤長不寐，爲誰惆悵記殘更。

原作：

塵迹蛛絲涴畫裳，背人猶理嫁時裝。櫻桃花謝朱闌朽，垂手高樓看夕陽。

陌上挑燈怯夜歸，病螢低逐晚風飛。草根寒露如潮碧，濕透重羅鳳子衣。

扇氏秋光逐夜新，鳳鈎羅襪早成塵。柳梢殘月黃於染，踏遍空廊不見人。

頭白饑鳥逐屋鳴，紙窗霜月劇淒清。驚風倒颭羊燈【三】碧，愁聽殘鍾到五更。

◎ 注釋

【一】鳳頭鞋子：古鞋名。鞋頭以鳳紋爲飾，故名，亦稱“鳳翹”。

【二】切切：形容聲音輕細。唐白居易《琵琶行》：“大弦嘈嘈如急雨，小弦切切如私語。”

【三】羊燈：指做成羊形狀的燈具。

己未三月末日，余久病【一】，忽得去冬病中曼杜書《遊西山登石景山天空院》韻，藉此排遣，并報曼杜

　　啜茗香風四坐通，櫻桃爛熟露珠紅。長安四月花初發，春意闌珊想像中。

　　原作：

　　百陰尺崖一徑通，孤峰回抱曲欄紅。渾河千里斜陽色，盡入寥天一閣中。

◎ 注釋

　　【一】按：據卷十四《豁然篇并序》載，余達父 1918 年 10 月 15 日"癰發於背，垂危之際，復中風疾"，右手足拘攣，臥床三載，始倚杖而行。直到 1931 年暮春 3 月，在雲南宜良做縣令的老朋友葛季皋爲余達父開了一個藥方，"秋九月，偶憶之，購服十餘副"。10 月 3 日午後 3 時，"十三年之痼疾，豁然而愈"。

新秋九日得曼杜書和之

　　疏懶已無京洛【一】夢，故人萬里字千行。遠臨日下【二】《郎官帖》【三】，借問成都八百桑【四】。南北風雲爭弈道【五】，東西歧路刈蘭香。平生自寫詩成記，衰病經年稿未藏。

◎ 注釋

　　【一】京洛：泛指國都。

　　【二】日下：指京都。古代以帝王比日，因以皇帝所在地爲"日下"。唐錢起《送薛判官赴蜀》詩："邊陲勞帝念，日下降才傑。"

【三】《郎官帖》：唐張旭的楷書作品，全稱《郎官石柱記序帖册》，展示了張旭嚴謹深厚的楷書功力。

【四】成都八百桑：用三國蜀諸葛亮典，寫自己願意隱居種田養蠶。諸葛亮《亮自表後主》：“成都有桑八百株，薄田十五頃，子弟衣食，自有餘饒。至於臣在外任，無別調度，隨身衣食，悉仰於官，不別治生，以長尺寸。若臣死之日，不使内有餘帛，外有贏財，以負陛下。”

【五】“南北”句：寫國内大江南北風雲突變，紛爭不斷。

‖ 哭煇侄 ‖

己未十月十五日，得謝慧生【一】電，云煇侄歿於上海，九月廿日以巨川輪船運至重慶。

憶自丙午春，家難方旁午。挈汝兄弟行，負笈游江户。幼者未盈十，爾年時十五。荏苒屆五期，我行遂別汝。汝本慷慨士，況已茹荼苦。家國多艱難，風雲雜塵土。嶽嶽【二】獨角麟，蹇蹇【三】地上虎。壯志造共和，生民無忝祖。發難起辛壬，海水飛天宇。爾自粵海來，橫戈渡江浦。一旦清社屋，更始新民主。我寄南昌書，早慮綢繆雨。四海輦金錢，泥沙西園聚。欲以食貨力，竊據甸神禹【四】。王邑百萬軍，殺氣屯獩貐。劉歆頌功德，典雅頗能數【五】。豈知洪憲元，未及十日醅【六】。後來因仍者，陋簡無建樹。國是竟螗螳，南北紛解組。河北藩鎮驕，南越蠻夷武。長江爲天塹，一戰遂分剖。日費千萬金，不越雷池土。倏忽已三年，逍遥【七】按鼙鼓。爾前蒞永州，軍事動噢咻【八】。間關沅澧間，鄂蜀依車輔【九】。儲胥急風霆，簡書如白羽。昕夕永不遑，遂使心血吐。今年五月書，頗似訣仲父。自言心血盡，葆者【一○】恐不補。扶病走申江，强欲自支柱。忽開錦城函，爾弟泣酸楚（閏七月三日，上海胡君衍鴻電成都，招炘侄來視兄病（一））。倉卒踰關河，孔懷傷肺腑。慰書未經月，赴電已先睹。別家十四年，一別成千古。老母淚成河，一慟臨棺撫。我病已經年，策杖行踽踽。轉將衰老淚，哭此千萬緒。

天末大招魂，傷此支撐柱。

◎ 校勘記

（一）余達父原本爲"閏七月三日，上海胡君電成都，招炘侄來視兄衍鴻病"，排版有誤，當爲"閏七月三日，上海胡君衍鴻電成都，招炘侄來視兄病"。因爲"胡君"就是胡漢民，原名衍鴻，中國國民黨元老和早期主要領導人之一，也是國民黨前期右派代表人物之一。"招炘侄來視兄衍鴻病"不辭。余祥輝病逝後，胡漢民曾作《余祥輝傳》。

◎ 注釋

【一】謝慧生：即謝持（1876—1939），四川富順人，原名振心，字銘三，又字慧生，後改作愚守。他反清亦反共；擁護孫中山，且成爲西山會議派領頭人；反蔣亦擁蔣，製造分裂，又四方奔走呼吁團結；晚年爲抗日奔波，1939年4月死於成都。余健光病逝後，謝持作《余健光先生傳跋》。

【二】嶽嶽：原鹿角高聳突出，在此喻出類拔萃。《漢書·朱雲傳》："五鹿嶽嶽，朱雲折其角。"顏師古注："嶽嶽，長角之貌。"

【三】蹇蹇：剛正不阿的樣子。

【四】甸神禹：本謂禹所墾闢之地。後因稱中國之地爲禹甸。

【五】"劉歆"二句：諷刺爲袁世凱稱帝歌功頌德的無恥文人。典出《漢書·王莽傳》。劉歆，字子駿，是中國儒學史上的一個重要人物，王莽專政時，大頌其功德，後又因謀誅王莽事敗自殺。

【六】"豈知"二句：諷刺袁世凱稱帝事。洪憲，袁世凱所創"中華帝國"年號。

【七】逍遥：徬徨，徘徊不進。《楚辭·離騷》："欲遠集而無所止兮，聊浮游以逍遥。"

【八】噢咻（ōxiū）：安撫，撫慰。明張居正《門生爲師相中元高公六十壽序》："問民所疾苦，撫摩而噢咻之。"

【九】依車輔：即"輔車相依"。輔，頰骨；車，齒床。頰骨和齒床互相依靠。比喻兩者關繫密切，互相依存。

【一〇】葠（shēn）耆：藥名，人參黃芪（黃耆），補藥。葠：同"參"。

‖ 五十初度 ‖

庚申五月廿日，用先祖四十初度韻。

入梅天氣晻如秋，臥病還山笑鄴侯[一]。久苦間閭兵未解，豈堪割據勢常留。鬩牆鬥鼠[二]穴中困，跋浪橫鯨[三]海內愁。半百生涯憂患裏，獨乘風雨上南樓。

◎ 注釋

【一】鄴侯：唐朝李泌，封鄴縣侯，時人呼其"鄴侯"。其搜羅書勤，家富藏書。宋周密《齊東野語·書籍之厄》："鄴侯插架三萬卷……皆號藏書之富。"

【二】鬩（xì）牆鬥鼠：兄弟之間的糾紛，比喻內部爭鬥。鬩，爭吵；鬩牆，引申爲內部不和。《詩·小雅·常棣》："兄弟鬩于牆，外禦其侮。"鬥鼠，即"鬥粟"，兄弟不和或不相容，比喻同室操戈。

【三】橫鯨：鯨魚橫臥，比喻強敵當前。明高啓《感舊酬宋軍諮見寄》："中原未失鹿，東海方橫鯨。"

‖ 王蔬農[一]以照相囑題 ‖

辛酉二月三日

十年相識竹王城，劫後滄桑感慨生。從此燕雲八千里，遠懷風雨兩三更。豈知重見精神勁，定卜他年事業成。我欲病中箋孟子，姓名寥落趙邠卿。

◎ 注釋

【一】王蔬農：貴陽現代學者、詩人王敬彝（1864—1936），字蔬農，自號柳廖庵。安順名士劉藻芬在《屢受別傳》中說："君於學無不窺，爲文辭，出入於馬、班、韓、歐，神明於義法變化，而心摹力追，以新於古。尤精於詩……上溯風詩、楚辭、漢魏六朝，下逮宋元明清，泛濫百家，高指神均（韻）而熔鑄之。故其詩獨超意境，不落恒座，俯仰古今，蔚然風雅。"纍試科舉而不第。著有《柳廖庵詩集》。

‖ 二月二十九日遊貴陽公園 ‖

春光駘蕩小亭西，池涵園荒野草齊。曾見瓊樓矗高漢，更聞珠闕【一】臥雌霓【二】。棲遑孔墨嗟莊列【三】，富貴山王哭阮嵇【四】。彈指十年興廢跡，桃花紅壓夕陽低。

◎ **注釋**

【一】珠闕：即"珠宮貝闕"，指用珍珠寶貝做的宮殿，形容房屋華麗。

【二】雌霓：此指彩虹。

【三】孔墨嗟莊列：謂孔學和墨學在戰國期間一度成爲顯學，而莊子和列子的學說卻一直默默無聞。《韓非子·顯學》："世之顯學，儒、墨也。"

【四】山王哭阮嵇：山王，魏晋名士山濤和王戎，兩人都先後依附司馬氏政權。阮嵇，阮籍和嵇康，兩人與司馬氏政權都採取不合作態度，後嵇康被殺，阮籍沉湎於酒鄉，採取謹慎避禍的態度。

‖ 柳小汀【一】和余韻見贈，叠韻酬之 ‖

玄黄龍戰【二】動千城，綿蕝諸儒笑兩生。欣見卅年老名士，著書窮日踐嚴更【三】。虞翻知己初無恨【四】，庾信歸來校更成【五】。聞道長安猶似弈【六】，男兒何必到公卿。

原作：

文戰當年擁百城【七】，識君猶是魯諸生。重來岸柳辱歌詠，三見滄桑有變更。渭北懷人杜工部【八】，江南作賦庾蘭成【九】。春從夢草池【一〇】邊去，夢裏疑逢石曼卿【一一】。

◎ 注釋

【一】柳小汀：即柳元魁，貴州印江人，字筱汀，自號愚溪遁叟，貴州著名教育家和史學家。生於清同治元年，自幼聰慧，受業於吳秋莊門下，學業精進，少壯即工於詩古文辭。光緒十七年（1891）舉人，曾參加康有爲發起的"公車上書"被禁試三年。1902 年任安徽蕪湖知縣，辭官隱退後遊於湖廣設館講學，參與主修《貴州通志》。

【二】玄黃龍戰：比喻戰爭激烈，血流成河。《易經》坤卦第六爻："上六，龍戰於野，其血玄黃。"

【三】嚴更：警夜行的更鼓。《文選・班固〈西都賦〉》："周以鉤陳之位，衛以嚴更之署。"李善注引薛綜《西京賦》注曰："嚴更，督行夜鼓。"

【四】"虞翻"句：用三國虞翻典，寫知己難求。虞翻，字仲翔，會稽餘姚人，三國時期吳國學者、官員。《三國志・吳書・虞翻傳》裴松之注引《虞翻別傳》："翻放棄南方，云'自恨疏節，骨體不媚，犯上獲罪，當長沒海隅。生無可與語，死以青蠅爲吊客。使天下一人爲知己者，足以不恨'。"

【五】"庾信"句：把遊學歸築的柳小汀比作羈留北方的庾信。唐杜甫《戲爲六絕句》："庾信文章老更成，凌雲健筆意縱橫。"

【六】長安猶似弈：用杜甫《秋興八首之四》中"聞道長安似弈棋"句意，寫時局多變，像下棋一樣。

【七】"文戰"句：贊揚余達父當年參加科舉考試時讀書甚多，學識淵博。文戰，指科舉考試。唐方幹《送喻坦之下第還江東》："文戰偶不勝，無令移壯心。"擁百城，即"坐擁百城"，比喻家中藏書十分豐富，此指讀書甚多。

【八】"渭北"句：用杜甫《春日懷李白》中"渭北春天樹，江東日暮雲"句意，寫自己對余達父的思念之情。

【九】"江南"句：庾信曾作《哀江南賦》，寫梁朝由盛至衰的歷史和自身由南至北的經歷。此句借庾信經歷寫大漢貴州軍政府被推翻後，余達父被迫輾轉遷徙。余達父曾以《春興十五首》記錄大漢貴州軍政府被推翻的經過。

【一〇】夢草池：即貴陽夢草公園，建於 1912 年 9 月，地址在導水槽街西側。

【一一】"夢裏"句：將余達父比作才華橫溢的石曼卿。石曼卿（992—1040），北宋文學家，名延年，字曼卿，工詩善書。纍舉進士不中，宋真宗時録爲三舉進士，以爲三班奉職，石曼卿耻不就。

小汀懰余疊韻，時小汀在公園之水榭修《續通志》[一]也，寄此答之

十二闌干近碧城[二]，嫏嬛圖史[三]屬經生。師承鄭氏傳三禮[四]，德業桓榮作五更[五]。地志精嚴辛點竄，虞衡[六]博奥困裁成。南來文字河東柳[七]，吹縐春波欲問卿[八]。

迷津何日指東西，故事文章重整齊。眼底飛光疑電露，胸中浩氣吐虹霓[九]。蛟龍雲雨難留魏[一〇]，鷄鶴風塵早識稘[一一]。不見夢中傳彩筆[一二]，詩名老去固應低。

◎ **注釋**

【一】《續通志》：即民國八年（1919）重修的《貴州通志》，任可澄爲總纂，陳矩、李國釗、楊恩元、王敬彝、聶樹楷、柳小汀（元魁）、段兆鰲（甲樓）爲分纂。

【二】"十二"句：化用李商隱《碧城》其一"碧城十二曲闌干"句，寫柳小汀修志書的環境極其優雅。碧城，指仙人所居之處，此指柳小汀修通志處。

【三】嫏嬛圖史：形容藏書衆多，嗜書好學。嫏嬛，傳説是天帝藏書的地方，比喻藏書多；圖史，指沉湎於圖書資料當中。《新唐書·楊綰傳》："（綰）性沈靖，獨處一室，左右圖史，凝塵滿席，澹如也。不好立名，有所論著，未始示人。"

【四】鄭氏傳三禮：用東漢鄭玄注三禮事，寫柳小汀致力經學，成就顯著。東漢經學家鄭玄曾爲《儀禮》《禮記》《周禮》作注解，成爲漢代經學的集大成者。

【五】桓榮作五更：用桓榮拜五更典，贊揚柳小汀學業有成，受人景仰。桓榮，字春卿，東漢大臣、名儒。刻苦自勵，終成學業。永平二年（59），拜五更，封關内侯。年八十餘卒，帝親自爲其送葬。五更，古代鄉官名，用以安置年老致仕官員，天

子以父兄之禮養之。

【六】虞衡：古代掌山林川澤之官，此當指代山林川澤等自然景觀。《周禮·天官·太宰》："以九職任萬民，三曰虞衡。"鄭玄注："虞衡，掌山澤之官，主山澤之民者。"賈公彥疏："地官掌山澤者謂之虞，掌川林者謂之衡。"

【七】河東柳：即柳河東柳宗元，唐宋八大家之一。因爲是河東人，人稱柳河東。

【八】"吹縐"句：用南唐中主馮延巳詞句，寫柳小汀詩文名重一時。馮延巳《謁金門》有"風乍起，吹縐一池春水"句。當時中主李璟曾戲問馮延巳："吹縐一池春水，干卿何事？"馮答道："夫如陛下'小樓吹徹玉笙寒'。"

【九】浩氣吐虹霓：氣勢能吞没彩虹。形容氣勢宏大。

【一〇】"蛟龍"句：比喻有才能的人一旦遇到機會，就會充分施展才華。此是對柳小汀的高度贊賞。《三國志》卷五四《吴書·周瑜傳》："瑜上疏曰：'劉備以梟雄之姿，而有關羽、張飛熊虎之將，必非久屈爲人用者……今猥割土地以資業之，聚此三人，俱在疆場，恐蛟龍得雲雨，終非池中物也。'"

【一一】"鷄鶴"句：用"鶴立鷄群"典，贊柳小汀才華出衆，卓犖不群。南朝宋劉義慶《世説新語·容止》："有人語王戎曰：'嵇延祖卓卓如野鶴之在鷄群。'"

【一二】"不見"句：《南史·江淹傳》："又嘗宿於冶亭，夢一丈夫自稱郭璞，謂淹曰：'吾有筆在卿處多年，可以見還。'淹乃探懷中得五色彩筆一以授之。而後爲詩絶無美句，時人謂之才盡。"

三月三十日得昭通報，侄女祥珠【一】病殁，余於貴陽寓中哭之

吾兄有三男，前年一個弱【二】。平生慈此女，婉淑尤所託。頃得烏蒙電，開函便驚愕。遽云病已革【三】，大婿深慘噩。我今臥筑城，日日事醫藥。相隔千餘里，高山繚深壑。輿轎踰半月，尚恐滯略彴【四】。何由見汝殯，細問及宛若。女孫漸長成，體格頗瘦削。讀書與女紅，辛苦爲束縛。今日一撒手，永念歸冥漠【五】。欲檢詠絮詞，穆如清風作【六】。安石哭道韞，更使心懷惡。西望六詔雲，雲山傷寂寞。

◎ 注釋

【一】祥珠：余達父長兄余若煌之女。

【二】"前年"句：指余若煌之子余健光於1919年5月病逝事。弱，喪失（指死亡）。

【三】病已革：病勢危急。《禮記·檀弓上》："夫子之病革矣。"鄭玄注："革，急也。"

【四】略彴（zhuó）：小木橋。宋陸遊《閉門》："獨木架成新略彴，一峰買得小嶙峋。"

【五】冥漠：指陰間。宋陳亮《祭金伯清父文》："謂冥漠之如在，想英靈之未遠。"

【六】"欲檢"二句：用東晉才女謝道韞典，寫侄女才華出眾。《晋書·列女傳·王凝之妻謝氏》："叔父安嘗問：'《毛詩》何句最佳？'道韞稱：'吉甫作頌，穆如清風。仲山甫永懷，以慰其心。'安謂有雅人深致。"穆如清風，和美如清風化雨滋養萬物。穆，美。

‖ 悼 亡 ‖

婦隴歿於辛酉十月廿九日，時余方由貴陽歸，僅彌月也。

百年過半多哀感，又值安仁悼婦[一]餘。滿地干戈興盜賊，平生辛苦事拮據。歸來久客心方喜，從此相思意更虛。我本黔婁偏後死[二]，纍她常念病相如[三]。

◎ 注釋

【一】安仁悼婦：安仁，西晉文學家潘岳，字安仁，又稱潘安。潘岳與妻子楊氏伉儷情深，楊氏死後，潘嶽有《悼亡詩》三首。從此以後，"悼亡詩"成爲悼念亡妻的專門詩篇，再不是悼念其他死者的詩篇。

【二】"我本"句：用戰國時期黔婁之妻典，高度贊揚妻子安貧樂道、賢德善良。黔婁，戰國時期齊國有名的隱士和著名的道家學，安貧樂道，潔身自好的端正品行爲世人稱頌。黔婁夫人出身貴族，知書達禮，賢慧通達，也爲後世所稱頌。孔門得意弟子曾子高度贊揚黔妻及其妻子"惟斯人也而有斯婦"。

　　【三】病相如：西漢司馬相如患有消渴疾，作者在此以閒居生病的司馬相如自況。《史記·司馬相如列傳》："相如口吃而善著書。常有消渴疾……稱病閒居，不慕官爵。"

‖ 壬戌人日口占 ‖

　　時在仁懷小路鄉

　　孤身陷賊十八日【一】，轉徙顛連百里間。早起開門霜滿眼，忽驚人日隔家鄉。

◎ 注釋

　　【一】"孤身"句：1921 年臘月 20 日，余家遭到仁懷縣禮播里盜賊趙清河、潘涼臣等人的搶劫，余達父也被擄走，1922 年 3 月 24 日官兵搜山得救，前後輾轉共八十餘日。1922 年正月初七（舊稱"人日"），余達父已落入盜賊手中十八日。

‖ 赤水縣郵題壁 ‖

　　四月十七日

　　飄蓬泛梗逐人來，況見瘡痍四野哀。千里荊榛蕪大道，幾人烽燧築強臺。生靈豈合蟲沙化，天地真隨劫運灰。我是王尼多感慨，橫流滄海幾時回【一】。

◎ 注釋

　　【一】"我是"二句：以王尼自比，寫時局混亂、嘆命運多舛。《晉書·王尼傳》："尼早喪婦，止有一子。無居宅，惟畜露車，有牛一頭，每行，輒使子馭之，暮則共宿車上。常嘆曰：'滄海橫流，處處不安也。'"

端午日瀘縣觀龍舟競渡

少小曾聞競渡舟，蜀江第一數瀘州。豈知垂老干戈沸，猶見當時士女稠。殿脚【一】隨帆終有恨，江心楚厲【二】爲誰愁。忠山平遠長如此，回首江南廿載遊（甲辰臘日余爲伯彬先生難來此，今日余罹賊難又來，適廿年矣）。

◎ 注釋

【一】殿脚：隋煬帝出遊江都時，爲其大船牽挽的船工。《資治通鑒‧隋煬帝大業元年》："共用挽船士八萬餘人，其挽漾彩以上者九千餘人，謂之殿脚，皆以錦彩爲袍。"

【二】楚厲：即屈原。李商隱《楚宮》："湘波如淚色漻漻，楚厲迷魂逐恨遙。"馮浩箋注："鬼無依則爲厲。楚厲謂屈大夫 。"

晨登忠山

五月十四日，時駐楊子惠【一】第九師。

清晨上忠山，日脚【二】倒臺榭。露氣沉山涼，江流盪空瀉。一徑蒼翠來，桐柏青無罅【三】。童童【四】萌蘗中，山穀已罷亞【五】。只惜丘壟間，白骨泣幽夜。我聞九年事【六】，滇軍殲城下。浮橋攬大江，挫敗沙蟲化。崛強趙將軍【七】，殉瀘猶悲吒。蒼頭【八】插白羽，橫戈甘興霸【九】。一戰遂畫疆，滇黔無迫壓。信是好身手，故爲衆所迓。但愁休養疏，魚勞尾頳【一〇】怕。山中舊結構，南宋已陳謝（南宋陳損之題"江山平遠"四字）。此日稍補苴，便覺金碧射。江山故平遠，得無泛蘊籍。深山大澤間，倘有桃源舍。我欲問沮溺【一一】，過江行稅駕【一二】。

◎ 注釋

【一】楊子惠：楊森（1884—1977），字子惠，四川廣安縣人，川軍著名將領，曾任貴州省主席。

【二】日脚：日光。杜甫《羌村三首》其一："崢嶸赤雲西，日脚下平地。"

【三】無罅（xià）：沒有縫隙。罅，縫隙。

【四】童童：茂盛的樣子。《三國志·蜀志·先主傳》："有桑樹高五尺餘，遙望見童童如小車蓋。"

【五】罷亞：稻穀很多的樣子。蘇軾《登玲瓏山》："翠浪舞翻紅罷亞，白雲穿破碧玲瓏。"王十朋集注引李厚曰："罷亞，稻多貌。"

【六】九年事：即民國九年（1920）4 月，楊森脫離滇軍加入川軍。同年 8 月，率部攻破瀘州，守城滇軍潰退，軍長趙又新陣亡。

【七】趙將軍：指趙又新。原名復祥，字鳳階，雲南省鳳慶縣鳳城來鳳街人。1920 年 10 月，適逢瀘州川軍内亂（楊森脫離滇軍加入川軍），所住軍部被襲，兵敗後自殺。殉難後，孫中山南方軍政府追贈爲陸軍上將，雲南省政府追謚"武烈公"，建祠於昆明翠湖畔，靈柩運回昆明葬於玉案山麓。

【八】蒼頭：原指以青巾裹頭的軍隊，此指趙又新的部隊。《史記·項羽本紀》："少年欲立嬰便爲王，异軍蒼頭特起。"裴駰集解引應劭曰："蒼頭特起，言與衆异也。蒼頭，謂士卒阜巾，若赤眉、青領，以相别也。"

【九】甘興霸：三國時東吳大將甘寧，字興霸，巴郡臨江（今重慶忠縣）人，官至西陵太守，折衝將軍。

【一〇】魚勞尾赬（chēng）：形容人困苦勞纍，負擔過重。《詩·周南·汝墳》："魴魚赬尾，王室如毀。"毛傳："赬，赤也；魚勞則尾赤。"朱熹集傳："魴尾本白而今赤，則勞甚矣。"

【一一】沮溺：指長沮和桀溺，二人均爲春秋時楚國的隱士。後代指隱士。《論語·微子》："長沮、桀溺耦而耕，孔子過之，使子路問津焉。"

【一二】稅駕：猶解駕，停車。謂休息或歸宿。稅，通"脱"。《史記·李斯列傳》："物極則衰，吾未知所稅駕也。"司馬貞索隱："稅駕，猶解駕，言休息也。李斯言己今日富貴已極，然未知嚮後吉凶，正泊在何處也。"

‖ 漫　興 ‖

九首閏五月五日

回首東華十幾霜，不堪草草認滄桑。運移五勝【一】興亡盡，劫鑿千尋攘奪張。屢見欃槍纏北斗，更聞戈甲下南昌。蒸民更始無更始，塗炭蒼黎徧八荒。

擁旄【二】割地擅強梁【三】，百樣誅求【四】各主張。鹽策屠豬【五】爭駔儈【六】，膏捐【七】飲鴆更倡狂。驕兵不戰皆成寇，縱盜招安儼是王。忍看萑苻作驕子，鉛刀未用弃干將【八】。

◎ 注釋

【一】五勝：五行相勝，即五行相克。

【二】擁旄：古代武官持旄節專制一方，此指軍閥割據。《文選・丘遲〈與陳伯之書〉》：“朱輪華轂，擁旄萬里，何其壯也。”

【三】強梁：強橫兇暴。

【四】誅求：強制徵收賦稅。

【五】屠豬：此指屠宰生豬收取稅費。

【六】駔儈（zǎngkuài）：市儈，名詞作狀語，像市儈一樣。

【七】膏捐：徵收鴉片稅費。

【八】“鉛刀”句：喻人才未得到重用。干將：古寶劍名。明王廷相《驕志篇》：“蘭惠不采，無異蓬蒿；干將不試，世比鉛刀。”

夜郎本是偷安局，九載依違説小康。一自王敦能作賊【一】，早知劉裕不當王【二】。養癰五旅橫成患【三】，走死三春夢未長【四】。惟有孫恩【五】尤感激，郎當出峽哭泉唐。

去冬黔地慘無邊，盜賊縱橫論萬千。毛面鬖鬖【六】朝飲血，狼心勃勃夜吞天。陶朱【七】致富因緣禍，原憲甘貧【八】更受煎。曾見十金【九】骨亦剮，且將捶楚【一〇】炫長鞭。

◎ 注釋

【一】王敦能作賊：此句用王敦典，寫劉顯世等參與貴州辛亥革命實際是靜觀其變，窩藏禍心。王敦，字處仲，東晉琅牙臨沂（今山東臨沂北）人。與王導一同協助司馬睿建立東晉政權，成爲當時權臣，但一直有奪權之心，最後發動政變，史稱王敦之亂。作賊，此指作亂造反。典出《世說新語・汰侈》。

【二】"早知"句：寫張百麟等領導貴州辛亥革命勝利後，却没有建立穩固的政權，導致貴州出現公口林立、各自爲王的混亂局面。劉裕，字德輿，小名寄奴，劉宋朝的建立者，史稱宋武帝。著名的軍事家、政治家。

【三】"養癰"句：寫張百麟對劉顯世等採取寬容態度，不但不加提防，反而發放武器給劉的部隊，最後在"二二"事件中養虎成患，自食苦果。養癰，謂不治療腫毒而任其滋長發展，比喻姑息養奸。五旅，周代軍隊編制，以五旅爲一師，泛指軍隊。

【四】"走死"句：寫張百麟信任劉顯世等是養虎爲患，自食其果。民國元年（1912）二月二日晨，劉顯世槍殺黄澤霖，接著派兵包圍張百麟住宅。張在廁中，未被搜獲，後幾經輾轉纔成功出逃。

【五】孫恩：字靈秀，東晉五斗米道士和起義軍首領。399 年起兵反晉，由於缺乏政治遠見，後兵敗自殺。此句用孫恩事，寫貴州辛亥革命領導人缺乏遠見卓識，導致貴州辛亥革命的勝利果實落入他人之手。

【六】鬖鬖：（頭髮）散亂的樣子。

【七】陶朱：即陶朱公范蠡。春秋末著名的政治家、謀士和實業家。後人尊稱"商聖"。輔佐越國勾踐功成名就之後激流勇退，化名姓爲鴟夷子皮，經商成巨富，自號陶朱公。

【八】原憲甘貧：原憲，孔子弟子，古之清高貧寒之士。《莊子・讓王》："子貢乘大馬，中紺而表素，軒車不容巷，往見原憲。原憲華冠縰履，杖藜而應門。子貢曰：'嘻！先生何病？'原憲，應之曰：'憲聞之，無財謂之貧，學而不能行謂之病。今憲，貧也，非病也。'子貢逡巡而有愧色。"

【九】十金：表示價值小。《史記・遊俠列傳》："及劇孟死，家無餘十金之財。"

【一〇】搥楚：杖擊，鞭打。

壯年負笈走倭京，法政鑽研想治平。欲向申韓【一】爭講席，更論鹽鐵著經生。异邦文士多龍虎，一夜繁聲集燕鶯【二】。最是礫川寒翠館【三】，松風碧漾簟紋清【四】。

宣南傳舍竟如何，曾賦《南征》百韻歌【五】。新國重來趨白望，時裝更欲畫青螺。拙將筆硯安耕鑿，耻向冠裳走玉珂。惟有章臺好楊柳，開門一笑生雙渦。

◎ 注釋

【一】申韓：戰國時法家申不害和韓非的并稱。後世以"申韓"代表法家。余達父留學日本時學法律。

【二】燕鶯：此指青年才俊。

【三】寒翠館：據卷二《寒翠山莊清集即景分得肴韻并引》載："寒翠山莊在小石川之茗荷谷，陂陀起伏，植松數百株，彌望蒼翠，坳地有池，繫小舟焉。隆冬殘雪間，尚有綠草如茵，則春夏時之幽絜可想也。主人塚原周造，自號夢舟居士。能漢詩文有著集，喜與文士讌遊，且雄於貲，故厨傳精潔，山林間頗無蔬筍氣。"

【四】簟紋清：簟紋，席紋。竹席細密的紋理清晰。形容夏夜的清凉。

【五】南征百韻歌：即作者於 1911 年 5 月 2 日所作《南征》一百三十韻，見卷九。

吳越勾留幾處多，江山文藻富搜羅。西湖百態翻荷芰，鹿苑【一】千秋想苧蘿【二】。海上淅潮【三】爭泒別，白門烟柳太婆娑。自從一別江南後，潦倒頹唐鬢已皤。

死喪之威我孔懷，難將傷慟遣天涯。五年松菊淹三徑【四】，七月舟車出兩淮（六年七月九日出京，由京浦至申，再由申往湘黔也）。聞道瀟湘有烟景，便從金築訪雪崖。匆匆夢草池邊客，猶帶紅塵染玉街。

北伐聲聲沸似蜩，當年曾接霍驃姚【五】。桓温未必知王猛【六】，安石先能笑郗超【七】。此日賓朋喧一散，歸來參术病三焦【八】。誰知衰老侵尋後，更吹瀘江乞食簫。

◎ 注釋

【一】鹿苑：此指浙江紹興嵊州市鹿苑寺，當時規模宏大，名震一時，後被侵華日軍所毀。

【二】苧蘿：山名。在浙江省諸暨市南，相傳西施爲此山鬻薪者之女。

【三】海上淅潮：此指錢塘大潮。

【四】“五年”句：寫兄長余若煌自從出獄後，一直到去世，都過着隱居生活。松菊淹三徑，指隱居。晋陶潛《歸去來辭》：“三徑就荒，松竹猶存。”

【五】霍驃（piào）姚：漢武帝時期著名抗擊匈奴名將霍去病。曾被漢武帝任爲驃姚校尉。

【六】“桓温”句：作者以史家眼光評論温桓、王猛二人的性格差异：都雄才大略，但又剛愎自負，互相輕慢。桓温，東晋傑出的軍事家、權臣，晋明帝的駙馬。三次出兵北伐，戰功纍纍。王猛（325—375），十六國時期重要政治家、軍事家，官至丞相，對統一北方有重要影響。

【七】“安石”句：《晋書·郗超傳》：“謝安與王坦之嘗詣温論事，温令超帳中卧聽之。風動帳開，安笑曰：‘郗生可謂入幕之賓矣。’”郗超（336—378），字景興，東晋官員，桓温謀主，曾勸説桓温廢帝立威。

【八】“歸來”句：借中醫學説影射政治，指國家已病入膏肓。參術，指人參和白術。《新唐書·儒學傳下·元行衝》：“脯臘膮胰以供滋膳，參術芝桂以防疾疢。”三焦，中醫學名詞，上焦、中焦、下焦的合稱。

‖ 五月二十六夜大雨 ‖

昨日炎風拂面吹，江干鬱鬱釜騰炊。夜來漸覺筠凉侵，燭跋翻驚緶雨垂。地濕羈人居漏屋，天開廣廈夢昌期。邇時頗得黔中訊，寫寄瀘江夜雨詩。

‖ 懷西洞精英硯用朱竹垞【一】《夢硯歌》韻 ‖

我昔初得竹垞研，昕宵把玩勞三參。青花【二】射日浮塵颺，燕支【三】火煉深鬒鬌。羚羊峽【四】中采荊璧，元明始有探鐫鑿。竹垞壯年耽硯癖，徒步窮穴親搜尋。黃金換得百八石，榜人【五】竊九仍非貪。其餘多被友朋取，中年欲盡心難堪。我硯出自大西洞，端坑第一人皆諳。況是水中精英質，雲烟縹緲波泓涵。竹垞銘硯日染翰，淋漓百卷神尤酣。遂作清初文章伯【六】，嘘枯吹生元氣含。我前遊燕挈枯硯，口乾手胝心仍甘。自食其力耐辛苦，胸中元氣常無慚。偶然下筆檻泉沸，沉□□□□□（原本缺六字）。

◎ 注釋

【一】朱竹垞：朱彝尊，字錫鬯，號竹垞，又號驅芳，晚號小長蘆釣魚師、金風亭長，清代詩人、詞人、學者、藏書家。喜好收藏硯臺，曾作《說硯》。康熙三十一年（1692），朱彝尊被罷官。九月，他在廣州帶回數千斤水岩大西洞硯石，命工匠製成百餘方硯臺，余達父收藏的西洞精英硯是其中之一。

【二】青花：青花硯。朱彝尊《曝書亭集·說硯》："質淡而細，色近白，有眼，沉水觀之，若有蘋藻浮動其中者，是曰青花。"

【三】燕支：即胭脂，硯名。朱彝尊《曝書亭集·說硯》："紫氣奔而回礴謂之火捺。"

【四】羚羊峽：位於廣東省肇慶市鼎湖區西南部，是西江流經千年古郡——肇慶的三峽之一。朱彝尊到肇慶時，乘船經羚羊峽到端溪觀看過采硯石。

【五】榜人：船夫，舟子。

【六】文章伯：對文章大家的尊稱。唐杜甫《戲贈閿鄉秦少公短歌》："同心不減骨肉親，每語見許文章伯。"

卷十三（1922年初冬～1928年初冬）

‖ 壬戌十月既望夜大雨雪，雪積近尺，用馬道穆【一】雪後韻 ‖

一時庭院静無嘩，低亞寒某起自爬。盈尺豐年呈玉瑞，三更冷焰落燈花【二】。袁安高卧猶來客，陶穀驕貧尚煮茶【三】。不向宋人争禁體【四】，只裁綠白寫新麻。

◎ 注釋

【一】馬道穆：名汝驊（1890—1963），貴州貴陽人，前清秀纔。曾任貴州省文獻徵輯館編審。長於詩及聯語，并擅楷、行及隸書。

【二】落燈花：舊時以油燈照明，燈芯燒殘，落下來時像一朵閃亮的小花。

【三】"陶穀"句：用北宋陶穀"掃雪烹茶"典故，寫自己雖貧困不堪，但仍然顯示出品位和風雅。陶穀，字秀實，本姓唐，避後晉高祖石敬瑭諱而改姓陶。陶穀在當時有雅士之稱，不僅博學，而且也是一個茶癡。

【四】禁體：禁體詩。一種遵守特定禁例寫作的詩。限定某些字不能入詩，或者是限定某些字必須入詩。現存的禁體詩以宋歐陽修的《雪》爲最早，得名於蘇軾效此體兩次詠雪。

‖ 吴雪莽囑題畫即用其韻題之 ‖

雪後草猶綠，庭空無塵俗。歲暮眇余懷，天寓曠欣矚【一】。故人囑題詩，山水遥根觸。片帆空際來，千里回一曲。風熱潮更生，破浪亦所欲。放眼天地間，萬彙方亨毒。

◎ 注釋

【一】欣矚：空曠遼闊。隋楊廣《望海詩》："碧海雖欣矚，金臺空有聞。"

‖ 張仲民【一】以其先德龍門少尉小篆一卷囑題 ‖

我年在紈綺，曾謁長者車。滄桑三十載，重見靈光模。次公【二】最循吏，聲叟思江湖。昔賢際隆汙，治理仍相符。況是吏隱者，胸次尤高孤。藉手爲醫術，活人活國俱。藉手爲圖畫，松巒起方壺。平生所得意，小篆精鬱紆。李斯陽冰【三】後，作者誰爲徒。倒薤【四】突芝英，龍蛇拿珊瑚。想其下筆時，慘澹經營殊。才子吾摯友，清曠天馬駒。究心六代書，犀銳含敷腴。右軍傳家法【五】，箕裘歸官奴【六】。此事非偶然，青箱【七】承鯉趨。惟余少不學，老大嗟歧途。且從久病後，右拿尤攣拘【一】。塗鴉空狼藉，秋蛇纏枯株。今得觀此篆，神王心怡愉。磨墨膽氣粗，敗管淋漓濡。試問張伯英【八】，此詩意何如？

◎ **校勘記**

（一）攣拘：原本作“拘攣”，失韻，當作“攣拘”。

◎ **注釋**

【一】張仲民：張靖（1880—1969），字仲民，號寒杉，亦作寒衫。生於貴陽，祖籍陝西咸陽儀鳳街（今屬咸陽市渭城區）。早年留學日本攻研史地，辛亥革命後歸國。1917 年去廣州入孫中山大元帥府所屬的大理院任推事兼審判庭庭長，負責審理四川積案，約年餘，又負責審理貴州積案，到大理院貴州分院任院長。因不願隨波逐流，憤然離去，再轉上海，以教書爲業。1929 年後歷任上海公學、貴州法政學校、上海大夏大學等校教授。新中國建立後，加入九三學社，任陝西省文史館長、美協西安分會主席。一生精研文史，學識淵博，并擅長詩詞、書畫。

【二】次公：漢黄霸，字次公，少學律令，爲人明察内敏，得吏民心，所至有政績。後因以“次公”稱剛直高節之士或廉明有聲的官吏。

【三】陽冰：唐代文學家、書法家，李白族叔。爲李白作《草堂集序》，後官至國子監丞、集賢院學士。善詞章，工書法，尤精小篆。

【四】倒薤（xiè）：一種篆書書體名。唐封演《封氏聞見記·文字》：“南齊蕭子良撰古文之書五十二種，鵠頭、蚊脚、懸針、垂露、龍爪、仙人、芝英、倒薤、蛇書、蟲書、偃波、飛白之屬，皆狀其體勢而爲之名，雖義涉浮淺，亦書家之前流也。”

【五】“右軍”句：用王羲之父子書法薪火相傳事，贊張仲民的書法造詣有其淵源。

【六】“箕裘”句：用王羲之父子書法薪火相傳事，寫張能繼承祖上事業，將書法發揚光大。相傳王羲之曾手書《樂毅論》一篇，付與王獻之學習書法，篇末題有“書付官奴”字樣。事見《宣和書譜》卷十六。箕裘，比喻祖先的事業。《禮記·學記》：“良冶之子，必學爲裘；良弓之子，必學爲箕。”官奴，一說爲王獻之名字。

【七】青箱：指青箱學，家傳的學問。《宋書·王准之列傳》：“王准之，字元曾……曾祖彪之……彪之博聞多識，練悉朝儀，自是家世相傳，并諳江左舊事，緘之青箱，世人謂之‘王氏青箱學’。”

【八】張伯英，字勺圃（1871—1949），一字少溥，別署雲龍山民、榆莊老農，晚號東涯老人、老勺、勺叟。江蘇銅山人，書法家、金石鑒賞家、詩人、學者。著名畫家齊白石的老師。一生酷愛書法，早年從顏體入手，再學魏碑，卓然成家。清末民初，與趙聲伯并稱南北二家，又與傅增湘、華世奎、鄭孝胥并稱書法四大家。

‖ 癸亥元日喜晴 ‖

次東坡《烟江叠嶂圖》韻

十月望後大雨雪，漏天千里凝寒烟。濕雲凍霰黯彌月，晨曦晚霞皆渺然。山頭冰柱鬱嵯峨，耳邊簷溜【一】聞清泉。近至除夕潦霧收，長河星斗涵百川。天鷄一聲大荒白，瞳瞳日射眼簾前。始知元氣所回斡，昭蘇萬物由蒼天。柳條含綠竟舒圈，梅花狼藉猶鮮妍。黔山不見千丈峰，黔地從無萬頃田。況復劫來更擾攘，干戈盜賊經年年。生兒皆作伍百裝，生女便作邯鄲娟。百賈逐末更輕剽，老農睏頓無晏眠【二】。我祝今年民更始，桑麻鷄犬桃源仙。先從元旦復元氣，和風甘雨節塵緣。亥年微陽方根荄【三】，猗那【四】作頌還須待我賦成三百篇。

◎ 注釋

【一】簷溜：簷邊流水。

【二】晏眠：安眠，睡得安穩。杜甫《遺興》之一："安得廉頗將，三軍同晏眠。"

【三】根荄（gāi）：草根。比喻事物的根本、根源。《舊唐書·元積白居易傳論》："臣觀元之制策，白之奏議，極文章之壺奧，盡治亂之根荄。"

【四】猗那：表示贊美之辭。《詩·商頌·那》："猗與那與，置我鞀（táo）鼓。"馬瑞辰通釋："猗、那二字疊韻，皆美盛之貌。"

‖ 嚼菜根 ‖

次杜野人送朱櫻韻

猩唇魚尾（鯉魚尾亦紅）照筵紅，石耳蒓絲壓滿籠。總是飯鯖侯所尚[一]，何如瓜祭[二]聖之同。論才備[三]也三分國，學圃須[四]原萬仞宮[五]。清淡一生咀嚼盡，先將菜色問蒿蓬。

◎ 注釋

【一】"總是"句：用"五侯鯖"事，此指食美味佳餚。飯鯖（qīng），吃精美的菜肴。鯖，魚、肉雜燴。侯，五侯，漢成帝封母舅王譚、王根、王立、王商、王逢五人爲侯。《西京雜記》卷二："五侯不相能，賓客不得來往。婁護豐辯，傳食五侯間，各得其歡心。競致奇膳，護乃合以爲鯖。世稱五侯鯖。以爲奇味焉。"

【二】瓜祭：古人食瓜前，必先祭祖，謂食瓜薦新不忘本。《論語·鄉黨》："雖蔬食菜羹，瓜祭，必齊如（莊重恭敬貌）也。"

【三】備：指劉備。

【四】須：樊須，字子遲，亦稱樊遲。是孔子七十二賢弟子中的重要人物，繼承孔子學說，其重農稼思想具有進步意義。

【五】萬仞宮：萬仞宮牆，比喻境界高深。《論語·子張》："子貢曰：'譬之宮牆，賜（子貢）之牆也及肩，窺見室家之好。夫子之牆數仞，不得其門而入，不見宗廟之美，百官之富。得其門者或寡矣。'"

李海曙將東歸，作留別詩十章，余和《梅園》一章，以其時余與海曙列會也

去歲梅園會，風光過隙塵。經綸攄草草，鹽鐵論人人。大雪消寒讌，驚雷破地春。昨聞驪唱起，萍絮感前因。

得漆鑄成京師書却寄，時三月二十三日也

七年別後忽忽景，家國艱虞屢見增。憂患餘生詩卷在，干戈滿地劫灰騰。南滇海氣連天漲，小院風聲滴露澄。最是春深農事少，郊原荆杞【一】沒畦塍【二】。

◎ 注釋

【一】荆杞：指荆棘和枸杞。形容蓁莽荒穢、殘破蕭條的景象。唐杜甫《塞蘆子》："邊兵盡東征，城内空荆杞。"

【二】畦塍：田間地頭。

題張繹琴小像

初秋十六日

火色鳶肩【一】少擅場【二】，當年人詡馬賓士【三】。而今潦倒黔南市，遠對娥眉恨更長。

◎ 注釋

【一】火色鳶肩：亦作"鳶肩火色"。謂兩肩上聳像鷗，面有紅光。舊時相術指飛黃騰達的徵兆。《新唐書·馬周傳》："岑文本謂所親曰：'馬君論事，會文切理，無一言可損益，聽之纏纏，令人忘倦。蘇、張、終、賈正應此耳。然鳶肩火色，騰上必速，恐不能久。'"

【二】擅場：壓倒全場。指才華橫溢。杜甫《冬日洛城北謁玄元皇帝廟》："畫手看前輩，吳生遠擅場。"

【三】馬賓王：馬周（601—648），唐初宰相，字賓王，博州茌平（今山東省茌平縣茌平鎮馬莊）人。

‖ 送張仲民東遊滬瀆 ‖

癸亥七月二十五日

建元已一紀，新國方傀擾。南北沸干戈，盜賊乘驕蹻。民生困憔悴，輾轉溝壑殍。君我偶同寮，萍絮緣幽眇。相知三十年，聚散雲天渺。客冬【一】幕府開，賓朋盛繚繞。君我均兼職，昕夕同昏曉。豈知人事非，橫流蕩孤藐。荏苒迫三秋，冥鴻【二】突矰蹻【三】。我病難奮飛，愁心逐雲杪。喜君出風塵，騰達成腰褭。回視凡馬空【四】，齧草甘荼蓼【五】。珍重河梁別，遠道勞人愀。顧常寄尺書，慰我心悄悄【六】。

◎ 注釋

【一】客冬：去年冬天。

【二】冥鴻：高飛的鴻雁。比喻有遠大理想的人。

【三】矰蹻：古代用來射鳥的拴着絲繩的短箭，此指突破束縛。

【四】馬空：比喻張得到賞識任用。韓愈《送溫處士赴河陽軍序》："伯樂一過冀北之野，而馬群遂空。"

【五】荼蓼：荼味苦，蓼味辛，泛指田野沼澤間的雜草。比喻艱難困苦。《詩·周頌·良耜》："以薅荼蓼。"毛傳："蓼，水草也。"《後漢書·陳蕃傳》："今帝祚未立，政事日蹙，諸君奈何委荼蓼之苦，息偃在床，於義不足，焉得仁乎！”

【六】悄悄：憂傷貌。《詩・邶風・柏舟》：“憂心悄悄，慍於群小。”

‖ 題牟惠老【一】《自娛軒詩草》 ‖

年來結習薄，文字久馳曠。鬥奇與炫博，或嗤寒乞相。遂琢没字碑，進立秦石上。似聞正法眼，一笑拈花忘。揭來讀公詩，清新俊逸抗。況以忠孝行，而得廉平餉。今年八十四，健步殊形狀。自是魯靈光，後進欽德望。嗟余少卅年，衰病成廢放。左足策杖蹇，右肘垂楊張。鬢髮早星霜，患難尤無妄。故使中年身，憂傷多悽愴。上懷黔文獻，惟有柴翁【二】亢。下憫斯民傷，饑溺無由障。欲傳鄭學【三】薪，盱衡【四】經巢【五】訪。更發挃挃兵，裁劉【六】當用壯。惜哉屬此志，徒使心神王。學業與事業，眇如富貴儻【七】。徑問香山翁，指迷得與喪。倘得此願償，我詩覆瓿醬。

◎ **注釋**

【一】牟惠老（1843—1929），又名牟思敬，字惠庵，貴陽人。從清同治十二年（1873）起隨丁寶楨於山東、四川等地，官知縣。書法宗王羲之，墨守《蘭亭序》，尤以小楷稱絕。又善繪畫，且通音律。告老居家後，以詩酒自樂，著有《自娛軒詩草》。

【二】柴翁：清代貴州遵義著名詩人、學者鄭珍（1806—1864），字子尹，晚號柴翁，別號巢經巢主、子午山孩、五尺道人、且同亭長等。學識淵博，精通諸經聲音訓詁之學，還是晚清宋詩派作家，與獨山莫友芝并稱“西南巨儒”。

【三】鄭學：是指東漢末由鄭玄開創的經學學派。在遍注群經的基礎上，鄭學以古文經學爲主，兼采今文經學之長，融會爲一，以其豐富的著述創立了“鄭學”，破除了過去今古文經學的家法，初步統一了今古文經學，使經學進入了一統時代，對經學的發展做出了重大貢獻。

【四】盱衡：揚眉舉目。《漢書・王莽傳上》：“當此之時，公運獨見之明，奮亡前之威，盱衡厲色，振揚武怒。”顏師古注引孟康曰：“眉上曰衡。盱衡，舉眉揚目也。”

【五】經巢：指鄭珍。鄭珍有一別號曰"巢經巢主"。

【六】戡劉：平定征服。《爾雅·釋詁第一》："勝、肩、戡、劉、殺，克也。"

【七】富貴儻：富貴是意外得來之物。《新唐書·紀王慎傳》："況榮寵貴盛，儻來物也，可恃以凌人乎！"

‖ 題陳孟韓繪《紅樓夢大觀園圖》二首 ‖

情語纏綿欲化烟，海枯石爛見情天。自從閱盡興亡恨，何處紅樓不可憐。

梅景龕【一】前非死別，清凉贊佛【二】豈生離。帝王情種尋常事，索隱紅樓枉費詞。

◎ **注釋**

【一】梅景龕：即影梅庵。明末清初學者、詩人冒闢疆的書齋名。冒闢疆曾撰《影梅庵憶語》追憶他和秦淮名姝董小宛的愛情故事。

【二】清凉贊佛：清凉，五臺山清凉寺。傳説清世祖（順治）因爲董鄂妃去世傷心欲絶而在此出家，清初著名詩人吳偉業《清凉山贊佛詩》記載順治與董鄂妃的曠古絶戀。王夢阮、沈瓶庵《紅樓夢索隱》認爲《紅樓夢》是影射清世祖與董小宛愛情故事，稱該書全爲清世祖（順治）與董鄂妃（董小宛）而作，兼及當時的諸名王奇女。

‖ 題向知方【一】《貴山六碑堪聯語》 ‖

天地有闢闔，物性有奇耦。文章窮百變，駢散隨天受。而于駢儷文，尤爲世所右。遠自六經出，下逮百氏【二】後。觸目便琳琅，采掇皆瑩琇【三】。今於駢儷中，獨向聯語取。古人亦有作，清詞麗句首。但無關文獻，似鈔兔園手【四】。向子喜文章，讀書窺二酉【五】。擬張黔文獻，搜討極山藪。昨日示此編，精博無不有。千山足繭瘯【六】，一字鉤瓊玖。精金披泥沙【七】，嘉禾抽稂莠。地志與文獻，即此能導牗【八】。欲陟萬仞崗，必先登部塿【九】。他日名山業，百卷期不朽。堅約脱稿日，遠寄牛馬走。

◎ 注釋

【一】向知方：向義（1892—1970），字知方，別號六碑，貴陽人。因其出生地有明代的六座碑，即署書齋名"六碑堪"。曾參與編修《貴州通志》，文字學有很深的造詣，楹聯創作、書籍整理及其理論研究獨樹一幟。有《六碑堪聯語》《石鼓文集聯》《甲骨文集聯》等著述。

【二】百氏：諸子百家。《漢書·叙傳下》："緯六經，綴道綱，總百氏，贊篇章。"

【三】瑩琇：明潔似玉的美石，比喻秀美的詩文。唐陸龜蒙《讀因作五百言寄皮襲美》詩："凝融爲溺瀾，復結作瑩琇。"

【四】兔園手：指學識淺陋之人。《兔園册》是唐五代的學童課本，今已不存。因其内容膚淺，故常受一般士大夫的輕視。

【五】二酉：指豐富的藏書。今湖南省沅陵縣西北有大酉、小酉二山。《太平御覽》卷四九引《荆州記》載，小酉山洞中有書千卷，秦人曾隱學於此。

【六】繭瘃（zhú）：長繭子，生凍瘡。瘃，凍瘡。

【七】精金披泥沙：即"披沙揀金"。比喻從大量的文獻中選取精華。唐劉知己《史通·直書》："然則歷考前史，征諸直詞，雖古人糟粕，真偽相亂，而披沙揀金，有時獲寶。"

【八】導牗：啓發開導。牗，通"誘"。漢王充《論衡·率性》："漸漬磨礪，闔導牗進。"

【九】部塿（lǒu）：小土丘。

‖ 廟食【一】二首 ‖

廟食紛紛豈有因，十年人物太翻新。只須綿蕝黄金賜，滿地叔孫【二】詡聖人。

西南人物本難收，毌斂先生【三】創一丘。望古鄉賢久寥落，而今翻擁爛羊頭【四】。

◎ 注釋

【一】廟食：謂死後立廟，受人奉祀，享受祭饗。《史記·滑稽列傳》："廟食太牢，奉以萬户之邑。"

【二】叔孫：叔孫通，秦末漢初儒生。舊魯地薛（今山東棗莊薛城北）人。漢初採用古禮并參照秦的儀法而制禮，召儒生與其共訂朝儀。諸侯王大臣都依朝儀行禮，次序井然。惠帝即位後，制定宗廟儀法及其他多種儀法。司馬遷尊其爲漢家儒宗。

【三】毌斂先生：毌斂，一作"毋斂"，即尹珍（79—162），字道真，東漢牂牁郡毌斂人。貴州最先走出大山、叩問中原文化的著名學者、文學家、教育家和書法家。其事蹟在《華陽國志》《後漢書》等史書均有記載。

【四】爛羊頭：比喻濫授官爵，市賈庖厨皆得爲官。《後漢書·劉玄傳》："其所授官爵者，皆群小賈豎，或有膳夫庖人，多著繡面衣、錦褲、襜褕、諸於，罵詈道中。長安爲之語曰：'灶下養，中郎將。爛羊胃，騎都尉。爛羊頭，關内侯。'"

‖ 題炎武弟哭和兒詩 ‖

中年哀樂最傷人，況是羈棲老病身。不料封胡【一】轉蕉萃【二】，更將安石歷艱辛。

◎ 注釋

【一】封胡：稱美兄弟子姪之辭。《晋書·列女傳·王凝之妻謝氏》："（謝道韞）初適凝之，還，甚不樂。安曰：'王郎，逸少子，不惡，汝何恨也？'答曰：'一門叔父有阿大（謝尚）、中郎（謝據）；群從兄弟復有封胡羯末，不意天壤之中乃有王郎！'封謂謝韶，胡謂謝朗，羯謂謝玄，末謂謝川，皆小字也。"

【二】蕉萃：指卑賤低下的人。《左傳·成公九年》："雖有姬姜，無弃蕉萃。"杜預注："蕉萃，陋賤之人。"

‖ 悼亡姬孫氏 ‖

年四十，甲子年六月廿八日没於畢節西門本宅。

二十四年間（孫年十六歸余，今歷廿四年矣），風花過等閒。當時好兒女（前生男祥桐^(一)殤，女十三皆前枒夭），今死歷憂患。我是添蛇【一】拙，卿先化鶴還。丁零問元姐【二】（所生女小字元姐，今六歲），紙濕淚潸潸。

◎ 校勘記

（一）桐：此處原無"桐"字，今補。

◎ 注釋

【一】添蛇：謂多餘活了些時日，猶如畫蛇添足。

【二】元姐：即余祥元，余達父幼女。

‖ 和安舜欽^{【一】}《乙丑九日遊仙人洞^{【二】}》韻 ‖

年來世變多，陵谷一塵小。終之成何世，變態【三】殊未了。城東仙人洞，昔曾探幽窈。衰病倦登陟，我心徨周道。蠶叢鳥道間，化十州三島。一心馭萬端，宇宙亦微眇。

原作：

曾上泰山遊，俯視天下小。今到仙人洞，到眼殊了了。嚴高未百尋，不足跨宦窈。世多神仙窟，此間安足道？何不凌高風，直下蓬萊島。茫茫滄海中，一笑塵市眇。

◎ 注釋

【一】安舜欽：即安健（1877—1929），字舜卿，彝族，貴州六枝特區上官人，1905 年拋弃科舉仕途，東渡日本留學，同年在東京首批加入中國同盟會，是孫中山

323

先生的得力助手，是貴州最早致力於民主革命的著名人士。安、余兩家是聯姻的彝族土司，1912 年余達父在上海時，兩人還一起創辦《斯覺報》。

【二】仙人洞：又名來仙洞，位於貴陽市市區東水口山上。

【三】變態：指事物的情狀發生變化。唐劉禹錫《代謝手詔表》："鸞鳳騫翔而變態，烟雲舒卷以呈姿。"

‖ 孫書農【一】以詠菊四題囑和四首 ‖

澹雅風神絶世姿，寄人籬下支費持。悠然一見南山色，合配高人入義熙。（籬菊）

著根無地寄瓶中，仿佛瑶臺出化工。一樣滋培承雨露，偏能高處戰西風。（瓶菊）

老圃移根向瓦盆，年年培壅【二】長靈根。陶家苔蘚寒霜裏，不受東皇一點恩。（盆菊）

英采盈籃落可餐，綢繆【三】筠筍護霜殘。此中一束騷人恨，約取靈均【四】怨子蘭【五】。（籃菊）

◎ **注釋**

【一】孫書農（1883—1970），貴州貴陽人。曾任貴州高等審判廳庭長、二級法院院長，1958 年被聘爲貴州省文史研究館館員。

【二】培壅：爲植物根部堆土以保護其根繫，促其生長。宋梅堯臣《和謝廷評栽竹》："東風莫摇撼，培壅未應深。"

【三】綢繆：緊密纏縛。《詩·唐風·綢繆》："綢繆束薪，三星在天。"毛傳："綢繆，猶纏綿也。"孔穎達疏："毛以爲綢繆猶纏綿束薪之貌，言薪在田野之中，必纏綿束之，乃得成爲家用。"

【四】靈均：屈原。《楚辭·離騷》："名余曰正則兮，字余曰靈均 。"

【五】子蘭：公子子蘭，戰國時期楚國人，生卒年不詳，楚懷王寵臣之一，官至令尹。他對屈原的各項政治主張和建議多次抵制，并向楚懷王讒言屈原，致使屈原遭受排擠和陷害。

‖ 題楊孝女殉親記 ‖

畢節楊錦林[一]女士

黔山奧清淑，幽析復綿曠。鐘於士女間，幽静誠可尚。而獨純孝人，殉親事尤亢。彤管名合銘，輶軒風宜張。庶使未死心，返淳時可望。吾鄉楊孝女，其行庸而創。生於名盛門，女訓早飫餉。封胡羯末中，詠絮才無量。惜哉生不辰[二]，手足迭凋喪。尊父吾之師，卅年依馬帳[三]。晚歲拾明珠，自慰承天貺。豈知寸草暉，愛日薄千嶂。惟有慈母恩，餘春戀難忘。煢依十載間，復睹崩坼狀。昊天不可呼，百死誰復諒。前死死母前，救起見屬纊[四]。後死隨母没，一暝誰復抗。大孝不殉身，古訓固可倡。而今耻孝行，得此真可亮。著爲孝女行，以待史志訪。天南曹娥碑，東西相頡頏。

◎ 注釋

【一】楊錦林：余達父恩師楊紱章之女。

【二】不辰：不得其時。《詩·大雅·桑柔》："我生不辰，逢天僤怒。"宋文天祥《六歌》："我生我生何不辰，孤根不識桃李春。"

【三】馬帳：馬融帳。東漢儒家學者，著名經學家馬融的帷帳。後指通儒的書齋或儒者傳業授徒之所。《後漢書·馬融列傳上》："融才高博洽……常坐高堂，施絳紗帳，前授生徒，後列女樂，弟子以次相傳，鮮有入其室者。"

【四】屬纊（kuàng）：古代喪禮儀式之一。即病人臨終之前，用新的絲絮（纊）放在其口鼻上，看是否還有氣息。《禮記·喪大記》："屬纊以俟絕氣。"鄭玄注："纊，今之新絲，易動摇，置口鼻之上，以爲候。"

丙寅人日徐露園伻【一】來，得簡展視，則馬道穆以拜東坡生日詩書擬，即次道穆韻答之

　　春氣透臘半月已（十二月廿二日立春），草木冰折僵欲死。雪中搗門遞一書，函面喜見徐孺子【二】。剪函開讀爛瑤英，鏗鍧【三】驚是尊馬鳴【四】。自言百憂煎如沸，蟻鬥【五】常恐奔霆【六】驚。文字結習度春秋，平生最佩蘇眉州【七】。陽羨買田【八】慶初度，上表乞骸真無求【九】。邇後翰林知制誥【一〇】，又撤蓮炬豁雙眸【一一】。不如慶歷宰相選，仁廟知已非人謀【一二】。君臣契合足千載，豈必坐致稱王侯【一三】。禁中出守亦爲政【一四】，朝顏夕謝華爲舞。命宮磨蠍【一五】判升沉，一生九死誰能信。黄州饑困已不辰【一六】，惠瓊儋耳【一七】逢仙真。此老不減山元卿【一八】，兒子亦是非常人【一九】。奴隸少霞【二〇】不足寫，《新宮銘》【二一】待公草者。白虎之瑟蒼龍簴【二二】，引公披髮從天下。九百年間變今古，文章氣節湖山主。我今持莛叩鐘鼓，黄河遠上知難睹。

◎ 注釋

　　【一】徐露園伻：名伻，貴州著名學者，尤擅佛學。1937 年貴州佛教會在貴陽黔明寺成立，平剛爲理事長，徐露園爲常務理事。

　　【二】徐孺子：徐稺，字孺子，豫章南昌（今南昌市）人。東漢時期著名賢士、經學家。《後漢書·徐稺傳》："時陳蕃爲太守……唯稺來特設一榻，去則縣（懸）之。"

　　【三】鏗鍧（hōng）：形容文詞鏗鏘有力。唐楊炯《王勃集序》："兄勔及劇，磊落詞韻，鏗鍧風骨，皆九變之雄律也。"

　　【四】馬鳴：古印度佛教詩人，佛教哲學家，劇作家。生於婆羅門家庭，後來皈依佛教。活動於 1～2 世紀。主要著作有《佛所行讚》《金剛針論》《莊嚴難陀》和《舍利佛頌》（劇本）。

　　【五】蟻鬥：指體虛心悸。形容極度過敏。東晉殷仲堪的父親病中虛弱驚疑，恍惚聽到床下螞蟻的響動，以爲是大牛相鬥。《世説新語·紕漏》："殷仲堪父病虛悸，聞床下蟻動，謂是牛鬥。"

【六】奔霆：暴雷。唐王勃《平臺秘略贊·尊師》："奔霆易駭，巨壑難遊。"

【七】蘇眉州：蘇軾，因其爲四川眉山人。

【八】陽羨買田：蘇軾晚年想定居於陽羨，有買田於此的意思。陽羨，古縣名。在今江蘇省宜興縣南。宋蘇軾《菩薩蠻》："買田陽羨吾將老，從來只爲溪山好。"

【九】"上表"句：乞骸，古代官吏自請退職，意謂使骸骨得歸葬故鄉。《漢書·趙充國傳》："充國乞骸骨，賜安車駟馬，黃金六十斤，罷就第。"

【一〇】"邇後"句：宋哲宗即位後，蘇軾以禮部郎中被召還朝。在朝半月，升起居舍人，三個月後，升中書舍人，不久又升翰林學士知制誥。

【一一】"又撤"句：蓮炬，蓮花形的蠟燭。此句寫神宗對蘇軾的知遇之恩。《宋史·蘇軾傳》："神宗每讀蘇軾文章，必嘆曰：'奇才，奇才！'但是，因蘇軾反對王安石變法，終神宗之世，都遠離朝廷，澹泊清閒。蘇軾受到恩遇，乃系宣仁太后攝政時事。蘇軾知道後，不覺哭失聲，宣仁后與哲宗亦泣，左右皆感涕。已而命坐賜茶，撤御前金蓮燭送歸院。'"

【一二】"不如"二句：用"慶歷新政"失敗事，間接寫王安石"熙寧變法"失敗，也是歷史必然。

【一三】"君臣"二句：言蘇軾沒有顯赫的地位，但是不影響君臣之間的關繫，只是蘇軾一味反對變法，故終其一生并未受到重用。

【一四】"禁中"句：熙寧四年（1071）蘇軾上書談論新法的弊病。王安石很憤怒，讓禦史謝景在皇帝跟前說蘇軾的過失。蘇軾於是請求出京任職：熙寧四年至熙寧七年被派往杭州任通判、密州知州，熙寧十年（1077）四月至元豐二年（1079）三月任徐州知州，元豐二年四月調往湖州任知州。

【一五】命宮磨蠍：即魔蠍宮，星宿名。舊時星象家言，身、命居此宮者，常多磨難。蘇軾《東坡志林》卷一《命分》："退之詩云：我生之辰，月宿直（南）斗。乃知退之磨蠍爲身宮。而僕乃以磨蠍爲命。平生多得謗譽，殆是同病也。"

【一六】"黃州"句："烏臺詩案"後，蘇軾被貶黃州（今湖北黃岡），降職爲團練副使。

【一七】惠瓊儋耳：元祐八年（1093），宋哲宗親政，重新起用新黨，紹聖元年（1094），蘇軾以譏刺先朝的罪名貶官惠州（今廣東惠陽），紹聖四年（1097）再貶儋耳（今海南儋縣）。

【一八】山元卿：山玄卿，唐人，號紫陽真人。

【一九】"兒子"句：蘇軾之子蘇過從小深受其父薰陶，也成爲宋代文學家。蘇軾對蘇過也很稱許，作《遊羅浮山一首示兒子過》贊云："小兒少年有奇志，中宵起坐存黃庭。近者戲作凌雲賦，筆勢仿佛離騷經。"

【二〇】奴隸少霞：蔡少霞，唐代陳留縣人，山東泗水縣丞。《集异記》載，蔡少霞性情恬静溫和，信奉道教，晚年於兖州泗水東三十里買山築室，深僻而居，養成晨煉吐故納新之習。

【二一】《新宮銘》：紫陽真人山元卿撰。

【二二】"白虎"句：贊美馬道穆詩書絶美，有振聾發聵之效。

昨日道穆叠壽蘇髯【一】韻酬余，余亦叠韻酬之

新春米價翔不已（十二月初斗米銀二元餘，昨日已四元三四矣），大理臣朔饑欲死【二】。年來灾沴盜賊深，闕穀【三】擬學赤松子【四】。仙人惠糧【五】餐落英，胸中幽磊腹雷鳴。何曾一食萬錢【六】謬，萬羊宰相禄虚驚【七】。前聞壽【一】蘇九百秋，城北（徐露園）知我識荆州【八】。只因風雪出無馬，泥滑怕踏昏兩眸。況是歲莫索米期，能賦不博升斗謀【九】。又恐怠羔羊踏菜【一〇】，强飲强食射寧侯【一二】。豈知東皇初秉政，元二陽和日頌舜（元旦二日均晴和）。老夫徒步尋馬徐【一三】，三人獲師【一四】真可信（適露園、直夫均至）。蘇髯攬揆【一五】已過辰，天生英物同太真。我今補祝見羹牆【一六】，千載猶想老成人【一七】。思古幽情何處寫，熙豐【一八】之間何爲者。二惇二蔡【一九】徒荒丘，同人百拜髯公下。桑田滄海自今古，年年拜髯屍而主。暫欷捨瑟鏗爾鼓【二〇】，不足賭墅紫囊賭。

◎ 校勘記

（一）壽：原本作"夀"，誤，今改。

◎ 注釋

【一】蘇髯：宋蘇軾的別稱，以其多髯故。

【二】"大理"句：《漢書·東方朔傳》："朱儒長三尺餘，奉一囊粟，錢二百四十。臣朔長九尺餘，亦奉一囊粟，錢二百四十。朱儒飽欲死，臣朔饑欲死。"

【三】闢（bì）穀：又稱"却穀""斷穀""絕穀"。即不吃五穀，爲道家方士修煉成仙的一種方法。

【四】赤松子：亦稱"赤誦子"，相傳爲上古時神仙。《史記·留侯世家》："願弃人間事，欲從赤松子遊耳。"

【五】惠粻（zhāng）：贈送糧食。粻，糧食。

【六】一食萬錢：本義指吃一頓飯要花掉很多錢，形容生活奢侈。此指物價飛漲，生活消費極高。《晉書·何曾列傳》："食日萬錢，猶曰無下箸處。"

【七】"萬羊"句：用唐李德裕典，寫物價飛漲，即使是飲食豪奢的貴族之家也會感到吃驚。萬羊宰相，指唐武宗時的宰相李德裕。唐張讀《宣室志》卷九："對曰：'相國平生當食萬羊，今食九千五百矣，所以當還者，未盡五百羊耳。'"

【八】荆州：指唐代韓朝宗，曾官荆州長史，故稱韓荆州。李白曾寫《與韓荆州書》"生不用封萬户侯，但願一識韓荆州。"

【九】升斗謀：謀生計。宋秦觀《春日雜興》之二："繆挾江海志，耻爲升斗謀。"

【一〇】炰（páo）羔：烤乳羊肉。

【一一】羊踏菜：喻慣吃蔬菜的人偶食葷腥美食。三國魏邯鄲淳《笑林》："有人常食蔬茹，忽食羊肉，夢五藏神曰：'羊踏菜園！'"

【一二】"强飲"句：强飲强食：豐盛的飲食。《周禮·考工記·梓人》："强飲强食，詒女曾孫諸侯百福。"林尹譯注："（安順的諸侯）有豐裕的飲食，貽福子孫，世世爲諸侯。"

【一三】馬徐：馬道穆和徐露園。

【一四】三人獲師：即"三人行，必有我師"。

【一五】攬揆：生日的代稱。《離騷》："皇攬揆余初度兮，肇錫余以嘉名。""初度"謂初生之情態。後因以"攬揆"指代生日。

【一六】羹牆：追念前輩或仰慕聖賢。《後漢書·李固傳》："昔堯殂之後，舜仰慕三年，坐則見堯於牆，食則睹堯於羹。"

【一七】老成人：練達穩重之人。此指蘇軾。唐杜牧《唐故宣州觀察使御史大夫韋公墓誌銘》："公幼不戲弄，冠爲老成人。"

【一八】熙豐：熙寧、元豐，均爲宋神宗趙頊的年號。

【一九】二惇二蔡：宋哲宗時章惇、安惇、蔡京、蔡卞四大奸臣。

【二〇】捨瑟鏗爾鼓：《論語·先進》："鼓瑟希，鏗爾，捨瑟而作。"邢昺疏："投置其瑟，而聲鏗然也。"

‖ 丙寅三月十日鄭子尹先生生日和聱園【一】韻 ‖

熊今【二】須鎔嗒成翁，冊年刻楮空雕蟲。經術文章兩無就，殘編坐守真愚公。吾黔經術啓畀斂，漢二千石【三】仍髮輻。後來經師寂千載，巢經巢起穿樊籠。黔學紹尹更追許【四】，先鄭後鄭【五】源宗風。文章堅卓涵唐宋，黃陳韓孟【六】我厥躬。固知人才出荒裔，困於丘垤【七】難龍縱。公逢師友程與莫【八】，荊山鳳叫【九】塋磨礲【一〇】。遂使西南衍鄭學，發聾振聵開顓蒙。手述五種【一一】編播志【一二】，補漏天缺天無功【一三】。晚年遺稿猶精粹，杜之秦蜀憂虞中。我今厭見旌旗影，鴞旌陰羽嫌羶齟。靜讀公詩數甲子，滄桑往復心神通。

◎ 注釋

【一】聱（áo）園：聶樹楷（1864—1942），貴州務川縣人，字尊吾，一字得庵，晚號聱園居士。光緒甲午（1894）年中舉，入京會試時曾參與"公車上書"。1898年回貴州領導組織"貴州不纏足會"，宣導婦女解放，1913年任興義知府，被推舉為貴州全省最清廉的官吏之一，1915年任畢節縣知事，後任省公署秘書，1919年任《貴州通志》分纂。

【二】熊今：如今，現在。

【三】漢二千石：漢代官秩。尹珍官至荊州刺史。中央派出的監察官可以控制地方二千石長吏。

【四】"黔學"句：意即黔中學術繼承尹珍，可追溯到許慎。尹，尹珍；許，許慎。東漢和帝永元十一年（99），尹珍二十歲時，涉途千里至汝南（今河南）并拜著名儒學大師、經學家許慎為師，得到《說文解字》真傳。

【五】先鄭後鄭：東漢兩位著名經學大師鄭眾、鄭玄。先鄭，鄭眾，字仲師，漢代經學家，河南開封人。通曉《三統曆》《易經》和《詩經》，作《春秋難記條例》。後鄭，鄭玄，字康成，北海高密（今山東高密）人，東漢末年的經學大師，以古文經學爲主，兼采今文經說，遍注群經，使經學進入了一個"小統一時代"，爲漢代經學的集大成者。

【六】黃陳韓孟：指宋代文學家黃庭堅、陳師道和唐代文學家韓愈、孟郊。

【七】丘垤（dié）：小山丘，小土堆。《孟子·公孫丑上》："泰山之於丘垤，河海之於行潦，類也。"垤，小土丘。

【八】程與莫：鄭珍的兩位老師程恩澤和莫與儔。程恩澤，字雲芬，號春海，安徽歙縣人，官貴州學政，與阮元并爲嘉慶、道光間儒林之首。莫與儔，字猶人，號傑夫，壽民，著名詩人、學者莫友芝的父親。道光二年（1822）被選爲遵義府學教授，時鄭珍從學。

【九】荊山鳳叫：用《韓非子·和氏》中楚人卞和發現荊山寶玉事，寫程、莫對鄭珍的培育，使鄭由原來的一塊普通石頭打磨成玉石。

【一〇】磨礲：切磋砥礪。

【一一】五種：指鄭珍的五部著作：《儀禮私箋》《說文逸字》《說文新附考》《巢經巢經說》《鄭學錄》。

【一二】播志：即《遵義府志》，鄭珍與莫友芝合編，梁啓超曾譽爲"天下第一府志"。

【一三】"補漏"句：是對鄭珍編《遵義府志》的貢獻作出的高度襃揚。補漏天缺：彌補原來之不足。天無功，上天都做不到的事，指很困難的事情。唐李賀《高軒過》："殿前作賦聲摩空，筆補造化天無功。"

‖ 題龍幼安【一】所藏日本荒川德子絹繪《櫻花美人圖》 ‖

二十年前江户川【二】，櫻花紅映美人筵。而今題取倭娘卷，仿佛蓬山萬里天。

墨江風物最繁華，修禊櫻雲匝萬花。曾接洛川神女佩，青天碧海上靈槎。

◎ 注釋

【一】龍幼安（1895—1970），又名繼平，出生於貴州省郎岱縣（今六枝特區）岩脚鎮，十二歲時考取省立達德中學，爲黃齊生門生，第二年考取早稻田大學農學繫，1914 年又進入東京帝國大學深造，這段時間，周恩來、王若飛等常到龍幼安家作客。1920 年，獲東京帝國大學農學學士學位。1972 年，日本首相田中角榮訪華時，曾向周恩來總理打聽過龍幼安的情況。

【二】"二十"句：二十年前作者留學日本江户川，曾經在此賞過櫻花（見卷八《江户川夜櫻》）。

‖ 寇子春【一】丁卯重賦《鹿鳴紀言》二十四韻 ‖

　　鄉舉里選法，鹿鳴賓興詩。範圍三千載，姬孔【二】誠先知。今日創新國，戈甲正奔馳。六經散魯壁【三】，文學軍紛歧。陋儒每興嘆，此道當微危。豈知道不敝，暫晦終明曦。但恐精微義，毫釐千里差。漢唐宋賓興，尚窺姬孔籬。經術與文章，作者日月垂。元明清帖括【四】，八股尤卑卑【五】。英雄入吾彀【六】，消磨骨與皮。縱有騰達者，所學非所爲。只足賊人才，培養何所資。民國選舉事，考試從何宜。萬彙備體用，一藝足珍奇。尊重惜名器【七】，涵負【八】崇宏規。他日賓興堂，或見髦士儀。清代癸卯【九】後，此禮久陵夷。今於丁卯歲，喜見靈光姿。先生歌《鹿鳴》，我生遲四稘。我今已衰白，乃見眉宇滋。風流白太傅，道德元紫芝【一〇】。爲感賓興廢，橫議或類疵。欣祝文人瑞，進頌期頤詞。

◎ 注釋

【一】寇子春：貴州辛亥革命時期憲政黨人，與嚴仲林爲代表，兼程赴滇勸滇軍入黔，顛覆大漢貴州軍政府政權。

【二】姬孔：周公姬旦與孔子的并稱。

【三】魯壁：孔子故宅藏有古文經傳的牆壁。《漢書·藝文志》："武帝末，魯恭王壞孔子宅，欲以廣其官，而得《古文尚書》及《禮記》《論語》《孝經》凡數十篇，皆古字也。恭王往入其宅，聞鼓琴瑟鐘磬之音，於是懼，乃止不壞。”

【四】帖括：泛指科舉應試文章。明清時亦用指八股文。

【五】卑卑：平庸，微不足道。唐鮑溶《子規》詩：“戚戚含至冤，卑卑忌群勢。”

【六】“英雄”句：比喻人才被控制、籠絡。五代王定保《唐摭言·述進士上篇》：“文皇帝……喜曰：‘天下英雄入吾彀中矣！’”

【七】名器：猶大器，喻國家的棟梁。《魏書·崔寬傳》：“衡舉李衝、李元愷、程駿等，終爲名器，世以是稱之。”

【八】涵負：形容包羅萬象，含蘊豐富。

【九】癸卯：即癸卯學制，也叫《奏定學堂章程》。光緒二十九年（1903），中國近代由國家頒佈的第一個在全國範圍内實行推行的繫統學制，對中國近代教育産生了重大影響。因光緒二十九年（1903）爲癸卯年，故又稱“癸卯學制”。

【一〇】元紫芝：元德秀，字紫芝，唐朝河南（今河南洛陽市）人。《新唐書·卓行傳·元德秀》：“元德秀字紫芝，河南人。質厚少緣飾……德秀善文辭，作《蹇士賦》以自況。房琯每見德秀，嘆息曰：‘見紫芝眉宇，使人名利之心都盡！’”

‖ 戊辰人日時園獨酌 ‖

去家逾七載（辛酉臘月廿日，余被盜劫），迍難如火煎。仁懷小路鄉，人日占詩年（壬戌人日，余在仁懷小路鄉口占一絶二句：早起開門霜滿眼，忽驚人日隔家山）。彈指倏在眼，歷歷經心研。盜窟誠蛇虺，兵吏何异焉。壬戌三月中，游騎冷山邊（三月十四日，遊騎搜山至冷山相遇）。我行與之遇，呼卒扶以牽。輿轎踰禮播（禮播里多盜窟），漢符在眼前（仁懷縣漢犍爲郡符）。慷慨朱叔陽（朱一鳴長孫旅參謀），贈我百金纏。遂下猿猴灘【一】，小住赤水墘。五月渡瀘水，憑眺忠山巔（余有《登忠山》五言古）。秋風更倦遊，郎當著歸鞭。我盧荆榛裏，豺虎尚涎涎。移居就城市，賃廡伯通【二】賢。救貧暫出仕，薦作大理遷（時以法制委院員任大理分遷推事，尋刑庭長）。皋陶邁種德【三】，謨訓【四】垂典編。豈知城旦書【五】，不逮蹻蹺【六】篇。荏苒五六稔，四民且倒懸。我無活國術，投效請歸田。今日歸田氛祲空，園林無恙嬉春風。瘦石老桂仍突兀，某花高低能白紅。回憶七年此日景，死生艱險方匆匆。男兒事業有成毁，聖仁螻蟻將無同。寒民刮凌墮葉響，幸有春釀融心胸。

◎ 注釋

【一】猿猴灘：地址在今貴州省赤水市。

【二】賃廡伯通：租住別人的房子。賃廡，租借房屋。伯通，皋伯通，東漢吳郡人。《後漢書·逸民列傳·梁鴻》："（鴻）遂至吳，依大家皋伯通，居廡下，爲人賃春。"

【三】種德：猶布德。施恩德於人。《書·大禹謨》："皋陶邁種德，德乃降，黎民懷之。"孔傳："邁，行；種，布。"

【四】謨訓：謀略和訓誨。《書·胤征》："聖有謨訓，明徵定保。"孔傳："聖人所謀之教訓，爲世明證，所以定國安家。"

【五】城旦書：泛稱刑書。《史記·儒林列傳》："（竇）太后怒曰：'安得司空城旦書乎？'"裴駰集解："徐廣曰：'司空，主刑徒之官也。'"宋李石《蓋公堂》："吾家柱下史，不讀城旦書。"

【六】蹠蹻：盜蹠與莊蹻。古代傳説中的兩個大盜。

‖ 礨石精舍小坐 ‖

水滿雙池静，山深六月凉。鳥聲晴外樂，蟬咽露中長。高樹濃陰合，繁花匝地香。勞生[一]五十八，孤負此園荒。

◎ 注釋

【一】勞生：指辛苦勞纍的生活。《莊子·大宗師》："夫大塊載我以形，勞我以生，佚我以老，息我以死。"

‖ 戊辰十月築大灣山莊 ‖

山中甲子本紆徐[一]，又到還山去職初（去年十月余辭官不待報即日首途[二]）。

小築林亭當招隱，時携筆硯校殘書（家藏書三萬餘卷，多被盜兵所殘）。青圍高野皆成墅，緑到閑階便結廬。不願折腰彭澤令，豈無寧静卧龍居。

◎ 注釋

【一】紆徐：從容悠閒貌。

【二】首途：上路，啓程、出發。《文選·沈約〈齊故安陸昭王碑文〉》："威令首塗，仁風載路。"李善注："首塗，猶首路也。"

‖ 十一月廿三日過陽平隴氏藹吉堂 ‖

廿年未見烽烟靖，大盜殃民日薦臻。去國暮冬風雪裏，羊曇痛哭益傷神【一】。

◎ 注釋

【一】"羊曇"句：用羊曇西州哭謝安典，悼念作者1904年去世的妹妹。詳見《礨石精舍文集》之《隴氏妹墓誌銘》。《晋書·謝安傳》："羊曇者，太山人，知名士也，爲安所愛重。安薨後，輟樂彌年，行不由西州路。嘗因石頭大醉，扶路唱樂，不覺至州門。左右白曰：'此西州門。'曇悲感不已，以馬策扣扉，誦曹子建詩曰：'生存華屋處，零落歸山丘。'慟哭而去。"

‖ 己巳人日春感六章 ‖

時寓迤東礶佐

去年人日我歸田，獨酌時園述往篇【一】。方憫民生塗炭極，誰知天意屈申先。狰獰困獸凶猶鬥，飄忽荓蜂毒更鶱。七百萬人皆水火，旻蒼懵懵到何年。

蜀人鑄幣十八圈（四川幣漢十八圈，民國紀元時草竊無學者所鑄），黔人謠詞十八年【二】。今年十八剥當復，使我蒼黎淵上天【三】。歷數獨夫惟罪甚，最難三載尚生全。丙寅春暮彭亡後（彭漢章【四】出亡），天厭童昏【五】豈再延。

三年苛政猛於虎，罄竹難書百一辭。靳派烟金承祖制（祖襲烟印花税法，而美其名曰禁烟罰金，出烟之縣年派金十餘萬元至三十萬元，無烟之縣仍派數萬金，而一切派款又以禁烟罰金十分之幾派之。孫生不已，若祖制然），偏謀薪火入孫枝【六】（民法中之繼承法不用，而自造絶產法行之，凡户丁死者，雖有親族相當人承繼，告密者必以絕户充公，甚至數百年之産，告者謂其初是曾經絕産，皆充公入，已若絕户之子孫然）。一時九款皆追賦（每年每月派款至少必數種，最近尤甚，列之軍米款，派禁烟罰金十之三，公安十之一，生祠十之三，銅像十之三，税契十之一，勸工十之三，橋梁十之二，涵洞十之二，曆書十之一），鞭石拔山不用貲（勒築馬路不給力錢、糧食、鍬鋤、錐鑽、竹木、箕畚、炸藥、石匠、繩索、碾機、煤、水、燈油皆派民自供，而所派監工之員，尚須索賄數千金始肯驗收，不給賄者曰不合，勒令再築，所費尤不貲）。閭左長城無此苦，輟耕人起恐難支【七】。

豺狼當道攫人食，狐鼠縱横晝攫金。小吏斜封【八】三萬彙（周之委員、所員、卡員，既無資格，更無考試名簿約二萬余人），窮山野渡七千任（所卡員缺闚至七千余，窮山野渡，村市鎮墟，駢枝叠拇【九】，均周親署委任狀）。牛羊受牧羸【一】欲死，龍象虛尊貌不欽（以數萬虎狼牧民，焦悴流離，即碩德宿儒，亦受侵暴隱伏）。豈是黔中灰劫鏖，胡僧冷眼獨沉吟。

播州桐梓最僻陋，二百年來少士人。豈爲山川無麗藻，偏容獝貐任逡巡。昔年大盗楊隆喜【一〇】（咸豐初桐梓縣皂役楊隆喜作亂，破毁數城始伏誅，史志均載），今日將軍周繼斌【一一】（桐梓南鄉黑神廟人）。同是此中乖戾氣，桐梓長養變荆榛。

廿八年前初到此，蕉岩居士喜開尊（壬寅夏至至此，隴少庵妹倩【一二】談讌甚洽，蕉岩居士其自稱之號也）。成行兒女歡甥舅（時甥男女四人），舊契劉盧識趙孫。不料滄桑人換世，更傷鍛竈笛銷魂【一三】。老夫須鬢皚如雪，後死文章誰與論？

◎ 校勘記

（一）羸：原本作“嬴”，不辭，當作“羸”。形近致誤。

◎ 注釋

【一】時園述往篇：見卷十三《戊辰人日時園獨酌》。

【二】“蜀人”二句：民國初期，四川軍政府鑄造的錢幣，川南、黔北一代俗稱爲“漢版十八圈”。《四川銅元研究》：“大漢四川軍政府成立十二天，即被以嚴昌衡、羅綸爲正副都督的四川軍政府取代，於民國元年（1912）四月開鑄軍政府造四川銅幣。幣背中心篆書一‘漢’字與‘大漢’‘大漢紀元’方孔製錢一脉相承，外環十八個小圓圈寓意爲全國十八個行省。"草竊：草寇。

【三】"使我"句：謂把黎民百姓救從深淵之中救上天。蒼黎，百姓。

【四】彭漢章：又名彭仲文，民國黔軍將領，四川潼川人。雲南講武堂畢業，1912年隨唐繼堯進入貴州，後留黔，歸屬袁祖銘部。1925 年主政貴州，余達父曾爲法院全體作《彭仲文省長就職祝詞》。1926 年周西城從彭手裏奪取了政權，彭出逃。

【五】童昏：愚昧無知。《國語·晋語四》："聾瞶不可使聽，童昏不可使謀。"韋昭注："童，無智；昏，闇亂也。"

【六】孫枝：從樹幹上長出的新枝。比喻孫輩。

【七】"閭左"二句：秦時征百姓修築長城，導致爆發起義。事見《史記·陳涉世家》。

【八】斜封：非正式封授（官爵）。唐張鷟《朝野僉載》卷一："景龍中，斜封得官者二百人。"

【九】駢枝叠拇：又作"駢拇枝指"，當大拇指與食指相連時，大拇指或無名指旁所長出來的一個多餘的手指。比喻多餘無用的東西。《莊子·駢拇》："是故駢於足者，連無用之肉也。枝於手者，樹無用之指也。多方駢枝於五藏之情者，淫僻於仁義之行，而多方於聰明之用也。"

【一〇】楊隆喜：貴州桐梓縣九縣人，又名楊鳳，衙役出身。咸豐四年（1854）與陳壽、李時榮等在家鄉聯合舉行起義，被推爲都督大元帥，建號"江漢"，後兵敗被俘。

【一一】周繼斌：周西成，字繼斌，貴州桐梓人。民國十五年（1926）八月，南京國民政府任命周西成爲貴州省主席兼國民革命軍第二十五軍軍長，執掌貴州軍政大權近三年，直至民國十八年（1929）五月與滇軍作戰時陣亡於關索嶺鷄公背。

【一二】妹倩：妹夫。

【一三】"更傷"句：鍛竈，道教煉丹爐。清吳敬梓《文木山房集》："何日丹爐鍛灶，結廬林薄。終南太華都休問，只思尋深洞岩壑。"笛銷魂：用西晋向秀聽人吹笛，作《思舊賦》懷念嵇康、呂安典，懷念去世的親人。

‖ 新正十一夜見月 ‖

離家六十日，夜夜月無光。此夕清輝上，懷人遠夢長。干戈生聚散，霜露變清凉。好待春風利，行歸歸故鄉。

‖ 十二夜月 ‖

蟬光猶未滿，烏鵲見林棲。落日西山白，中天北斗低。關山千里共，春夢一生迷。再看參橫後，還聞碧野雞。

‖ 十三夜月 ‖

北風吹海月，夜靜竟何如。萬里黃雲動，三更碧暈虛。積氛遮影厚，暖氣入春初。應是光塵合，溶溶自卷舒。

‖ 十四夜月 ‖

夜夜光微異，誰如此夕清。秋毫真鑒景，曇暈不虧盈。冷氣先霜白，寒香滴露明。巡簷梅萼綠，皴玉暗相迎。

‖ 十五夜月 ‖

元宵人望月，今古同此心。偏是逢佳節，三年未照臨。天清無障礙，光大不升沉。共仰千春鏡，皆由百煉金。

‖ 十六夜月 ‖

暮氣沉山黑，疏星點地明。穿林驚野燒，浴海動霞赬。圓景虧難測，經天晚更成。春光遲有意，宇宙見澄清。

壽斯鏡湖先生年九十

從來享大年，必有堅貞性。盤錯艱難中，壽考理足信。家學薰其德，粹然見子性。才子吾良友，矩矱【一】砥其行。循循儒者真，葸懦【二】無爭競。忽遭暴霆擊，凶光百丈迸。侃侃言法律，殉道尤持正。遂使安國辱，溺灰田甲橫【三】。今雖出坎窞【四】，卑官尚竢命。千里致尺書，太翁九十慶。屬我作壽言，彩霞越江映。大椿八千春【五】，蟠根在剛勁。梓木俯而堅，枝葉盤空硬。喬梓輝映間，樹人人瑞盛。我臥蒼山雪，遠頌南山詠。

◎ 注釋

【一】矩矱（jǔyuē）：規矩法度。《楚辭·離騷》："曰勉升降以上下兮，求矩矱之所同。"王逸注："矩，法也；矱，於縛切，度也。"

【二】葸（xǐ）懦：膽小軟弱。錢仲聯《黃公度先生年譜》："由是葸懦成風，以明哲保身爲要，以無事自擾爲戒。"葸，害怕、畏懼。

【三】"遂使"二句：用韓安國受辱典，寫時下小人當道。

【四】坎窞（dàn）：坑穴。喻險境。《易·習坎》："習坎，入於坎窞，凶。"孔穎達疏："既處坎底，上無應援，是習爲險難之事無人應援，故入於坎窞而至凶也。"

【五】"大椿"句：此處用作祝斯鏡湖先生長壽之詞。《莊子·內篇·逍遙遊》："上古有大椿者，以八千歲爲春，八千歲爲秋。"

二月五日見上塚者

未是清明先上塚，榼尊【一】麥飯午烟炊。去年此日踏青處，兒女家人折柳枝。突起干戈爭避地，縱橫豺虎到何時。杜陵老病漂泊後【二】，鵑血蝴灰有所思。

◎ 注釋

【一】榼尊：盛酒器具，在此指代酒。

【二】“杜陵”句：用杜甫事，寫自己老來多病，漂泊無依。杜甫《登嶽陽樓》：“親朋無一字，老病有孤舟。”《詠懷古跡五首之一》：“支離東北風塵際，漂泊西南天地間。”

‖ 二月二十一日榼樹塊掃隴少庵墓 ‖

近來愁緒更無聊，閉户清吟恨未消。今日和風散原野，桃花柳絮鬥春嬌。故人宿草傷長別，衰鬢飄蓬賦《大招》。最苦中郎遺一女【一】，遠携尊俎【二】奠山椒【三】。

◎ 注釋

【一】中郎遺一女：中郎，漢代蔡邕，曾官左中郎將，人稱蔡中郎，因同情董卓獲罪，死於獄中，遺有一女，名琰，字文姬，即後來歷史上有名的才女蔡文姬。

【二】尊俎：古代盛酒肉的器皿。在此指祭奠的酒肉。尊，盛酒器；俎，置肉之幾。

【三】山椒：傳說中鬼的一種。此指隴少庵的魂魄。

‖ 清明二首 ‖

己巳二月二十六日

清明同客各思家（此余丙辰春京師和賀蒓生《春柳韻》“漂泊依人還作絮”之聯也），賀老宣南共煮茶。十四年來陵谷變，八千里外死生差（賀於民九年卒於參議院）。嗟余潦倒干戈際，忍使憂勞鬢髮華。寒食禁烟新火爨，幾多飯甑比琵琶【一】。

梨花白盡牡丹紅，二月陰晴土脉【二】融。自是滇南春氣早，何如故國瘴氛空。榛狉【三】千里驕封豕，淹滯三期少便鴻【四】。近欲昆明看疏鑿，還當并海到吳宮。

◎ 注釋

【一】飯甑比琵琶：孫光憲《北夢瑣言》："江陵在唐世，號衣冠藪澤，人言琵琶多於飯甑，措大（讀書人）多於鯽魚。"

【二】土脉：原指土壤開凍鬆化，生氣勃發，如人身脉動。泛指土壤。《國語·周語上》："農祥晨正，日月底於天廟，土乃脉發。"韋昭注："脉，理也。"

【三】榛狉（pī）：形容未開化。唐柳宗元《封建論》："彼其初與萬物皆生，草木榛榛，鹿豕狉狉。"

【四】便鴻：托人順便帶的書信。鴻，借指書信。明王世貞《鳴鳳記·鄒慰夏孤》："所賴仁兄引道，准擬觀花，聊附便鴻之箋，慚無拜使之敬。"

‖ 三月十五日至昭通 ‖

天氣晴和卉葉齊，別開大野綠沉畦。梨園處處牛車跡，麥地幡幡布穀啼。從此鄉音遮嶺外（分水嶺以西迴爲滇音），幾時征鼓過黔西。北平曾夢烏蒙路，孟孝琚碑字未迷（滇孟孝琚碑於光緒廿七年在昭通城南十里白泥井出土，袁樹五、謝履莊以拓本贈余屬爲題詩，余於甲寅四月太平湖東長句題之）。

‖ 炎山【一】望金沙江 ‖

北去昭通二百里

金沙萬里走波瀾，綺歲哦詩【二】壯肺肝。吾道北來戡險巇，大江東去斂彌漫。蠻峰挾雨排雲漲，瘴日依山射野寬。垂老投荒多好景，側身天地總澄觀。

◎ 注釋

【一】炎山：位於雲南省昭通市昭陽區，地處涼山係五蓮峰分支，西北爲金沙江河谷地帶。

【二】哦詩：吟詩。

‖ 松蘿行并序 ‖

己巳四月十四日，余聞亂兵將攻城，欲避地去之。謀於松蘿老人龍涌泉，老人令其孫伯起導余往遊松蘿村。涉灑雨河【一】，陟涼山【二】，踏海淖，宿山市，第三日下峻嶺曰磕頭坡、石岈口，經炎山入松蘿村。輿馬疲極，得此幽閑净麗之境，不啻仙鄉。老人仲子天如好客，厨傳精美，圖書足以娛目。不數日，聞昭通城破，村人方憂虞，而老人已飄然歸里矣。余起而迎之，相顧一笑，相逾無言，乃作《松蘿行》識之。

民國十八載，宇宙紛矛戟。大盜日殃民，水火争溺炙。我從去年冬，避地滇東客。奢望早驅除，或能安衽席。豈知毒更肆，千里号蜂蜇。三月到烏蒙，四月復行役。墨灶突不黔，孔席暖不獲【三】。漂泊天地間，恐作溝中瘠【四】。幸逢松蘿翁，指桃花源隙。出宿三十里，村市連阡陌。晨起穿溪谷，細路侵雲白。亭午上涼山，遠峰插天碧。越峰蹈海淖，大鹵【五】沮洳【六】積。草根濡化煤，高原露成磧。青青百里間，不見鷄犬跡。日落大野昏，反照童山【七】赤。忽聞清唳鶴，雙翼佛地騫。縞衣【八】丹頂立，遠望强五尺。嗟彼青田仙【九】，萬里得所適。啄抱泥淖中，送子賓鴻掖（雙鶴終中年在淖抱子雙雛，秋雁來率子翔戲雁群中，二三月則同去矣。晉永嘉郡記青田鶴生子長大便去，雙雛在耳）。想是丁令威，携家來此謫。不然十洲間，何不博六翮【一〇】。問鶴鶴無言，山月已映魄。陟嶺入墟市，犬聲猛白額【一一】。拂曉下峻阪【一二】，肩輿鬥翻嚇。墮如湍瀑流，落比鷹隼革。石礫踏驚飛，草徑危欲坼。下窺地無底，對矗山可攀。輾轉出崖塹，日晏光斜射。逶迤石徻獰，逼側炎山窄。漸入松蘿村，桑麻井閈【一三】闢。種有黍椒薯，樹有松樲柏。羊乳金城酥【一四】，清泉藍田璧【一五】。主人厨傳精，精舍圖書斥【一六】。避秦來此隱，真是仙人宅。頃聞烏蒙陷，塗炭及郊場。方愁黑山烽【一七】，忽見王喬舄【一八】。一笑來相迎，劇談【一九】無迫阨【二〇】。飄然出兵險，翻思塵世隔。邇來大戰爭，白黑如棋弈。何時觀太平，奠安【二一】有經畫。即此安耕鑿，得注蓬壺籍。

◎ **注釋**

【一】灑雨河：位於雲南昭通。

【二】涼山：在此指雲南昭通西涼山，處於金沙江河谷與烏蒙群山之間。

【三】"墨灶"二句：用孔子、墨子事，形容作者迫於戰事，匆匆奔走各處。漢班固《答賓戲》："是以聖哲之治，棲棲遑遑，孔席不暖，墨突不黔。"突，烟囱；黔，黑色。

【四】溝中瘠：指因貧窮困厄死於溝壑的人。《荀子·榮辱》："是其所以不免於凍餓，操瓢囊爲溝壑中瘠者也。"宋文天祥《正氣歌》："一朝濛霧露，分作溝中瘠。"

【五】大鹵：廣大的荒漠地區。《舊唐書·張仲武傳》："雁門之北，羌戎雜處，濊濊群羊，茫茫大鹵。"

【六】沮洳：低濕之地。《詩·魏風·汾沮洳》："彼汾沮洳，言采其莫。"孔穎達疏："沮洳，潤澤之處。"

【七】童山：無草木的山。清陳康祺《郎潛紀聞》卷一："凡所過，童山沙磧，不生草木之區。"

【八】縞衣：白絹衣裳，此喻鶴的白色羽毛。

【九】青田仙：即青田鶴。相傳青田產鶴，故名。

【一〇】六翮：謂鳥類雙翅中的正羽。用以指鳥的兩翼。《戰國策·楚策四》："奮其六翮而凌清風，飄搖乎高翔。"

【一一】白額：指猛虎。《晋書·周處列傳》："南山白額猛獸，長橋下蛟，并子爲三矣。"

【一二】峻阪：陡坡。《史記·袁盎晁錯列傳》："文帝從霸陵上，欲西馳下峻阪。"

【一三】井閈（hàn）：里門，鄉里。明鄭若庸《玉玦記·改名》：“身依井閈，跡類天涯。”。

【一四】“羊乳”句：寫羊乳乳酪堪比金城之酥。金城，在今陝西興平縣。杜甫《病後遇王倚飲贈歌》：“長安冬葅酸且綠，金城土酥靜如練。”

【一五】清泉藍田璧：清澈的泉水堪比藍田碧玉。藍田璧，即藍田玉，古代名玉，早在秦代即採石製玉璽，其中就有著名的和氏璧。

【一六】斥：多，廣。

【一七】黑山烽：原指東漢末年河北黑山農民起義。此指發生戰爭。黑山，東漢末年河北的農民起義軍。《後漢書·皇甫嵩傳》：“自黃巾賊後，復有黑山、黃龍、白波……并起山谷間，不可勝數。”

【一八】王喬舄（xì）：用東漢王喬飛舄典，寫松蘿老人龍涌泉回來之快。舄，鞋。《後漢書·方術傳上·王喬》：“喬有神術，每月朔望，常自縣詣臺朝。帝怪其來數，而不見車騎，密令太史伺望之。言其臨至，輒有雙鳧從東南飛來。於是候鳧至，舉羅張之，但得一隻舄焉。”

【一九】劇談：暢談。《漢書·揚雄傳上》：“口吃不能劇談，默而好深湛之思。”

【二〇】迫阨（è）：亦作“迫阸”，險阻。宋梅堯臣《永叔内翰見索》：“日旰就馬乘，香草路迫阸。”

【二一】奠安：安定。宋陳師道《後山談叢》卷一：“一則奠安人心，二則張軍勢以疑敵謀。”

‖ 賊退口號 ‖

己巳五月九日聞昭黔賊敗

初聞蛾賊【一】陷烏蒙，久苦黔疆亦此同。天厭貪狼正弧矢【二】，人屠封豕獻犴狌。捷書一夜閭閻喜，苛政三年【三】骨髓空。從古殃民皆覆轍，恣睢幾日竟飄蓬。

◎ 注釋

【一】蛾賊：封建時代對農民起義軍的蔑稱。此處當指周西成部。《後漢書·皇甫規傳》："皆着黃巾爲摽幟，時人謂之'黃巾'，亦名爲'蛾賊'。"

【二】弧矢：本爲弓箭，代指兵事、戰亂。杜甫《草堂》："弧矢暗江海，難爲遊五湖。"

【三】苛政三年：周西成從 1926 年 6 月主政貴州，1929 年 5 月戰死關嶺，約三年。

‖ 己巳七夕 ‖

時土匪數百人蟠踞昭通城中

離家九見纖纖月，此夕清輝更爲明。天上銀河烏鵲静，人間鐵甲虎狼横。衰年旅泊逢秋感，夢境關山[一]歧路生。玉臂雲鬟[二]何處所，乘槎先欲問嚴平。

◎ 注釋

【一】關山：關隘山嶺。前蜀朱希濟《謁金門》詞："秋已暮，重叠關山歧路。嘶馬摇鞭何處去？曉禽霜滿樹。"

【二】玉臂雲鬟：用杜甫《月夜》"香霧雲鬟濕，清輝玉臂寒"句意，寫自己對妻子的思念。

‖ 民　欲 ‖

聞六月廿二日《申報》所載

民欲天從自古難，童昏措置豈相安。偏于辛癸征誅後，忍使廉來擇噬[一]殫。百萬生靈灾水火，三年豪俊穴金丹。黔中瘴霧無清日，蜀犬飛來吠影殘[二]。

◎ 注釋

【一】擇噬：有選擇性地勒索。

【二】"黔中"二句：原意是四川多雨，那裏的狗不常見太陽，出太陽就要叫。比喻少見多怪。唐柳宗元《答韋中立論師道書》："屈子賦曰：'邑犬群吠，吠所怪也。'僕往聞庸、蜀之南，恒雨少日，日出則犬吠。"

‖ 己巳重九日 ‖

插到茱萸悵客中，依然困卧在烏蒙。寒衣未授砧聲遠【一】，短髮難簪帽落空【二】。送酒何人知亮節，登高能賦穆清風。明年他處還應健，重九從來感絮蓬。

◎ 注釋

【一】"寒衣"句：典出杜甫《秋興八首》其一："寒衣處處催刀尺，白帝城高急暮砧。"

【二】"短髮"句：典出杜甫《春望》："白頭搔更短，渾欲不勝簪。"

‖ 烏蒙客邸聞安舜欽九月十日殁於昆明 ‖

悲秋已無那，況爲故人悲。廿載投艱劇，孤心愍亂危。椎秦疑不中，難魯【一】去仍滋。渺渺黔山路，魂歸未有期。

◎ 注釋

【一】難魯：魯難，國家的灾難。《左傳·閔公元年》："不去慶父，魯難未已。"

‖ 袁樹五題余《愙雅堂詩集》，依原韻和之二首 ‖

　　大隱尚餘金馬客【一】，湖山【二】不減《名都篇》【三】。我從蜀道間關里，重訪杭州白樂天（樹五前任浙江學政）。

　　燕臺【四】畫壁趁春時，楊柳依依十五詩。今日變遷陵谷後，桓公人樹【五】論堪持。

◎ **注釋**

　　【一】金馬客：原指翰林學士，此處指袁嘉穀。袁於 1903 年中經濟特科狀元，入翰林院任編修。

　　【二】湖山：本指湖水山巒，此喻袁嘉穀的詩賦文章。

　　【三】《名都篇》：曹植五言詩。

　　【四】燕臺：指戰國時燕昭王所築黃金臺。相傳燕昭王築臺以招納天下賢士，故也稱賢士臺、招賢臺。後作爲君主或長官禮賢之典。

　　【五】桓公人樹：指教書育人。辛亥革命勝利以後，袁嘉穀離浙歸滇，從事教育。《管子·權修》："一年之計，莫如樹穀；十年之計，莫如樹木，終身之計，莫如樹人。"春秋時期政治家管仲被齊桓公尊爲"仲父"，輔佐齊桓公成爲春秋時第一個霸主。

‖ 題袁樹五《臥雪堂集》三十韻 ‖

　　我從黔中來，間關離丘園【一】。寄身滇東北，來蘇【二】徯外援。豈知蔓難除，魯難今更繁。曲折蹢躅間，經歲徒憂煩。冬初涉滇池，寒衣授未溫。晨訪臥雪子，馬撾【三】急叩門。懷刺漫生毛，瑙脂迷眼昏。翻驚萬里客，何事來崩奔。喜極問別後，一語貫千言。昕夕偶晤對，臧否多平反。示我名山業【四】，琳琅十二繙。沉鬱杜陵奧，詄蕩釣鼇【五】騫。能刻露鐫鑱【六】，出玉璞金渾【七】。賢者固不測，變化道自存。尤喜張文獻【八】，籀羅金石痕。

漢碑首孟璇【九】，龍顔【一〇】猶耳孫【一一】。遷史傳西南【一二】，桑酈【一三】導其源。張惶【一四】蒙爨【一五】跡，苴罉【一六】西南坤。著書窮萬卷，卷卷抽瑤琨。信是一代才，師友承淵原。我亦太丘徒【一七】，册年注輤軒。白頭謁馬帳，戴不及彭尊。惟有文字緣，千秋足細論。嗟彼蠻觸戰，不知鵬化鯤【一八】。摟代肝腦地，坐大【一九】虱處裩【二〇】。窮達异哀樂，花絮隨茵溷。況是伊昔例，椒蘭妒芳蓀【二一】。何如没字碑【二二】，矗立太山根。筆硯固焚毁，訑詭舌當捫。高卧五千年，大雪壓西崐【二三】。

◎ 注釋

【一】丘園：家園。《周易・賁》："六五，賁於丘園，束帛戔戔。"王肅注："失位無應，隱處丘園。"孔穎達疏："丘謂丘墟，園謂園圃。惟草木所生，是質素之所。"

【二】來蘇：於困苦中獲得重生。晋潘岳《西征賦》："激秦人以歸德，成劉後之來蘇。"

【三】馬撾（zhuā）：馬鞭。唐袁郊《甘澤謡・紅綫》："使者以馬撾扣門，非時請見。"

【四】名山業：可以藏之名山，世代流傳的事業。多指著作。《史記・太史公自序》："厥協六經异傳，整齊百家雜語，藏之名山，副在京師，俟後世聖人君子。"

【五】釣鰲：比喻有豪放的胸襟和遠大的抱負。此喻袁嘉穀的文章胸襟開闊，氣勢宏大。《列子・湯問》："而龍伯之國有大人，舉足不盈數步而暨五山之所，一釣而連六鰲。"

【六】刻露鑱鑱（chán）：謂刻畫描寫如臨其境。刻露，猶畢露。歐陽修《豐樂亭記》："風霜冰雪，刻露清秀，四時之景，無不可愛。"鑱劓，刻畫、描寫。韓愈《酬司門盧四兄雲夫院長望秋作》："若使乘酣騁雄怪，造化何以當鑱劓。"

【七】玉璞金渾：渾玉璞金。未琢的玉和未煉的金，此喻袁嘉穀的文章天然質樸。

【八】張文獻：張九齡，字子壽，一名博物，諡文獻。唐玄宗開元年間政治家、詩人、一代名相。

【九】孟璇：即孟孝琚碑。

【一〇】龍顔：即爨龍顔碑。

【一一】耳孫：泛指遠代子孫。《漢書・惠帝紀》："上造以上及内外公孫耳孫有罪當刑及當爲城旦春者，皆耐爲鬼薪白粲。"顏師古注引應劭曰："耳孫者，玄孫之子也。言去其曾高益遠，但耳聞之也。"

【一二】遷史傳西南：司馬遷《史記》有《西南夷列傳》，記述我國西南地區在秦漢時代的許多部落國家的地理位置和風俗民情，以及同漢王朝的關繫。

【一三】桑酈：指桑欽和酈道元。三國時期桑欽撰《水經》，後來北魏地理學家、文學家酈道元搜集了有關水道的記載和他自己遊歷各地、跋涉山川的見聞爲《水經》所注，撰成《水經注》，對《水經》中的記載作了詳細闡明擴充。

【一四】張惶：顯揚，光大。唐韓愈《進學解》："補苴罅漏，張惶幽眇。"

【一五】蒙爨：此處代指漢族和西南地區少數民族的交融。蒙，指漢武帝時唐蒙，奉命出使夜郎，説服夜郎侯歸漢，是打通西南少數民族地區和中原地區交往之間通道第一人。爨，西南少數民族的總稱，主體民族是彝族，東晋之後爨氏駐守於雲貴等地後，掌握地方政權。

【一六】苴罅（jūxià）：彌補。苴，草墊；罅，縫隙。唐韓愈《進學解》："補苴罅漏，張惶幽眇。"

【一七】太丘徒：交遊甚廣的人。《後漢書・郭符許列傳》："又陳蕃喪妻還葬，鄉人畢至，而（許）邵獨不往。或問其故，劭曰：'太丘道廣，廣則難周；仲舉性峻，峻則少通。故不造也。'"

【一八】鵬化鯤：喻達到自由自在、廣闊無窮的境界。《莊子・逍遥遊》："北冥有魚，其名爲鯤。鯤之大，不知其幾千里也；化而爲鳥，其名爲鵬。"

【一九】坐大：高傲自大。

【二〇】虱處褌：即"虱處褌中"。比喻俗人苟安於世，與褲襠中的蝨子無異。《晋書・阮籍傳》："獨不見群虱之處褌中……行不敢離縫際，動不敢出褌襠，自以爲得繩墨也。然炎丘火流，焦邑滅都，群虱處於褌中而不能出也。君子之處域内，何异夫虱之處褌中乎！"

【二一】"椒蘭"句：用屈原《離騷》典，喻被佞人嫉妒。《楚辭・離騷》："覽椒蘭其若茲兮，又況揭車與江蘺。"

【二二】没字碑：指泰山玉皇頂廟前無字碑。宋趙鼎臣《遊山録》："摩挲始皇巨碑久之。碑高數丈，石瑩然如玉而表裏通洞無文字銘識，俗號没字碑。"

【二三】"高卧"二句：用"袁安高卧"典，贊揚袁嘉穀身處困境仍堅守節操、不忘著述的行爲。西崑，相傳爲古代帝王藏書之地。

‖ 寄懷三弟壽農 ‖

己巳十一月二十二日冬至

卌年聚散各西東，六十龍鍾感塞翁。新婦結褵【一】羞棗栗【二】（甲午冬弟續弦，余來平彝賀之），童孫負笈學箕弓【三】（孫淑琰年十六在曲靖高小肄業）。人間昕夕常如此，海内風雲變不同。誰見朝歌屠飯叟【四】，鷹揚【五】二齒奏膚功【六】。

◎ 注釋

【一】結褵：指結婚。《詩 · 豳風 · 東山》："親結其褵。"

【二】棗栗：古時婦女早間拜見長輩時常獻的果品。《儀禮 · 士昏禮》："質明，贊見婦於舅姑……婦執笄棗栗，自門入，升自西階進拜，奠於席。"賈公彥疏："棗栗，取其早自謹敬。"

【三】箕弓：此指讀書從小學開始，循序漸進。《禮記 · 學記》："良冶之子，必學爲裘；良弓之子，必學爲箕。"

【四】朝歌屠飯叟：指姜子牙。比喻未被賞識的賢德之士。《尉繚子 · 武議》："太公望年七十，屠牛朝歌，賣食盟津。"

【五】鷹揚：大展雄才。三國魏曹植《與楊德祖書》："孔璋鷹揚於河朔。"

【六】膚功：大功。《詩 · 小雅 · 六月》："薄伐獫狁，以奏膚公。"毛傳："膚，大；公，功也。"

庚午人日禄介卿【一】招遊黑龍潭【二】，同行者李子鬯【三】、王鐵珊【四】、徐從先【五】。次壁間蟄經老人二律韻【六】，余作拗律

　　深情不減桃花潭，萼綠花【七】開枝嚮南。黑水祠靈附班志【八】，碧鷄坊【九】酒澆薛龕【一〇】（謂薛爾〔一〕望祠，明末諸生，全家殉於潭。上有祠，下有墓）。文章漢晉石尚在（謂孟璇碑【一一】，小大爨碑【一二】），梅柏宋唐【一三】根難探（黑龍潭之唐梅宋柏俗稱如此，以余視之，不過四五百年樹木耳）。試問明人創琳宇【一四】，沐碑固是非虛談（余以上觀玉皇殿右廡草叢中搜獲明崇禎二年己巳沐天波譔碑，記邵真曉鴨因龍潭水爲民患，請於前沐國公創建真武廟以壓龍患，送循映邵人以正在天順間勒爲真人祠創建於名，明代梅柏植於庭中，安有唐宋物）。

　　三年詩苦逢人日（壬戌、戊辰、己巳皆有人日詩），今日兩艷梅茶花（觀中綠萼梅數十株，紅山茶二株，高二丈余）。皂帽管寧入遼海【一五】，白籠山簡遊習家【一六】。昨晴塵土晨微雨，午晦風寒晚燒霞。自是山靈釀春意，蟄龍何日澤中華。

◎ **校勘記**

　　（一）爾：原本作“稱”，誤，當作“爾”，今改。

◎ **注釋**

　　【一】禄介卿：禄國藩（1884—1972），字介卿，彝族，雲南省彝良縣龍海鄉人。原名隴高耀，因過繼給其姨母禄氏，改名禄國藩。1905 年在日本加入同盟會，1911 年 10 月 30 日參加推翻清朝在雲南統治的“重九起義”。新中國成立後，歷任雲南省人民政府委員，雲南省人民政府參事室主任，雲南省政協第一、二屆常委。

　　【二】黑龍潭：位於昆明市北郊龍泉山五老峰腳下。

　　【三】李子鬯：李曰垓（1881—1944），字子鬯，雲南保山騰衝和順鄉人。早年曾就讀於雲南高等學堂，後被公費推薦至京師大學堂經濟特科，1909 年畢業時取道仰光返滇，遇黃興、呂志伊，遂加入同盟會，後曾任永昌中學教習、全省沿邊土民學

堂總辦、蒙自中學堂監督等職。辛亥革命中參加領導臨安（今建水）起義，光復滇南。雲南軍政府成立後歷任軍政部次長、殖邊總辦、西藏宣慰使等。遺作有《漫汗録》《文牘篇》《天地一庵詩鈔》及《滇緬界務説略并圖》等。

【四】王鐵珊：王燦（1881—1948），字鐵珊，昆明人。清末赴日本東京明治大學學習法政，辛亥革命後學成歸國，是雲南近現代政壇特別是法政界的重要人物，雲南現代法學教育和法律事業的先驅者。親身參與了許多重大歷史事件，爲雲南社會的進步做出了積極努力，同時又是著名的學者和詩人。曾任雲南法政學堂軟職和南京最高法院推事。有《知希堂詩鈔》及《滇南楹聯叢鈔》。

【五】徐從先：徐進（1884—1934），字從先，別號覺菴，雲南省保山市隆陽區蒲縹鎮人。1907 年投筆從戎入陸軍大學，畢業後即加入同盟會。1916 年參加護國戰爭。其後，看到軍閥混戰，民生困頓，而又無力挽救，於 1922 年憤而出走南洋，輾轉於南洋群島及越南、緬甸等地六年餘。1927 年回到昆明，閒居養病，不問世事，潛研經史。1934 年病逝於昆明，歸葬蒲縹。一生喜好鑒賞收藏金石書畫，尤擅篆刻。著有《覺菴詩草》《印鑒》《硯説》等。《覺菴詩草》曾刊行於世，現尚存，而《印鑒》《硯説》及其所收藏之金石書畫俱已佚失。

【六】揅（yán）經老人二律韻：揅經老人，阮元（1764—1849），清代嘉慶、道光間名臣，揚州儀征人，字伯元，號雲台、雷塘庵主，又號揅經老人，謚號“文達”，被尊爲一代文宗。道光六年（1826）遷雲貴總督，後拜體仁閣大學士。

【七】萼緑花：從下一首詩之“觀中緑萼梅數十株，紅山茶二株高二丈餘”來看，此當指梅花。

【八】“黑水”句：黑水祠，即黑龍潭。據《漢書・地理志》記載，益州郡滇池縣西北有黑水祠。阮元考證云：“滇池縣有黑水祠，蓋此地也，或者唐梅宋柏之間爲故址，龍神廟乃下遷者。”

【九】碧鷄坊：即昆明金馬碧鷄坊。位於昆明市中心三市街與金碧路交匯處，始建於明朝宣德年間，是昆明的象徵。

【一〇】薛龕：南明忠義之士薛爾望及全家的合葬墓。薛爾望是明末清初時昆明的一介書生。吳三桂率領清兵追擊南明永曆帝，薛看到南明大勢已去，携妻兒媳孫侍女投潭殉節，後人稱之爲忠義之士，爲其立墓紀念。

【一一】孟璇碑：即孟孝琚碑。

【一二】小大爨碑：即爨龍顏碑和爨寶子碑。

【一三】梅柏宋唐：即唐梅宋柏。與明茶并稱爲"黑水祠中三异木"。唐梅相傳爲唐朝開元元年（713）道安和尚手植，現已枯死。宋柏相傳植於宋欽宗靖康元年（1126），如今依然挺拔蔥鬱。明茶，植於明朝弘治八年（1495）。

【一四】琳宇：殿宇宮觀的美稱。宋梅堯臣《祫享觀禮二十韻》："琳宇躬將款，珠塵密未收。"

【一五】"皂帽"句：用東漢管寧避難遼東事，寫作者有歸隱山林之意。管寧，字幼安。東漢末年避亂遼東，後來中原漸漸安定，人們紛紛回鄉，惟獨管寧仍不打算離開。曹魏時數次徵召，都未應命。皂帽，黑色帽子。《三國志·魏志·管寧傳》："寧常著皂帽、布襦袴、布裙，隨時單復，出入閨庭。"

【一六】"白籬"句：用"山簡醉酒"典，寫作者以酒自娛，不問世事。白籬，頭巾。山簡，字季倫，山濤第五子。《晋書·山簡傳》："簡優遊卒歲，惟酒是耽。諸習氏荆土豪族有佳園池，簡每出嬉遊，多之池上，置酒輒醉，名之曰高陽池。"

圖書館題宋芷灣【一】先生行書卷

卅年曾見擘窠字【二】，"雲影天光"下筆初（甲午於曲靖武侯祠上見宋書"雲影天光"大字）。今日翠湖觀此卷，始知如象李邕書【三】。

◎ 注釋

【一】宋芷灣：字煥襄（1757—1826），號芷灣，嘉應州（今廣東梅縣）人，清代中葉著名的詩人、書法家。出身貧寒，受家庭影響勤奮讀書，年輕時便在詩及楹聯創作中展露頭角，被稱爲"嶺南第一才子"。《清史稿》中稱其"粵詩惟湘爲巨"。有《不易居齋集》《紅杏山房詩鈔》等。

【二】擘窠（bòkē）字：大字。寫字、篆刻時，爲求字體大小匀整，以橫直界線分格，叫"擘窠"。清朱履貞《書學捷要》卷下："書有擘窠書者，大書也。"

【三】"始知"句：把宋湘和唐代書法家李邕的書法相提并論，可以看出作者對宋湘書法的激賞。"如象李邕書"，明代書畫家董其昌《跋李北海縉雲三帖》中云："右軍如龍，北海（李邕）如象"。李邕，李北海，字泰和，唐代書法家、詩人。

‖ 萌三月三日泛舟滇池 ‖

去冬來昆明，寒雨雜雰霙。十日苦泥濘，望斷漏天晴。豈知一雨後，晴和如春榮。玉蘭冬自開，春物皆勾萌。始信天南天，四時皆春令。惜無濟勝具【一】，負此江山迎。人日黑水祠，嚶友招飛觥【二】。次韻成二律，佳句已難驚。今日上巳禊，蘭亭風日清。以今仰視昔，王謝【三】皆人英。人生貴自適，遇合皆生成。鷄蟲互得失【四】，泰山鴻毛輕。偶然乘興到，泛舸入澄泓。指點西山勝，搖曳風浪鳴。庾園【五】杜鵑血，紅映八重櫻（日本雙花櫻）。蓬山萬里隔，仿佛昔經行【六】。轉入大觀樓，長聯不在楹。興築尚藪茅，閎麗待經營。夕陽射紫瀾，歸帆趁晚程。入市登酒樓，小酌無餘酲。挑燈述此遊，雜感觸心兵【七】。高吟《五君詠》【八】，永黜山王【九】名。叔孫豈聖人，卓哉魯兩生。

◎ **注釋**

【一】濟勝具：指能攀越勝境、登山臨水的好身體。南朝宋劉義慶《世說新語・棲逸》："許掾好遊山水，而體便登陟，時人云，許非徒有勝情，實有濟勝之具。"

【二】飛觥：即傳杯遞盞，飲酒。唐羊昭業《皮襲美見留小宴次韻》："澤國春來少遇晴，有花開日且飛觥。"

【三】王謝：東晉名士王羲之和謝安。

【四】鷄蟲互得失：像鷄啄蟲、人縛鷄那樣的得失。比喻微小的得失，無關緊要。唐杜甫《縛鷄行》："小奴縛鷄向市賣，鷄被縛急相喧爭。家中厭鷄食蟲蟻，不知鷄賣還遭烹。蟲鷄於人何厚薄，吾叱奴人解其縛。鷄蟲得失無了時，注目寒江倚山閣。"

【五】庾園：位於昆明大觀樓外。

【六】經行：又稱行禪或立禪，佛教術語。一種步行方式，佛教僧侶以這種方式來修行禪定。

【七】心兵：比喻心事。《呂氏春秋·蕩兵》："在心而未發，兵也。"

【八】《五君詠》：南朝宋文學家顏延之所作。五君，指魏末"竹林七賢"中的阮籍、嵇康、劉伶、阮咸、嚮秀。只詠五君，是因爲七賢中的另兩人山濤、王戎後來均顯貴於世，故被排除。

【九】山王：山濤、王戎。

‖ 四月七日宿花貢驛 ‖

楊松始聽鶯，花貢子規鳴（滇中不聞鶯囀鵑啼）。不覺三年遠，猶爲獨客行。乾坤方戰伐（時大軍雲集，鄭徐已開戰），山水自澄清。歸去桑麻好，閑身看弈枰。

‖ 豁然篇并序 ‖

民國七年戊午冬十月十五日，余癰發於背，垂危之際，復中風疾，右手足拘攣不仁，臥蓐三載，始倚杖而行。後歷盜賊干戈，應官聽鼓，時世遷流，奔走窮邊。今年暮春至滇之宜良，晤老友葛季皋【一】爲令，爲我主一藥方，置之篋衍，久忘之也。秋九月，偶憶之，購服十餘劑。十月三日午後三時，忽覺攣筋解散，手撒活潑，十三年之痼疾，豁然而愈，喜以豁然名篇賦之，二十七韵。

人是寄生蟲，何來不死藥。中年嬰痼疾，展轉床蓐託。目眩口緘瘡，手足右散落。寸心雖未死，生命等漂簸。荏苒二三年，策杖強振作。突來萑苻盜，血牙争噴薄。毀室復輿身，迤邐走溝壑。幸逢銀刀都，拯我冷山

郭。剖出遊符瀘【二】，再徙金筑【三】箸。卑官任大理【四】，市獄擾難却。于張【五】
無冤民，持正尤嫉惡。但若民生困，苛政如火灼。道膠止河濁，何如逃冥寞。
抽版付長官，永脱濕薪縛【六】。理我舊事業，訓訪詞章粕。上窺許鄭學【七】，
下衍劉炫焯【八】。是磨陶謝真，張皇杜韓弱。盰衡萬古心，訂定千秋約。豈
知蛇豕威，更比蜂蠆【九】蠚。避地入爨蒙，籍考金石樂。忽逢葛穉川，驚我
何蕭索。舌謇足不良，老態龍鍾若。惠我肘後方【一○】，勸我刀圭【一一】嚼。
服食未期月，宿疾似刓削。我效趙邠卿，刻石自忖度【一二】。友能見肺肝，
故是今扁鵲。賦成《豁然篇》，喜忘霜侵脚。

◎ **注釋**

【一】葛季皋：葛穉川，事蹟無考，《礜石精舍文集》有《葛季皋醫案叙》。

【二】符瀘：指合江、瀘州。作者於農曆 1921 年臘月二十二被盜賊劫走，1922
年 3 月 20 日被官兵救出，後沿赤水河到合江、瀘州。符，指合江縣。合江古稱符陽
縣，因符關（巴蜀入黔要隘，今合江城區南關）得名。

【三】金筑：貴陽的別稱。

【四】"卑官"句：1925 年夏，作者在貴陽任大理分院推事，尋遷刑庭庭長。

【五】于張：西漢于定國、張釋之的并稱。借指決獄審慎、執法公正者。于張二
人先後於文帝景帝時任廷尉，執法皆審慎。《漢書·于定國傳》："朝廷稱之曰：'張
釋之爲廷尉，天下無冤民；于定國爲廷尉，民自以不冤。'"

【六】"抽版"二句：1927 年 10 月，余達父辭去刑庭庭長職務。

【七】許鄭學：研究文字、音韻、訓詁等的傳統學問。許鄭，東漢經學家許慎、
鄭玄的并稱。

【八】劉炫焯：劉炫和劉焯。劉炫，隋朝經學家，字光伯，河間景城（今河北獻
縣東北）人，對《毛詩》和《左傳》的研究甚爲精當。劉焯，字士元，信都昌亭（今
河北冀縣）人，也是隋朝著名經學家，與劉焯是同窗好友，當時并稱"二劉"。《北
史》卷八十一《儒林傳上》："於時，舊儒多已凋亡，惟信都劉士元、河間劉光伯拔
萃出類，學通南北，博極今古，後生鑽仰。所制諸經義疏，縉紳咸師宗之。"

【九】蜂蠆（chài）：蜂和蠆。都是有毒刺的螫蟲。比喻狠毒兇殘。宋王讜《唐
語林·豪爽》："我國家朝堂，汝安得恣蜂蠆而狼顧耶！"

【一〇】肘後方：泛指隨身攜帶的藥方。晉葛洪曾撰醫書《肘後備急方》，簡稱《肘後方》。意謂卷帙不多，可以懸於肘後。

【一一】刀圭：中藥的量器名。晉葛洪《抱朴子·金丹》："服之三刀圭，三屍九蟲皆即消壞，百病皆愈也。"王明校釋："刀圭，量藥具。武威漢墓出土醫藥木簡中有刀圭之稱。"

【一二】"我效"二句：用東漢"趙岐刻石"典。趙岐，字邠卿，東漢京兆長陵縣人。著名經學家，曾爲《孟子》作注。《後漢書·趙岐傳》："年三十餘，有重疾，臥蓐七年，自慮奄忽，乃爲遺令敕兄子曰：'大丈夫生世，遯無箕山之操，仕無伊、呂之勳，天不我與，復何言哉！可立一員（圓）石於吾墓前，刻之曰：'漢有逸人，姓趙名嘉。有志無時，命也奈何！'其後疾瘳。"

‖ 哭壽農三弟 ‖

辛未十月二十日作，弟於九月十八日病没於竹園，年六十。

去年三月中，滇遊繞道訪。相看白須翁，各有倔強狀。別經三十春，話舊神尤王。示我篋中集，點定請無妄。爲言中年艱，妻子迭凋喪。兒孫雖繞膝，撫育誠難當。況值世運顛，荊榛日相嚮。咫尺皆冰淵，危機誰復量。遂使憂勤身，變作耆耇相。我足不良行，深羨凌風踢[一]。百步擊《黃麞》【一】，霹靂隨手颺。豈知強健軀，早伏千重瘴。正氣一虛枵【二】，萬病乘虛漲（以鼓漲没）。竟以百煉金，銷灼恇怯樣。我讀訃書語，一慟帛屬纊。手足自孔懷，安能忘太上【三】？

◎ 校勘記

（一）踢：原本"踢"字誤作"踢"，失韻，於文義不通，當爲"踢"。《倉頡篇》釋爲"驅馳貌也"。

◎ 注釋

【一】《黃麞》：唐雜曲謠辭名、舞名。《舊唐書·儒學傳下·郭山惲》："將作大匠宗晉卿舞《渾脫》，左衛將軍張洽舞《黃麞》。"

【二】虛枵：即“枵虛”，空虛。宋歐陽修《再和聖俞見答》：“腹雖枵虛氣豪橫，猶勝詒笑病夏畦。”

【三】“安能”句：哪裏能夠像聖人那樣不爲情感所打動。忘太上，即“太上忘情”。太上，指聖人，聖人不爲情感所動。《世說新語·傷逝》：“聖人忘情，最下不及情，情之所鐘，正在我輩。”

‖ 往大灣山莊書途中所見 ‖

癸酉十二月十七日

匝月多凝雪，陽曦【一】遂隱淪。道冰荆杞折，林脱荒穢繁。獨見沿溪上，爭呈秀麥蕃。始知天意遠，低下有溫存。

◎ 注釋

【一】陽曦：陽光。北魏酈道元《水經注·濰水》：“山勢高峻，隔絕陽曦。”

‖ 後豁然篇 ‖

甲戌二月廿八日午後四時，忽覺右手脚舒暢，時服葛方月余矣，作此志之。

破春只三日，遂作筑城遊。自非不得已，忍此風雪愁。愁顔感羈懷，亂世生百憂。八年別此都，陵谷翻暘幽。逢人不識面，樵柯爛未收【一】。銅鐵鑄萬象【二】，今古貉一丘。頹然坐蕭齋【三】，浩氣盤斗牛。借書五千卷，補讀逸奪抽。客冬罹大盜，百物皆窮搜。尤惜《六代碑》【四】，魂夢猶句留。忽得《麓山寺》【五】，宋拓未洗鉤。申紙臨一幅，仿佛故人投。南面百城福，已覺天意優。況復病豁然，拘攣脱纏糾。便作鐘張【六】徒，偃蹇亦千秋。

◎ 注釋

【一】"樵柯"句：比喻光陰易逝，世事變遷。南朝梁任昉《述异記》："信安郡石室山，晋時王質伐木至，見童子數人棋而歌，質因聽之。童子以一物與質，如棗核，質含之而不覺饑。俄頃，童子謂曰：'何不去？'質起視，斧柯盡爛。既歸，無復時人。"

【二】"銅鐵"句：用銅鐵來鑄像，諷刺當時統治者爲自己歌功頌德。

【三】蕭齋：書齋。唐張懷瓘《書斷》："武帝造寺，令蕭子雲飛白大書'蕭'字，至今一字存焉。李約竭産自江南買歸東洛，建一小亭以甄，號曰'蕭齋'。"

【四】《六代碑》：指東漢乙瑛碑、禮器碑、史晨碑、曹全碑、張遷碑、石門頌六種石碑拓本。

【五】《麓山寺》：指《麓山寺碑》宋拓本。唐開元十八年（730）著名書法家李邕撰文并書，原刻在古麓山寺中，後移至嶽麓書院右側。

【六】鐘張：三國魏書法家鍾繇、東漢張芝的并稱。

‖ 題大定雙烈園石壁 ‖

壬子十月廿一日譚冠英【一】、簡忠義【二】殉之。民廿三年甲戌四月晦日作。

天道窮則變，人心抑更揚。金堤潰蟻穴【三】，火汁裂昆岡【四】。嗟彼辛壬際，先烈何輝煌。吾鄉雙烈園，創義尤堅强。方見先光復（一），旋遭喋血僵。且使廿年餘，精靈委悽愴。今以園表烈，千秋有聲光。但欲望天國，後顧殊茫茫。民生竟蕉萃，奠安勿彷徨。

◎ 校勘記

（一）光復：原本作"復光"，不辭且失律，當作"光復"。

◎ 注釋

【一】譚冠英：又名復光（1866—1911），字希顔，貴州大定人，清末秀纔。辛亥革命烈士。與同鄉簡書一同參加貴州自治學社，貴州辛亥革命時，大定順利地成立了軍政府，譚冠英任參謀長。後來，清廷舊勢力反撲，譚被殺害於萬松書院。

【二】簡忠義（1893—1911），貴州大定人，辛亥革命烈士。從小受到其兄簡書（民國初國民黨革命軍第九軍秘書長）影響，具有民主革命思想。辛亥革命時，大定軍政府成立，任義勇軍隊長。後在清廷舊勢力反撲時，與譚冠英一起犧牲，遺體與譚冠英合葬於大定南郊先農壇。民國十年（1921），國民政府追認二人爲烈士，修葺墓地，貴州省主席林森題字“雙烈園”。

【三】“金堤”句：此指清廷的潰敗并非一朝一夕之事。潰，潰决；蟻穴，螞蟻的洞穴。先秦韓非《韓非子・喻老》：“千丈之堤，潰於蟻穴，以螻蟻之穴潰。”

【四】“火汁”句：言玉石焚於火，喻譚冠英、簡忠義被清廷殺害。昆岡，昆侖山。《尚書・胤征》：“火炎昆崗，玉石俱焚。”漢孔安國傳云：“山脊曰岡，崐山出玉。玉石俱焚，言火逸而害玉。”火汁，烈火燃燒礦物質（如火山爆發）時形成的熔液。

葛希顏【一】鈔寄昔年長春懷余之詩，次韻和之

春初題表故人墓【二】，盪氣回腸萬古心。今日鳳毛【三】能念我，新研龍尾【四】答知音。文章流略趨尤淺，世道奇衰鬥更深。欲問玄亭【五】奇字誼，不如爨下理焦琴【六】。

附原作：

總角趨庭知契重，恤孤猶見愛烏心。荒墳嘆逝停徵馬，滄海哭兒寄赴音。塞上無書緣落拓，吴中問字感精深，成連别去滄波遠，彈碎空山緑綺琴。

◎ **注釋**

【一】葛希顏：葛天回（1897—1977），字希顏。貴州畢節人，余達父摯友葛正父（字崇綱）之子。知名的土木工程學家、教育家和愛國民主人士。參加過五四運動，

曾在國内多所著名大學任教。1944 年受聘擔任弘毅中學（今畢節一中前身）校長，1947 年秋任貴州大學土木工程繫教授、繫主任，貴州工學院土建繫主任、基礎課委員會主任，九三學社貴陽分社籌備委員會秘書長。

【二】"春初"句：民國二十三年（1934）正月十五日，余達父作《葛崇綱墓表》。

【三】鳳毛：鳳凰的羽毛。比喻子孫有才似其父輩者。此處贊揚葛希顔能繼承父業，學有所成。南朝宋劉義慶《世説新語・容止》："王敬倫風姿似父，作侍中，加授桓公公服，從大門入。桓公望之，曰：'大奴固自有鳳毛。'"余嘉錫箋疏："南朝人通稱人子才似其父者爲鳳毛。"

【四】龍尾：硯名。此指磨墨作詩。宋蘇軾《龍尾硯歌》："君看龍尾豈石材，玉德金聲寓於石。"

【五】玄亭：漢揚雄曾著《太玄》，其在四川成都住宅遂稱草玄堂或草玄亭。

【六】爨下理焦琴：灶下彈琴，自得其樂。意爲不問世事，隱居鄉野。《後漢書・蔡邕傳》："吴人有燒桐以爨者，邕聞火烈之聲，知其良木，因請而裁爲琴，果有美音，而其尾猶焦，故時人名曰'焦尾琴'焉。"

參 考 文 獻

（以第一作者姓氏英文字母爲序）

A

（清）安履貞. 圓靈閣遺草[M]. 光緒辛巳刻本.

B

（漢）班固. 漢書[M]. 北京：中華書局，1962.

C

（晋）常璩. 劉琳校注. 華陽國志校釋[M]. 成都：巴蜀書社，1984.

F

（唐）房玄齡，等. 晋書[M]. 北京：中華書局，1974.

（宋）範曄撰. （唐）李賢，等注. 後漢書[M]. 北京：中華書局，1965.

G

（清）顧祖禹撰. 賀次君，施和金點校. 讀史方輿紀要[M]. 北京：中華書局，2005.

（宋）郭茂倩. 樂府詩集[M]. 北京：中華書局，2010.

（晋）郭璞注. （宋）邢昺疏. 王世偉整理. 爾雅注疏[M]. 上海：上海古籍出版社，2010.

L

（宋）陸佃著. 王敏紅校點. 埤雅[M]. 杭州：浙江大學出版社，2008.

劉學鍇，余恕誠. 李商隱詩歌集解[M]. 北京：中華書局，1988.

逯欽立. 先秦漢魏晋南北朝詩[M]. 北京：中華書局，1983.

M

（唐朝）孟棨著. 李學穎標點. 本事詩[M]. 上海：上海古籍出版社，1991.

O

（宋）歐陽修，宋祁. 新唐書[M]. 北京：中華書局，1975.

Q

（清）仇兆鰲. 杜詩詳注[M]. 上海：上海古籍出版社，1992.

S

（梁）沈約. 宋書[M]. 北京：中華書局, 1974.

（南朝梁）釋慧皎撰. 湯用彤校注. 高僧傳[M]. 北京：中華書局，1992.

（漢）司馬遷著.（南朝宋）裴駰集解.（唐）司馬貞索隱.（唐）張守節正義. 史記[M]. 北京：中華書局，2009.

W

（清）王先謙. 後漢書集解[M]. 北京：中華書局，1984.

（唐）魏徵，等. 隋書[M]. 中華書局，1973.

X

（東漢）許慎. 説文解字.[M]. 北京：中華書局，2004.

（梁）蕭統編. 李善注. 文選[M]. 北京：中華書局，1977.

（元）辛文房著. 傅璇琮主編. 唐纔子傳校箋[M]. 北京：中華書局，2002.

謝思煒. 白居易詩集校注[M]. 北京：中華書局，2006.

徐堅，等. 初學記[M]. 北京：中華書局，1962.

Y

（唐）姚思廉. 陳書[M]. 北京：中華書局，1972.

（唐）姚思廉. 梁書[M]. 北京：中華書局，2000.

（清）永瑢，等. 四庫全書總目[M]. 北京：中華書局，1965.

余家駒. 大山詩草 [M]. 成都：四川民族出版社，1994.

余家駒，等. 通雍余氏宗譜[M]. 東京：日本學習書院東洋文化研究所，1999.

余嘉錫. 世説新語箋疏（修訂本）[M]. 上海：上海古籍出版社，1993.

（清）余昭. 大山詩草[M]. 光緒戊戌刻本.

Z

周素園. 周素園文集[M]. 貴陽：貴州人民出版社，1994.

（梁）宗懍，姜彥稚輯校. 荆楚歲時記[M]. 長沙：嶽麓書社，1986.

（宋）朱熹. 詩集傳[M]. 上海：上海古籍出版社，1980.

‖ 愻雅堂記 ‖

余達父

昔亡友葛正父嘗以"矜露"二字規余，余曰：矜者，養之不深也；露者，積之不深也。若其深之，無所謂矜與露矣。爰取以從心深遂之義，顧其讀書堂曰"愻雅堂"。詩曰"憂心悄悄，慍於群小"，孔子之深心也。易繫卦傳曰"惟深也故能通天下之志"，亦孔子之深心也。嗟呼！丁此天造草昧經綸甲坼之時，養之不深，耀其剝而漓也；積之不深，耀其抯而竭也。名斯堂曰"愻雅"，所以自警，且志不忘良友之箴，而抑余之深心。

《愙雅堂詩集》叙

萬慎子

　　黔在西南數千里外，風雅闇芴，人文缺如，與吾蜀皆以邊隅遠州，爲徵文獻者所摒。然國朝自周漁璜宮詹後，道咸間鄭子尹、莫子偲兩徵君，碩學鴻儒，以其緒餘發爲詩歌，戛戛獨造，克樹一幟。而繼起者如章子和舍人、黃子壽方伯、唐鄂生中丞，皆鉅制大篇，焜耀海內。較之吳越湖湘諸君子，不第不愧，吾師遵義黎蒓齋先生亟稱之。余以文章辱交天下士，而黔中獨鮮。己巳春，假館叙永講院。

　　一日，畢節余君達父，不介而造，余與談甚洽，高掌遠蹠有杜牧之、陳同甫之風。嗣出其《愙雅堂詩集》囑爲之叙。余氏爲畢節名族，自其先世，皆以能詩襮聲黔蜀間，自君而恢張令德，不怠以勤，束髮至今，茲已千餘首，其可存者十之七八。其詩沈鬱勁健，取法少陵，而聲調之高朗，景光之絢爛，筆力之兀傲，有出入義山、東坡、山谷者。以君詩與黔之先輩宮詹、兩征君比，吾不知其何如，而於子和、子壽、鄂老，有足尾隨而頡頏之者，洵卓然一大家矣。余思工吾文以永君詩，而君見余《山憨山房文集》，謬承獎許，敦促數四，爰書數語以之歸。

　　昔人云：天寶亂離，成就杜少陵一部詩稿。今之時勢，列强環視，睽睽耽耽，雲譎波詭，傾側擾攘，視唐天寶，殆猶過之。君其宏覽乎名山大川，廣交乎魁人勝流，閱歷平吏疵民瘼，開拓襟抱，增益智識，必有《奉先》《北征》悲凉激越洋洋大篇，貺我於無窮者。余雖陋，當隨而和之，惜黎先生下世忽忽已十年，不能使之一論定也，茲可慨已。光緒己巳孟夏瀘州萬慎子。

《愻雅堂詩集》序

羅振玉

　　古人有言：溫柔敦厚，《詩》教也。宣德達情，導揚幽滯，尚已即下。至風雲月露之詞，亦足養人美感，爲人生所不可廢。近世士夫憤於積弱而專以爲耽玩文墨之故，乃日騖實用，幾欲并文字而弃之。抑知積弱之故，一在應用之材不足，一在綱維之不張。今乃專歸獄於文字，雖曰矯枉，亦過正矣。

　　丁未冬於漢口寓寮邂逅余君達父，挹其氣，盎然儒者。今年游東京，君方習政治家言于和佛法律大學。亟來玉館，出其所爲詩曰《愻雅堂集》者見視，原本風雅，詞旨溫厚，非學養兼到者不能道隻字也，噫！吾國求學於外邦者，十年以來，奚啻萬人，其成學而歸，體用兼備者，殆未易多遘。若人人如君之素蓄，本數千年來固有之倫理學術，取世界之新理新説以擴充之，大而君國之故，細而文藝之事，靡弗研究毋通以致之用，則其有裨於政治學術，豈不偉哉？簡書僕僕，人事旁午，恨未能與君作十日譚，然睹此盈寸之稿，已可見君之素蓄，所謂得古人溫柔敦厚之旨者非耶？

　　倚裝匆遽，敬識數語，君或不以所見爲迂舊也。

　　宣統紀元六月，上虞羅振玉書于東京金地院僧舍。

《悆雅堂詩集》叙

柳詒徵

　　黔中詩家，焜耀海內。俶落雪鴻，襲弈桐野，邵亭經巢，堂廡彌廓。雄奪萬夫，秀掩千哲。鰡部振采，煜于龍鸞。黔水續文，蔚乎灘涣。靈淑所閟，晚近益恢。

　　畢節余子，磊落英多。紛綸五經，皋牢百氏。服膺洨長，上溯結繩。嚌嚽鄭堂，旁求失野。出其一藝，已軼九能。聲韻之作，篇什尤富。玉積玄圃，珊交鄧林。大句碑兀，怒霆軋霄。曼歌徘徊，香草醉骨。寤寐所繫，篤若飯顆。恢詭之趣，式諸漆園。芷屬萬里，錦字一囊。咂河騰精，蜻洲滌魄。綜厥詩境，跨越鄉賢。

　　詒徵嘗預塵論，竊窺驥毛。燕市撫塵，吳語述愫。長城自喻，今有長卿。三都之序，遠愧玄晏。敬綴簡末，庸識石交。

　　丙辰四月丹徒柳詒徵。

讀達父《愫雅堂詩集》，追懷鄭經巢、王湘綺兩先生，達父頃柬予許异日道蜀見訪永谷，故爲此詩題其集後，既以爲別，且堅後約

劉貞安

播州之鄭獨山莫，偏霸黔南稱述作。就中經巢尤絶倫，妙解文字通冥邈。中年詩格到髯蘇，晚師杜韓尤精確。巧綴方言入章句，融以故訓醫膚廓。平生知己程侍郎，宏獎高名動京洛。烏乎此意俱無傳，舉似今人但瞠若。爾來四海王壬父，趣徑實與經巢合。文章湘綺殿光宣，静觀鄭子尤先覺。我生庚午去公遠，髫年已附私淑末。甲辰南來訪耆舊，禮堂弟子嗟零落。世無紀阮經術技，體承袁蔣詩力薄。後來風尚益瑰异，喧街新論正旁魄。市童競習鮮卑語，里校誰問高密學。偶從塵蠹搜遺集，煤熏穀紅飛秋簜。華南西畺古州城，蒼茫墜緒知孰託。賤子學殖久荒穢，十年簿領甘束縛。堆案惟存城旦書，占紙主畫宗資諾。傷心豈徒典型盡，同志真難解人索。況復孤危喪亂餘，跫音久悶空谷屬。

堂堂大雅余夫子，囊書顧我城西角。何家園池夏緑靚，談藝渾令炎威却。開緘示我《愫雅集》，裝卷猶用倭京殼。爲言弱冠紬蒼雅，志窮緗素該録略。尤耽詩句攬時弊，務探六藝弃糟粕。唐音不數陳正字，誼義端裁許南閣。小技雕蟲不足論，戭國思拯宗邦弱。扶桑歸來遘家禍，悲屺急難事紛錯。一朝東海竟揚塵，蜩羹國是更非昨。只今局促廁鄉校，群吠寧容一士謣！結習尚餘文字在，與君且盡尊前樂。我讀君詩悲其志，伐山測海嘆精博。南州壇坫久寂寥，宏編嗣響真無怍。醫予四十百不遂，孤跡常遭俗論噱。不材天全古所同，晚歲識君意亦卓。先人草廬曜山下，山靈許我專一壑。它年出峽真一訪，竹影溪光對深酌。眼前萬事君毋談，歸潛遲踐生平約。

行且別也，秋士多感，同志益希。相望千里，良增離索，如蒙囑和，更翹企也。

壬子立秋後二日弟劉貞安又識。

達父先生出示《愫雅堂集》，爲題一詩以志仰止，時丙辰三月三日

賀國昌

多難識君恨已遲，珂鄉朋舊耐尋思。鷄林求稿詩無價，燕市悲歌事可知。鬢髮經霜容易老，干戈滿地欲何之。紛紛莫解棋枰劫，正是王珂將爛時。弟賀國昌甫草。

題《悇雅堂詩集》

袁嘉穀

悇雅先生來游吾滇，喜得重晤，讀近作亦深佩仰，謹題二絕，即希郢政。

鄉風鄭子巢經集，古憤莊生《盜蹠篇》。金碧湖山待渲染，知君不負彩雲天。

猶記燕都擊筑時，棗花香寫碧簾詩。衰年雙鬢一狂嘯，北地高閭南總持。